BASTEI LÜBBE

JUDITH McNAUGHT

Im Königreich der Träume

Aus dem Englischen
von Ursula Walther

BASTEI
LÜBBE

BASTEI-LÜBBE-TASCHENBUCH
Band 12437

1. Auflage Dezember 1995
2. Auflage Februar 1997

Deutsche Erstveröffentlichung
Titel der amerikanischen Originalausgabe:
A Kingdom of Dreams

Printed in Germany
Einbandgestaltung: K. K. K.
Titelfoto: Pino Daeni/Agentur Schlück
Satz: KCS, Buchholz/Hamburg
Druck und Bindung: Elsnerdruck, Berlin
ISBN 3-404-12437-5

Für ein zahnloses Lächeln und Babyspielsachen;
Für kleine Punktspiele und Tränen,
die du nicht weinst;
Für schnelle Autos, hübsche Mädchen und
College-Football;
Für Mitgefühl, Charme und Humor;

Für dich, mein Sohn.
Wir sind einen langen Weg gemeinsam gegangen, Clay.

Mein spezieller Dank gilt …

Meiner Sekretärin Karen T. Caton –
für all die Nächte, die sie an meiner Seite gearbeitet hat;
für ihre grenzenlose Geduld und ihren Humor
und dafür, daß sie mich nie aus den Augen verloren hat

und

Dr. Benjamin Hudson
Department of History, Penn State University,
der mir Antworten geben konnte, die ich ohne ihn nie gefunden hätte

und

Dr. Sharon Woodruff
für ihre Freundschaft und ihre Ermutigung.

Kapitel eins

»Ein Hoch auf den Duke of Claymore und seine Braut!«

Unter normalen Umständen hätte dieser Trinkspruch auf ein Hochzeitspaar die verschwenderisch gekleideten Damen und Herren, die in der großen Halle von Merrick Castle versammelt waren, dazu veranlaßt, zu lachen und zu jubeln. Weinkelche wären gehoben und noch mehr Toasts ausgesprochen worden, um die große und vornehme Hochzeit, die im Süden von Schottland stattfand, gebührend zu feiern.

Aber heute geschah nichts dergleichen. Nicht bei dieser Hochzeit.

Bei dieser Hochzeit jubelte niemand, und kein Mensch hob seinen Weinkelch – im Gegenteil, jeder beobachtete jeden, und alle waren auf der Hut. Die Familie der Braut war nervös und angespannt, und die Familie des Bräutigams stand ihr in nichts nach. Die Gäste und Bediensteten, ja, sogar die Jagdhunde in der Halle waren unruhig und nervös. Selbst der erste Earl of Merrick, dessen Porträt über dem Kaminsims hing, schien die Hochzeitsgesellschaft mit argwöhnischem Blick zu betrachten.

»Ein Hoch auf den Duke of Claymore und seine Braut«, rief der Bruder des Bräutigams noch einmal, und seine Stimme zerriß wie Donnerhall die unnatürliche Grabesstille in der bevölkerten Halle. »Sie mögen sich eines langen gemeinsamen Lebens erfreuen und viele Kinder bekommen!«

Normalerweise ruft dieser althergebrachte Trinkspruch immer dieselben Reaktionen hervor: Der Bräutigam lächelt stolz, weil er überzeugt ist, etwas Großartiges erreicht zu haben.

Die Braut lächelt, weil sie in der Lage war, ihm dieses Gefühl zu entlocken. Lächeln, weil eine Hochzeit unter Adligen zwei bedeutsame Familien und große Besitztümer vereint – an sich schon Grund für ein großes Fest und ausgelassene Fröhlichkeit.

Aber heute, an diesem vierzehnten Oktober des Jahres 1497, war alles anders.

Nach dem Trinkspruch hob der Bruder des Bräutigams seinen Weinkelch, sah den Bräutigam an und verzog bitter den Mund. Die Freunde des Bräutigams erhoben ihre Kelche und beäugten die Familie der Braut mit starrem Lächeln. Die Familienmitglieder der Braut hielten ihre Kelche hoch und erwiderten kühl die Blicke. Der Bräutigam, als einziger anscheinend immun gegen die Feindseligkeit der Gäste, erhob ebenfalls sein Glas und bedachte seine Braut mit einem ruhigen, gleichmütigen Lächeln, das jedoch seine Augen nicht erreichte.

Die Braut machte sich nicht die Mühe, auch nur eine Miene zu verziehen. Ihr Gesichtsausdruck blieb zornig und rebellisch.

In Wahrheit war Jennifer so außer sich vor Wut, daß ihr die Anwesenheit der vielen Menschen kaum bewußt war. Im Augenblick konzentrierte sie sich mit jeder Faser auf ein letztes, verzweifeltes Stoßgebet und klagte Gott an, der es aus reiner Unaufmerksamkeit oder Interesselosigkeit zugelassen hatte, daß sie in eine so schlimme Lage geraten war.

»*Gott im Himmel*«, muckte sie innerlich auf und schluckte den Kloß des Entsetzens hinunter, der ihr die Kehle zuschnürte. »*Gott dort oben, unternimm etwas und verhindere diese Hochzeit. Du mußt schnell handeln – in fünf Minuten ist es zu spät. Ich verdiene etwas Besseres als diese erzwungene Ehe mit einem Mann, der mir die Unschuld geraubt hat! Ich habe mich ihm nicht freiwillig hingegeben, das weißt du.*«

Sie merkte, wie töricht es war, den Allmächtigen zu tadeln und wechselte die Tonart: »*Habe ich dir nicht immer treu gedient?*« flüsterte sie unhörbar. »*War ich dir nicht immer gehorsam?*«

»*NICHT IMMER, JENNIFER*«, hörte sie ihr Gewissen sagen.

»Fast immer«, verbesserte sich Jenny eilfertig. *»Ich war jeden Tag in der Messe – nur selten, wenn ich krank war, habe ich diese Pflicht versäumt –, und ich habe jeden Morgen und jeden Abend gebetet. Beinahe jeden Abend«*, schränkte sie hastig ein, ehe ihre innere Stimme erneut Widerspruch einlegen konnte, *»aber immer, wenn ich nicht so müde war, daß ich vorher einschlief. Und ich habe versucht, mich wirklich bemüht, eine so gute Novizin zu sein, wie es die Äbtissin von mir erwartete. Du weißt, wie sehr ich mich angestrengt habe, Gott«*, schloß sie verzweifelt. *»Wenn du mir hilfst, dem allen zu entkommen, will ich nie wieder eigensinnig oder unbeherrscht sein.«*

»DAS GLAUBE ICH DIR NICHT, JENNIFER«, antwortete die Stimme unbeirrt.

»Aber ich schwöre es«, beteuerte sie ernst und versuchte einen Handel. *»Ich tue alles, was du von mir verlangst – werde sofort wieder ins Kloster gehen und mein ganzes Leben dem Gebet und der Andacht weihen und …«*

»Die Verträge zur Eheschließung sind pflichtgemäß unterzeichnet. Führt den Priester herein«, befahl Lord Balfour, und Jennifer schnappte erschrocken nach Luft. Alle Gedanken an die Opfer, die sie bringen wollte, lösten sich mit einem Schlag in Luft auf. *»Lieber Gott«*, flehte sie stumm, *»warum tust du mir das an? Du läßt doch nicht zu, daß das mit mir geschieht!«*

Tödliches Schweigen senkte sich über die Halle, als die Türen aufgerissen wurden.

»DOCH, JENNIFER, ICH LASSE ES ZU.«

Die Menge teilte sich, um dem Priester Platz zu machen, und Jennifer fühlte sich, als wäre ihr Leben zu Ende. Ihr Bräutigam nahm an ihrer Seite Aufstellung, und sie wich um ein paar Zentimeter zurück. Ihr drehte sich der Magen um vor Wut und Empörung darüber, daß sie seine Nähe ertragen mußte. Hätte sie nur vorher *geahnt*, daß eine einzige unachtsame Tat zu einer solchen Katastrophe und Schmach führen konnte. Wäre sie doch nur nicht so impulsiv und leichtsinnig gewesen!

Sie machte die Augen zu, um die feindseligen Gesichter der Engländer und die mordlustigen Mienen der schottischen Verwandten auszuschließen, und in ihrem Herzen sah sie der unverblümten Wahrheit ins Antlitz: Impulsivität und Leichtsinn – ihre beiden größten Fehler – hatten sie in diese ausweglose Situation gebracht. Dieselben Charaktermängel hatten sie schon oft dazu verleitet, unheilvolle Dummheiten zu begehen. Diese beiden vermaledeiten Eigenschaften waren zusammen mit der Sehnsucht, ihren Vater dazu zu bringen, sie ebenso zu lieben wie seine Stiefsöhne, für das Chaos verantwortlich, das sie aus ihrem Leben gemacht hatte.

Mit fünfzehn Jahren hatte sie sich an ihrem verschlagenen, gehässigen Stiefbruder zu rächen versucht, das war ihr damals nur ehrenhaft und billig erschienen: Heimlich zog sie die Rüstung der Merricks an und stellte sich ihm auf dem Turnierplatz in einem fairen Kampf. Mit dieser Torheit hatte sie sich eine Standpauke von ihrem Vater vor allen Leuten noch auf dem Feld der Ehre eingehandelt – und die Genugtuung, ihren gemeinen Stiefbruder aus dem Sattel gehoben und mit einem Hieb vom Pferd gestoßen zu haben, verblaßte sofort.

Im Jahr zuvor hatten sie diese schlechten Eigenschaften zu einem Benehmen verführt, das den alten Lord Balder dazu veranlaßte, seinen Heiratsantrag zurückzuziehen und damit den sehnlichsten Traum ihres Vaters zu zerstören, der gehofft hatte, die beiden Familien friedlich vereinen zu können. Daraufhin wurde Jenny in die Abtei von Belkirk verbannt, wo sie vor sieben Wochen zur leichten Beute für die marodierende Heerschar des Schwarzen Wolfs wurde.

Und jetzt war sie wegen all dieser Vorfälle gezwungen, ihren Feind zu heiraten – einen brutalen englischen Krieger, dessen Armeen ihr Land angegriffen und unterdrückt hatten, der sie entführt, gefangengehalten, ihr die Jungfräulichkeit geraubt und ihren guten Ruf endgültig ruiniert hatte.

Jetzt war es zu spät für Gebete und Versprechungen. Ihr Schicksal war besiegelt seit dem Moment vor sieben Wochen, in dem sie diesem arroganten Ungeheuer, das jetzt neben ihr stand, vor die Füße gefallen war, verschnürt wie ein Rebhuhn, bevor es an einem Festtag auf den Bratspieß gesteckt wird.

Jennifer schluckte. Nein, vorher … sie hatte den Weg des Verhängnisses schon vorher eingeschlagen, als sie die Warnungen, der Schwarze Wolf und seine Heerscharen trieben sich in der Nähe des Dorfes herum, in den Wind schlug.

Aber wieso hätte sie das glauben sollen, weinte Jennifer im stillen, in dem Versuch, sich vor sich selbst zu verteidigen. »*Der Wolf marschiert auf uns zu!*« Diesen Schreckensruf hörte man seit fünf Jahren mindestens einmal wöchentlich. Aber an diesem Tag vor sieben Wochen war er zur schrecklichen Wirklichkeit geworden.

Die Menschenmenge in der Halle wurde unruhig und hielt nach dem Priester Ausschau, aber Jennifer war in Erinnerungen an den schicksalhaften Tag versunken …

Es war ungewöhnlich schönes Wetter, der Himmel strahlendblau, die Luft samtweich und lau. Die Sonne tauchte die gotischen Türme und anmutigen Bögen des Klosters in gleißendes goldenes Licht und beleuchtete mit ihrem milden Licht das verschlafene kleine Dorf Belkirk, zu dem die Abtei, zwei Kaufläden, vierunddreißig Cottages und ein in Stein gefaßter Gemeinschaftsbrunnen im Zentrum gehörten. In diesem Brunnen versammelten sich die Dorfbewohner an den Sonntagnachmittagen wie heute. Auf einem entfernten Hügel umsorgte ein Schafhirte seine Herde, während Jennifer auf einer Lichtung in der Nähe des Brunnens mit den Waisenkindern, die die Äbtissin ihrer Obhut anvertraut hatte, Blindekuh spielte.

Und in dieser fröhlichen, friedlichen Szenerie nahm das Unheil seinen Anfang. Als könnte sie den Lauf der Ereignisse verändern, wenn sie sie in ihrer Erinnerung erneut zum Leben erweckte, schloß Jennifer erneut die Augen, und stand plötzlich wieder mit den Kindern auf der Lichtung. Sie hatte die schwarze Binde vor den Augen …

»Wo bist du, Tom MacGivern?« rief sie, tastete sich mit ausgestreckten Armen vorwärts und tat so, als könnte sie den kichernden neunjährigen Jungen nicht ausmachen, der ganz nah zu ihrer Rechten stand. Sie lächelte hinter der großen Binde und nahm die Pose eines klassischen Ungeheuers ein – hob die Arme hoch, spreizte die Finger zu gefährlichen Klauen und stampfte mit den Füßen den Boden. Dann rief sie mit tiefer, gruseliger Stimme: »Du kannst mir nicht entkommen, Tom MacGivern.«

»Ha!« schrie er von rechts. »Du findest mich nie, blinde Kuh!«

»O doch«, drohte Jenny und drehte sich absichtlich nach links, was schallende Lachsalven bei den Kindern hervorrief, die sich hinter Bäumen versteckten und neben Büschen kauerten.

»Hab' ich dich erwischt!« rief Jenny ein paar Minuten später triumphierend, als sie sich auf ein fliehendes, kicherndes Kind stürzte und das dünne Handgelenk zu fassen bekam. Atemlos und lachend riß sich Jenny die Binde von den Augen, um nachzusehen, wen sie gefangen hatte. Dabei dachte sie gar nicht an die rotgoldene Mähne, die über ihre Schultern und Arme floß.

»Du hast Mary erwischt!« kreischten die Kinder aufgekratzt. »Jetzt ist Mary die blinde Kuh!«

Das kleine fünfjährige Mädchen sah mit großen haselnußbraunen Augen und ängstlichem Blick zu Jenny auf, ihr dünner Körper bebte furchtsam. »Bitte«, flüsterte Mary und klammerte sich an Jennys Bein, »ich ... ich will die Binde nicht vor den Augen haben. Da ist es doch so dunkel. Muß ich sie umbinden?«

Lächelnd strich Jenny dem Kind das weiche Haar aus dem mageren Gesichtchen. »Nicht, wenn du es nicht möchtest.«

»Ich hab' Angst im Dunkeln«, gestand Mary und ließ die schmalen Schultern vor Scham sinken.

Jenny hob sie in die Arme und drückte sie fest an sich. »Jeder Mensch hat vor irgend etwas Angst«, sagte sie und fügte verschwörerisch hinzu: »Wirklich, ich zum Beispiel habe Angst vor ... vor *Fröschen.*«

Dieses geflunkerte Eingeständnis brachte die kleine Mary

zum Lachen. »Frösche«, wiederholte sie. »Ich mag Frösche – die erschrecken mich kein bißchen.«

»Na, siehst du …« erwiderte Jenny, als sie das Kind wieder auf den Boden stellte. »Du bist sehr mutig. Viel mutiger als ich.«

»Lady Jenny hat Angst vor blöden alten Fröschen«, berichtete Mary ein paar Kindern, als sie davonstürmte.

»Stimmt ja gar nicht …« protestierte Tom, der sofort in die Bresche springen und die Ehre der wunderschönen Lady Jenny retten wollte, die trotz ihrer würdigen Stellung stets zu allen Schandtaten bereit war. Unter anderem hatte sie nicht gezögert, ihre Röcke zu raffen, um in den Teich zu waten und ihm zu helfen, einen fetten Ochsenfrosch zu fangen. Sie war auch schon behende wie eine Katze auf einen Baum geklettert, weil sie den kleinen Will herunterholen wollte, der sich allein nicht getraut hatte.

Jennys beschwörender Blick brachte Tom zum Schweigen. »Ich verbinde mir die Augen«, bot er an und betrachtete bewundernd das siebzehnjährige Mädchen in dem dunklen Gewand einer Novizin, die in Wirklichkeit aber gar keine war und sich ganz sicher auch nicht wie eine benahm. Mann, letzten Sonntag war sogar ihr Kopf während der langen Predigt des Priesters nach vorn gesunken, und nur Toms vorgetäuschtes lautes Husten von der Bank hinter ihr hatte sie gerade noch rechtzeitig geweckt, sonst hätte die gestrenge Äbtissin dieses Vergehen entdeckt.

»Tom ist dran – er ist die blinde Kuh«, stimmte Jenny sofort zu und reichte ihm die Augenbinde. Lächelnd beobachtete sie, wie die anderen Kinder in ihre bevorzugten Verstecke huschten, dann hob sie ihre Nonnenhaube und den kurzen Schleier auf, den sie abgenommen hatte, bevor sie sich die Augen verbinden mußte. Sie wollte sich zu den anderen Dorfbewohnern am Brunnen gesellen, denn die Leute fragten neugierig ein paar Clansmänner aus, die sich auf dem Nachhauseweg aus dem Krieg gegen die Engländer in Cornwall befanden und in Belkirk kurze Rast machten.

»Lady Jennifer«, rief einer der Dorfbewohner, »kommt schnell, es gibt Neuigkeiten vom Laird.«

Jenny vergaß, daß sie die Haube aufsetzen wollte und rannte los. Die Kinder spürten ihre Aufregung, unterbrachen ihr Spiel und hefteten sich an ihre Fersen.

»Was für Neuigkeiten?« erkundigte sich Jenny atemlos und musterte forschend die unerschütterlichen Gesichter der Clansmänner.

Einer von ihnen trat vor, nahm respektvoll den Helm ab und klemmte ihn in die Armbeuge. »Seid Ihr die Tochter des Lairds of Merrick?«

Als der Name Merrick fiel, hielten zwei Männer am Brunnen mitten in der Bewegung inne, und der Wassereimer platschte wieder in den Schacht. Sie tauschten alarmierte, boshafte Blicke aus, senkten schnell die Köpfe und hielten ihre Gesichter im düsteren Schatten.

»Ja«, beteuerte Jenny rasch. »Habt Ihr Nachrichten von meinem Vater?«

»Ja, Mylady. Er befindet sich mit einer großen Heerschar auf dem Heimweg und müßte in Kürze eintreffen.«

»Gott sei Dank.« Jenny atmete erleichtert auf. »Wie steht es in der Schlacht von Cornwall?« erkundigte sie sich besorgt nach dem Kampf, den die Schotten ausfochten, um König Jakob und Edwards Anspruch auf den englischen Thron zu unterstützen.

Sein Gesichtsausdruck beantwortete Jennys Frage, noch ehe er sagte: »Es war fast vorbei, als wir aufgebrochen sind. In Cork und Taunton sah es aus, als könnten wir gewinnen – genau wie in Cornwall, aber dann kam der Teufel persönlich, um das Kommando über Heinrichs Armee zu übernehmen.«

»Der Teufel?« wiederholte Jenny verständnislos.

Der Mann verzog haßerfüllt das Gesicht und spuckte auf den Boden. »Ja, der Teufel – der Schwarze Wolf, möge er bis in alle Ewigkeit in der Hölle schmoren, aus der er gekommen ist.«

Zwei Bäuerinnen bekreuzigten sich, als müßten sie das Böse abwehren, das mit der Erwähnung des Schwarzen Wolfs – des meist gehaßten und gefürchteten Feinds von Schottland – heraufbeschworen worden war, und trotz des Schutzes der heiligen Mächte jagte ihnen die nächste Bemerkung des Mannes Todesängste ein.

»Der Wolf kommt nach Schottland zurück. Heinrich schickt ihn mit einer neuen Armee, um uns zu zermalmen, weil wir Edwards Ansprüche gutheißen. Es wird Mord und Totschlag geben wie das letzte Mal – sogar ein noch schlimmeres Blutbad, Ihr werdet schon sehen. Die Clans haben sich eilends auf den Heimweg gemacht und bereiten sich auf die Schlacht vor. Ich glaube, der Wolf greift Merrick zuerst an, und danach macht er uns alle nieder, weil Euer Clan in Cornwall am meisten Engländern den Tod beschert hat.«

Nach diesen Worten nickte er höflich, setzte seinen Helm wieder auf und schwang sich auf sein Pferd.

Die rauhen Gesellen, die sich noch am Brunnen zu schaffen machten, brachen kurze Zeit danach auch auf und ritten die Straße entlang, die erst durchs Moor führte, ehe sie sich die Hügel hinaufwand.

Nur zwei Männer sonderten sich ab. Sobald sie die Kurve hinter sich gebracht hatten und außer Sichtweite der Dorfbewohner waren, schwenkten sie nach rechts und trieben ihre Pferde im rasenden Galopp in den Wald.

Hätte Jenny ihnen nachgesehen, wäre ihr vielleicht aufgefallen, daß die beiden im weiten Bogen zurückkamen und hinter ihr im Wald neben der Straße lauerten. Aber sie war viel zu beschäftigt mit dem Tumult, der augenblicklich unter den Bewohnern von Belkirk ausbrach. Alle waren in hellster Aufregung, weil das Dorf an der Route lag, die zur Festung der Merricks führte.

»Der Schwarze Wolf kommt!« kreischte eine der Frauen und preßte ihr Baby beschützend an die Brust. »Gott erbarme sich unser.«

»Er will Merrick angreifen«, schrie ein Mann voller Angst. »Er möchte den Laird of Merrick in seine Klauen bekommen, aber auf dem Weg zu ihm wird er Belkirk überrollen und dem Erdboden gleichmachen.«

Plötzlich schwirrten lauter grausige Prophezeiungen von Feuersbrünsten, Tod und Gemetzel durch die Luft, und die Kinder drängten sich in stummem Entsetzen um Jenny. Für die Schotten, ob Adliger oder Tagelöhner, war der Schwarze Wolf böser und gefährlicher als der Leibhaftige, weil der Satan nur ein Geistwesen, der Wolf jedoch aus Fleisch und Blut war – der lebendige Herr des Bösen, ein skrupelloses Ungeheuer, das ihre Existenz hier auf Erden bedrohte. Er war das Schreckgespenst, mit dem die Schotten ihre Sprößlinge in Schach hielten. »Wenn du dich nicht anständig benimmst, holt dich der böse Schwarze Wolf«, ermahnten sie die Kinder, um sie davon abzuhalten, durch die Gegend zu streunen und nachts aus ihren Betten zu kriechen oder ungehorsam zu sein.

Jenny hatte kein Verständnis für diese Hysterie – für sie war der englische Unhold eher ein Mythos als ein wirklicher Mann. Sie erhob die Stimme, um den Radau zu übertönen. »Es ist viel wahrscheinlicher«, rief sie und legte die Arme um die Kinder, die sich erschrocken an sie drückten, »daß er bald zu seinem barbarischen König nach Hause schleicht, damit er sich die Wunden lecken kann, die er in Cornwall davongetragen hat. Und dabei tischt er seinem Herrn bestimmt die größten Lügen über seine Heldentaten und glorreichen Siege auf. Und falls er sich doch nicht zurückzieht, sucht er sich sicher eine schwächere Festung für seinen Angriff aus als Merrick, eine, die er gefahrlos angreifen und ohne Mühe einnehmen kann.«

Diese Worte und der spöttische, verächtliche Tonfall brachten ihr verwunderte Blicke ein, aber sie täuschte diesen Mut nicht bloß vor – sie war eine Merrick, und ein Familienmitglied der Merricks zeigte niemals Furcht, vor keiner Menschenseele. Hundertmal hatte sie das gehört, wenn ihr Vater die Stiefsöhne auf ihre Pflichten hingewiesen hatte, und diesen Leitspruch zu ihrem eigenen erhoben. Am schlimmsten war, daß die Dorfbewohner mit ihrem Lamentieren und Geschrei die Kinder erschreckten, und das durfte sie auf keinen Fall zulassen.

Mary zupfte an Jennys Gewand, um ihre Aufmerksamkeit zu erregen, und fragte mit schrillem Stimmchen: »Hast du denn gar keine Angst vor dem Schwarzen Wolf, Lady Jenny?«

»Natürlich nicht«, versicherte Jenny mit einem strahlenden Lächeln.

»Sie sagen«, warf Tom unheilvoll ein, »daß der Wolf so groß wie ein Baum ist.«

»Ein Baum!« Jenny kicherte in dem Bemühen, sich über den sagenumwobenen Wolf lustig zu machen. »Wenn das stimmt, dann möchte ich zu gern sehen, wie er auf sein Pferd steigt. Mann, dann braucht er mindestens *vier* starke Knappen, die ihn in den Sattel hieven.«

Manche Kinder lachten bei der Vorstellung, genau wie Jenny gehofft hatte.

»Ich hab' gehört«, berichtete Will mit unübersehbarem Schaudern, »daß er die Mauern mit bloßen Händen einreißt und Blut trinkt.«

»Igitt!« rief Jenny, und ihre Augen funkelten amüsiert. »Dann hat er Verdauungsstörungen und ist nur deshalb so gemein. Wenn er nach Belkirk kommt, dann geben wir ihm lieber ein gutes schottisches Ale.«

»Mein Pa sagt«, meldete sich ein anderes Kind zu Wort, »ein Riese würde neben ihm reiten – ein Goliath, den alle Arik nennen und der eine ungeheure Streitaxt bei sich hat, mit der er Kinder zerhackt.«

»Ich habe gehört …« rief ein anderer Junge.

Aber Jenny unterbrach ihn kurzerhand. »Ich will euch mal erzählen, was *ich* gehört habe.« Behutsam führte sie die kleine Schar in Richtung Kloster, das erst wieder nach der Straßenbiegung in Sicht kam. »*Ich* habe gehört«, improvisierte sie fröhlich, »er sei steinalt und könne nicht mehr richtig sehen. Er muß immer blinzeln – so …« Sie legte ihren Kopf in den Nacken und ahmte übertrieben eine halbblinde Person nach, die mit leerem Blick in die Runde starrte. Die Kinder lachten.

Auf dem Weg erfand Jenny weitere lustige Geschichten, und die Kleinen spielten mit und ließen sich auch Dinge einfallen, die den großen Schwarzen Wolf zu einer Witzfigur machten.

Doch trotz des Gelächters und des augenblicklichen Frohsinns, hatte sich der Himmel mit einemmal verdunkelt. Drohende Wolkenbänke rollten über die Hügel, die Luft wurde schneidend kalt, und der Wind zerrte an Jennys Umhang, als würde sich die Natur gegen die Erwähnung des Bösen auflehnen.

Jenny wollte gerade noch einen Scherz auf Kosten des Wolfs machen, aber sie brach mitten im Satz ab, als eine Gruppe berittener Clansmänner um die Kurve bog und auf sie zukam. Ein wunderschönes Mädchen, das wie Jenny das dunkle Gewand einer Novizin und die weiße Haube mit dem grauen Schleier trug, saß vor dem Anführer im Damensitz auf dem Pferd. Das zaghafte Lächeln des Mädchens verriet Jenny, was sie längst wußte.

Mit einem leisen Freudenschrei stürmte sie vorwärts, merkte jedoch gerade noch rechtzeitig, wie unschicklich sie sich gab, und blieb nach ein paar Schritten wie angewurzelt stehen. Ihr liebevoller Blick hing an ihrem Vater, schweifte dann flüchtig über die Clansmänner, die mit derselben grimmigen Mißachtung an ihr vorbeistarrten, die sie ihr schon seit Jahren entgegenbrachten – seit ihr Stiefbruder diese schrecklichen Schauermärchen über sie in Umlauf gebracht hatte.

Sie schickte die Kinder voraus und gab ihnen den strikten Befehl, ohne zu trödeln ins Kloster zu gehen, dann wartete Jenny mitten auf der Straße. Es erschien ihr wie eine Ewigkeit, bis der Reitertrupp endlich die Pferde vor ihr zum Stehen brachte.

Ihr Vater, der augenscheinlich im Kloster haltgemacht hatte, um Brenna, Jennys Stiefschwester, abzuholen, schwang sich aus dem Sattel und hob auch Brenna vom Pferd. Jenny ärgerte sich über diese Verzögerung, aber dieses ausgesucht höfliche und würdige Benehmen war so typisch für den großen Mann, daß ein schiefes Lächeln über ihr Gesicht huschte. Endlich wandte er sich ihr zu und breitete die Arme aus. Jenny warf sich an seine Brust, umschlang ihn und plapperte aufgeregt: »Vater, du hast mir so sehr gefehlt. Es ist beinahe zwei Jahre her, seit ich dich das letzte Mal gesehen habe. Bist du auch ganz gesund? Geht es dir gut? Du siehst blendend aus. Du hast dich in der langen Zeit kaum verändert.«

Lord Merrick löste sanft ihre Arme von seinem Hals und hielt seine Tochter ein wenig von sich, um ihre leicht zerzauste Haarmähne, ihre rosigen Wangen und das schlimm verknitterte Gewand zu betrachten. Jenny wand sich innerlich bei dieser eingehenden Prüfung und betete im stillen, daß er nichts fand, was zu beanstanden war, und daß die Äbtissin ihm bei seinem Besuch im Kloster nur Dinge berichtet hatte, die ihn erfreuten.

Vor zwei Jahren hatte ihr Verhalten dazu geführt, daß sie ins Kloster geschickt wurde; ein Jahr später war Brenna ihr gefolgt, weil sie dort sicher war, während der Laird in den Krieg zog. Dank der Erziehung der Äbtissin hatte Jenny gelernt, ihre Stärken richtig einzuschätzen und sich zu bemühen, die Charaktermängel zu überwinden. Aber jetzt, da ihr Vater sie von Kopf bis zu den Zehen musterte, fragte sie sich unwillkürlich, ob er die junge Lady sah, die aus ihr geworden war, oder das ungestüme Mädchen von vor zwei Jahren. Seine blauen Augen richteten sich schließlich wieder auf ihr Gesicht, und sie lächelten. »Du bist eine richtige Frau geworden, Jenny.«

Jennys Herz wurde mit einemmal ganz leicht. Von einem so wortkargen, verschlossenen Vater war eine derartige Bemerkung ein großes Lob. »Ich habe mich auch in anderer Hinsicht verändert, Vater«, versicherte sie, und ihre Augen schimmerten. »Sogar sehr.«

»So sehr nun auch wieder nicht, mein Mädchen.« Er zog seine struppigen weißen Augenbrauen hoch und warf einen bedeutsamen Blick auf die Haube und den Schleier, die sie noch immer in der Hand hielt.

»Oh!« Jenny lachte unsicher und erklärte eifrig: »Ich habe Blindekuh gespielt ... äh ... mit den Kindern, und die Haube hat gestört, als ich die Augenbinde aufsetzen mußte. Hast du mit der Äbtissin gesprochen? Was hat Mutter Ambrose dir erzählt?«

Seine dunklen Augen blitzten vor Lachen. »Sie meinte«, erwiderte er ernst, »du hättest die Gewohnheit, dich auf den Hügel zu setzen und verträumt in die Luft zu gucken – das klingt mir sehr vertraut, Kleines. Und du würdest dazu neigen, während der Messe einzunicken, wenn dir die Predigt des Priesters zu lange dauert. Auch das kommt mir bekannt vor.«

Jennys Mut sank – die Äbtissin, die sie so sehr bewunderte, hatte einen Verrat an ihr begangen. In gewissem Sinne war Mutter Ambrose Laird ihres eigenen Grundbesitzes – sie überprüfte die Steuerabgaben, die für die klostereigenen Ländereien und Viehbestände geleistet werden mußten, führte den Vorsitz bei Tisch, wenn Gäste bewirtet wurden, und regelte alle Angelegenheiten der Laien und Arbeiter, die auf dem Land der herrlichen Abtei ihre Pflicht taten, und auch die der Nonnen, die hinter den hohen Mauern in Abgeschiedenheit lebten.

Brenna fürchtete sich vor der gestrengen Frau, aber Jenny liebte sie, deshalb traf sie der Verrat schwer.

Die nächsten Worte ihres Vaters milderten jedoch ihre Enttäuschung. »Mutter Ambrose hat mir auch berichtet«, erklärte er mit unübersehbarem Stolz, »daß du genügend Verstand hast, um selbst Äbtissin sein zu können. Sie sagte, du seist eine Merrick durch und durch und hättest so viel Mut, daß du deinen eigenen Clan anführen könntest. Aber das wirst du nicht«, dämpfte er rasch Jennys Hoffnungen – es war ihr sehnlichster Wunsch, diese Aufgabe eines Tages zu übernehmen.

Mit Mühe behielt sie das Lächeln bei, um nicht zu zeigen, wie sehr es sie verletzte, dieses Rechtes beraubt worden zu sein. Von Kindesbeinen an hatte man sie darauf vorbereitet, die Führerschaft einmal zu übernehmen, aber alles wurde anders, als ihr Vater Brennas verwitwete Mutter heiratete und mit dieser Ehe bereitwillig drei Stiefsöhne in die Familie aufnahm.

Alexander, ältester der drei Brüder, sollte später einmal die hohe Stellung einnehmen, die man ihr einst versprochen hatte. Diese Tatsache an sich wäre nicht so schwer zu ertragen gewesen, wenn Alexander ein freundlicher, gerechter junger Mann wäre. Aber er war niederträchtig und ein schamloser Lügner. Jenny wußte das, auch wenn es ihr Vater und der Clan nicht wahrhaben wollten. Gleich im ersten Jahr, das er in der Festung von Merrick verlebte, brachte er Geschichten über Jenny in Umlauf – scheußliche, verleumderische Geschichten, die so ausgeklügelt und gut durchdacht waren, daß er im Lauf der Jahre den ganzen Clan gegen sie einnehmen konnte. Es schmerzte sie unerträglich, daß sie die Zuneigung ihres Clans verloren hatte. Selbst jetzt noch, da die Begleiter ihres Vaters durch sie hindurchsahen, als wäre sie Luft, mußte sich Jenny zurückhalten, die Männer nicht um Vergebung für Taten zu bitten, die sie niemals begangen hatte.

William, der mittlere Bruder, war wie Brenna – lieb und schüchtern –, während Malcolm, der jüngste, genauso boshaft und verschlagen war wie Alexander.

»Die Äbtissin hat auch festgestellt«, fuhr ihr Vater fort, »daß du nett und freundlich bist, aber auch Charakterstärke beweist …«

»Das alles hat sie gesagt?« fragte Jenny und verdrängte sofort die unerfreulichen Gedanken an ihre Stiefbrüder. »Ehrlich?«

»Ja.«

Normalerweise hätte Jenny bei dieser Antwort frohlockt, aber sie ließ das Gesicht ihres Vaters nicht aus den Augen und bemerkte, daß es so grimmig und finster wurde, wie sie es nie zuvor gesehen hatte.

Auch seine Stimme klang angespannt, als er hinzufügte: »Es ist lobenswert und eine große Erleichterung für mich, daß du deine Aufsässigkeit überwunden und dich so zum Vorteil verändert hast, Jennifer.«

Da er offenbar nicht fähig oder willens war, mehr zu sagen, drängte Jenny: »Warum betonst du das so, Vater?«

Er holte tief Luft. »Weil die Zukunft unseres ganzen Clans von deiner Antwort auf die Frage abhängt, die ich dir jetzt stellen werde.«

Seine Worte hallten in ihrem Geist wider wie Fanfarenklänge, und ihr wurde fast schwindlig vor Aufregung und Freude. *Die Zukunft unseres ganzen Clans hängt von dir ab …* Sie war so glücklich, daß sie ihren Ohren kaum traute. Es war, als würde sie auf dem Hügel über der Abtei sitzen und ihren Lieblingstraum träumen – den, in dem ihr Vater zu ihr kommt und sagt: *Jennifer, die Geschicke des Clans liegen in deinen Händen, nicht in denen deiner Stiefbrüder. Du bist für unsere Leute und ihre Zukunft verantwortlich.* Sie hatte nie die Hoffnung aufgegeben, den Clansmännern ihren Mut und ihre Treue zu beweisen und so die verlorene Zuneigung zurückzugewinnen. In ihren Tagträumen wurde sie immer aufgefordert, eine heroische Tat zu vollbringen, etwas, das Mut erfordert und große Gefahren in sich birgt wie die Eroberung der Festung vom Schwarzen Wolf – sie würde die Mauern einreißen und den gefürchteten Feind eigenhändig gefangennehmen! Aber egal, welche beängstigende Aufgabe man ihr auch aufbürden mochte, sie würde nie etwas in Frage stellen oder auch nur einen Moment zögern, die Herausforderung anzunehmen.

Sie erforschte das Gesicht ihres Vaters. »Was soll ich tun?« erkundigte sie sich voller Eifer. »Sag mir, was du von mir verlangst, und ich tue es. Ich mache alles …«

»Wirst du Edric MacPherson *heiraten*?«

»Waaas?« keuchte die entsetzte Heldin aus Jennys Tagträumen. Edric MacPherson war älter als ihr Vater, ein schrumpliger, schrecklicher Mann, und er sah sie, seit sie vom Kind zur jungen Frau geworden war, immer mit einem Blick an, der ihr eine Gänsehaut verursachte.

»Willigst du ein oder nicht?«

Jennys feingeschwungene rötliche Augenbrauen trafen sich über der Nasenwurzel. »Warum?« wollte die Heldin wissen, die nie etwas in Frage stellte.

Ein seltsam gequälter Ausdruck verdüsterte das Gesicht des alten Merrick. »Wir haben eine Niederlage in Cornwall erlitten, Kleines – die Hälfte unserer Männer ist gefallen. Alexander kam in der Schlacht um – er starb wie ein Merrick«, fügte er mit bitterem Stolz hinzu, »und hat bis zu seinem Ende gekämpft.«

»Das freut mich um deinetwillen, Papa«, sagte sie, ohne mehr als nur einen kurzen kummervollen Gedanken an ihren Stiefbruder zu verschwenden, der ihr das Leben zur Hölle gemacht hatte. Jetzt, wie so oft in der Vergangenheit, wünschte sie, es gäbe irgend etwas, womit *sie* den Vater stolz auf sich selbst machen könnte. »Ich weiß, daß du ihn wie einen eigenen Sohn geliebt hast.«

Er nahm ihre Anteilnahme mit einem knappen Nicken zur Kenntnis und kehrte zu seinem eigentlichen Anliegen zurück. »Viele der Clans waren nicht damit einverstanden, nach Cornwall zu ziehen, um für die Interessen von König Jakob zu kämpfen, dennoch sind sie mir gefolgt. Es ist kein Geheimnis für die Engländer, daß sich die Clans durch meinen Einfluß in Cornwall eingefunden haben. Der englische König sinnt auf Rache und schickt den Wolf nach Schottland, um die Festung der Merricks anzugreifen.« Seine tiefe Stimme klang sorgenschwer, als er bekannte: »Wir sind augenblicklich nicht in der Lage, einem Ansturm und einer Belagerung standzuhalten, wenn MacPhersons Clan uns nicht zu Hilfe kommt und unsere Truppen verstärkt. MacPherson hat genügend Macht über ein Dutzend weiterer Clans und kann sie zwingen, uns ebenfalls zu unterstützen.«

Jennys Gedanken wirbelten durcheinander. Alexander war tot, und der Wolf kam *wirklich* ins Land, um ihr Heim anzugreifen …

Der harsche Tonfall ihres Vaters riß sie aus ihrer Benommenheit. »Jennifer! Hast du begriffen, was ich dir klarmachen will? MacPherson wird nur an unserer Seite kämpfen, wenn du ihn zum Mann nimmst.«

Durch die Familie ihrer Mutter war Jenny eine Countess und

Erbin ausgedehnter Ländereien, die an das Gebiet der MacPhersons grenzten.

»Er möchte mein Land?« fragte sie beinahe hoffnungsvoll. Nur zu deutlich erinnerte sie sich an den ekelhaften Blick, mit dem er ihre Figur taxiert hatte, als MacPherson ihr im letzten Jahr einen »gesellschaftlichen Besuch« im Kloster abgestattet hatte.

»Ja.«

»Könnten wir es ihm als Gegenleistung für seine Unterstützung nicht einfach *schenken*?« bot sie verzweifelt an, ohne zu zögern, bereit und willens, prächtige Ländereien zum Wohl ihres Volkes zu opfern.

»Damit würde er sich nicht einverstanden erklären«, erwiderte ihr Vater ärgerlich. »Es ist Ehrensache, für Verwandte zu kämpfen, aber er kann seine Männer nicht in eine Schlacht schicken, die nicht ihre eigene ist, und sozusagen als Bezahlung Land annehmen, das er dann *für sich allein* beansprucht.«

»Aber wenn er sich meinen Besitz so sehr wünscht, dann gibt es doch sicher eine andere Möglichkeit ...«

»Er will *dich*. Er hat in Cornwall um deine Hand angehalten.« Sein Blick wanderte über Jennys Gesicht, und erneut registrierte er die Veränderung – die magere, sommersprossige Schlichtheit von einst hatte sich in eine beinahe exotische Schönheit verwandelt. »Du siehst jetzt aus wie deine Mutter, Kleines, das regt den Appetit eines alten Mannes an. Ich würde dich nicht darum bitten, wenn es eine andere Möglichkeit gäbe.« Schroff erinnerte er sie: »Du hast mich immer darum angefleht, Laird zu werden. Du sagtest, es würde nichts geben, was du nicht zum Wohl deines Clans tun würdest ...«

Jenny drehte sich der Magen um bei dem Gedanken, daß sie ihren Körper, ihr ganzes Leben in die Hände eines Mannes legen sollte, der sie derart abstieß, aber sie hob den Kopf und begegnete tapfer dem Blick ihres Vaters. »Gut, Vater«, sagte sie ruhig. »Soll ich gleich mit dir kommen?« Seine stolze, erleichterte Miene war das große Opfer fast wert.

Er schüttelte den Kopf. »Am besten wäre, du bleibst noch mit Brenna hier. Wir haben keine Pferde übrig und müssen uns beeilen, nach Merrick zu kommen, damit wir so rasch wie möglich mit den Vorbereitungen für die Schlacht beginnen können. Ich lasse MacPherson eine Nachricht zukommen, daß die Hochzeit stattfinden kann, und später schicke ich jemanden her, der dich zu ihm bringt.«

Als er sich umdrehte, um auf sein Pferd zu steigen, gab Jenny der Verlockung nach, gegen die sie die ganze Zeit angekämpft hatte. Statt zur Seite zu treten, ging sie durch die Reihen der Reiter, die einst ihre Freunde und Spielkameraden gewesen waren. In der Hoffnung, daß einige von ihnen ihre Zustimmung zur Eheschließung mit MacPherson mitbekommen und dies die Geringschätzung der Männer mildern würde, blieb sie neben einem rothaarigen Mann stehen. »Gute Tag, Renald Garvin«, sagte sie und lächelte ihn zaghaft an. »Wie geht es Eurer ehrenwerten Frau?«

Seine Miene wurde hart, und seine kalten Augen richteten sich nur kurz auf sie. »Gut genug, denke ich«, versetzte er knapp.

Jenny schluckte schwer nach dieser deutlichen Zurückweisung – dieser Mann hatte ihr vor vielen Jahren das Fischen beigebracht und sie herzlich ausgelacht, als sie in den Fluß gefallen war.

Sie drehte sich um und sah den Mann neben Renald flehentlich an. »Und Ihr, Michael MacCleod? Habt Ihr noch immer Schmerzen in Eurem Bein?«

Kühle blaue Augen begegneten ihrem Blick, dann starrte er wortlos geradeaus.

Sie wandte sich an den Reiter hinter ihm, aber auch sein Gesicht drückte nichts als Haß aus. Sie streckte bittend ihre Hand aus und sagte mit erstickter Stimme: »Garrick Carmichael, es ist vier Jahre her, seit Eure Becky ertrunken ist. Ich schwöre Euch jetzt, wie ich Euch damals geschworen habe, daß ich sie nicht in den Fluß gestoßen habe. Wir hatten keinen Streit, das alles waren Lügen, die Alexander verbreitet hat ...«

Seine Miene wurde hart wie Granit, dann trieb Garrick Carmichael stumm sein Pferd vorwärts, und ohne sie auch nur eines einzigen Blicks zu würdigen, folgten ihm die anderen Männer.

Nur der alte Josh, Waffenmeister des Clans, zügelte sein Pferd neben ihr und ließ die anderen vorbei. Er beugte sich zu ihr und strich mit seiner schwieligen Hand über ihren Kopf. »Ich weiß, daß Ihr die Wahrheit sagt, Herzchen«, versicherte er. Seine ungebrochene Loyalität trieb ihr heiße Tränen in die Augen, als sie ihn ansah. »Ihr seid reizbar, das kann ich nicht leugnen, aber Ihr haltet Euren Zorn im Zaum. Garrick Carmichael und die anderen haben sich vielleicht durch Alexanders engelhaftes Lächeln täuschen lassen, aber beim alten Josh hatte er kein Glück. Ihr werdet nicht erleben, daß ich ihm auch nur eine einzige Träne nachweine. Der Clan ist weit besser dran, wenn der junge William ihn anführt. Carmichael und die anderen«, fügte er zuversichtlich hinzu, »werden ihre Meinung über Euch schon noch ändern, wenn sie begreifen, daß Ihr diesen MacPherson nur heiratet, um ihnen und Eurem Vater zu helfen, diese entscheidende Schlacht zu gewinnen.«

»Wo sind meine Stiefbrüder?« fragte Jenny heiser – sie mußte schnell von etwas anderem reden, sonst wäre sie in Tränen ausgebrochen.

»Sie reiten auf einer anderen Route nach Hause. Wir konnten nicht sicher sein, ob der Wolf uns nicht auf dem Marsch überfällt, deshalb haben wir uns getrennt.« Er tätschelte noch einmal zärtlich ihren Kopf, dann gab er seinem Pferd die Sporen.

Wie betäubt blieb Jenny mitten auf der Straße stehen und sah den grimmigen Reitern nach, bis der letzte hinter der Biegung verschwand.

»Es wird allmählich dunkel«, sagte Brenna in mitfühlendem Tonfall, als sie neben ihre Schwester trat. »Wir müssen ins Kloster zurück.«

Das Kloster. Vor nur drei Stunden hatte Jenny fröhlich und voller Tatendrang das Kloster verlassen, und jetzt fühlte sie sich wie tot. »Geh schon ohne mich voraus. Ich … ich kann nicht zurück. Noch nicht. Ich denke, ich mache einen Spaziergang auf den Hügel und setze mich dort für eine Weile hin.«

»Die Äbtissin wird ärgerlich, wenn wir vor Einbruch der Dämmerung nicht im Haus sind, und bald ist es ganz dunkel«, erwiderte Brenna ängstlich. So war es immer gewesen – Jenny brach ständig alle Regeln, und Brenna fürchtete sich, eine davon auch nur ein bißchen zu beugen. Brenna war sanft, gefügig und wunderschön mit ihrem blonden Haar und den haselnußbraunen Augen – das alles und ihre Freundlichkeit und Güte machte sie in Jennys Augen zur Verkörperung der Weiblichkeit im besten Sinn. Brenna war im gleichen Maß mild und zurückhaltend wie Jenny impulsiv und couragiert. Ohne Jenny hätte Brenna nicht ein einziges Abenteuer erlebt – und wäre nie ausgezankt worden. Ohne Brenna, um die sie sich Sorgen machen und die sie beschützen mußte, hätte Jenny noch sehr viel mehr Abenteuer erlebt – und wäre noch viel öfter als ohnehin gescholten worden. Diese Gegensätzlichkeit hatte die Mädchen zusammengeschweißt, und eine versuchte, die andere, so gut es ging, vor Schaden zu bewahren und die Fehler der Schwester auszugleichen.

Brenna zauderte, doch dann schlug sie mit kaum wahrnehmbarem Beben in der Stimme vor: »Ich bleibe bei dir. Wenn du allein bist, vergißt du immer, wie schnell die Zeit vergeht, und dann wirst du vielleicht von einem … einem Bären in der Finsternis angegriffen.«

Im Augenblick erschien Jenny die Aussicht, von einem Bären zerfleischt zu werden, ziemlich verlockend – ihr zukünftiges Leben sicher nur von Düsternis und Versagungen bestimmt, schreckte sie weit mehr. Doch trotz der Tatsache, daß sie im Freien bleiben wollte – ja, fast mußte –, um ihre wirren Gedanken zu ordnen, schuttelte Jenny den Kopf. Sie wußte, Brenna würde später Todesängste ausstehen, wenn sie der Äbtissin unter die Augen treten mußten. »Nein, wir gehen beide ins Kloster zurück.«

Ohne auf Jennys Einwand zu achten, nahm Brenna ihre Hand und wandte sich nach links zum Abhang des Hügels, von dem aus man Ausblick auf das Kloster hatte. Zum erstenmal in ihrem Leben übernahm Brenna die Führung, und Jenny folgte ihr.

Im Wald neben der Straße huschten verstohlen zwei Schatten durch das Dämmerlicht. Sie hielten sich parallel zu dem Pfad, den die Mädchen einschlugen.

Als sie den steilen Abhang etwa zur Hälfte überwunden hatten, war Jenny es schon ziemlich satt, sich in Selbstmitleid zu baden, und unternahm einen heroischen Versuch, ihren guten Willen zu zeigen und die neu erwachten Lebensgeister weiter zu lüpfen. »Wenn man genauer darüber nachdenkt«, meinte sie und warf einen Blick auf Brenna, »ist es eine großartige und noble Tat, die ich vollbringen darf – ich heirate diesen alten MacPherson, um mein Volk zu retten.«

»Du bist genau wie Jeanne d'Arc«, stimmte Brenna ihr eifrig zu. »Die hat ihre Gefolgsleute auch heldenhaft zum Sieg geführt.«

»Ja, nur ich führe niemanden in die Schlacht, ich heirate Edric MacPherson.«

»Und«, ergänzte Brenna aufgeregt, »du erleidest damit ein viel schlimmeres Schicksal als sie.«

Ein Lachen blitzte in Jennys Augen auf bei dieser bedrückenden Bemerkung, die ihre gutmeinende Schwester mit solchem Enthusiasmus von sich gab.

Ermutigt durch Jennys neugewonnene Fröhlichkeit suchte Brenna nach etwas anderem, womit sie die Stiefschwester ablenken und noch mehr aufheitern konnte. Als sie sich dem Gipfel des Hügels näherten, der von dichtem Wald bestanden war, sagte sie plötzlich: »Was hat Vater gemeint, als er sagte, du würdest aussehen wie deine Mutter?«

»Keine Ahnung«, murmelte Jenny geistesabwesend. Plötzlich fühlte sie sich unbehaglich, als würden sie in der zunehmenden Dunkelheit beobachtet. Sie drehte sich um und ging ein Stück rückwärts, spähte hinunter zum Brunnen und sah, daß sich die Dorfbewohner alle an ihre wärmenden Kochfeuer zurückgezogen hatten. Sie zog schaudernd in dem beißenden Wind ihren

Umhang fester um sich und fuhr ohne großes Interesse fort: »Mutter Ambrose sagt, daß meine äußere Erscheinung ein wenig *schamlos* sei und daß ich auf die Wirkung aufpassen müsse, die ich auf Männer ausübe, wenn ich einmal das Kloster verlasse.«

»Was hat das alles zu bedeuten?«

Jenny zuckte sorglos mit den Schultern. »Ich weiß auch nicht.« Sie wandte sich wieder um und ging normal. Erst jetzt erinnerte sie sich an ihre Haube und den Schleier in ihrer Hand und setzte sie auf. »Wie sehe ich eigentlich aus?« erkundigte sie sich, während sie Brenna verwirrt anschaute. »Ich habe mein Gesicht seit zwei Jahren nicht mehr gesehen – nur ein paarmal die Spiegelung in der Wasseroberfläche. Habe ich mich sehr verändert?«

»O ja.« Brenna lachte. »Selbst Alexander könnte dich jetzt nicht mehr dürr nennen oder behaupten, daß dein Haar dieselbe Farbe wie eine Karotte hat.«

»Brenna!« fiel ihr Jenny entsetzt über ihre Gefühllosigkeit ins Wort. »Bist du denn nicht traurig über Alexanders Tod? Er war dein Bruder und ...«

»Sprich nicht darüber«, bat Brenna zitternd. »Ich habe geweint, als Vater es mir erzählte, aber nur ein paar Tränen. Ich habe ein schlechtes Gewissen, weil ich Alexander nicht so gern hatte, wie ich sollte. Früher nicht, und jetzt auch nicht. Ich konnte es nicht. Er war so gemein und niederträchtig. Es ist falsch, schlecht über Tote zu reden, das weiß ich, aber mir fällt nichts *Gutes* ein, was es über ihn zu sagen gäbe.« Ihre Stimme erstarb, und sie wickelte sich fester in ihren Umhang, um sich gegen die feuchte Kälte zu schützen. Mit einem flehenden Blick forderte sie Jenny auf, das Thema zu wechseln.

»Sag mir, wie ich aussehe«, verlangte Jenny erneut zu wissen, nachdem sie ihre Schwester kurz und fest umarmt hatte.

Sie blieben vor dem dichten Wald, der ihren Weg zum Gipfel blockierte, stehen. Ein träges, nachdenkliches Lächeln erhellte Brennas schöne Züge, als sie ihre Stiefschwester eingehend musterte. Ihre haselnußbraunen Augen richteten sich auf das ausdrucksstarke Gesicht. Große blaue Augen, die unter fein geschwungenen, dunkelroten Brauen rein und klar wie Kristall schimmerten, beherrschten es. »Na ja, du bist … du bist ziemlich hübsch.«

»Gut, aber siehst du irgend etwas *Ungewöhnliches* an mir?« hakte Jenny nach und dachte an die Worte von Mutter Ambrose, als sie ihre Haube mit einer Haarnadel befestigte und den Schleier zurechtrückte. »Etwas, das Männer dazu bringen könnte, sich komisch zu benehmen?«

»Nein«, behauptete Brenna fest, weil sie Jenny mit den Augen einer jungen, naiven Unschuld betrachtete. »Nicht das geringste.«

Ein Mann hätte etwas ganz anderes gesagt, denn Jennifer Merrick war nicht hübsch im üblichen Sinn, sondern bezaubernd und aufreizend. Sie hatte einen großzügigen Mund, der zum Küssen einlud, Augen wie leuchtende Saphire, deren Ausdruck fesselten und anlockten, üppiges, wie rotgoldener Satin glänzendes Haar und eine schlanke, sinnliche Figur, für die Berührung von Männerhänden wie geschaffen.

»Deine Augen sind blau«, bemühte sich Brenna hilfsbereit, sie zu beschreiben.

Jenny kicherte. »Das waren sie vor zwei Jahren auch.«

Brenna öffnete den Mund, um etwas darauf zu antworten, aber die Worte wurden zu einem Schrei, der von der Hand eines Mannes erstickt wurde. Während sich diese Hand auf ihren Mund preßte, wurde sie nach hinten ins Dickicht gezerrt.

Jenny duckte sich instinktiv, weil sie auch einen Angriff erwartete, aber es war bereits zu spät. Sie trat um sich und kreischte hinter der behandschuhten Hand, dann hob man sie hoch und schleppte sie in den Wald. Brenna wurde wie ein Mehlsack über einen Pferderücken geworfen – ihre schlaffen Glieder zeigten, daß sie ohnmächtig geworden war –, aber Jenny war nicht so leicht zu unterwerfen. Als ihr Entführer sie auf den Pferderücken schleuderte, rollte sie sich zur Seite ab und kämpfte sich auf die Füße. Der Kerl fing sie wieder ein, Jenny zog ihm die Fingernägel durchs Gesicht und zappelte wild in seinem Griff.

»Sapperlott«, zischte er wütend, als er sich abmühte, ihre um sich schlagenden Arme und Beine unter Kontrolle zu bekommen.

Jenny stieß einen markerschütternden Schrei aus, und im selben Moment trat sie so derb zu, wie sie konnte. Sie traf mit den festen schwarzen Stiefeln, die für eine Novizin als schicklich erachtet wurden, das Schienbein des Entführers. Der blonde Mann stöhnte vor Schmerz und ließ sie für den Bruchteil einer Sekunde los. Schon stürmte sie vorwärts und hätte vielleicht ein paar Meter Vorsprung gewinnen können, wenn sich ihr Stiefel, der ihr noch ein paar Augenblicke zuvor so gute Dienste geleistet hatte, nicht in einer Wurzel verfangen hätte. Sie fiel auf die Nase und stieß sich beim Sturz die Schläfe an einem Stein.

»Gib mir den Strick«, sagte der Bruder des Wolfs und sah seinen Begleiter mit einem grimmigen Lächeln an. Stefan Westmoreland zog seiner geschwächten Gefangenen den Umhang über den Kopf, zerrte ihn um ihren schmalen Körper, um die Arme an ihre Seiten zu pressen, dann nahm er den Strick, den ihm sein Begleiter hinhielt, und wickelte ihn fest um Jennys Taille. Nachdem er das Seil ordentlich verknotet hatte, hob er das menschliche Bündel auf und warf es rücksichtslos über den Rücken seines Pferdes, so daß Jennys Hinterteil in den Himmel ragte. Dann schwang er sich hinter seiner Beute in den Sattel.

Kapitel zwei

»Royce wird unser Glück kaum fassen können«, rief Stefan dem Reiter an seiner Seite zu, dessen Gefangene jetzt auch gefesselt vor ihm lag. »Stell dir vor – Merricks Töchter direkt unter diesem Baum, reif wie Äpfel, die man vom Zweig pflücken kann. Jetzt haben wir keinen Grund mehr, die Verteidigungsmaßnahmen der Merricks auszukundschaften – der alte Lord wird sich kampflos ergeben.«

Obwohl Jenny fest verschnürt in ihrer wollenen Falle lag, ihr Kopf hin und her geschleudert wurde und ihr Bauch bei jedem Hufschlag auf den Pferderücken aufprallte, hörte sie den Namen »Royce«, und das Blut gefror ihr in den Adern. Royce Westmoreland, der Earl of Claymore. Der Wolf. Plötzlich erschienen ihr die grausigen Geschichten, die sie von ihm gehört hatte, nicht mehr so weit hergeholt. Brenna und sie waren von Männern gefangengenommen worden, die keinerlei Respekt vor dem St.-Alban-Orden zeigten, denn schließlich zeichnete ihr Habit sie und Brenna als Novizinnen aus, als angehende Nonnen, die ihre Gelübde noch nicht abgelegt hatten. Was für Männer, dachte Jenny rasend vor Zorn, mußten das sein, wenn sie Hand an Nonnen oder Novizinnen legten, ohne Bedenken oder Angst vor den möglichen göttlichen oder menschlichen Vergeltungsmaßnahmen? Kein normaler Mann würde das wagen – nur ein Teufel und seine Helfershelfer waren zu einer solchen Tat fähig.

»Die zweite ist immer noch bewußtlos«, sagte Thomas mit boshaftem Lachen. »Schade, daß wir keine Zeit haben, unsere Beute auszuprobieren. Obwohl – wenn ich die Wahl hätte, würde ich den kleinen Leckerbissen vorziehen, den du so gut verpackt hast, Stefan.«

»Deine ist die schönere von beiden«, erwiderte Stefan kalt, »und du probierst gar nichts aus, bis Royce entschieden hat, was mit den Mädchen wird.«

Jenny erstickte fast an ihrer Angst und gab einen leisen Laut des Entsetzens von sich, aber niemand hörte sie. Sie flehte Gott an, ihre Entführer mit einem Blitz zu erschlagen, doch auch Gott schien sie nicht zu hören, und die Pferde trotteten endlos weiter und bereiteten ihr bei jeder Bewegung böse Schmerzen. Sie betete darum, daß ihr ein Fluchtplan einfallen möge, aber ihre Gedanken waren viel zu beschäftigt mit den unheimlichen Geschichten über den Schwarzen Wolf, die ihr jetzt die reinsten Höllenqualen bereiteten. *Er macht keine Gefangenen, es sei denn, er hat vor, sie zu foltern. Er lacht, wenn seine Opfer vor Schmerzen schreien. Er trinkt ihr Blut …*

Bittere Galle stieg in Jennys Kehle auf, aber sie betete weiter – nicht mehr um eine Gelegenheit zur Flucht, denn sie wußte im Grunde ihres Herzens, daß es kein Entrinnen gab. Statt dessen wünschte sie sich einen schnellen Tod und daß sie dem stolzen Namen ihrer Familie keine Schande machte. Die Stimme ihres Vaters dröhnte noch in ihren Ohren: Während einer Zusammenkunft in der Halle hatte er einmal seinen Stiefsöhnen, als sie noch sehr jung waren, klargemacht: *Wenn es Gottes Wille ist, daß ihr in der Gewalt des Feindes sterben müßt, dann seht eurem Schicksal tapfer entgegen. Sterbt kämpfend wie die Krieger. Wie echte Merricks! Sterbt im Kampf …*

Diese Worte hallten in ihrem Kopf wider, und als die Pferde langsamer wurden und Jenny in der Ferne die Geräusche eines großen Heerlagers hörte, wich die Angst rasendem Zorn. Ich bin viel zu jung, um zu sterben, dachte sie, das ist nicht gerecht! Und die liebe, sanftmütige Brenna sollte dem Tod ebenfalls ins Auge sehen. Auch das war wohl ihre, Jennys, Schuld. Sie mußte dem lieben Gott mit schwer belastetem Gewissen gegenübertreten. Und all das nur, weil sich ein blutrünstiges Ungeheuer in diesem Land herumtrieb und alles, was seinen Weg kreuzte, zerstörte.

Ihr Herz schlug noch wilder, als die Pferde plötzlich stehen blieben. Metall klirrte, Leute liefen herum, und dann hörte sie die Stimmen der Gefangenen – Männer, die um Gnade flehten. »Hab Erbarmen, Wolf – Gnade, Wolf …« Das schreckliche Winseln wurde zu lautem Geschrei, als Jenny ohne viel Aufhebens vom Pferderücken gezerrt wurde.

»Royce«, rief Stefan, »komm her – wir haben dir was mitgebracht!«

Immer noch mit dem Umhang über dem Kopf und festgebundenen Armen, wurde Jenny über die Schulter ihres Entführers geworfen. Sie hörte, wie Brenna neben ihr ihren Namen schrie, als man sie beide wegschleppte.

»Sei tapfer, Brenna«, beschwor Jenny ihre Schwester, aber ihre Stimme wurde von dem Umhang erstickt, und sie wußte, daß Brenna kein Wort verstehen konnte.

Jenny wurde unsanft auf den Boden gestellt und weiter geschubst. Ihre Beine waren taub. Sie taumelte und fiel hart auf die Knie. *Stirb wie eine Merrick. Bleib mutig bis zum Tod. Stirb im Kampf*, schwirrte es ihr durch den Kopf, als sie vergeblich versuchte, auf die Füße zu kommen. Über ihr ergriff zum erstenmal der Wolf das Wort – Jenny wußte sofort, daß diese rauhe, hitzige Stimme nur zu ihm gehören konnte – eine Stimme, die aus dem Mittelpunkt der Hölle zu kommen schien. »Was ist das? Hoffentlich was zu futtern.«

Man sagt, er ißt das Fleisch der Menschen, die er getötet hat ... Der junge Thomas hatte das berichtet, und jetzt, als Brenna kreischte und die Gefangenen jammerten, erinnerte sich Jenny wieder daran. Der Strick, mit dem sie gefesselt war, wurde aufgeschnitten. Von den beiden Dämonen Furcht und Wut getrieben, stand sie schwankend auf, und ihre Arme kämpften verbissen mit dem Umhang. Sie sah aus wie ein außer Rand und Band geratenes Gespenst, das sein Totenhemd loswerden wollte. Im selben Moment, in dem ihr das Tuch endlich von Kopf und Schultern rutschte, riß sie beide Fäuste hoch und schlug mit aller Kraft auf den finsteren, teuflischen Riesen ein, der vor ihr stand. Sie traf ihn am Kinn.

Brenna fiel erneut in Ohnmacht.

»Ungeheuer!« brüllte Jenny, »Barbar!« Sie holte erneut aus, aber diesmal wurde ihre Faust aufgefangen, mit schmerzhaftem Griff umklammert und hoch über ihrem Kopf festgehalten. »Teufel!« schrie sie, während sie sich heftig wand und einen gewaltigen Tritt gegen das Schienbein ihres Widersachers landen konnte. »Satansbrut. Zerstörer der Unschul...«

»Was, zur Hölle ...« donnerte Royce Westmoreland. Er umfaßte die Taille seiner Angreiferin, hob sie mühelos hoch und hielt sie eine Armlänge von sich. Das war ein gewaltiger Fehler. Ihr Fuß schlug wieder aus, und der harte Stiefel traf ihn mit solcher Wucht in der Leistengegend, daß er sich beinahe krümmte.

»Du kleines Biest!« polterte er los, als er sie vor Überraschung, Schmerz und Wut losließ, aber gleich darauf grabschte er nach ihrem Schleier und einer dicken Haarsträhne, die sich darunter verbarg, und riß ihren Kopf zurück. »Ruhe!« brüllte er.

Selbst die Natur schien ihm zu gehorchen. Das Flehen der Gefangenen verstummte, die Geräusche der Waffen wurden leiser, und Schweigen senkte sich über die große Lichtung. Jennys Puls raste, und ihre Kopfhaut brannte. Sie kniff die Augen zu und wartete auf den Schlag seiner mächtigen Faust, der ihr sicher das Lebenslicht ausblasen würde.

Aber er kam nicht.

Halb ängstlich, halb neugierig öffnete sie langsam die Augen, und zum erstenmal sah sie wirklich *sein Gesicht*. Beim Anblick des teuflischen Ungeheuers, das da vor ihr aufragte, hätte sie beinahe einen Entsetzensschrei ausgestoßen. Er war riesig, gigantisch. Sein Haar war schwarz, und sein schwarzer Umhang bauschte sich hinter ihm im Wind, als hätte er ein Eigenleben. Das tanzende Licht des Feuers spiegelte sich auf seinen dunklen, adlerähnlichen Gesichtszügen und warf Schatten, die ihn wahrhaftig satanisch aussehen ließen. Die seltsamen Augen in seinem hageren bärtigen Gesicht blitzten wie geschmolzene Silberkugeln. Seine Schultern waren unglaublich breit, genau wie seine Brust, und mächtige Muskeln wölbten sich an seinen Armen. Ein Blick auf ihn, und Jenny wußte, daß er all der Dinge fähig war, die man ihm unterstellte.

Stirb tapfer. Stirb schnell!

Sie drehte den Kopf und bohrte ihre Zähne in sein massives Handgelenk.

Sie sah, wie sich seine funkelnden Augen vor Erstaunen weiteten, kurz bevor er seine Hand erhob und ihr eine so gewaltige Ohrfeige versetzte, daß ihr Kopf zur Seite schnellte und sie wieder auf die Knie sank. Instinktiv rollte sich Jenny zu einem Ball zusammen und wartete mit fest zusammengepreßten Lidern auf den tödlichen Hieb. Todesangst durchdrang sie bis in die letzte Faser ihres zitternden Körpers.

Die Stimme des Riesen war diesmal noch gräßlicher, weil er nicht brüllte, sondern die Wut unterdrückte und gefährlich zischte: »Was, zur Hölle, hast du getan?« Royce wandte sich an seinen jüngeren Bruder. »Haben wir nicht genug Probleme auch ohne dies? Die Männer sind erschöpft und hungrig, und du schleppst zwei Weibsbilder hier an, um ihre Unzufriedenheit noch zu schüren.«

Noch ehe sein Bruder etwas antworten konnte, drehte sich Royce um und befahl dem anderen Mann, der Stefan auf dem Ritt begleitet hatte, knapp und scharf, sie allein zu lassen, dann fiel sein Blick auf die beiden Frauen, die wie jämmerliche Häufchen zu seinen Füßen lagen – eine von ihnen war ohne Bewußtsein, die andere zitterte so heftig in ihrer zusammengekrümmten Stellung, daß es aussah, als würde sie unter krampfhaften Zuckungen leiden. Aus irgendeinem Grund brachte ihn das bebende Mädchen mehr auf als ihre ohnmächtige Leidensgenossin.

»Steh auf«, herrschte er Jenny an und stieß sie mit der Stiefelspitze an. »Vor einer Minute warst du doch noch so mutig – steh auf!«

Jenny streckte sich vorsichtig und stützte sich mit der Hand am Boden ab. Dann kämpfte sie sich ungeschickt auf die Füße und taumelte unsicher.

Royce beachtete sie kaum und wandte sich wieder an seinen Bruder. »Ich warte auf eine Antwort, Stefan.«

»Und ich gebe dir auch eine, wenn du aufhörst, mich anzubrüllen. Diese Frauen sind ...«

»Nonnen!« versetzte Royce schneidend, als sein Blick auf das schwere Kreuz, das um Jennys Hals hing, und auf die Haube und den Schleier fiel. Für einen Moment schien ihn diese Entdeckung sprachlos zu machen. »Gütiger Gott, du hast *Nonnen* in unser Lager gebracht, damit die Männer sie als Huren benützen?«

»*Nonnen?*« japste Stefan perplex.

»*Huren?*« krächzte Jenny außer sich. Bestimmt war dieses Ungeheuer nicht so gottlos, sie seinen Männern als Huren zur Verfügung zu stellen, oder?

»Ich könnte dich wegen dieser Torheit töten, Stefan. Also bitte erkläre mir …«

»Du wirst deine Meinung rasch ändern, wenn ich dir sage, wer diese beiden sind«, erwiderte Stefan und wandte seinen entsetzten Blick von Jennys grauem Habit und dem Kruzifix ab. »Mein lieber Bruder, vor dir steht« – verkündete er mit neuerwachtem Mut und unangemessener Fröhlichkeit – »Lady Jennifer, die geliebte Tochter und ältestes Kind von Lord Merrick.«

Royce starrte seinen jüngeren Bruder an. Erst als er nachdenklich Jennys schmutziges Gesicht musterte, entkrampften sich seine zu Fäusten geballten Hände. »Man hat dich entweder hinters Licht geführt, Stefan, oder die Gerüchte, die im ganzen Land kursieren, entbehren jeglicher Wahrheit – man erzählt sich, daß Merricks Tochter eine ausgesuchte Schönheit ist.«

»Nein, ich bin nicht getäuscht worden. Sie ist wirklich seine Tochter, ich selbst habe es aus ihrem eigenen Mund gehört.«

Royce hielt Jennys bebendes Kinn mit Daumen und Zeigefinger fest und betrachtete ihr mit Dreck verschmiertes Gesicht im spärlichen Licht des Feuers. Seine Augenbrauen zogen sich zusammen, und um seine Lippen spielte ein freudloses Lächeln. »Wie kann jemand diese Person eine Schönheit nennen?« erkundigte er sich mit beleidigendem Sarkasmus. »Das Juwel von Schottland?«

Er bemerkte, daß ihre Augen ärgerlich aufflackerten, als sie zurückzuckte und sich seinem Griff entwand, aber statt beeindruckt von ihrer Courage zu sein, wurde er wütend. Alles, was mit den Merricks in Zusammenhang stand, brachte ihn in Rage, und sein Rachedurst wurde übermächtig. Er umklammerte erneut das blasse, dreckige Gesicht und zog es zu sich heran. »Antwortet mir, Mylady!« befahl er in Unheil verheißendem Tonfall.

Brenna, die aus ihrer Erstarrung erwachte und nahe einem hysterischen Ausbruch war, glaubte, daß Jenny etwas zur Last gelegt wurde, wofür sie ganz allein verantwortlich war. Sie hielt sich an Jennys Gewand fest und zog sich mühsam hoch. Ihre

Beine schienen sie nicht tragen zu wollen, weshalb sie sich ganz dicht an Jenny schmiegte, bis sie dastanden wie zusammengewachsene Zwillinge.

»Sie nennen nicht Jenny so!« hauchte sie heiser, als es schien, daß Jennys eisernes Schweigen diesen beängstigenden Riesen zu einer grauenvollen Strafmaßnahme herausfordern würde. »Sie ... sie sagen das über mich.«

»Und wer, zum Teufel, seid Ihr?« brauste er auf.

»Sie ist gar niemand«, warf Jenny hastig ein. Damit verstieß sie gegen das achte Gebot, aber sie hoffte, daß Brenna freikam, wenn man sie weiterhin für eine Nonne und nicht auch für ein Mitglied der Familie Merrick hielt. »Sie ist schlicht Schwester Brenna aus der Abtei von Belkirk.«

»Ist das wahr?« wollte Royce von Brenna wissen.

»Ja!« kreischte Jenny.

»Nein«, flüsterte Brenna kleinlaut.

Royce Westmoreland ballte wieder die Fäuste und schloß kurz die Augen. Ein Alptraum, dachte er – ein unglaublicher Alptraum. Nach einem Gewaltmarsch saß er jetzt hier mit seinen Männern fest – ohne Proviant und befestigter Unterkunft – und war am Ende seiner Geduld. Und jetzt noch das. Er schaffte es nicht einmal, eine vernünftige, ehrliche Antwort aus zwei verängstigten Weibern herauszuholen. Keine Frage – er war müde, vollkommen erschöpft, von drei Tagen und Nächten ohne Schlaf. Er wandte Brenna sein hageres Gesicht und den funkensprühenden Blick zu. »Falls Ihr die nächste Stunde überleben wollt«, drohte er, weil er gemerkt hatte, daß sie leichter einzuschüchtern war als die andere und ihm vermutlich nicht so schnell Lügen auftischen würde, »werdet Ihr mir jetzt sofort eine wahrheitsgemäße Antwort geben.« Sein Blick bohrte sich förmlich in Brennas haselnußbraune Augen. »Seid Ihr die Tochter von Lord Merrick oder nicht?«

Brenna schluckte schwer und versuchte etwas zu sagen, aber sie brachte kein Wort über die zitternden Lippen. Sie ließ niedergeschlagen den Kopf hängen und nickte schwach.

Zufriedengestellt schoß Royce der Wildkatze im Nonnengewand einen bösen Blick zu und befahl seinem Bruder: »Fessle sie und bring sie in ein Zelt. Ich brauche sie lebend, weil ich sie morgen befragen möchte.«

Ich brauche sie lebend, weil ich sie morgen befragen möchte ... Die Worte hallten in Jennys gequältem Geist wider, als sie neben der armen Brenna in einem Zelt auf dem Boden lag. Ihre Handgelenke und Füße waren mit Lederriemen zusammengebunden. Sie starrte durch das Loch in der Mitte des Zeltes in den wolkenlosen Sternenhimmel und überlegte, welche Fragen ihr der Wolf wohl stellen wollte, als die Müdigkeit Oberhand über ihre Furcht gewann. Welche Folterwerkzeuge konnte dieser Unmensch einsetzen, um Antworten zu erzwingen? Und welche Antworten wollte er hören? Jenny war ganz sicher, daß ihr Leben mit dem morgigen Tag sein Ende finden würde.

»Jenny?« flüsterte Brenna aufgeregt. »Du glaubst doch nicht, daß er uns morgen tötet, oder?«

»Nein«, log Jenny, um die Schwester zu beruhigen.

Kapitel drei

Das Lager des Wolfs erwachte zum Leben, bevor die letzten Sterne verblaßten. Jenny hatte während der ganzen Nacht kaum eine Stunde geschlafen. Sie lag zitternd unter ihrem dünnen Umhang und starrte durch das große Rauchabzugsloch in der Zeltmitte in den tintenblauen Himmel, dabei bat sie Gott abwechselnd um Verzeihung für ihre vielen Verfehlungen und flehte ihn an, die arme Brenna zu verschonen und ihr die unausweichlichen Konsequenzen von Jennys törichter Entscheidung, in der Dämmerung auf den Hügel zu gehen, zu ersparen.

»Brenna«, flüsterte sie, als das Treiben der Männer draußen lauter wurde und das Lager vor Geschäftigkeit summte, »bist du wach?«

»Ja.«

»Wenn der Wolf uns ausfragt, dann laß mich die Antworten geben.«

»Ja«, hauchte Brenna wieder mit verzagtem Stimmchen.

»Ich habe keine Ahnung, was er wissen will, aber höchstwahrscheinlich geht es um etwas, das wir ihm lieber nicht erzählen sollten. Vielleicht kann ich erahnen, warum er eine Frage stellt und ihn dann irgendwie auf die falsche Fährte bringen.«

Das erste Licht hatte den Himmel gerade mit rosenfarbenen Streifen überzogen, als zwei Männer ins Zelt kamen, um die Fesseln der Gefangenen zu lösen und ihnen ein paar Minuten in der Abgeschiedenheit des Dickichts am Rande der Lichtung zu gönnen. Danach befestigten sie die Lederriemen wieder an den Händen der beiden Frauen und führten Brenna weg.

»Wartet«, rief Jenny entsetzt, als sie ihre Absichten durchschaute, »nehmt mich mit – bitte! Meine Schwester ist … äh … ihr ist nicht gut.«

Einer der Männer, ein mindestens zwei Meter großer Hüne, der nur der legendäre Koloß mit Namen Arik sein konnte, bedachte sie mit einem vernichtenden Blick und machte sich wortlos auf den Weg. Der andere Wächter zerrte die bedauernswerte Brenna mit sich, und Jenny beobachtete durch die offene Zeltklappe, daß die anderen Männer ihrer Schwester lüstern nachsahen, als sie mit zusammengebundenen Händen an ihnen vorbeigeführt wurde.

Die halbe Stunde, die Brenna weg war, erschien Jenny wie eine Ewigkeit, aber ihr fiel ein Stein vom Herzen, weil die kleine Schwester bei ihrer Rückkehr keinerlei Anzeichen zeigte, daß ihr körperliche Gewalt angetan worden war.

»Geht es dir gut?« fragte Jenny besorgt, nachdem der Wachmann gegangen war. »Der Unhold hat dir doch kein Leid angetan, oder?«

Brenna schluckte, schüttelte den Kopf und brach im nächsten Augenblick in Tränen aus. »Nein …« heulte sie verzweifelt, »aber er wurde sehr böse, weil ich … ich konnte einfach nicht aufhören zu weinen. Ich hatte solche Angst, Jenny, und er ist so riesig und grimmig. Ich mußte immerzu heulen, und das hat ihn nur noch wütender gemacht.«

»Hör auf zu weinen«, beschwichtigte Jenny sie, »jetzt ist ja alles vorbei.« Das entsprach ganz und gar nicht den Tatsachen, und sie dachte traurig: Lügen kommen mir immer leichter über die Lippen.

Stefan öffnete die Klappe von Royces Zelt und kam herein. »Mein Gott, wirklich eine Schönheit«, sagte er und meinte damit Brenna, die gerade weggebracht worden war. »Zu schade, daß sie eine Nonne ist.«

»Keine Nonne«, versetzte Royce ärgerlich. »Zwischen zwei Heulanfällen konnte sie mir erzählen, daß sie ›Novizin‹ ist.«

»Was soll das heißen?«

Royce Westmoreland war ein schlachterprobter Krieger, aber seine Kenntnisse religiöser Angelegenheiten ließen sehr zu wünschen übrig. Seit er ein Junge war, hatte sich sein ganzes Leben nur um Krieg, Waffen und Armeen gedreht. Deshalb übersetzte er Brennas tränenreiche Erklärungen in militärische Begriffe, die er verstand: »Offensichtlich ist eine Novizin so was wie ein Freiwilliger, der seine Kriegsausbildung noch nicht beendet und seinem Lord noch nicht die Treue geschworen hat.«

»Glaubst du, daß sie die Wahrheit sagt?«

Royce zog eine Grimasse und trank einen Schluck von seinem Ale. »Sie hat viel zuviel Angst, um zu lügen. Um genau zu sein, sie hat sogar zuviel Angst, um ein vernünftiges Wort von sich zu geben.«

Stefan kniff die Augen zusammen – entweder aus Eifersucht, oder weil er ungehalten über die Respektlosigkeit seines Bruders war. »Und zu schön, um allzu harsch befragt zu werden?«

Royce funkelte ihn böse an, aber sein Verstand beschäftigte sich bereits wieder mit dem Wesentlichen. »Ich möchte wissen, wie gut die Burg der Merricks befestigt ist, und muß mir Klarheit über die Lage der Ländereien verschaffen. Alles, was wir in

Erfahrung bringen können, hilft uns. Andernfalls mußt du den Ritt, den du gestern so hastig abgebrochen hast, noch einmal antreten«, sagte er mit tödlicher Endgültigkeit.

Brenna wich verschüchtert zurück, als der Hüne Arik erneut ihr Zelt betrat – die Erde schien unter seinen mächtigen Schritten zu beben. »Nein, bitte«, hauchte sie verzweifelt. »Bringt mich nicht noch einmal zu ihm.«

Er achtete gar nicht auf Brenna, marschierte zielstrebig auf Jenny zu, umklammerte mit seiner riesigen Hand ihren Arm und hievte sie auf die Füße. Die Legenden, die man sich von ihm erzählt, dachte Jenny erschrocken, sind kein bißchen übertrieben, was seine Größe und die Streitaxt betrifft – der Griff dieser Waffe war so dick wie ein starker Baumast.

Der Wolf ging rastlos in seinem Zelt auf und ab, blieb jedoch sofort stehen, als Jenny unsanft hereingeschubst wurde. Seine silbernen Augen schätzten sie prüfend ab, während sie trotz der auf dem Rücken zusammengebundenen Hände aufrecht und stolz vor ihm stand. Obwohl ihr Gesicht keinerlei Gefühl ausdrückte, erkannte Royce überraschenderweise verschleierte Mißachtung in den blauen Augen, die seinem Blick trotzig begegneten. Mißachtung – und nicht die geringste Spur von Tränen oder Schrecken. Plötzlich erinnerte er sich, was er über Merricks älteste Tochter gehört hatte. Die jüngere wurde »das Juwel von Schottland« genannt, aber man munkelte, daß diese hier eine abweisende, stolze Erbin mit enormer Mitgift und einem so vornehmen Stammbaum war, daß es keinen Mann gab, der ihr auch nur das Wasser reichen konnte. Aber das war noch nicht alles – man erzählte sich auch, sie sei ein unscheinbares, ja unansehnliches Mädchen, das den einzigen Heiratsantrag, der ihr wahrscheinlich jemals gemacht wurde, verschmäht hatte, und anschließend sei sie vom Vater in ein Kloster gesteckt worden. Bei der dicken Dreckschicht, die sich inzwischen über ihr ganzes Gesicht verteilt hatte, war unmöglich auszumachen, wie unscheinbar sie wirklich war, aber die engelsgleiche Schönheit und Sanftmut ihrer jüngeren Schwester besaß sie sicher nicht. Das andere Mädchen hatte erbärmlich geweint – das hier blitzte ihn böse an.

»Gütiger Gott, seid ihr wirklich Schwestern?« fragte er ungläubig.

Sie reckte ihr Kinn ein Stückchen höher. »Ja.«

»Erstaunlich«, erwiderte er spöttisch. »*Echte* Schwestern?« fügte er hinzu. »Antwortet mir!« knurrte er, als sie eisern schwieg.

Jenny, die sich mehr fürchtete, als sie zeigte, bezweifelte mit einemmal, daß er vorhatte, sie zu foltern oder am Ende der Unterhaltung zu töten, wenn er sich nach den Verwandtschaftsgraden in ihrer Familie erkundigte. »Sie ist meine Stiefschwester«, gab sie zu, und plötzlich regte sich ihr Widerspruchsgeist und verdrängte die Angst. »Es fällt mir schwer, mich auf irgend etwas zu konzentrieren, solange meine Hände auf dem Rücken gefesselt sind. Es tut weh und ist außerdem vollkommen unsinnig.«

»Ihr habt recht«, erwiderte er absichtlich barsch, als er sich an den Tritt in seine Lenden erinnerte, »man sollte Euch lieber die Füße fesseln.«

Er war so verstimmt, daß ein amüsiertes und selbstzufriedenes Lächeln um Jennys Mundwinkel spielte. Royce entging das keineswegs, und er wollte seinen Augen nicht trauen. Erwachsene Männer, kampferprobte Krieger kuschten in seiner Gegenwart und zitterten vor Furcht, aber diese junge Krabbe mit der hochmütigen Haltung und dem eigensinnigen Kinn genoß es regelrecht, ihm die Stirn zu bieten. Plötzlich riß ihm der Geduldsfaden. »Genug der nichtssagenden Höflichkeiten«, versetzte er ungnädig und ging langsam auf sie zu.

Jennys Belustigung verflog – sie wich einen Schritt zurück, blieb dann aber stehen, um der Gefahr tapfer ins Auge zu sehen.

»Ich möchte Antworten auf einige Fragen haben. Wie viele bewaffnete Männer hält Euer Vater in der Festung von Merrick?«

»Ich weiß es nicht«, entgegnete Jenny entschieden, machte diese mutige Vorstellung jedoch sofort zunichte, indem sie vorsichtig einen weiteren Schritt zurücktrat.

»Rechnet Euer Vater damit, daß ich seine Festung angreife?«

»Ich weiß es nicht.«

»Ihr stellt meine Langmut auf eine zu harte Probe«, warnte er ungerührt. »Würdet Ihr es vorziehen, wenn ich diese Fragen Eurer zarten Schwester stelle?«

Diese Drohung tat die gewünschte Wirkung – ihr Trotz verwandelte sich in schiere Verzweiflung. »Wieso sollte er nicht annehmen, daß Ihr ihn angreift? Seit Jahren kursieren Gerüchte, daß Ihr ins Land einfallt. Jetzt habt Ihr sogar einen Vorwand, obwohl Ihr sicher keinen braucht.« Jennifer stieß entgegen aller Vernunft einen Angstschrei aus, als er ihr noch näher kam. »Ihr seid ein Tier! Ihr habt Spaß daran, unschuldige Menschen zu töten.« Als er das nicht einmal abstritt, drehte sich Jenny beinahe der Magen um.

»Da Ihr schon so viel wißt«, sagte er gefährlich leise, »könnt Ihr mir gewiß auch erzählen, wie viele Krieger für Euren Vater kämpfen werden.«

Jenny schätzte, daß mindestens noch fünfhundert Männer in Merricks Diensten stehen mußten. »Vielleicht zweihundert«, sagte sie.

»Ihr seid eine törichte, leichtsinnige kleine Närrin!« zischte Royce, faßte nach ihrem Arm und schüttelte sie grob. »Ich könnte Euch mit bloßen Händen in Stücke reißen, und trotzdem wagt Ihr es, mich anzulügen?«

»Was erwartet Ihr von mir?« rief Jenny – sie zitterte am ganzen Leib, blieb aber hartnäckig. »Soll ich meinen eigenen Vater an Euch verraten?«

»Ehe Ihr dieses Zelt verlaßt«, versprach er, »werdet Ihr mir alles, was Ihr über seine Pläne wißt, erzählen – freiwillig oder mit einem bißchen Unterstützung meinerseits, die Euch bestimmt nicht gefallen wird.«

»Ich habe keine Ahnung, wie viele Männer er um sich

geschart hat«, schrie sie hilflos. »Das ist die Wahrheit«, behauptete sie fest. »Gestern habe ich meinen Vater nach zwei Jahren wiedergesehen, und vorher hat er kaum ein Wort mit mir gesprochen.«

Royce war über diese Antwort so verblüfft, daß er sie eine Weile fassungslos anstarrte. »Warum nicht?«

»Ich ... ich habe ihn verärgert«, bekannte sie.

»Das kann ich mir sehr gut vorstellen«, erwiderte er schonungslos. Er hielt Jenny für das unerfreulichste und lästigste weibliche Wesen, dem er je begegnet war. Gleichzeitig stellte er erschrocken fest, daß sie den sanftesten, einladendsten Mund hatte, den er in seinem Leben gesehen hatte – und die strahlendsten blauen Augen.

»Er hat nicht mit Euch gesprochen und Euch in all den Jahren keine Beachtung geschenkt? Und dennoch riskiert Ihr Euer Leben, um ihn vor mir zu schützen?«

»Ja.«

»Warum?«

Es hätte einige ehrliche und sicherere Erklärungen dafür gegeben, aber Wut und Schmerz dämpften Jennys Verstand. »Weil«, versetzte sie giftig, »ich Euch und alles, was Ihr repräsentiert, verabscheue.«

Royce starrte sie lange ungläubig an – trotz seines Zorns nötigte ihm dieser Mut einige Bewunderung ab. Am liebsten hätte er sie auf der Stelle umgebracht, aber das hätte ihm auch nicht zu den Erkenntnissen verholfen, die er suchte. Er war ratlos und wußte nicht, wie er mit dieser verdrehten Person fertig werden sollte – am verführerischsten erschien es ihm, ihr den Hals umzudrehen, aber das war in dieser Situation keine brauchbare Lösung. Es war immerhin möglich, daß sich Lord Merrick kampflos ergab, wenn sich seine beiden Töchter in der Gewalt des Feindes befanden. »Verschwindet«, befahl er knapp.

Jenny brauchte keine weitere Aufforderung, diesen verhaßten Menschen zu verlassen. Sie wirbelte herum, um aus dem Zelt zu fliehen, aber die mit Holz verstärkte Leinenklappe war heruntergeschlagen, und sie konnte sie mit den gefesselten Händen nicht öffnen.

»Ich sagte, Ihr sollt von hier verschwinden!« brüllte Royce, und sie drehte sich zu ihm um.

»Es gibt nichts, was ich lieber täte, aber ich kann nicht gut durch geschlossene Zeltwände gehen.«

Wortlos streckte er die Hand aus und hob die Klappe an, dann bückte er sich zu ihrer Überraschung, um sie mit einer duckmäuserischen Verbeugung zu verhöhnen. »Stets zu Euren Diensten, Ma'am. Wenn es sonst noch etwas gibt, das ich tun kann, um Euch Euren Aufenthalt bei uns so angenehm wie möglich zu machen, zögert nicht, nach mir zu rufen.«

»Gut, dann löst meine Fesseln«, forderte sie dreist, und ihm blieb beinahe der Mund offenstehen.

»Nein«, brauste Royce im nächsten Moment auf. Die Klappe fiel und traf hart Jennys Hinterteil. Sie machte einen Satz nach vorn und schrie leise auf, als eine Hand sie von hinten ergriff. Aber es war nur einer von etwa einem Dutzend Wachmännern, die vor dem Zelt des Wolfs Stellung bezogen hatten.

Als Jenny in ihr Zelt zurückkam, war Brenna aschfahl vor Angst, weil man sie so lange ganz allein an diesem unfreundlichen Ort gelassen hatte.

»Mir ist rein gar nichts geschehen«, versicherte Jenny, als sie sich ungeschickt auf den Boden setzte.

Kapitel vier

Ein Feuer nach dem anderen flammte im Tal auf, in dem der Wolf und sein Heer auch die folgende Nacht verbrachten. Jenny stand mit gefesselten Händen am offenen Eingang ihres Zelts und beobachtete nachdenklich die Aktivitäten um sie herum. »Wenn wir einen Fluchtversuch wagen, Brenna ...« begann sie.

»Flucht?« wiederholte ihre Schwester und schnappte erschrocken nach Luft. »Heilige Mutter Gottes, wie können wir von hier fliehen, Jenny?«

»Ich habe noch keinen Plan, aber irgendwie muß es uns gelingen, und zwar sehr schnell. Ich habe die Unterhaltung von ein paar Männern da draußen belauscht. Sie sind der Meinung, daß man uns benutzt, um Vater dazu zu zwingen, sich dem Wolf ohne Kampf zu ergeben.«

»Meinst du, Vater würde sich darauf einlassen?« wollte Brenna wissen.

Jenny biß sich auf die Unterlippe. »Ich weiß es nicht. Es gab eine Zeit – bevor Alexander nach Merrick kam –, da hätten meine Verwandten und Clansmänner lieber ihre Waffen abgelegt, als zu riskieren, daß mir auch nur ein einziges Haar gekrümmt wird. Aber jetzt bedeute ich ihnen überhaupt nichts mehr.«

Brenna hörte den bitteren Unterton in der Stimme ihrer Schwester und hätte sie gern getröstet, aber sie wußte, daß Alexander alles getan hatte, um die junge Herrin bei dem Clan so unbeliebt zu machen, daß niemand ihr mehr auch nur einen Funken Zuneigung entgegenbrachte.

»Dich lieben sie«, fuhr Jenny fort, »deshalb ist schwer vorauszusehen, wie sie sich entscheiden oder wie groß der Einfluß ist, den Vater auf sie ausüben kann. Wie auch immer – wenn wir bald entkommen, könnten wir Merrick erreichen, bevor sie einen Entschluß fassen. Wir müssen unbedingt rechtzeitig dort sein.«

Von all den Hindernissen, die sie überwinden mußten, machte sich Jenny am meisten Sorgen über den langen Weg nach Merrick. Sie schätzte, daß man von hier aus etwa zwei Tage brauchte, wenn man ein Pferd zur Verfügung hatte, und jede Stunde, die sie auf der offenen Straße verbrachten, brachte große Gefahren. Banditen trieben überall ihr Unwesen, und zwei alleinreisende Frauen wären sogar für ehrenwerte Männer eine verlockende Beute. Die Straßen waren nicht sicher – genausowenig wie die Herbergen. Als einzige ungefährliche Unterkünfte blieben nur Klöster und Pfarrhöfe, in denen alle respektablen Reisenden Unterschlupf für die Nacht suchten.

»Die Schwierigkeit ist, daß wir keine Möglichkeit haben, uns davonzustehlen, solange unsere Hände gefesselt sind«, überlegte Jenny laut, ohne die Männer im Lager aus den Augen zu lassen. »Das bedeutet, wir müssen sie irgendwie davon überzeugen, daß es besser ist, wenn sie die Stricke lösen, oder wir müssen während einer der Mahlzeiten, wenn unsere Hände frei sind, in den Wald fliehen. Aber in diesem Fall würden sie unsere Abwesenheit bemerken, sobald sie die Schüsseln aus unserem Zelt holen, und wir wären noch nicht weit genug weg. Trotzdem – wenn das die einzige Gelegenheit ist, die sich uns in den nächsten zwei Tagen bietet, müssen wir sie ergreifen«, schloß sie vergnügt.

»Und wenn wir uns in den Wald schleichen können, was dann?« fragte Brenna und verdrängte tapfer ihre Angst, die sie schon bei dem bloßen Gedanken daran, ganz allein im finsteren Wald zu sein, empfand.

»Ich weiß noch nicht – wir müssen uns wahrscheinlich erst einmal irgendwo verstecken, bis sie die Suche nach uns aufgegeben haben. Vielleicht gelingt es uns auch, sie irgendwie zum Narren zu halten und glauben zu machen, daß wir nach Osten statt nach Norden geflohen sind. Wenn wir allerdings zwei Pferde stehlen könnten, wären unsere Chancen, ihnen zu entkommen, wesentlich größer, selbst wenn wir dann nicht so leicht ein Versteck finden. Am besten wäre, wir würden ihnen zwei Pferde wegnehmen und trotzdem zusehen, daß wir sie auf die falsche Fährte führen. Verstecken und gleichzeitig weglaufen ...«

»Aber wie?« fragte Brenna. Ihre Stirn war tief gefurcht, weil sie so angestrengt nachdachte.

»Keine Ahnung, aber irgend etwas müssen wir versuchen.« Tief in ihre Überlegungen versunken, starrte sie blicklos an dem großen, bärtigen Krieger vorbei, der sich von den anderen abgesondert hatte und sie eingehend betrachtete.

Die Feuer erloschen, die Wachmänner holten das Eßgeschirr aus ihrem Zelt und fesselten wieder ihre Hände. Bis jetzt hatte keins der Mädchen eine akzeptable Idee, wie sie ihren Plan in die Tat umsetzen konnten, aber sie sprachen über mehrere absurde Möglichkeiten.

»Wir dürfen nicht hier bleiben wie willige Geiseln, die dieses Ungeheuer für seinen Vorteil nutzen kann«, brach es aus Jenny heraus, als sie nebeneinander in der Dunkelheit lagen. »Wir müssen fliehen.«

»Jenny, hast du auch schon bedacht, was er mit uns macht, wenn ... falls«, verbesserte sich Brenna schnell, »er uns erwischt?«

»Ich glaube nicht, daß er uns tötet«, versicherte Jenny nach kurzem Nachdenken. »Er kann uns ja nicht mehr als Faustpfand benutzen, wenn er uns nicht am Leben läßt. Vater würde in jedem Fall darauf bestehen, uns zu sehen, ehe er kapituliert. Der Earl muß uns lebend und atmend zeigen, sonst zerreißt ihn Vater in Stücke.« Jenny hielt es für besser und weniger angsteinflößend, den Schwarzen Wolf als Earl of Claymore zu betrachten.

»Du hast recht«, stimmte Brenna zu und versank gleich darauf in tiefen Schlaf.

Jenny hingegen fand erst einige Stunden später so viel Ruhe, daß auch sie einschlief. Obwohl sie nach außen Mut und Zuversicht zur Schau stellte, fürchtete sie sich mehr als je zuvor in ihrem Leben. Sie hatte Angst um Brenna, um sich selbst und um ihren Clan und nicht die leiseste Idee, wie sie fliehen konnten. Sie wußte nur, daß sie es versuchen mußten.

Auch wenn ihre Entführer sie nicht sofort umgebracht hatten und das höchstwahrscheinlich auch nicht tun würden, gab es noch andere – undenkbare – Dinge, die Männer Frauen antun konnten und die weitaus schlimmer waren als ein gemeiner Mord. Sie sah das Bild eines finsteren Gesichts, das hinter einem dichten schwarzen Bart verborgen war, vor sich und schauderte bei der Erinnerung an diese eigenartigen silbernen Augen, in denen sich am Abend die züngelnden Flammen widergespiegelt hatten. Heute hatten diese Augen dieselbe Farbe gehabt wie der Himmel bei einem Unwetter – aber einen kurzen Moment, als er ihren Mund betrachtet hatte, war der Ausdruck plötzlich ganz anders gewesen. Diese unbestimmbare Veränderung war furchteinflößender gewesen als alles andere. Sein schwarzer Bart, redete sie sich ein, machte ihn so schrecklich, weil er seine Gesichtszüge verdeckte. Ohne den Bart würde er sicher aussehen wie jeder andere ältere Mann von … fünfunddreißig? Vierzig? Sie hatte Schauermärchen über ihn gehört, seit sie ein drei-, vierjähriges Kind gewesen war, also mußte er schon ziemlich alt sein. Sie fühlte sich irgendwie besser, als ihr klar wurde, daß er schon alt war. Nur der Bart machte ihn so abschreckend, beruhigte sie sich immer wieder. Sein Bart, die Größe, die mächtige Gestalt und seine seltsamen silberfarbenen Augen – all das ließ ihn einfach furchtbar erscheinen.

Der Morgen brach an, und noch immer hatte Jenny keinen Plan, wie sie heimlich und so schnell wie möglich weit weg vom Heerlager kommen und gleichzeitig Wegelagerern und Räubern oder noch schlimmerem aus dem Weg gehen konnte.

»Wenn wir nur irgendwie an Männerkleidung herankämen«, sagte Jenny nicht zum erstenmal, »dann hätten wir eine größere Chance, unser Ziel heil zu erreichen.«

»Wir können unsere Wachen nicht gut fragen, ob sie uns ihre Hosen und Hemden leihen«, erwiderte Brenna ratlos. »Ich wünschte, ich hätte wenigstens mein Nähzeug bei der Hand«, fügte sie mit einem leisen Seufzer hinzu. »Ich bin so unruhig, daß ich kaum still sitzen kann, wenn ich nichts zu tun habe. Außerdem kann ich viel klarer denken, wenn ich eine Nadel in der Hand halte. Glaubst du, daß mir unser Wachmann eine Nadel beschaffen würde, wenn ich ihn freundlich darum bitte?«

»Wohl kaum«, antwortete Jenny geistesabwesend. Sie zupfte am Saum ihres Gewandes, während sie die Männer, die draußen in ihren zerrissenen Kleidern aufmarschierten, beobachtete. Wenn irgend jemand Nadel und Faden brauchte, dann diese zerlumpten Kerle. »Was würdest du überhaupt nähen wollen mit …« Jenny brach unvermittelt ab, aber ihre Gedanken überschlugen sich mit einemmal, und sie mußte sich sehr anstrengen, um ein freudestrahlendes Lächeln zu unterdrücken, als sie sich langsam zu Brenna umdrehte. »Brenna«, sagte sie betont gleichmütig, »du solltest den Wachmann wirklich bitten, dir Nadel und Garn zu beschaffen. Er scheint ziemlich nett zu sein, und ich weiß, daß er dich sehr hübsch findet. Warum rufst du ihn nicht herein und fragst ihn, ob er uns *zwei* Nadeln bringen kann?«

Jenny wartete und jubilierte innerlich, als Brenna zum Zelteingang ging und den Wachmann zu sich winkte. Später würde sie Brenna ganz genau erklären, was sie vorhatte, aber noch nicht gleich; Brennas Gesichtsausdruck würde sofort alles verraten, wenn sie versuchte, jemanden anzuschwindeln. Sie konnte sich nicht verstellen.

»Heute bewacht uns ein anderer Mann, den habe ich noch nie gesehen«, flüsterte Brenna enttäuscht, als der unbekannte Wachmann auf sie zukam. »Soll ich ihn bitten, den netten zu holen?«

»Auf jeden Fall«, stimmte Jenny mit einem breiten Lächeln zu.

Sir Eustace besprach sich mit Royce und Stefan, und die drei beugten sich über Landkarten, als der Wachmann Lionel hereinkam und ihm ausrichtete, daß die Ladies ihn zu sprechen wünschten.

»Ist sie immer noch nicht von ihrem hohen Roß heruntergekommen?« knurrte Royce und bezog sich damit auf Jenny. »Sie schickt sogar die Männer, die sie bewachen sollen, auf Botengänge, und was noch schlimmer ist, diese Gimpel laufen sofort los, um das zu tun, worum sie gebeten hat!« Er überlegte kurz und fügte dann hinzu: »Ich nehme doch an, daß dich die mit den blauen Augen und dem schmutzigen Gesicht hergeschickt hat, oder?«

Sir Lionel lachte leise und schüttelte den Kopf. »Ich habe heute morgen *zwei* saubere Gesichter gesehen, Royce, aber die

Lady, die mit mir gesprochen hat, hatte grüne Augen, keine blauen.«

»Ah, ich verstehe«, erwiderte Royce sarkastisch, »es war also nicht die Überhebliche, die dich von deinem Posten weggeschickt hat, du konntest der Schönen nicht widerstehen. Was will sie?«

»Das wollte sie mir nicht sagen. Sie möchte mit Eustace reden, meinte sie.«

»Geh zurück auf deinen Posten und bleib dort. Sag ihr, daß sie warten soll«, ordnete Royce an.

»Royce, sie sind nur zwei hilflose Frauen«, erinnerte ihn der Ritter, »und noch dazu schwache und zarte. Und du läßt sie nur von Arik oder einem von uns bewachen«, sagte er und meinte damit die Ritter, die Royces Elitetruppe und seine engsten Freunde waren. »Du fesselst sie Tag und Nacht und hältst sie unter Bewachung, als wären die beiden gefährliche, kampferprobte Krieger, die uns jeden Augenblick überwältigen und fliehen könnten.«

»Ich kann diese Frauen niemand anderem anvertrauen«, versetzte Royce und rieb sich dabei nachdenklich den Nacken. Plötzlich sprang er vom Stuhl auf. »Ich habe es satt, in diesem Zelt herumzuhocken. Ich gehe mit und sehe nach, was sie wollen.«

»Ich komme auch mit«, rief Stefan.

Jenny sah den Earl schon von weitem. Mit großzügigen, entschlossenen Schritten kam er mit zwei Wachen zu seiner Rechten und seinem Bruder zur Linken zu ihrem Zelt.

»Also?« polterte Royce los, als er mit den drei Männern das Zelt betrat. »Was ist es diesmal?« wollte er von Jenny wissen.

Brenna wirbelte in panischer Angst herum, preßte die Hand auf ihr Herz und sah ihn furchtsam und unschuldig an, als sie sich beeilte, die ganze Schuld für seine Verärgerung auf sich zu nehmen. »Ich … *ich* habe nach ihm geschickt.« Sie deutete mit dem Kopf auf Eustace. »Nach Sir Eustace.«

Mit einem ungeduldigen Schnauben wandte Royce den Blick von Jenny und sah ihre törichte Schwester an. »Würdet Ihr mir freundlicherweise erklären, warum?«

»Ja.«

Royce merkte, daß sie freiwillig nicht mehr preisgeben würde. »Sehr gut, dann erklärt es.«

»Ich … wir« – sie sah Jenny jämmerlich an, dann stürzte sie sich ins kalte Wasser. »Wir … hätten sehr gern Garn und Nadeln.«

Royce fixierte argwöhnisch die Person, die sich mit höchster Wahrscheinlichkeit etwas ausgedacht hatte, wie sie ihm mit diesen Nadeln körperliche Pein zufügen konnte, aber heute erwiderte Lady Jennifer Merrick gleichmütig seinen Blick, und ihre Miene wirkte demütig und bescheiden. Seltsam, aber er empfand beinahe Enttäuschung darüber, daß ihr Widerspruchsgeist so schnell verloschen war. »Nadeln?« wiederholte er und runzelte die Stirn.

»Ja«, erwiderte Jenny mit sorgsam gedämpfter Stimme – sie durfte weder herausfordernd noch zu unterwürfig erscheinen, sondern mußte einen höflichen und ruhigen Eindruck machen, als hätte sie sich in ihr Schicksal gefügt. »Die Tage sind sehr lang, und wir haben kaum etwas zu tun. Meine Schwester Brenna hat vorgeschlagen, daß wir ein wenig nähen könnten.«

»Nähen?« hakte Royce nach. Plötzlich ärgerte er sich über sich selbst, weil er seine Gefangenen gefesselt und unter schwerer Bewachung hielt. Lionel hatte recht – Jenny war nur eine schwache Frau. Ein junges, leichtsinniges, dickköpfiges Mädchen mit mehr Schneid als Verstand. Er hatte sie einfach überschätzt, weil es bis jetzt noch kein Gefangener gewagt hatte, sich gegen ihn mit Tritten und Schlägen zur Wehr zu setzen. »Wofür haltet Ihr das hier – für den Salon der Königin?« knurrte er. »Wir haben keine …« Er hielt inne, als müßte er nach der richtigen Bezeichnung für die Gerätschaften suchen, mit denen sich die Damen bei Hof die Zeit vertrieben.

»Stickrahmen?« half Jenny nach.

Er musterte sie geringschätzig. »Ich fürchte, wir können nicht damit aufwarten.«

»Vielleicht mit einem kleinen Webstuhl?« erkundigte sie sich unschuldig und hatte die größte Mühe, sich das Lachen zu verbeißen.

»Nein!«

»Aber irgend etwas, was wir als Nadeln benutzen können, und Garn oder Fäden, muß sich doch auftreiben lassen«, setzte Jenny rasch hinzu, als er sich zum Gehen umdrehte. »Wir werden sonst noch wahnsinnig, wenn wir Tag um Tag tatenlos in diesem Zelt herumsitzen. *Was* wir machen, ist ganz unwichtig – Ihr habt doch gewiß Dinge, die man zum Nähen oder Handarbeiten benutzen kann.«

Er schwang herum, und sein Blick drückte Freude und Zweifel zugleich aus. »Ihr bietet Euch an, unsere Kleider zu flicken?«

Brenna war sichtlich schockiert über diesen Vorschlag, und Jenny bemühte sich, ebenso erschrocken und entrüstet wie sie zu reagieren. »Ich dachte eigentlich nicht an flicken oder stopfen ...«

»Meine Männer haben genug zerrissene Kleider, um hundert Näherinnen ein ganzes Jahr lang zu beschäftigen«, entgegnete Royce entschieden und beschloß in diesem Moment, daß sich die beiden Frauen Unterkunft und Verpflegung selbst verdienen sollten. Flickarbeiten waren so gut wie jede andere Bezahlung. Er wandte sich an Godfrey und sagte: »Kümmere dich darum.«

Brenna wirkte schwer getroffen, weil ihr Wunsch offenbar so weit geführt hatte, daß sie sich mit dem Feind in gewisser Weise verbünden mußten; Jenny strengte sich an, sich empört und widerstrebend zu geben, aber sobald die vier Männer außer Hörweite waren, schlang sie die Arme um ihre Schwester und drückte sie fest an sich. »Wir haben gerade zwei von drei Hindernissen überwunden«, triumphierte sie. »Man wird uns die Fesseln abnehmen, und wir bekommen Sachen, mit denen wir uns verkleiden können, Brenna.«

»Verkleiden?« fragte Brenna verständnislos, aber noch ehe

Jenny antworten konnte, wurden ihre Augen groß, und als sie begeistert die Umarmung erwiderte, lachte sie leise. »Männerkleider, und *er selbst* hat sie uns angeboten.«

Schon nach einer Stunde türmten sich in ihrem Zelt zwei kleine Berge von zerrissenen Decken, Jacken und Hosen, die ihnen die Krieger gebracht hatten. Ein dritter Kleiderhaufen enthielt nur Sachen von Royce und Stefan Westmoreland und den vertrauten Rittern des Wolfs. Zu Jennys grenzenloser Erleichterung waren zwei dieser hochgestellten Herren viel kleiner als ihre Kampfgenossen.

Jenny und Brenna arbeiteten bis spät in die Nacht und strengten ihre Augen in dem flackernden Licht der Kerzen an. Die Kleider, die sie selbst bei ihrer Flucht anziehen wollten, hatten sie bereits gestopft und versteckt. Im Augenblick machten sie sich emsig an Royce Westmorelands zerlumpter Garderobe zu schaffen.

»Was meinst du, wie spät es ist?« fragte Jenny, als sie sorgfältig die Ärmel eines Hemdes komplett zunähte. Neben ihr lagen schon eine Menge Sachen, an denen sie ähnlich schöpferisch tätig gewesen war, unter anderem einige Hosen, die am Knie so fest zugenäht waren, daß sie niemand mehr anziehen konnte.

»Vielleicht zehn Uhr«, schätzte Brenna, bevor sie einen Faden abbiß. »Du hattest recht –« sie lächelte, als sie das Hemd des Earls hochhob, auf dessen Rücken jetzt in schwarzer Stickerei ein Totenschädel und gekreuzte Knochen prangten. »Er sieht das nicht, wenn er es anzieht.« Jenny lachte, aber Brenna wurde plötzlich nachdenklich. »Gerade fällt mir der MacPherson wieder ein«, sagte sie, und Jenny sah sie interessiert an, denn Brenna war, wenn sie nichts in Angst und Schrecken versetzte, eine ausgesprochen vernünftige, klar denkende Person. »Ich glaube nicht, daß du ihn jetzt noch heiraten mußt.«

»Was bringt dich auf diese Idee?«

»Weil Vater bestimmt eine Nachricht an König Jakob

schickt – vielleicht sogar an den Papst – und alle davon in Kenntnis setzt, daß wir aus dem Kloster entführt wurden. Die Neuigkeit verursacht wahrscheinlich einen solchen Aufruhr und ruft so große Entrüstung hervor, daß König Jakob sofort seine Streitkräfte nach Merrick schickt. Ein Kloster gilt als unangreifbar, und wir standen unter dem Schutz des Ordens und der Äbtissin. Wenn uns König Jakob zu Hilfe kommt, brauchen wir doch die Unterstützung des MacPherson-Clans nicht mehr, meinst du nicht?«

Ein Hoffnungsschimmer glomm in Jennys Augen auf, verlosch aber wieder. »Ich glaube, wir befanden uns gar nicht mehr auf dem Grund und Boden des Klosters, als uns die beiden Unholde überrumpelt haben.«

»Davon kann Vater nichts wissen, und er wird annehmen, daß wir in der Nähe der Abtei waren – genau wie jeder andere auch.«

Royce stand mit tief gerunzelter Stirn im Freien und warf einen verwirrten Blick auf das kleine Zelt der beiden gefangenen Frauen am Rand des Lagers. Eustace hatte gerade Lionel abgelöst und stand jetzt Wache vor dem Eingang.

Schwacher Schein von Kerzenlicht sickerte durch die Zeltleinwand und verriet Royce, daß die beiden Frauen noch wach waren. Jetzt, in der friedlichen, vom Mond erhellten Nacht, gestand sich Royce ein, daß er heute hauptsächlich aus Neugier in ihr Zelt gegangen war. Sobald er gehört hatte, daß Jennifers Gesicht sauber und gewaschen war, wollte er unbedingt wissen, wie sie aussah. Aber das genügte ihm noch nicht – jetzt überfiel ihn geradezu lächerlich die Neugier, welche Farbe ihr Haar hatte. Ihren grazil geschwungenen Augenbrauen nach zu schließen, mußte es entweder braun oder kastanienrot sein, während ihre Schwester eindeutig blond war – aber Brenna Merrick interessierte ihn nicht.

Jennifer schon.

Sie war wie ein Puzzle, dessen Stücke er nur nach und nach

zu sehen bekam, und jedes Teil war noch überraschender als das letzte.

Zweifellos hatte sie die üblichen Geschichten über seine angeblichen Greueltaten gehört, und trotzdem war sie nicht halb so furchtsam wie die meisten Männer, die mit ihm in Berührung kamen. Das war das erste und erstaunlichste Teil des Puzzles – das Wesen des Mädchens. Ihre Courage und Furchtlosigkeit.

Dann waren da noch diese Augen – riesengroße, bezaubernde, tiefblaue Augen, die ihn an Samt erinnerten. Unglaublich aufrichtige und ausdrucksstarke Augen mit langen rostbraunen Wimpern. Diese Augen hatten den Wunsch in ihm geweckt, endlich ihr Gesicht anzuschauen. Und als er es heute ohne die gräßliche Schmutzschicht gesehen hatte, konnte er kaum glauben, wie sich das Gerücht, Lady Jennifer Merrick sei unscheinbar und nichtssagend, überhaupt verbreitet hatte.

Sie war nicht im eigentlichen Sinn schön, und die Bezeichnung »hübsch« paßte überhaupt nicht zu ihr, aber als sie heute in dem kleinen Zelt zu ihm aufgeschaut hatte, war er überwältigt gewesen. Sie hatte hohe, wunderschön geformte Wangenknochen, ihre Haut war makellos wie Alabaster und mit einem zarten rosigen Hauch überzogen, ihre Nase war klein. Im Gegensatz zu diesen feinen Zügen wirkte ihr schmales Kinn eigensinnig und fast ein wenig grob, aber wenn sie lächelte, sah man – das hätte Royce beschwören können – zwei winzige Grübchen.

Alles in allem war es ein faszinierendes, verlockendes Gesicht, entschied er, sehr verlockend – und noch hatte er sich nicht einmal gestattet, sich an ihre weichen, großzügigen Lippen zu erinnern.

Er riß sich widerstrebend von dem Gedanken an Jennifer Merricks Lippen los, hob den Kopf und sah Eustace fragend an. Eustace verstand ihn auch ohne Worte. Er drehte sich leicht, so daß der Schein des Feuers sein Gesicht beleuchtete, und hob seine Hand, als steckte eine Nadel zwischen seinen Fingern, dann bewegte er den Arm gleichmäßig auf und ab und demonstrierte so, daß die beiden Mädchen noch immer nähten.

Royce fiel es schwer zu begreifen, daß sie zu so später Stunde noch so fleißig waren. Seiner eigenen Erfahrung nach nähten wohlhabende Damen nur ganz spezielle Dinge für ihre Familien und ihr Heim, überließen jedoch das Stopfen und Flicken den Dienstboten. Während er vergeblich versuchte, Jennifers Umrisse hinter der schwach erleuchteten Zeltwand auszumachen, stellte er die Vermutung an, daß wohlhabende Damen auch nähten, um sich die Zeit zu vertreiben, wenn ihnen langweilig war. Aber nicht mitten in der Nacht und bei Kerzenlicht.

Ungewöhnlich eifrig, diese Merrick-Mädchen, dachte er sarkastisch und ungläubig zugleich. Sehr freundlich von ihnen, daß sie ihren Entführern Beistand leisteten, indem sie ihre zerrissenen Kleider in Ordnung brachten. Ausgesprochen großzügig.

Und ganz sicher nicht typisch für die beiden, besonders nicht für Lady Jennifer Merrick, deren Feindseligkeit er schon am eigenen Leib verspürt hatte.

Royce schlenderte gemächlich durch die Reihen seiner erschöpften, von vielen Kämpfen gezeichneten Krieger, die sich auf dem Boden unter ihren Mänteln zusammengerollt hatten und schliefen. Als er dem Zelt der Frauen näher kam, fiel es ihm plötzlich wie Schuppen von den Augen – jetzt wußte er genau, warum die beiden Gefangenen Nadeln und Scheren verlangt hatten. Er unterdrückte einen wüsten Fluch und beschleunigte seine Schritte. Kein Zweifel, diese beiden dummen Mädchen zerschneiden alle Kleider, die man ihnen gegeben hat, dachte er wütend.

Brenna stieß einen erstickten Angstschrie aus, als der Wolf die Zeltklappe aufriß und sich bückte, um hereinzustürmen, Jenny hingegen starrte ihn stumm an und erhob sich langsam, dabei stellte sie eine verdächtig freundliche Miene zur Schau.

»Ich möchte mir ansehen, was Ihr heute getan habt«, fuhr Royce die beiden an. Er wandte den Blick von Brenna, die sich erschrocken an die Kehle faßte, ab und richtete ihn auf Jenny. »Zeigt es mir.«

»Sehr gern«, entgegnete Jenny mit geheuchelter Unschuld. »Ich wollte mir gerade dieses Hemd vornehmen«, flunkerte sie, als sie ein Hemd von ihm, dessen Armlöcher sie bereits zugenäht hatte, sorgsam weglegte. Sie nahm eine Hose von dem Stapel Kleider, die sie und Brenna selbst tragen wollten, und gab sie ihm, damit er sie inspizieren konnte. Dabei deutet sie auf den ordentlich geflickten Riß auf der Vorderseite.

Sprachlos vor Verblüffung starrte Royce auf die kaum sichtbare, feste Naht und die kleinen Stiche und mußte zugeben, daß diese stolze, hochmütige und eigensinnige Person tatsächlich geschickt war.

»Ist die Arbeit zu Eurer Zufriedenheit erledigt, Mylord?« erkundigte sie sich mit kaum verhohlener Belustigung. »Dürfen wir damit rechnen, daß Ihr uns in Euren Diensten behaltet, Sire?«

Wenn sie nicht seine Gefangene und die ungezogene Tochter seines Feindes gewesen wäre, dann wäre Royce in Versuchung geraten, sie in die Arme zu nehmen und ihr einen Kuß als Gegenleistung für ihre so dringend benötigte Hilfe zu geben. »Ihr habt großartige Arbeit geleistet«, bekannte er aufrichtig. Er wandte sich zum Gehen um und schlug die Zeltklappe zurück. »Meine Männer würden in ihren zerrissenen Kleidern frieren und wären für das kommende kalte Wetter nur unzureichend ausgerüstet. Sie sind bestimmt glücklich, wenn sie erfahren, daß ihre Sachen wenigstens tragbar sind, bis die Winterkleidung hier eintrifft.«

Jenny hatte vorausgesehen, daß ihm früher oder später einfiele, welch schauderhafte Dinge sie und Brenna mit einer Schere anrichten könnten, und daß er kommen würde, um ihr Werk zu begutachten. Daher hatte sie sich gut darauf vorbereitet, ihn an der Nase herumzuführen. Dennoch hatte sie von ihm kein ehrlich gemeintes Kompliment erwartet und fühlte sich unwohl und sogar etwas beschämt, weil er so offen gezeigt hatte, daß doch ein Quentchen Menschlichkeit in ihm steckte.

Als er gegangen war, sanken beide Mädchen erleichtert auf ihre Schlafstätten.

»Liebe Güte«, hauchte Brenna ängstlich und warf einen Blick auf den Stapel Decken, die sie in Streifen geschnitten hatten. »Irgendwie habe ich die Männer hier gar nicht als ... als Menschen betrachtet.«

Jenny wollte nicht eingestehen, daß ihr gerade etwas Ähnliches durch den Kopf gegangen war. »Sie sind unsere Feinde«, rief sie ihnen beiden ins Gedächtnis. »Unsere Feinde und Papas Feinde und die Feinde von König Jakob.« Trotz dieser mit Überzeugung vorgebrachten Bemerkung zog sie die Hand zurück, mit der sie nach der Schere fassen wollte. Aber dann besann sie sich doch anders und schnitt entschlossen einen weiteren Mantel in Fetzen, während sie im stillen Pläne für ihre Flucht schmiedete. Am besten wäre, sie würden gleich morgen früh aufbrechen.

Lange nachdem Brenna in tiefen Schlaf gesunken war, lag Jenny noch wach und erwog immer wieder, was zu Gunsten des Fluchtplans sprach und was dabei schiefgehen konnte.

Kapitel fünf

Rauhreif glitzerte auf der Wiese in den ersten Strahlen der aufgehenden Sonne. Jenny stand leise auf, um die arme Brenna nicht früher zu wecken als nötig. Sie hatte systematisch alle Alternativen durchdacht und einen Plan entwickelt, der sie optimistisch stimmte. Ihre Chancen, zu entkommen, standen eigentlich ganz gut.

»Ist es schon soweit?« flüsterte Brenna mit vor Angst erstickter Stimme. Sie rollte sich auf den Rücken und sah, daß Jenny bereits die grobe wollene Hose, ein Männerhemd und ein Wams anhatte – Kleider, die sie beide unter ihrem Nonnenhabit tragen sollten, wenn der Wachmann sie in den Wald begleitete, wo sie jeden Morgen ein paar Minuten allein gelassen wurden, um ihren persönlichen Bedürfnissen nachkommen zu können.

»Ja, es wird allmählich Zeit«, sagte Jenny mit einem ermutigenden Lächeln.

Brenna wurde blaß, aber sie stand gehorsam auf und zog sich mit zitternden Händen an. »Ich wünschte, ich wäre nicht so ein Feigling«, wisperte sie und preßte dabei die Hand auf ihr pochendes Herz. Mit der anderen griff sie nach dem ledernen Wams.

»Du bist kein Feigling«, versicherte Jenny in gedämpftem Ton, »du machst dir nur immer viel zu viele Sorgen über die Folgen deiner Handlungen. Genaugenommen«, fügte sie hinzu, als sie Brenna half, die Bänder am Halsausschnitt des geborgten Hemdes zuzubinden, »bist du viel tapferer als ich. Wenn ich solche Angst vor den möglichen Folgen hätte wie du, hätte ich nie den Mut, auch nur ein winziges Wagnis einzugehen.«

Brenna beantwortete das Kompliment mit einem bebenden Lächeln und schwieg.

»Hast du deine Kappe?«

Als Brenna nickte, hob auch Jenny die schwarze Kappe auf, die sie selbst bald aufsetzen würde, um ihr langes Haar darunter zu verstecken. Sie raffte ihr Habit, damit sie die Kappe in den Hosenbund stecken konnte.

Die Sonne kletterte ein wenig höher und tauchte den Himmel in wäßrig graues Licht, während die Mädchen auf den Hünen warteten, der sie in den Wald eskortieren sollte. Ihre weiten Gewänder verhüllten wirksam die Männerkleidung, die sie darunter trugen.

Der entscheidende Augenblick rückte näher, und Jenny legte flüsternd zum letztenmal ihren Plan in allen Einzelheiten dar, weil sie fürchtete, daß Brenna in ihrer Panik vergessen könnte, was sie tun mußte.

»Denk dran«, ermahnte sie die Schwester, »jede Sekunde zählt, aber wir dürfen uns auch nicht zu schnell bewegen, sonst erregen wir Aufmerksamkeit. Wenn du dein Habit ausziehst, versteck es gut unter dem Gestrüpp. Unsere größte Hoffnung ist, daß sie nach zwei Nonnen und nicht nach zwei jungen Männern suchen. Wenn sie unsere Gewänder gleich finden, erwischen sie uns, noch bevor wir das Lager verlassen können.«

Brenna nickte und schluckte schwer, als Jenny fortfuhr: »Sobald wir die Nonnenkleidung losgeworden sind, mußt du mich im Auge behalten und so leise wie möglich durchs Dickicht huschen. Sie werden Alarm schlagen und laut schreien, wenn sie merken, daß wir weg sind, aber darum kümmern wir uns gar nicht. Brenna, du darfst keine Angst bekommen, wenn im Lager ein Tumult losbricht.«

»Nein, ich bekomme ganz bestimmt keine Angst«, versprach Brenna, aber ihre Augen waren jetzt schon weit aufgerissen vor Entsetzen.

»Wir bleiben im Wald, schleichen die südliche Grenze des Lagers entlang und dann zur Koppel, auf der sie die Pferde halten. Der Suchtrupp wird nicht damit rechnen, daß wir zum Lager zurückgehen – sie suchen sicher in der anderen Richtung im Wald.

Wenn wir in der Nähe der Koppel sind, bleibst du in den Büschen verborgen, und ich hole die Pferde. Falls wir Glück haben, interessieren sich die Männer, die die Pferde versorgen, mehr für die Suche nach uns als für ihre Schützlinge.«

Brenna nickte stumm. Jenny hingegen überlegte fieberhaft, wie sie den Rest, den sie ihrer Schwester noch klarmachen mußte, am besten ausdrücken sollte. Sie wußte, daß es, falls sie entdeckt wurden, an ihr lag, genügend Konfusion zu verursachen, damit Brenna allein die Flucht ergreifen konnte, aber die Schwester davon zu überzeugen, daß sie unbeirrt ihren Weg auch ohne sie fortsetzen mußte, war nicht so einfach. In eindringlichem Tonfall sagte Jenny schließlich: »Und für den Fall, daß wir getrennt werden …«

»Nein!« brach es aus Brenna heraus. »Wir werden uns nicht trennen. Das darf nicht geschehen!«

»Hör mich an!« zischte Jenny so streng, daß Brenna einen weiteren Protest hinunterschluckte. »Falls wir getrennt werden, mußt du unseren Plan allein ausführen, und ich sehe zu, daß … daß ich dich später wieder einhole.« Als Brenna widerstrebend nickte, nahm Jenny die eiskalten Hände ihrer Schwester in die ihren und drückte sie fest, als versuchte sie, Brenna dadurch etwas von ihrer eigenen Courage zu übermitteln. »Der hohe Hügel hinter der Pferdekoppel liegt in nördlicher Richtung. Weißt du, welchen der Berge ich meine?«

»Ja.«

»Gut. Sobald ich die Pferde habe und wir aufgestiegen sind, halten wir uns immer in den Wäldern. Wir reiten bis zum Gipfel dieses Hügels in Richtung Norden. Von dort oben aus wenden wir uns nach Westen, aber wir müssen immer noch im Wald bleiben. Auch wenn wir in Sichtweite der Straße sind, reiten wir parallel dazu im Schutz der Bäume weiter. Claymore schickt wahrscheinlich einen Trupp los, der die Straßen absucht, aber sie halten nach zwei Nonnen von der Belkirk-Abtei Ausschau, nicht nach zwei jungen Männern. Wenn wir Glück haben, können wir uns anderen Reisenden anschließen – das würde unserer Verkleidung wesentlich mehr Glaubwürdigkeit verleihen und unsere Chancen auf Erfolg noch erhöhen.

Brenna, da ist noch etwas. Falls sie uns doch entdecken und jagen, mußt du, so schnell du kannst, genau die Route einschlagen, die ich dir angegeben habe, während ich mich in die entgegengesetzte Richtung auf und davon mache, um sie von deiner Spur abzubringen. Versteck dich, so gut es geht. Bis zum Kloster sind es nicht mehr als fünf oder sechs Stunden, und wenn sie mich einfangen, mußt du unter allen Umständen allein weiter fliehen. Ich weiß nicht genau, wo wir jetzt sind, aber ich vermute, daß wir uns schon jenseits der Grenze in England befinden. Halte dich nördlich oder nordwestlich, und wenn du in eine Ortschaft kommst, frag nach dem Weg nach Belkirk.«

»Ich kann dich doch nicht einfach allein lassen«, weinte Brenna leise.

»Du mußt! Dann kannst du Vater und unseren Clan zu meiner Rettung herschicken.«

Brennas Miene hellte sich ein wenig auf, als sie begriff, daß sie damit Jenny letzten Endes helfen und sie nicht schnöde im Stich lassen würde.

Jenny schenkte ihr ein strahlendes Lächeln. »Ich bin ganz sicher, daß wir spätestens am Samstag gemeinsam in der Festung von Merrick eintreffen.«

»In der Festung von Merrick?« platzte Brenna erschrocken heraus. »Sollten wir nicht lieber in der Sicherheit des Klosters bleiben und einen zuverlässigen Boten mit einem Brief zu Vater schicken, in dem wir ihm erklären, was uns widerfahren ist?«

»Du kannst im Kloster bleiben, wenn du willst, und ich bitte Mutter Ambrose um eine Eskorte, dann kann ich noch heute oder spätestens morgen nach Hause weiter reiten. Vater nimmt bestimmt an, daß wir noch als Geiseln gefangengehalten werden, deshalb muß ich sofort mit ihm sprechen, ehe er ihre Bedingungen akzeptiert. Außerdem wird er wissen wollen, wie viele Männer hier lagern, welche Waffen sie tragen – solche Dinge können nur wir ihm beantworten.«

Brenna nickte zustimmend. Aber für Jenny war das nicht der einzige Grund, persönlich in der Festung zu erscheinen, und das war ihnen beiden klar. Mehr als alles andere auf der Welt wünschte sich Jenny, eine Tat vollbringen zu können, mit der sie ihrem Vater und dem ganzen Clan imponierte. Dies war eine blendende Gelegenheit für sie, ihnen zu zeigen, daß sie stolz auf sie sein durften. Falls sie ihr Vorhaben erfolgreich durchführte, wollte sie auch zur Stelle sein, um die Anerkennung in ihren Augen zu sehen.

Die Schritte des Wachmannes waren vor dem Zelt zu hören, und Jenny erhob sich und setzte ein freundliches, sogar versöhnliches Lächeln auf. Brenna hingegen sah aus, als müßte sie dem sicheren Tod gegenübertreten.

»Guten Morgen«, grüßte Jenny, als Sir Godfrey sie abholte, um sie in den Wald zu begleiten. »Ich fühle mich, als hätte ich überhaupt nicht geschlafen.«

Sir Godfrey, ein etwa dreißigjähriger Mann, betrachtete sie

skeptisch – zweifellos, dachte Jenny, weil ich bis jetzt noch nie ein höfliches Wort mit ihm gewechselt habe. Sie erschrak, als sein finsterer Blick über ihr weites Gewand wanderte, das jetzt durch die Männerkleider etwas mehr ausgepolstert war als sonst.

»Ihr habt sehr wenig geschlafen«, erwiderte er schließlich und spielte damit offensichtlich auf ihre abendliche Beschäftigung mit der Nähnadel an.

Das Geräusch ihrer Schritte wurde durch das weiche, feuchte Gras gedämpft, während Jenny zu seiner Linken ging und Brenna auf der anderen Seite neben ihr unsicher vorwärts stolperte.

Jenny täuschte ein Gähnen vor und sah ihn verstohlen aus den Augenwinkeln an. »Meine Schwester fühlt sich heute morgen nicht sehr wohl, weil wir gestern abend noch so lange wach waren. Es wäre sehr nett, wenn Ihr uns ein paar zusätzliche Minuten gönnen würdet, damit wir uns am Fluß erfrischen können.«

Er wandte ihr sein zerfurchtes, sonnengebräuntes Gesicht zu, beäugte sie argwöhnisch und unsicher, nickte dann aber doch.

»Fünfzehn Minuten«, sagte er, und Jennys Herz machte einen freudigen Satz. »Aber«, setzte er hinzu, »ich muß ständig einen Eurer Köpfe sehen können.«

Er bezog am Waldrand Posten und drehte ihnen sein Profil zu. Jenny wußte, daß er sie aufmerksam im Auge behielt, auch wenn er sich nur auf ihre Köpfe konzentrierte. Bis jetzt hatte sich noch keiner der Männer, die sie bewachten, begehrliche Blicke gestattet, wenn sie ein paar Kleidungsstücke abgelegt oder sich gewaschen hatten, und gerade heute war Jenny sehr dankbar für ihre Zurückhaltung.

»Bleib ganz ruhig«, beschwor Jenny ihre Schwester, als sie sie auf direktem Weg zum Fluß führte. Sie gingen ein Stück am Ufer entlang und zogen sich so weit in die Büsche zurück, wie sie es wagen konnten, ohne Sir Godfrey dazu zu zwingen, durchs Unterholz zu brechen und sie zu verfolgen. Unter einem Ast, der tief über einem dichten Busch hing, blieben sie stehen.

»Das Wasser sieht kalt aus, Brenna«, rief Jenny so laut, daß der Wachmann sie hören konnte und hoffentlich nicht auf die Idee kam, sie allzu aufmerksam zu beobachten. Jenny stand unter dem Ast, nahm vorsichtig ihre Haube und den Schleier ab und bedeutete Brenna, es ihr gleichzutun. Als sie beide ihre Schleier in den Händen hielten, duckte sich Jenny lautlos und hielt ihre Haube in die Höhe, als würde sie den Kopf noch hochhalten, dann hängte sie die Haube in den Ast. Zufrieden betrachtete sie ihr Werk, bückte sich wieder und schlich zu Brenna, nahm ihr die Kopfbedeckung aus den zitternden Händen und drapierte sie, so gut es ging, auf dem Busch.

Zwei Minuten später hatten beide Mädchen ihre Gewänder abgestreift. Sie stopften sie ganz tief unter den Busch und häuften Laub und kleine Zweige darüber, um den grauen Stoff vor den Blicken zu verbergen. Jenny folgte einer plötzlichen Eingebung und kramte aus dem Stoff- und Laubhaufen ihr Taschentuch heraus. Dann drückte sie den Zeigefinger an ihre Lippen, zwinkerte Brenna verschwörerisch zu und huschte tief gebückt etwa fünfzehn Meter stromabwärts – obwohl sie eigentlich genau in die entgegengesetzte Richtung gehen wollten. Sie hielt gerade lange genug inne, um das Taschentuch so an einem dornigen Zweig zu befestigen, daß es aussah, als hätte sie es versehentlich bei der hastigen Flucht verloren. Nach vollbrachter Tat wirbelte sie herum und lief zu Brenna zurück.

»Das führt sie in die Irre und verschafft uns ein bißchen mehr Vorsprung«, erklärte sie.

Brenna nickte zweifelnd und hoffnungsvoll zugleich. Einen Moment lang sahen sich die beiden Mädchen an und überprüften ihre Aufmachung. Brenna zog Jenny die Kappe tiefer über die Ohren und steckte eine rotgoldene Strähne unter den Rand, dann nickte sie wieder.

Mit einem anerkennenden und ermutigenden Lächeln ergriff Jenny die Hand ihrer Schwester und führte sie rasch in den Wald. Als sie sich am Rand des Lagers nach Norden bewegten, betete sie, daß Sir Godfrey ihnen wirklich die ganzen fünfzehn Minuten – wenn nicht sogar ein bißchen mehr – Zeit ließ, die er ihnen zugestanden hatte.

Kurze Zeit später waren sie hinter der Koppel angelangt und sahen die Pferde, die an Pflöcken festgebunden waren. Beide kauerten sich hinter das Gestrüpp und gönnten sich einen Moment, um wieder zu Atem zu kommen.

»Bleib hier und rühr dich nicht vom Fleck«, ordnete Jenny an, während sie nach dem Mann Ausschau hielt, der die Schlachtrösser bewachen sollte. Im nächsten Augenblick sah sie ihn – er lag auf der anderen Seite der Koppel auf dem Boden und schlief tief und fest. »Der Kerl schläft auf seinem Posten«, flüsterte sie überglücklich, und als sie sich zu Brenna umdrehte, setzte sie bestimmt hinzu: »Falls er aufwacht und mich beim Pferdestehlen erwischt, mußt du unseren Plan allein ausführen. Hast du mich verstanden? Bleib immer in den Wäldern, damit dich niemand findet, und geh zu dem Hügel, der hinter uns liegt.«

Ohne auf eine Antwort zu warten, kroch Jenny aus dem Gestrüpp. Am Waldrand blieb sie stehen und sah sich um. Im Lager war alles noch ziemlich still, das graue Morgenlicht gaukelte den Männern vor, daß es noch früher war, als es der Wirklichkeit entsprach. Ein paar Pferde standen fast in Jennys Reichweite.

Der Wachmann rührte sich nur ein einziges Mal im Tiefschlaf, als Jenny seelenruhig zwei nervös schnaubende Streitrösser am Halfter zu dem Seil führte, das um die Koppel gespannt war. Sie stellte sich schwankend auf die Zehenspitzen, um das Seil so hoch anzuheben, daß die Pferde das Gehege verlassen konnten. Keine zwei Minuten später übergab sie ihrer Schwester eins der beiden Tiere, und sie führten sie eilig tiefer in den Wald. Der Hufschlag wurde wirksam von der dicken, taufeuchten Laubschicht gedämpft.

Jenny konnte sich ein jubilierendes Lächeln kaum verbeißen, als sie die edlen Rösser zu einem umgestürzten Baum brachten, den sie als Aufstieghilfe nutzen konnten. Sie saßen längst auf den riesigen Hengsten und waren auf dem Weg zum Gipfel des Hügels, als leise Alarmrufe in der Ferne ertönten.

Bei dem Getöse, das kurz darauf losbrach, und den hektischen Rufen der Männer, stießen beide Mädchen gleichzeitig ihre Fersen in die Flanken der Pferde und trieben sie zu einem raschen Galopp durch den Wald an.

Alle zwei waren exzellente Reiterinnen, und es fiel ihnen nicht schwer, rittlings auf einem Pferderücken zu sitzen. Daß ihnen keine Sättel zur Verfügung standen, war unbequem, weil sie die Knie fest zusammenpressen mußten, um den Halt nicht zu verlieren. Die Schlachtrösser faßten das als Befehl auf und beschleunigten den Galopp, bis sich die Frauen tief über die Halfter beugen mußten, damit sie nicht von herabhängenden Ästen getroffen wurden. Vor ihnen war der Bergkamm – und jenseits davon eine Straße, das Kloster und schließlich die Festung von Merrick. Sie machten kurz halt, weil Jenny sich orientieren wollte, aber es drang kaum Sonnenlicht durch das dichte Blätterdach, so daß sie gezwungen war, sich auf ihre Instinkte zu verlassen.

»Brenna«, sagte sie und tätschelte den glänzenden Hals des gigantischen Streitrosses, auf dem sie saß, »erinnerst du dich an die Legenden, die man sich vom Wolf und seinem Pferd erzählt? Hieß es nicht, daß sein Name Thor ist und daß es schneller und geschickter sein soll als jedes andere Pferd im ganzen Land?«

»Ja«, bestätigte Brenna, als die Pferde sich einen Weg durch die Bäume suchten. Sie schauderten leicht in dem kühlen Dämmerlicht.

»Und«, fuhr Jenny fort, »wird nicht auch behauptet, daß es schwarz wie die Sünde ist und einen weißen Stern auf der Stirn hat?«

»Ja.«

»Und hat das Pferd, das ich reite, ein solches weißes Mal auf der Stirn?«

Brenna sah auf und nickte.

»Brenna«, rief Jenny leise und lachte, »ich habe das mächtige Streitroß des Wolfs gestohlen. Seinen Thor!«

Das Tier spitzte die Ohren, als es seinen Namen hörte, und Brenna vergaß ihre Sorgen und brach in schallendes Gelächter aus.

»Deshalb war es sicher festgebunden und stand nicht bei den anderen«, setzte Jenny fröhlich hinzu und betrachtete bewundernd das herrliche Pferd. »Das erklärt auch, warum der Hengst vorhin so viel schneller war als dein Pferd und ich Mühe hatte, ihn zurückzuhalten.« Sie beugte sich vor und tätschelte wieder den breiten Hals. »Du bist eine Schönheit«, flüsterte sie. Gegen das Pferd hegte sie keinen Groll – nur gegen seinen früheren Besitzer.

»Royce!« Godfrey stand in Royces Zelt. Er war wütend, und zudem war sein Gesicht rot angelaufen vor Verlegenheit. »Die Merricktöchter sind ... äh ... entkommen, sie sind seit etwa einer Dreiviertelstunde weg – Arik, Eustace und Lionel suchen den Wald nach ihnen ab.«

Royce wollte nach seinem Hemd greifen, hielt jedoch mitten in der Bewegung inne. Sein Gesicht wirkte fast komisch, als er seinen listigsten und grimmigsten Ritter ungläubig anstarrte.

»Sie sind *was?*« hakte er nach, während seine Miene erst ein fassungsloses Lächeln zeigte, dann nichts als Zorn ausdrückte. »Willst du mir allen Ernstes klarmachen«, wetterte er, während er das Hemd von dem Kleiderstapel riß, den man ihm aus dem Zelt der Mädchen gebracht hatte, »daß dir diese zwei naiven Gören tatsächlich entwischt ...«

Er fuhr mit einer Hand in den Hemdärmel und erstarrte. Als er nicht durch die Öffnung am Handgelenk kam, stieß er einen bösen Fluch aus, nahm sich ein anderes Hemd und untersuchte es eingehend, ehe er Anstalten machte, es anzuziehen. Im nächsten Augenblick riß der Ärmel ab und fiel zu Boden.

»Ich schwöre bei Gott«, zischte er durch zusammengebissene

Zähne, »wenn ich diese blauäugige Hexe jemals zwischen die Finger kriege, werde ich …«

Wild schleuderte er das kaputte Hemd beiseite, stapfte zur Truhe, um sich ein frisches zu holen und zerrte es sich über den Kopf. Er war zu wütend, um den Satz zu beenden. Ohne nachzudenken griff er nach seinem kurzen Schwert, schnallte es sich um die Taille und marschierte an Godfrey vorbei. »Zeig mir, wo du sie zuletzt gesehen hast«, befahl er.

»Es war dort, bei den Bäumen«, erwiderte Godfrey eilfertig. »Royce …« begann er, als er auf die beiden Nonnenhauben deutete, die noch immer an den Ästen hingen. »Es … äh … es ist doch nicht nötig, daß die anderen Männer von dem Vorfall erfahren, oder?«

Ein kurzes Lächeln flackerte in Royces Augen auf, als er einen sarkastischen Blick auf den großen Mann an seiner Seite warf. Ihm wurde bewußt, welch schwerer Schlag Godfreys Stolz erlitten haben mußte und daß er hoffte, diese Niederlage würde keine weiten Kreise ziehen.

»Es besteht kein Grund, alle in Alarmbereitschaft zu versetzen«, meinte Royce, als er mit ausgreifenden Schritten zum Flußufer ging und mit Blicken die Bäume und Büsche absuchte. »Es wird uns nicht schwerfallen, die zwei zu finden.«

Eine Stunde später war er sich dessen nicht mehr so sicher, und seine anfängliche Belustigung war grenzenlosem Zorn gewichen. Er brauchte die beiden als Unterpfand. Sie waren der Schlüssel, der ihm die Pforten zur Festung von Merrick öffnen sollte, und solange sie in seiner Gewalt waren, konnte er möglicherweise Blutvergießen und den Verlust von Menschenleben vermeiden.

Die fünf Männer durchkämmten den Wald und arbeiteten sich langsam in östlicher Richtung vorwärts, weil sie, wie Jenny vorausgesehen hatte, annahmen, daß eins der Mädchen beim Weglaufen das Taschentuch verloren hatte. Aber als sie keine Spuren fanden, die von der Stelle wegführten, kam Royce zu dem Schluß, daß eines der Mädchen – ohne Zweifel das blauäugige Frauenzimmer – soviel Geistesgegenwart besessen hatte, das kleine weiße Tuch dazu zu benutzen, sie in die Irre zu führen. Unfaßbar! Aber offensichtlich traf seine Vermutung ins Schwarze.

Flankiert von Godfrey auf der einen und dem verächtlich grinsenden Arik auf der anderen Seite, stapfte Royce zu den grauen Hauben und riß sie ungeduldig von den Ästen.

»Schlagt Alarm und bildet Trupps, die jeden Zentimeter des Waldes absuchen«, ordnete er an, als er an dem Zelt der Frauen vorbeistürmte. »Ich bin sicher, daß sie sich irgendwo im Gestrüpp verstecken. Das Unterholz ist so dicht, daß wir beim Suchen vielleicht nur ein paar Meter von ihnen entfernt waren.«

Die Männer bildeten zwei Reihen – einer war jeweils nur eine Armeslänge vom Nebenmann entfernt – und schritten den Wald ab. Sie begannen am Flußufer und hefteten die Blicke auf den Boden, während sie sich langsam vorwärts bewegten. Sie schauten unter jedem Busch und Baumstamm nach. Die Minuten dehnten sich zur Stunde aus, dann zu zweien, bis es schließlich Nachmittag wurde.

Royce baute sich am Flußufer auf, wo die Mädchen zuletzt gesehen worden waren, und spähte zu dem dicht bewaldeten Hügel im Norden. Seine Miene versteinerte mit jedem Augenblick mehr, der ergebnislos verstrich. Der Wind hatte aufgefrischt und der Himmel eine bleigraue Färbung angenommen.

Stefan, der in der letzten Nacht mit ein paar Männern auf der Jagd gewesen war, um für Frischfleisch zu sorgen, kam auf ihn zu. »Ich habe gehört, daß die Nonnen heute morgen geflohen sind«, sagte er und folgte besorgt Royces Blick zum höchsten Berg im Norden. »Glaubst du, sie könnten es wirklich bis zum Gipfel geschafft haben?«

»Sie hatten nicht genug Zeit, zu Fuß so weit zu kommen«, erwiderte Royce zornbebend. »Aber für den Fall, daß sie die längere Route genommen haben und den Hügel umrunden, habe ich ein paar Männer losgeschickt – sie sollten die Straße absuchen und jeden Reisenden befragen, dem sie begegneten. Kein

Mensch hat zwei junge Frauen gesehen. Einem der Pächter sind nur zwei junge Männer aufgefallen, die in die Berge geritten sind, das ist alles.

Wo auch immer die beiden sein mögen, sie verirren sich unweigerlich in den Wäldern, wenn sie über die Berge wollen. Sie können sich bei dieser Bewölkung nicht nach der Sonne richten. Außerdem haben sie keine Ahnung, wo sie sind, also können sie auch nicht wissen, in welche Richtung sie gehen müssen.«

Stefan schwieg und suchte die entfernten Berge mit Blicken ab, plötzlich wandte er sich an Royce und sah ihn scharf an. »Als ich gerade ins Lager kam, dachte ich, du wärst auf die Jagd gegangen.«

»Wieso?« fragte Royce knapp.

Stefan zögerte, weil er wußte, daß Royce stolz auf sein mächtiges schwarzes Streitroß war und es wegen seines Mutes und seiner Treue mehr schätzte als die meisten Menschen. Thors Heldentaten auf Turnierplätzen und Schlachtfeldern waren fast so legendär wie die seines Besitzers. Eine bei Hof berühmt berüchtigte Lady hatte sich einmal bei ihren Freundinnen beklagt, daß sie sich schon glücklich schätzen könnte, wenn Royce Westmoreland ihr halb soviel Zuwendung und Aufmerksamkeit schenken würde wie seinem verdammten Gaul. Und Royce hatte mit seinem üblichen beißenden Sarkasmus erwidert, daß er die Lady auf der Stelle heiraten würde, brächte sie ihm nur halb so viel Treue und Liebe entgegen wie Thor.

Es gab keinen einzigen Mann in Heinrichs Armee, der es wagen würde, Royces Hengst ohne Erlaubnis auch nur für einen kurzen Ausritt aus der Koppel zu führen. Aber Thor hatte nicht an seinem Platz gestanden, und das konnte folglich nur bedeuten, daß ihn jemand anderes weggebracht hatte.

»Royce …«

Royce wurde hellhörig, als er die Unsicherheit seines Bruders bemerkte, und drehte sich zu ihm um, aber sein Blick wurde plötzlich von einem seltsamen, unnatürlich wirkenden Laub-

und Reisighaufen unter dem Busch, neben dem Stefan stand, angezogen. Er folgte einer Art sechstem Sinn und stocherte mit der Stiefelspitze in dem Laub herum – dann entdeckte er es – diese unverwechselbare dunkelgraue Farbe eines Nonnenhabits. Er bückte sich und zerrte das Gewand aus dem Dreck.

Im gleichen Moment eröffnete ihm Stefan: »Thor steht nicht mehr bei den anderen Pferden in der Koppel. Die Mädchen müssen ihn gestohlen haben, ohne daß der Wachmann es bemerkt hat.«

Royce richtete sich langsam auf und biß die Zähne fest aufeinander, als er die weggeworfenen Kleidungsstücke betrachtete. Mit vor Wut schriller Stimme stieß er hervor: »Wir haben nach zwei Nonnen gesucht, die zu Fuß unterwegs sind. Wir hätten uns lieber nach zwei schmächtigen Jungen umsehen sollen, die auf *meinem* Pferd sitzen.« Er stieß einen Fluch aus, machte auf dem Absatz kehrt und marschierte in Richtung Pferdekoppel. Als er an dem Zelt der Frauen vorbeikam, warf er wütend das zusammengeknüllte Nonnenhabit durch die geöffnete Klappe, dann rannte er los. Stefan blieb ihm dicht auf den Fersen.

Der Wachmann stand am Rand der Koppel auf seinem Posten und salutierte gehorsam seinem Feldherrn. Aber er wich erschrocken zurück, als Royce die Hand ausstreckte, ihn am Wams packte und hochhob. »Wer hat heute bei Morgengrauen Wache gehalten?«

»Ich, Mylord«, stammelte der Pferdeknecht.

»Hast du deinen Posten verlassen?«

»Nein, Mylord, bestimmt nicht!« heulte der Junge. Er wußte, daß auf dieses Vergehen in des Königs Armee die Todesstrafe stand.

Royce ließ den Mann angewidert los. Innerhalb von ein paar Minuten ritten zwölf Männer – Royce und Stefan an der Spitze – los und galoppierten die Straße entlang. Als sie zu dem steilen Hügel kamen, der sich zwischen dem Lager und der Straße nach Norden befand, zügelte Royce sein Pferd und erteilte schroff weitere Befehle. Falls die Frauen keinen Unfall erlitten oder die Orientierung verloren hatten, mußten sie inzwischen schon den ersten Berg überwunden und den nächsten Anstieg in Angriff genommen haben, das wußte Royce. Trotzdem schickte er vier Männer mit dem Auftrag los, den Abhang abzusuchen.

Stefan, Arik und die restlichen fünf Männer blieben bei Royce, der seinem Pferd die Sporen gab und über die Straße preschte. Zwei Stunden später hatten sie den Berg umrundet und kamen zu der Kreuzung, von der eine Straße nach Norden und eine nach Nordwesten abzweigte. Royce runzelte unschlüssig die Stirn und gab seinen Männern ein Zeichen, haltzumachen, während er überlegte, welchen Weg die Flüchtigen eingeschlagen haben könnten. Wenn sie nicht so schlau gewesen wären, das vermaledeite Taschentuch dazu zu benutzen, ihre Entführer so erfolgreich in die Irre zu leiten, wäre er mit dem ganzen Trupp nach Nordwesten geritten. Aber so konnte er die Möglichkeit nicht außer acht lassen, daß sie sich absichtlich für eine Route entschieden hatten, die einen Umweg von einem halben Tagesritt bedeutete. Ein solcher Trick kostete sie zwar Zeit, bot ihnen aber mehr Sicherheit, das war Royce klar. Trotzdem zweifelte er daran, daß sie wußten, welcher Weg sie direkt nach Hause führte.

Er betrachtete kurz den Himmel, in spätestens zwei Stunden wurde es dunkel. Der Weg nach Nordwesten schien sich in der Ferne wieder durch die Berge zu schlängeln. Die kürzeste Route war oft mühsam, besonders nachts. Zwei verängstigte und verletzliche Frauen würden sich, selbst wenn sie Männerkleidung trugen, bestimmt eher für den sicheren und bequemeren Weg entscheiden und in Kauf nehmen, daß sie länger brauchten. Er hatte einen Entschluß gefaßt, schickte Arik mit den fünf Männern in die eine Richtung und ordnete an, daß sie etwa fünfundzwanzig Meilen weit reiten und nach den beiden Mädchen suchen sollten.

Andererseits, überlegte Royce ärgerlich, als er sich nach Nordwesten wandte und Stefan bedeutete, ihm zu folgen, kann man dieser überheblichen, Ränke schmiedenden, blauäugigen Hexe zutrauen, daß sie so unerschrocken ist, ganz allein mitten in der Nacht durch die Berge zu irren. Die ist zu *allem* fähig, dachte Royce und wieder kochte die Wut in ihm hoch, als er sich daran erinnerte, wie höflich er sich gestern abend dafür bedankt hatte, daß sie die Kleider der Männer stopften – angeblich. Und wie niedlich und vornehm sie seinen Dank angenommen hatte! Sie kannte keine Furcht. Noch nicht! Aber wenn er sie in die Finger bekam, würde sie lernen, was es hieß, wirklich Angst zu haben. Sie würde lernen, *ihn* zu fürchten.

Jenny summte fröhlich vor sich hin, als sie Reisig auf das gemütliche kleine Feuer legte, das sie mit dem Feuerstein entfacht hatte, der ihr gestern gebracht worden war, weil sie die Kerzen in ihrem Zelt anzünden wollte. Irgendwo in der Nähe im dichten Wald heulte schaurig ein Tier den aufgehenden Mond an, und Jenny sang ein bißchen lauter und kaschierte den Schauer, der sie unweigerlich überlief, mit einem strahlenden Lächeln, um der armen Brenna zu zeigen, daß es keinen Grund zur Angst gab. Sie hatten einen Regenschauer überstanden, aber jetzt glitzerten unzählige Sterne am Himmel, und ein runder, goldener Mond spendete ihnen ein wenig Licht. Jenny war sehr dankbar dafür, denn Regen war das letzte, was sie jetzt gebrauchen konnten.

Das Tier heulte wieder, und Brenna zog die Pferdedecke fester um ihre Schultern. »Jenny«, flüsterte sie und sah ihre ältere Schwester vertrauensvoll an. »Dieses Geräusch – war das das, was ich denke?« Als wäre schon allein das Wort so schrecklich, daß sie es nicht laut aussprechen konnte, formte sie mit ihren bleichen Lippen »ein Wolf«.

Jenny war ziemlich sicher, daß mehrere Wölfe und nicht nur einer in der Nähe waren. »Sprichst du von der Eule, die du gerade gehört hast?« fragte sie lächelnd.

»Das war keine Eule«, behauptete Brenna.

Jenny zuckte erschrocken zusammen, als ihre Schwester von

einem häßlichen Hustenanfall geschüttelt wurde und schließlich mühsam nach Luft schnappte. Das Lungenleiden, das Brenna schon seit ihrer frühesten Kindheit plagte, machte sich heute nacht, ausgelöst durch die feuchte Kälte und die grenzenlose Angst, wieder bemerkbar.

»Auch wenn es keine Eule gewesen sein sollte«, beschwichtigte Jenny sie, »kannst du sicher sein, daß sich kein Raubtier einem Feuer nähert – das weiß ich genau. Garrick Carmichael hat mir das in der Nacht erklärt, in der wir von Aberdeen zurückkamen und vom Schnee überrascht wurden. Wir mußten damals im Freien lagern. Er hat ein Feuer angezündet und Becky und mir erzählt, daß alle Tiere Angst vor Feuer haben.«

Im Augenblick machte Jenny die Gefahr, die ihnen durch das helle Feuer drohte, mindestens genauso viel zu schaffen wie die, die von den Wölfen ausging. Selbst ein kleines Feuer im dunklen Wald war schon von weitem zu sehen, und obwohl sie ein ganzes Stück von der Straße weg waren, konnte sie das Gefühl nicht abschütteln, daß ihre Verfolger sie dennoch finden würden.

In dem Versuch, sich von ihren eigenen Sorgen abzulenken, zog sie die Knie an die Brust, legte das Kinn darauf und deutete auf Thor. »Hast du je in deinem Leben ein prächtigeres Pferd gesehen? Heute morgen dachte ich zuerst, es würde mich abwerfen, nachdem ich aufgestiegen war, aber dann schien es unsere Not zu spüren und wurde ruhiger. Seltsam, aber ich hatte heute den ganzen Tag das Gefühl, daß Thor einfach *wußte*, was ich von ihm erwartet habe, ohne daß ich ihn zu etwas drängen oder anleiten mußte. Stell dir nur Papas Freude vor, wenn wir nach Hause kommen! Wir sind nicht nur den Klauen des Wolfs entwischt, sondern bringen auch noch diesen Hengst als Beute mit.«

»Aber du weißt nicht mit Bestimmtheit, daß es wirklich sein Pferd ist«, warf Brenna ein, als kämen ihr Bedenken, ob es klug gewesen war, einen so wertvollen und berühmten Hengst zu stehlen.

»Natürlich ist das Thor!« bekräftigte Jenny stolz. »Er ist genauso, wie ihn die Barden in ihren Liedern beschreiben.

Außerdem sieht er mich jedesmal an, wenn ich seinen Namen ausspreche.« Um zu zeigen, was sie meinte, rief sie leise seinen Namen, und das Pferd hob seinen herrlichen Kopf und richtete einen verständnisvollen, klugen Blick auf sie. »Er *ist* es!« jubilierte Jenny, aber Brenna wirkte eher unglücklich.

»Jenny«, flüsterte sie. Die großen, haselnußbraunen Augen betrachteten traurig das tapfere, entschlossene Lächeln ihrer Schwester. »Was meinst du – warum hast du so viel Mut und ich so wenig?«

Jenny kicherte. »Weil unser Herr ein gerechter Gott ist. Da du alle Schönheit mitbekommen hast, hat er mir etwas anderes zum Ausgleich geschenkt.«

»Oh, aber ...« Brenna hielt abrupt inne, als der mächtige Hengst plötzlich den Kopf hob und laut wieherte.

Jenny sprang auf die Füße, lief zu Thor und drückte die Hand fest auf seine Nase, um in ruhigzuhalten. »Schnell – mach das Feuer aus, Brenna. Erstick es mit der Decke.« Ihr Herz pochte wild, und ihre Ohren rauschten, trotzdem versuchte Jenny, auf Geräusche zu lauschen. Sie spürte eher, daß Reiter in der Nähe waren, als daß sie sie hörte. »Gib acht«, flüsterte sie eindringlich. »Sobald ich aufgesessen bin, bindest du dein Pferd los und jagst es in dieser Richtung durch den Wald, dann läufst du sofort dort hinüber und versteckst dich hinter dem umgefallenen Baum. Rühr dich nicht von der Stelle und gib keinen Laut von dir, bis ich wiederkomme.«

Noch bevor sie zu Ende gesprochen hatte, stieg Jenny auf einen Baumstumpf und schwang sich auf Thors Rücken. »Ich galoppiere mit Thor auf die Straße und hetze den Berg da drüben hinauf. Wenn der teuflische Earl da draußen ist, dann wird er hinter mir herjagen. Und, Brenna«, fügte sie atemlos hinzu, als sie Thor wendete, »falls sie mich erwischen und ich nicht zurückkommen kann, nimm die Straße zum Kloster und führe unseren Plan allein aus – schick Papa zu meiner Rettung!«

»Aber ...« hauchte Brenna zitternd vor Angst.

»Tu, was ich sage – bitte!« flehte Jenny und trieb ihr Pferd an.

Als sie durch den Wald zur Straße ritt, machte sie absichtlich so viel Lärm wie möglich, um die Aufmerksamkeit der Verfolger von Brenna abzulenken.

»Da!« rief Royce seinem Bruder Stefan zu und deutete auf den dunklen Punkt, der sich auf den Gipfel zu bewegte. Sie gaben ihren Pferden die Sporen und sprengten über die Straße, um die Verfolgung von Roß und Reiterin aufzunehmen. Als sie zu der Stelle kamen, in deren Nähe die Mädchen gelagert hatten, wehte der Geruch von Rauch zu ihnen herüber. Offensichtlich hatte jemand erst kürzlich ein Feuer gelöscht.

Royce und Stefan zügelten unsanft ihre Gäule. »Such ihren Lagerplatz«, brüllte Royce. »Möglicherweise findest du die Jüngere noch in der Nähe vor«, setzte er hinzu, als er sein Pferd zum Galopp antrieb.

»Verdammt, reiten kann sie«, zischte Royce beinahe bewundernd, als er den Blick auf die kleine Gestalt heftete, die sich tief über Thors Hals beugte und vergeblich versuchte, den Abstand zu ihrem Verfolger zu vergrößern. Auch wenn er sie nicht erkannte, war ihm klar, daß er Jenny jagte und nicht ihre zaghafte Schwester. Mit derselben Gewißheit wußte er, daß das Pferd Thor war. Thor gab sein Bestes, aber selbst die Geschwindigkeit des eleganten Hengstes konnte die Zeit nicht aufholen, die Jenny in Kauf nahm, wenn sie ihn daran hinderte, über besonders große Hindernisse zu springen, und ihn statt dessen zwang, einen Umweg zu nehmen. Ohne Sattel lief sie offensichtlich Gefahr, abgeworfen zu werden, wenn sie ihn zu hoch springen ließe.

Royce hatte die Distanz auf etwa fünfzig Meter verringert und schloß noch mehr auf, als er sah, daß Thor plötzlich vom Weg abwich und den Sprung über einen Baumstamm verweigerte – ein sicheres Zeichen, daß er Gefahr witterte und versuchte, sich selbst und seine Reiterin vor Schaden zu bewahren. Ein entsetzter Warnschrei drang aus Royces Kehle, während er in die finstere Nacht spähte und erkannte, daß sich hinter dem umgefallenen Baum ein steiler Abgrund befand. »Jennifer, *nicht*!« brüllte er, aber sie achtete nicht auf die Warnung.

In ihrer Panik trieb sie Thor in einem Bogen noch einmal auf das Hindernis zu und grub ihre Fersen in die glänzenden Flanken des Tiers. »Los!« kreischte sie, und nach kurzem Zögern, riß das riesige Pferd die Hinterläufe unter sich und machte einen hohen Satz. Ein menschlicher Schrei gellte durch die Nacht, als Jenny das Gleichgewicht verlor und von dem springenden Streitroß rutschte. Einen bangen Augenblick lang krallte sie sich an der dichten Mähne fest, ehe sie in den Zweigen und Ästen des umgestürzten Baums landete. Gleich darauf hallte ein anderer Laut durch die Finsternis – ein großes Tier schlug auf dem Boden auf und rollte über einen steilen Abgrund in den Tod.

Jenny befreite sich aus dem Gewirr von Ästen und zog sich unsicher auf die Füße, während Royce von seinem Pferd sprang und zum Rand des Abgrunds rannte. Sie wischte sich die Haarsträhnen aus den Augen und erkannte, daß gleich neben ihr nichts war als gähnende Leere. Dann richtete sie den Blick auf ihren Verfolger, der jedoch, ohne auf sie zu achten, mit versteinerter Miene in die Tiefe starrte. Sie war so entmutigt und durcheinander, daß sie nicht einmal protestierte, als er ihren Arm mit schmerzhaftem Griff umklammerte und sie mit sich den steilen Abhang hinunterzerrte.

Für einen Moment begriff Jenny nicht, was er vorhatte, aber dann klärte sich ihr Verstand ein wenig. Thor! Er sucht sein Pferd, dämmerte es ihr, und ihr Blick huschte über das zerklüftete Gelände. Sie betete, daß ein Wunder geschehen und das prächtige Tier nicht verletzt sein möge. Sie entdeckte Thor im selben Moment wie Royce – der reglose schwarze Hengst lag nur ein paar Meter vom Fluß im Tal entfernt neben einem Felsen, der den Sturz abgefangen und ihm das Genick gebrochen hatte.

Royce schleuderte ihren Arm von sich. Jenny blieb wie betäubt vor Reue und Schmerz stehen und schaute das wunderschöne Tier an, das sie aus Unachtsamkeit in den Tod getrieben hatte. Wie in Trance beobachtete sie, daß Englands gefürchtetster Krieger neben seinem toten Pferd in die Knie sank und das glänzende schwarze Fell streichelte. Er flüsterte mit rauher Stimme ein paar Worte, die Jenny nicht verstehen konnte.

Tränen brannten in ihren Augen, bevor Royce aufstand und sich umdrehte, um ihr gegenüberzutreten. Panik verdrängte für einen Augenblick ihren Kummer. Ihr Instinkt riet ihr loszulaufen, sie wirbelte herum und ergriff die Flucht, aber sie war nicht schnell genug. Er erwischte ihr Haar, riß sie zurück und schwang sie zu sich herum. Seine Finger bohrten sich grausam in ihre Kopfhaut.

»Gott verdamme Euch!« stieß er grimmig hervor. Seine Augen blitzten vor Zorn. »Das Pferd, das Ihr gerade umgebracht habt, besaß mehr Courage und Loyalität als die meisten Männer. Thor war so mutig und so treu, daß er Euch gestattet hat, ihn in den Tod zu schicken.«

Trauer und Entsetzen zeichnete sich auf Jennys blassem Gesicht ab, aber der Wolf ließ sich dadurch nicht erweichen. Er zog noch fester an ihrem Haar und zwang sie, den Kopf in den Nacken zu legen.

»Er wußte, daß hinter diesem Baumstamm ein Abgrund war«, fuhr er unbarmherzig fort. »Und er hat Euch sogar davor gewarnt, erst dann gehorchte er Eurem Befehl und sprang in den sicheren Tod.«

Als könnte er sich selbst nicht länger trauen, schleuderte er sie von sich, schnappte dann aber doch wieder nach ihrem Handgelenk und zog sie hinter sich den Abhang hinauf. Jenny wurde sich bewußt, daß er sie nur gezwungen hatte, in die Schlucht hinunterzuklettern, weil er dadurch verhindern konnte, daß sie loslief und ihm ein zweites Pferd stahl. Aber vorhin war sie so verwirrt gewesen, daß es ihr nicht in den Sinn gekommen wäre, auch nur den Versuch zu unternehmen, selbst wenn sich ihr eine günstige Gelegenheit geboten hätte. Jetzt jedoch hatte sie sich einigermaßen gefaßt und konnte klar denken. Als Royce sie auf den Pferderücken hievte, bot sich ihr eine neue Chance. In dem Augenblick, in dem der Earl sein Bein über den Sattel schwang, schnappte sie sich die Zügel, riß sie Royce aus der Hand und trieb das Pferd vorwärts. Das Vorhaben mißlang, denn Royce hatte keine Mühe, auf das antrabende Pferd zu springen. Dann schlang er den Arm um Jennys Taille und drückte so fest zu, daß ihr beinahe die Luft wegblieb. »Versucht noch *einmal*, mich zu hintergehen«, zischte er ihr so wütend ins Ohr, daß sie sich krümmte, »verärgert mich nur noch *ein einziges Mal*, dann sorge ich dafür, daß Ihr es ein ganzes Leben lang bereut. Habt Ihr mich verstanden?« Er unterstrich die Bedeutung seiner Frage, indem er ihren Brustkorb kurz und fest zusammenpreßte.

»Ja«, keuchte Jenny, und er löste langsam die Umklammerung.

Wie Jenny sie angewiesen hatte, kauerte Brenna unter dem Baumstamm und beobachtete, wie Stefan Westmoreland auf die Lichtung ritt und ihr Pferd hinter sich herführte. Von ihrem Blickwinkel aus konnte sie nur die Pferdehufe, den Waldboden und, als er abstieg, seine Beine sehen. Sie hätte tiefer in den Wald laufen sollen, dachte sie verzweifelt, aber dann hätte sie sich wahrscheinlich verirrt. Außerdem hatte Jenny angeordnet, daß sie bleiben sollte, wo sie war, und Brenna verließ sich immer auf Jenny und folgte in allen Lebenslagen ihren Instruktionen.

Stefan kam näher, blieb an der Feuerstelle stehen und stocherte mit der Stiefelspitze in der Asche. Brenna spürte instinktiv, daß er mit Blicken die dunklen Büsche absuchte, hinter denen sie sich versteckte. Plötzlich setzte er sich in Bewegung, kam auf sie zu ... in ihrer Brust verkrampfte sich etwas, und sie rang nach Luft. Sie preßte die Hand auf den Mund und bemühte sich, den Hustenanfall zu unterdrücken, während sie in hellstem Entsetzen die Stiefelspitzen anstarrte, die nur noch ein paar Zentimeter von ihr entfernt waren.

»Also gut«, dröhnte seine tiefe Stimme über die Lichtung, »kommt aus Eurem Versteck, Mylady. Die Hetzjagd ist vorbei.«

Brenna hoffte, daß das ein Trick war und er nicht wirklich wußte, wo sie steckte. Sie drückte sich vorsichtig noch tiefer in die Kuhle zwischen Strauch und Baumstamm.

»Schön«, seufzte er, »dann muß ich Euch eigenhändig herausziehen.«

Im nächsten Moment bückte er sich, seine große Hand schob die Zweige beiseite, tastete den Boden ab und schloß sich um Brennas Brust.

Der Angstschrei blieb ihr in der Kehle stecken, als er den Griff lockerte und langsam wieder zupackte, als wollte er herausfinden, was er da erwischt hatte. Sobald ihm klar wurde, womit er es zu tun hatte, riß er erschrocken die Hand zurück und ergriff Brennas Arm, um sie aus dem Versteck zu zerren.

»Sehr gut«, sagte Stefan ernst. »Es scheint, als hätte ich eine Waldfee gefunden.«

Brenna hatte nicht genug Mut, ihn zu schlagen oder zu beißen, wie Jenny es mit seinem Bruder getan hatte, aber sie schaffte es, ihn düster anzufunkeln, als er sie auf ihr Pferd hob und sich selbst in den Sattel seines eigenen schwang, ohne dabei ihre Zügel loszulassen.

Als sie aus dem Wald und auf die Straße kamen, schickte Brenna ein geflüstertes Stoßgebet zum Himmel, daß wenigstens Jenny die Flucht gelungen sein möge. Sie wagte einen Blick auf den gegenüberliegenden Berg, und ihr Herz wurde bleischwer, als sie Jenny vor dem Schwarzen Wolf auf einem Pferd sitzen sah. Stefan fiel, sobald sein Bruder auf die Straße kam, neben ihm in Trab. »Wo ist Thor?« fragte er.

Royces mordlustige Miene sprach Bände. »Tot«, erwiderte er knapp, preßte die Lippen zusammen und ritt schweigend weiter. Mit jeder Minute, die verstrich, wurde er wütender. Außer der Trauer über den Verlust von Thor plagten ihn Hunger, Müdigkeit und der Zorn darüber, daß ein junges Mädchen (Brenna hielt er für vollkommen schuldlos) mit *rotem* Haar – jetzt wußte er das – es fertiggebracht hatte, einen gerissenen, erfahrenen Wachmann zu überlisten, eine halbe Armee in Aufruhr zu versetzen und ihn dazu zu zwingen, sie einen ganzen Tag und eine Nacht zu jagen. Aber was ihn wirklich fuchsteufelswild machte, war ihr ungebrochener Wille, ihre Halsstarrigkeit und ihre trotzige Haltung. Sie war wie ein verwöhntes Kind, das unter keinen Umständen weinen wollte, weil es sonst zugeben würde, daß es etwas Schlimmes angestellt hatte.

Als sie ins Lager kamen, drehten sich alle Männer nach ihnen um, und ihre Gesichter entspannten sich, aber keiner war so dumm, Jubelschreie auszustoßen. Daß zwei Gefangene die Möglichkeit hatten, zu entkommen, war an sich schon eine Schande. Aber daß es sich bei diesen Gefangenen auch noch um schwache Frauen handelte, schien schlichtweg unvorstellbar. Es war erniedrigend.

Royce und Stefan ritten auf die Koppel. Royce stieg ab und hob Jenny unsanft auf den Boden. Sie drehte sich um und machte sich auf den Weg zu ihrem Zelt, stieß aber sofort einen überraschten Schmerzensschrei aus, als Royce sie grob zurückriß.

»Ich will wissen, wie Ihr die Pferde aus der Koppel holen konntet, ohne von der Wache gesehen zu werden.«

Alle Männer in Hörweite sahen Jenny gespannt an und warteten auf ihre Antwort. Bis dahin hatten sich alle so verhalten, als wäre sie unsichtbar, doch jetzt quittierte Jenny ihre starren Blicke mit einem höhnischen Lächeln.

»Antwortet!« herrschte der Wolf sie an.

»Ich mußte mich gar nicht besonders anstrengen dabei«, erwiderte Jenny mit so viel Würde und Verachtung wie möglich. »Euer Wachmann hat tief und fest geschlafen.«

Ungläubigkeit flackerte in Royces zornigen Augen auf, sein Gesicht drückte jedoch keine Regung aus, als er kurz Arik zunickte. Der blonde Hüne trat mit der Streitaxt in der Hand durch die Reihen der Männer nach vorn und ging auf den verschreckten Wachmann zu. Jenny beobachtete die Szene und fragte sich, was den armen Jungen wohl erwartete. Zweifellos würde er für seine Pflichtvergessenheit bestraft werden, das wußte sie, aber die Strafe konnte doch nicht allzu schlimm sein, oder? Ihre Neugier wurde nicht befriedigt, weil Royce ihren Arm umfaßte und sie mit sich zog.

Während er sie mit entschlossenen Schritten durch das Lager führte, warfen ihr alle Soldaten und Ritter, denen sie begegneten, bitterböse Blicke zu. Jennifer Merrick hatte Narren aus ihnen allen gemacht, weil sie ihnen entwischt war und die Verfolgung so erschwert hatte. Sie haßten sie für diese Tat, und der Abscheu, der Jenny entgegenschlug, war körperlich spürbar – ihre Haut brannte regelrecht. Selbst der Earl schien noch zorniger zu sein als vorher. Jenny mußte beinahe rennen, um mit ihm Schritt zu halten und die Gefahr zu vermeiden, daß er ihr die Schulter auskugelte.

Ihre Sorge über seine Wut wurde plötzlich von einer größeren Angst überlagert – Royce Westmoreland brachte sie zu seinem Zelt, nicht zu ihrem eigenen.

»Ich gehe da nicht hinein!« kreischte sie und zuckte vehement zurück.

Der Earl fluchte leise, packte sie und warf sie sich wie einen Mehlsack, mit dem Hinterteil nach oben, über die Schulter. Ihr langes, rotes Haar hing ihm bis zu den Waden. Unanständiges Gelächter und Gegröle hallte über die Lichtung, als die Männer Zeugen dieser öffentlichen Demütigung wurden, und Jenny wäre fast an ihrer Wut und der Erniedrigung erstickt.

Im Zelt ließ Royce sie auf einen Haufen Felle fallen, der auf dem Boden aufgetürmt war, und beobachtete ungerührt, wie sie sich erst in eine sitzende Position und dann auf die Füße kämpfte. Dabei starrte sie ihn an wie ein kleines, in die Enge getriebenes Tier.

»Wenn Ihr Euch an mir vergeht, bringe ich Euch um, das schwöre ich«, zischte sie. Innerlich schauderte sie, als sie den Zorn erkannte, der sein Gesicht in eine steinerne Maske verwandelt hatte. Seine grauen Augen glitzerten wie silberne Scherben.

»An Euch vergehen?« wiederholte er mit schneidender Verachtung. »Das letzte, was Ihr im Augenblick in mir weckt, ist Lust. Ihr bleibt in diesem Zelt, weil es ohnehin gut bewacht wird, und ich möchte nicht die Zeit meiner Männer vergeuden, indem ich noch mehr Wachen vor dem Euren aufstelle. Außerdem befindet Ihr Euch jetzt in der Mitte des Lagers, und falls Ihr wieder durchbrennen wollt, werden Euch meine Leute schonungslos niederschlagen. Ist das klar?«

Sie blitzte ihn böse an, schwieg jedoch, und diese arrogante Verweigerung, sich seinem Willen zu unterwerfen, brachte Royce noch mehr in Rage. Er ballte die Hände zu Fäusten, beherrschte sich aber eisern, als er fortfuhr: »Wenn Ihr auch nur noch ein einziges Mal mir oder sonst jemandem in diesem Lager Unannehmlichkeiten bereitet, sorge ich persönlich dafür, daß Euer Leben zur Hölle wird. Habt Ihr mich verstanden?«

Als sie in dieses schroffe, finstere Gesicht sah, war Jenny sich voll bewußt, daß er das fertigbringen und auch tatsächlich tun würde.

»Antwortet mir!« befahl er mordlustig.

Da sie merkte, daß er bereits jenseits aller Vernunft war, nickte sie und schluckte.

»Und ...« begann er, brach aber ab, als könnte er sich selbst nicht mehr trauen, wenn er mehr sagte. Er drehte sich um, nahm einen Weinkrug vom Tisch und trank einen großen Schluck, als sein Knappe Gawin ins Zelt stürmte. Gawin brachte die Decken herein, die er am Vormittag aus dem Zelt der Ladies geholt und an die Soldaten verteilt hatte, ohne gemerkt zu haben, daß sie zerschnitten und nicht geflickt worden waren. Der Junge war offensichtlich wütend.

»Was, zum Teufel, ist los mit dir?« knurrte Royce, als er den Krug absetzte.

Gawin sah seinen Herrn und Meister voller Entrüstung an. »Die Decken, Sire«, sagte er und richtete einen anklagenden Blick auf Jenny. »Sie hat sie zerschnitten und zerfetzt, statt sie zu flicken. Den Männern wäre mit diesen dünnen, zerschlissenen Decken sowieso schon kalt genug, aber jetzt ...«

Vor Schreck begann Jennys Herz wild zu pochen, als der Earl ganz langsam und umsichtig den Krug auf den Tisch stellte. Seine Stimme war nur noch ein heiseres Flüstern, als er zornbebend sagte: »Kommt her.«

Jenny schüttelte entschlossen den Kopf und wich einen Schritt zurück.

»Ihr macht Eure Lage nur noch schlimmer«, warnte er leise, als sie einen weiteren Schritt zurücktrat. »Ich sagte, *kommt her*!«

Jenny wäre eher von einem hohen Felsen gesprungen. Die Zeltklappe stand offen, doch es gab keine Möglichkeit zu entkommen; einige der Männer hatten sich draußen versammelt, nachdem Royce sie hereingebracht hatte. Ohne Zweifel wollten sie die aufsässige Gefangene winseln und um Gnade flehen hören.

Royce richtete das Wort an seinen Knappen, aber er behielt dabei Jenny ständig im Auge. »Gawin, bring eine Nadel und Garn.«

»Sehr wohl, Mylord«, erwiderte Gawin und eilte in eine Ecke des Zelts, um beides zu holen. Er legte die Garnspule und die Nähnadel auf den Tisch neben Royce, dann trat er zurück und beobachtete erstaunt, wie Royce lediglich die Fetzen, die einstmals Decken gewesen waren, hochhob und sie der rothaarigen Hexe, die für die Zerstörung verantwortlich war, unter die Nase hielt.

»Ihr werdet all diese Lumpen wieder zu ordentlichen Decken zusammennähen«, erklärte er Jenny in unnatürlich ruhigem Tonfall.

Die Anspannung wich aus Jennys Körper, und sie betrachtete ihren Zuchtmeister mit einer Mischung aus Verblüffung und Erleichterung. Nachdem sie ihn gezwungen hatte, ihr einen ganzen Tag und eine Nacht nachzuhetzen, nachdem sie sein Pferd getötet und seine Kleider unbrauchbar gemacht hatte, fiel ihm keine drastischere Strafe für sie ein, als sie die Decken flicken zu lassen, die sie kaputtgemacht hatte? Das meinte er damit, als er gedroht hatte, ihr das Leben zur Hölle zu machen?

»Ihr werdet ohne Decke schlafen, bis jede einzelne von diesen hier wieder ganz ist, habt Ihr verstanden?« fügte er eiskalt hinzu. »Solange meine Männer frieren müssen, werdet Ihr Euch auch mit der Kälte herumschlagen.«

»Ich … ich habe verstanden«, stammelte Jenny mit zitternder Stimme. Er benahm sich so beherrscht, so autoritär, daß ihr gar nicht in den Sinn kam, er könnte ihr noch mehr als das antun. Als sie vortrat und mit zitternden Händen die Stoffstreifen an sich nahm, die er ihr hinhielt, schoß ihr der Gedanke durch den Kopf, daß die Gerüchte, die seine Ruchlosigkeit und Brutalität betrafen, weit übertrieben waren – ein Gedanke, der sich nur einen kurzen Augenblick später in Luft auflöste.

»Au!« schrie sie, als seine große Pranke vorzuckte wie eine angreifende Schlange und sich um ihr Handgelenk schloß. Er zerrte sie mit einem so heftigen Ruck weiter vor, daß ihr die Luft wegblieb und ihr Kopf zurückschnellte.

»Ihr seid eine ungezogene Göre«, zischte er. »Jemand hätte den verdammten Stolz aus Euch herausprügeln sollen, als Ihr noch ein Kind wart. Da sich niemand die Mühe gemacht hat, werde *ich* …«

Er hob die Hand, und Jenny riß einen Arm hoch, um ihren Kopf zu schützen, weil sie dachte, daß er ihr eine deftige Ohrfeige versetzen wollte, aber die riesige Hand schlug ihr den Arm herunter. »Ich würde Euch das Genick brechen, wenn ich Euch ins Gesicht schlagen würde. Ich hatte ein anderes Ziel im Sinn …«

Ehe Jenny reagieren konnte, setzte er sich und zerrte sie gleichzeitig mit einer geschmeidigen Bewegung quer über seinen Schoß.

»Nein!« japste sie und zappelte wild in seinem Griff. Dabei war sie sich bewußt, daß die Männer vor dem Zelt nichts anderes hören wollten als ihr Heulen und Wehklagen. »Wagt es nicht!« brüllte sie und versuchte, sich auf den Boden zu rollen.

Royce schwang sein Bein über ihre beiden und klemmte sie so zwischen seine Schenkel. Dann holte er mit der Hand aus. »Das«, verkündete er, als die Handfläche auf ihrem Hinterteil landete, »ist für mein Pferd.«

Jenny zählte im stillen, um sich unter Kontrolle zu halten, als die Wellen des Schmerzes sie überrollten, und biß sich auf die

Unterlippe, bis sie blutete, um ihr Schluchzen zu unterdrücken, als er immer und immer wieder zuschlug. »Dies ist für Eure Zerstörungswut … für Eure unsinnige Flucht … für die zerschnittenen Decken …«

Er hatte die Absicht, sie zu prügeln, bis sie in Tränen aufgelöst war und ihn anflehte aufzuhören, und machte so lange weiter, daß ihm die Hand weh tat, aber selbst jetzt noch wand sie sich, um ihm zu entkommen, und gab keinen Laut von sich. Wenn sie nicht jedesmal heftig zusammengezuckt wäre, sobald seine Hand auf ihren Po klatschte, hätte er ernsthaft bezweifelt, daß sie überhaupt etwas spürte.

Royce hob erneut die Hand, hielt aber mitten in der Bewegung inne. Ihr Gesäß spannte sich in Erwartung des nächsten Hiebes an, sie bäumte sich auf, doch sie schrie und heulte immer noch nicht. Angewidert von sich selbst und der Befriedigung, sie schluchzend und um Schonung bettelnd vor sich zu sehen, beraubt, schob er sie von seinem Schoß, stand auf und starrte schwer atmend auf sie herunter.

Auch noch in dieser Situation verbot ihr der hartnäckige, ungebrochene Stolz, wie ein Häuflein Elend zu seinen Füßen zu kauern. Sie stützte die Hand auf dem Boden ab, stand langsam und schwankend auf und hielt die zu weite Hose in der Taille zusammen. Den Kopf hielt sie gesenkt, um ihr Gesicht vor ihm zu verbergen, aber er beobachtete, wie sie schauderte und Anstrengungen unternahm, die bebenden Schultern zu straffen. Sie sah so klein und verletzlich aus, daß ihn plötzlich das schlechte Gewissen plagte. »Jennifer …« stieß er hervor.

Sie hob den Kopf, und Royce erstarrte vor Verblüffung und widerstrebender Bewunderung. Vor ihm stand eine wilde, wütende Zigeunerin mit verwirrtem langem Haar, das ihr Gesicht wie rotgoldene Flammen umrahmte. Die riesigen blauen Augen glühten vor Haß. Sie erhob langsam die Hand – eine Hand, die seinen Dolch hielt. Offenbar war es ihr gelungen, die scharfe Waffe aus seinem Stiefel zu ziehen, als er sie übers Knie gelegt hatte.

In diesem unwirklichen Moment, in dem sie den Dolch, bereit zuzustoßen, auf ihn richtete, dachte Royce Westmoreland, daß sie das herrlichste Geschöpf war, das er je gesehen hatte; ein wilder, schöner Racheengel. Ihre Brust hob und senkte sich heftig vor Wut, als sie sich tapfer einem Feind entgegenstellte, der sie weit überragte. Er hatte sie verletzt und erniedrigt, das war Royce klar, aber ihr unbezähmbarer Mut war nicht zerstört.

Vorsichtig und ohne Nachdruck streckte er die Hand aus. »Gebt mir den Dolch, Jennifer.«

Sie hob ihn noch höher und zielte direkt auf sein Herz.

»Ich werde Euch kein Leid mehr antun«, setzte er ganz ruhig hinzu, als Gawin verstohlen hinter sie schlich. Die Miene des Knappen drückte Mordlust aus, und er war bereit, das Leben seines Herrn unter allen Umständen zu verteidigen. »Genauso wenig«, fuhr er mit einem bedeutsamen Blick auf Gawin fort, »Gefahr droht Euch von meinem übereifrigen Knappen, der im Augenblick knapp hinter Euch Stellung bezogen hat und bereit ist, Euch die Kehle aufzuschlitzen, sobald Ihr mich angreift.«

In ihrem Zorn hatte Jenny ganz vergessen, daß sich der Knappe noch im Zelt aufhielt – daß der Junge Zeuge ihrer Demütigung geworden war! Diese Erkenntnis brach in ihrem Inneren aus wie ein Vulkan.

»Gebt mir den Dolch«, wiederholte Royce und streckte erneut die Hand voller Zuversicht aus, daß sie ihm jetzt die Waffe überreichen würde. Sie tat es. Der Dolch sauste mit ungeheuerlicher Geschwindigkeit durch die Luft und war auf sein Herz gerichtet. Nur seinen schnellen Reflexen verdankte er, daß er den Arm gerade noch rechtzeitig hochreißen und die Klinge ablenken konnte. Trotzdem – als er Jenny an sich zerrte und seinen Arm um sie warf, um sie bewegungsunfähig zu machen, sickerte hellrotes Blut aus der Wunde, die sie vor dem Ohr in seine Wange geschnitten hatte.

»Ihr seid ein blutrünstiges kleines Frauenzimmer«, knurrte er böse. Seine Bewunderung für ihre Courage verflog sofort, als er spürte, daß ihm Blut über das Gesicht lief. »Wenn Ihr ein Mann wäret, würde ich Euch dafür töten.«

Gawin starrte auf die Wunde. Sein Zorn übertraf sogar noch den seines Herrn, und als er den Blick auf Jenny richtete, leuchtete die Mordlust aus seinen Augen. »Ich hole die Wache«, sagte er nach einem letzten haßerfüllten Blick auf die Feindin.

»Sei kein Narr«, versetzte Royce. »Möchtest du, daß sich im Lager und dann im ganzen Land verbreitet, daß ich von einer Nonne verwundet wurde? Man *fürchtet* mich, deshalb erzählt man sich Legenden, die meine Gegner einschüchtern, noch ehe sie ihre Waffen gegen mich erheben.«

»Ich bitte um Vergebung, Mylord«, sagte Gawin. »Aber wie wollt Ihr sie davon abhalten, die Geschichte überall zu erzählen, sobald Ihr sie freigelassen habt?«

»Mich freilassen?« Jenny erwachte aus ihrer Erstarrung und vergaß für einen Moment den Blutstrom, den sie verursacht hatte. »Ihr habt vor, uns *freizulassen*?«

»Möglich – wenn ich Euch nicht vorher umbringe«, gab der Wolf zurück und schubste sie mit solcher Wucht von sich, daß sie auf die Felle in der Zeltecke fiel. Er schnappte sich den Weinkrug, ohne Jenny dabei aus den Augen zu lassen, und trank einen großen Schluck, dann betrachtete er die große Nadel und die Garnrolle auf dem Tisch. »Such eine kleinere Nadel«, wies er seinen Knappen an.

Jenny blieb ratlos sitzen – seine Worte und Handlungen verwirrten sie. Jetzt, da ihr Verstand wieder in Gang kam, konnte sie kaum fassen, daß er sie nicht sofort nach ihrem Angriff getötet hatte. Wieder ging ihr durch den Kopf, was er gesagt hatte. *Man fürchtet mich, deshalb erzählt man sich Legenden, die meine Gegner einschüchtern, noch ehe sie die Waffen gegen mich erheben.*

Im Grunde war sie insgeheim selbst schon zu dem Schluß gekommen, daß der Schwarze Wolf bei weitem nicht so böse und grausam war, wie man sich erzählte. Wäre er auch nur halb so schlimm, hätte er sie längst gefoltert und mißbraucht.

Aber er schien sogar vorzuhaben, sie und Brenna gehen zu lassen.

Als Gawin mit einer feineren Nadel zurückkam, brachte Jenny dem Mann, den sie noch vor ein paar Minuten hatte töten wollen, fast so etwas wie Nachsicht entgegen. Sie konnte und wollte ihm nicht verzeihen, daß er sie gezüchtigt hatte, aber jetzt waren sie so ziemlich quitt, nachdem sie seinen Stolz verletzt hatte wie er ihren und ihm auch die körperlichen Schmerzen heimgezahlt hatte. Während sie beobachtete, wie er den Weinkrug leerte, entschied sie, daß es in dieser prekären Situation wohl am klügsten war, ihn nicht mehr weiter zu provozieren, sonst würde er am Ende noch seinen Entschluß, sie irgendwann ins Kloster zurückzubringen, ändern.

»Ich müßte Euch den Bart abrasieren, Sire«, sagte Gawin, »sonst kann ich die Wunde, die ich nähen soll, nicht richtig sehen.«

»Dann rasier ihn ab«, brummte Royce, »du bist schon nicht gut mit der Nadel, wenn du genau siehst, was du tust. Ich habe überall Narben, die das beweisen.«

»Eine Schande, daß sie Euch im Gesicht erwischt hat«, bekräftigte Gawin, und Jenny hatte das Gefühl, daß sie im Moment für den Knappen gar nicht existierte. »Es hat sowieso schon genügend Narben«, fügte er hinzu, als er ein scharfes Messer holte und eine Schüssel Wasser zum Rasieren bereitstellte.

Der Junge verstellte Jenny die Sicht auf den Wolf, als er sich ans Werk machte, und während die Minuten langsam verstrichen, versuchte sie, eher unbewußt, einen Blick auf Royce zu erhaschen, indem sie sich mal auf die eine, mal auf die andere Seite neigte. Sie war neugierig, welches grimmige, grausige Gesicht dieser dichte schwarze Bart verdeckt hatte. Oder war der Ärmste vielleicht mit einem fliehenden Kinn geschlagen? fragte sie sich und lehnte sich weiter nach links, um sich Gewißheit zu verschaffen. Kein Zweifel, er hatte sein fliehendes Kinn hinter dem Bart versteckt, dachte sie und neigte sich so weit nach rechts, daß sie fast das Gleichgewicht verlor, als sie um den Knappen herumzuspähen versuchte.

Royce hatte ihre Gegenwart nicht vergessen, und er traute ihr auch nicht über den Weg – erst recht nicht jetzt, da sie sich als dreist genug erwiesen hatte, ihm an Leib und Leben zu gehen. Er beobachtete sie aus den Augenwinkeln, sah, wie sie sich krümmte und wand, und trug seinem Knappen in spöttischem Ton auf: »Rück ein Stück zur Seite, Gawin, damit sie mein Gesicht sehen kann – sie versucht die ganze Zeit, um dich herum zu schauen, und ich fürchte, sie kippt gleich um und fällt auf die Nase.«

Jenny konnte sich nicht schnell genug wieder aufrichten, um den Eindruck zu erwecken, daß sie vollkommen uninteressiert war. Ihre Wangen liefen rot an, und sie löste rasch den Blick von Royce Westmorelands Gesicht – aber erst, nachdem sie erschrocken festgestellt hatte, daß der Wolf beträchtlich jünger sein mußte, als sie vermutet hatte. Außerdem besaß er keineswegs ein fliehendes Kinn; im Gegenteil – es war kräftig und kantig, mit einer komischen kleinen Delle in der Mitte. Mehr als das hatte sie nicht erkannt.

»Kommt, seid nicht so scheu«, forderte Royce sie sarkastisch auf, aber offenbar hatte der starke Wein viel dazu beigetragen, seinen Zorn zu besänftigen. Er fand den übergangslosen, erstaunlichen Wechsel von der waghalsigen Attentäterin zum neugierigen jungen Mädchen verblüffend und amüsant. »Seht Euch das Gesicht, in das Ihr gerade Eure Initialen schnitzen wolltet, gut an«, drängte er und musterte dabei ihr angespanntes Profil.

»Ich muß die Wunde wirklich nähen, Mylord«, meldete sich Gawin stirnrunzelnd zu Wort. »Sie ist ziemlich tief und sieht schon jetzt häßlich genug aus, weil die Ränder anschwellen.«

»Versuch nur nicht, mit deinen ungeschickten Händen Lady Jennifers Abscheu vor mir noch mehr Nahrung zu geben«, meinte Royce hämisch.

»Ich bin Euer Knappe, Mylord, nicht Eure Näherin«, erwiderte Gawin. Er deutete mit der Nadelspitze bereits auf den tiefen Schnitt, der an der Schläfe seines Herrn begann und bis zum Kieferknochen reichte.

Das Wort »Näherin« erinnerte Royce plötzlich an die ordentlichen, beinahe unsichtbaren Stiche, die Jenny an einer Hose vollbracht hatte. Er winkte Gawin zur Seite und betrachtete seine Gefangene abschätzend. »Kommt her«, befahl er Jenny ruhig und mit unüberhörbarer Autorität.

Jenny war weit davon entfernt, ihn noch mehr gegen sich aufzubringen, weil sie ihre Freilassung nicht gefährden wollte, und erhob sich argwöhnisch. Insgeheim war sie froh, ihr schmerzendes Hinterteil entlasten zu können.

»Tretet näher«, ordnete er an, als sie außerhalb seiner Reichweite stehen blieb. »Mir erscheint es nur passend, wenn Ihr *alles* flickt, was Ihr kaputtgemacht habt. Näht die Wunde in meinem Gesicht.«

Im Licht der beiden Kerzen sah Jenny den Schnitt, und der Anblick des rohen Fleischs und der Gedanke, daß sie mit einer spitzen Nadel da hineinstechen sollte, verursachte ihr Schwindelgefühle. Sie schluckte die bittere Galle, die sich in ihrer Kehle sammelte, hinunter und flüsterte durch trockene Lippen: »Das … das kann ich nicht.«

»Ihr könnt, und Ihr werdet es tun«, versetzte Royce unbarmherzig. Noch vor einer Sekunde war er im Zweifel gewesen, ob es tatsächlich so klug war, sie mit einer Nadel in der Hand in seine Nähe kommen zu lassen, aber als er ihr Entsetzen über die Verwundung erkannte, war er einigermaßen beruhigt. Genaugenommen dachte er sogar, daß es eine ausgezeichnete Strafe für ihr unverzeihliches Vergehen war, wenn sie den Schnitt anschauen und berühren mußte.

Äußerst widerstrebend händigte Gawin ihr die Nadel und den Faden aus. Jenny nahm sie in ihre zitternden Finger und richtete die Nadelspitze auf die Wunde. Aber noch ehe sie ihr Werk beginnen konnte, hielt Royce ihre Hand fest und warnte sie kalt: »Ich hoffe, Ihr seid nicht so dumm, diese Prozedur unnötig schmerzhaft zu gestalten.«

»Nein, das habe ich nicht vor«, antwortete Jenny matt.

Royce hielt ihr den frisch gefüllten Weinkrug hin. »Hier, trinkt erst einmal einen Schluck, das beruhigt Eure Nerven.«

Würde er ihr in diesem Moment Gift angeboten und behauptet haben, es dämpfe ihre Nervosität, hätte Jenny auch das begierig angenommen – so sehr erschreckte sie die Aussicht auf die blutige Arbeit, die vor ihr lag. Sie setzte den Krug an die Lippen und nahm drei große Schlucke, die sie fast erstickten. Als sie sich erholt hatte, trank sie noch mehr. Sie hätte den Krug vermutlich geleert, wenn der Earl ihn ihr nicht entschlossen aus der Hand genommen hätte. »Zuviel davon beeinträchtigt Eure Sehkraft und Fingerfertigkeit«, erklärte er sachlich. »Ich möchte nicht riskieren, daß Ihr mir das Ohr zunäht. So, und jetzt fangt an.« Er drehte den Kopf und hielt ihr seine zerschnittene Wange hin, während sich Gawin neben Jenny aufbaute, um dafür zu sorgen, daß sie nicht noch mehr Unheil anrichtete.

Nie zuvor hatte Jenny mit der Nadel in menschliche Haut gestochen, und als sie sich zwang, die Spitze in das angeschwollene Fleisch zu bohren, konnte sie ein angewidertes Ächzen nicht unterdrücken. Royce beobachtete sie aus den Augenwinkeln und gab sich alle Mühe, sich seine Angst, sie könnte in Ohnmacht fallen, nicht anmerken zu lassen.

»Für eine heimtückische Attentäterin habt Ihr einen erstaunlich schwachen Magen«, bemerkte er, um *seinen* Geist von den Schmerzen und *ihren* von ihrer sie so entnervenden Pflicht abzulenken.

Jenny biß sich auf die Lippe und stach erneut zu. Ihr Gesicht war aschfahl, und Royce unternahm noch einen Versuch, sie durch ein Gespräch auf andere Gedanken zu bringen. »Was hat Euch nur auf die Idee gebracht, Ihr könntet dazu berufen sein, eine Nonne zu werden?«

»Ich … ich dachte das nie«, keuchte sie.

»Was, zum Teufel, hattet Ihr dann im Kloster von Belkirk zu suchen?«

»Mein Vater hat mich hingeschickt«, sagte sie und unterdrückte die aufkommende Übelkeit.

»*Er* war also der Meinung, Ihr wäret für das Leben einer Nonne geschaffen?« fragte Royce ungläubig und schielte zur Seite, um sie anzusehen. »Er muß eine ganz andere Seite Eures Charakters kennen als die, die Ihr mir bis jetzt gezeigt habt.«

Das hätte sie beinahe zum Lachen gebracht. Royce sah, daß die Farbe in ihre Wangen zurückkehrte.

»Eigentlich«, gab sie mit wundervoll melodiöser Stimme zu, »könnte man sagen, daß er mich hingeschickt hat, *weil* er dieselbe Seite meines Charakters kennt wie Ihr.«

»Tatsächlich?« erkundigte er sich leutselig. »Was für einen Grund hattet Ihr, *ihn* zu töten?«

Er klang so harmlos neugierig, daß sich Jenny ein Lächeln nicht verkneifen konnte. Sie hatte außerdem seit dem Nachmittag nichts gegessen, und der schwere Wein tat seine Wirkung und erwärmte sie vom Kopf bis zu den Zehenspitzen.

»Also?« drängte Royce, während er die kleinen Grübchen in ihren Mundwinkeln betrachtete.

»Ich habe nicht versucht, meinen Vater zu töten«, erklärte sie entschieden und stach noch einmal zu.

»Was habt Ihr dann verbrochen, daß er Euch in ein Kloster verbannte?«

»Unter anderem habe ich mich geweigert, jemanden zu heiraten – in gewisser Weise.«

»Wirklich?« hakte Royce aufrichtig überrascht nach, als er sich daran erinnerte, was er an Heinrichs Hof über Merricks älteste Tochter gehört hatte. Man munkelte, daß Merricks Älteste eine unscheinbare, zimperliche, eiskalte Frau sei, die zwangsläufig als alte Jungfer enden mußte. Er zermarterte sich das Gehirn und versuchte sich ins Gedächtnis zu rufen, wer sie mit diesen Eigenschaften beschrieben hatte. Edward Balder, entsann er sich – der Earl of Lochlordon, ein Gesandter vom Hof König Jakobs, hatte das behauptet. Aber auch alle anderen, die ihren Namen zufällig erwähnten, hatten ins selbe Horn gestoßen. *Eine unscheinbare, zimperliche, eiskalte Jungfer*, hieß es allerorten, aber es gab noch mehr Gerüchte über sie, an die er sich momentan nicht erinnerte.

»Wie alt seid Ihr?« fragte er unvermittelt.

Die Frage erschreckte sie und schien sie in Verlegenheit zu bringen. »Siebzehn«, gestand sie zögerlich, »und zwei Wochen.«

»So alt schon?« Seine Lippen zuckten vor Belustigung und Mitgefühl. Siebzehn Jahre war kaum hochbetagt, obwohl die meisten Mädchen zwischen vierzehn und sechzehn heirateten. Sie verdiente wohl nur am Rande das Attribut »alte Jungfer«. »Dann seid Ihr also freiwillig eine Jungfer geblieben?«

Ablehnung flackerte in ihren tiefblauen Augen auf, und Royce versuchte sich wieder darauf zu besinnen, was sonst noch am Hof über sie gesprochen wurde. Ihm fiel nichts ein – außer, daß ihre Schwester Brenna sie vollkommen in den Schatten stellen sollte. Brennas Schönheit, so besagt der Klatsch, ließe die Sonne und alle Sterne verblassen. Royce fragte sich ernsthaft, wie überhaupt irgendein Mann die lammfromme, farblose Blonde dieser feurigen Verführerin vorziehen konnte, aber dann erinnerte er sich, daß er selbst im allgemeinen sein Vergnügen bei engelhaften Blondinen suchte – besonders bei einer. »Seid Ihr aus freien Stücken eine Jungfer?« wiederholte er, war aber weise genug, das Wort, bei dem sie vorhin schon zusammengezuckt war, erst auszusprechen, nachdem sie einen weiteren Stich vollbracht hatte.

Jenny setzte einen winzigen Stich neben den anderen, noch einen und noch einen, und bemühte sich eisern, gegen das ungewohnte Gefühl anzukämpfen, das ihr seine Nähe mit einemmal vermittelte. Er war gutaussehend, sehr gutaussehend, mußte sie gerechterweise zugeben und staunte selbst über diese Erkenntnis. Sein glatt rasiertes Gesicht mit dem kantigen Unterkiefer, dem Kinn mit länglichem Grübchen und den hohen, breiten Wangenknochen strahlte männliche Schönheit aus. Aber was sie am meisten entwaffnete, war ihre neueste Entdeckung: Der Earl of Claymore, dessen bloßer Name die Herzen seiner Feinde vor Furcht erbeben ließ, hatte die dichtesten Wimpern, die sie je in ihrem Leben gesehen hatte! Ein Lächeln tanzte in ihren Augen, als sie sich vorstellte, wie fasziniert zu Hause alle sein würden, wenn sie *diese* Information preisgab.

»Habt Ihr Euch freiwillig entschieden, Jungfer zu bleiben?« fragte Royce noch einmal mit einer Spur Ungeduld.

»Vermutlich kann man es so nennen, da mein Vater mir androhte, daß er mich ins Kloster schicken würde, wenn ich das einzige wirklich passende Heiratsangebot, das ich wahrscheinlich je bekomme, ausschlage.«

»Wer hat Euch den Antrag gemacht?« erkundigte sich Royce neugierig.

»Edward Balder, Earl of Lochlordon. Haltet still!« kommandierte sie kühn, als er erstaunt aufblickte. »Man soll mir nicht vorwerfen, daß ich schlechte Arbeit leiste, nur weil Ihr herumzappelt, während ich die Wunde nähe.«

Dieser strenge Tadel von einem schmächtigen Mädchen, das noch dazu seine Gefangene war, verführte Royce beinahe zu einer Lachsalve. »Wie viele von diesen verdammten Stichen wollt Ihr denn noch machen?« konterte er gereizt. »Es war doch nur ein kleiner Schnitt.«

Beleidigt, weil er ihren beherzten Angriff als geringe Unannehmlichkeit abtat, trat Jenny einen Schritt zurück und funkelte ihn böse an. »Es ist eine riesige, häßliche Wunde und nichts weniger.«

Er öffnete verblüfft den Mund, um ihr zu widersprechen, aber plötzlich wurde sein Blick von ihren Brüsten angezogen, die sich keck gegen den Stoff ihres Hemdes drängten. Seltsam, daß ihm bis jetzt nicht aufgefallen war, wie üppig ihre Formen, wie schmal ihre Taille und wie hübsch ihre Hüften geschwungen waren. Aber wenn er genauer darüber nachdachte, dann erschien es ihm gar nicht so seltsam, denn bis vor ein paar Stunden hatte sie nur diese unförmige Nonnentracht getragen, und bis vor ein paar Minuten war er viel zu wütend gewesen, um auf ihr Äußeres zu achten. Aber jetzt bemerkte er, wie gut sie gebaut war, und wünschte, er hätte es nicht gesehen. Mit einemmal erinnerte er sich auch daran, wie wohlgerundet ihr Hinterteil war. Verlangen keimte in ihm auf, und er rutschte unbehaglich auf seinem Stuhl hin und her. »Kommt zum Ende«, befahl er brüsk.

Jenny entging nicht, daß er plötzlich schroff wurde, aber sie schrieb das seiner Launenhaftigkeit zu – derselben Launenhaftigkeit, die ihn dazu brachte, im einen Moment wie ein teuflisches Ungeheuer zu wüten und im nächsten fast so verständnisvoll wie ein Bruder zu sein. Was sie betraf, so war ihr Körper beinahe so unberechenbar wie seine Stimmungen. Noch vor kürzester Zeit hatte sie trotz des Feuers, das im Zelt brannte, gefroren, jetzt war es ihr auf einmal viel zu warm in ihrem Hemd. Dennoch hätte sie gern die nahezu freundschaftliche Atmosphäre der letzten Minuten bewahrt – nicht weil sie ihn unbedingt zum Freund haben wollte, sondern weil sie sich einfach weniger vor ihm fürchtete. Zaghaft sagte sie: »Ihr scheint überrascht gewesen zu sein, als ich den Earl of Lochlordon erwähnte.«

»Das stimmt«, meinte Royce ausdruckslos.

»Warum?«

Er wollte ihr nicht eröffnen, daß vermutlich Edward Balder für das ungerechtfertigte Gerede, das am Londoner Hof über sie kursierte, verantwortlich war. Wenn man in Betracht zog, was für ein eitler Pfau Balder war, war es keine große Überraschung, daß er als abgewiesener Freier den Namen der Frau, die ihn verschmäht hatte, in den Schmutz zog.

»Weil er ein ziemlich alter Mann ist«, wich Royce schließlich aus.

»Und häßlich.«

»Das auch.« Royce konnte sich beim besten Willen nicht vorstellen, daß ein liebender Vater seine Tochter einem so alten Wüstling zur Frau geben wollte. Und außerdem konnte er auch nicht glauben, daß Jennys Vater die Absicht hatte, sie für immer hinter Klostermauern zu verbannen. Zweifellos hatte der Earl sein Töchterchen nur für ein paar Wochen hingeschickt, damit man ihr Gehorsam und Disziplin beibrachte. »Wie lange wart Ihr in der Abtei von Belkirk?«

»Zwei Jahre.«

Sein Mund blieb offen stehen, dann faßte sich Royce wieder und schloß ihn. Sein Gesicht schmerzte höllisch, und seine Laune verschlechterte sich mit einem Schlag. »Augenscheinlich hält Euch Euer Vater für ebenso unfügsam, eigensinnig und unvernünftig wie ich«, erklärte er gereizt. Er wünschte sich im Augenblick nichts mehr als einen großen Schluck Wein.

»Wenn ich Eure Tochter wäre, wie würdet Ihr Euch dann fühlen?« fragte Jenny empört.

»Verflucht«, versetzte er grob und achtete gar nicht auf ihren gekränkten Blick. »In zwei Tagen habt Ihr mir mehr Widerstand entgegengesetzt als die Verteidiger der beiden Burgen, die ich zuletzt erobert habe.«

»Ich meinte eigentlich etwas anderes«, sagte Jenny und stemmte wütend ihre Hände in die Hüften. »Wenn ich *Eure* Tochter wäre und Euer Todfeind mich entführt hätte, was würdet Ihr dann von mir erwarten? Wie sollte ich mich Eurer Meinung nach verhalten?«

Für einen Moment verschlug es Royce die Sprache, und er starrte sie an, während er nachdachte. Sie hatte weder versucht, ihn mit weiblicher Raffinesse für sich einzunehmen, noch um Gnade gefleht. Statt dessen hatte sie ihr Bestes getan, ihn zu überlisten, ihm zu entkommen und ihn zu töten. Keine einzige Träne hatte sie vergossen, selbst dann nicht, als er ihr eine ordentliche Tracht Prügel verabreicht hatte. Danach, als er irrtümlich angenommen hatte, sie würde weinen, war sie nur von einem Ziel beseelt gewesen: ihn niederzustechen. Ihm kam der Gedanke, daß sie möglicherweise unfähig war zu weinen, aber im Augenblick beschäftigte ihn die Frage, wie er sich fühlen würde, wenn sie seine Tochter wäre – eine Unschuldige, die aus der Sicherheit des Klosters entführt worden war.

»Zieht Eure Krallen wieder ein, Jennifer«, sagte er barsch. »Ich habe Euch verstanden.«

Sie nahm diesen Sieg mit einem anmutigen Nicken zur Kenntnis – genaugenommen mit weit mehr Grazie, als Royce ihr zugetraut hätte.

Zum erstenmal sah Royce sie *wirklich* lächeln, und die Auswirkung auf ihr Gesicht war frappierend. Das Lächeln leuchtete langsam auf, flackerte in ihren Augen, bis sie regelrecht blitzten, dann gerieten ihre großzügigen Lippen in Bewegung, wurden an den Mundwinkeln sanfter, teilten sich, und perfekte weiße Zähne wurden sichtbar. Kleine Grübchen entstanden rechts und links des weichen Mundes.

Royce hätte das Lächeln um ein Haar erwidert, aber er fing gerade noch rechtzeitig Gawins verächtlichen Blick auf, und ihm dämmerte, daß er sich aufführte wie ein vernarrter Kavalier, aber Jenny war seine Gefangene und die Tochter seines Feindes. Die Zerstörungswut dieser Frau war schuld, daß seine Männer in der für diese Jahreszeit ungewöhnlich kalten Nacht ohne Decken frieren mußten.

Royce deutete mit dem Kinn auf die Fellmatten. »Geht schlafen. Morgen könnt Ihr anfangen, den Schaden, den Ihr mit den Decken angerichtet habt, wieder gutzumachen.«

Seine harsche Art wischte das Lächeln von ihrem Gesicht, und sie wich einen Schritt zurück.

»Ich habe es ernst gemeint«, fügte er, wütender auf sich selbst als auf sie, hinzu. »Bis alles geflickt ist, werdet Ihr ohne Decke schlafen.«

Sie reckte hochmütig ihr Kinn, wie er es schon oft an ihr gesehen hatte, und drehte sich zu der Schlafstelle um, die er ihr zugewiesen hatte. Sie bewegte sich mit der aufreizenden Eleganz einer Kurtisane und ganz sicher nicht wie eine Nonne, bemerkte Royce grimmig.

Jenny lag schon auf dem Fell, als er die Kerzen ausblies. Kurze Zeit später streckte sich der Earl neben ihr aus und zog ein Fell über sich, um sich gut zuzudecken. Plötzlich wich die tröstende Wärme, die der Wein ihr gespendet hatte, aus Jennifers Körper, und ihr erschöpfter Geist durchlebte noch einmal alle nervenzermürbenden Ereignisse des letzten Tages – vom Morgengrauen angefangen, als Brenna und sie ihre Flucht geplant hatten, bis vor ein paar Stunden, als der Mann an ihrer Seite sie wieder einfing.

Sie starrte in die Dunkelheit und erinnerte sich an den schrecklichsten Augenblick der letzten vierundzwanzig Stunden – an den Moment, den sie schon die ganze Zeit verdrängt hatte. Sie sah Thor in seiner prächtigen Schönheit vor sich, wie er mühelos durch den dichten Wald trabte, auf den Hügel sprengte und Hindernis nach Hindernis übersprang. Und dann sah sie ihn tot neben dem Felsbrocken liegen, sein schwarzes Fell glänzte im Schein des Mondes.

Tränen brannten in ihren Augen; sie holte bebend Luft und versuchte, die Tränen hinunterzuschlucken, aber die Trauer über den Tod des tapferen Tieres konnte sie nicht so einfach unterdrücken.

Royce, der Angst hatte einzuschlafen, bevor Jenny es tat, hörte ihre stockenden Atemzüge und ein leises, verdächtiges Schniefen. Sicher tat sie so, als würde sie heulen, in der Hoffnung, ihn dadurch milde stimmen und dazu bringen zu können, daß er sie unter das Fell ließ. Er rollte auf die Seite, umfaßte ihr Gesicht und drehte es zu sich. In ihren Augen glänzten die ungeweinten Tränen.

»Ist Euch so kalt, daß Ihr die Tränen zurückhalten müßt?« stieß er ungläubig hervor und musterte ihr Gesicht im trüben Schein des verlöschenden Feuers.

»Nein«, antwortet sie heiser.

»Warum weint Ihr dann?« erkundigte er sich ratlos. Er konnte nicht begreifen, was mit einemmal ihren unbeugsamen Stolz gebrochen hatte. »Ist es wegen der Prügel?«

»Nein«, flüsterte sie mühsam und sah ihm fest in die Augen. »Wegen Eures Pferdes.«

Von allen Dingen, die sie hätte anführen können, hatte Royce dieses Geständnis am allerwenigsten erwartet und dennoch am meisten erhofft. Irgendwie machte das Wissen, daß sie Thors sinnlosen Tod bedauerte, seinen Verlust weniger schmerzlich.

»Er war das schönste Pferd, das ich je gesehen habe«, setzte sie mit rauher Stimme hinzu. »Wenn ich am Morgen, als ich ihn aus der Koppel führte, geahnt hätte, daß er sterben würde, wäre ich hiergeblieben, bis ich … eine andere Möglichkeit gefunden hätte.«

Immer noch sah sie ihm unverwandt in die Augen und merkte, wie er zusammenzuckte, als er die Hände von ihrem Gesicht nahm.

»Es ist ein Wunder, daß Ihr heruntergefallen seid, sonst wäret Ihr jetzt auch tot«, meinte er.

Sie wandte sich ab und vergrub das Gesicht in der Fellunterlage. »Ich bin nicht gefallen«, hauchte sie ergriffen, »er hat mich *abgeworfen.* Ich bin den ganzen Tag über viel höhere Hindernisse mit ihm gesprungen. Ich wußte, daß wir den Baumstamm mit Leichtigkeit schaffen konnten, aber als er absprang, bäumte er sich gleichzeitig auf, und ich fiel nach hinten. Er hat mich *abgeschüttelt*, ehe er sprang.«

»Thor hat zwei Söhne gezeugt, Jennifer«, erklärte Royce beinahe sanft, »sie sind ihm sehr ähnlich. Einer der beiden ist hier, der andere wird in Claymore geschult. Er ist für mich also nicht vollkommen verloren.«

Seine Gefangene atmete zitternd auf und sagte schlicht: »Danke.«

Der Wind fegte heulend durch das mondbeschienene Tal und hüllte die schlafenden Soldaten mit Kälte ein, bis ihre Zähne klapperten. Der Herbst brach in diesem Jahr ungewöhnlich früh und so heftig herein, als müßte er dem Winter Konkurrenz machen. Royce, der sich in seinem Zelt unter dem warmen Fell zusammengerollt hatte, spürte die ungewohnte Berührung einer eiskalten Hand an seinem Arm.

Er öffnete ein Auge und sah, wie Jennifer zitterte. Ihr schlanker Körper war zu einem Ball gekrümmt – ihre Knie hatte sie bis zur Brust gezogen, in dem Versuch, sich wenigstens ein bißchen zu wärmen. In Wirklichkeit war Royce nicht so schlaftrunken, daß er nicht wußte, was er tat, und er hatte auch nicht vergessen, daß er ihr verboten hatte, sich zuzudecken, bis der Schaden, den sie seinen Männern zugefügt hatte, behoben war. Und um ganz ehrlich zu sein, dachte er, als er ihre zitternde Gestalt betrachtete, daß es seinen Männern im Freien noch viel übler erging. Darum gab es keinerlei Rechtfertigung für seine nächste Handlung: Er stützte sich auf den Ellbogen, griff über Jennifer hinweg und nahm ein Fell von dem Stapel neben ihr. Dann breitete er es aus und zog es über sie.

Er legte sich wieder auf den Rücken und schloß ohne jede Reue die Augen. Immerhin waren seine Männer abgehärtet, im Gegensatz zu Jennifer Merrick.

Sie kuschelte sich tiefer in das Fell und drückte dabei unbewußt ihr Hinterteil an Royces Knie. Trotz der Barriere, die das Fell zwischen ihnen darstellte, setzte diese Berührung sofort seine Phantasie in Gang, und er dachte an all die weiblichen Attribute, die in Reichweite neben ihm lagen. Entschlossen verdrängte er den Gedanken. Jenny besaß die besondere Gabe, zur selben Zeit ein unschuldiges Mädchen und eine goldhaarige Göttin zu sein – ein Kind, dessen Stimmungen in Windeseile umschlugen, und eine Frau, die jeden Schmerz mit einem geflüsterten »Es tut mir leid« lindern konnte. Aber Kind oder Frau, er wagte es nicht, sie anzurühren. Früher oder später mußte er sie gehen lassen, sonst gefährdete er all die sorgfältig ausgefeilten Pläne für seine persönliche Zukunft. Ob sich ihr Vater ergeben würde oder nicht, war für Royce nicht unbedingt von Belang. In einer, höchstens in zwei Wochen, würde er die beiden Mädchen ihrem Vater übergeben, wenn der sich auf die Bedingungen einließ, die Heinrich ihm stellte, oder, falls Merrick nicht darauf einging, würden Jenny und Brenna zum Hof nach London gebracht. Die Mädchen waren jetzt Heinrichs Besitz, und wenn Royce mit Jenny schlief, würden von allen Seiten Komplikationen auf ihn einstürzen.

Der Earl of Merrick ging vor dem Kamin auf und ab. Sein Gesicht war wutverzerrt, während er sich die Vorschläge seiner beiden Söhne und der vier Clansmänner anhörte, die zu seinen engsten Freunden und Verwandten zählten.

»Wir können nichts unternehmen«, warf Garrick Carmichael matt ein, »bis König Jakob uns die Verstärkung schickt, um die Ihr ihn mit der Benachrichtigung von der Entführung gebeten habt.«

»*Dann* können wir den Bastard angreifen und vernichten«, stieß der jüngste Sohn, Malcolm, hervor. »Er lagert in der Nähe unserer Grenze – diesmal müssen wir keinen langen, ermüdenden Marsch nach Cornwall hinter uns bringen, ehe wir zuschlagen.«

»Ich verstehe nicht, was die Entfernung zu seinem Lager oder die Stärke unserer Armee für eine Rolle spielen sollte«, sagte William, der ältere der beiden noch lebenden Merrick-Söhne, ruhig. »Es wäre eine Dummheit, ihn anzugreifen, es sei denn, uns würde es gelingen, Brenna und Jenny vor dem Angriff zu befreien.«

»Und wie, in Gottes Namen, willst du das bewerkstelligen?« versetzte Malcolm. »Die Mädchen sind so gut wie tot«, erklärte er gleichmütig. »Uns bleibt nichts anderes mehr übrig, als blutige Rache zu fordern.«

William, viel kleiner und gemäßigter als sein Bruder und Stiefvater, strich sich bedächtig das kastanienrote Haar aus der Stirn und beugte sich auf seinem Stuhl nach vorn. »Selbst wenn uns König Jakob genügend Männer schicken würde, daß wir den Wolf und seine Armee niederwalzen könnten, sähen wir die Mädchen nie wieder. Sie würden im Schlachtgetümmel umkommen oder gleich zu Beginn umgebracht werden.«

»Hör auf, jedem Vorschlag zu widersprechen, oder mach einen besseren«, knurrte der Earl.

»Das habe ich vor«, erwiderte William gelassen, und die Blicke aller richteten sich gespannt auf ihn. »Wir können die Mädchen nicht mit Gewalt befreien, aber vielleicht durch eine

List und in aller Heimlichkeit. Statt eine Armee loszuschicken, die Westmoreland zum Kampf herausfordert, sollte ich mit ein paar Männern losreiten. Wir verkleiden uns als Händler oder Mönche und folgen der Armee des Wolfs, bis wir nahe genug an die Mädchen herankommen können. Jenny«, fuhr er liebevoll fort, »wird vermutlich ahnen, daß wir etwas versuchen, und nach uns Ausschau halten.«

»Ich bin dafür, daß wir zum Angriff blasen«, brach es aus Malcolm heraus. Der Wunsch, sich dem Wolf entgegenzuwerfen, war stärker als jede Vernunft, und die Sorgen, die er sich um seine Schwestern machte, hielten sich ohnehin in Grenzen.

Die beiden jungen Männer wandten sich ihrem Vater zu, um seine Meinung zu hören. »Malcolm«, sagte der Earl freundlich, »es ist deine Art, dich dem Feind offen und wie ein Mann entgegenzustellen. Du willst Rache üben und kümmerst dich keinen Deut um die Konsequenzen. Du wirst deine Chance bekommen, sobald uns Jakob Verstärkung schickt. Zunächst jedoch« – sein Blick, in dem frisch erwachter Respekt glomm, richtete sich auf William –, »könnte uns der Plan deines Bruders weiterbringen. Etwas Besseres können wir im Augenblick nicht unternehmen.«

Kapitel sechs

Während der nächsten fünf Tage lernte Jenny den Tagesablauf kennen, dem die rastende Armee folgte. Am Morgen, kurz nach der Dämmerung, standen die Männer auf und übten einige Stunden mit ihren Waffen. Im ganzen Tal hallte das Klirren der Schwerter und das dumpfe Aufprallen auf Schilde wider. Die Bogenschützen des Wolfs, deren Geschick und Treffsicherheit legendär waren, übten auch täglich, und das Schwirren der Pfeile verstärkte den Kampflärm. Sogar die Pferde wurden jeden Morgen aus der Koppel geholt und trainiert. Mit halsbrecherischer Geschwindigkeit galoppierten die Reiter los, um Ausfälle gegen imaginäre Feinde zu proben, und die Schlachtrufe und das Getöse der Waffen dröhnten Jenny noch in den Ohren, lange nachdem sich die Männer zum Mittagessen im Lager versammelt hatten.

Sie saß in Royces Zelt und nähte eifrig an den Decken, lauschte dem nie enden wollenden Lärm und bemühte sich vergeblich, ihre Sorgen und Nöte zu verdrängen. Sie konnte sich nicht vorstellen, wie die Streitkräfte ihres Vaters gegen diese gut geschulte »Kriegsmaschine«, die der Wolf aus seinen Männern gemacht hatte, Bestand haben sollte, und hatte Angst, daß die Festung von Merrick einem Ansturm dieser Macht kaum gewachsen sein konnte.

Sie dachte auch an Brenna. Seit ihrem mißglückten Fluchtversuch hatte Jenny nur einen kurzen Blick auf sie erhaschen können. Die Aufgabe von Stefan, dem jüngeren Bruder des Earl, war es offenbar, Brenna in ihrem Zelt festzuhalten, während der Earl of Claymore die Verantwortung für Jenny übernommen hatte. Strikt verbat er, daß die Mädchen zusammenkamen. Auf Jennys wiederholte Fragen, ob Brenna auch wirklich sicher sei, hatte er ihr einigermaßen glaubhaft erklärt, ihr könne nichts geschehen und sein Bruder würde sie wie einen Gast behandeln.

Jenny legte ihr Nähzeug weg, stand auf und ging zum Eingang des Zelts. Sie sehnte sich danach, wieder einmal einen Spaziergang machen zu können. Das Wetter war schön an diesem frühen Septembertag – warm in der Sonne, aber schon beißend kalt bei Nacht. Die Elitegarde des Wolfs – fünfzehn Männer, die Royce persönlich unterstellt waren – machten auf der anderen Seite des Feldes Reitübungen. Jenny hatte wirklich große Lust, ein wenig im warmen Sonnenschein herumzugehen, obwohl es Royce, dessen Einstellung zu ihr von Tag zu Tag schärfer und härter zu werden schien, streng verboten hatte. Die Ritter, besonders Sir Godfrey und Sir Eustace, die früher beinahe höflich gewesen waren, behandelten sie jetzt wie eine Feindin, deren Gegenwart man notgedrungen erdulden mußte. Brenna und sie hatten sie überlistet, und das würde keiner von ihnen je vergessen oder verzeihen.

Am Abend nach dem Essen brachte Jenny wieder das zur Sprache, was ihr am meisten am Herzen lag. »Ich wünsche meine Schwester zu sehen«, eröffnete sie dem Earl so kühl, wie es seiner Stimmung entsprach.

»Dann versucht, mich darum zu *bitten«,* entgegnete er knapp, »und erzählt mir nicht nur davon.«

Jenny versteifte sich bei diesem Tonfall und überlegte, wie sie ihre Lage verbessern und ihr drängendstes Ziel erreichen konnte. Nach bedeutungsvollem Zögern ließ sie sich zu einem Nicken herab und sagte honigsüß: »Also schön. Darf ich meine Schwester sehen, Mylord?«

»Nein.«

»Warum nicht, in Gottes Namen?« brauste Jenny auf und vergaß für einen Moment, daß sie sich vorgenommen hatte, zahm und fügsam zu sein.

Seine Augen funkelten belustigt – es machte ihm Spaß, sich auf Wortgefechte mit ihr einzulassen, auch wenn er sich vorgenommen hatte, ihr weder körperlich noch in Gedanken zu nahe zu kommen. »Weil Ihr, wie ich Euch bereits dargelegt habe, einen schlechten Einfluß auf Eure Schwester ausübt. Ohne Euch kommt sie nicht auf dumme Ideen, und allein hat sie nicht genug Mut, an eine Flucht auch nur zu denken. Außerdem kann ich mich darauf verlassen, daß Ihr nicht ohne sie durchbrennt.«

Jenny hätte ihm liebend gern alle möglichen Schimpfworte an den Kopf geworfen, daß ihm die Ohren dröhnten, aber damit hätte sie alles gründlich verdorben. »Vermutlich würdet Ihr mir nicht glauben, wenn ich Euch mein Wort gebe, daß ich keinen Fluchtversuch unternehme.«

»Ihr würdet mir Euer Wort darauf geben?«

»Ja. Darf ich jetzt meine Schwester sehen?«

»Nein«, wiederholte er freundlich, »ich fürchte, das geht nicht.«

»Ich finde es wirklich erstaunlich«, verkündete sie mit ungeheuerlicher Verachtung, »daß Ihr einer ganzen englischen Armee nicht zutraut, zwei schwache Frauen am Weglaufen hindern zu können. Oder schlagt Ihr mir aus *Grausamkeit* die Bitte ab?«

Er preßte die Lippen aufeinander und schwieg. Plötzlich verließ er das Zelt und kam erst zurück, als Jenny längst eingeschlafen war.

Am nächsten Morgen beobachtete Jenny überrascht, wie Brenna zu Royces Zelt geführt wurde. Die grauen Nonnengewänder, die sie neben dem Fluß vergraben hatten, waren so mitgenommen, daß Brenna wie Jenny eine Jacke, eine Hose und hohe, weiche Stiefel trug – alles Sachen, die offensichtlich von Knappen ausgeliehen worden waren.

Nach herzlicher Umarmung zog Jenny ihre Schwester zur Seite und wollte gerade eine Diskussion über die Möglichkeiten einer neuen Flucht anfangen, als ihr Blick auf ein Paar Männerstiefel fiel, die unter einer der Zeltbahnen zu sehen waren, Stiefel mit goldenen Sporen, die nur ein Ritter tragen durfte.

»Wie ist es dir ergangen, Schwester?« fragte Brenna besorgt.

»Danke, sehr gut«, antwortete Jenny und überlegte, welcher der Ritter da draußen Posten bezogen hatte und ob er beauftragt worden war, ihr Gespräch zu belauschen. Nachdenklich fügte sie hinzu: »Ehrlich, wenn ich gewußt hätte, daß wir hier so gut behandelt werden, würde ich nie den dummen Vorschlag gemacht haben, aus dem Lager wegzulaufen.«

»Was?« keuchte Brenna entsetzt.

Jenny bedeutete ihr mit einer Geste, still zu sein, nahm Brennas Gesicht zwischen ihre Hände und drehte es so, daß ihr Blick auf die schwarzen Stiefelspitzen fiel. Kaum hörbar flüsterte sie: »Wenn wir sie davon überzeugen können, daß wir nicht mehr fliehen wollen, bewachten sie uns vielleicht nicht mehr so streng, und wir bekommen eine neue Chance. Wir müssen weg von hier, Brenna, bevor Vater sich ergibt. Sobald er auf ihre Bedingungen eingeht, ist es zu spät.«

Brenna nickte, und Jenny redete laut weiter: »Ich weiß, daß

ich zuerst ganz anderer Meinung war, als sie uns aufgegriffen haben, aber – ehrlich – ich hatte fürchterliche Angst so ganz mitten in der Nacht in den Bergen. Dieser finstere Wald, und als ich den Wolf heulen hörte ...«

»Den Wolf!« kreischte Brenna. »Du hast gesagt, daß es eine Eule war!«

»Wenn ich genau darüber nachdenke, glaube ich doch, es war ein schrecklich gefährlicher Wolf. Aber hier sind wir sicher, wir werden nicht umgebracht oder unsittlich belästigt, wie ich ursprünglich befürchtete. Es besteht also kein Grund für uns, noch einmal das Risiko einer Flucht einzugehen und allein den Weg nach Hause zu suchen. Es dauert sicher nicht mehr lange, bis Papa auf die eine oder andere Art unsere Freilassung erwirkt.«

»O ja!« fiel Brenna ein, als Jenny ihr signalisierte, daß sie laut zustimmen sollte. »Da bin ich vollkommen deiner Meinung.«

Wie Jenny hoffte, berichtete Stefan Westmoreland, der vor dem Zelt gestanden hatte, seinem Bruder genau, was er belauschte. Royce hörte ihm überrascht zu, aber Jennys Gründe, sich ohne Gegenwehr mit der Gefangenschaft abzufinden, leuchteten ihm ein.

Nach diesem Vorfall reduzierte Royce, obwohl ihm nicht ganz wohl dabei war, die Wache um sein Zelt von vier Männern auf einen. Jetzt war Arik ganz allein für die Sicherheit der Gefangenen zuständig. Seit er den Befehl ausgesprochen hatte, ertappte sich Royce immer wieder dabei, daß er sich, wo immer er sich auch im Lager befand, zu seinem Zelt umdrehte – jedesmal erwartete er, ein Mädchen mit verwirrter rotgoldener Haarmähne zu entdecken, das unter der Zeltwand hindurchkroch. Nach zwei Tagen, die Jennifer gehorsam im Zelt geblieben war, erteilte er ihr die Erlaubnis, täglich eine Stunde mit ihrer Schwester zu verbringen. Aber auch diese Entscheidung bereitete ihm Unbehagen.

Jennifer wußte sehr gut, was ihn zu diesen Veränderungen veranlaßt hatte, und nahm sich vor, sein unbegründetes Vertrauen weiter zu stärken und ihn so in Sicherheit zu wiegen, daß er die Bewachung noch mehr lockerte.

Am folgenden Abend bot ihr das Schicksal eine gute Gelegenheit, die sie sofort ergriff. Sie kam mit Brenna aus dem Zelt, um Arik zu sagen, daß sie ein wenig in der Nähe herumschlendern wollten – in dem kleinen Bereich, der ihnen jetzt für Spaziergänge zugestanden worden war –, und in diesem Augenblick fiel Jenny zweierlei auf. Erstens: Arik und die Wachmänner des Schwarzen Wolfs waren etwa zwanzig Meter entfernt und vollauf damit beschäftigt, einem Kampf zuzusehen, der sich unter den Männern entwickelt hatte. Zweitens: Der Earl, der links von ihnen stand, hatte sich umgedreht und Jenny und Brenna aufmerksam beobachtet.

Wenn Jenny ihn nicht bemerkt hätte, wäre sie sehr wahrscheinlich auf die Idee gekommen, Brenna an der Hand zu nehmen und mit ihr in den Wald zu laufen, aber so war ihr klar, daß er sie innerhalb von Minuten wieder einfangen würde, und sie entschied sich für eine wesentlich erfolgversprechendere Taktik. Sie tat so, als hätte sie nicht die geringste Ahnung davon, daß er sie im Auge behielt, hängte sich bei Brenna ein und deutete auf den weit entfernten Arik. Dann bummelten sie gemeinsam vom Dickicht und dem Wald weg und hielten sich brav in dem erlaubten Karree. Jenny bemühte sich nach Kräften, Royce zu beweisen, daß sie selbst ohne Bewachung nicht daran dachte, einen erneuten Fluchtversuch zu unternehmen.

Die List hatte Erfolg. An diesem Abend versammelten sich Royce, Stefan, Arik und die Ritter des Schwarzen Wolfs, um über den Weitermarsch der Armee am nächsten Tag zu beraten. Das Lager sollte abgebrochen werden, die Männer würden zur Festung Hardin marschieren, die dreißig Meilen nordöstlich lag, und dort rasten, bis Verstärkung, Proviant und Winterkleidung aus London eintrafen. Während der Unterredung und des darauffolgenden Essens behandelte Royce Westmoreland Jenny beinahe galant! Und nachdem alle anderen das Zelt verlassen hatten, wandte er sich ihr zu und sagte ruhig: »Die Vorschriften, wann Ihr Eure Schwester sehen dürft, sind aufgehoben. Ihr könnt soviel Zeit mit ihr verbringen, wie Ihr mögt.«

Jenny, die sich gerade auf die Felle niederlassen wollte, hielt bei diesem ungewöhnlich sanften Tonfall mitten in der Bewegung inne und starrte ihn an. Unerklärlicherweise war ihr nicht wohl in ihrer Haut, als sie sein stolzes, aristokratisches Gesicht betrachtete. Es war, als hätte er aufgehört, sie als Feindin anzusehen, und würde sie auffordern, dasselbe zu tun. Aber sie hatte keine Ahnung, wie sie darauf reagieren sollte.

Sie sah in seine unergründlichen silbernen Augen, und ein Instinkt warnte sie, daß ihn dieses Angebot auf einen Waffenstillstand für sie noch gefährlicher machen konnte, als er es als Gegner gewesen war. Aber ihr Verstand wies diese Warnung zurück – das alles ergab doch überhaupt keinen Sinn. Sie konnte nur profitieren, wenn zwischen ihnen eine Art oberflächlicher Freundschaft herrschte, und, um ehrlich zu sein, sie war nicht einmal abgeneigt, wieder so entspannt mit ihm zu plaudern wie an dem Abend, an dem sie seine Wunde genäht hatte.

Sie öffnete den Mund, um ihm für seine Großzügigkeit zu danken, besann sich aber anders. Es erschien ihr wie ein Verrat, ihrem Entführer dankbar für seine Nachsicht zu sein und so zu tun, als wäre alles vergeben und vergessen und als könnten sie – na ja – Freunde werden. Außerdem fühlte sie sich jetzt, wo er ihr etwas mehr Vertrauen entgegenbrachte, beschämt, weil sie diesen Fortschritt durch eine Täuschung erzielt hatte. Schon als kleines Mädchen war Jenny aufrichtig gewesen – eine Eigenschaft, die sie bei ihrem Vater in Mißkredit gebracht und letzten Endes dazu geführt hatte, daß sie ihren Stiefbruder lieber zu einem Kampf auf dem Feld der Ehre herausgefordert hätte, als ihn mit seinen eigenen betrügerischen Mitteln zu schlagen. Obwohl sie in der gegenwärtigen Situation dazu gezwungen war, List anzuwenden, und auch wenn ihre Bemühungen belohnt wurden und das Ziel aller Ehren wert, plagten sie Schuldgefühle. Stolz, Aufrichtigkeit und Verzweiflung fochten einen Kampf in ihrem Inneren aus, und ihr Gewissen machte ihr schwer zu schaffen.

Sie überlegte, was wohl Mutter Ambrose in dieser Lage täte, aber sie konnte sich einfach nicht vorstellen, daß es überhaupt jemand wagen würde, die ehrwürdige Äbtissin zu entführen, ganz zu schweigen davon, sie wie ein Getreidesack über einen Pferderücken zu werfen oder dergleichen scheußliche Dinge, die man Jenny angetan hatte.

Aber eines war sicher, Mutter Ambrose behandelte jedermann gerecht, egal wie ärgerlich oder unehrenhaft die Umstände waren.

Der Earl vertraute Jenny. Er bot ihr sogar so etwas wie Freundschaft an, das erkannte sie an seinem warmherzigen Blick und seiner sanften, tiefen Baritonstimme. Sie konnte – sie *durfte* dieses Vertrauen nicht mit Nichtachtung strafen.

Die Zukunft ihres Clans hing davon ab, ob ihr die Flucht gelang oder sie anderweitig errettet wurde. Bestimmt würde ihr Vater versuchen, sie zu befreien, ehe er sich ergab. Aus diesem Grund mußte sich Jenny, so gut es ging, frei in der Nähe des Earls bewegen. Schändlich oder nicht, sie durfte nicht so offen sein und wollte seine Nachsicht für ihre Zwecke nutzen. Auch konnte sie sein Freundschaftsangebot nicht ausschlagen, ohne ihre kleinen Freiheiten zu gefährden, aber sie würde wenigstens bis zu einem gewissen Grad ehrlich zu ihm bleiben.

Nachdem sie nach längerem Schweigen zu diesem Entschluß gekommen war, sah Jenny den Earl an und nickte kühl zum Zeichen, daß sie sein Friedensangebot mit Dank angenommen hatte.

Eher belustigt als verärgert über das, was er als königliches Akzeptieren seiner Milde mißinterpretierte, verschränkte Royce die Arme vor der Brust und lehnte die Hüfte an den Tisch. Amüsiert zog er eine Augenbraue hoch und sagte, gerade als sie es sich auf den Fellen bequem machte und die Beine unter sich zog: »Erzählt mir eines, Jennifer – als Ihr im Kloster wart, hat man

Euch da nicht ausdrücklich darauf hingewiesen, die sieben Untugenden zu vermeiden?«

»Doch, selbstverständlich wurde ich dazu angehalten.«

»Hat man Euch auch gesagt, daß der Stolz zu diesen Untugenden gehört?« murmelte er leise – das Kerzenlicht, das ihre langen goldenen Strähnen zum Leuchten brachte, lenkte ihn ein wenig ab.

»Ich bin in Wirklichkeit gar nicht stolz«, erwiderte sie mit einem reizenden Lächeln. Sie war sich durchaus bewußt, daß er auf ihre halbherzige Dankesbezeugung anspielte. »Vermutlich bin ich eigensinnig, dickköpfig und halsstarrig, aber nicht stolz, glaube ich.«

»Die Gerüchte und meine eigene Erfahrung mit Euch hätten mich fast von etwas anderem überzeugt.«

Sein gequälter Ton brachte sie zum Lachen, und Royce war vollkommen gefangen von ihrer übersprudelnden Fröhlichkeit und ihrer Schönheit. Nie in seinem Leben hatte er ein so melodiöses Lachen gehört oder so wundervoll blitzende Augen gesehen. Wie sie auf den weichen Fellen saß und lachte, bot Jennifer Merrick ein unvergleichliches Bild. Royce spürte das so deutlich, wie er wußte, daß er ihr nicht mehr widerstehen könnte, wenn er jetzt zu ihr gehen und sich neben sie setzen würde. Er zögerte, betrachtete sie und rief sich im stillen all die Gründe ins Gedächtnis, die ihm rieten, dort zu bleiben, wo er sich im Moment befand. Und dann tat er, indem er seine Absichten sorgfältig kaschierte, genau das Gegenteil.

Er nahm zwei Becher und den Weinkrug vom Tisch und brachte sie zu den Fellen. Nachdem er die Becher gefüllt hatte, reichte er Jenny einen davon. »Ihr werdet Jennifer die Stolze genannt, wußtet Ihr das?« fragte er und lächelte ihr strahlendes Gesicht an.

Jenny war sich überhaupt nicht bewußt, daß sie mit halsbrecherischer Geschwindigkeit auf ungekanntes, gefährliches Terrain geriet. Sie zuckte mit den Schultern, und in ihren Augen tanzten fröhliche Lichter. »Das ist nur Klatsch – das Ergebnis meines Zusammentreffens mit Lord Balder wahrscheinlich. *Ihr* werdet die Geißel von Schottland genannt, und man erzählt sich, daß Ihr Säuglinge abschlachtet und ihr Blut trinkt.«

»Wirklich?« staunte Royce mit einem übertriebenen Schaudern, als er neben ihr Platz nahm. Halb im Scherz fügte er hinzu: »Kein Wunder, daß ich in den Burgen und Schlössern der vornehmen Engländer nicht willkommen bin.«

»Ihr werdet dort nicht gern gesehen?« fragte sie verwirrt und unterdrückte das absurde Mitgefühl, das sie plötzlich empfand. Er mochte Schottlands Feind sein, aber er kämpfte für England, und es erschien ihr schrecklich ungerecht, wenn seine Landsleute ihn ausgrenzten.

Sie setzte ihren Becher an die Lippen und trank ein paar Schlucke, um ihre Nerven zu beruhigen. Dann musterte sie ihn im Schein der Talgkerzen, die auf dem Tisch standen. Der junge Gawin befand sich auf der anderen Seite des Zelts und wirkte vollkommen versunken in seine Aufgabe – er polierte die Rüstung seines Herrn mit Sand und Essig.

Die englische Aristokratie muß wirklich eigenartig sein, dachte Jenny. In Schottland würde man den Mann an ihrer Seite als gutaussehenden Helden betrachten, und er wäre in jedem Schloß hochwillkommen, in dem eine unverheiratete Tochter lebte. Er erschien oft finster und arrogant, das stimmte – sein hartes, kantiges Kinn drückte eiserne Entschlossenheit und unerbittliche Autorität aus, aber alles in allem hatte er ein männliches, gutaussehendes Gesicht. Sein Alter konnte man nicht schätzen; das Leben in Wind und Wetter hatte Furchen in seine Augenwinkel und neben den Mund eingezeichnet. Jenny vermutete, daß er älter sein mußte, als er aussah, weil sie schon als kleines Kind Geschichten über die Heldentaten des Schwarzen Wolfs gehört hatte. Plötzlich erschien es ihr äußerst seltsam, daß er sein ganzes Leben auf dem Schlachtfeld und mit der Eroberung fremder Territorien verbracht hatte, statt sich eine Frau zu suchen und einen Erben zu zeugen für die Güter und Reichtümer, die er inzwischen angehäuft haben mußte.

»Warum habt Ihr nie geheiratet?« platzte sie heraus und konnte selbst nicht glauben, daß sie ihm tatsächlich eine solche Frage gestellt hatte.

Verblüffung zeichnete sich auf Royces Gesicht ab, als er begriff, daß sie ihn, einen Neunundzwanzigjährigen, offensichtlich für viel zu alt hielt, um noch eine Ehe einzugehen. Als er sich erholt hatte, erkundigte er sich belustigt: »Was glaubt Ihr, weshalb ich mir keine Frau genommen habe?«

»Weil Euch keine passende Lady um eine Heirat gebeten hat?« mutmaßte sie mit einem verschmitzten Lächeln, das Royce vollkommen bezauberte.

Trotz der Tatsache, daß er sogar sehr viele derartige Anträge bekommen hatte, grinste er nur. »Wahrscheinlich denkt Ihr, es sei inzwischen schon zu spät für mich, eine Ehe einzugehen.«

Sie nickte, noch immer lächelnd. »Es scheint fast so, als wären wir beide vom Schicksal dazu bestimmt, alte Jungfern zu werden.«

»Oh, aber Ihr habt dieses Los freiwillig gewählt, und darin liegt der Unterschied.« Er genoß die Situation und lehnte sich behaglich zurück. »Was meint Ihr, was bei *mir* schiefgelaufen ist?«

»Das kann ich natürlich nicht genau wissen. Aber ich vermute«, fuhr sie nach kurzem Nachdenken fort, »daß ein Mann nicht vielen passenden Ladies auf dem Schlachtfeld begegnet.«

»Das stimmt. Ich habe die meiste Zeit meines Lebens für den Frieden gekämpft.«

»Es würde längst Frieden herrschen, wenn Ihr ihn nicht immer mit Euren teuflischen Belagerungen und endlosen Schlachten stören würdet«, erwiderte sie düster. »Die Engländer kommen einfach mit niemandem aus.«

»Ist das so?« erkundigte er sich trocken. Ihm gefiel ihr wacher Verstand ebensogut wie ihr Lachen.

»Sicher. Liebe Güte! Ihr und Eure Armee habt gerade erst in Cornwall gegen uns gekämpft ...«

»Ich habe in Cornwall, *auf englischem Grund und Boden,*

gekämpft«, erinnerte Royce sie milde, »weil *Euer* geliebter König Jakob – der übrigens ein fliehendes Kinn hat – bei uns einmarschiert ist, um den Mann seiner Cousine auf den englischen Thron zu setzen.«

»Also«, gab Jenny empört zurück, »Perkin Warbeck ist zufällig der rechtmäßige König von England, und König Jakob weiß das! Perkin Warbeck ist der lang verschollene Sohn von Edward IV.«

»Perkin Warbeck«, widersprach Royce gleichmütig, »ist der lang verschollene Sohn eines flämischen Schiffers.«

»Das ist *Eure* Ansicht.« Als er keine Anstalten machte, sich weiter über dieses Thema auszulassen, warf sie einen verstohlenen Blick auf sein Gesicht. »Hat König Jakob wirklich ein fliehendes Kinn?« fragte sie zweifelnd.

»Allerdings«, bestätigte Royce grinsend.

»Na, wir reden hier schließlich nicht über Äußerlichkeiten«, meinte sie streng, nachdem sie die Information über ihren König, von dem behauptet wurde, er sei schön wie ein Gott, verdaut hatte, »sondern über die fortwährenden Kriege. Vor uns habt Ihr die Iren bekämpft, und dann wart Ihr in …«

»Ich habe gegen die Iren gekämpft«, fiel er ihr mit einem spöttischen Lächeln ins Wort, »weil *sie* Lambert Simnel zum König gekrönt und uns dann angegriffen haben, um ihn an Heinrichs Stelle auf den Thron zu setzen.«

Irgendwie sagte er das so, als wären Schottland und Irland im Irrtum, und Jenny spürte, daß sie die Vorgänge nicht genau genug kannte, um angemessen über dieses Thema zu diskutieren. Mit einem Seufzen sagte sie: »Ich denke, es besteht kein Zweifel daran, weshalb Ihr jetzt hier seid – so nahe an unserer Grenze. Ihr wartet auf neue Truppen, dann möchte Heinrich Euch nach Schottland schicken, damit Ihr blutige Schlachten gegen uns führt. Jeder in diesem Lager weiß das.«

Entschlossen, wieder den ursprünglich lockeren Ton anzuschlagen und die Sprache auf weniger Ernstes zu bringen, sagte Royce: »Soweit ich mich erinnere, haben wir uns über meine

Unfähigkeit unterhalten, eine passende Frau auf dem Schlachtfeld zu finden, nicht über die Gründe und Folgen meiner Kämpfe.«

Froh über die Wende der Unterhaltung wandte sich Jenny wieder diesem Problem zu. »Ihr müßt doch an Heinrichs Hof gewesen sein und dort Damen der Gesellschaft kennengelernt haben.«

»Das ist richtig.«

Nachdenklich nahm sie ein paar Schlucke Wein, während sich der große Mann behaglich mit hochgelegten Beinen neben ihr rekelte. Alles an ihm zeugte davon, daß er ein Krieger war – selbst jetzt, in dieser entspannten Atmosphäre, strahlte er ungeheuerliche Kraft aus: Seine Schultern waren unglaublich breit, Arme und die Brust muskelbepackt, und die kräftigen Beine und Schenkel zeichneten sich deutlich unter der schwarzen Hose ab. Er hatte Jahre in der Rüstung verbracht und das Breitschwert geschwungen, aber Jenny konnte sich nicht vorstellen, daß ihm ein solches Leben zugute kam, wenn er bei Hof war, oder ihn darauf vorbereitete, mit den Menschen dort zurechtzukommen. Obwohl Jenny selbst nie an einem Königshof gewesen war, hatte sie viele Geschichten über den Überfluß, der dort herrschte, und die Doppelzüngigkeit der Höflinge gehört. Mit einemmal wurde ihr klar, daß sich ein so starker Krieger in den prächtigen Sälen und Gemächern fehl am Platz vorkommen mußte. »Ihr … Ihr fühlt Euch nicht sehr wohl, wenn Ihr mit den Leuten der ganz feinen Gesellschaft zusammen seid, nicht wahr?« tastete sie sich zaghaft vor.

»Nicht besonders«, bekannte Royce. Ihre Augen, in denen sich unendlich viele Gefühle und Empfindungen widerspiegelten, faszinierten ihn.

Sein Geständnis berührte schmerzhaft ihr zartes Herz, denn kaum jemand wußte besser als Jenny, wie demütigend es war, von Menschen ausgestoßen zu werden, von denen man gern geliebt und geachtet werden wollte. Es erschien ihr falsch und ungerecht, daß dieser Mann, der täglich sein Leben für England aufs Spiel setzte, von seinen eigenen Landsleuten gemieden und vielleicht sogar mißachtet wurde. »Ich bin sicher, daß das nicht an Euch liegt«, erklärte sie nachsichtig.

»Bei wem liegt Eurer Meinung nach dann die Schuld?« erkundigte er sich. Dabei umspielte ein schwaches Lächeln seine Mundwinkel. »Weshalb fühle ich mich nicht richtig wohl bei Hofe?«

»Wollt Ihr wissen, wieso Ihr Euch in Gesellschaft der Ladies oder in Gesellschaft der Gentlemen nicht gut zurecht findet?« fragte sie. Plötzlich verspürte sie den Drang, ihm zu helfen – zum Teil, weil sie echtes Mitleid empfand, aber auch weil der starke Wein und der feste Blick aus seinen grauen Augen eine starke Wirkung auf sie ausübten. »Falls Ihr mit den hochwohlgeborenen Damen Schwierigkeiten habt, könnte ich Euch vielleicht helfen«, bot sie an. »Wollt Ihr meinen Rat hören?«

»Auf alle Fälle.« Royce unterdrückte ein Grinsen und bemühte sich nach Kräften, ein ernstes Gesicht zu machen. »Sagt mir, wie man mit den Ladies umgeht, damit ich bei meinem nächsten Aufenthalt am königlichen Hof mehr Erfolg in den Salons habe und vielleicht sogar von einer der Damen als Ehemann akzeptiert werde.«

»Oh, ich kann Euch nicht versprechen, daß Euch eine der Frauen tatsächlich *heiraten* würde«, platzte sie, ohne vorher nachzudenken, heraus.

Royce verschluckte sich fast an seinem Wein und wischte sich den Mund ab. »Falls es Eure Absicht war, mir mehr Selbstvertrauen einzuflößen«, sagte er und mußte sich das Lachen noch mehr als vorher verbeißen, »werdet Ihr Eurer Aufgabe nicht gerecht, Mylady.«

»Ich … ich meinte nicht«, stammelte Jenny hilflos. »Ehrlich, ich …«

»Vielleicht sollten wir uns *gegenseitig* Ratschläge erteilen«, schlug er heiter vor. »Ihr erzählt mir, wie eine Dame von edler Geburt behandelt werden möchte, und ich kläre Euch über die Gefahren auf, die ihr eingeht, wenn Ihr das Selbstvertrauen eines

Mannes zerstört. Nehmt noch einen Schluck Wein«, bot er an, faßte hinter sich nach dem Weinkrug und füllte erneut ihren Becher. Dabei warf er Garwin einen Blick über die Schulter zu, und einen Moment später legte der Knappe den Schild, den er gerade polierte, weg und verließ das Zelt.

»Ich bin wirklich neugierig, welche Empfehlungen Ihr mir geben könnt«, sagte Royce, als sie von ihrem Wein trank. »Nehmen wir an, ich wäre bei Hofe und hätte gerade den Salon der Königin betreten. Dort sind etliche schöne Damen versammelt, und ich habe vor, eine von ihnen zu meiner Frau zu machen ...«

Erschrocken weiteten sich Jennys Augen. »Ihr seid kein bißchen wählerisch, oder?«

Royce warf den Kopf in den Nacken und lachte schallend. Bei diesem ungewöhnlichen Geräusch rannten drei erschrockene Wachmänner herbei, um nachzusehen, welch schreckliche Dinge sich in dem Zelt abspielten. Royce winkte sie ungeduldig fort und betrachtete Jennys kecke Nase, die immer noch mißbilligend gerümpft war. Er merkte deutlich, daß er erheblich in ihrer Achtung gesunken war, schluckte einen neuen Heiterkeitsanfall hinunter und erwiderte gespielt zerknirscht: »Ich habe doch ganz deutlich gesagt, daß alle Damen sehr schön sind, oder nicht?«

Jennys Miene hellte sich schlagartig auf, und sie nickte lächelnd. »Doch, das habt Ihr erwähnt. Ich hatte ganz vergessen, daß die Schönheit einer Frau für einen Mann am wichtigsten ist.«

»*Zuerst* ist Schönheit das wichtigste«, berichtigte Royce sie. »Also gut, wie muß ich vorgehen, nachdem ich mir bereits ... äh, das Objekt meiner Heiratsabsichten ausgesucht habe?«

»Was würdet Ihr normalerweise tun?«

»Was meint Ihr? Wie schätzt Ihr mich ein?«

Ihre zarten Augenbrauen zogen sich zusammen, und ihr großzügiger Mund zuckte amüsiert, als sie ihn eine ganze Weile nachdenklich musterte. »So, wie *ich* Euch kennengelernt habe, kann ich nur vermuten, daß Ihr die Dame übers Knie legt und sie so lange durchprügelt, bis sie sich Euren Wünschen fügt.«

»Ihr meint«, erwiderte Royce mit unbewegtem Gesicht, »daß das die *falsche* Methode ist, eine solche Angelegenheit zu regeln?«

Jenny erkannte das humorvolle Funkeln in seinen Augen und brach in silberhelles Lachen aus. Royce war es, als füllte sich das Zelt mit Musik.

»Ladies ... das heißt, anständige Damen edlen Geblüts«, erklärte Jenny, nachdem sie sich erholt hatte, und machte mit einem Blick deutlich, daß vermutlich seine letzten Erfahrungen mit Frauen aus gänzlich anderen Schichten stammten, »haben sehr genaue Vorstellungen davon, wie ein edler Herr, der ihr Herz für sich gewinnen will, sie behandeln muß.«

»Bitte verratet mir, was sich die hochwohlgeborenen Damen wünschen.«

»Ritterlichkeit und Höflichkeit, selbstverständlich. Aber da ist noch mehr als das«, setzte sie mit einem wehmütigen Schimmer in ihren saphirblauen Augen hinzu. »Eine Lady wünscht sich, daß ihr Ritter nur Blicke für *sie* hat und nichts anderes wahrnimmt, wenn er einen Raum betritt. Er sollte blind für alles sein, nur nicht für ihre Schönheit.«

»In diesem Fall läuft der Ritter aber Gefahr, ständig über sein Schwert zu stolpern«, gab Royce zu bedenken, noch ehe er begriff, daß Jennifer über ihre eigenen Träume und Wünsche sprach.

Sie warf ihm einen tadelnden Blick zu. »Und«, fuhr sie nachdrücklich fort, »sie möchte auch glauben können, daß er eine *romantische* Natur ist – Ihr seid offensichtlich kein bißchen romantisch veranlagt.«

»Nicht wenn romantisch sein bedeutet, daß ich mich durch ein Zimmer tasten muß wie ein Blinder«, neckte er sie. »Aber erzählt weiter – was schätzen die Damen sonst noch an einem Mann?«

»Loyalität und Ergebenheit. Und schöne Worte – ja, das mögen sie besonders.«

»Was für schöne Worte?«

»Zärtliche Worte von Liebe und Verehrung«, antwortete Jenny verträumt. »Eine Lady will hören, daß ihr Ritter sie über alle Maßen liebt und daß sie für ihn das Allerschönste ist, was es auf der Welt gibt. Sie würde sich wünschen, daß er zu ihr sagt, daß ihn ihre Augen an einen klaren Bergsee oder den Himmel erinnern und ihre Lippen aussehen wie Rosenblüten …«

Royce studierte überrascht ihr Gesicht. »Träumt *Ihr* auch davon, daß ein Mann so etwas zu Euch sagt?«

Sie wurde blaß, als hätte er ihr einen Schlag versetzt, aber dann schien sie sich zu fassen. »Selbst unscheinbare Mädchen haben Träume, Mylord«, entgegnete sie mit einem Lächeln. »Und …«

»Jennifer«, fiel er ihr scharf und doch voller Mitgefühl und Verblüffung ins Wort, »Ihr seid nicht unscheinbar. Ihr seid …« Er fühlte sich in diesem Augenblick noch mehr zu ihr hingezogen und betrachtete sie eingehend, um herauszufinden, was genau ihn so sehr an ihr faszinierte. Es war nicht nur ihr Gesicht oder ihr Körper. Jennifer Merrick war liebenswürdig und besaß Herzensgüte, die ihn erwärmte, einen wachen Verstand, der ihn herausforderte – und eine Ausstrahlung, der er sich nicht entziehen konnte und die ihn immer mehr in ihren Bann schlug. »Ihr seid nicht unscheinbar.«

Sie lachte ohne Groll und schüttelte den Kopf. »Versucht unter keinen Umständen einer Lady mit unwahren, zungenfertigen Schmeicheleien den Kopf zu verdrehen, damit werdet Ihr keinen Erfolg haben, solange Ihr ihr noch keinen Antrag gemacht habt.«

»Wenn ich das Heiratsversprechen nicht aus der Dame meines Herzens herausprügeln und ihr noch dazu keine galanten Komplimente machen darf«, entgegnete Royce, ohne den Blick von ihrem rosigen Mund wenden zu können, »muß ich mich wohl oder übel auf meine einzige andere Fertigkeit verlassen …«

Er schwieg bedeutungsvoll, bis Jenny ihre Neugier nicht länger bezähmen konnte. »Von welcher Fertigkeit sprecht Ihr?«

Er zwinkerte ihr zu und sagte mit einem scharfen Grinsen: »Die Bescheidenheit verbietet mir, das näher auszuführen.«

»Seid nicht so schüchtern«, rügte Jenny – sie war so gespannt, daß sie kaum wahrnahm, wie Royce die Hand hob und sie ihr auf die Schulter legte. »Worin seid Ihr so geschickt, daß Euch eine Lady deswegen *heiraten* möchte?«

»Ich glaube wenigstens, daß ich ziemlich gut darin bin –« Seine Hand strich über ihre Schulter –, »ich meine das Küssen.«

»K-küssen?« prustete sie lachend los und wich gleichzeitig ein Stück zurück, um seine Hand abzuschütteln. »Ich kann nicht glauben, daß Ihr tatsächlich mit so was vor mir prahlt.«

»Das ist keine Prahlerei«, widersprach Royce entrüstet. »Man hat mir mehrfach angedeutet, daß ich auf diesem Gebiet unschlagbar geschickt bin.«

Jenny unternahm große Anstrengungen, entrüstet zu wirken, versagte jedoch kläglich. Ihre Lippen zitterten vor Lachen bei dem Gedanken, daß »die Geißel Schottlands« sich selbst in den Himmel lobte – nicht etwa, weil der gefürchtete Ritter mit dem Schwert, sondern beim Küssen Wunder vollbrachte.

»Wie ich sehe, findet Ihr das lustig und lächerlich«, bemerkte Royce trocken.

Sie schüttelte so heftig den Kopf, daß ihr das Haar um die Schultern flog, aber ihre Augen blitzten vergnügt. »Es … es ist bloß«, brachte sie hervor und verbiß sich bei jedem Wort das Lachen, »ich kann mir Euch beim Küssen einfach nicht vorstellen.«

Ohne Vorwarnung strich er mit der Hand über ihren Arm und zog sie an sich. »Warum wollt Ihr Euch nicht selbst ein Urteil bilden?« fragte er leise.

Jenny versuchte zurückzuweichen. »Seid nicht albern. Ich könnte nicht … ich darf nicht!« Plötzlich konnte sie den Blick nicht mehr von seinen Lippen wenden. »Ich vertraue gern auf Euer Wort. Völlig.«

»O nein, ich habe das Gefühl, ich müßte es Euch beweisen.«

»Nicht nötig«, rief sie verzweifelt. »Ich könnte Eure

Geschicklichkeit gar nicht beurteilen, weil ich noch nie in meinem Leben geküßt worden bin und keine Vergleichsmöglichkeiten habe ...«

Dieses unschuldige Geständnis machte sie für Royce noch begehrenswerter. Er war an Frauen gewöhnt, deren Erfahrungen im Bett sich mit seinen eigenen messen konnten. Seine Lippen kräuselten sich zu einem Lächeln, und seine Hand schloß sich noch fester um ihren Arm. Er zog sie näher zu sich heran, während er ihr die andere Hand auf die Schulter legte.

»Nein!« wehrte sich Jenny und versuchte erfolglos, sich aus seinem Griff zu lösen.

»Ich bestehe darauf.«

Jenny wappnete sich innerlich gegen diesen neuen, unbekannten Angriff. Ein entsetztes Wimmern blieb in ihrer Kehle stecken, aber schon im nächsten Moment wurde ihr klar, daß es nichts gab, wovor sie sich fürchten mußte. Seine Lippen fühlten sich kühl und erstaunlich weich an, als sie über ihren geschlossenen Mund strichen. Jenny war zur Reglosigkeit erstarrt, obwohl sie die Hände gegen seine Schultern stützte, um Abstand von ihm zu gewinnen. Sie konnte sich zwar nicht rühren, aber ihr Puls raste. Nun wollte sie aber herausfinden, was es bedeutete, geküßt zu werden, und ihren kühlen Kopf dabei bewahren.

Royce lockerte seinen Griff gerade genug, damit sie ihm ihre fest zusammengepreßten Lippen entgegenheben konnte.

»Vielleicht bin ich doch nicht so gut, wie ich ursprünglich dachte«, sagte er schließlich und verbarg dabei sorgfältig seine Belustigung. »Ich könnte schwören, daß Euer Verstand die ganze Zeit nicht stillgestanden hat.«

Obwohl sie unsicher, verschreckt und sehr verwirrt war, bemühte sich Jenny verzweifelt, sich nicht gegen ihn zu wehren oder etwas anderes zu tun, was die zerbrechliche Freundschaft zwischen ihnen stören könnte. »W-was meint Ihr damit?« wollte sie wissen. Ihr wurde viel zu intensiv bewußt, daß sich sein kraftvoller Körper neben ihr lustvoll ausstreckte.

»Würdet Ihr sagen, daß unser Kuß so war wie ein Kuß, von dem vornehme Damen träumen?«

»Bitte, laßt mich los.«

»Oh, ich dachte, Ihr wolltet mir helfen, mein Verhalten aristokratischen Ladies wie Euch selbst gegenüber zu verbessern.«

»Ihr küßt sehr gut. Genau wie es den feinen Damen gefällt«, rief Jenny in ihrer Not, aber er schenkte ihr nur einen skeptischen Blick und dachte gar nicht daran, sie loszulassen.

»Ich bin einfach nicht davon überzeugt«, hänselte er sie und betrachtete dabei das ärgerliche Funkeln in ihren unglaublich blauen Augen.

»Dann erprobt Eure Künste an jemand anderem!«

»Unglücklicherweise übt Arik keinen Reiz auf mich aus«, sagte Royce, und ehe sie weiteren Widerspruch einlegen konnte, änderte er rasch seine Taktik. »Eines habe ich jetzt aber verstanden – körperliche Züchtigung hat keine Wirkung auf Euch, aber endlich habe ich herausgefunden, was Euch beeindruckt.«

»Was soll das heißen?« fragte sie argwöhnisch.

»Wenn ich in Zukunft Euren Willen beugen will, werde ich Euch so lange küssen, bis Ihr nachgebt. Ihr habt Angst vorm Küssen.«

Entsetzliche Bilder davon, wie er sie in Gegenwart all seiner Männer küßte, wann immer sie sich ihm widersetzte, entstanden in ihrem Geist. In der Hoffnung, daß ihn Ruhe und Vernunft eher als eine hitzige Tirade von seinem Vorhaben, ihr etwas beweisen zu müssen, abhielt, sagte sie. »Ich habe keine Angst, nur gar kein Interesse an Euren Fertigkeiten.«

Amüsiert und voller Bewunderung nahm Royce diesen neuen Schachzug zur Kenntnis, aber unerklärlicherweise bestärkte ihn das nur noch mehr in seiner Entschlossenheit, seine Wirkung auf sie zu erproben.

»Tatsächlich?« flüsterte er sanft und fixierte seinen Blick auf ihre Lippen. Seine Hand schloß sich um ihren Hinterkopf, und er zog ihn langsam näher zu sich, bis sich sein warmer Atem mit dem ihren mischte. Dann sah er ihr in die Augen. Beharrliche, wissende graue Augen hielten den Blick aus betörend blauen, erschrockenen fest, ehe er seine Lippen auf ihren Mund senkte.

Eine Schockwelle durchfuhr Jennys Nervensystem, sie preßte die Lider ganz fest zu, als er ihren Mund liebkoste und besitzergreifend jede Kurve und die bebenden Konturen erforschte.

Royce spürte, wie ihre Lippen unwillkürlich weicher wurden, wie ihre zitternden Arme nachgaben und sich ihre Brust an ihn schmiegte. Ihr Herz hämmerte wild, als sich der Druck seines Mundes verstärkte. Er rollte sie auf den Rücken, beugte sich über sie und vertiefte die Küsse, während seine Hand langsam und sanft bis zu ihrer Hüfte strich. Seine Zungenspitze glitt durch den schmalen Spalt zwischen ihren Lippen, flehte um Einlaß und erzwang, daß sie sich noch ein wenig mehr teilten. Als er schließlich Erfolg hatte, tauchte er in die süße, samtweiche Höhle ein, zog sich langsam wieder zurück und begann mit gefährlicher Entschlossenheit sein Spiel von neuem.

Jenny schnappte nach Luft und erstarrte, aber plötzlich wich die Spannung aus ihrem Körper und machte bebender Freude Platz. Sie war so unerfahren in der hitzigen Leidenschaft, die er umsichtig und geschickt in ihr weckte, daß sie vollkommen berauscht war und der Verlockung, zu vergessen, daß er ihr Entführer war, kaum widerstehen konnte. In diesem köstlichen Augenblick war er ihr Geliebter – feurig, verführerisch und sanft. Zärtliche Gefühle überwältigten sie und mit einem leisen Stöhnen der Hilflosigkeit ergab sie sich, legte die Hand in seinen Nacken und erwiderte den Kuß mit entfachter Glut.

Royces Mund wurde fordernder, seine Zunge wagte sich suchend und liebkosend weiter, während sich seine Hand rastlos über ihren Bauch bis zu den Brüsten bewegte und wieder nach unten wanderte, ihren Gürtel löste und unter das Hemd glitt. Jenny spürte die Liebkosung seiner mit Schwielen bedeckten Hand auf ihren bloßen Brüsten, und zur selben Zeit verschlang sie sein sengender Kuß.

Sie stöhnte bei dem Ansturm auf ihre Sinne, und das Verlangen übermannte Royce, als er fühlte, wie ihr Busen in seiner Handfläche anschwoll und sich die Brustwarze versteifte. Er streichelte sie immer weiter, nahm die Brustspitze vorsichtig zwischen die Finger und rollte sie zart. Er spürte, wie sie erschrocken die Luft anhielt, ehe sie ihn so hingebungsvoll küßte, als versuchte sie ihm die Freude, die er ihr schenkte, zurückzugeben.

Bestürzt über die süße Folter, die ihm ihre Reaktion auf seine Zärtlichkeiten bereitete, löste Royce seinen Mund von dem ihren und sah in ihr gerötetes, verzücktes Gesicht, ohne jedoch die Hand von ihrer Brust zu nehmen. Gleich, so redete er sich ein, würde er sie in Ruhe lassen, nur noch einen Moment …

Die Frauen, mit denen er sich bis jetzt vergnügt hatte, wollten nie verführt oder sanft liebkost werden. Sie sehnten sich nach der Kraft, Gewalt und Stärke, für die Royce im ganzen Land bekannt war. Sie wollten erobert, unterworfen und grob genommen werden – vom wilden Wolf. Die Anzahl der Frauen, die ihn im Bett angefleht hatte: »Tu mir weh«, war riesengroß. Man hatte ihm die Rolle des sexuellen Eroberers aufgezwungen, und er hatte sich jahrelang damit identifiziert, aber in letzter Zeit empfand er zunehmend Langeweile und Abscheu dabei.

Widerwillig nahm Royce die Hand von Jennys prallem Busen – er befahl sich, sie loszulassen und das aufzuhören, was er so leichtfertig begonnen hatte, und zwar *sofort.* Morgen würde er es ohne Zweifel bereuen, die Dinge so weit getrieben zu haben. Andererseits – wenn er ohnehin schon Reue empfinden mußte, könnte er auch etwas tun, das ein solches Gefühl rechtfertigte … Mit der vagen Idee, ihnen beiden noch ein bißchen mehr von dem Vergnügen zu gönnen, das sie heute abend aneinander gefunden hatten, beugte er sich wieder zu Jenny und küßte sie, während er ihr Hemd behutsam mit einer Hand öffnete. Sein Blick glitt nach unten, und er entdeckte exquisite Brüste, wohlgeformt und rund mit rosigen, vor Sehnsucht harten Brustwarzen. Ihre samtweiche Haut schimmerte im Licht des Feuers rein wie frisch gefallener Schnee.

Royce atmete ein paarmal tief durch, um sich einigermaßen zu beruhigen. Dann wandte er den Blick von ihren Brüsten ab und richtete ihn erst auf ihren Mund und später auf ihre verträumten Augen, während er sein eigenes Hemd aufmachte und es aus der Hose zog, um diese weichen, weißen Hügel an seiner nackten Haut zu spüren.

Jenny war bereits vollkommen bezaubert von den glühenden Küssen, seinem Blick und dem Wein und fixierte benommen seine sinnlichen Lippen, die sich zielbewußt den ihren näherten. Sie schloß die Augen, und die Welt begann sich um sie zu drehen, als er ihren Mund begierig in Besitz nahm und seine Zunge auf Entdeckungsreise ging. Sie ächzte vor Glück, und Royce bedeckte ihren Busen mit der Hand und schob ihn ein wenig nach oben, während er behutsam seine bloße, behaarte Brust auf sie senkte. Er lag halb auf ihr und strich mit den Lippen von ihrem Mund zum Ohr. Seine Zunge spielte in der empfindsamen Muschel und liebkoste sie ausführlich, bis sich Jenny unter ihm wand.

Er setzte sein verführerisches Liebesspiel fort, und Jenny dankte es ihm mit erstickten Lauten und leisen Seufzern. Er küßte sie, wie er nie im Leben eine Frau geküßt hatte, und sie paßte sich instinktiv seinen Zärtlichkeiten und Bewegungen an. Das stachelte Royce nur noch mehr an. Seine Zunge rieb sich an ihrer, seine Hände krallten sich in ihr Haar, und Jenny schlang die Arme um seinen Hals und gab sich seinen ihre Welt erschütternden Küssen bedingungslos hin.

Royce hob seinen Unterkörper an, drängte vorsichtig ihre Beine auseinander, um sich dazwischen zu legen, dann preßte er seine harte Männlichkeit an ihre bebenden Schenkel. Überwältigt von seiner drängenden Leidenschaft, klammerte sie sich an ihn und unterdrückte einen enttäuschten Protestschrei, weil er seinen Mund von ihrem löste, doch gleich darauf keuchte sie überrascht, als er ihre Brüste mit Küssen übersäte. Seine Lippen schlossen sich um eine Brustwarze, er saugte erst zärtlich, dann hungriger daran, bis sich Jenny ihm verlangend entgegenwölbte und Wellen der reinsten Lust jede Faser ihres Seins durchströmten. Gerade als sie dachte, diese wundervolle Qual nicht mehr länger ertragen zu können, wurde seine Liebkosung noch fordernder, und ein lautes Stöhnen drang aus ihrer Kehle. In dem Augenblick, in dem Royce das hörte, hielt er inne und widmete der anderen Brust dieselbe bedächtige Aufmerksamkeit, während Jenny ihm mit den Fingern durch das dunkle Haar fuhr und seinen Kopf unbewußt noch fester an sich preßte.

Als Jenny meinte, vor Glück sterben zu müssen, stützte er sich auf die Hände und gewann ein wenig Abstand von ihr. Die kalte Luft auf ihrer nackten, erhitzten Haut und sein plötzlicher Rückzug weckten sie aus ihrer Betäubung. Sie öffnete die Augen und sah ihn über sich. Sein glühender Blick war auf ihre prallen Brüste und ihre stolz aufgerichteten Brustwarzen geheftet.

Panik vertrieb die Euphorie, und Jenny spürte zum erstenmal ganz bewußt das Verlangen, das seine starken, drängenden Schenkel durch ihren Körper jagten. Er beugte sich wieder über sie, aber sie schüttelte entsetzt darüber, daß sie es so weit hatte kommen lassen, den Kopf. »Bitte«, keuchte sie. Aber er richtete sich bereits wieder auf.

Nur den Bruchteil einer Sekunde später rief ein Wachmann vor dem Zelt: »Ich bitte um Vergebung, Mylord, die Männer sind zurückgekehrt.«

Wortlos sprang Royce auf die Füße und ordnete behende seine Kleider, ehe er aus dem Zelt stapfte.

Betäubt von der unerfüllten Sehnsucht und vollkommen verwirrt sah Jenny ihm nach. Aber allmählich setzte sich ihre Vernunft wieder durch, und klare Gedanken durchdrangen den Nebel. Sie schämte sich entsetzlich, als sie an sich herunterschaute, hastig das zerknitterte Hemd schloß und mit zitternden Händen das hoffnungslos zerzauste Haar zu glätten versuchte. Es wäre schon schlimm genug gewesen, hätte er sie gezwungen, ihm zu Willen zu sein – aber er hatte keinerlei Gewalt angewendet! Als wäre sie einem Zauberbann erlegen, war sie leichtfertig und ohne jede Gegenwehr auf seine Verführung eingegangen.

Der Schock über das, was sie getan hatte – *beinahe* getan hatte –, schüttelte ihren Körper. Aber als sie versuchte, ihm die Schuld an allem zu geben, spielte ihr das Gewissen einen Streich.

Fieberhaft überlegte sie, was sie sagen oder tun könnte, wenn er zurückkam, denn trotz ihrer Naivität war ihr klar, daß er dort würde weiter machen wollen, wo er aufgehört hatte. Ihr Herz hämmerte vor Angst – nicht vor ihm, sondern vor sich selbst.

Die Minuten verstrichen, wurden zu Stunden, und ihre Angst verwandelte sich in Erstaunen und schließlich in gnädige Erschöpfung. Jenny rollte sich auf den Fellen zusammen, die Augen fielen ihr zu. Erst nach Stunden wurde sie wieder wach und sah, daß Royce neben ihr stand.

Argwöhnisch erforschte sie seine harten, unnachgiebigen Gesichtszüge, und ihr schlaftrunkener Verstand erfaßte, daß der »Geliebte«, der sie vor langer Zeit allein gelassen hatte, ebenso wenig erpicht darauf war, seine Verführung fortzusetzen, wie sie selbst.

»Es war ein Fehler«, sagte er ausdruckslos, »für uns beide. Es wird nicht wieder geschehen.«

Das war das letzte, was sie von ihm erwartet hätte. Und als er sich umdrehte und das Zelt mit schnellen Schritten verließ, mutmaßte sie, daß diese Worte seine Art waren, sie für das in einem schwachen Augenblick geschehene um Verzeihung zu bitten. Sie öffnete überrascht den Mund, schwieg aber und machte schnell die Augen zu, als Gawin hereinkam und sich auf seine Schlafstelle neben dem Eingang legte.

Kapitel sieben

Bei Sonnenaufgang wurden die Zelte abgebaut. Donnerndes Getöse erfüllte bald die Luft, als fünftausend Ritter, Söldner und Knappen durch das Tal marschierten, und dahinter ratternd die mit Bombarden, Mörsern, Rammböcken, Katapulten und all den anderen Ausrüstungsgegenständen der Streitmacht schwer beladenen Wagen rollten.

Für Jenny, die neben Brenna ritt und an beiden Seiten von bewaffneten Rittern bewacht wurde, war alles um sie herum nur noch ein Nebel aus Lärm, Staub und innerer Verwirrung. Sie wußte nicht, wohin sie ritt oder wo sie sich befand, ja, nicht einmal mehr, wer sie eigentlich war. Ihr kam es vor, als wäre die ganze Welt auf den Kopf gestellt, als hätten sich alle Menschen über Nacht verändert. Heute mußte Brenna ihre Schwester beruhigen und zuversichtlich lächeln, während Jenny, die sich immer für einigermaßen intelligent gehalten hatte, sich dabei ertappte, wie sie ständig um sich schaute, in der Hoffnung, einen Blick auf Royce Westmoreland zu erhaschen.

Sie sah ihn tatsächlich einige Male, wenn er die Reihen seiner Männer abritt, aber auch er schien ein gänzlich anderer zu sein. Auf seinem riesigen Schlachtroß und vollkommen in Schwarz gekleidet – angefangen von den hohen Stiefeln bis zu dem Umhang, der um seine breiten Schultern hing und sich hinter ihm mächtig aufblähte –, war er die furchterregendste, bedrohlichste Gestalt, der Jenny je begegnet war, ein todbringender Fremder, versessen darauf, ihre Familie, ihren Clan und alles, was sie liebte, zu zerstören.

In dieser Nacht lag sie neben Brenna, starrte in den Sternenhimmel und versuchte nicht an den häßlichen Belagerungsturm zu denken, der seinen unheilvollen Schatten auf die Wiese warf. Dieser Turm würde bald neben der alten Festungsmauer von Merrick in Stellung geschoben werden. Jenny hatte ihn schon in dem Tal zwischen den Bäumen gesehen, war aber nicht sicher gewesen, was das sein sollte – oder sie hatte nicht darüber nachgedacht, weil sie ihre Ängste nicht bestätigt wissen wollte.

Jetzt konnte sie kaum an etwas anderes denken und klammerte sich verzweifelt an Brennas Voraussage, daß König Jakob Truppen senden würde, die ihrem Clan in der Schlacht beistanden. Während der ganzen Zeit konnte ein winziger Teil von ihr nicht glauben, daß es je zu einer Schlacht kommen würde, weil es für sie unfaßbar war, daß der Mann, der sie so zart liebkost und leidenschaftlich geküßt hatte, imstande sein könnte, ihre Familie und ihren Clan praktisch im nächsten Atemzug kalt und gefühllos niederzumetzeln. Ihr naives Herz weigerte sich, anzunehmen, daß jemand, der sie geneckt und mit ihr gelacht hatte, so etwas fertigbringen würde.

Aber irgendwie kamen ihr die Ereignisse der letzten Nacht auch unwirklich vor. Noch vor vierundzwanzig Stunden war Royce Westmoreland ein zärtlicher, überzeugender und drängender Liebhaber gewesen, heute war er ein Fremder, der vollkommen vergessen zu haben schien, daß sie überhaupt existierte.

Royce hatte keineswegs vergessen, daß sie existierte – nicht eine Sekunde während des bisherigen Rittes. Erinnerungen daran, wie sie in seinen Armen gelegen hatte, an ihre süßen Küsse und behutsamen Liebkosungen hatten ihn zwei aufeinander folgende Nächte um den Schlaf gebracht. Den ganzen Tag, als er an seinen Männern vorbeigeritten war, hatte er nach ihr Ausschau gehalten.

Selbst jetzt, als er an der Spitze seiner Armee ritt, in die Sonne blinzelte und versuchte, die Uhrzeit abzuschätzen, hallte ihr liebes Lachen wie Glockenklang in seinen Ohren. Er schüttelte den Kopf, als müßte er seine Gedanken klären, und plötzlich sah sie ihn mit dem für sie typischen unbekümmerten Lächeln an …

Was glaubt Ihr, weshalb ich mir keine Frau genommen habe? sagte er.

Weil Euch keine passende Lady um eine Heirat gebeten hat? neckte sie ihn.

Er hörte ihr ersticktes Kichern, während sie versuchte, ihn zu rügen: *Versucht unter keinen Umständen einer Lady mit unwahren, zungenfertigen Schmeicheleien den Kopf zu verdrehen, Mylord, damit werdet Ihr keinen Erfolg haben, solange Ihr ihr noch keinen Antrag gemacht habt …*

So wie ich Euch kennengelernt habe, kann ich nur vermuten, daß Ihr die Dame übers Knie legt und sie so lange durchprügelt, bis sie sich Euren Wünschen fügt …

Er konnte nicht fassen, daß ein naives schottisches Mädchen so viel Geist und Courage besaß. Royce versuchte sich einzureden, daß diese wachsende Faszination, diese *Besessenheit* seiner Gefangenen gegenüber lediglich das Ergebnis der Lust war, die sie an dem bewußten Abend in ihm geschürt hatte, aber er wußte genau, daß ihn mehr als nur das bezauberte: Ganz anders als die meisten ihrer Geschlechtsgenossinnen war Jennifer Merrick weder abgestoßen noch begeistert von der Idee gewesen, mit einem Mann zu schlafen, dessen Name gleichbedeutend war mit Gefahr und Tod. Die schüchterne und dennoch leidenschaftliche Reaktion, die er ihr entlockt hatte, war nicht von Furcht bestimmt gewesen, sondern erst von Zärtlichkeit und dann von Verlangen. Sie kannte offensichtlich alle Schauergeschichten, die man sich über ihn erzählte, und trotzdem hatte sie sich in aller Unschuld seinen Liebkosungen hingegeben. *Deshalb* konnte er sich den Gedanken an sie nicht aus dem Kopf schlagen. Vielleicht, überlegte er grimmig, hat sie sich auch nur vorgemacht, er sei der männliche, makellose, galante Ritter ihrer Träume. Diese Möglichkeit – nämlich, daß ihre Leidenschaft das Ergebnis einer kindischen Selbsttäuschung entsprungen sein könnte – war Royce so zuwider, daß er den Gedanken sofort verdrängte und sich ganz fest vornahm, Jenny ein für allemal zu vergessen.

Zu Mittag ließen sich die beiden Schwestern ins Gras sinken, um die übliche Ration von zähem Geflügelfleisch und ihr Stück hartes Brot zu essen. Als Jenny aufschaute, sah sie, daß Arik auf sie zumarschierte. Er blieb direkt vor ihr stehen und sagte: »Kommt!«

Jenny hatte sich bereits daran gewöhnt, daß der blonde Hüne nicht mehr Worte von sich gab als unbedingt nötig, und stand auf.

Brenna wollte es ihr gleichtun, aber Arik hielt die Hand abwehrend hoch. »Ihr nicht.«

Er nahm Jenny am Arm und führte sie im Eilschritt an den Hunderten von Männern vorbei, die auch im Gras saßen und ihr spärliches Mahl zu sich nahmen. Dann zog er sie weiter zu dem Wäldchen neben der Straße und blieb unter den Bäumen bei Royces Rittern, die offenbar hier Wache hielten, stehen. Sir Godfrey und Sir Eustace traten beiseite. Ihre normalerweise freundlichen Gesichter wirkten versteinert, als Arik Jenny weiterschubste, bis sie auf eine kleine Lichtung stolperte.

Der Wolf saß auf dem Boden – seine breiten Schultern lehnten an einem Baumstamm, die Knie hatte er angezogen – und musterte Jenny schweigend. Es war so warm geworden, daß er seinen Umhang abgestreift hatte und nur noch ein braunes Hemd mit langen Ärmeln, eine dicke braune Hose und seine Stiefel trug. Er sah nicht mehr annähernd so aus wie der Bote des Todes und der Zerstörung, den er vorher noch verkörpert hatte, und Jennys Herz machte einen absurden Freudensprung, weil sie augenscheinlich doch nicht von ihm vergessen worden war. Der Stolz verbot ihr selbstverständlich, ihre Gefühle offen zu zeigen. Da sie unsicher war, wie sie sich benehmen oder was sie davon halten sollte, daß er sie hatte holen lassen, blieb sie stehen, wo sie war, und bemühte sich erfolgreich, seinem ruhigen Blick standzuhalten, bis ihr sein grüblerisches Schweigen schließlich auf die Nerven ging. In möglichst höflichem, aber zurückhaltendem Ton sagte sie: »Soweit ich verstanden habe, wolltet Ihr mich.«

Aus einem ihr unerfindlichen Grund glomm ein spöttischer Schimmer in seinen Augen auf. »Ganz recht.«

Seine seltsame Stimmung brachte sie noch mehr durcheinander. Sie wartete einen Augenblick, dann fragte sie: »Warum?«

»Was für eine Frage!«

»Wollt ... wollt Ihr eine Unterhaltung mit mir führen?« erkundigte sich Jenny freudlos und erschrak bis ins Mark, als er den Kopf in den Nacken warf und in schallendes Gelächter ausbrach. Der volle, tiefe Laut dröhnte über die ganze Lichtung.

Ihr hübsches Gesicht spiegelte vollkommene Verwirrung. Royce faßte sich wieder. Es tat ihm leid, daß er sich über ihre Unschuld lustig gemacht hatte, und gleichzeitig wollte er sie mehr als in der Nacht in seinem Zelt haben. Er deutete auf das weiße Tuch, das auf dem Waldboden ausgebreitet lag. Darauf standen ein Teller mit Fleischstücken und ein Brotkorb, dazu noch ein paar Äpfel und Käse. Gelassen sagte er: »Ich würde mich freuen, wenn Ihr mir Gesellschaft leistet. Außerdem dachte ich, es würde Euch besser gefallen, hier mit mir zu essen, als auf dem offenen Feld zu sitzen und von Tausenden von Soldaten umgeben zu sein. Habe ich mich geirrt?«

Hätte er nicht gesagt, daß er sich über ihre Gesellschaft freute, würde Jenny ihm bestimmt deutlich zu verstehen gegeben haben, daß er sich sehr wohl irrte. Aber gegen seine tiefe, zwingende Stimme und das angedeutete Geständnis, sie habe ihm gefehlt, war sie nicht gefeit.

»Nein«, gab sie zu, aber um ihres Stolzes willen und weil es klüger war, setzte sie sich nicht neben ihn. Sie nahm sich einen glänzenden roten Apfel, und ließ sich auf einem Baumstamm außerhalb seiner Reichweite nieder. Nach ein paar Minuten belangloser Konversation löste sich ihre Spannung, und sie fühlte sich eigenartig unbeschwert in seiner Gegenwart. Es wäre ihr gar nicht eingefallen, daß diese seltsame Stimmung ein Resultat seiner Bemühungen, sie in Sicherheit zu wiegen oder sie das abrupte, gefühllose Ende ihres Schäferstündchens vergessen zu lassen, sein könnte. Er wollte nicht, daß sie ihm eine Abfuhr erteilte, wenn er einen neuen Versuch unternahm.

Royce wußte genau, was er tat und warum er es tat. Er sagte sich, daß seine Anstrengungen selbst dann nicht verschwendet waren, wenn er es durch irgendein Wunder schaffen sollte, die Finger von ihr zu lassen, bis er sie zu ihrem Vater oder ihrem König zurückschickte, denn in diesem Fall konnte er sich wenigstens an ein höchst erfreuliches Mittagsmahl auf einer lauschigen Lichtung zurückerinnern.

Kurze Zeit später, mitten in der unpersönlichen Unterhaltung über Ritter, fiel Royce plötzlich ihr früherer Freier wieder ein, und er verspürte fast so etwas wie Eifersucht. »Da wir gerade von Rittern sprechen«, warf er unvermittelt ein, »was ist aus dem Euren geworden?«

Jenny biß in den Apfel und sah ihn verständnislos an. »Aus meinem was?«

»Eurem Ritter«, erklärte Royce. »Balder. Wenn Euer Vater mit der Eheschließung einverstanden war, wie konntet Ihr Balder dann ausreden, Euch zu einer Heirat zu drängen?«

Die Frage schien ihr Unbehagen zu bereiten. Als wollte sie Zeit gewinnen, um sich eine Antwort zu überlegen, zog sie ihre langen Beine an die Brust, schlang die Arme darum, legte das Kinn auf die Knie und sah Royce mit ihren vor Lachen funkelnden blauen Augen an. In diesem Moment konnte Royce ihr kaum widerstehen – sie thronte auf dem Baumstamm wie eine Waldnymphe mit langem, lockigem Haar – in Männerkleidung. *Eine Waldnymphe?* Als nächstes würde sie ihn dazu bringen, Sonette auf ihre Schönheit zu komponieren! Was wohl ihr Vater zu so etwas zu sagen hätte? Und der Klatsch an zwei Königshöfen würde wilde Blüten treiben.

»Bereitet Euch diese einfache Frage solche Schwierigkeiten?« hakte er schroff nach, weil er ärgerlich auf sich selbst war. »Soll ich Euch eine einfachere stellen?«

»Wie ungeduldig Ihr seid«, versetzte sie streng, aber gänzlich unerschrocken über seinen Stimmungsumschwung.

Ihre Worte wurden von einem so mißbilligenden Blick begleitet, daß Royce trotz seiner schlechten Laune schmunzeln mußte. »Ihr habt recht«, bekannte er und lächelte diese Kindfrau an, die Verwegenheit genug besaß, ihn wegen seiner Fehler zurechtzuweisen. »Aber erzählt mir, weshalb sich der alte Balder zurückgezogen hat.«

»Also gut, aber es ist ungalant, daß Ihr mich über so persönliche Angelegenheiten ausfragt – ganz zu schweigen davon, daß es eine sehr peinliche Erfahrung war.«

»Peinlich für wen?« fragte Royce, ohne auf ihre Abwehr zu achten. »Für Euch oder für Balder?«

»Für *mich.* Lord Balder war empört. Ihr müßt verstehen«, fügte sie lächelnd hinzu, »ich sah ihn zum erstenmal, als er nach Merrick kam, um das Verlöbnis zu besiegeln und den Vertrag zu unterzeichnen. Es war ein grauenvolles Ereignis«, erklärte sie eher vergnügt als erschreckt.

»Was ist passiert?« bohrte er weiter.

»Wenn ich Euch das erzähle, müßt Ihr bedenken, daß ich wie jedes andere Mädchen von vierzehn Jahren war – voller Träume von dem wunderbaren Ritter, dessen Frau ich einmal würde. Ich wußte sogar ganz genau, wie er aussehen sollte«, erzählte sie mit kläglicher Miene. »Blond natürlich, und jung, und ich stellte mir vor, daß ich zu seinem schönen Gesicht aufsehen konnte. Er sollte blaue Augen haben und sich wie ein richtiger Prinz benehmen. Aber er mußte auch stark sein – stark genug, um unsere Festung für die Kinder zu erhalten, die wir eines Tages haben würden.« Sie sah Royce mit einem schiefen Lächeln an. »Das waren meine geheimen Hoffnungen, und zu meiner eigenen Verteidigung muß ich sagen, daß weder mein Vater noch meine Stiefbrüder auch nur ein einziges Wort darüber verloren hatten, daß Lord Balder ganz anders war.«

Royce runzelte die Stirn, als er an den geckenhaften, ältlichen Balder dachte.

»An dem bewußten Tag stolzierte ich also in die große Halle von Merrick – nachdem ich stundenlang in meinem Schlafzimmer Gehen geübt hatte.«

»Ihr habt *geübt* zu gehen?« fragte Royce ungläubig und amüsiert zugleich.

»Aber natürlich«, bestätigte Jennifer höflich. »Ich wollte mich meinem zukünftigen Gatten doch im allerbesten Licht präsentieren und perfekt sein. Es wäre natürlich ganz unmöglich gewesen, zu eifrig in die Halle zu stürmen, aber genauso schlimm, wenn ich zu langsam hereingeschlendert wäre, dann hätte er glauben können, mir läge nichts an dem Verlöbnis. Ein wirkliches Problem – die Entscheidung, wie ich gehen und besonders was ich anziehen sollte. Ich war in einer solchen Not, daß ich sogar meine beiden Stiefbrüder Alexander und Malcolm um Rat fragte. William – er ist ein richtiger Schatz – war tagsüber mit meiner Stiefmutter unterwegs und kam erst später nach Hause.«

»Sie haben Euch doch sicher vorgewarnt und Balder geschildert.« Ihre Augen verrieten ihm, daß die beiden Brüder das versäumt hatten, aber er war ganz und gar nicht auf das Mitgefühl vorbereitet, das ihn wie ein Stich durchzuckte, als sie den Kopf schüttelte.

»Im Gegenteil. Alexander meinte, das Kleid, das meine Stiefmutter mir für diese Gelegenheit ausgesucht hatte, wäre bei weitem nicht fein genug. Er drängte darauf, daß ich statt dessen ein grünes anziehen und es mit den Perlen meiner Mutter aufbessern solle. Und ich tat das auch. Malcolm schlug vor, daß ich einen juwelenbesetzten Dolch an der Seite tragen müßte, um nicht von der Pracht meines zukünftigen Gemahls in den Schatten gestellt zu werden. Alex fand auch, mein Haar sehe zu gewöhnlich und wie Karotten aus, deshalb solle ich es unter einem goldenen Schleier verstecken, den ich mit einem Saphircollier befestigen könne. Nachdem ich mich zu ihrer Zufriedenheit ausstaffiert hatte, halfen sie mir, das richtige Schreiten zu lernen …« Als würde ihr die Loyalität verbieten, ein allzu unschmeichelhaftes Bild von ihren Stiefbrüdern zu zeichnen, lächelte sie strahlend und beteuerte entschieden: »Sie haben mich nur ein wenig auf den Arm genommen, wie Brüder eben mit den Schwestern ihren

Spaß haben, aber ich hatte solche Flausen im Kopf, daß ich es nicht merkte.«

Royce erkannte die Wahrheit hinter ihren Worten und durchschaute den herzlosen, boshaften Trick. Plötzlich verspürte er den unbezähmbaren Drang, die beiden Unholde seine Faust spüren zu lassen – »nur um seinen Spaß zu haben«.

»Ich war so sehr darauf bedacht, daß jede Kleinigkeit stimmte«, fuhr Jenny lachend fort, als würde sie sich jetzt über sich selbst lustig machen, »daß ich ziemlich spät in die Halle kam, um meinen Verlobten zu begrüßen. Als ich schließlich unten ankam, schritt ich genau in der richtigen Geschwindigkeit durch die Halle – meine Beine zitterten nicht nur vor Nervosität, sondern weil ich Mühe hatte, das Gewicht der Perlen, Rubine und Saphire sowie der massiven Goldketten, die ich um Hals und Handgelenke gelegt hatte, zu tragen. Ihr hättet das Gesicht meiner armen Stiefmutter sehen sollen, als ich in diesem Aufzug erschien. Ihr wurde fast schlecht vor Entsetzen.« Jenny lachte munter – sie hatte keine Ahnung von der Wut, die in Royce zu brodeln begann, als sie weiter erzählte: »Meine Stiefmutter sagte später, ich hätte ausgesehen wie eine Schmucktruhe auf Beinen.« Sie kicherte. »Oh, sie war nicht unfreundlich«, versicherte sie schnell, als sie den finsteren Blick ihres Entführers entdeckte, »im Gegenteil, sie war sogar sehr mitfühlend.«

Als sie schwieg, drängte Royce: »Und Eure Schwester? Was hat Brenna zu all dem gesagt?«

Jennifers Augen leuchteten voller Zuneigung. »Brenna findet immer etwas, was sie an mir loben kann, egal wie schrecklich die Dinge sind, die ich anstelle, oder wie übel ich mich benehme. Sie hat gesagt, ich hätte gefunkelt wie die Sonne, der Mond und alle Sterne.« Silberhelles Lachen perlte von Jennys Lippen, und sie betrachtete Royce mit heiterem Blick. »Damit hatte sie natürlich recht – ich habe wirklich gefunkelt.«

Seine Stimme war heiser vor Gefühlen, die er weder verstand noch im Zaum halten konnte. »Gewisse Frauen brauchen keine Juwelen und funkeln dennoch. Ihr gehört dazu.«

Jenny sah ihn starr vor Erstaunen an und schnappte nach Luft. »War das ein *Kompliment?«*

Verärgert, daß sie ihn tatsächlich dazu gebracht hatte, Galanterien von sich zu geben, zuckte Royce mit den Achseln und erwiderte: »Ich bin ein Soldat, kein Poet, Jennifer. Ich habe nur eine Feststellung gemacht. Erzählt Eure Geschichte weiter.«

Jennifer war beschämt und verwirrt. Sie zögerte, doch dann tat sie seinen Stimmungsumschwung mit einem leichten Schulterzucken ab, biß noch einmal in den Apfel und sagte munter: »Lord Balder jedenfalls war nicht so uninteressiert an Juwelen wie Ihr.« Sie lachte wieder. »Um die Wahrheit zu sagen, ihm wären fast die Augen aus dem Kopf gefallen – so hingerissen war er von all dem Glanz. Er war tatsächlich derart geblendet von meiner vulgären Erscheinung, daß er nur einen flüchtigen Blick in mein Gesicht warf, ehe er sich zu meinem Vater umdrehte und sagte: ›Ich nehme sie.‹«

»Und Ihr wart einfach so verlobt?« fragte Royce mit tief gefurchter Stirn.

»Nein, nicht ›einfach so‹. Ich wäre fast vor Schreck in Ohnmacht gefallen, als ich meinen ›geliebten‹ Ritter zum erstenmal sah. William fing mich auf, bevor ich auf den Boden aufschlug und half mir zur Bank am Tisch, aber selbst als ich saß und wieder einen klaren Kopf hatte, konnte ich den Blick nicht von Lord Balders Gesicht wenden. Er war nicht nur älter als mein Vater, sondern auch noch dünn wie ein Stock, und er trug ... äh ...« Ihre Stimme brach ab, und sie zauderte unsicher. »Den Rest sollte ich Euch lieber nicht erzählen.«

»Ich will alles hören«, versetzte Royce streng.

»Alles?« echote Jennifer kleinlaut.

»Jede Einzelheit.«

»Also schön.« Sie seufzte. »Aber es ist keine hübsche Geschichte.«

»Was trug Balder?« hakte Royce grinsend nach.

»Na ja, er hatte ...« Ihre Schultern zuckten, als sie kichernd gestand: »Er hatte die Haare von jemand anderem auf dem Kopf.«

Royces sattes, volltönendes Gelächter vermischte sich weithin vernehmlich mit Jennys perlendem Lachen.

»Ich hatte mich kaum von dieser Entdeckung erholt, als ich bemerkte, daß er die komischste Sache, die ich je gesehen habe, aß. Vorher, als meine Brüder mir bei der Auswahl meiner Garderobe geholfen hatten, hörte ich, wie sie Witze über Lord Balders Wunsch machten, Artischocken zu jeder Mahlzeit auf dem Tisch zu haben. Ich ahnte, daß das seltsame Zeug, das sich auf seinem Teller türmte, das sein mußte, was Alexander und Malcolm Artischocken genannt hatten. *Das* führte dazu, daß ich aus der Halle verbannt wurde und Balder die Verlobung löste.«

Royce, der wußte, daß Balder dieses Gemüse bevorzugte, weil es angeblich die Manneskraft stärkte, bemühte sich nach Kräften, ernst zu bleiben. »Was ist geschehen?«

»Ich war sehr aufgeregt – sogar richtig verzweifelt, weil ich diesen gräßlichen Mann heiraten sollte. Ehrlich gesagt, er war ein Alptraum und kein bißchen der hübsche Traumprinz. Als ich ihn eingehend betrachtete, hätte ich am liebsten die Fäuste auf meine Augen gepreßt und losgeheult wie ein Säugling.«

»Aber das habt Ihr natürlich nicht getan«, mutmaßte Royce und lächelte, weil er sich an ihren unerschöpflichen Einfallsreichtum erinnerte.

»Nein, aber es wäre besser gewesen, ich hätte mich für diese Möglichkeit entschieden«, gestand sie seufzend. »Was ich in Wirklichkeit tat, war schlimmer. Ich konnte es nicht lange ertragen, *ihn* anzuschauen, also konzentrierte ich mich auf die Artischocken, die ich, wie gesagt, noch nie zuvor gesehen hatte. Ich beobachtete, wie er die Dinger verschlang, und fragte mich, was das sein sollte und warum er so etwas Merkwürdiges aß. Malcolm merkte, was mich beschäftigte, und er erzählte mir im Flüsterton, wieso Lord Balder so versessen auf Artischocken war. Das brachte mich zum Kichern ...«

Ihre großen blauen Augen schwammen in Lachtränen, und

ihre Schultern bebten. »Zuerst konnte ich das Lachen ja noch unterdrücken, schnappte mir ein Taschentuch und preßte es an meine Lippen. Aber ich war so überdreht, daß ich anschließend laut losprustete. Ich lachte und lachte, und anscheinend so ansteckend, daß sogar Brenna mit einfiel. Es war ein richtiger Anfall, und wir konnten gar nicht mehr aufhören, bis mein Vater die Geduld verlor und Brenna und mich aus der Halle schickte.« Sie sah Royce mit blitzenden Augen an und keuchte kichernd: »Artischocken! Habt Ihr je schon mal so was Absurdes gehört?«

Royce schaffte es mit äußerster Anstrengung, verwirrt zu wirken. »Ihr glaubt nicht, daß Artischocken die Kräfte eines Mannes stärken?«

»Ich ... äh ...« Jennifer wurde puterrot, als sie endlich begriff, wie unziemlich dieses Thema für ein junges Mädchen war, aber es war bereits zu spät, einen Rückzieher zu machen, und zudem war sie ziemlich neugierig. »Glaubt *Ihr* etwa daran?«

»Selbstverständlich nicht«, erwiderte Royce mit unbewegter Miene. »Jedermann weiß, daß in diesem Fall *Porree* und *Walnüsse* hilfreich sind.«

»Porree und ...« Jenny war vollkommen durcheinander, aber dann entdeckte sie, wie seine Brust bebte, weil er selbst sich das Lachen verkneifen mußte. Sie schüttelte tadelnd den Kopf. »Jedenfalls fand Lord Balder – mit Recht –, daß es auf der ganzen Welt nicht genügend Juwelen gibt, die das Opfer, mich zur Frau zu nehmen, wert wären ... Einige Monate später beging ich eine weitere unverzeihliche Dummheit«, fuhr sie ernster fort, »und mein Vater beschloß, mich in strengere Obhut als die meiner Stiefmutter zu geben.«

»Was habt Ihr diesmal angestellt?«

»Ich forderte Alexander in aller Öffentlichkeit auf, entweder die Lügenmärchen, die er über mich verbreitet hat, zurückzunehmen oder sich auf dem Feld der Ehre mit mir zu messen – bei einem Turnier, das alljährlich in der Nähe von Merrick stattfindet.«

»Und er hat die Herausforderung selbstverständlich nicht angenommen«, sagte Royce sanft.

»Natürlich. Es wäre sehr unehrenhaft gewesen, wenn er darauf eingegangen wäre. Ich war ein Mädchen und erst vierzehn und er ein Mann von zwanzig. Ich kümmerte mich jedoch keinen Deut um seinen guten Ruf, weil er auch nicht gerade – nett zu mir war«, schloß sie leise, aber sie konnte ihre Bitterkeit nicht verbergen.

»Konntet Ihr je Eure Ehre verteidigen und das Ansehen, das man Euch zollen sollte, wiedererlangen?« fragte Royce und verspürte dabei einen ungewohnten stechenden Schmerz in der Brust.

Sie nickte, und ihre Lippen kräuselten sich zu einem kläglichen Lächeln. »Trotz Vaters Verbot, auch nur in die Nähe des Turnierplatzes zu gehen, überredete ich unseren Waffenmeister, mir Malcolms Rüstung zu geben. Und am Tag des Turniers ritt ich, unerkannt von allen, auf das Feld und forderte Alexander, der an der Schranke bereit stand, zum Kampf. Er galoppierte sofort los.«

Royce spürte, wie sein Blut zu Eiswasser wurde bei der Vorstellung, wie sie über den Platz sprengte und sich einem erwachsenen Mann mit der Lanze entgegenstellte. »Ihr hattet Glück, daß Ihr nur aus dem Sattel geworfen und nicht getötet wurdet.«

Sie kicherte leise. »Nicht ich, sondern Alexander fiel vom Pferd.«

Royce starrte sie in vollkommener Verwirrung an. *»Ihr* habt *ihn* vom Pferd gestoßen?«

»In gewisser Weise.« Sie strahlte Royce an. »Gerade als er die Lanze hob, um mich zu treffen, schob ich das Visier hoch und streckte ihm die Zunge heraus.« In dem überraschten Schweigen, das Royces donnerndem Lachen vorausging, erklärte sie noch: »Er ist einfach vor Schreck aus dem Sattel *gerutscht.«*

Am Rand der Lichtung hielten Ritter, Knappen, Söldner und Bogenschützen in ihren Tätigkeiten inne und starrten auf die

Bäume, hinter denen der furchterregende Earl of Claymore saß und vor Vergnügen wieherte.

Als Royce schließlich wieder zu Atem kam, sah er Jenny voller Bewunderung an und lächelte zärtlich. »Eure Strategie war brillant. Ich hätte Euch noch auf dem Turnierplatz zum Ritter geschlagen.«

»Mein Vater war keineswegs begeistert«, entgegnete sie ohne Groll. »Alexanders Können auf dem Feld war der Stolz des ganzen Clans – das hatte ich nicht bedacht. Statt mich zum Ritter zu schlagen, verabreichte Vater mir die Tracht Prügel, die ich wahrscheinlich verdient hatte. Und dann schickte er mich ins Kloster.«

»Wo er Euch zwei ganze Jahre festhielt«, faßte Royce mit rauher, bewegter Stimme zusammen.

Jenny starrte ihn über die kurze Distanz hinweg an, während sich bei ihr eine erschreckende Erkenntnis Bahn brach. Der Engländer, den alle Welt einen ruchlosen, brutalen Barbaren nannte, war in Wirklichkeit ein Mann, der imstande war, Mitleid mit einem törichten jungen Mädchen zu empfinden – sie sah es deutlich an seinem Gesicht. Wie betäubt beobachtete sie, daß er sich erhob und sie mit seinen silbernen Augen ansah, während er zielstrebig auf sie zukam. Ohne zu begreifen, was sie tat, stand Jenny auch auf. »Ich denke«, flüsterte sie, »daß die Legenden über Euch falsch sind. All die Dinge, die man von Euch sagt, sind nicht wahr.« Ihre schönen blauen Augen waren auf sein Gesicht gerichtet, als könnte sie ihm in die Seele sehen.

»Sie sind wahr«, widersprach Royce, als er an die vielen blutigen Schlachten und die dahingemetzelten und verwundeten Männer – seine eigenen und die seiner Gegner – dachte.

Jenny ahnte nichts von diesen grauenvollen Erinnerungen, und ihr gütiges Herz wies seine Selbstanschuldigung zurück. Sie wußte nur, daß der Mann, der jetzt vor ihr stand, sie über sein totes Pferd hinweg angesehen hatte und sein vom Mond beleuchtetes Gesicht von Schmerz und Trauer gezeichnet gewesen war. Derselbe Mann zeigte jetzt Mitgefühl mit einer dummen Person, die sich einem erwachsenen Ritter auf dem Turnierplatz entgegengestellt hatte. »Ich glaube das alles nicht«, murmelte sie.

»Das solltet Ihr aber«, ermahnte er sie. Eine Begründung dafür, daß Royce nicht von ihr lassen konnte, war ihre mangelnde Bereitschaft, ihn in die Rolle des grausamen Eroberers zu drängen. Aber er war nicht willens, ihr zuzugestehen, daß sie sich selbst täuschte und ihn in einem ganz anderen Licht sah – als tugendhaften, strahlenden Ritter in schimmernder Rüstung. »Das meiste davon trifft zu«, fügte er ausdruckslos an.

In ihrer Benommenheit nahm Jenny wahr, daß er die Arme nach ihr ausstreckte. Sie spürte seine Hände an ihren Ellbogen, merkte, wie er sie an sich zog, und sah seinen Mund, der sich ihrem Gesicht näherte. Und als sie in diese sinnlichen Augen schaute, meldete sich ihr Selbsterhaltungstrieb leise zu Wort und warnte sie, sich nicht zu tief in verwirrende Gefühle verstricken zu lassen. In ihrer Panik drehte Jenny, einen kurzen Augenblick bevor seine Lippen ihren Mund berühren konnten, den Kopf zur Seite. Ihr Atem kam stoßweise, als wäre sie gerannt. Unbeirrt küßte Royce ihre Schläfe, drückte sie fester an sich und streifte mit den Lippen über ihre Wange und den Hals. Jenny wurde plötzlich ganz schwach. »Nicht«, hauchte sie bebend, wandte ihr Gesicht noch mehr ab, klammerte sich aber, ohne daß es ihr bewußt wurde, an den Stoff seines Hemdes, als sich die Welt um sie herum in ein Karussell verwandelte. »Bitte«, flüsterte sie, während seine Arme sie umschlangen und seine Zunge verführerisch zu ihrem Ohr glitt und alle Kurven und Winkel erforschte. Sie erschauerte vor Wonne, und er streichelte sanft ihren Rücken. »Bitte, hört auf«, flehte sie kläglich.

Als Antwort wanderte seine Hand tiefer und preßte ihre Hüften gegen seine. Die andere Hand liebkoste sinnlich ihren Nacken und zwang sie, ihm das Gesicht zu einem Kuß entgegenzuheben. Jenny rang zitternd nach Luft, verbarg das Gesicht in den Falten seines Hemdes und widerstand so seinem sinnlichen Werben. Im gleichen Moment festigte sich sein Griff in ihrem

Genick wie zu einem stummen Befehl. Hilflos seinem Drängen und seiner Entschlossenheit ausgeliefert, gehorchte Jenny und hob langsam den Kopf, um seinen Kuß zu empfangen.

Er vergrub die Finger in ihrem dichten Haar und hielt sie während des leidenschaftlichen, alles verzehrenden Kusses fest, der sie in eine schwarze, heiße Leere entführte, in der nichts mehr zählte außer seinem schmeichelnden Mund und den geschickten Händen. Überwältigt von den eigenen zärtlichen Gefühlen und seiner rauhen, kraftvollen Verführungskunst, nährte Jenny seinen Hunger noch, indem sie ihre Lippen bereitwillig teilte und seine forschende Zunge willkommen hieß. Sie lehnte sich an ihn und spürte, wie er Atem holte, bevor seine Hände besitzergreifend über ihren Rücken, den Bauch und die Brüste strichen, sich dann um ihr Gesäß schlossen und sie an seine harte Männlichkeit drückten. Jenny schmolz dahin und stöhnte leise bei seinen Küssen. Feuer rann durch ihre Adern, als Royce die Hände unter ihren Hosenbund schob und ihr bloßes Hinterteil umspannte, um sie noch fester an sich zu pressen.

Sie fühlte sich verloren bei dem unglaublich sinnlichen Prickeln auf ihrer nackten Haut und dem starken Beweis seiner Sehnsucht, der sich begierig gegen sie drängte, ließ ihre Hände über seine Brust gleiten, legte sie um seinen Nacken und gönnte sich das Vergnügen, ihn zu stimulieren und vor Lust ächzen zu hören.

Als er schließlich den Kuß beendete, kam sein Atem stoßweise und schnell. Jenny hatte die Augen geschlossen, sie klammerte sich immer noch an seinen Hals und drückte ihr Ohr an seine Brust, in der sein Herz wild und heftig schlug. Sie schwebte in einem Zustand von unendlichem Frieden und überschwenglicher Freude. Zweimal hatte er diese wundervollen, erschreckenden, aufregenden Empfindungen in ihr geweckt. Aber heute war es anders als das letzte Mal – er vermittelte ihr den Eindruck, gebraucht, geschätzt und begehrt zu werden, und gerade danach sehnte sie sich, seit sie denken konnte.

Sie versuchte den Kopf zu heben, ihre Wange strich über den

weichen Stoff seines Hemdes, und selbst diese flüchtige Berührung verursachte ihr Schwindelgefühle. Es gelang ihr unter Mühen, den Kopf nach hinten zu neigen und Royce anzusehen.

In seinen rauchgrauen Augen glomm Leidenschaft, als er ihr ganz gelassen eröffnete: »Ich will dich.«

Diesmal konnte kein Zweifel daran bestehen, was er damit meinte, und sie antwortete, ohne nachzudenken, als ließe sie nur ihr Herz sprechen: »So sehr, daß Ihr mir Euer Wort geben würdet, Merrick nicht anzugreifen?«

»Nein.«

Diese Absage kam ohne Zögern, ohne Bedauern, ja sogar ohne Verdruß – er verweigerte sich so leicht, wie er ein Essen abgelehnt hätte, das ihm nicht schmeckte.

Das eine kleine Wort traf sie wie ein Guß Eiswasser. Sie biß sich fest auf die zitternde Unterlippe, wandte sich ab, um ihr Haar und die Kleidung zu glätten, und wünschte sich nichts mehr, als in den Wald und weg von dieser Lichtung zu rennen. Sie wollte allem entfliehen, was hier geschehen war, bevor sie an ihren Tränen erstickte. Dabei machte ihr nicht so sehr zu schaffen, daß er leichtfertig zurückwies, was sie ihm angeboten hatte. Selbst in ihrem Elend war ihr bewußt, daß es eine Dummheit gewesen war, ihn um diese Gegenleistung zu bitten – vollkommen verrückt! Was so unbeschreiblich weh tat, war die Gefühllosigkeit und die Ruhe, mit der er ausschlug, was sie ihm darbot – ihre Ehre, ihren Stolz, ihren Körper, das alles hätte sie ihm leichten Herzens geopfert, obwohl man ihr von Kindesbeinen an beigebracht hatte, dies seien die höchsten Güter, die sie besaß.

Sie machte sich auf den Weg, aber seine Stimme hielt sie zurück. »Jennifer«, sagte er in dem autoritären Tonfall, den sie inzwischen verabscheute, »Ihr reitet den Rest des Wegs neben mir.«

»Das möchte ich lieber nicht tun«, erwiderte sie, ohne sich umzudrehen. Sie wäre eher ins Wasser gegangen, als ihm zu zeigen, wie sehr er sie verletzt hatte, deshalb fügte sie schwankend hinzu: »Es ist wegen Eurer Männer – ich habe in Eurem Zelt geschlafen, aber Gawin war immer dabei. Wenn ich mit Euch esse und mit Euch reite, werden sie das ... mißverstehen.«

»Was meine Männer denken, spielt nicht die geringste Rolle«, versetzte Royce, aber das entsprach nicht ganz der Wahrheit, und er selbst wußte das. Wenn er Jenny offiziell wie einen »Gast« behandelte, würde er sehr rasch den Unmut der erschöpften, treuen Krieger erregen, die schon so oft an seiner Seite gekämpft hatten. Nicht alle Männer in seiner Armee gehorchten ihm, weil sie ihm treu ergeben waren. Unter den Söldnern gab es Diebe, Mörder und Männer, die ihm nur folgten, weil er ihre Bäuche füllte, und sie führten seine Befehle aus, weil sie die schrecklichen Konsequenzen fürchteten, die ihnen drohten, wenn sie sich widersetzten. Er hielt sie nur mit Strenge in Schach. Aber ob sie loyale Ritter oder gewöhnliche Söldner waren, die Männer glaubten alle, es wäre Royces Recht, ja seine Pflicht, sich die beiden gefangenen Frauen körperlich zu unterwerfen und sie zu demütigen, wie es ein eingeschworener Feind verdiente.

»Natürlich spielt es keine Rolle«, sagte Jenny bitter, als ihr in aller Klarheit bewußt wurde, daß sie in seinen Armen fast vollständig kapituliert hätte. »Es ist ja auch nicht *Euer* Ruf, der in den Schmutz gezogen wird, sondern der meine.«

Mit tödlicher Gelassenheit bemerkte er: »Die Männer werden denken, was immer ihnen beliebt, das ist vollkommen gleichgültig. Sobald Ihr bei Eurem Pferd seid, wird Euch jemand an die Spitze des Zuges begleiten.«

Wortlos warf Jennifer einen angewiderten Blick auf ihn, dann hob sie trotzig ihr Kinn und marschierte davon – ihre schmalen Hüften wiegten sich in unbewußter königlicher Anmut.

Obwohl sie ihn nur flüchtig angesehen hatte, war ihr der seltsame Schimmer in seinen Augen und das unerklärliche Lächeln nicht entgangen. Sie hatte keine Ahnung, was das zu bedeuten hatte, wußte nur, daß dieses Lächeln ihre Wut noch mehr schürte, bis sie den Kummer und Schmerz vollkommen verdrängte.

Wären Stefan Westmoreland, Sir Eustace oder Sir Godfrey zur Stelle gewesen, hätten sie ihr erklären können, was der Blick und das Lächeln des Earl ausdrückte, und diese Erklärung hätte Jenny noch mehr aufgeregt. Royce Westmoreland sah immer so aus, wenn er eine Herausforderung annahm oder eine besonders gut bewachte Festung stürmte und sie als sein persönliches Eigentum einnahm. Seine Miene machte deutlich, daß er sich weder von Hindernissen noch von Widersprüchen aufhalten lassen würde und daß er bereits jetzt mit Freude an den bevorstehenden Sieg dachte.

Ob die Männer ihre Umarmung durch die Bäume beobachtet oder nur das Gelächter gehört hatten, wußte Jenny nicht, aber als sie an ihnen vorbeiging, spürte sie ihre neugierigen Blicke, und das war weit schlimmer als alles, was sie seit ihrer Gefangennahme erduldet hatte.

Ohne jede Eile schlenderte Royce von der Lichtung und blieb vor Arik stehen. »Sie wird mit uns reiten.« Nach dieser Anweisung ging er zu dem Pferd, das Gawin für ihn bereit hielt. Seine Ritter brauchten keine weitere Aufforderung – sie schwangen sich wie er mit der Leichtigkeit, die ein Leben auf dem Pferderücken verriet, in ihre Sättel. Hinter ihnen folgte die ganze Armee ihrem Beispiel und gehorchte so einem Befehl, bevor er ausgesprochen wurde.

Die Gefangene jedoch entschied sich, einen Befehl zu mißachten, der tatsächlich ausgesprochen worden war, und ritt nicht an die Spitze des Heeres. Royce reagierte auf diesen Akt der Rebellion mit belustigter Bewunderung für ihren Mut, aber dann drehte er sich zu Arik und sagte beinahe lachend: »Geh und hol sie.«

Jetzt, da Royce endlich zu dem Entschluß gelangt war, daß er sie in Besitz nehmen würde, kämpfte er nicht mehr gegen sein Verlangen an. Ihn reizte schon die Aussicht darauf, daß er sie während des Ritts nach Hardin umgarnen und für sich gewinnen würde, und er war blendender Laune. In Hardin stand ihnen ein weiches Bett zur Verfügung, und sie konnten sich von den anderen zurückziehen, aber bis dahin würde er ihre Gesellschaft einen Tag und eine Nacht lang genießen.

Es kam ihm gar nicht in den Sinn, daß die zarte, unschuldige Verführerin, die sich ihm zweimal in seinen Armen ergeben und seine Leidenschaft mit betörenden Liebkosungen erwidert hatte, nicht mehr so leicht zu verführen sein könnte. Im Krieg war er unbesiegbar, und der Gedanke, daß ihm jetzt eine junge Frau, die ihn so sehr begehrte wie er sie, eine Niederlage bescheren könnte, war jenseits seines Vorstellungsvermögens. Er wollte sie, er wollte sie mehr, als er es je für möglich gehalten hätte, und er beabsichtigte, sie zu erobern. Natürlich würde er nicht auf ihre Bedingungen eingehen, aber er war willens, Zugeständnisse zu machen – *vernünftige Zugeständnisse.* Er würde ihr Pelze und Juwelen schenken und ihr zusichern, daß ihr von allen, die ihm dienten, der Respekt entgegengebracht wurde, der ihr als seiner Mätresse zustand.

Jenny sah, wie der blonde Hüne zielstrebig auf sie zuritt. Zur gleichen Zeit erinnerte sie sich an Royces listiges Lächeln. Der Zorn kochte über, und ihr Herz hämmerte wie wild.

Arik kreiste sein Ziel langsam ein und zügelte neben Jenny sein Pferd, dann zog er wortlos die Augenbrauen hoch. Jenny begriff trotz ihrer grenzenlosen Wut, daß er ihr schweigend befahl, mit ihm an die Spitze des Zuges zu reiten. Sie war so außer sich, daß sie sich nicht mehr einschüchtern ließ. Sie spielte die Verständnislose und staunte sogar über seine Anwesenheit, dann wandte sie sich an Brenna. »Hast du schon gesehen ...« begann sie, brach aber erschrocken ab, als Arik unvermittelt die Hand ausstreckte und den Zügel ihrer Stute ergriff.

»Laßt mein Pferd los!« fauchte sie und zerrte so heftig an den Zügeln, daß die Nase der armen Stute in die Höhe gerissen wurde. Das Pferd scheute und tänzelte verwirrt auf der Stelle, und Jenny ließ ihre ganze Wut an dem unverletzbaren Boten ihres schlimmsten Feindes aus. Sie funkelte Arik böse an, schnappte sich die Zügel wieder und schrie erbost: »Nehmt die Hände weg!«

Blaßblaue Augen musterten sie teilnahmslos, aber wenigstens war dieser tölpelhafte Riese jetzt gezwungen, den Mund aufzumachen – das bescherte Jenny zumindest einen winzigen Triumph.

»Kommt«, sagte Arik.

Ihre rebellischen Augen hielten seinem Blick stand, aber sie zögerte. Da sie wußte, daß er sie leicht überwältigen konnte und nicht lange fackeln würde, fügte sie sich, herrschte ihn aber noch an: »Würdet Ihr mir dann freundlicherweise aus dem Weg gehen?«

Der Ritt bis zu den ersten Männern des Zugs war höchstwahrscheinlich das Erniedrigendste, was Jenny in ihrem jungen Leben zu überstehen hatte. Bisher war sie so gut wie nie in Sichtweite der Männer gekommen, und falls sie sich doch einmal im Freien aufgehalten hatte, war sie immer von Rittern umgeben gewesen. Jetzt drehten sich alle Köpfe nach ihr um, als sie vorbeikam, und lüsterne Blicke taxierten ihre schlanke Gestalt. Kommentare über ihr Äußeres wurden ausgetauscht – die Bemerkungen waren so schlüpfrig, daß Jenny versucht war, die Gerte auf die Flanken ihres Pferdes zu schlagen und auf und davon zu galoppieren.

Als sie bei Royce ankam, konnte er sich ein Lächeln nicht verbeißen. Diese verführerische Schönheit blitzte ihn wütend und trotzig an und sah in diesem Augenblick genauso aus wie in der Nacht, in der sie mit seinem eigenen Dolch auf ihn losgegangen war.

»Es scheint«, neckte er sie, »als wäre ich bei Euch in Ungnade gefallen.«

»Ihr«, entgegnete sie so verächtlich, wie es ihr möglich war, »seid ein Scheusal!«

Er kicherte. »Bin ich wirklich *so* schlimm?«

Kapitel acht

Als sie sich spät am nächsten Tag der Festung Hardin näherten, war Royce längst nicht mehr so zuversichtlich und umgänglich. Statt sich an Jennys Witz zu ergötzen, wie er es sich erhofft hatte, war er dazu gezwungen, neben einer jungen Frau zu reiten, die jede seiner scherzhaften oder auch ernst gemeinten Bemerkungen mit einem ausdruckslosen, starren Blick quittierte, der ihm das Gefühl vermittelte, ein Hofnarr mit Glöckchen am Hut zu sein. Heute jedoch hatte sie ihre Taktik geändert. Sie strafte ihn nicht mehr mit Schweigen, sondern antwortete ihm auf jeden Satz mit einer Frage, die er nicht beantworten konnte oder wollte. Sie erkundigte sich zum Beispiel, wann genau er den Angriff auf Merrick plante, wie viele Männer er in die Schlacht zu führen beabsichtigte und wie lange er sie und Brenna noch gefangenhalten wollte.

Falls sie vorgehabt hatte, ihm auf deutliche Art zu zeigen, daß sie sich als ein Opfer brutaler Gewalt betrachtete und ihn für den Übeltäter hielt, dann hatte sie ihr Ziel erreicht. Und wenn sie ihn verärgern wollte, dann war ihr auch das geglückt.

Jennifer merkte natürlich, daß sie ihm den Ritt verdorben hatte, aber sie freute sich nicht halb so sehr über ihren Erfolg, wie Royce vermutete. Im Gegenteil – als sie in den zerklüfteten Hügeln nach einer Burg Ausschau hielt, war sie vollkommen erschöpft von den anstrengenden Stunden, in denen sie sich so sehr bemüht hatte, den rätselhaften Mann an ihrer Seite und ihre eigene Reaktion auf ihn zu verstehen. Der Earl hatte klipp und klar ausgesprochen, daß er sie wollte, und offensichtlich begehrte er sie so sehr, daß er ihre Ungezogenheit zwei ganze Tage ertrug. Das zumindest besänftigte ihren verletzten Stolz ein wenig. Andererseits jedoch war sein Verlangen nicht stark genug, um ihre Clansmänner und ihr Heim zu verschonen.

Mutter Ambrose hatte Jenny vorgewarnt, daß sie eine außergewöhnliche »Wirkung« auf Männer ausüben könnte. Und jetzt dachte Jenny, die weise Äbtissin müsse damit wohl gemeint haben, daß sich Männer in ihrer Gegenwart wie abscheuliche, liebevolle, rüde, empfindsame, sprunghafte Verrückte benahmen und innerhalb einer Stunde alle Facetten ihres vielschichtigen Charakters zeigten. Mit einem tiefen Seufzer beschloß Jenny, nicht mehr über all das nachzudenken. Sie wollte nur noch nach Hause oder wenigstens zurück ins Kloster, wo sie zumindest genau wußte, was sie von den Menschen zu erwarten hatte. Sie warf einen verstohlenen Blick hinter sich und sah Brenna, die in eine fröhliche Unterhaltung mit Stefan Westmoreland vertieft war. Royces Bruder war ihre Eskorte, seit Jenny gezwungen worden war, in der ersten Reihe zu reiten. Brenna in Sicherheit und zufrieden zu wissen war der einzige Lichtblick in Jennys mißlicher Lage.

Die Festung Hardin kam noch vor Einbruch der Dämmerung in Sicht. Hoch oben auf einem schroffen Felsen ragte die Burg auf wie ein riesiges Fort, und die hellen Mauern des weitläufigen Gebäudes schimmerten in der untergehenden Sonne. Jennys Herz wurde schwer – diese Festung war fünfmal größer als die von Merrick, und sie sah uneinnehmbar aus. Hellblaue Flaggen flatterten auf den sechs runden Türmen im Wind und verkündeten, daß der Herr der Burg zur Abendzeit in seiner Residenz erwartet wurde.

Die Pferde donnerten mit lauten Hufschlägen über die Zugbrücke in den Innenhof, und Diener und Knechte rannten herbei, um die Pferde festzuhalten und sich bei den Neuankömmlingen nützlich zu machen. Der Earl ging zu Jenny, um sie von der Stute zu heben, dann führte er seine Gefangene in die Halle.

Ein älterer Mann in gebückter Haltung, den Jenny für den Haushofmeister hielt, näherte sich, und Royce gab sofort seine Anweisungen: »Laßt Erfrischungen holen für mich und meine ...« Für den Bruchteil einer Sekunde überlegte Royce, wie er Jennifer Merrick in seiner Burg vorstellen sollte. Dem alten Haushofmeister genügte ein Blick auf ihre Kleidung, und seine geringschätzige Miene machte deutlich, welchen Schluß er daraus zog: *Hure.* »… für meinen Gast«, beendete Royce den Satz.

Als eine der Dirnen angesehen zu werden, die mit den Streitmächten durch die Lande zogen, war endgültig die letzte Erniedrigung, die Jenny ertragen konnte. Sie ließ die Musterung des alten Mannes über sich ergehen, dann wandte sie den gekränkten Blick von ihm ab und gab vor, die Halle zu inspizieren, während der Earl weitere Befehle erteilte. Er hatte ihr erzählt, daß König Heinrich ihm erst vor kurzem die Festung Hardin übereignet habe und daß er nie zuvor hier gewesen sei. Als sich Jenny umsah, merkte sie sofort, daß die Burg sehr schlecht verwaltet wurde. Die Binsen auf dem Boden waren seit Jahren nicht erneuert worden, Spinnweben hingen von der hohen, getäfelten Decke wie dichte graue Vorhänge, und die Bediensteten sahen zerlumpt aus und arbeiteten schlampig.

»Möchtet Ihr etwas essen?« fragte Royce und drehte sich zu ihr um.

In dem Bemühen, den alten Haushofmeister – und seine ganze Truppe schmuddeliger Dienstboten – über den Irrtum aufzuklären, wandte sich Jennifer an den Earl und erwiderte stolz und zugleich verärgert: »Nein, danke. Es wäre mir recht, wenn man mir mein Zimmer zeigen würde – ich hoffe sehr, daß es sauberer ist als diese Halle. Und ich möchte, daß man mir ein Bad herrichtet und saubere Kleidung bereit legt, wenn so etwas in diesem … diesem verlotterten *Steinhaufen* überhaupt zu finden ist.«

Hätte Royce den Blick, mit dem der Haushofmeister Jenny taxiert hatte, nicht gesehen, dann hätte er mit Schärfe auf ihre Dreistigkeit reagiert, aber er wußte, daß sie sich nur wehrte, und beherrschte sich.

Er richtete das Wort an den alten gebeugten Mann: »Führt *Countess* Merrick zu dem Zimmer, das neben meinem liegt.« Zu Jennifer sagte er kühl. »Ich erwarte Euch in zwei Stunden zum Abendessen hier in der Halle.«

Jegliche Dankbarkeit, die Jenny verspürt hatte, als er ihren Titel mit der deutlichen Absicht, ihr zu helfen, aussprach, war augenblicklich verflogen, als sie hörte, welches Zimmer er ihr zudachte. »Ich werde die Mahlzeit in meinem Zimmer zu mir nehmen – hinter verschlossener Tür –, oder ich esse gar nichts«, informierte sie ihn.

Diese ungehörige Verweigerung vor fünfzig gaffenden Dienstboten gab Royce, der ihr Benehmen in den letzten beiden Tagen mehr oder weniger ruhig erduldet hatte, den Rest, und überzeugte ihn davon, daß er nun strengere Maßnahmen ergreifen mußte. Er beschloß, diesen Frechheiten unverzüglich Einhalt zu gebieten. »Jennifer«, sagte er in ausdruckslosem Ton, der nichts über die Strafe, die er ihr zugedacht hatte, verriet, »bis sich Eure Stimmung gebessert hat, sind Euch alle Besuche bei Eurer Schwester untersagt.«

Jennifer wurde blaß, und Brenna, die gerade an der Seite von Stefan Westmoreland die Halle betrat, warf erst einen flehentlichen Blick auf Jenny, dann auf ihren Begleiter. Zu Jennifers Überraschung setzte sich Stefan für sie ein. »Royce, dein Verbot ist eine sehr große Strafe für Lady Brenna, die nichts Unrechtes getan hat …«

Er brach ab, als ihn sein Bruder eisig ansah.

Royce saß frisch gebadet und rasiert mit den Rittern und seinem Bruder an dem Tisch in der großen Halle. Mägde und Diener hatten Schüsseln mit wäßrigem Wildeintopf, der langsam kalt wurde, auf den Tisch gestellt. Aber Royce achtete nicht auf die unappetitlichen Speisen, er behielt die schmale Treppe im Auge, die sich zu den Schlafzimmern im Obergeschoß wand, und versuchte, eine Entscheidung zu fällen. Sollte er hinaufgehen und die beiden Frauen in die Halle zerren? Denn erstaunlicherweise hatte sich Brenna ein Herz gefaßt und sich entschlossen, Jennys Rebellion zu unterstützen. Beide hatten die Ankündigung der Bediensteten, daß das Essen serviert sei, ignoriert.

»Die Frauen werden wohl auf die Mahlzeit verzichten müssen«, erklärte Royce schließlich und nahm sein Messer in die Hand.

Lange nachdem die Tische abgedeckt und wieder an die Wand geschoben worden waren, saß Royce noch in der Halle und starrte in das Kaminfeuer. Die Füße hatte er auf einen Stuhl gelegt. Seine Absicht, Jennifer heute Nacht zu verführen, war von einer Reihe drängender Probleme und Entscheidungen, die schon beim Abendessen seine ganze Aufmerksamkeit gefordert hatten, durchkreuzt worden. Er überlegte, ob er jetzt noch, trotz der späten Stunde, in ihr Zimmer gehen sollte. Aber in seiner Stimmung hätte er wohl eher ihren Widerspruchsgeist mit brutaler Gewalt im Keim erstickt, als sie mit Zärtlichkeiten zu verwöhnen und ihr Herz für sich zu erwärmen. Nach der wunderbaren Erfahrung, die er gemacht hatte, als sie freiwillig in seinen Armen lag, konnte er sich nicht mehr mit weniger zufriedengeben.

Godfrey und Eustace schlenderten gelöst lachend herein – offenbar hatten sie einige Stunden mit ein paar drallen Mägden verbracht.

Royces Gedanken wandten sich sofort dringenden Angelegenheiten zu. Er sah Godfrey an und sagte: »Gib den Wachen am Tor Anweisung, daß sie jeden, der um Einlaß bittet, festhalten und mir unverzüglich melden sollen.«

Der Ritter nickte, meinte aber verwirrt: »Falls du dabei an Merrick denkst – wenn er ein Heer aufstellen und hierher marschieren will, kann er frühestens in einem Monat eintreffen.«

»Ich erwarte keinen Angriff, sondern eher eine List. Wenn er Hardin mit einer Armee angreift, riskiert er, daß seine Töchter im Schlachtgetümmel getötet werden – entweder versehentlich durch die Waffen seiner eigenen Männer oder – so wird er annehmen – durch uns. Da ein Sturm auf Hardin unter diesen Umständen unmöglich für ihn ist, wird er sich eine andere Möglichkeit ausdenken, wie er die Frauen befreien kann. Doch um das zu bewerkstelligen, muß er zuerst seine Leute hier einschleusen. Ich habe dem Haushofmeister aufgetragen, keine neuen Dienstboten zu beschäftigen, es sei denn, sie sind im Dorf bekannt.«

Als beide Ritter nickten, sprang Royce plötzlich auf die Füße und strebte der Steintreppe am Ende der Halle zu. Aber dann drehte er sich noch einmal mit tief gerunzelter Stirn um. »Hat Stefan etwas gesagt oder getan, was den Eindruck erweckt, er würde … Interesse an dem jüngeren Mädchen entwickeln?«

Die beiden Ritter – beide älter als Stefan – sahen sich an, dann wandten sie sich an Royce und schüttelten die Köpfe. »Wieso fragst du das?« erkundigte sich Eustace.

»Weil er heute nachmittag, als ich Anweisung gab, die beiden Frauen getrennt zu halten, für sie eingesprungen ist und sie verteidigt hat«, erklärte Royce matt. Dann akzeptierte er achselzuckend die Einschätzung seiner Freunde und ging hinauf in sein Schlafzimmer.

Kapitel neun

Am nächsten Morgen stand Jennifer in einem weichen, cremefarbenen Nachthemd an dem winzigen Fenster in ihrem Zimmer und ließ den Blick über die bewaldeten Hügel hinter den Festungsmauern schweifen. Dann betrachtete sie eingehend den Innenhof und die dicken Wände, die ihn umgaben. Sie suchte nach einem Fluchtweg, nach Anzeichen einer verborgenen Tür. Es mußte eine geben – in Merrick war eine in die Mauer eingelassen. Sie wurde von einem dichten Busch verdeckt, und soweit Jenny wußte, gab es in jeder Burg einen solchen Geheimausgang, durch den die Bewohner entkommen konnten, wenn der Feind die äußeren Verteidigungsanlagen durchbrochen hatte. Aber obwohl sie wußte, daß diese Tür in die Freiheit existieren mußte, konnte sie nichts davon erkennen, sie sah nicht einmal einen Riß in der drei Meter dicken Mauer, durch den Brenna und sie sich hätten zwängen können. Sie beobachtete die Wachen, die auf der Burgmauer auf und ab gingen und die Straße und die umliegenden Hügel im Auge behielten. Die Dienstboten im

Haus mochten schlampig und nachlässig sein und dringend einer strengen Aufsicht bedürfen, aber für eine lückenlose Bewachung der Festung hatte der Earl gesorgt, dachte Jenny düster. Jeder der Wachmänner war auf der Hut, und sie hatten sich im Abstand von etwa fünf, sechs Metern postiert.

Der Earl hatte ihr erzählt, ihr Vater sei davon in Kenntnis gesetzt worden, daß sie und Brenna Gefangene des Schwarzen Wolfs waren. In diesem Fall würde ihr Vater keine Schwierigkeiten haben, die Spur einer fünftausend Mann starken Armee bis nach Hardin zu verfolgen. Von Merrick aus war es nicht weit bis Hardin, etwa zwei Tage zu Pferde und fünf Tage zu Fuß würde er brauchen, falls er sie aus den Klauen des Feindes erretten wollte. Aber wie, um alles in der Welt, sie jemand aus dieser gut befestigten Burg befreien sollte, konnte sich Jenny beim besten Willen nicht vorstellen. Das führte sie wieder zu dem grundlegenden Problem zurück, das sie schon die ganze Zeit beschäftigte: Sie mußte allein einen Fluchtweg finden.

Ihr Magen knurrte und erinnerte sie daran, daß sie seit gestern nachmittag nichts mehr gegessen hatte. Sie wandte sich vom Fenster ab, um sich anzuziehen und anschließend in die Halle zu gehen. Der Hungertod war keine Lösung für ihr Problem, entschied sie mit einem Seufzen, als sie zu den Kleidertruhen ging, die an diesem Morgen in ihr Zimmer gebracht worden waren. Außerdem konnte sie sicher sein, daß Royce die Tür aufbrechen und sie an den Haaren hinunterzerren würde, ließe sie sich heute wieder nicht in der Halle blicken.

Vorhin hatte sie ein schönes warmes Bad in dem Holzzuber genommen, und wenigstens fühlte sie sich jetzt von Kopf bis Fuß sauber. In einem kalten Fluß unterzutauchen, überlegte sie und dachte an die letzten Wochen zurück, war mit einer Wanne mit warmem Wasser und einem Stück duftender Seife nicht zu vergleichen.

Die erste Truhe war voll mit Kleidern, die der früheren Burgherrin und ihren Töchtern gehört hatten. Die Roben erinnerten Jenny an den hübschen, aber drolligen Stil, den ihre Tante Elinor bevorzugte – Kleider, zu denen ein hoher, spitzer Kopfschmuck und Schleier, die bis zum Boden reichten, gehörten. Obwohl die Sachen aus der Mode waren, hatte man an den Stoffen nicht gespart – vor Jenny lagen die teuersten Satin- und Samtgewänder mit Stickereien und Spitzenbesätzen. Da alle viel zu üppig für den Vormittag und ihre Stellung in diesem Haushalt waren, öffnete Jenny die zweite Truhe, um nachzusehen, ob sie dort etwas Schlichteres finden konnte. Ein leiser Freudenschrei drang über ihre Lippen, als sie ein weiches Kaschmirkleid zu Tage förderte.

Sie hatte gerade ihr Haar fertig frisiert, als eine Magd an ihre Tür klopfte und mit schriller, ängstlicher Stimme rief: »Mylady, Seine Lordschaft hat mich gebeten, Euch zu sagen, daß er heraufkommen und Euch höchstpersönlich hinunterbringen würde, wenn Ihr nicht in fünf Minuten zum Frühstück in der Halle erscheint.«

In dem Bestreben, den Earl wissen zu lassen, daß sie bei dieser Drohung nicht vor Furcht erstarrte, rief Jenny zurück: »Richte Seiner Lordschaft aus, daß ich ohnehin beabsichtigt habe, hinunterzugehen und in ein paar Minuten da sein werde.«

Jenny wartete so lange, bis »ein paar« Minuten verstrichen waren, dann verließ sie ihr Schlafzimmer. Die Treppe, die von den Schlafzimmern aus zur Halle führte, war steil und schmal, genau wie die in Merrick, und so konstruiert, daß mögliche Angreifer, die in die Halle eingedrungen waren und sich den Weg nach oben freikämpfen wollten, wegen der Wand auf der rechten Seite in ihrer Bewegungsfreiheit eingeschränkt waren, während die Verteidiger das Schwert ungehindert schwingen konnten. Anders als in Merrick hingen hier jedoch überall Spinnweben. Jenny lief ein Schauer über den Rücken, als sie an die langbeinigen Bewohner dieser Netze dachte, und sie beschleunigte ihre Schritte.

Royce hatte sich auf seinem Stuhl zurückgelehnt und beobachtete die Treppe. Er biß die Zähne zusammen und zählte in Gedanken die Minuten, bis ihre Zeit abgelaufen war. Die Halle war fast leer, bis auf ein paar der Ritter, die noch herumlungerten und Krüge mit Ale vor sich auf dem Tisch stehen hatten, und den Mägden, die die Reste des Frühstücks wegräumten.

Die Frist war verstrichen! befand Royce zornig und stieß seinen Stuhl mit solcher Wucht zurück, daß er mit einem lauten Kratzen über den Steinboden rutschte. Plötzlich blieb der Earl wie angewurzelt stehen. Jennifer Merrick schritt in einem weich fließenden, sonnengelben Kleid mit hoher Taille die Treppe herunter. Aber sie war nicht mehr die bezaubernde Nymphe, an deren Anblick er sich gewöhnt hatte. Die junge Frau die auf ihn zukam, war eine Countess, die den größten und prachtvollsten Schlössern alle Ehre gemacht hätte. Ihr Haar, in der Mitte gescheitelt, floß wie eine rotgoldener Wasserfall über ihre Schultern und den Rücken, und an der Taille ringelte es sich zu dicken Locken.

Das Kleid hatte einen spitzen Ausschnitt, der die Fülle ihrer Brüste betonte, und fiel dann in weichen Bahnen über ihre schmalen Hüften, die an den Handgelenken eng gerafften Ärmel waren so weit, daß die großzügigen Falten bis zu den Knien reichten.

Royce hatte das eigenartige Gefühl, daß sie zu einer anderen Person geworden war, aber als sie näher kam, konnte kein Zweifel mehr bestehen – er sah die glänzenden blauen Augen und ihr entzückendes Gesicht.

Sie blieb vor ihm stehen, und sein Wunsch, sie in Besitz zu nehmen, wurde zum unerschütterlichen Entschluß, egal wie viele Schwierigkeiten sie ihm bereitete. Ein bewunderndes Lächeln huschte über sein Gesicht. »Ihr seid wie ein Chamäleon.«

»Eine Eidechse?« fragte sie empört.

Royce verbiß sich das Lachen und versuchte, den Blick von der verlockenden, weichen Haut über dem Ausschnitt loszureißen und sich daran zu erinnern, daß er allen Grund hatte, böse auf sie zu sein. »Ich meinte eigentlich«, führte er sachlich aus, »daß Ihr wandelbar seid.«

Jenny hatte den eigenartigen Schimmer in seinen grauen Augen durchaus wahrgenommen, als er sie eingehend betrachtet hatte, aber im Augenblick beschäftigte sie seine beunruhigende Erscheinung zu sehr, als daß sie sich darauf hätte konzentrieren können. Er sah gut und sehr elegant aus in der dunkelblauen Jacke aus feinstem Tuch, die seine muskulösen Schultern noch unterstrich und deren bauschige Ärmel bis zu den engen Manschetten mit Silberfäden durchwirkt waren. Ein Gürtel aus silbernen Scheiben, an dem ein kurzes Schwert in mit großen Saphiren besetzter Scheide hing, zierte seine Hüften. Weiter als bis zur Gürtellinie wagte Jenny den Blick nicht zu senken.

Ihr fiel auf, daß er ihr Haar ansah, und zu spät wurde ihr bewußt, daß sie keine Kopfbedeckung trug. Sie griff nach der weiten gelben Kapuze, die an ihrem Kleid befestigt war, und zog sie sich über die rotgoldene Haarflut.

»Das ist hübsch«, stellte Royce fest, »aber mir wäre es lieber, wenn Euer Haar unbedeckt bliebe.«

Heute ist er also wieder geneigt, seinen Charme spielen zu lassen, dachte Jenny mit sinkendem Mut. Es fiel ihr leichter, in offener Feindseligkeit als freundlich mit ihm umzugehen. Doch sie zwang sich, ein Problem nach dem anderen anzugehen, und befaßte sich erst einmal mit dem Vorschlag, die Kapuze wieder abzunehmen. »Wie Ihr sicherlich wißt«, erwiderte sie kühl, aber höflich, als er einen Stuhl für sie heranzog, »schickt es sich nur für ganz junge Mädchen und Bräute, sich ohne Kopfbedeckung sehen zu lassen. Eine Frau ist angehalten, ihre …«

»Reize zu bedecken?« beendete Royce den Satz für sie und musterte anerkennend ihr Gesicht und ihr Dekolleté.

»Ja.«

»Weil Eva Adam mit dem Apfel verführt hat?« mutmaßte er und stellte damit klar, daß er diesen Brauch für eine religiöse und keine weltliche Vorschrift hielt.

Jenny griff nach der Schüssel mit dem Porridge. »Ja.«

»Mir scheint«, bemerkte er scherzhaft, »daß eher Gefräßigkeit als Wollust den Sündenfall verursacht hat.«

In dem Bewußtsein, daß sie schon zweimal nach einer ähnlich unbeschwerten Unterhaltung in seine Arme gesunken war, weigerte sich Jenny schlicht, sich zu amüsieren oder schockiert über diese Ketzerei zu sein, und machte sich auch nicht die Mühe, etwas darauf zu erwidern. Statt dessen schnitt sie in gemäßigtem Ton ein anderes Thema an. »Würdet Ihr Eure Anweisung, daß meine Schwester und ich getrennt werden, noch einmal neu überdenken und eventuell zurücknehmen?«

Er zog argwöhnisch eine Augenbraue hoch. »Ist Eure Stimmungslage besser geworden?«

Seine aufreizende, unerschütterliche Ruhe und diese Arroganz erstickten sie beinahe. Sie schwieg lange und schluckte die Worte, die ihr über die Lippen sprudeln wollten, mühsam hinunter. Schließlich gelang es ihr, ein »Ja« zu flüstern.

Zufrieden drehte sich Royce nach der Magd um, die in der Nähe herumlungerte und trug ihr auf: »Sag Lady Brenna, daß ihre Schwester sie hier erwartet.« Dann wandte er sich wieder an Jennifer und erfreute sich an ihrem feingeschnittenen Profil. »Nur zu, eßt etwas.«

»Ich warte darauf, daß Ihr anfangt.«

»Reizend, aber ich habe keinen Appetit.« Noch vor einer Stunde wäre er fast vor Hunger gestorben, aber jetzt konnte er keinen Bissen hinunterkriegen, weil er nur noch Augen für Jenny hatte.

Vollkommen ausgehungert nach der selbstauferlegten Fastenkur, tat Jenny, was er ihr empfohlen hatte, und nahm einen großen Löffel Porridge. Doch schon bald machte sie sein nachdenklicher Blick unsicher. Sie schielte verstohlen aus den Augenwinkeln in seine Richtung. »Wieso beobachtet Ihr mich so genau?«

Welche Antwort er ihr auch immer darauf geben wollte, sie wurde von der Magd, die in hellster Aufregung auf Jennifer zustürmte, im Keim erstickt. »Es ist … Eure Schwester, Mylady«, rief das Mädchen außer sich. »Sie will Euch sehen. Sie hustet sich die Seele aus dem Leib, daß ich schon allein beim Zuhören eine Gänsehaut bekomme.«

Jenny wurde aschfahl. »Lieber Gott, nein!« hauchte sie und sprang auf. »Nicht jetzt – nicht hier!«

»Was soll das heißen?« Royce, der daran gewöhnt war, auf dem Schlachtfeld mit allen möglichen Notfällen und unvorhergesehenen Ereignissen fertig zu werden, hielt sie am Handgelenk zurück.

»Brenna hat seit ihrer Kindheit ein Lungenleiden«, erklärte Jenny verzweifelt. »Die Anfälle beginnen meistens mit einem starken, trockenen Husten, und später bekommt sie kaum noch genug Luft.«

Sie riß sich von ihm los, aber Royce blieb bei ihr und begleitete sie nach oben. »Es muß doch eine Arznei geben, die ihr hilft!«

»Nicht hier«, entgegnete Jenny so aufgeregt, daß sich ihre Stimme überschlug. »Meine Tante Elinor zu Hause braut immer eine Mixtur – sie kennt sich besser mit Kräutern und Heilmitteln aus als jeder andere in Schottland. Im Kloster steht noch eine Flasche der Medizin.«

»Woraus besteht sie? Vielleicht ...«

»Ich weiß es nicht!« schrie Jenny und zerrte ihn beinahe die letzten Stufen der steilen Treppe hinauf. »Ich weiß nur, daß die Mixtur erhitzt werden muß, bis sich Dämpfe bilden. Wenn Brenna diese Dämpfe inhaliert, kann sie wieder durchatmen, und ihr Zustand bessert sich ziemlich rasch.«

Royce stieß die Tür zu Brennas Schlafzimmer auf, und Jenny lief zu dem Bett und betrachtete besorgt das kreidebleiche Gesicht ihrer Schwester.

»Jenny?« flüsterte Brenna und umklammerte Jennys Hand. Plötzlich wurde ihr Körper von einem so heftigen Hustenanfall geschüttelt, daß sich ihr Rückgrat durchbog. »Ich ... ich bin wieder krank«, keuchte sie schwach.

»Mach dir keine Sorgen«, besänftigte Jenny sie und beugte sich tief über das Bett, um Brenna die blonden Locken aus der Stirn zu streichen. »Hab keine Angst ...«

Brennas gequälter Blick richtete sich auf die bedrohliche Gestalt, die auf der Schwelle stand. »Wir müssen nach Hause«, erklärte sie dem Earl mit dünnem Stimmchen. »Ich brauche die ...« Wieder hustete sie abgehackt und rang um Atem. »Ich brauche die Arznei.«

Mit ängstlich klopfendem Herzen sah Jenny Royce über die Schulter hinweg an. »Bringt sie nach Hause, *bitte!«*

»Nein, ich denke ...«

Jenny war außer sich vor Sorge. Sie ließ Brennas Hand los, eilte zur Tür und bedeutete Royce mit einer Geste, ihr aus dem Zimmer zu folgen. Sie schloß die Tür, damit sie Brenna durch das, was sie zu sagen hatte, nicht noch mehr aufregte, und wandte sich verzweifelt an ihren Entführer. »Brenna könnte *sterben,* wenn sie ihre Arznei nicht bekommt. Bei ihrem letzten Anfall setzte sogar kurzzeitig ihr Herzschlag aus.«

Royce war nicht ganz der Meinung, daß das blonde Mädchen in akuter Lebensgefahr schwebte, aber augenscheinlich glaubte Jenny tatsächlich daran, und genauso offensichtlich war, daß Brenna Merrick diese gräßlichen Hustenanfälle nicht vortäuschte.

Jenny sah seinem Gesicht an, daß er unentschlossen war, und weil sie fürchtete, daß er ihr die Bitte rundweg abschlagen könnte, versuchte sie ihn umzustimmen, indem sie sich selbst erniedrigte. »Ihr sagt, ich sei zu stolz und ... und«, stammelte sie und legte flehentlich die Hand an seine Brust. »Wenn Ihr Brenna gehen laßt, tue ich alles, was Ihr von mir verlangt. Ich schrubbe die Fußböden. Ich bediene Euch, kümmere mich um alles und bereite die Mahlzeiten für Euch in der Küche zu. Ich schwöre, daß ich Euch hundertfach für Eure Güte entschädige.«

Royce schaute auf die zierliche Hand hinunter, die noch immer auf seiner Brust lag und von der eine unbeschreibliche Hitze ausging, die sogar den dicken Stoff seiner Jacke durchdrang. Das Verlangen regte sich schon bei dieser harmlosen Berührung in seinen Lenden. Er verstand nicht, warum sie eine so enorme Wirkung auf ihn ausübte, er wußte nur, daß er sie begehrte und sich danach sehnte, sie warm und willig in seinen Armen zu spüren. Um das zu erreichen, war er bereit, die erste wirklich unsinnige Tat in seinem Leben zu begehen: seine wertvollste Geisel nach Hause zu schicken. Trotz Jennifers Beteuerungen, Lord Merrick sei ein liebender, wenn auch gestrenger Vater, hegte Royce gewisse Zweifel, daß er besonders tiefe Zuneigung für seine schwierige Tochter empfand.

Jennys riesige, angstgeweitete Augen waren unverwandt auf sein Gesicht gerichtet. »Bitte«, wisperte sie, weil sie sein Schweigen als Ablehnung mißdeutete. »Ich tue *alles*. Ich werfe mich vor Euch auf die Knie. Bitte, Ihr braucht nur zu sagen, was Ihr von mir fordert.«

Endlich äußerte er sich, und Jennys Herz zog sich in hoffnungsvoller Spannung zusammen. Sie war so besorgt um das Leben ihrer jüngeren Schwester, daß ihr der vielsagende Unterton in seiner Stimme entging, als er nachfragte: »Alles?«

Sie nickte eifrig. »Alles – ich werde dafür sorgen, daß diese Burg in Ordnung gebracht wird und jeder Raum so glänzt, daß Ihr, ohne Euch schämen zu müssen, einen König empfangen könnt. Ich bete für Euch jeden …«

»Gebete habe ich eigentlich nicht im Sinn«, unterbrach er sie.

Bevor er sich doch noch anders besann, rief Jenny in ihrer Not: »Dann sagt mir, was Ihr von mir als Gegenleistung erwartet!«

»Ich will Euch«, eröffnete er ihr unnachgiebig. Jennifers Hand glitt schlaff über seine Jacke, als er ohne jede sichtbare Gefühlsregung fortfuhr: »Ich möchte Euch nicht auf Knien sehen, sondern in meinem Bett, und zwar bereitwillig.«

Die Erleichterung, daß er Brenna freilassen wollte, überwog im Moment die Entrüstung über diesen schamlosen Vorschlag.

Er würde keinen Verlust erleiden, wenn er Brenna freiließ, weil er Jenny immer noch als Unterpfand behielt. Aber von ihr verlangte er, daß sie alles opferte. Wenn sie sich ihm freiwillig hingab und sich dadurch entehrte, wurde sie zur Hure und zur Schande für ihre Familie und alle, die ihr etwas bedeuteten. Es stimmte, sie hatte sich ihm schon selbst einmal angeboten – wenigstens beinahe –, aber damals hatte sie ihn um eine Gegenleistung gebeten, die Hunderte, vielleicht Tausende von Menschenleben gerettet hätte. Das Leben von Menschen, die ihr sehr nahestanden und die sie liebte.

Noch dazu war sie, als sie ihm diesen Vorschlag machte, nicht ganz bei Sinnen und benommen von seinen leidenschaftlichen Küssen gewesen. Jetzt jedoch sah sie klar und deutlich vor sich, welche Folgen dieser Handel für sie haben würde.

Brennas Husten wurde zu markerschütterndem Röcheln und Keuchen, und Jenny zuckte erschrocken zusammen – sie hatte Angst um sich selbst und um Brennas Leben.

»Ist der Handel abgeschlossen?« erkundigte sich Royce gelassen.

Jennifer hob ihr schmales Kinn – sie hielt sich wie eine stolze junge Königin, der jemand, dem sie vertraut hatte, einen Dolch in den Rücken gestoßen hatte.

»Ich habe mich in Euch geirrt, Mylord«, entgegnete sie bitter. »Ich hielt Euch für einen Mann von Ehre, weil Ihr mir vor zwei Tagen einen ähnlichen Handel abgeschlagen habt. Ich dachte, Ihr würdet es nicht übers Herz bringen, mir zu versprechen, worum ich Euch bat, und dann, nachdem Ihr mein Angebot ausgekostet hättet, Merrick trotzdem anzugreifen. Jetzt begreife ich, daß Ihr nicht aus Ehrgefühl, sondern aus Überheblichkeit so gehandelt habt. Ein *Barbar* kennt kein Ehrgefühl.«

Selbst wenn sie weiß, daß sie besiegt ist, hält sie sich großartig, dachte Royce und unterdrückte ein bewunderndes Lächeln. »Erfüllt Euch das Abkommen, das ich Euch vorschlage, so sehr mit Abscheu?« fragte er leise und umfaßte ihre starren Arme.

»Genaugenommen hätte ich es gar nicht nötig, mit Euch zu handeln, Jennifer, und das ist Euch sehr wohl bewußt. Ich hätte Euch in den vergangenen Tagen jederzeit gewaltsam meinem Willen unterwerfen können.«

Das wußte Jenny natürlich, und obwohl ihr Unmut bestehen blieb, hatte sie Mühe, dem Zauber seiner tiefen Stimme nicht zu erliegen, als er hinzusetzte: »Ich begehre Euch, und wenn mich das in Euren Augen zum Barbaren macht, kann ich es nicht ändern, aber es muß keine schlimme Erfahrung für Euch sein. Wenn Ihr es zulaßt, sorge ich dafür, daß wir beide uns wohl fühlen. Ihr werdet in meinem Bett weder Schmach noch Schmerzen erleben – nur den Schmerz, den ich Euch beim allerersten Mal bereiten muß. Danach wird es nicht nur für mich, sondern auch für Euch das reinste Vergnügen sein, das verspreche ich.«

Hätte ein anderer Ritter bei einer anderen Gelegenheit diese kleine Ansprache gehalten, wäre möglicherweise die raffinierteste Kurtisane ins Schwanken geraten, aber die Wirkung, die Englands gefürchtetster Krieger bei einem unerfahrenen, im Kloster erzogenen schottischen Mädchen damit erzielte, war verheerend. Jennifer spürte, wie ihr das Blut in die Wangen schoß, ihr wurde flau im Magen, und ihre Knie gaben beinahe nach, als die Erinnerung an seine hitzigen Küsse und Liebkosungen sie plötzlich mit voller Macht bestürmte.

»Ist der Handel abgeschlossen?« wiederholte Royce und strich mit seinen langen Fingern unbewußt zärtlich über ihre Arme, dabei dachte er, daß er nie zuvor behutsamer mit einer Frau umgegangen war.

Jenny zögerte einen endlosen Augenblick – sie wußte ganz genau, daß es keinen Ausweg für sie gab. Sie nickte kaum merklich.

»Und Ihr haltet Euren Teil der Abmachung ein?«

Jenny begriff sofort, daß er auf ihre Bereitwilligkeit anspielte, und diesmal zögerte sie noch länger. Sie wollte ihn für die Ungeheuerlichkeit hassen und versuchte nach Kräften, dieses Gefühl heraufzubeschwören, aber eine leise, beharrliche innere Stimme rief ihr ins Gedächtnis, daß sie in den Händen eines anderen Entführers ein weit schlimmeres Schicksal erlitten hätte als das, welches er ihr zudachte. Sie hätte Brutalität und Unaussprechliches erdulden müssen.

Sie starrte in sein kantiges Gesicht und suchte nach einem Anzeichen dafür, daß er sich später vielleicht doch noch erweichen lassen würde, aber sie bekam nicht die erhoffte Antwort, statt dessen wurde sie sich mit einemmal bewußt, wie weit sie den Kopf nach hinten geneigt hatte und wie klein und zart sie war im Vergleich zu ihm. Angesichts seiner Größe, seiner Stärke und seines unbeugsamen Willens hatte sie keine Wahl. Ihre Niederlage wurde bei dem Gedanken, daß sie einer Übermacht gegenüberstand und vollkommen überwältigt worden war, ein bißchen weniger schmerzhaft.

Sie begegnete, ohne mit der Wimper zu zucken, seinem Blick – selbst dann noch stolz, wenn sie sich ergeben mußte. »Ich erfülle meinen Teil des Handels.«

»Habe ich Euer Wort?« hakte er beharrlich nach, als ein erneuter Hustenkrampf von Brenna Jennys Aufmerksamkeit ablenkte.

Jenny schaute ihn erstaunt an. Das letzte Mal, als sie ihm ihr Wort geben wollte, hatte er so getan, als hätte es keinerlei Bedeutung. Männer, Jennys Vater eingeschlossen, legten selten Wert auf das Ehrenwort einer Frau. Aber Lord Westmoreland hatte offenbar seine Meinung diesbezüglich geändert, und das überraschte sie sehr. Sie fühlte sich unbehaglich deswegen, war aber auch ein wenig stolz über diese erste Gelegenheit, ihre Ehrenhaftigkeit unter Beweis stellen zu können.

»Ich gebe Euch mein Wort«, flüsterte sie.

Er nickte zufrieden. »In diesem Fall, gehe ich mit Euch ins Zimmer Eurer Schwester. Ihr könnt ihr sagen, daß einige meiner Männer sie zurück ins Kloster bringen werden. Ab jetzt kann ich es nicht mehr erlauben, daß Ihr bis zu ihrer Abreise allein mit ihr seid.«

»Aber warum nicht?« stieß sie hervor.

»Weil ich bezweifle, daß Eure Schwester den Verteidigungsanlagen von Hardin genügend Beachtung geschenkt hat, um Eurem Vater Einzelheiten darüber erzählen zu können. *Ihr* jedoch«, merkte er ironisch an, »habt kalkuliert, wie dick die Mauern sind und meine Wachen gezählt, als wir über die Zugbrücke ritten.«

»Nein! Ich gehe nicht ohne dich!« rief Brenna, nachdem sie gehört hatte, daß sie ins Kloster zurückgebracht werden sollte. Sie heftete ihren Blick auf Lord Westmoreland. »Jenny *muß* mich begleiten«, brach es aus ihr heraus, »sie *muß* einfach!«

Jenny hätte schwören können, daß Brenna für einen unwirklichen Augenblick eher enttäuscht als ängstlich oder leidend aussah.

Eine Stunde später schwangen sich einhundert Ritter im Innenhof auf ihre Pferde und machten sich bereit, mit Stefan Westmoreland an der Spitze loszureiten.

»Paß auf dich auf«, sagte Jenny über Brenna gebeugt, die auf Kissen und Decken in einem Wagen lag.

»Ich dachte, er würde erlauben, daß du mich begleitest«, jammerte Brenna mit einem anklagenden Blick auf den Earl und hustete herzzerreißend.

»Sprich nicht so viel, das strengt dich zu sehr an«, ermahnte Jenny, während sie versuchte, die Daunenkissen hinter Brennas Kopf aufzuschütteln.

Als Royce den Befehl dazu gab, wurde die Zugbrücke an den rasselnden Ketten heruntergelassen. Sobald das große, mit Eisenspitzen versehene Tor geöffnet wurde, trieben die Männer ihre Pferde an. Jenny trat zurück, und die Karawane setzte sich in Bewegung. Am Anfang und Ende des Zuges flatterten blaue Banner mit einem Zähne fletschenden Wolf darauf im Wind. Die Insignien des Schwarzen Wolfs werden Brenna vor Schaden bewahren, bis sie die Grenze erreicht, dachte Jenny, danach genügt Brennas Name als Schutz, falls die Männer angegriffen werden.

Die Brücke wurde wieder hochgezogen und versperrte Jenny die Sicht. Royce umfaßte ihren Ellbogen, um sie in die Halle zurückzuführen. Jenny ging mit, aber ihre Gedanken waren noch bei den Bannern mit der Abbildung eines bösartigen Wolfs mit großen weiß blitzenden Fängen. Bis heute hatten die Männer Fahnen mit dem Wappen des Königs von England getragen – goldene Löwen und Kleeblätter.

»Falls Ihr Euch Sorgen macht, daß ich Eure Gegenleistung sofort einfordere«, sagte Royce, als er ihre finstere Miene sah, »kann ich Euch beruhigen. Meine Pflichten werden mich bis zum Abendessen in Anspruch nehmen.«

Jenny wollte nicht einmal mehr an diese unselige Abmachung *denken,* geschweige denn darüber sprechen, deshalb erklärte sie hastig: »Ich habe mich nur gefragt, weshalb die Männer jetzt Eure persönlichen Banner und nicht mehr die Eures Königs tragen.«

»Weil ich *meine* Ritter losgeschickt habe, nicht Heinrichs«, erwiderte er. »Sie haben mir und nicht dem König die Treue geschworen.«

Jenny blieb mitten im Hof stehen – König Heinrich hatte angeblich den englischen Adligen verboten, eigene Armeen zu unterhalten und Ritter zu ihrem persönlichen Schutz zu bewaffnen. »Aber ich dachte, das wäre den Edelmännern nicht mehr gestattet.«

»In meinem Fall hat Heinrich eine Ausnahme gemacht.«

»Warum?«

Er zog seine Augenbrauen hoch und sah sie spöttisch an. »Vielleicht, weil er mir vertraut?« spekulierte er, war jedoch nicht gewillt, ihr darüber hinaus noch mehr Klarheit über seine Beziehung zum König von England zu verschaffen.

Kapitel zehn

Nach dem Abendessen rekelte sich Royce neben Jennifer auf seinem Stuhl und legte den Arm auf ihre Lehne. Er beobachtete nachdenklich, wie Jenny die vier Ritter, die noch mit ihnen am Tisch saßen, bewußt bezauberte und in Verwirrung stürzte, um Zeit zu gewinnen. Es erstaunte ihn keineswegs, daß Eustace, Godfrey und Lionel noch lange nach dem Essen in der Halle herumlungerten: Zum einen sah Jennifer in dem himmelblauen

Samtkleid mit den cremefarbenen Satinbesätzen hinreißend aus, zum anderen war sie mit einemmal ausgesprochen lebhaft, unterhaltsam und fröhlich geworden. Und heute abend lernten sie eine Seite an ihr kennen, die selbst Royce bis jetzt verborgen geblieben war. Sie erzählte lustige Geschichten über ihr Leben im Kloster und die französische Äbtissin, die unter anderem darauf bestanden hatte, daß Brenna und Jenny ohne schottischen Zungenschlag zu sprechen lernten.

Sie ließ mit voller Absicht ihren ganzen Charme spielen, und als Royce müßig den Stiel seines silbernen Weinkelchs zwischen den Fingern drehte, empfand er über ihren hilflosen Versuch, der unausweichlichen Begegnung mit ihm allein so lange wie möglich aus dem Weg zu gehen, sowohl Amüsement als auch Verärgerung.

Sie hatte ein schillerndes Ereignis aus einer ziemlich faden Mahlzeit gemacht – es gab geröstetes Hammel- und Gänsefleisch, fettiges Stew und Pasteten, die mit etwas gefüllt waren, das Royce an braunen Haferschleim erinnerte. Das Essen in Hardin, dachte er angewidert, ist kaum besser als die Verpflegung auf dem Schlachtfeld.

Wäre Jennifer nicht dazu entschlossen gewesen, so unterhaltsam zu sein, hätten die Ritter sicher nur genug gegessen, um sich die Mägen zu füllen, und sich ohne Zaudern zurückgezogen. Royce wußte natürlich, daß Jenny all ihre Anstrengungen nur unternahm, um nicht mit ihm nach oben gehen zu müssen.

Sie brachte Godfrey, Lionel und Eustace gerade mit einer Anekdote zum Lachen, und Royce warf einen beiläufigen Blick auf Arik, der zu seiner Linken saß. Mit Vergnügen stellte er fest, daß Arik als einziger Mann an diesem Tisch Jennys Zauber nicht erlegen war. Er hatte den Stuhl nach hinten gekippt, fixierte Jenny aus leicht zusammengekniffenen Augen und verschränkte abwehrend die mächtigen Arme vor der breiten Brust. Seine Haltung machte deutlich, daß er sich nicht von ihrer zur Schau gestellten Leutseligkeit täuschen ließ und ihr nicht über den Weg traute.

Eine ganze Stunde hatte Royce sie gewähren lassen und sich vorgenommen, ihre Gesellschaft und die Vorfreude auf das Kommende zu genießen. Aber jetzt konnte er sich mit der Vorfreude nicht mehr zufriedengeben.

»Royce ...« Godfrey lachte herzlich, »war das nicht eine köstliche Geschichte?«

»O ja«, stimmte Royce zu, und statt rüde aufzuspringen und die fröhliche Runde auf diese Weise zu sprengen, entschied er sich für eine subtilere Methode. Er bedachte Godfrey mit einem strengen Blick, der klarmachte, daß dieses Abendessen *beendet* war.

Zu beschäftigt mit ihren eigenen Sorgen, um auf die vielsagenden Mienen der Männer zu achten, drehte sich Jenny mit einem strahlenden Lächeln zu Royce um und überlegte dabei fieberhaft, was ihr noch einfiel, um die Männer länger am Tisch festzuhalten. Aber ehe sie das Wort ergreifen konnte, schoben die Ritter ihre Stühle zurück und standen auf, wünschten hastig eine gute Nacht und ließen sich vor dem Kamin nieder.

»Meint Ihr nicht, daß dieser plötzliche Aufbruch ein wenig seltsam ist?« fragte Jenny ratlos.

»Ich hätte es weit seltsamer gefunden, wenn sie noch länger hiergeblieben wären.«

»Wieso?«

»Weil ich angeordnet habe, daß sie gehen sollen.« Er erhob sich ebenfalls, und der Moment, vor dem sich Jenny schon den ganzen Tag gefürchtet hatte, war da. Seine silbernen Augen blitzten gebieterisch, während er die Hand ausstreckte. Ihre Knie zitterten, als sie aufstand, und zaghaft reichte sie ihm ihre Hand, zog sie aber im letzten Augenblick zurück. »Ich ... ich habe nicht gehört, daß Ihr etwas zu ihnen gesagt habt«, murmelte sie.

»Ich bin sehr diskret vorgegangen, Jennifer.«

Oben blieb er vor seinem Zimmer stehen, stieß die Tür auf und ließ Jennifer den Vortritt.

Im Vergleich zu ihrem Kämmerchen war dies ein geräumiges,

verschwenderisch ausgestattetes Gemach. Außer dem riesigen Himmelbett standen hier noch vier bequeme Sessel und einige große Truhen mit Messingbeschlägen. An den Wänden hingen Gobelins, und vor dem gemauerten Kamin, in dem ein wärmendes, helles Feuer brannte, lag ein dicker Fellteppich. Mondlicht drang durch das Fenster; daneben befand sich eine Tür, die offensichtlich zu einem kleinen Balkon führte.

Jenny hörte, wie die Tür hinter ihr mit einem gedämpften Laut ins Schloß fiel. Ihr Herz klopfte bis zum Hals. In dem Bestreben, irgend etwas zu unternehmen, das Royce davon abhalten könnte, sein Vorhaben sofort auszuführen, flüchtete sie sich in den Sessel, der am weitesten vom Bett entfernt stand, und faltete sittsam die Hände im Schoß. Sie setzte ein freundliches Lächeln auf, während sie in aller Eile nachdachte, welches Thema ihn interessieren könnte. »Ich habe gehört, daß Ihr noch nie in einer Schlacht vom Pferd gestoßen wurdet«, sagte sie schließlich und beugte sich wißbegierig ein Stück vor.

Ganz anders als seine Ritter kurze Zeit zuvor, fiel der Earl of Claymore nicht auf ihre List herein. Statt mit seinen Heldentaten zu prahlen, nahm er ihr gegenüber Platz, schlug ein Bein über das andere, so daß sein Stiefel auf einem Knie lag, und musterte sie schweigend.

Seit dem Moment, in dem sie ihm ihre Hand beim Aufstehen in der Halle verweigert hatte, plagte Jenny das ungute Gefühl, daß er genau wußte, wie sehr sie auf ein Wunder hoffte, das sie davor bewahren würde, ihren Teil des Handels zu erfüllen, und daß er über ihr Benehmen keineswegs erfreut war. Sie sah ihn aus großen Augen an und verdoppelte ihre Anstrengungen, ihn in ein Gespräch zu verwickeln. »Ist das wirklich wahr?« fragte sie übereifrig.

»Was?« erwiderte er gleichgültig.

»Daß Ihr nie aus dem Sattel geworfen wurdet.«

»Nein.«

»Ach«, rief sie aus. »Dann … äh … wie oft ist es passiert?«

»Zweimal.«

»Zweimal!« Selbst zwanzigmal wäre bei den vielen Kriegen, die er geführt hatte, eine äußerst geringe Quote gewesen! dachte sie und zitterte vor Angst um ihre Clansmänner, die ihm bald die Stirn bieten mußten. »Ich verstehe. Das ist bewundernswert, wenn man bedenkt, wie oft Ihr in all den Jahren auf dem Schlachtfeld gewesen sein müßt. In wie vielen Schlachten habt Ihr eigentlich gekämpft?«

»Ich habe sie nicht gezählt, Jennifer.«

»Vielleicht solltet Ihr das tun. Oh, ich habe eine Idee! Ihr erzählt mir von jeder, und ich zähle mit«, schlug sie ein wenig zu stürmisch vor. Ihre innere Spannung wuchs von Minute zu Minute, und seine knappen Antworten versetzten sie nur noch mehr in inneren Aufruhr. »Sollen wir gleich damit anfangen?«

»Nein.«

Jenny schluckte schwer – sie spürte, daß sich ihre Galgenfrist dem Ende zuneigte und kein Schutzengel in den Raum schweben würde, sie vor ihrem schlimmen Schicksal zu bewahren.

»Was … was ist mit den Turnieren? Seid Ihr bei Turnieren vom Pferd gestoßen worden?«

»Ich habe mich nie auf Turnieren mit anderen Rittern gemessen.«

Jenny war so erstaunt, daß sie momentan ihre eigenen Sorgen vergaß. »Warum nicht? Bestimmt wollen viele Eurer Landsmänner ihren Mut beweisen – hat Euch noch niemand herausgefordert?«

»Doch.«

»Aber Ihr habt die Herausforderungen nicht angenommen?« vergewisserte sie sich.

»Ich kämpfe in Kriegen, nicht auf Turnierfeldern. Ein Turnier ist nichts weiter als ein Spiel.«

»Das stimmt, aber denken die Leute nicht … glauben sie nicht, daß Ihr Euch aus Feigheit verweigert? Oder daß Ihr in Wirklichkeit vielleicht gar kein so tapferer Ritter seid, wie man sich erzählt?«

»Möglich. So, jetzt möchte ich Euch eine Frage stellen«, warf er unvermittelt ein. »Hat diese plötzliche Sorge um mein Kriegsgeschick und mein Ansehen als Ritter etwas mit unserer Abmachung zu tun? Kann es sein, daß Ihr hofft, jetzt noch einen Rückzieher machen zu können?«

Statt ihn zu belügen, wie Royce es im Grunde erwartet hätte, überraschte sie ihn, indem sie hilflos flüsterte: »Ich habe Angst. Ich fürchte mich mehr als je zuvor in meinem Leben.«

Der Verdruß, den ihre Verzögerungstaktik hervorgerufen hatte, löste sich im Nu in Luft auf, und als er sah, wie steif und aufrecht sie im Sessel saß, wurde ihm bewußt, daß er allen Ernstes erwartet hatte, daß diese entzückende Unschuld das kommende Ereignis so gelassen hinnehmen würde wie eine der erfahrenen Kurtisanen, die er sich bei Hofe in sein Bett geholt hatte.

Er stand auf, streckte die Hand aus und forderte mit sanfter Stimme: »Komm her, Jennifer.«

Ihre Knie waren butterweich, aber sie erhob sich und ging zu ihm. Dabei versuchte sie ihr Gewissen zu besänftigen und redete sich ein, sie würde durch diese Tat keine Sünde und keinen Verrat begehen. Sie opferte sich selbst, damit ihre Schwester gerettet wurde, und das war sehr nobel, sogar tugendhaft. In gewisser Weise ähnelte sie, wie Brenna gemeint hatte, tatsächlich Jeanne d'Arc, wenn sie dieses Martyrium auf sich nahm.

Vorsichtig legte sie ihre eiskalte Hand in seine warme und sah zu, wie sich seine langen, sonnengebräunten Finger um die ihren schlossen. Seltsam, aber diese Berührung und sein zwingender Blick beruhigten sie etwas.

Als er sie in die Arme nahm, sie an seinen muskulösen Körper zog und seine Lippen über ihren Mund strichen, verflogen ihre Gewissensbisse von einem Moment zum anderen. Dieser Kuß war ganz anders als die anderen, weil Royce diesmal wußte, wie seine Liebkosungen enden würden. Seine Zunge verschaffte sich mit gottloser Gier Einlaß und tauchte tief in die süße Wärme. Seine Hände glitten rastlos und besitzergreifend über ihren Rücken und ihre prallen Brüste, ehe sie tiefer glitten und ihren Unterleib fest an seine Schenkel preßten. Jennifer spürte, daß sie langsam in einen schwindelerregenden Abgrund der Sinnlichkeit und erwachender Leidenschaft trudelte. Mit einem leisen Stöhnen ergab sie sich – sie schlang die Arme um Royces Hals und klammerte sich hilfesuchend an ihn.

Im Unterbewußtsein bekam sie mit, wie das Kleid von ihr abfiel, dann spürte sie seine Handflächen auf ihren Brüsten und die wachsende Hitze seiner sengenden Küsse. Seine Arme umschlossen sie wie Eisenbänder, hoben sie hoch und wiegten sie sanft, bevor er sie zum Bett trug und vorsichtig auf die kühlen Laken legte.

Plötzlich vermißte sie die Sicherheit seiner Wärme und Berührung, und als sie langsam aus der Benommenheit erwachte, in der sie Zuflucht vor der Wirklichkeit gesucht hatte, fühlte sie, wie kalte Luft ihre Haut streifte. Widerwillig öffnete sie die Augen.

Royce stand neben dem Bett und zog seine Kleider aus. Bange Bewunderung durchzuckte sie. In dem goldenen Schein des Feuers glänzte seine Haut wie Bronze, und die starken Muskeln an seinen Armen, der Brust und den Schenkeln spannten sich an, als er das Band seiner Unterhose löste. Er ist wunderschön, dachte Jenny, prachtvoll. Angst und Verlegenheit schnürten ihr fast die Kehle zu. Sie schluckte und drehte den Kopf zur Seite, und ihre Finger krallten sich in das Laken in dem Bemühen, sich selbst zu bedecken, während er die letzte Hülle fallen ließ.

Die Matratze senkte sich unter seinem Gewicht. Jenny wartete mit abgewandtem Gesicht und fest zusammengekniffenen Augen und wünschte, er würde die Sache schnell und ohne Umschweife hinter sich bringen, ehe sie vollends in die kalte Realität zurückgerissen wurde.

Royce hingegen hatte es nicht so eilig. Er streckte sich neben ihr aus, liebkoste ihr Ohr mit einem federleichten Kuß und schob sanft, aber entschlossen das Laken beiseite. Ihm stockte der Atem, als er ihre vollkommene Schönheit sah. Sein Blick wanderte langsam von ihren üppigen Brüsten mit den rosigen Spitzen zu ihrer schmalen Taille, ihren zart gerundeten Hüften und den langen, wohlgeformten Beinen. Er sah, daß sich ihre samtweiche Haut bei seiner eingehenden Musterung mit einer leichten Röte überzog. Ohne zu überlegen, sprach er seine Gedanken aus. »Weißt du überhaupt, wie schön du bist?« flüsterte er heiser und betrachtete ihr bezauberndes Profil und die rotgoldene Haarflut, die sich großzügig über das weiße Kissen ergoß, »oder wie sehr ich dich begehre?«

Da Jenny ihr Gesicht noch immer abgewandt und die Augen geschlossen hatte, umfaßte er behutsam ihr Kinn und drehte den Kopf zu sich. In samtweichem Ton, in dem sein Verlangen und der Hauch eines sehnsüchtigen Lächelns mitschwang, raunte er: »Mach die Augen auf, Kleines.«

Widerstrebend tat Jenny, was er von ihr verlangte, und starrte in seine verführerischen silbernen Augen, während seine Hand über ihre Wange zum Hals und dann zu ihrer Brust wanderte.

»Hab keine Angst.« Seine Fingerspitzen spielten mit einer Brustwarze. Die tiefe, rauhe Stimme und die aufreizende Berührung seiner geschickten Hände hatten Jenny bereits verzaubert, als er hinzufügte: »Du hast dich die ganze Zeit nicht vor mir gefürchtet, Jenny, und jetzt hast du bestimmt keinen Grund dazu.«

Er streichelte mit der flachen Hand ihre Schulter, und sein Mund senkte sich auf ihren. Schon bei der ersten Berührung seiner Lippen schlugen die Wogen der reinsten Lust über Jenny zusammen. Seine Zunge fuhr die Konturen ihrer Lippen nach und neckte sie so lange, bis sie sich teilten und Jenny seinen gierigen heißen Kuß erwiderte.

»Ja, küß mich«, befahl er, als er Luft holte.

Und Jenny gehorchte. Sie legte die Hand in seinen Nacken, drängte sich an ihn und trieb mit ihm dasselbe erotische Spiel wie er mit ihr. Er ächzte lustvoll, schloß sie in seine Arme und preßte seine steife Männlichkeit an ihre bebenden Schenkel. Durch die Küsse mutiger geworden, strich Jenny mit den Händen vorsichtig über seine Brust und die harten Muskeln seiner Schultern, ließ sie über seinen Hals gleiten und vergrub sie in den dichten dunklen Locken.

Als Royce den Kopf hob, atmete er heftig und schnell. Jenny fühlte sich, als würde sie unter seinen Zärtlichkeiten dahinschmelzen. Verlangen pulsierte bei jedem Herzschlag heiß durch ihre Adern. Sie blickte in seine glänzenden Augen und berührte sein Gesicht mit zitternden Fingern, fuhr die Konturen seiner Wangenknochen, die tiefe Furche in seinem Mundwinkel nach, dann folgte sie der Linie seiner weichen Lippen. Ein süßes Gefühl durchströmte sie warm, schwoll immer mehr an, bis seine Kraft sie zum Zittern brachte und ihre Brust schmerzte, während ihre Fingerspitzen den kantigen Unterkiefer entlang bis hinauf zur Schläfe fuhren. Sie zuckte zusammen, als sie die lange Narbe berührte, die sie selbst verursacht hatte. Überwältigt von nagenden Schuldgefühlen sah sie ihn an und flüsterte zerknirscht: »Es tut mir leid.«

Royce betrachtete die hinreißenden blauen Augen – sein Verlangen war bei ihrer Liebkosung ins Unermeßliche gewachsen, aber er hielt sich zurück. Die unglaubliche Zartheit, mit der sie seine zahlreichen Narben berührte, nahm ihn vollkommen gefangen. Er beobachtete sie und wußte instinktiv, daß sie – anders als die Frauen, mit denen er bis jetzt geschlafen hatte – nicht vor Abscheu schaudern oder, was noch schlimmer wäre, in zitternde Erregung geraten würde, weil er sichtbare Zeichen der Gefahr, in der er ständig lebte, vorzuweisen hatte.

Von dem widerspenstigen Engel in seinen Armen erwartete er etwas anderes, aber auf das, was kam, war er beileibe nicht vorbereitet. Sie berührte seine Verletzungen und näherte sich behutsam der Narbe, die seinem Herzen am nächsten war. Seine Muskeln zogen sich reflexartig zusammen, während er mühsam seine Selbstbeherrschung aufrechterhielt. Als sie schließlich seinem Blick begegnete, schimmerten ungeweinte Tränen in ihren Augen, und ihr schönes Gesicht war bleich. Sie stöhnte gequält und flüsterte: »Lieber Gott, wie sehr sie dich verletzt haben …«

Und bevor er eine rechte Vorstellung davon bekam, was sie damit meinte, strich sie leicht wie ein Schmetterling mit den Lippen über jede Narbe, als versuchte sie, seine Verletzungen zu heilen. Ihre Arme schlossen sich *beschützend* um ihn, und Royce verlor die Kontrolle über sich und seine Empfindungen.

Er schob die Finger in ihr seidenes Haar und rollte sie auf den Rücken. »Jenny«, murmelte er benommen, küßte ihre Augenlider, ihre Wange, die Stirn und die Lippen. »Jenny ...« raunte er wieder und wieder. Der Klang seiner tiefen, ergriffenen Stimme verzückte Jenny ebensosehr wie die Dinge, die er mit ihr tat. Sein Mund wanderte zu ihrer Brust, neckte erst die zarte, rosige Spitze, dann knabberte und saugte er daran, bis Jenny laut keuchte und sich ihm entgegenwölbte. Seine Hand bahnte sich einen Weg über ihre Taille und tiefer zu ihren Schenkeln.

Prompt preßte sie die Beine fest zusammen, und Royce lachte leise. »Nicht, Schätzchen«, raunte er hitzig und tastete vorsichtig über das lockige Dreieck, um sich den ersehnten Zugang zu verschaffen. »Es tut nicht weh.«

Schauder der Lust und der Angst liefen Jenny über den Rücken, aber sie reagierte nur auf seinen drängenden Tonfall. Bewußt zwang sie ihre Beinmuskeln, sich zu entspannen, und im selben Augenblick suchten seine erfahrenen Finger den verheißungsvollen Pfad in ihre feuchte Wärme und spendeten ihr die höchste Wonne, während sie sie auf seine leidenschaftliche Eroberung vorbereiteten.

Jenny hielt sich krampfhaft an ihm fest und vergrub ihr Gesicht an seinem Hals. Ihr ganzer Körper schien in Flammen zu stehen, zu schmelzen und zu fließen, und mit einemmal drang ein tiefer Seufzer aus ihrer Kehle. Gerade als sie dachte, die aufgewühlten Gefühle würden sie zerreißen, kniete sich Royce zwischen ihre Beine.

Jenny machte die Augen auf und sah, daß er sich über sie beugte – der ruhmreiche Krieger, dessen Name gestandene Männer zum Zittern brachte, derselbe Mann, der sie mit stürmischen Zärtlichkeiten und Küssen verführte. Sein Gesicht wirkte hart und düster vor Leidenschaft, und an seiner Schläfe pulsierte eine Ader, während er um Selbstbeherrschung kämpfte.

Er schob die Hände unter ihr Gesäß und hob es an, damit sie ihn empfangen konnte. Sie spürte seine tastende heiße Härte Einlaß begehren und fügte sich so tapfer in ihr Schicksal wie in den vergangenen Wochen, die sie in seiner Gefangenschaft verbracht hatte. Sie schloß die Augen und schlang die Arme fest um den Mann, von dem sie Schmerz und Kummer zu erwarten hatte.

Diese verzweifelte Geste erschütterte Royce noch mehr. Ein Schauer durchfuhr ihn, als sie sich ihm bedingungslos auslieferte und er vorsichtig den pochenden Schaft in ihre unglaubliche Wärme zwängte. Er wußte nicht, wie groß der Schmerz war, den er ihr zufügen würde, aber er wollte alles tun, um ihn zu lindern. Die Leidenschaft, die er in ihr geweckt hatte, machte ihm den Zugang leichter, und er fühlte, wie die seidenweiche Hitze ihn umhüllte und nachgiebiger wurde. Sein Herz hämmerte wild vor Verlangen, als er sich weiter vorwagte, bis er schließlich das hauchdünne Hindernis spürte.

Er zog sich ein wenig zurück, glitt wieder ein Stück vor, und beim nächsten Versuch bereitete er sich darauf vor, die feine Barriere zu durchbrechen. Widerstreitende Gefühle tobten in seinem Inneren – er wünschte sich nichts mehr, als endlich ganz in ihr zu versinken, doch gleichzeitig verabscheute er sich selbst, weil er ihr weh tun mußte. Er nahm sie fest in seine Arme, als könnte er so die Qual auf sich nehmen. Ganz nah an ihrem Mund hauchte er: »Jenny, verzeih mir«, und drang rasch tief in sie ein. Er hörte, daß sie scharf die Luft einsog, und gleichzeitig klammerte sie sich fester an ihn.

Er wartete, bis ihr Schmerz nachließ, dann bewegte er sich behutsam und drang bei jedem neuen Vorstoß ein wenig tiefer in sie ein. Jede Faser seines Körpers war bis zum Äußersten angespannt vor Verlangen, und dennoch bemühte er sich verzweifelt um Zurückhaltung. In größter Lust ließ er die Hüften kreisen, und Jennys leises, genüßliches Stöhnen und ihre kleinen Hände, die seinen Unterleib fest an sich drückten, brachten ihn fast um den Verstand. Seine Stöße wurden kraftvoller, drängender, während sie seinen Rhythmus aufnahm. Er konnte kaum fassen, in welchen Wonnestrudel sie ihn riß – die köstliche Enge umhüllte seinen pochenden Schaft, reizte ihn, und die süße Folter wurde nahezu unerträglich, als sie instinktiv dem uralten Ritual folgte und sich im Gleichklang mit ihm bewegte.

Wogen der höchsten Lust rissen Jenny mit sich, und unbewußt versuchte sie, Royce dieselbe Glückseligkeit zu schenken, die sie von ihm empfing. Je mehr sich der Rhythmus beschleunigte, desto mehr verlor sie sich in dem schwarzen Aufruhr, der sie zutiefst erschütterte. Plötzlich zog sich alles in ihr zusammen, und im nächsten Augenblick zerbarst die Schwärze in tausend glühende Lichter. Welle auf Welle durchströmte sie und spülte sie zu den höchsten Gipfeln der Lust. Ihr krampfartiges Zucken massierte seinen mächtigen Schaft und saugte ihn noch tiefer in die feuchte Höhle. Royce verharrte regungslos, damit sie den Höhepunkt bis zum letzten auskosten konnte. Sein stoßweiser, hitziger Atem streifte ihre gerötete Wange. Er wartete mit wild pochendem Herzen und in kaum erträglicher Spannung, bis sie ruhiger wurde, dann tauchte er tief in sie ein. Unfähig, sich jetzt noch zurückzuhalten, stieß er kraftvoll zu, und seine Attacken wurden immer drängender und schneller, bis er sich heiß und pulsierend in sie ergoß.

Noch immer im Schwebezustand der höchsten Verzückung blieben sie vereint, und erst nach einer atemlosen Ewigkeit rollte sich Royce auf die Seite und zog Jenny mit sich. Erst in diesem Augenblick verflüchtigte sich der Nebel der Benommenheit. Jenny öffnete die Augen, die Schatten im Raum nahmen allmählich wieder Gestalt an. Ein Holzscheit im Kamin fiel krachend um, und helle Funken stoben auf.

Das Bewußtsein, was zwischen ihnen vorgefallen war, durchflutete Jenny mit plötzlicher Klarheit, und obwohl sie noch immer sicher und geborgen in seinen Armen lag, wußte sie, daß sie jenseits dieses flüchtigen Glücks nichts anderes erwartete als Einsamkeit und Schrecken. Was sie auf sich genommen hatte, war keineswegs ein Martyrium, nicht einmal ein edelmütiges Opfer – nicht, wenn sie solche Wonneschauer dabei durchrieselten und sie sich fühlte, als hätte sie den Himmel erobert.

Ihre Wange lag an Royces Brust, sie hörte seinen regelmäßigen Herzschlag und schmerzliche Empfindungen raubten ihr den Atem. Sie hatte hier und heute etwas kennengelernt, etwas Verbotenes und Gefährliches, ein Gefühl, das nicht da sein sollte – nicht da sein *durfte.*

Und trotz ihrer Angst und quälenden Schuldgefühle wünschte sie sich im Moment nichts mehr, als ihn noch einmal mit dieser ergriffenen, heiseren Stimme »Jenny« sagen zu hören ... oder in welchem Tonfall auch immer »ich liebe dich, Jenny«.

Als würde er ihr Bedürfnis, seine Stimme zu hören, erahnen, ergriff er das Wort, aber er sprach weder das aus, wonach sie sich so sehr sehnte, noch rührte seine Stimme ihr Herz so an wie noch vor ein paar Minuten. Ruhig und ausdruckslos fragte er: »Habe ich dir sehr weh getan?«

Sie schüttelte den Kopf, und nach zwei vergeblichen Versuchen brachte sie ein gehauchtes »Nein« zustande.

»Falls doch, dann tut es mir leid.«

»Du hast mir nicht weh getan.«

»Du hättest den Schmerz gespürt, egal, wer dich zum erstenmal genommen hätte.«

Tränen schossen ihr in die Augen, ihre Kehle wurde eng, und sie drehte sich auf die andere Seite. Sie versuchte, sich aus seiner Umarmung zu lösen, aber er hielt sie fest und drückte ihren Rücken an sich.

Egal, wer dich zum erstenmal genommen hätte, hallte es in ihren Ohren wider – das ist etwas ganz anderes als »ich liebe dich«, dachte sie kläglich.

Royce wußte, was ihr auf der Seele brannte. Es war ihm so klar wie die Tatsache, daß es eine Dummheit war, diese Worte auch nur zu denken, geschweige denn auszusprechen. Nicht jetzt, noch nicht ... *nie,* verbesserte er sich selbst, als das Bild der Frau, die er auf höchsten Befehl heiraten sollte, vor seinem geistigen Auge erstand. Er hatte kein schlechtes Gewissen – schließlich war er noch nicht verlobt, es sei denn, Heinrich war ungeduldig geworden und hatte inzwischen höchstpersönlich die Angelegenheit mit Lady Mary Hammel geregelt.

Wahrscheinlich würde ich auch kein schlechtes Gewissen haben, wenn ich verlobt wäre, schoß es ihm durch den Kopf. Er sah Mary Hammels von silberblondem Haar umrahmtes Gesicht vor sich. Mary war leidenschaftlich und hemmungslos im Bett und bebte vor Erregung in seinen Armen. Weshalb sie sich ihm zugewandt hatte, war kein Geheimnis – sie selbst hatte es ihm mit vergnügt blitzenden Augen und mit leiser, vor Verlangen bebender Stimme gestanden: *Du, mein Lieber, verkörperst Kraft, Gewalt und Macht, und für die meisten Frauen ist das das wirksamste Aphrodisiakum.*

Royce starrte in die züngelnden Flammen und fragte sich müßig, ob Heinrich das Verlöbnis besiegelt hatte, ohne seine Rückkehr, die für Ende des Monats geplant war, abzuwarten.

Als kluger und mächtiger Souverän, der sich den Thron erobert hatte, war Heinrich schnell dahintergekommen, daß er den inneren Frieden am besten sichern konnte, wenn er verfeindete Familien durch Eheschließungen vereinte. Royce hingegen war diese Art, politische Probleme zu lösen, zuwider. Aber Heinrich hatte bewiesen, wie erfolgreich seine Methode war, indem er selbst Elizabeth of York, die Tochter des vorigen Königs, geheiratet hatte. Vor einem Jahr hatte er seinem Vorgänger in einer Schlacht, in der sein Gegner gefallen war, den Thron streitig gemacht. Heinrich hatte sogar mehr als einmal beteuert, daß er seine eigene Tochter, wenn sie alt genug wäre, ohne Zögern König Jakob von Schottland zur Frau geben würde, um die Fehde zwischen den beiden Ländern zu beenden. Eine solche Lösung mochte Heinrich zufriedenstellen, aber Royce wünschte sich für sich selbst keine solch unerfreuliche Verbindung. Er wollte eine willfährige, liebevolle Frau, die sein Bett wärmte und seine Festung zierte – in seinem Leben gab es genug

Zwist und Kämpfe, und freiwillig würde er sich nie und nimmer Zank und Streit in sein eigenes Haus holen.

Jennifer unternahm einen erneuten Versuch, ihm zu entkommen, aber noch immer hielt er sie in seiner Umarmung gefangen.

»Darf ich mich jetzt in mein eigenes Zimmer zurückziehen?« fragte sie mit erstickter Stimme.

»Nein«, antwortete er entschieden, »du hast deinen Teil der Abmachung noch nicht vollständig erfüllt. Wir sind noch lange nicht quitt.«

Und als wollte er gleich den Beweis dafür antreten, und um diese willkürliche Auslegung ein wenig abzumildern, drehte er sie zu sich um und küßte sie, bis sie ihm wieder mit derselben ungezügelten Leidenschaft entgegenkam wie beim ersten Mal.

Kapitel elf

Mondlicht sickerte durchs Fenster, als Royce sich im Schlaf auf den Bauch drehte und den Arm nach Jennifer ausstreckte. Seine Hand berührte kühles Leinen, keine warme Haut. Nach einer langen Lebensspanne, in der die Gefahr seine übliche Bettgenossin war, fiel es ihm nicht schwer, in Sekundenschnelle hellwach zu sein. Er riß die Augen auf, rollte auf den Rücken und suchte mit Blicken den ganzen Raum und die im fahlen Licht geisterhaft drohenden Schatten der Möbel ab.

Im nächsten Moment schwang er die Beine aus dem Bett, stand auf und zog sich in Windeseile an. Er verfluchte seine eigene Dummheit, weil er versäumt hatte, Wachen an der Treppe aufzustellen. Aus Gewohnheit griff er nach seinem Dolch, als er zur Tür stürmte – er war wütend auf sich selbst, weil er in dem festen Glauben eingeschlafen war, daß sich Jennifer nicht so liebevoll an ihn schmiegen konnte, nur um ihn zu täuschen und dabei eiskalt ihre Flucht zu planen. Aber Jennifer Merrick war dazu und noch zu sehr viel mehr fähig. Wenn man es genau bedachte, konnte er von Glück sagen, daß sie nicht versucht hatte, ihm die Kehle aufzuschlitzen, bevor sie sich aus dem Staub machte. Er schlug auf die Türklinke, riß die Tür auf und wäre beinahe über seinen zu Tode erschrockenen Knappen gestolpert, der auf einem Strohsack vor der Tür lag.

»Was ist geschehen, Mylord?« fragte Gawin ängstlich, nachdem er sich aufgesetzt hatte.

Eine kaum wahrnehmbare Bewegung vor dem Zimmerfenster – etwas, was von außen an die Scheibe wehte – weckte Royces Aufmerksamkeit.

»Was ist los, Mylord?« Der verdutzte Gawin bekam keine Antwort – die Tür knallte direkt vor seiner Nase zu.

Royce fiel ein Stein vom Herzen, und er machte sich selbst vor, daß er nur so froh war, weil sie ihn nicht dazu gezwungen hatte, wieder eine nächtliche Verfolgungsjagd zu veranstalten. Er öffnete leise die Tür zu dem kleinen Balkon und trat hinaus. Jenny stand an der Brüstung, ihr langes Haar wehte in der leichten Nachtbrise. Sie hatte die Arme um sich geschlungen und starrte in die Ferne. Royce musterte sie aus schmalen Augen, und eine zweite Welle der Erleichterung erfaßte ihn – sie schien nicht in Erwägung zu ziehen, sich von dem Balkon zu stürzen, und sie weinte auch nicht über den Verlust ihrer Jungfräulichkeit. Sie wirkte weder verstört noch verärgert, sondern betrachtete nur gedankenverloren die nächtliche Landschaft.

Jenny war tatsächlich so versunken in ihre Überlegungen, daß sie seine Anwesenheit gar nicht bemerkte. Die besänftigende Liebkosung der für diese Jahreszeit ungewöhnlich milden Luft half ihr, wieder zu Sinnen zu kommen, aber sie fühlte sich dennoch, als wäre die ganze Welt auf den Kopf gestellt. Und Brenna war ganz sicher nicht schuldlos an ihrer Verwirrung. Brenna und ein Daunenkissen waren der Grund dafür, daß Jenny »edelmütig« ihre Unschuld geopfert hatte. Diese ungeheuerliche Erkenntnis hatte sie, bevor sie einschlafen konnte, getroffen wie ein Keulenschlag.

Sie hatte halb dösend ein Gebet für Brennas Gesundheit und eine sichere Reise gemurmelt, als sie spürte, daß eine Feder durch den Leinenbezug ihres eigenen Kissens stach. Plötzlich erinnerte sie sich daran, daß sie Brennas Kissen in dem Wagen aufgeschüttelt hatte – Federn verursachten entsetzliche Hustenanfälle bei Brenna, und gewöhnlich achtete sie sehr genau darauf, daß sie niemals mit Federn in Berührung kam. Offenbar war Brenna in ihrem Zimmer eingeschlafen und von einem dieser Hustenanfälle geweckt worden, aber statt die Kissen sofort aus ihrem Zimmer zu verbannen, hatte sie all ihren Mut zusammengenommen und einen heroischen Entschluß gefaßt. In dem festen Glauben, daß der Earl sie beide freilassen würde, hatte Brenna die grausamen Qualen erduldet und so lange gewartet, bis der Husten so schlimm war, daß man meinen konnte, sie schwebe in Lebensgefahr.

Eine geniale Idee, befand Jenny – dieser raffinierte Trick hätte ihr selbst auch einfallen können –, aber leider sind die Folgen dieser raffinierten List verheerend, dachte sie düster.

Ihre Gedanken schweiften von Brenna und ihrem Gesundheitszustand ab und beschäftigten sich mit der Zukunft, die sie sich für sich selbst erträumt hatte und die jetzt unerreichbarer denn je geworden war.

»Jennifer«, sagte Royce hinter ihr.

Jenny wirbelte herum, und unternahm alle Anstrengungen, sich nicht anmerken zu lassen, welche heftige Wirkung das Timbre seiner tiefen Stimme auf ihr verräterisches Herz ausübte. Warum, fragte sie sich verzweifelt, spüre ich immer noch seine Hände auf meiner Haut, und wieso erinnert mich sein bloßer Anblick so sehr an diese hitzigen Küsse?

»Ich … aber weshalb bist du schon angezogen?« fragte sie erstaunt und war froh, daß sie nach außen hin ruhig bleiben konnte.

»Ich wollte nach dir suchen«, erwiderte er, als er aus dem Schatten trat.

Mit einem Seitenblick auf den funkelnden Dolch in seiner

Hand, erkundigte sie sich: »Und was hast du jetzt, da du mich gefunden hast, mit mir vor?«

»Ich habe ganz vergessen, daß es hier einen Balkon gibt.« Er steckte den Dolch in seinen Gürtel. »Ich dachte, du wärst aus meinem Zimmer geschlüpft.«

»Aber schläft denn dein getreuer Knappe nicht auf der Schwelle?«

»Das stimmt«, bestätigte Royce grinsend.

»Er hat die Angewohnheit, sich, wo auch immer du dich befindest, so auszustrecken, daß er den Eingang blockiert«, führte Jenny aus.

»Auch damit hast du recht.« Royce wunderte sich selbst, daß er nicht vorher nachgedacht und erst alle anderen Möglichkeiten überprüft hatte, ehe er aus seinem Zimmer gerannt war.

Jenny wünschte, er würde sich zufriedengeben und wieder gehen, da er jetzt wußte, wo sie war. Seine Anwesenheit wühlte sie noch stärker auf, dabei wollte sie nichts mehr, als endlich zur Ruhe kommen. Sie wandte sich von ihm ab, um ihm das Signal zu geben, daß sie allein sein wollte, und betrachtete wieder die mondbeschienenen Hügel.

Royce zögerte; er wußte genau, daß sie ihn nicht in ihrer Nähe haben wollte, und trotzdem widerstrebte es ihm, ohne sie ins Zimmer zurückzugehen. Er sagte sich, daß er sich lediglich Sorgen wegen ihrer eigenartigen Stimmung machte und nicht blieb, weil er ihre Gegenwart genoß. Da er ahnte, daß ihr eine Berührung nicht willkommen war, hielt er sich zurück und lehnte sich an die Wand. Jenny hing weiterhin ihren Gedanken nach, und Royce runzelte leicht die Stirn, als er seine Schlußfolgerung, daß sie keine Dummheiten machen und sich aus Kummer das Leben nehmen würde, noch einmal neu überdachte. »Woran hast du gedacht, als ich herauskam?« fragte er.

Jenny zuckte kaum merklich zusammen. Zwei Dinge hatten sie beschäftigt, und über eines davon, nämlich über Brennas genialen Plan und ihre List, konnte sie ganz sicher nicht mit ihm sprechen. »Es war nichts von Bedeutung«, wich sie der Frage aus.

»Sag es mir trotzdem«, beharrte er.

Sie schaute über die Schulter, und ihr Herz machte einen heimtückischen Satz, als sie sah, daß seine breite Brust und das schöne, ernste Gesicht ihr so nahe war. Bereit, über alles zu reden, was sie von seiner beunruhigenden Nähe ablenkte, sagte sie mit einem Seufzer: »Ich erinnere mich daran, wie oft ich in Merrick auf einem solchen Balkon gestanden, über das Moor gesehen und an ein Königreich gedacht habe.«

»An ein Königreich?« wiederholte Royce erstaunt und erleichtert über diesen harmlosen Gedanken.

Sie nickte, und das dichte Haar wippte auf ihrem Rücken auf und ab.

Er mußte sich zwingen, seine Hände nicht in dieser rotgoldenen Mähne zu vergraben und ihr Gesicht zu sich zu drehen.

»An welches Königreich?«

»An mein eigenes.« Sie seufzte wieder. Es war ihr peinlich, davon zu erzählen, und sie kam sich dumm vor. »Ich habe mir mein eigenes Reich erträumt.«

»Armer Jakob«, scherzte er. »Welches Stück des schottischen Königreichs wolltest du für dich beschlagnahmen?«

Sie bedachte ihn mit einem kläglichen Lächeln, und ihre Stimme klang seltsam traurig, als sie erklärte: »Es war kein wirkliches Königreich mit Ländereien und Burgen – es war ein Reich der Träume, in dem alles so war, wie ich es mir wünschte.«

Eine längst vergessen geglaubte Erinnerung flackerte in Royces Gedächtnis auf. Er stützte die Arme auf die Brüstung, faltete locker die Hände und schaute in dieselbe Richtung wie Jenny, ehe er eingestand: »Früher einmal habe ich mir auch ein Reich nach meinen eigenen Vorstellungen ausgemalt. Wie sah deines aus?«

»Da gibt's nur wenig zu sagen«, sagte sie. »In meinem Reich herrschten Wohlstand und Frieden. Gelegentlich wurde auch ein

Kleinbauer schwerkrank, oder ein Unheil bedrohte unsere Sicherheit.«

»In deinem Traumreich gab es Krankheit und Auseinandersetzungen?« fragte Royce erstaunt nach.

»Aber natürlich!« bekannte Jenny mit einem schiefen Lächeln. »Es mußten auch schlimme Ereignisse eintreten, damit ich meinen Leuten zu Hilfe eilen oder jemandem das Leben retten konnte. Hauptsächlich deshalb habe ich mir ja dieses Königreich ausgemalt.«

»Du wolltest die Heldin für dein Volk sein«, stellte Royce fest und schmunzelte – einen solchen Traum konnte er nur allzugut verstehen.

Sie schüttelte den Kopf. »Nein«, widersprach sie mit einem so sehnsüchtigen Unterton, daß Royce rasch wieder ernst wurde. »Ich wollte nur von den Menschen, die ich liebe, wiedergeliebt werden. Ich habe mir so sehr gewünscht, daß alle, die mich kennen, wissen, daß sie sich auf mich verlassen und zu mir aufsehen können.«

»Und das ist alles, was du dir in deinen Träumen vorgestellt hast?«

Sie nickte feierlich. »Deshalb habe ich mein Königreich der Träume erfunden, in dem ich großartige und mutige Taten vollbringen konnte.«

Nicht weit entfernt, auf dem Hügel, wurde für einen kurzen Moment eine Gestalt im Mondschein sichtbar. Zu jeder anderen Zeit hätte Royce diese flüchtige Bewegung dazu veranlaßt, sofort seine Männer loszuschicken und die Gegend absuchen zu lassen. Jetzt jedoch war er von der Liebesnacht und dem Wissen, daß die Schönheit, die neben ihm stand, ihm noch mehr Wonnen bereiten würde, so gefangengenommen, daß sein Verstand gar nicht erfaßte, was seine Augen wahrnahmen. Diese Nacht war voller Wärme und Vertrauen, und Royce wäre gar nicht auf die Idee gekommen, daß in der Nähe höchste Gefahr lauerte.

Er dachte über Jennys verwirrendes Geständnis nach. Die Schotten, selbst die Tiefländer, die mehr nach den feudalen statt nach den Gesetzen der Clans lebten, waren ein Volk, für welches Loyalität das höchste Gut war. Und ob der Clan Jennifers Vater »Earl« oder »den Merrick« nannte – er und seine ganze Familie konnten von den Leuten absolute Unterwerfung und Treue fordern und auch erwarten. Aber wenn sie tatsächlich zu Jenny aufsehen und ihr vertrauen würden, hätte sich das arme Kind dieses wunderbare Traumreich nicht erschaffen müssen.

»Du bist eine tapfere, wunderschöne Frau«, sagte er schließlich, »und eine rechtmäßige Countess. Dein Clan bringt dir sicher die Gefühle entgegen, nach denen du dich so sehnst – wahrscheinlich verehren sie dich mehr, als du denkst.«

Sie löste den Blick von ihm und starrte wieder ins Leere. »In Wirklichkeit«, erwiderte sie ausdruckslos, »halten sie mich für bösartig und wankelmütig.«

»Wie kommen sie auf so absurde Gedanken?« rief Royce verständnislos.

Zu seiner Überraschung verteidigte sie die Treulosen vehement. »Was sollten sie denn sonst von mir denken nach allem, was mein Stiefbruder Alexander ihnen über mich erzählt hat?«

»Was hat er erzählt?«

Sie schauderte, schlang die Arme um sich und stand so da wie vorhin, als er auf den Balkon gekommen war. »Abscheuliche Dinge«, flüsterte sie.

Royce ließ sie nicht aus den Augen und bestand auf einer näheren Erklärung.

Jenny holte bebend Luft, fügte sich jedoch seinem Wunsch. »Er hat mir viele Gemeinheiten angedichtet, aber am schlimmsten war das Lügenmärchen, ich hätte Rebecca ertränkt. Becky und ich waren entfernte Cousinen und gute Freundinnen mit dreizehn Jahren. Ihr Vater – Garrick Carmichael – war Witwer und Becky sein einziges Kind. Er hat sie vergöttert wie wir alle. Sie war so lieb und unglaublich schön – noch schöner als Brenna –, daß man gar nicht anders konnte, als sie gernhaben. Ihr Vater liebte sie so sehr, daß er ihr wenig erlaubte, weil er Angst hatte, ihr könne etwas passieren. Sie durfte nicht einmal in die Nähe des Flusses gehen, denn er fürchtete, sie könnte ins Wasser fallen und ertrinken. Becky beschloß, schwimmen zu lernen, um ihm zu beweisen, daß ihr nichts zustoßen würde. Jeden Morgen schlichen wir zum Fluß, wo ich ihr das Schwimmen beibrachte.

Am Tag bevor sie ertrunken ist, waren wir auf dem Jahrmarkt und gerieten in Streit, weil ich behauptete, einer der Schausteller hätte sie unverschämt und anzüglich angesehen. Becky war aufgebracht und verletzt deswegen und sagte mir, als wir uns trennten, daß ich mir nicht erst die Mühe zu machen brauchte, am nächsten Morgen zum Fluß zu kommen, weil sie meinen Beistand nicht mehr nötig hätte. Ich wußte natürlich, daß sie das nicht ernst meinte – sie konnte noch gar nicht richtig schwimmen. Deshalb ging ich selbstverständlich trotzdem bei Morgengrauen ans Flußufer.«

Jennifers Stimme war zu einem Flüstern abgeflacht. »Als ich ankam, war Becky immer noch wütend auf mich; sie rief mir schon von weitem zu, ich solle sie allein lassen. Ich ging also und befand mich bereits auf dem Hügel und auf dem Weg nach Hause, als ich ein Platschen und Beckys Hilfeschreie hörte. Ich rannte los, aber Becky war nirgendwo zu sehen. Als ich auf halbem Weg war, entdeckte ich ihren Kopf oder vielmehr ihr Haar, das auf der Wasseroberfläche schwamm. Dann rief sie mich wieder und schrie um Hilfe …« Jenny schauderte und rieb sich die Arme. »Die Strömung hatte sie erfaßt. Ich sprang ins Wasser, tauchte unter und versuchte, sie zu finden. Wieder und wieder bin ich getaucht und suchte verzweifelt nach ihr, aber ich … ich sah sie nicht und konnte ihr nicht helfen. Am nächsten Tag wurde Becky gefunden. Sie war ein paar Meilen flußabwärts ans Ufer gespült worden.«

Royce hob beide Hände, ließ sie aber wieder sinken, als er merkte, daß sie um Selbstbeherrschung kämpfte und jede tröstende Geste alles nur noch schlimmer für sie machen würde.

»Es war ein Unfall«, sagte er leise.

Jenny holte tief Luft. »Nicht, wenn man Alexanders Geschichte glaubt. Er muß ganz in der Nähe gewesen sein, weil er überall herumerzählte, er hätte genau gehört, daß Becky meinen Namen gerufen hatte – das stimmte auch, sie schrie wirklich immer wieder meinen Namen, weil sie wollte, daß ich ihr half. Aber Alexander behauptete auch, ich hätte sie im Streit in den Fluß gestoßen.«

»Und wie hat er erklärt, daß deine Kleidung naß war?« wollte Royce wissen.

Jenny stöhnte. »Er sagte, daß ich sie ins Wasser geschubst, ein wenig gewartet und erst *dann* versucht hätte, sie zu retten. Zu diesem Zeitpunkt hatte man Alexander bereits in Kenntnis gesetzt, daß er, nicht ich, die Nachfolge meines Vaters als Laird antreten würde. Aber das genügte ihm nicht – er wollte Schande über mich bringen und mich so weit wie möglich von zu Hause weg wissen. Danach hatte er leichtes Spiel.«

»Inwiefern?«

Ihre schmalen Schultern zuckten. »Er verbreitete noch ein paar kleine teuflische Lügen und verdrehte die Wahrheit. Das Cottage eines Kleinbauern brannte in der Nacht, nachdem ich das Gewicht des Getreidesacks, den er in die Festung brachte, beanstandet hatte. Das und ähnliche Ereignisse nutzte Alexander und schob mir geschickt die Schuld an Unglück und Zerstörung in dic Schuhe.«

Langsam hob sie den Blick und versuchte ein Lächeln. »Siehst du mein Haar?« fragte sie.

Royce betrachtete eingehend die wogenden rotgoldenen Locken, die er seit Wochen bewunderte, und nickte.

»Es hatte früher eine scheußliche Farbe. Jetzt sieht es fast aus wie Beckys. Becky wußte, wie sehr mir ihr Haar gefiel«, fuhr sie mit erstickter Stimme fort, »und ich male mir oft aus, sie hätte es mir überlassen, um mir zu zeigen, daß sie weiß, wie sehr ich mich angestrengt habe, ihr Leben zu retten.«

Royce verspürte einen ungewohnten, schmerzhaften Stich in der Brust, und seine Hand zitterte heftig, als er sie hob, um sie an ihre Wange zu legen, aber Jenny wich der Berührung aus.

Obwohl ihre Augen in Tränen schwammen, brach sie nicht zusammen.

Jetzt endlich verstand Royce, warum dieses junge Mädchen nie während ihrer Gefangenschaft geweint und keinen einzigen Laut von sich gab, als er ihr eine Tracht Prügel verabreichte. Jennifer Merrick hatte alle Tränen in sich verschlossen, und ihr Stolz verbot ihr genauso wie ihre Courage, sich eine Blöße zu geben und ihnen freien Lauf zu lassen. Verglichen mit allem, was sie in ihrem jungen Leben schon erduldet hatte, mußten seine Schläge für sie gar nichts gewesen sein.

Da er nicht wußte, was er sonst tun sollte, ging Royce ins Schlafzimmer zurück, schüttete Wein von einem Krug in einen Kelch und brachte ihn ihr. »Trink das«, forderte er sie bestimmt auf.

Erleichtert stellte er fest, daß sich Jenny bereits wieder in der Gewalt hatte. Ein gewinnendes Lächeln huschte über ihre Lippen, als sie seinen unbeabsichtigt schroffen Ton hörte.

»Mir scheint, Mylord«, sagte sie, »Ihr seid sehr darauf bedacht, mich ständig mit geistigen Getränken zu versorgen.«

»Gewöhnlich habe ich meine eigenen schändlichen Gründe dafür, eine Dame in Rausch zu versetzen«, gab er scherzhaft zurück, und sie kicherte.

Sie nahm einen kleinen Schluck und stellte den Kelch auf die Brüstung, stützte die Ellbogen auf und richtete den Blick wieder in die Ferne. Royce musterte sie schweigend. Ihre Offenbarungen gingen ihm nicht mehr aus dem Kopf, und er verspürte den Drang, sie in ihrer mißlichen Lage zu trösten. »Ich bezweifle, daß es dir gut gefallen hätte, die Verantwortung für deinen Clan zu übernehmen.«

Sie schüttelte den Kopf und entgegnete ruhig: »Ich hätte es *geliebt.* Es gibt so viele Dinge, die verändert werden müßten – Dinge, die einer Frau, aber nicht einem Mann auffallen. In dieser Beziehung habe ich viel von der Äbtissin gelernt. Wir brauchen neue Webstühle – die in England sind viel besser als unsere –, müssen mehr über Ackerbau lernen und beim Getreideanbau eine andere Methode anwenden ... ach, es gäbe so viel, was man anders und viel, viel besser machen könnte.«

Royce war nicht in der Lage, über Webstühle oder Fruchtfolgen auf dem Feld zu diskutieren, deshalb brachte er ein neues Argument vor. »Du kannst nicht dein ganzes Leben lang damit verbringen, deinem Clan zu beweisen, daß du aufrichtig und vertrauenswürdig bist und bei allem, was du tust, nur an das Wohl und Wehe der Leute denkst.«

»Ich kann«, versetzte sie entschlossen. »Ich würde alles, wirklich alles tun, um wieder dazuzugehören. Sie sind mein Volk – ihr Blut fließt in meinen Adern und meins in den ihren.«

»Du solltest die Sache auf sich beruhen lassen und dein Los hinnehmen«, drängte Royce. »Du hast dich da auf eine Herausforderung eingelassen, bei der du kaum einen Sieg erreichen kannst.«

»In den vergangenen Tagen war dieser Sieg eine Zeitlang gar nicht so unwahrscheinlich, wie du denkst«, sagte sie melancholisch. »Jetzt, nach Alexanders Tod, wird William eines Tages Earl, und er ist ein guter, wunderbarer Junge – na ja, eigentlich schon ein Mann ... zwanzig Jahre alt. Er ist zwar nicht so stark wie Alexander war, oder wie Malcolm, aber er ist klug, zuverlässig und gerecht. Er spürt, welch schweren Stand ich im Clan habe, und wenn er einmal Laird ist, würde er alles tun, um die Dinge richtigzustellen. Doch seit heute nacht ist es unmöglich für mich, die Achtung meines Volkes jemals wiederzuerlangen.«

»Was hat die heutige Nacht damit zu tun?«

Jenny sah ihn wie ein waidwundes Reh an, dennoch schlug sie einen ruhigen, sachlichen Ton an. »Heute nacht wurde ich zur Bettgenossin und Verbündeten ihres schlimmsten Feindes – die Mätresse des erbitterten Kriegsgegners meines Volks. In der Vergangenheit haben sie mich wegen Dingen ausgegrenzt, die ich *nicht getan* habe. Jetzt haben sie einen ebenso guten Grund, mich zu verachten, wie ich selbst. Diesmal habe ich etwas Unverzeihliches gemacht. Selbst Gott wird mir nicht vergeben ...«

Die unbestreitbare Wahrheit dieser Überlegungen traf Royce mit mehr Wucht, als er sich selbst eingestehen wollte. Er hatte sie gezwungen, seine Bettgenossin zu werden –, aber seine Schuldgefühle wurden durch das Wissen gemildert, daß das Leben, das sie verloren hatte, keineswegs schön und lebenswert gewesen war. Er umfaßte ihre Schultern und drehte sie zu sich um, dann legte er einen Finger unter ihr Kinn und zwang sie, seinem Blick zu begegnen. Selbst jetzt, da er sich um sie sorgte und grenzenloses Mitleid empfand, reagierte er heftig auf ihre Nähe und fühlte schon bei dieser unschuldigen Berührung das Verlangen in seinen Lenden.

»Jennifer«, sagte er bestimmt, »ich wußte nicht, wie die Dinge zwischen dir und deinem Clan stehen, aber ich habe dich heute nacht zu meiner Geliebten gemacht, und daran kann niemand mehr etwas ändern.«

»Aber wenn du etwas ändern oder rückgängig machen könntest, würdest du es dann tun?« fragte sie mit einem rebellischen Blick.

Royce betrachtete diese ungeheuer reizvolle Frau, die seinen Körper in diesem Augenblick entflammte. Ehrlich antwortete er: »Nein.«

»Dann mach dir auch nicht die Mühe, zerknirscht und reuevoll auszusehen«, versetzte sie scharf.

Seine Lippen kräuselten sich zu einem spöttischen Grinsen, während er seine Hand über ihre Wange zum Nacken gleiten ließ. »Sehe ich zerknirscht aus? Ich empfinde keine Reue. Ich bedauere nur, daß ich deine Lage verschlimmert habe, aber ich bereue keineswegs, daß ich dich vor einer Stunde in meinen Armen gehalten habe und dich in ein paar Minuten wieder in den Armen halten werde.« Sie funkelte ihn böse an, um ihn für diese Arroganz zu bestrafen, aber Royce redete unbeirrt weiter: »Ich glaube nicht an deinen Gott und auch an keinen anderen, aber ich habe mir von denjenigen, die glauben können, sagen lassen, daß dein Gott gerecht und gütig ist. Wenn das zutrifft, wird er dir an dem, was geschehen ist, keine Schuld geben. Du hast unserem Handel nur zugestimmt, weil du um das Leben deiner Schwester fürchten mußtest. Du hast es nicht gewollt, mußtest dich aber meinen Wünschen fügen. Und was in meinem Bett zwischen uns vorgefallen ist, fand auch gegen deinen Willen statt, stimmt's nicht?«

Sobald die Frage formuliert war, hätte sich Royce am liebsten auf die Zunge gebissen. Das brachte ihn vollkommen durcheinander. Obwohl er darauf wartete, daß Jenny ihm versicherte, ihr Gott könne sie wegen der heutigen Verfehlung nicht verdammen, hoffte er gleichzeitig, sie würde nicht leugnen, daß sie etwas bei ihrem Liebesspiel empfunden hatte und daß sie ihn genausosehr begehrte wie er sie. Plötzlich verspürte er den unwiderstehlichen Drang, ihre Aufrichtigkeit und seine Menschenkenntnis auf die Probe zu stellen, und beharrte. »Habe ich nicht recht? Dein Gott wird dir nichts vorwerfen, weil du dich mir unfreiwillig hingegeben hast.«

»Nein!« brach es aus ihr heraus. Sie wirkte beschämt und hilflos zugleich.

»Nein?« wiederholte Royce, und dabei fiel ihm ein riesiger Stein vom Herzen. »Habe ich mich getäuscht?« hakte er leise, aber drängend nach. »Verrate mir, worin ich mich geirrt habe.«

Nicht sein Befehlston, sondern die Erinnerung an seine unglaublichen Zärtlichkeiten und seine Leidenschaft, an sein Mitgefühl und Bedauern, als er ihr Schmerzen bereiten mußte, an seine geflüsterten Worte und seine rauhen, heftigen Atemzüge, als er sein Verlangen um ihretwillen gezügelt hatte, entlockten ihr eine Antwort. Zusätzlich dachte sie an ihre eigene brennende Sehnsucht, ihn in sich zu spüren und ihm dieselbe köstliche Lust zu schenken, die er ihr mit seinen Zärtlichkeiten bereitet hatte.

Sie öffnete den Mund und wollte ihn eigentlich genauso vernichten, wie er ihre Hoffnung auf zukünftiges Glück vernichtet hatte, aber ihr Gewissen machte ihr einen Strich durch die Rechnung. Die harschen Worte blieben ihr in der Kehle stecken – sie hatte in seinen Armen die höchste Verzückung erlebt und keine

Schmach, und sie brachte es nicht fertig, ihn zu belügen.
»Ich bin nicht aus freiem Willen in dein Bett gekrochen«, bestätigte sie kaum hörbar. Sie riß den Blick von ihm los, wandte das Gesicht ab und fügte noch leiser hinzu: »Aber als ich einmal bei dir war, wollte ich dich auch nicht mehr verlassen.«

Jenny sah das Lächeln nicht, das sein Gesicht erhellte, doch sie fühlte die neuerwachte Zärtlichkeit, als er sie in die Arme nahm, sie fest an sich drückte und ihren Mund mit einer Leidenschaft in Besitz nahm, die ihr den Atem raubte.

Kapitel zwölf

»Wir bekommen Besuch«, verkündete Godfrey lauthals. Er stapfte in die Halle und sah die Ritter, die sich zum Mittagsmahl um den Tisch versammelt hatten, stirnrunzelnd an. Sie hielten alle mitten in der Bewegung inne und schauten gespannt zu ihm herüber. »Eine große Truppe mit dem Banner des Königs reitet auf diese Festung zu«, erklärte er. »Es sind zu viele, um gewöhnliche Kuriere zu sein. Lionel hat sie kurz auf der Straße gesehen. Er glaubt, Graverley unter ihnen erkannt zu haben.« Sein Blick wurde noch düsterer und ernster, als er die erhöhte Stirnseite des Tischs ins Auge faßte. »Wo ist Royce?«

»Er macht einen Spaziergang mit unserer Geisel«, antwortete Eustace finster. »Ich weiß nicht genau, wo die beiden hingegangen sind.«

»Ich weiß es«, meldete sich Arik mit donnernder Stimme zu Wort. »Ich gehe hin.«

Er stand augenblicklich auf und verließ mit weitausgreifenden, festen Schritten die Halle. Er benahm sich genau wie sonst, nur die steinerne, reservierte Miene, die sein zerfurchtes Gesicht sonst immer kennzeichnete, hatte einem besorgten Ausdruck Platz gemacht. Die steilen Falten zwischen seinen blaßblauen Augen waren tiefer als gewöhnlich.

Jennys silberhelles Gelächter wurde von einer Bö wie Glockengeläut über die Lichtung getragen. Royce grinste breit, als sie sich hilflos auf den Baumstamm neben ihn fallen ließ. Ihre Schultern bebten vor Lachen, und ihre Wangen waren blaßrosa gefärbt und hatten fast dieselbe Farbe wie das entzückende Kleid, das sie trug. »Ich … ich glaube dir kein einziges Wort«, keuchte sie und wischte sich die Lachtränen aus den Augen. »Du hast die Geschichte gerade erst erfunden.«

»Möglich«, räumte er ein, streckte die langen Beine aus und fiel in ihr ansteckendes Lachen ein.

An diesem Morgen war sie in seinem Bett aufgewacht, als die Diener hereinkamen, und es war schmerzlich, ihre Verlegenheit über die kompromittierende Situation mit anzusehen. Sie war seine Geliebte geworden und überzeugt, daß sich das in Windeseile in der ganzen Burg herumsprechen und alle darüber klatschen würden. Das stimmte natürlich. Royce hatte lange überlegt, ob er sie mit Lügen besänftigen oder versuchen sollte, sie für ein paar Stunden aus der Burg wegzubringen, damit sie auf andere Gedanken kommen und sich entspannen konnte. Es war ein weiser Entschluß, dachte er jetzt, als er ihre blitzenden Augen und ihr strahlendes Gesicht sah.

»Du mußt mich für beschränkt halten, wenn du glaubst, daß du mir solche Märchen auftischen kannst und ich sie auch noch glaube«, schimpfte sie und bemühte sich um einen strengen Blick – ohne Erfolg.

Royce lächelte, schüttelte jedoch den Kopf und wehrte sich gegen beide Anschuldigungen. »Nein, Madam, Ihr irrt Euch auf der ganzen Linie.«

»Auf der ganzen Linie?« wiederholte Jenny spöttisch. »Was meinst du damit?«

Royces Lächeln wurde breiter, während er erklärte: »Ich habe dir kein Märchen erzählt, und ich glaube auch nicht, daß du leicht hinters Licht zu führen bist.« Er machte eine Pause, aber als sie nichts erwiderte, sagte er schlicht: »Das war ein Kompliment.«

»Oh«, machte Jenny erstaunt. »Danke«, setzte sie unsicher hinzu.

»Ich halte dich ganz und gar nicht für beschränkt – im Gegenteil, ich finde sogar, daß du eine äußerst gescheite Frau bist.«

»Danke«, erwiderte Jenny prompt.

»Das war *kein* Kompliment«, stellte Royce klar.

Jenny warf ihm einen mißmutigen Blick zu, der eine Erklärung forderte.

Royce reagierte, indem er ihre Wange mit dem Zeigefinger berührte und über die weiche Haut strich. »Wenn du nicht so klug wärst, würdest du nicht ständig darüber nachdenken, welche Folgen die letzte Nacht für dich haben könnte, sondern dich mit deiner Stellung abfinden und die Vorteile, die sie mit sich bringt, nutzen.« Sein vielsagender Blick richtete sich auf die Perlenkette. Heute morgen hatte er, nachdem er ihr ein ganzes Kästchen mit Schmuck und Edelsteinen geschenkt hatte, darauf bestanden, daß sie die Perlen um den Hals legte.

Jennys Augen wurden kugelrund vor Entrüstung, doch Royce fuhr mit unerschütterlicher, männlicher Logik fort: »Wärst du eine weniger gescheite Frau, würdest du dir lediglich Gedanken über Dinge machen, die Frauen normalerweise interessieren wie zum Beispiel Kleidermode, Haushaltsführung und Kindererziehung. Du würdest dich nicht mit Überlegungen über Loyalität und Vaterlandsliebe quälen.«

Jenny starrte ihn fassungslos an. »Ich würde mich mit meiner Stellung ›abfinden‹?« wiederholte sie ärgerlich. »Ich habe keine ›Stellung‹, wie Ihr es so freundlich ausdrückt, Mylord. Ich lebe mit einem Mann in Sünde und handle den Wünschen meiner Familie, meines Landes und Gottes des Allmächtigen zuwider. Und außerdem«, fügte sie hinzu und steigerte sich dabei immer mehr in ihre Wut, »ist es für dich vielleicht schön und gut, den Vorschlag zu machen, daß ich mich nur mit Angelegenheiten wie Haushaltsführung und Kindererziehung beschäftigen soll, aber *du* bist ja derjenige, der mir die Möglichkeit, je einen Haushalt zu führen und Kinder großzuziehen, genommen hat. Deine

Frau wird sich um dein Heim kümmern und mir zweifellos mein Leben zur Hölle machen, wenn sie die Gelegenheit dazu hat, und ...«

»Jennifer«, fiel ihr Royce ins Wort und verbiß sich ein Lächeln, »wie du sehr wohl weißt, habe ich keine Frau.« Er erkannte, daß vieles von dem, was sie sagte, nicht von der Hand zu weisen war, aber sie sah so bezaubernd aus mit ihren funkelnden blauen Augen und dem verlockenden Mund, daß er Mühe hatte, sich auf das Gespräch zu konzentrieren. Am liebsten hätte er sie in seine Arme genommen und gestreichelt wie ein kleines Kätzchen.

»Du hast *noch* keine Frau«, wandte Jenny bitter ein, »aber eines Tages wirst du dir eine aussuchen – eine Engländerin«, stieß sie hervor. »Eine Engländerin, in deren Adern kein Blut, sondern Eiswasser fließt, die Haare wie eine Maus und eine spitze Nase hat, die knallrot ist und meistens tropft ...«

Seine Schultern bebten vor Lachen, aber er gab keinen Laut von sich, und hob nur abwehrend die Hände in die Höhe. »Haare wie eine Maus?« wiederholte er. »Etwas Besseres würde ich nicht finden? Bis vor kurzem dachte ich, ich würde für blonde Frauen mit großen grünen Augen schwärmen ...«

»Und mit breiten rosafarbenen Lippen und großen ...« Jenny war so wütend, daß sie tatsächlich die Hände vor ihre Brüste hielt, aber als ihr bewußt wurde, was ihr auf der Zunge lag, verstummte sie beschämt.

»Ja?« hakte Royce belustigt nach. »Große was?«

»Ohren!« fauchte sie fuchsteufelswild. »Aber egal, wie sie aussieht, Tatsache ist, daß sie mir das Leben zur Hölle machen wird.«

Unfähig, sich noch länger zurückzuhalten, beugte sich Royce vor und liebkoste ihren Hals. »Ich mache dir ein Angebot«, flüsterte er und küßte ihr Ohr. »Wir suchen eine Frau aus, die wir *beide* mögen.« In diesem Augenblick wurde ihm erst richtig klar, wie vernarrt er in Jenny war – so sehr, daß sein Gehirn vernebelt zu sein schien. Er konnte nicht heiraten und

Jenny trotzdem bei sich behalten, das wußte er. Auch wenn er sie damit aufzog und neckte, war er nicht gefühllos genug, Mary Hammel – oder eine andere – zu seiner Frau zu machen und Jenny dazu zu verdammen, ein würdeloses Dasein als seine Mätresse zu ertragen. Gestern hätte er das noch in Betracht gezogen, aber jetzt nicht mehr, nicht nach dieser Nacht und seit er begriffen hatte, wieviel Leid sie schon in ihrem jungen Leben erduldet hatte.

Auch jetzt noch scheute er vor dem Gedanken zurück, wie ihre »geliebten« Clansmänner sie behandelten, wenn sie nach ihrer Rückkehr erfuhren, daß sie mit ihrem Erzfeind das Bett geteilt hatte.

Eine Alternative zu einer »Dreierbeziehung« war, unverheiratet, kinderlos und somit ohne Erben zu bleiben, doch das war eine schreckliche Vorstellung für Royce. Die einzige andere Möglichkeit – eine Hochzeit mit Jennifer Merrick – kam nicht in Frage. Sie zu heiraten würde nicht nur bedeuten, sich eingeschworene Feinde in die Familie zu holen, sondern auch, eine Frau zu haben, deren uneingeschränkte Loyalität diesen Feinden galt. Mit so einer Ehe würde er sich nur das Schlachtfeld in seine eigene Halle holen, die eigentlich ein Ort des Friedens und der Harmonie sein sollte. Daß ihm ihre unschuldige Leidenschaft und bedingungslose Selbstaufgabe in der vergangenen Nacht grenzenloses Vergnügen bereitet hatte, war kein ausreichender Grund, sich auf ein Leben voller Streit und Auseinandersetzungen einzulassen. Auf der anderen Seite war sie die einzige Frau, die *ihn* und nicht die *Legende* umarmt hatte. Außerdem hatte sie ihn zum Lachen gebracht wie keine andere Frau zuvor. Sie hatte Verstand, Mut und ein Gesicht, das ihn immer wieder bezauberte, und sie entwaffnete ihn mit ihrer Offenheit und Ehrlichkeit.

Selbst jetzt noch erinnerte er sich deutlich, wie sich sein Herz zusammengezogen hatte, als sie der Aufrichtigkeit den Vorzug über den Stolz gegeben und im gestanden hatte, daß sie ihn nicht mehr hatte verlassen wollen, als sie in seinen Armen lag. So etwas war selten, besonders bei einer Frau. Das hieß, daß man sich auf ihr Wort verlassen konnte.

Natürlich waren all diese Dinge kein Grund für ihn, seine sorgfältig geplante Zukunft aufs Spiel zu setzen. Andererseits gab es auch keine großen Anreize, auf die er nur schwer hätte verzichten können.

Royce sah auf, als die Wachen auf der Burgmauer einen einzigen langen Fanfarenton ausstießen und so nicht feindlich gesinnte Besucher ankündigten.

»Was hat das zu bedeuten?« fragte Jenny erschrocken.

»Wahrscheinlich sind Kuriere von Heinrich in Sicht«, meinte Royce, während er sich auf die Ellbogen stützte und verträumt in die Sonne blinzelte. Wenn das zutrifft, sind sie früher dran als erwartet, dachte er träge. »Wer auch immer auf die Festung zureitet, er kommt in friedlicher Absicht.«

»Weiß der englische König, daß du mich gefangengenommen hast?«

»Ja.« Obwohl ihm die Wendung des Gesprächs nicht gefiel, verstand er ihre Sorge um ihr Schicksal. »Ich habe ihm, ein paar Tage nachdem du ins Lager gekommen bist, zusammen mit meinen monatlichen Berichten eine Nachricht überbringen lassen.«

»Werde ich –« sie atmete tief durch –, »werde ich an einen anderen Ort geschickt? Oder vielleicht in ein Verlies gesperrt?«

»Nein«, versicherte Royce schnell. »Du bleibst in meiner Obhut. Wenigstens vorerst«, setzte er vage hinzu.

»Und wenn Heinrich etwas anderes mit mir im Sinn hat und dir befiehlt …«

»Das wird er nicht tun«, erwiderte Royce entschieden und spähte über die Schulter. »Heinrich kümmert sich nicht darum, wie ich die Siege für ihn erringe. Wenn dein Vater die Waffen niederlegt und sich meiner Streitkraft ergibt, weil du meine Geisel bist, dann wäre das der beste aller Siege – einer ohne Blutvergießen.« Da er merkte, daß sie bei diesem Thema unruhig wurde, lenkte er sie mit einer Frage ab, die ihm schon den ganzen Vormittag im Kopf herumspukte. »Als dein Stiefbruder anfing, den Clan gegen dich aufzuhetzen, warum hast du deinen Vater nicht auf diese Verleumdungen aufmerksam gemacht, statt dich in dein Traumreich zu flüchten? Dein Vater ist ein mächtiger Lord, er hätte dieses Problem auf die gleiche Art aus der Welt schaffen können, wie ich es tun würde.«

»Und wie würdest du es aus der Welt schaffen?« erkundigte sie sich in ungewollt schneidendem Tonfall und mit einem kleinen schiefen Lächeln, das ihn immer verlockte, sie in die Arme zu nehmen und es mit einem Kuß auszulöschen.

Schärfer, als er beabsichtigte, entgegnete Royce: »Ich hätte die Männer zusammengerufen und ihnen befohlen, von den Verdächtigungen gegen dich Abstand zu nehmen.«

»Du sprichst wie ein Krieger, nicht wie ein Lord«, stellte sie fest. »Du kannst niemandem ›befehlen‹, was er denken soll, du kannst die Menschen nur so sehr in Angst und Schrecken versetzen, daß sie sich verkriechen und ihre Gedanken für sich behalten.«

»Und was hat dein Vater unternommen?« fragte er kühl zurück.

»Damals, als Becky ertrunken ist, hat er in einer Schlacht gegen *dich* gekämpft, soweit ich mich entsinne.«

»Und als er nach Hause kam – aus dem Krieg gegen meine Armee«, setzte er mit einem verzerrten Lächeln hinzu, »was hat er da getan?«

»Zu dieser Zeit waren schon alle möglichen Lügengeschichten über mich in Umlauf, aber Vater hielt alles für übertrieben, als ich ihm davon erzählte, und dachte, die Gerüchte würden bald verstummen. Du mußt verstehen«, fuhr sie fort, als sie sah, daß Royce mißbilligend die Stirn runzelte, »mein Vater mißt dem, was er ›Frauenangelegenheiten‹ nennt, keine große Bedeutung bei. Er liebt mich sehr«, versicherte sie mit mehr Loyalität als Vernunft, wie Royce fand, wenn er daran dachte, daß Merrick diesen gräßlichen Balder als zukünftigen Ehemann für Jennifer ins Auge gefaßt hatte. »Aber für ihn sind Frauen ... na ja, eben nicht so wichtig in der Welt wie Männer. Er hat meine

Stiefmutter geheiratet, weil wir entfernt miteinander verwandt sind und weil sie drei gesunde Söhne hatte.«

»Er zieht es also vor, seinen Titel entfernten Verwandten zu vererben«, stellte Royce mit kaum verhohlenem Abscheu fest, »statt ihn an dich und später hoffentlich an einen Enkel weiterzugeben, ist das richtig?«

»Der Clan bedeutet ihm alles, und so sollte es auch sein«, verteidigte sie ihren Vater vehement. »Er glaubt nicht daran, daß ich – als Frau – in der Lage bin, mir die Treue der Männer zu erhalten oder sie anzuführen. Er hätte seine Zweifel, selbst wenn König Jakob ihm die Erlaubnis geben würde, mir den Titel zu vererben. Und diese Erlaubnis zu erhalten wäre schwierig gewesen.«

»Hat er sich überhaupt die Mühe gemacht, Jakob eine diesbezügliche Bittschrift zu senden?«

»Nein. Aber wie ich schon sagte, mein Vater hat nicht an mir persönlich gezweifelt – er meint nur, daß eine Frau für andere Dinge bestimmt ist.«

Oder für andere Zwecke, dachte Royce ärgerlich, weil Jennifer so schlecht behandelt worden war.

»Du kannst meinen Vater vielleicht nicht verstehen, aber nur weil du ihn nicht kennst. Er ist ein großartiger Mann, und unser Volk steht genauso hinter ihm wie ich. Wir alle würden unser Leben für ihn geben, wenn wir ...« Für einen Moment dachte Jenny, sie hätte den Verstand verloren oder zumindest ihre Sehkraft – zwischen den Bäumen stand William. Er sah Jenny an und preßte den Zeigefinger an die Lippen, um ihr zu signalisieren, daß sie keinen Laut von sich geben durfte, der ihn verraten könnte. »... wenn wir dazu aufgefordert würden«, hauchte sie schließlich.

Royce fiel ihre plötzliche Atemlosigkeit nicht auf. Ihm machte eine widersinnige Eifersucht auf ihren Vater, dem ihre blinde, völlige Ergebenheit galt, schwer zu schaffen.

Jenny kniff die Augen zu, dann öffnete sie sie wieder und spähte noch intensiver in den Wald. William hatte sich in den

Schatten der Bäume gedrückt, aber sie konnte noch ein Stück von seiner grünen Jacke sehen. William war hier! Er war gekommen, um sie zu holen! Freude und Erleichterung sprengten ihr beinahe die Brust.

»Jennifer –« Royce Westmorelands tiefe Stimme klang ernst, und Jenny wandte den Blick von der Stelle ab, an der William kurz vorher noch gestanden hatte.

»J-ja«, stotterte sie. Sie fürchtete, daß jeden Augenblick, die ganze Streitmacht ihres Vaters aus dem Dickicht stürmen und Royce an Ort und Stelle niedermetzeln würde. *Sie könnten ihn töten!* Dieser Gedanke verursachte ihr Übelkeit. Sie sprang auf die Füße, von dem Drang besessen, Royce so schnell wie möglich von den Bäumen wegzubringen, und gleichzeitig wollte sie nichts lieber, als selbst in den Wald zu ihrem Stiefbruder zu rennen.

Royces Blick verfinsterte sich, als er ihr blasses Gesicht sah. »Was ist los? Du bist …«

»Rastlos«, sprudelte sie hervor. »Ich muß ein wenig spazierengehen. Ich …«

Royce erhob sich und war drauf und dran, sie zu fragen, was diese plötzliche Unruhe verursacht hatte, als er Arik auf dem Abhang des Hügels entdeckte. »Ich möchte dir etwas sagen, bevor Arik bei uns ankommt«, begann er.

Jenny wirbelte herum und erstarrte, als sie den riesigen Arik mit großen Schritten auf sie zukommen sah. Dennoch empfand sie auch Erleichterung – wenigstens würde Royce nicht ohne einen Freund, der an seiner Seite kämpfte, sterben. Aber wenn es zum Kampf kam, könnte auch ihr Vater oder William oder einer der Clansmänner umkommen!

»Jennifer –« sagte Royce wieder, und in seiner Stimme schwang ein ärgerlicher Unterton mit, weil sie im Moment kein Interesse an ihm zeigte.

Jenny gelang es irgendwie, ihn aufmerksam anzusehen. »Ja?« Wenn die Männer ihres Vaters vorgehabt hätten, Royce anzugreifen, wären sie bestimmt schon aus dem Wald gelaufen.

Er war nie verletzbarer gewesen als in diesem Moment. Aber nichts rührte sich. Das muß bedeuten, daß William allein ist und Arik gesehen hat, dachte sie aufgeregt. Wenn das zutraf – und das hoffte sie von ganzem Herzen –, dann brauchte sie nichts anderes zu tun, als ruhig zu bleiben und später eine Ausrede zu finden, die ihr ermöglichte, hierher zurückzukommen.

»Niemand wird dich in ein Verlies sperren«, sagte Royce fest. Sie sah in seine unwiderstehlichen grauen Augen, und plötzlich wurde ihr bewußt, daß sie ihn bald verlassen würde – vielleicht schon in der nächsten Stunde –, und diese Erkenntnis traf sie wie ein Blitz. Er hatte sie nach der Entführung festgehalten, das stimmte, aber er hatte ihr nie die Gemeinheiten angetan, die jeder andere Entführer für sie parat gehabt hätte. Darüber hinaus war er der einzige Mann, der sie für ihren Mut bewunderte, statt ihren Eigensinn zu verfluchen. Sie hatte den Tod seines wertvollen Hengstes verschuldet, ihn mit dem Dolch verletzt und mit ihrer Flucht überlistet und zum Narren gemacht. Wenn man all das in Betracht zog, dann mußte man zugeben, daß er sie mit mehr Galanterie – seiner Art von Galanterie – behandelt hatte, als es ein Höfling getan hätte. Wenn die Dinge zwischen ihren Familien und ihren Ländern anders stünden, könnten sie und Royce Westmoreland gute Freunde sein. Freunde? Er war bereits jetzt schon sehr viel mehr als nur ein Freund – er war ihr Geliebter.

»Es … es tut mir leid«, sagte Jenny mit erstickter Stimme, »ich war mit den Gedanken ganz woanders. Was hast du gesagt?«

»Ich sagte«, wiederholte er besorgt wegen ihrer ängstlichen Miene, »daß kein Mensch vorhat, dich in ein Verlies zu sperren. Du darfst nicht glauben, daß du in irgendeiner Gefahr schwebst. Bis der Zeitpunkt kommt, an dem ich dich nach Hause schicken kann, stehst du unter meinem Schutz.«

Jenny nickte und schluckte schwer. »Ja. Ich danke dir«, flüsterte sie ergriffen.

Er deutete ihre Stimmung als Dankbarkeit und lächelte träge.

»Würde es dir etwas ausmachen, mir deine Dankbarkeit mit einem Kuß zu beweisen?« flüsterte er, und zu seiner Freude mußte Jenny nicht lange überredet werden. Sie schlang die Arme um seinen Hals und küßte ihn glühend. Dieser Kuß war ein Abschied und der Ausdruck von Angst. Ihre Hände wanderten über die Muskeln an seinem Rücken, und unbewußt versuchte sie, sich seine Konturen einzuprägen, dann drückte sie ihn dicht an sich.

Als sie schließlich den Kopf hob, sah Royce auf sie herunter. »Mein Gott«, flüsterte er und wollte sie wieder küssen, aber dann fiel sein Blick auf Arik. »Verdammt, Arik ist hier.« Er nahm Jennys Arm und führte sie zu dem Ritter, doch Arik zog Royce sofort beiseite und erzählte ihm leise von dem unerwarteten Besuch.

Nachdem Royce die unerfreuliche Nachricht von Graverleys Ankunft einigermaßen verdaut hatte, drehte er sich zu Jenny um. »Wir müssen zurückgehen«, begann er, aber ihr tieftrauriger Gesichtsausdruck rührte an sein Herz. Heute morgen, als er ihr angeboten hatte, einen Spaziergang im Freien zu machen, war sie aufgeblüht wie eine Rose. »Ich mußte mich so lange in einem Zelt oder einem geschlossenen Raum aufhalten«, hatte sie gesagt, »daß mir schon allein der Gedanke, auf einem Hügel zu sitzen, wie ein Geschenk des Himmels vorkommt.«

Es war nicht zu übersehen, daß ihr der Aufenthalt hier draußen gutgetan hatte. Royce erinnerte sich an ihren brennenden Kuß und überlegte, ob es Wahnsinn wäre, wenn er ihr erlauben würde, allein hierzubleiben. Sie war zu Fuß hier und hatte keine Möglichkeit, sich ein Pferd zu besorgen, außerdem war sie schlau genug, um zu wissen, daß sie die fünftausend Männer, die rund um die Festung lagerten, ziemlich schnell aufspüren würden, wenn sie versuchte zu fliehen. Zudem konnte er die Wachen auf der Burgmauer darauf hinweisen, daß sie ein Auge auf sie haben sollten.

Er hatte noch den Geschmack ihres Kusses auf den Lippen und rief sich ins Gedächtnis, daß sie vor Tagen auch nicht versucht hatte, aus dem Lager zu entkommen, als er auf sie zuging. »Jennifer, wenn ich dir gestatte, hier draußen zu bleiben, kann ich mich dann darauf verlassen, daß du nicht von diesem Ort weggehst?« fragte er ernst.

Noch immer zweifelte er an der Klugheit seines Entschlusses, doch ihr freudestrahlendes Gesicht war Lohn genug für seine Großzügigkeit.

»Ja!« rief sie fassungslos über diese unerwartet glückliche Fügung.

Das Lächeln, das sich auf seinem schönen, bronzefarbenen Gesicht ausbreitete, verlieh ihm beinahe etwas Jungenhaftes. »Ich bleibe nicht lange weg«, versprach er.

Sie sah ihm und Arik nach und merkte sich jede Einzelheit seines Äußeren ganz genau – seine breiten Schultern unter der braunen Jacke, den braunen Gürtel, der seine schmale Taille umspannte, die Hose, die seine Muskeln an den Schenkeln betonte, und die hohen Stiefel. Auf halbem Weg blieb er noch einmal stehen und drehte sich zu ihr um. Er hob den Kopf und musterte mit zusammengezogenen Augenbrauen den Waldrand, als würde er die Gefahr erahnen, die dort lauerte. Jenny erschrak. Und damit er nicht auf die Idee kam, umzukehren, tat sie das erste, was ihr in den Sinn kam: Sie hob die Hand, winkte, um seine Aufmerksamkcit auf sich zu ziehen, und lächelte, dann berührte sie mit den Fingern ihre Lippen – eine unbeabsichtigte Geste, um einen Entsetzensschrei zu unterdrücken. Auf Royce machte es jedoch den Eindruck, als würde sie ihm einen Kuß zuhauchen. Mit einem erfreuten Grinsen hob er die Hand, um sich von Jennifer zu verabschieden. Arik an seiner Seite sagte etwas, und Royce wandte sich ihm zu, kehrte Jennifer und dem Wald den Rücken und ging mit raschen Schritten den Hügel hinunter, aber den Kuß und seine eigene freudige Reaktion darauf konnte er nicht so schnell vergessen.

»Jennifer!« Williams leise, drängende Stimme versetzte Jenny in äußerste Spannung. Am liebsten wäre sie sofort zu ihm gelaufen, aber sie blieb vorsichtig und huschte nicht zu den hinter ihr stehenden Bäumen – nicht ehe der Earl durch den versteckten Eingang in der Burgmauer von Hardin verschwunden war. Sobald er sich außer Sichtweite befand, wirbelte sie herum und wäre fast gestolpert, als sie hastig den kleinen Abhang hinaufrannte und sich hastig einen Weg durch das Gebüsch bahnte. Dabei sah sie sich ständig nach ihren Rettern um.

»William, wo …?« begann sie. Im nächsten Augenblick unterdrückte sie einen Schrei, als starke, sehnige Arme sie von hinten umfaßten, hochhoben und sie tiefer unter die alten Eichen trugen.

»Jennifer«, flüsterte William rauh – sein geliebtes Gesicht war nur wenige Zentimeter von dem ihren entfernt. Seine Miene drückte Mitleid und Besorgnis aus. »Mein armes Mädchen«, raunte er und betrachtete sie forschend. Dann erinnerte er sich an den Kuß, den er mit angesehen hatte, und meinte finster: »Er hat dich gezwungen, seine Geliebte zu werden, habe ich recht?«

»Ich … ich erkläre dir das später. Wir müssen uns beeilen«, beschwor sie ihn in dem Bestreben, ihre Clansmänner von hier wegzubringen, bevor es zu einem Blutbad kommen konnte. »Brenna ist bereits auf dem Heimweg. Wo sind unsere Leute und Vater?«

»Vater ist in Merrick. Wir sind nur zu sechst gekommen«, berichtete William.

»Sechs!« rief Jenny. Sie strauchelte, als sich ihr Schuh in einer Wurzel verfing, hielt sich aber auf den Beinen und lief schneller, um mit William Schritt zu halten.

Er nickte. »Ich dachte, wir hätten eine größere Chance, dich zu befreien, wenn wir in aller Heimlichkeit und nicht mit einer ganzen Armee anrücken.«

Graverley stand mitten in der Halle, als Royce eintraf, und schaute sich eingehend in der Festung Hardin um. Der Verdruß und die Gier waren ihm deutlich an der Nasenspitze anzusehen. Als Berater des Königs und wichtigstes Mitglied des mächtigen Kronrates hatte er zwar großen Einfluß, aber gerade durch diese hohe Position blieben ihm die Titel und Besitztümer versagt, nach denen es ihn so offensichtlich gelüstete.

Heinrich hatte sofort nach seiner Thronbesteigung geeignete Maßnahmen ergriffen, um dem Schicksal, das seinen Vorgänger ereilt hatte, zu entgehen. Er wollte nicht durch die Hand der mächtigen Adligen gestürzt oder ermordet werden, die erst dem König Treue geschworen und sich dann doch gegen ihn erhoben hatten. Um etwas Ähnliches zu vermeiden, duldete er nur Männer als Berater und im Kronrat, die nicht der Aristokratie angehörten – Männer wie Graverley, zu dessen Pflichten es gehörte, jede kleinste Missetat der Adligen zu ahnden und hohe Summen zur Wiedergutmachung einzufordern. Diese strengen Maßnahmen füllten Heinrichs Schatztruhen und verhinderten gleichzeitig, daß die noblen Herren des Landes genügend Reichtümer ansammelten, die für einen erfolgversprechenden Aufstand und langwierige Kämpfe gegen den Herrscher nötig gewesen wären.

Von all den königlichen Beratern war Graverley der einflußreichste und rachsüchtigste; dank der Autorität, die Heinrich ihm verliehen hatte, und des Vertrauens, das ihm der Regent entgegenbrachte, war er in der Lage gewesen, beinahe alle Adligen Englands arm zu machen oder ganz zu ruinieren ... mit einer Ausnahme: Der Earl of Claymore konnte nach wie vor mit jeder Schlacht, die er für seinen König gewann, seinen Reichtum und seine Macht mehren – das schürte Graverleys Zorn.

Es war bei Hofe allgemein bekannt, daß Graverley Royce Westmoreland abgrundtief haßte, und ebenso wußte man, wie sehr Royce diesen hinterlistigen Höfling verabscheute.

Royces Gesicht verriet keinerlei Gefühl, als er durch die große Halle auf seinen Widersacher zuging, aber er registrierte jedes kleinste Indiz dafür, daß ihm eine außergewöhnlich unerfreuliche Auseinandersetzung bevorstand. Als erstes fiel ihm Graverleys selbstzufriedenes Grinsen auf, und außerdem hatten sich etwa fünfunddreißig bewaffnete Männer der königlichen Truppe hinter dem Höfling postiert. Die Soldaten standen mit ernsten Gesichtern in steifer Habachtstellung in der riesengroßen Halle von Hardin. Royces Männer, die von Godfrey und Eustace angeführt wurden, hatten in der Nähe des Podiums zwei Reihen gebildet und beobachteten voller Spannung und aufmerksam die Szene, als spürten auch sie instinktiv, daß Graverleys unerwarteter und unangekündigter Besuch nichts Gutes verhieß. Als Royce an den letzten beiden seiner Ritter vorbeikam, formierten sich alle hinter ihm wie eine Ehrengarde und begleiteten ihn den Rest des Wegs.

»Also, Graverley«, sagte Royce und blieb vor seinem Gegner stehen, »was hat Euch aus eurem Versteck hinter Heinrichs Thron hervorgelockt?«

Wut blitzte in Graverleys Augen auf, aber sein Tonfall war ebenso ausdruckslos wie der von Royce, als er einen ähnlich scharfen Giftpfeil abfeuerte: »Zum Glück sind die meisten Menschen zivilisiert genug, um nicht dasselbe Vergnügen am Anblick von Blut und verstümmelten Leichen zu empfinden wie Ihr.«

»Also, nachdem wir jetzt alle Höflichkeiten ausgetauscht haben«, versetzte Royce, »möchte ich erfahren, was Ihr hier wollt.«

»Eure Geiseln.«

In frostigem Schweigen hörte sich Royce nun eine beleidigende Tirade von Graverley bis zum Ende an, doch die Worte sickerten aus weiter Ferne wie durch einen dichten Nebel in seinen benommenen Verstand.

»Der König hat meinen Ratschlag angenommen«, fuhr Graverley fort, »und versucht, einen Friedensvertrag mit König Jakob zu schließen. Mitten in diesen äußerst schwierigen Verhandlungen mußtet *Ihr* unbedingt die Töchter eines der mächtigsten Lords von Schottland entführen. Durch diese Eigenmächtigkeit habt Ihr den Frieden ernsthaft gefährdet, wenn nicht ganz unmöglich gemacht.« Er erhob autoritär die Stimme und endete: »Vorausgesetzt, daß Ihr Eure Gefangenen noch nicht in Eurer allseits bekannten barbarischen Art abgeschlachtet habt, erteilt Euch Seine Majestät, König Heinrich, hiermit den Befehl,

Lady Jennifer Merrick und ihre Schwester unverzüglich meiner Obhut zu übergeben, damit ich die Damen ohne große Verzögerung auf den Weg zu ihrer Familie bringen kann.«

»Nein.« Dieses eine schneidende Wort, das die Weigerung, einem königlichen Gebot Folge zu leisten, beinhaltete, kam Royce unabsichtlich über die Lippen, und es traf die versammelten Männer wie ein gigantisches Steingeschoß, das ein unsichtbares Katapult auf die dicken Mauern der Halle schleuderte. Die Männer des Königs griffen unwillkürlich zu ihren Schwertern und starrten Royce unheilvoll an, während sich seine Ritter kampfbereit hinter ihm zusammendrängten – auch sie betrachteten Royce fassungslos. Nur der Hüne Arik zeigte keinerlei Bewegung und richtete seinen stählernen Blick, ohne mit der Wimper zu zucken, auf Graverley.

Sogar der konnte nicht verbergen, wie schockiert er über diesen dreisten Ungehorsam war, fixierte Royce aus schmalen Augen und erwiderte ungläubig: »Heißt das, Ihr zweifelt daran, daß ich die Botschaft des Königs korrekt übermittelt habe, oder mißachtet Ihr tatsächlich den höchsten Befehl?«

»Ich weise entschieden Euren Vorwurf zurück«, wich Royce der verhängnisvollen Frage aus, »ein barbarischer Schlächter zu sein.«

»Ich wußte gar nicht, daß Ihr in diesem Punkt so empfindlich seid, Claymore«, log Graverley.

Royce versuchte Zeit zu gewinnen und sagte: »Ihr müßtet eigentlich am besten wissen, daß alle Gefangenen zuerst dem Ministerrat des Königs vorgeführt werden. Dort wird über ihr weiteres Schicksal entschieden.«

»Genug der Heuchelei«, knurrte Graverley. »Wollt Ihr den Befehl des Königs befolgen oder nicht?«

In der schrecklich kurzen Frist, die ihm das ungnädige Schicksal und der schwer einzuschätzende König von England gewährte, überlegte Royce fieberhaft – er dachte flüchtig daran, wie verrückt es wäre, Lady Jennifer Merrick zur Frau zu nehmen – unendlich viele Gründe sprachen dagegen, daß er sie heiratete, aber ihm fielen auch einige ein, warum er es dennoch tun sollte.

Nach all den glorreichen Jahren auf den Schlachtfeldern im ganzen Kontinent hatte ihn augenscheinlich eine reizende Siebzehnjährige in seinem eigenen Bett besiegt – ein Mädchen mit mehr Witz und Courage als zehn andere Frauen zusammengenommen. Er brachte es nicht übers Herz, sie einfach so nach Hause zu schicken.

Sie hatte sich wie eine Tigerin gegen ihn gewehrt, sich ihm aber unterworfen wie ein Engel. Sie hatte versucht, ihn niederzustechen – und Küsse auf seine Narben gehaucht; sie hatte alle Decken im Lager zerschnitten und seine Hemdsärmel zugenäht, doch vor wenigen Minuten noch hatte sie ihn mit einer so sehnsüchtigen Glut geküßt, daß er vor Verlangen fast vergangen wäre. Ihr strahlendes Lächeln erwärmte sein Herz, und ihr Lachen war so ansteckend, daß er unwillkürlich mit einfallen mußte. Und was er am meisten an ihr schätzte: ihre Aufrichtigkeit.

All diese Dinge spukten in seinem Hinterkopf, aber er vermied es, sich darauf zu konzentrieren oder an das Wort ›Liebe‹ auch nur zu denken, denn das hätte bedeutet, daß er nicht nur körperlich von ihr angezogen wurde. Diese Möglichkeit konnte er einfach nicht akzeptieren. Mit derselben unvoreingenommenen, blitzschnellen Logik, die ihm half, Entscheidungen im Schlachtgetümmel zu treffen, schätzte er Jennys Situation ein: Demnach zu schließen, wie sich ihr Vater und der Merrick-Clan bisher ihr gegenüber verhalten hatten, würde sie zu Hause sicher wie eine Verräterin und nicht wie ein Opfer aufgenommen werden. Sie hatte das Bett mit ihrem Feind geteilt; und – ob sie schon sein Kind unter dem Herzen trug oder nicht – sie würde in jedem Fall den Rest ihres Lebens abgeschlossen von aller Welt hinter hohen Klostermauern verbringen und sich ein Königreich erträumen, in dem sie geachtet und geliebt wurde – ein Reich, das es in Wirklichkeit nie geben würde.

Nur wegen dieser Tatsachen und dem Wissen, daß sie ihm im

Bett mehr Freude bereitete als jede andere Frau, gestattete sich Royce, eine Entscheidung zu fällen. Sobald seine weitere Vorgehensweise feststand, handelte er mit der für ihn typischen Eile und Entschlossenheit. Ihm war bewußt, daß er sich ein paar Minuten Zeit verschaffen mußte, in denen er mit Jenny allein sein und ihr alles erklären konnte bevor er blindlings auf Graverleys Angebot einging, deshalb zwang er sich zu einem Lächeln und sagte zu seinem Widersacher: »Während einer meiner Männer Lady Jennifer holt und zu uns bringt, sollten wir den Fehdehandschuh weglegen und eine kleine Erfrischung zu uns nehmen.« Mit einer Geste deutete er auf den Tisch, auf den die Diener bereits volle Tabletts mit all den Dingen stellten, die sie in der Eile in der Küche hatten auftreiben können.

Graverleys Augenbrauen zogen sich skeptisch zusammen, und Royce warf einen Blick auf Heinrichs Soldaten, von denen einige an seiner Seite in Kriegen gekämpft hatten, und fragte sich, ob sie bald eine blutige Auseinandersetzung gegen seine Männer ausfechten mußten. Er wandte sich wieder an Graverley und brummte: »Also?« Da er wußte, daß er seinen Gegner, selbst wenn Jennifer zustimmte, bei ihm zu bleiben, überreden mußte, sie nicht mit Gewalt zum Aufbruch zu zwingen, schlug er einen freundlicheren Ton an. »Lady Brenna ist bereits in Begleitung meines Bruders auf dem Weg nach Hause.« In der Hoffnung, Graverleys angeborene Schwäche für Klatsch jeglicher Art Nahrung zu geben, fügte er beinahe herzlich hinzu: »Diese Geschichte wird Euch zweifellos großes Vergnügen bereiten. Ich erzähle sie Euch, während wir essen …«

Graverleys Neugierde gewann die Oberhand über seinen Argwohn. Nach kurzem Zögern nickte er und ging zum Tisch. Royce begleitete ihn übertrieben höflich, blieb jedoch auf halbem Weg stehen und entschuldigte sich für einen Augenblick. »Ich möchte erst jemanden losschicken, der Lady Jennifer zu uns bringen kann«, erklärte er und drehte sich zu Arik um.

Im Flüsterton trug er dem blonden Hünen eilends auf: »Nimm Godfrey mit und bring sie unverzüglich hierher.«

Der Riese nickte bedächtig, und Royce fuhr fort: »Schärfe ihr ein, daß sie Graverleys Aufforderung nicht so ohne weiteres Folge leisten darf und daß sie sich erst dazu äußern soll, nachdem sie sich angehört hat, was ich ihr unter vier Augen zu sagen habe.«

Die Möglichkeit, daß Jennifer trotz seines eigenen Angebots darauf bestehen könnte, mit Graverley aufzubrechen, war nach Royces Einschätzung ausgeschlossen. Obwohl er nicht einmal sich selbst gegenüber zugeben wollte, daß der Entschluß, sie zu heiraten, andere Gründe als Lust und Leidenschaft haben könnte, war er sich – wie auch in jeder anderen Schlacht – bewußt, daß er die Beweggründe des Gegners nicht unterschätzen durfte, wenn er ihn erfolgreich zurückschlagen wollte. Was Jennifer betraf, wußte er genau, daß sie mehr für ihn empfand, als ihr selbst klar war. Sie hätte sich ihm niemals so hingeben oder später bekennen können, daß sie zwar nicht freiwillig in sein Bett gekommen aber niemals mehr freiwillig gegangen wäre, wenn er ihr nichts bedeutete. Und ganz sicher hätte sie ihn vorhin auf dem Hügel nicht auf diese verzehrende Art geküßt. Sie war zu liebevoll, zu ehrlich und zu unschuldig, um ihm so starke Gefühle vorzugaukeln.

In der festen Überzeugung, daß er den Sieg – nach einem kurzen Redegefecht zuerst mit Jennifer, dann mit Graverley – in der Tasche hatte, marschierte er zu dem Tisch, an dem es sich Graverley bereits gemütlich gemacht hatte.

»Also«, sagte Graverley, nachdem ihm Royce die Geschichte von Brennas Aufbruch erzählt und mit allen unwichtigen Details, die ihm einfielen, ausgeschmückt hatte, um Zeit zu gewinnen, »habt Ihr das schöne Mädchen gehen lassen und das stolze bei Euch behalten. Vergebt mir, aber das erscheint mir äußerst seltsam.« Graverley biß geziert von seinem Brot ab und kaute ausführlich.

Royce hörte ihm kaum zu, da er damit beschäftigt war, sich Alternativen auszudenken, falls Graverley sich weigerte, Jennifers Entschluß, in Hardin zu bleiben, zu akzeptieren. Mehrere

Vorgehensweisen parat zu haben und bereit zu sein, die beste in heiklen Situationen in Angriff zu nehmen, hatte ihn bis jetzt am Leben erhalten und ihm zu seinen legendären Siegen verholfen. Er beschloß, das Recht zu fordern, den Befehl, Jennifer herauszugeben, persönlich aus dem Mund des Königs zu hören, falls Graverley Schwierigkeiten machen und darauf bestehen sollte, Jenny gleich mit sich zu nehmen. Damit würde er zwar offiziell Graverleys Glaubwürdigkeit in Frage stellen, aber das konnte an ihrer Beziehung auch nichts mehr verderben. Obwohl Heinrich derartige Eigenmächtigkeiten bestimmt nicht schätzt, weigerte sich Royce, daran zu glauben, daß ihn sein Ungehorsam an den Galgen bringen konnte. Sobald Heinrich mit eigenen Ohren von Jennifer gehört hatte, daß sie in eine Ehe mit dem Earl of Claymore mit Freuden einwilligte, war es nicht ausgeschlossen, daß der friedliebende König von England Gefallen an einer solchen Verbindung fand. Immerhin liebte es Heinrich, politische Auseinandersetzungen durch Eheschließungen beizulegen, das hatte er mit seiner eigenen Heirat hinreichend bewiesen.

Es war eher unwahrscheinlich, daß die naive Vorstellung, Heinrich würde wohlwollend über Royces Befehlsverweigerung hinwegsehen und dann auch noch seinen Segen zu seiner Heirat mit Jennifer Merrick geben, je Wirklichkeit wurde, aber Royce zog es vor, daran festzuhalten und gar nicht erst die anderen Möglichkeiten in Betracht zu ziehen. In Wahrheit drohte ihm für diesen Ungehorsam der Tod durch den Strang, die Streckbank oder dadurch, gevierteilt zu werden. Zumindest konnte man ihm alle Ländereien und Besitztümer wegnehmen, die er sich erwarb, indem er immer wieder sein Leben aufs Spiel gesetzt hatte. Es gab noch unzählige andere ähnlich unerfreuliche Bestrafungen, die ihm drohten, und obwohl er sich vehement dagegen wehrte, ging Royce jede einzelne von ihnen durch den Kopf, als er Graverley gegenüber am Tisch saß. Alles hielt er für möglich, nur nicht, daß Jennifer ihn hingebungsvoll geküßt hatte, während sie eiskalt plante zu fliehen, sobald er ihr den Rücken kehrte.

»Wieso habt Ihr sie freigegeben, wenn sie eine solche Schönheit ist?«

»Das habe ich Euch bereits erzählt«, erwiderte Royce knapp, »sie war krank.« In dem Bestreben, die Unterhaltung mit Graverley zu beenden, gab Royce vor, entsetzlich hungrig zu sein. Er nahm sich eine dicke Brotscheibe und biß herzhaft hinein. Sein Magen protestierte heftig – das Brot war mit ranzigem Gänsefleisch belegt und durchweicht mit ekelhaftem Fett.

Fünfundzwanzig Minuten später hatte Royce die größte Mühe, seine wachsende Nervosität vor seinem ungebetenen Gast zu verbergen. Arik und Godfrey mußten Jennifer die Nachricht längst überbracht haben, doch offensichtlich sträubte sie sich, mit den Rittern in die Festung zu gehen. Wahrscheinlich versuchten die beiden, ihr im Guten klarzumachen, worum es ging, deshalb verspäteten sie sich. Aber sträubte sie sich tatsächlich? Und wenn ja, würde sich Arik dann auf langwierige Diskussionen einlassen? Für einen entsetzlichen Moment stellte sich Royce vor, daß sein getreuer Ritter körperliche Gewalt anwandte und Jennifer zwang, sich seinen Wünschen zu fügen. Arik könnte Jennifers Arm mit einem einzigen Griff zerbrechen wie einen dürren Ast. Bei diesem Gedanken zitterten Royces Hände.

Graverley sah ihn über die roh behauene Tischplatte hinweg an und machte keinen Hehl mehr aus seinem Verdacht, daß ihn sein Gastgeber an der Nase herumführen wollte. Plötzlich sprang er auf die Füße. »Ich habe lange genug gewartet!« rief er scharf und funkelte Royce, der sich auch langsam erhob, böse an. »Ihr haltet mich zum Narren, Westmoreland, das ist nicht zu übersehen. Ihr habt Eure Männer nicht weggeschickt, um Lady Jennifer zu holen. Wenn sie noch hier ist, dann haltet Ihr sie versteckt. Falls das zutrifft, Westmoreland, seid Ihr ein noch größerer Dummkopf, als ich dachte.«

Er deutete auf Royce, drehte sich nach einem der Soldaten um und befahl: »Ergreift den Mann und durchsucht die Burg nach dieser Merrick-Frau. Kehrt das Oberste zu unterst, reißt Stein für

Stein aus den Wänden, falls es nötig wird, aber bringt sie mir her. Wenn ich mich nicht sehr irre, wurden beide Frauen schon vor Tagen ermordet. Befragt seine Männer und setzt die Schwerter ein, wenn sonst nichts aus ihnen herauszuholen ist.«

Zwei von König Heinrichs Rittern traten in dem Irrglauben vor, sie würden, als Abgesandte des Regenten, nicht auf Widerstand stoßen, wenn sie Royce festnahmen. In dem Augenblick, in dem sie sich rührten, drängten sich jedoch Royces Männer vor, schirmten ihren Herrn vor der drohenden Gefahr ab und legten angriffslustig die Hände an die Griffe ihrer Schwerter.

Handgreiflichkeiten zwischen den königlichen Soldaten und seinen eigenen Rittern war das letzte, was Royce wollte – besonders jetzt konnte er eine solche Auseinandersetzung ganz und gar nicht brauchen.

»Halt!« bellte er.

Seine Ritter konnten des Verrats beschuldigt werden, wenn sie sich Heinrichs Soldaten, auch ohne die Waffen zu ziehen, in den Weg stellten.

Jeder einzelne der neunzig Männer, die sich in der Halle aufhielten, erstarrte bei diesem donnernden Befehl, und alle drehten sich nach ihrem jeweiligen Anführer um und warteten gespannt auf weitere Anweisungen.

Royces Blick richtete sich auf Graverley, und der ältere Mann erschrak, als er die eiskalte Verachtung darin erkannte.

»Ihr benehmt Euch absurd, Graverley. Die Lady, von der Ihr annehmt, ich hätte sie ermordet, macht einen Spaziergang auf dem Hügel hinter der Festung – ohne Wache. Lady Jennifer ist weit davon entfernt, eine Gefangene zu sein, vielmehr genießt sie hier völlige Freiheit und alle Bequemlichkeiten, die ich ihr bieten kann. Wenn Ihr sie seht, wird Euch auffallen, daß sie die kostbaren Kleider der früheren Besitzerin und eine wertvolle Perlenkette trägt, die ebenfalls einmal der ehemaligen Burgherrin gehört hat.«

Graverley blieb der Mund offen stehen, aber er erholte sich rasch wieder. »Ihr habt ihr den Schmuck *geschenkt?* Der skrupellose Schwarze Wolf – die ›Geißel Schottlands‹ – verwöhnt seine Gefangene mit den Juwelen, die er sich auf unrechtmäßige Weise angeeignet hat?«

»Sie hat eine ganze Truhe voll Schmuck bekommen« erklärte Royce kühl.

Der überraschte Ausdruck auf Graverleys Gesicht war so komisch, daß Royce zwischen dem Drang, laut loszulachen, und der viel stärkeren Verlockung, ihm seine Faust ins Gesicht zu schmettern, hin und her gerissen wurde. Trotzdem galt im Moment seine ganze Sorge einem einzigen Ziel – er mußte unter allen Umständen verhindern, daß die Männer aufeinander losschlugen. Ein solches Gefecht hätte unausdenkliche Folgen für ihn und alle, die ihm treu ergeben waren. Um die Situation zu entschärfen, war er bereit, alles zu sagen und jede Dummheit einzugestehen, wenn er dadurch nur die Zeit, bis Arik mit Jennifer im Schlepptau zurückkam, überbrücken konnte. Er lehnte seine Hüfte an den Tisch und gab sich vollkommen selbstbewußt, als er fortfuhr: »Falls Ihr erwartet, daß Lady Jennifer vor Euch auf die Knie fällt und Freudentränen vergießt, weil Ihr zu ihrer ›Rettung‹ herbeigeeilt seid, werdet Ihr eine schreckliche Enttäuschung erleben. Sie wird den Wunsch äußern, bei mir zu bleiben ...«

»Warum sollte sie?« wollte Graverley wissen, aber er war keineswegs wütend über die Arroganz seines Widersachers – im Gegenteil, im Augenblick fand er die Situation höchst amüsant. Wie Royce Westmoreland wußte auch er den Wert von Alternativen zu schätzen, und falls dieser Unsinn über Lady Jennifer Merricks Bereitwilligkeit der Wahrheit entsprechen sollte und falls Royce wider Erwarten Heinrich dazu überreden konnte, ihn ungeschoren davonkommen zu lassen, dann würde wenigstens der Klatsch über Westmorelands zärtliche Bande zu seiner Gefangenen am englischen Hof jahrelang für Spott und höhnisches Gelächter sorgen.

»Wie ich aus Eurer besitzergreifenden Haltung schließe, hat sich Lady Jennifer in Eurem Bett getummelt. Augenscheinlich seid Ihr der Meinung, daß sie deswegen bereit ist, ihre Familie und ihr Land zu verraten. Mir scheint«, schloß Graverley, ohne seine Belustigung zu verbergen, »Ihr schenkt dem absurden Hofklatsch über Eure außergewöhnlichen Fähigkeiten im Bett tatsächlich Glauben. Oder hat sie Euch so geschickt betört, daß Ihr vollkommen den Verstand verloren habt? Wenn sie diese bemerkenswerte Gabe wirklich besitzt, werde ich sie einladen, mir auch einmal ein paar Stunden Gesellschaft zu leisten. Das würde Euch doch nichts ausmachen, oder?«

Royces Stimme klirrte wie Eis. »Da ich vorhabe, sie zu meiner Frau zu machen, würde mir ein solches Ansinnen den willkommenen Vorwand liefern, Euch die Zunge herauszuschneiden – es wird mir den höchsten Genuß bereiten, mir auf diese Art Genugtuung für Eure Unverfrorenheit zu verschaffen.« Royce hatte noch mehr zu diesem Thema zu sagen, aber Graverleys Blick wandte sich plötzlich von ihm ab und richtete sich auf einen Punkt hinter ihm.

»Da ist ja Euer treuergebener Arik.« Er grinste überheblich. »Aber wo bleibt Eure erwartungsvolle Braut?«

Royce wirbelte herum und fixierte Ariks steinernes, zerfurchtes Gesicht. »Wo ist sie?« fragte er.

»Sie ist geflohen.«

In dem eisigen Schweigen, das dieser Eröffnung folgte, ließ sich erneut Godfrey vernehmen: »Nach den Spuren im Wald zu schließen, waren sechs Männer und sieben Pferde dort. Anzeichen eines Kampfes haben wir nicht gefunden. Einer der Männer muß nur ein paar Meter von der Stelle, an der du heute mit ihr gesessen hast, gewartet haben.«

Nur ein paar Meter von der Stelle entfernt, an der sie mich geküßt hat, als wollte sie mich nie wieder verlassen, dachte Royce zornig. *Genau dort hat sie ihre Lippen, die zärtliche Umarmung und ihr zauberhaftes Lächeln eingesetzt, um mich dazu zu verführen, sie allein zu lassen ...*

Graverley schritt ohne jede Verzögerung zur Tat – er übernahm die Führung und erteilte Befehle. Der erste war an Godfrey gerichtet. »Zeigt meinen Männern, wo genau Lady Jennifer verschwunden ist.« Dann wandte er sich an seine eigenen Leute und setzte hinzu: »Einer von euch begleitet Sir Godfrey, und wenn tatsächlich alle Anzeichen dafür sprechen, daß eine Flucht stattgefunden hat, reitet mit zwölf Soldaten los und versucht, die Männer von Merrick einzuholen. Greift nicht zu den Waffen, wenn ihr die Truppe erreicht. Übermittelt dem Anführer die freundlichsten Grüße von Heinrich von England und eskortiert die Männer bis zur schottischen Grenze. Ist das klar?«

Ohne eine Antwort abzuwarten, drehte sich Graverley zu Royce um, seine Stimme hallte unheilvoll von den Steinwänden wider: »Royce Westmoreland, kraft der Autorität, die Seine Majestät, König Heinrich von England, mir verliehen hat, erteile ich Euch den Befehl, mich nach London zu begleiten, wo Ihr ausgiebig über die Entführung der beiden Merrick-Schwestern befragt werdet. Ebenso werdet Ihr Euch dafür verantworten müssen, daß Ihr Euch heute der durch mich übermittelten Anweisung des Königs, Eure Gefangenen ohne Einwand in meine Obhut zu übergeben, widersetzt habt. Eine solche Verweigerung kann und wird als Hochverrat angesehen werden. Ergebt Ihr Euch freiwillig, oder müssen wir Gewalt anwenden?«

Royces Männer, die denen von Graverley zahlenmäßig weit überlegen waren, wurden nervös – sie hatten sowohl Royce Westmoreland, ihrem Herrn, als auch ihrem König bedingungslose Treue geschworen und waren hin und her gerissen. Trotz seiner grenzenlosen Wut erkannte Royce ihre Zwangslage und befahl ihnen mit einem knappen Nicken, die Waffen niederzulegen.

Einer von Graverleys Männern war vor Royce getreten. Als er sah, daß er keinen Widerstand zu erwarten hatte, ergriff er dessen Arme, legte sie ihm auf den Rücken und fesselte seine Hände mit starken Lederriemen. Die scharfen Kanten schnitten in Royces Fleisch, aber das wurde ihm kaum bewußt. Nie zuvor in seinem Leben war er so zornig gewesen, und in seinem Inneren tobte ein Vulkan, der alles in Schutt und Asche legte. Vor seinem geistigen Auge erstanden Bilder von einem bezaubernden schottischen Mädchen: Jennifer, die in seinen Armen lag … Jennifer, die fröhlich lachte … Jennifer, die ihm einen Kuß zuhauchte …

Weil er so unsagbar dumm gewesen war, ihr zu vertrauen, wurde er jetzt des Verrats an seinem König beschuldigt. Im günstigsten Fall würde er all seine Ländereien und Titel verlieren, im schlimmsten Fall sein Leben.

Im Augenblick jedoch brodelte die Wut so sehr in ihm, daß ihm gleichgültig war, was aus ihm wurde.

Kapitel dreizehn

Royce stand am Fenster des kleinen, aber gut ausgestatteten Schlafzimmers, das seit seiner Ankunft vor zwei Wochen seine ›Zelle‹ im Tower von London, Heinrichs Residenz, war. Seinem Gesicht war keinerlei Empfindung anzusehen, als er mit weit gespreizten Beinen dastand und in Gedanken versunken über die Dächer Londons starrte. Die Hände hatte er auf den Rücken gelegt, aber sie waren seit dem ersten Tag, an dem er wegen des grenzenlosen Zorns auf Jennifer Merrick und seine eigene Leichtgläubigkeit zur Handlungsunfähigkeit erstarrt gewesen war, nicht mehr gefesselt. Zunächst hatte er sich nicht gegen die rüde Behandlung gewehrt und sich damit abgefunden, wie ein Verbrecher nach London abtransportiert zu werden, weil er verhindern wollte, daß seine Männer zu den Waffen griffen und bei einem Kampf um seinetwillen Kopf und Kragen riskierten.

Erst am Abend hatte sich seine Wut gelegt und war einer gefährlichen Ruhe gewichen. Als Graverley nach dem Essen versuchte, seinem Gefangenen erneut die Handgelenke zusammenzubinden, fand er sich plötzlich mit einem Lederriemen um den Hals auf dem Erdboden wieder. Royces finsteres, wutverzerrtes Gesicht war nur wenige Zentimeter von seinem entfernt.

»Versucht, mich noch einmal zu fesseln«, zischte Royce durch zusammengebissene Zähne, »und ich schneide Euch fünf Minuten nach meinem Gespräch mit Heinrich die Kehle durch. Ich warne Euch!«

Obwohl er sich vor Angst wand, gelang es Graverley, ihm stammelnd entgegenzuhalten: »Fünf Minuten … nach eurem Gespräch mit dem König … seid Ihr auf dem Weg … zum Galgen.«

Ohne zu überlegen zog Royce den Lederriemen noch ein wenig mehr zu und schnürte seinem Widersacher die Luft ab. Erst als das Gesicht seines Opfers hochrot angelaufen war, realisierte Royce, was er da tat, und ließ Graverley mit einem verächtlichen Schubs los. Graverley kam taumelnd auf die Füße und blitzte den Earl haßerfüllt an. Aber er befahl den Männern des Königs nicht, ihn zu ergreifen und wieder zu fesseln. Zu diesem Zeitpunkt hatte Graverley, wie Royce meinte, offenbar begriffen, daß er sich auf gefährliches Gebiet wagte, wenn er die Rechte von Heinrichs Günstling und am meisten geschätzten adligen Krieger absichtlich auf diese beleidigende Art und Weise beschnitt.

Nach den vergangenen zwei Wochen, in denen er vergeblich auf eine Vorladung des Königs gewartet hatte, mußte sich Royce allmählich fragen, ob sich Heinrich nicht gänzlich auf die Seite seines Beraters geschlagen und seine schützende Hand von ihm genommen hatte. Royce schaute in die dunkle Nacht, die wie immer von den üblen Gerüchen Londons durchzogen war – es stank nach Abwässern, Abfällen und Exkrementen –, und dachte darüber nach, wieso sich Heinrich weigerte, ihn zu sehen und mit ihm über die Gründe zu sprechen, die zu seiner Festnahme geführt hatten.

Er kannte Heinrich seit zwölf Jahren, hatte an seiner Seite in der Schlacht auf dem Bosworth Field gekämpft und war dabeigewesen, als Heinrich zum König proklamiert und auf dem Schlachtfeld gekrönt worden war. Da dem Herrscher nicht entgehen konnte, wie tapfer, wagemutig und selbstlos Royce während des Kampfes für ihn in die Bresche gesprungen war, hatte er ihn noch am selben Tag zum Ritter geschlagen, obwohl Royce Westmoreland damals erst siebzehn Jahre zählte – das war Heinrichs erste offizielle Tat als König gewesen. In den folgenden Jahren war sein Vertrauen zu Royce im selben Maß gewachsen wie sein Mißtrauen den anderen Adligen gegenüber.

Royce focht seine Schlachten für ihn aus, und jeder glorreiche Sieg machte es leichter für Heinrich, Englands und seine persönlichen Feinde ohne Blutvergießen zu Konzessionen zu zwingen. Royce wurde für seine Heldentaten mit vierzehn Landsitzen und so vielen Reichtümern belohnt, daß er inzwischen zu den wohlhabendsten Männern des Reiches gehörte. Aber das war noch nicht alles. Heinrich hatte sich so sehr auf ihn verlassen, daß er ihm sogar gestattete, die Burg in Claymore zu befestigen und eine eigene uniformierte Streitkraft aufzustellen. Hinter all diesen Vergünstigungen steckte ein tieferer Sinn: Der Schwarze Wolf stellte eine schreckliche Bedrohung für Heinrichs Feinde dar, und schon allein der Anblick des Zähne fletschenden Wolfs auf den Bannern erstickte manche Feindseligkeit im Keim, bevor sie zu ernsthaften Auseinandersetzungen heranreifen konnte.

Zusätzlich zu dem Vertrauen und der Großzügigkeit hatte Heinrich Royce das Privileg zugesprochen, seine Meinung frei und ohne Einmischung oder Beisein von Graverley und den anderen Mitgliedern des mächtigen Kronrates zu äußern. Und gerade das machte Royce im Augenblick am meisten zu schaffen. Heinrichs langes Zögern, ihm eine Audienz und die Gelegenheit zu gewähren, sich selbst zu verteidigen, war ganz und gar untypisch für die beinahe freundschaftliche Beziehung, die sie in der Vergangenheit unterhalten hatten, und außerdem ließ es nichts Gutes für das Ergebnis der Unterredung erahnen.

Als er hörte, wie ein Schlüssel ins Türschloß geschoben wurde, drehte sich Royce gespannt um. Aber seine Hoffnungen schwanden, als er den Wachmann sah, der ein Tablett mit Essen hereinbrachte.

»Hammelfleisch, Mylord«, verkündete er und kam damit seiner Frage zuvor.

»Zum Teufel damit«, fluchte Royce. Seine Ungeduld mit allem und jedem hatte den Siedepunkt erreicht.

»Ich kann Hammel auch nicht leiden, Mylord«, beschwichtigte ihn der Wächter, obwohl er genau wußte, daß die Mahlzeit nichts mit der gereizten Stimmung des Schwarzen Wolfs zu tun hatte. Nachdem er das Tablett abgestellt hatte, stand er respektvoll stramm. Ob zum Arrest verdammt oder nicht – der Schwarze Wolf war ein gefährlicher Mann und, was noch wichtiger war, ein ruhmreicher Held für jeden, der sich selbst als richtigen Mann betrachtete. »Habt Ihr sonst noch Wünsche, Mylord?«

»Gibt es Neuigkeiten?« knurrte Royce, und dabei war seine Miene so harsch und bedrohlich, daß der Wachmann unwillkürlich einen Schritt zurückwich, bevor er zaghaft nickte. Der Wolf fragte jedesmal nach Neuigkeiten – gewöhnlich in umgänglicherem Ton –, und heute war der Wächter in der glücklichen Lage, ihm etwas Interessantes zutragen zu können, auch wenn es sicherlich nichts war, was der Wolf besonders gern hörte.

»Es gibt tatsächlich etwas Neues, Mylord. Zwar nur ein Gerücht, aber ich habe es von jemandem aufgeschnappt, der wissen müßte, wovon er spricht.«

Royce spitzte augenblicklich die Ohren. »Was für ein Gerücht?«

»Man munkelt, Euer Bruder sei gestern abend zum König gerufen worden.«

»Mein Bruder hält sich hier in London auf?« fragte Royce atemlos nach.

Der Wachmann nickte eifrig. »Er ist gestern angekommen. Hat verlangt, Euch gleich zu sehen, und drohte offensichtlich, eure Zelle gewaltsam zu stürmen, falls man ihm die Erlaubnis dazu verweigerte.«

Eine schlimme Vorahnung beschlich Royce. »Und wo befindet er sich jetzt?«

Der Wachmann deutete mit dem Kopf nach links. »Soweit ich

weiß, hält er sich ein Stockwerk über Euch im Westteil des Gebäudes auf, Mylord. Er steht unter Bewachung.«

Royce stieß erschrocken die Luft aus. Stefan hätte nicht herkommen dürfen, das war äußerst leichtsinnig und unbedacht gewesen. Wenn man Heinrichs Zorn auf sich gezogen hatte, war es das klügste, ihm aus dem Weg zu gehen, bis er sein königliches Temperament wieder unter Kontrolle hatte. »Danke … äh«, sagte Royce, aber der Name des Wächters fiel ihm nicht mehr ein.

»Larraby, My …« er brach ab und wirbelte zur Tür herum, die in diesem Augenblick aufschwang.

Graverley stand auf der Schwelle und grinste boshaft. »Seine Majestät der König hat mich gebeten, Euch zu ihm zu bringen.«

Erleichterung mischte sich in die Sorge um Stefan, als Royce an Graverley vorbeiging und ihn an die Wand drängte. »Wo ist der König?« erkundigte er sich knapp.

»Im Thronsaal.«

Royce, der schon einige Male im Tower zu Gast gewesen war, kannte sich in den Räumlichkeiten aus. Er überließ es Graverley, ihm zu folgen und mit ihm Schritt zu halten, während er durch die langen Korridore und die beiden Treppen hinuntereilte.

Als er mit seinem ›Begleiter‹ durch die Galerie kam, merkte er, daß sich die Blicke aller auf ihn richteten. Den höhnischen Gesichtern nach zu urteilen, wußte inzwischen jedermann, daß er hier gefangengehalten wurde und bei Heinrich in Ungnade gefallen war.

Lord und Lady Ellington – in vorschriftsmäßiger Hofkleidung – verneigten sich spöttisch grinsend vor Royce. Er war daran gewöhnt, daß man ihm bei Hofe voller Furcht und Mißtrauen begegnete. Aber heute hätte er schwören können, daß die noblen Herren und Damen ein amüsiertes Lächeln zur Schau trugen. Und Royce machte die Entdeckung, daß ihm Angst und Mißtrauen bei weitem lieber waren als Schadenfreude.

Graverley bot ihm vergnügt eine Erklärung für die eigenartigen Blicke der Anwesenden: »Die Geschichte von Lady Jennifers Flucht aus den Klauen des gefürchteten Schwarzen Wolfs hat die Runde gemacht und für große Heiterkeit gesorgt.«

Royce biß die Zähne zusammen und beschleunigte seine Schritte, aber Graverley konnte er nicht abschütteln. In selbstgefälligem Tonfall höhnte der Berater des Königs: »Natürlich hat die Belustigung neue Nahrung erhalten, als sich herumsprach, daß ein unscheinbares schottisches Mädchen unseren ruhmreichen Kriegshelden so sehr betören konnte, daß er ihr eine kostbare Perlenkette schenkte. Und daß dieses schottische Mädchen es vorzog, mit dem Schmuck das Weite zu suchen, statt den furchterregenden Ritter zu heiraten ...«

Royce drehte sich auf dem Absatz um, in der Absicht, seine geballte Faust in Graverleys grinsendes Gesicht zu schmettern, aber die livrierten Lakaien öffneten bereits die riesige Tür zum Thronsaal. Royce hielt sich im Zaum, weil er wußte, daß sowohl Stefans als auch sein eigenes Leben verwirkt war, wenn er den hochgeschätzten Berater des Königs in aller Öffentlichkeit niederstreckte. Er wandte sich angewidert ab und passierte die Tür, die ihm die Lakaien aufhielten.

Heinrich saß am anderen Ende des Saals in der Robe des Regenten auf seinem Thron und trommelte ungeduldig mit den Fingerspitzen auf die Armlehnen.

»Laßt uns allein!« befahl er Graverley, ehe er seinen kühlen Blick auf Royce richtete.

Stille folgte Royces höflicher Begrüßung – eine ungewöhnlich eisige Stille, die nichts Gutes zu versprechen schien.

Nach einer kleinen Ewigkeit sagte Royce zurückhaltend: »Ihr wünschtet mich zu sehen, Sire?«

»Schweigt!« bellte Heinrich wütend. »Ihr werdet nur dann das Wort ergreifen, wenn ich Euch die Erlaubnis dazu erteile.« Aber jetzt, da der Bann des Schweigens gebrochen war, konnte Heinrich seinen Ärger nicht länger bezähmen. Seine Worte zischten wie Peitschenhiebe durch die Luft. »Graverley berichtet, daß Eure Männer die Waffen gegen meine Soldaten erhoben haben. Weiterhin behauptet er, Ihr hättet in voller Absicht einen meiner Befehle mißachtet und ihn daran gehindert, die beiden Merrick-Frauen zu befreien. Was habt Ihr zu diesen schwerwiegenden Anschuldigungen zu sagen, Royce Westmoreland?« Noch ehe Royce ihm eine Antwort darauf geben konnte, erhob sich der aufgebrachte Monarch von seinem Thron und fuhr fort: »Ihr habt die Entführung der beiden Frauen geduldet – eine Tat, die zur Staatsaffäre geworden ist und den Frieden in meinem Reich ernsthaft bedroht. Und nachdem Ihr die Frauen – zwei junge *schottische* Mädchen – in eure Gewalt gebracht hattet, brachtet Ihr es nicht fertig, sie an einer Flucht zu hindern. Das, Royce Westmoreland, hat die Staatsaffäre zu einem Witz gemacht, unter dem nicht nur Ihr persönlich, sondern ganz England zu leiden hat. Wie wollt Ihr Euch für diese Torheit verteidigen?« brüllte er. »Wie?« schrie er, und dann, ohne zwischendurch Luft zu holen, noch einmal: »Wie?«

»Für welche der Anschuldigungen wünscht Ihr als erstes meine Verteidigung zu hören, Sire?« erkundigte sich Royce mit höflicher Zurückhaltung. »Für die Anschuldigung, mich gegen Eure Soldaten und Euren Befehl gestellt und somit einen Verrat begangen zu haben? Oder für den Rest, der, wie Ihr selbst bereits ausgeführt habt, eine große Dummheit darstellt?«

Ungläubigkeit, Ärger und ein Hauch von Belustigung spiegelten sich in Heinrichs Augen wider. »Ihr seid ein arroganter Hund! Ich könnte Euch auspeitschen lassen, an den Galgen bringen oder an den Pranger stellen!«

»Sehr wohl«, stimmte Royce gelassen zu. »Aber verratet mir zuerst für welches Verbrechen. Ich habe in den letzten zehn Jahren des öfteren Geiseln in meine Gewalt gebracht, und bei mehr als einer Gelegenheit habt Ihr mir versichert, diese Methode sei geeigneter, einen Sieg zu erringen, als ein blutiges Gemetzel auf dem Schlachtfeld. Als wir die Merrick-Frauen gefangennahmen, konnte ich nicht ahnen, daß Ihr Euch plötzlich dazu entschlossen habt, Frieden mit Jakob zu schließen – besonders nicht, nachdem wir ihm in Cornwall eine empfindliche Niederlage beigebracht hatten. Bevor ich nach Cornwall aufbrach, hatten wir eine Unterredung in diesem Saal und waren übereingekommen, daß ich, sobald die Schotten in Cornwall geschlagen waren, zur Grenze marschieren und in Hardin eine frische Armee aufstellen sollte. Unsere Stärke und Entschlossenheit muß für den Feind sichtbar sein – das waren Eure eigenen Worte, wenn ich mich recht entsinne. Damals bestand das Einverständnis zwischen uns, daß ich …«

»Ja, ja«, fiel ihm Heinrich brüsk ins Wort – er wollte nicht hören, welche Pläne Royce ausführen sollte. »Erklärt mir«, forderte er ungehalten, weil er nicht zugeben wollte, daß Royce tatsächlich gute und entschuldbare Gründe gehabt hatte, die beiden Frauen zu entführen und festzuhalten, »was in der Halle von Hardin vorgefallen ist. Graverley behauptet, Ihr hättet Euren Männern befohlen, sich gegen meine zu stellen, als er Euch unter Arrest genommen hat. Ich bezweifle nicht«, fügte er hinzu und zog eine Grimasse, »daß sich Eure Version der Geschehnisse von seiner erheblich unterscheidet. Er haßt Euch, müßt Ihr wissen.«

Royce ignorierte die letzte Bemerkung und erwiderte mit unangreifbarer Logik: »Meine Männer waren weit in der Überzahl, Sire. Hätten sie Eure Soldaten angegriffen, wäre keiner von ihnen lange genug am Leben geblieben, um mich gefangenzunehmen – aber Eure Männer sind alle wohlbehalten und ohne jegliche Verletzung in London eingetroffen, nicht wahr?«

Heinrich entspannte sich ein wenig. Mit einem knappen Nicken sagte er: »Genau das hat Jordeaux auch zu bedenken gegeben, als Graverley seine Anschuldigungen dem Rat zur Kenntnis brachte.«

»Jordeaux?« wiederholte Royce. »Ich wußte gar nicht, daß ich in Jordeaux einen Verbündeten habe.«

»Habt Ihr auch nicht. Er haßt Euch ebenfalls, aber Graverley verabscheut er noch mehr, weil er seine Position für sich selbst beansprucht. Eure Stellung ist für ihn unerreichbar, und das weiß er.« Düster setzte er hinzu: »Ich bin umgeben von Männern, deren Klugheit nur noch von ihrer Mißgunst und ihrem Ehrgeiz übertroffen wird.«

Royce zuckte bei dieser unbeabsichtigten Beleidigung zusammen. »Nicht alle Männer in Eurer Umgebung sind mißgünstig, Sire«, widersprach er beherrscht.

Der Monarch war nicht geneigt, dem zuzustimmen, obwohl er wußte, daß der Earl die Wahrheit sagte. Er seufzte unmutig und deutete auf den Tisch, auf dem juwelenbesetzte Kelche und ein Weinkrug standen. »Schenkt uns Wein ein.« Das war eine versöhnliche Geste, aber mehr Zugeständnisse konnte und wollte er in seiner gegenwärtigen Stimmung nicht machen. Er rieb sich die Handgelenke und sagte: »Ich hasse diesen Ort im Winter. Die feuchte Kälte setzt meinen schmerzenden Gelenken schwer zu. Wenn ihr nicht einen solchen Sturm heraufbeschworen hättet, würde ich jetzt in einem warmen Haus auf dem Land sitzen.«

Royce brachte dem König einen gefüllten Weinkelch, schenkte sich selbst auch etwas ein und kehrte zu den Stufen vor dem erhöhten Thron zurück, trank schweigend ein paar Schlucke und wartete darauf, daß Heinrich seine brütenden Überlegungen beendete.

»Ein Gutes ist in jedem Fall aus dieser Angelegenheit hervorgegangen«, erklärte der König schließlich und sah Royce an. »Ich gebe zu, ich hatte Bedenken, als ich Euch gestattete, Claymore zu befestigen und Eure Gefolgsmänner zu bewaffnen. Als man Euch des Verrats bezichtigt hat und Ihr Euch – wie mir sehr wohl von Anfang an bewußt war – ohne Widerstand von meinen Männern habt nach London bringen lassen, obwohl Eure Gefolgsleute meine Ritter leicht hätten überwältigen können, da diese offensichtlich in der Unterzahl waren, habt Ihr mir bewiesen, daß Ihr Euch nicht gegen mich stellt, auch wenn die Versuchung noch so groß sein sollte. Doch trotz Eurer Loyalität mir gegenüber, hattet Ihr nicht vor, Lady Jennifer Merrick in Graverleys Obhut zu geben und sie von ihm nach Hause bringen zu lassen, habe ich recht?«

Wieder kochte die Wut in Royce hoch, als er an diese Torheit erinnert wurde. Er setzte den Weinkelch ab und erwiderte eisig: »Zu dieser Zeit war ich überzeugt, daß sie sich weigern würde, mit Graverley zu gehen, und ihm das auch persönlich klarmachen würde.«

Heinrich sah ihn fassungslos an. »Also hat Graverley in diesem Punkt die Wahrheit gesagt. *Beide* Frauen haben Euch zum Narren gehalten.«

»Beide?« wiederholte Royce.

»Ja, mein Junge«, bestätigte Heinrich amüsiert und dennoch verärgert. »Vor kurzem haben mir zwei Abgesandte von König Jakob Bericht erstattet. Durch sie stehe ich ständig in Verbindung mit Jakob, der seinerseits Kontakt zum Earl of Merrick und allen anderen, die in diesen Schlamassel verwickelt sind, unterhält. Nach allem, was Jakob mir nicht ohne Schadenfreude zugetragen hat, muß die jüngere der beiden Schwestern – von der Ihr annahmt, sie stünde auf der Schwelle des Todes – ihr Gesicht in ein Daunenkissen gedrückt haben. Ihr war sehr wohl bekannt, daß Federn schlimme Hustenanfälle bei ihr verursachen. Es gelang ihr, Euch zu überzeugen, daß ihr Lungenleiden wieder ausgebrochen sei, und Ihr habt sie prompt nach Hause geschickt. Die ältere – Lady Jennifer – war offensichtlich in den Plan eingeweiht, blieb jedoch noch einen Tag. Aber dann brachte sie Euch irgendwie dazu, sie im Freien ohne Bewachung allein zu lassen, so daß sie mit ihrem Stiefbruder fliehen konnte. Ohne Zweifel war es ihm gelungen, vorher mit ihr abzusprechen, wo und wann sie sich treffen sollten.« Heinrichs Stimme wurde schärfer. »Ganz Schottland lacht darüber, daß mein siegreicher Feldherr von zwei jungen Mädchen überlistet und an der Nase herumgeführt wurde. Und auch an meinem eigenen Hof erzählt man sich die Geschichte und schmückt sie mit farbigen Einzelheiten aus. Das nächste Mal, wenn Ihr einem Widersacher gegenübersteht, werdet Ihr feststellen, daß er Euch offen ins Gesicht lacht, statt vor Angst zu zittern, Royce Westmoreland.«

Noch vor einem Moment hatte Royce fest daran geglaubt, daß es unmöglich für ihn war, mehr Wut zu empfinden als an dem Tag in Hardin, an dem Jennifer geflohen war. Aber die Tatsache, daß Brenna Merrick, die schon vor Angst losheulte, wenn sie nur ihren eigenen Schatten sah, ihn auch hinters Licht geführt hatte, reichte aus, um vor Zorn mit den Zähnen zu knirschen. Aber das war noch längst nicht das schlimmste: Jennifers Tränen und ihr Flehen, der Schwester das Leben zu retten, waren nichts als Theater gewesen! Als sie ihm so ›großzügig‹ ihre Jungfräulichkeit angeboten hatte, um ihn dazu zu bringen, Brenna nach Hause zu schicken, hatte sie zweifellos fest angenommen, daß sie noch vor Einbruch der Nacht aus der Burg und somit dem Schicksal, das er ihr zugedacht hatte, entkommen konnte.

Heinrich stand auf, schritt die Stufen hinunter und lief im Saal hin und her. »Ihr habt noch nicht alles gehört. Es hat einen Aufschrei der Entrüstung gegeben, der all meine Erwartungen übertroffen hat, als offenkundig wurde, wen Ihr gefangenhaltet. Ich habe Euch bis heute keine Audienz gewährt, weil ich darauf warten mußte, bis sich Euer verwegener Bruder hier blicken ließ und ich ihn befragen konnte, wo genau er die Mädchen in seine Gewalt gebracht hat. Es scheint –« König Heinrich schnaubte heftig, »– daß er sie auf dem Territorium der Abtei überfallen hat, genau wie der Earl of Merrick behauptet.

Die Folge dieser ruchlosen Tat ist, daß Rom eine beträchtliche Wiedergutmachung von mir fordert. Nicht nur Rom und alle Katholiken von Schottland erheben schärfsten Protest gegen eine Entführung von klösterlichem Grund und Boden aus, sondern auch MacPherson. Er drohte, alle Clans im Hochland zu mobilisieren und in einen Krieg gegen uns zu führen, da Ihr seine Verlobte, die Zuflucht in einem Kloster gesucht hatte, in Eure Gewalt gebracht habt.«

»Seine was?« zischte Royce.

Heinrich bedachte ihn mit einem unmutigen Blick. »Ihr wußtet also nicht, daß das Mädchen, das Ihr defloriert und mit Juwelen überhäuft habt, dem mächtigsten Clanführer von Schottland versprochen ist?«

Ein roter Nebel zerbarst vor Royces Augen. In diesem Moment war er felsenfest davon überzeugt, daß Jennifer Merrick die größte Lügnerin und Betrügerin der Welt war. Er sah sie noch deutlich vor sich – diese *unschuldig* lächelnden Augen, die ihn unverwandt ansahen, als sie ihm davon erzählte, daß sie ins Kloster geschickt worden war, und ihn in dem Glauben ließ, sie wäre für immer zum Leben einer Nonne verdammt. Sie hatte versäumt, ihm zu eröffnen, daß sie kurz vor der Eheschließung stand. Er erinnerte sich an ihr rührendes Geständnis, daß sie sich ein eigenes Königreich erträumte, und der Zorn, der sich in ihm aufbaute, wurde beinahe unerträglich. Natürlich hatte sie diese Geschichten nur erfunden. Sie hatte so geschickt mit seinem Mitleid gespielt wie ein Harfenist auf den Saiten seines Instruments.

»Ihr zerquetscht den Kelch in Euren Händen, Claymore!« verkündete Heinrich gereizt und beobachtete mißmutig, wie Royces Finger den Rand des Silberkelchs zu einem Oval verformten. »Da Ihr es nicht abgestritten habt, nehme ich an, Ihr hattet das Mädchen tatsächlich in Eurem Bett.«

Royce biß die Zähne fest zusammen und nickte kaum merklich.

»Genug geredet!« befand der Monarch schroff – jede Freundlichkeit war mit einemmal von ihm gewichen. Er stellte den Becher auf den reich geschnitzten, vergoldeten Eichentisch, und als er die Stufen zu seinem Thron hinaufstieg, sagte er: »Jakob kann den Friedensvertrag, den wir ausgehandelt haben, nicht unterzeichnen, solange seine Untertanen in Aufruhr sind, weil die Unantastbarkeit eines ihrer Klöster verletzt wurde. Und Rom wird sich auch nicht mit einem einfachen Geschenk für die Schatztruhen zufriedengeben. Jakob und ich sind übereingekommen, daß es nur eine einzige vernünftige Lösung für dieses Problem gibt – in diesem Punkt sind wir absolut einig.«

König Heinrich wechselte zum Pluralis majestatis über, um

klarzumachen, daß er keinen Widerspruch duldete, als er seinen Beschluß verkündete: »Wir verfügen, daß Ihr Euch sofort nach Schottland begebt, wo Ihr Lady Jennifer Merrick in Gegenwart der Gesandten beider Höfe und all ihrer Verwandten heiratet. Einige Mitglieder unseres Hofes werden Euch auf der Reise begleiten und als Repräsentanten der englischen Aristokratie an den Hochzeitsfeierlichkeiten teilnehmen, um den Schotten zu demonstrieren, daß Eure zukünftige Gemahlin mit all ihren Titeln anerkannt und in die höchsten Kreise aufgenommen wird.«

Nach dieser Absprache richtete Heinrich einen drohenden Blick auf den großen Mann, der blaß vor Zorn vor ihm stand und solche Mühe hatte, sich zu beherrschen, daß ein Muskel in seiner Wange zuckte.

Als Royce sich so weit gefaßt hatte, daß er sich zu dieser Anordnung äußern konnte, stieß er erst hörbar die Luft aus und brachte hitzig hervor: »Sire, Ihr erbittet Unmögliches von mir.«

»Ich habe Euch schon öfter um Unmögliches gebeten – bei kriegerischen Auseinandersetzungen –, und Ihr habt nie gezögert, mir Beistand zu leisten. In dieser Situation habt ihr weder einen Grund noch das Recht, euch zu verweigern, Claymore. Ferner«, setzte er in unheilverkündendem Ton hinzu, »war das keine *Bitte,* sondern ein strikter Befehl. Außerdem wurde eine Strafe für Euren Ungehorsam festgesetzt: Da Ihr einem königlichen Abgesandten, der noch dazu Mitglied des Kronrats ist, die Geiseln nicht unverzüglich übergeben habt, werden Euch die Besitzrechte an dem Landsitz Grand Oak abgesprochen, und Ihr werdet dem englischen Hof die Einkünfte erstatten, die Ihr im letzten Jahr aus den dazugehörigen Ländereien erwirtschaftet habt.«

Royce war so außer sich vor Wut, weil er dazu verdammt war, diese intrigante, betrügerische, rothaarige Hexe zu heiraten, daß er kaum den Rest von dem hörte, was Heinrich sonst noch zu sagen hatte.

»So weit, so gut«, ertönte die königliche Stimme, die jetzt

eine Spur sanfter klang, da es offenkundig war, daß der Earl of Claymore keine unsinnigen Einwände gegen seine Verfügungen erheben würde. »Um sicherzustellen, daß Euch Grand Oak nicht vollständig verlorengeht, werde ich das Land und die Burg Eurer Braut als Hochzeitsgeschenk mit in die Ehe geben.« Da er immer sehr darauf bedacht war, seine Geldtruhen zu füllen, merkte er noch einmal an: »Dennoch werden Euch die Einkünfte des letzten Jahres aberkannt, das kann ich Euch nicht ersparen.«

Mit einer großzügigen Geste deutete der König auf eine Pergamentrolle, die neben seinem Weinkelch auf dem Tisch lag. »Dieses Schriftstück wird in der nächsten Stunde Jakobs Abgesandten überreicht, die es ihrem König sofort überbringen werden. Es ist eine schriftliche Abfassung all der Vereinbarungen, die ich wegen Eurer Eskapaden mit Jakob treffen mußte und über die ich Euch soeben in Kenntnis gesetzt habe. Ich habe mich mit allen Punkten des Vertrags einverstanden erklärt und das mit meiner Unterschrift sowie dem königlichen Siegel bestätigt. Sobald die Kuriere das Dokument überbracht und ausgehändigt haben, schickt Jakob seine Emissäre nach Merrick, damit sie den Earl auf Eure bevorstehende Hochzeit mit seiner Tochter vorbereiten können. Die Feierlichkeiten finden heute in vierzehn Tagen in der Festung Merrick statt.«

König Heinrich schwieg und wartete auf ein paar höfliche Worte und darauf, daß sein Untertan ihm Gehorsam versprechen würde.

Doch Royce Westmoreland dachte nicht an Höflichkeit, sondern zischte ebenso wütend wie vorher: »Ist das alles, Sire?«

Heinrichs Augenbrauen zuckten in die Höhe, er war mit seiner Geduld am Ende. »Ich verlange Euer Ehrenwort, daß Ihr diese Anordnungen befolgen werdet. Ihr habt die Wahl, Claymore: der Galgen, oder Ihr schließt in aller Eile die Ehe mit der Merrick-Frau.«

»*In aller Eile*«, stieß Royce durch zusammengebissene Zähne hervor.

»Ausgezeichnet!« Heinrich schlug sich erfreut auf die Knie.

»Um Euch die Wahrheit zu sagen, mein Freund, ich hatte einen Moment lang befürchtet, daß Ihr den Tod einer Hochzeit vorzieht.«

»Zweifellos werde ich noch öfter, als mir lieb sein kann, Gelegenheit haben, diesen Entschluß zu bedauern«, knurrte Royce.

Heinrich kicherte und deutete mit einem beringten Finger auf seinen abgestellten Weinkelch. »Wir sollten einen Toast auf Eure baldige Hochzeit aussprechen, Claymore. Wie ich sehe«, fuhr er kurze Zeit später fort, als er beobachtete, wie Royce seinen Kelch in einem Zug leerte, um seinen Zorn zu besänftigen, »betrachtet Ihr diese unfreiwillige Heirat als schlechten Lohn für Eure jahrelangen treuen Dienste. Aber seid versichert, ich habe nicht vergessen, daß Ihr schon treu an meiner Seite gekämpft habt, lange bevor Aussicht darauf bestand, daß ich meine Thronansprüche durchsetzen kann.«

»Ich wollte England den Frieden sichern, Sire«, erwiderte Royce bitter. »Ich habe für den Frieden und einen starken König gekämpft, der bessere Methoden kennt als die Streitaxt und den Rammbock, um diesen Frieden zu erhalten. Damals wußte ich freilich nicht«, setzte er mit schlecht verhohlenem Sarkasmus hinzu, »daß eine dieser Methoden erzwungene Eheschließungen zwischen feindlichen Parteien sind. Hätte ich zu dieser Zeit etwas davon geahnt«, endete er scharf, »wäre ich auf der Stelle mitsamt meinen Männern zu Richard übergelaufen.«

Diese freimütige Äußerung rief bei Heinrich Heiterkeit hervor. Er warf den Kopf in den Nacken und lachte schallend. »Mein Freund, Ihr habt immer gewußt, daß ich eine Ehe für einen guten Kompromiß erachte. Habt Ihr nicht bis spät in die Nacht mit mir am Lagerfeuer am Bosworth Field gesessen? Wenn Ihr Euch diesen Abend ins Gedächtnis ruft, werdet Ihr Euch an mein Eingeständnis erinnern, daß ich Jakob meine eigene Schwester zur Frau geben würde, wenn ich mir einen dauerhaften Frieden davon versprechen könnte.«

»Ihr habt keine Schwester«, stellte Royce klar.

»Nein, aber statt dessen habe ich Euch«, erwiderte der Monarch gelassen.

Das war das höchste königliche Kompliment, und selbst Royce war nicht unempfänglich dafür. Mit einem ärgerlichen Seufzer stellte er den Silberbecher ab und fuhr sich geistesabwesend mit der Hand durchs Haar.

»Waffenruhe und Turnierspiele – das ist der richtige Weg zum Frieden«, fuhr Heinrich, äußerst zufrieden mit sich selbst, fort. »Waffenruhe stärkt die Selbstbeherrschung, und bei Turnieren werden Feindseligkeiten auf harmlose Weise beigelegt. Ich habe Jakob eingeladen, seine Ritter zu dem Turnier zu schicken, das im Herbst in der Nähe von Claymore stattfindet. Sollen sich die Clans auf dem Feld der Ehre messen, das ist ungefährlich. Und amüsant … Selbstverständlich seid Ihr nicht gezwungen, an den Spielen teilzunehmen.«

Als Heinrich verstummte, erkundigte sich Royce: »Habt Ihr mir noch mehr zu sagen, Sire, oder darf ich Euch um die Erlaubnis bitten, mich zurückzuziehen?«

»Sicher«, antwortete Heinrich wohlwollend. »Kommt morgen zu mir, damit wir das Gespräch fortsetzen können. Seid nicht zu streng zu Eurem Bruder – er hat sich freiwillig angeboten, die jüngere der beiden Merrick-Schwestern zu heiraten, damit Ihr verschont bleibt. Um genau zu sein, er schien nicht das geringste gegen eine solche Verbindung zu haben. Unglücklicherweise hätte das nichts bewirkt. Oh, Claymore, Ihr braucht Euch keine Gedanken zu machen, wie Ihr Lady Hammel die Neuigkeiten beibringen sollt. Ich habe ihr bereits klargemacht, daß ihr Verlöbnis mit Euch aufgelöst ist. Das arme, hübsche Ding – sie war sehr bestürzt und durcheinander. Ich habe sie aufs Land geschickt, in der Hoffnung, daß ihr der Ortswechsel guttut und sie sich rasch erholt.«

Diese Eröffnung und die Erkenntnis, daß Mary Hammel wegen der allgemein bekannt gewordenen Torheit, die er mit Jennifer begangen hatte, eine schreckliche Demütigung hinnehmen mußte, war die letzte schlechte Neuigkeit, die Royce an diesem Abend noch schlucken mußte. Nach einer knappen Verbeugung drehte er sich um. Die Lakaien öffneten ihm die Tür. Er war nur ein paar Schritte weit gekommen, als Heinrich noch einmal seinen Namen rief.

Royce fuhr der Schreck in die Glieder, und er fürchtete, der König könnte noch eine unmögliche Forderung an ihn stellen. Widerstrebend drehte er sich um.

»Eure Braut ist eine Countess«, sagte Heinrich mit einem eigenartigen Lächeln. »Sie hat den Titel von ihrer Mutter geerbt – und er ist weit älter als Euer eigener Titel. Wußtet Ihr das?«

»Selbst wenn sie die Königin von Schottland wäre«, entgegnete Royce barsch, »würde ich sie nicht wollen. Daher stellt ihr hoher Rang keinen Anreiz für mich dar.«

»Mir gefällt das auch nicht«, stimmte Heinrich zu. »Genaugenommen fürchte ich sogar, er könnte ein Hindernis für eine harmonische Ehe sein.« Da Royce ihn nur wortlos ansah, erklärte Heinrich mit einem breiten Lächeln: »Da die junge Countess meinen grimmigsten und brillantesten Krieger bereits einmal überlistet und damit bewiesen hat, daß sie Euch geistig gewachsen ist, würde ich es für einen verhängnisvollen Fehler halten, wenn sie auch noch, was Rang und Titel betrifft, weit über Euch stünde. Deshalb, Royce Westmoreland, verleihe ich Euch hiermit den Titel eines Dukes …«

Als Royce Westmoreland den Thronsaal verließ, starrten ihn die Adligen, die noch immer im Vorzimmer versammelt waren, neugierig an. Alle suchten nach Hinweisen darauf, wie die Unterredung mit dem König verlaufen war. Sie erhielten Aufschluß, als einer der Lakaien Royce nachlief und rief: »Euer Gnaden?«

Royce drehte sich um und erfuhr, daß Seine Majestät ihn bat, der jungen Braut seine besten Glückwünsche und herzliche Grüße zu übermitteln, aber die Höflinge hörten nur zwei Dinge: daß Royce mit ›Euer Gnaden‹ angesprochen und demzufolge zum Duke und zu einem der höchsten Würdenträger Englands ernannt worden war und offensichtlich vorhatte, sich zu verheiraten. Auf diese raffinierte Art und Weise, dachte Royce grimmig, hat Heinrich, der alte Fuchs, die Neuigkeiten unter die Leute gebracht.

Lady Amelia Wildale und ihr Gatte waren die ersten, die sich von dem Schock erholten. »Demnach«, sagte Lord Wildale und verbeugte sich vor Royce, »sind wohl Glückwünsche angebracht.«

»Keineswegs«, versetzte Royce.

»Wer ist die glückliche Lady?« erkundigte sich Lord Avery freundlich. »Offensichtlich handelt es sich nicht um Lady Hammel.«

Royce straffte die Schultern und drehte sich langsam um. Der Raum knisterte vor Spannung, aber ehe er antworten konnte, dröhnte Heinrichs Stimme aus dem Thronsaal: »Es ist Lady Jennifer Merrick.«

Das atemlose Schweigen unterbrach ein schrilles Lachen, das sofort wieder verstummte. Dann wurde ein Kichern laut, gefolgt von ohrenbetäubendem Stimmengewirr.

»Jennifer Merrick?« wiederholte Lady Elizabeth und bedachte Royce mit einem schwülen Blick, der ihn an leidenschaftliche Nächte erinnerte. »Nicht die Schöne, sondern die Unscheinbare?«

Royce wollte nur noch weg von hier, deshalb nickte er kurz und wandte sich ab.

»Sie ist schon ziemlich *alt,* nicht wahr?« beharrte Lady Elizabeth.

»Nicht zu alt, um nicht die Röcke zu raffen und vor dem Schwarzen Wolf davonzulaufen«, warf Graverley aalglatt ein, während er herbeischlenderte. »Zweifellos werdet Ihr der Dame Gehorsam einprügeln müssen. Eine kleine Folter, ein bißchen Schmerz, vielleicht könnt Ihr sie dann in Eurem Bett festhalten.«

Royce ballte die Hände zu Fäusten – am liebsten hätte er diesen Widerling auf der Stelle erwürgt.

Jemand lachte, um die Spannung zu lösen, und scherzte: »Das Spiel heißt *England gegen Schottland,* Claymore, nur daß diesmal die Schlacht in Eurem Bett stattfindet. Ich setze den Inhalt meiner Börse auf Euch.«

»Ich auch«, brüllte ein anderer.

»Ich wette auf die Frau«, erklärte Graverley.

In einer der hinteren Reihen legte ein älterer Herr die Hand ans Ohr und rief einem Freund zu, der näher an dem frischgebackenen Duke stand: »Was ist mit Claymore passiert?«

»Er muß die Merrick-Schlampe heiraten«, verkündete sein Freund so lautstark, daß er das allgemeine Murmeln übertönte.

»Was hat er gesagt?« kreischte eine Dame ganz weit hinten und verrenkte sich fast den Hals.

»Claymore muß die Merrick-*Schlampe* heiraten!« erklärte der ältere Herr bereitwillig.

In dem Tumult, der daraufhin losbrach, blieben nur zwei Personen ganz ruhig – Lord MacLeash und Lord Dugal, die Abgesandten von König Jakob, die auf den unterzeichneten Ehevertrag warteten, den sie noch heute nach Schottland bringen sollten.

Die Neuigkeit verbreitete sich wie ein Lauffeuer. Höflinge ließen es ihre Bediensteten wissen, die benachrichtigten die Wachen und nach zwei Stunden erzählten sich die Leute auf der Straße: »Claymore muß die Merrick-Schlampe heiraten.«

Kapitel vierzehn

Um der Aufforderung ihres Vaters nachkommen zu können, verdrängte Jenny die Erinnerungen an den gutaussehenden, grauäugigen Mann, die sie immer noch Tag und Nacht verfolgten. Sie legte ihre Stickerei weg und sah Brenna besorgt an, dann zog sie ihren dunkelgrünen Umhang fester um die Schultern und verließ den Raum. Männliche Stimmen drangen an ihr Ohr, als sie in die Galerie kam. Sie blieb stehen und spähte in die Halle hinunter. Mindestens zwei Dutzend Männer mit grimmigen Gesichtern –

Clansleute und Adlige von den umliegenden Ländereien – hatten sich um den Kamin versammelt. Bruder Benedict, der Seelsorger, war auch anwesend. Beim Anblick seiner strengen, eisigen Miene fuhr Jenny der Schreck in die Glieder, und gleichzeitig regte sich wieder ihr Schamgefühl.

Selbst jetzt noch erinnerte sie sich an jedes Wort seiner scharfen Zurechtweisung, nachdem sie ihm ihre Sünde mit Royce Westmoreland gebeichtet hatte: *Ihr habt Eurem Vater und eurem Land Schande gemacht und Gott beleidigt, weil Ihr nicht in der Lage wart, Eure Begierden zu zügeln. Wenn Ihr Euch nicht der Sünde der Lust schuldig gemacht hättet, wärt Ihr lieber gestorben, als Eure Ehre zu beschmutzen.* Statt sich nach der Beichte wie sonst immer befreit zu fühlen, kam sich Jenny schmutziger als je vor und glaubte beinahe, daß ihr die Erlösung von ihren Sünden für immer versagt bleiben würde.

Im nachhinein erschien es ihr seltsam, daß er bei seiner Aufzählung derjenigen, denen sie Schmach bereitet hatte, Gott an die letzte Stelle gesetzt hatte. Obwohl sie das schlechte Gewissen plagte, weil sie tatsächlich an den Liebkosungen Vergnügen gehabt hatte, weigerte sie sich zu glauben, daß *ihr* Gott sie verdammte, weil sie sich auf diesen Handel mit Westmoreland eingelassen hatte. Royce war nicht auf ihr Leben, sondern auf ihren Körper aus gewesen. Und auch wenn es falsch gewesen war, Genuß im Bett eines Mannes zu empfinden, ohne mit ihm verheiratet zu sein, hatte sie diese Abmachung nur aus einem edlen Motiv getroffen – sie wollte Brennas Leben retten. Zumindest war sie damals der Meinung gewesen, daß das die einzige Möglichkeit war, das Leiden ihrer Schwester zu lindern.

Der Gott, den Bruder Benedict so furchterregend und rachsüchtig beschrieben hatte, war nicht derselbe Gott, dem Jenny so oft ihr Herz ausschüttete. *Ihr* Gott war gütig und nur ein klein wenig streng. Er verstand hoffentlich auch, daß sie diese zauberhafte Nacht in Royce Westmorelands Armen einfach nicht vergessen konnte. Die Erinnerung an die leidenschaftlichen Küsse und die geflüsterten Worte peinigte sie immer wieder, und sie war nicht in der Lage, sich dagegen zu wehren. Manchmal hatte sie auch gar keine Lust, es zu versuchen … sie träumte sogar in manchen Nächten von ihm, von seinem blitzenden Lächeln in dem sonnengebräunten Gesicht oder von …

Jenny riß sich von den frivolen Gedanken los und ging in die Halle. Ihr Widerstreben, den versammelten Männern entgegenzutreten, wuchs mit jedem Schritt. Bis jetzt hatte sie sich nur in der Abgeschiedenheit ihrer Räume aufgehalten, weil sie sich in diesen altehrwürdigen Mauern geborgen und sicher fühlte. Trotz der selbstauferlegten Einsamkeit war sie nicht weltfremd geworden, und sie ahnte, daß die Männer genau wußten, was sie getan hatte. Kurz nach ihrer Rückkehr hatte ihr Vater einen vollständigen Bericht über die Entführung und ihre Gefangenschaft von ihr gefordert und sie unverblümt gefragt, ob der Wolf sie gezwungen hatte, bei ihm zu liegen. Jennys Gesichtsausdruck machte eine Antwort unnötig, und obwohl sie sich die größte Mühe gab, seinen Zorn zu besänftigen, indem sie ihm von der Abmachung erzählte und versicherte, daß der Entführer keine Gewalt angewandt hatte, war er außer sich. Seine Flüche und Beschimpfungen hallten in den großen Räumen wider, und natürlich war niemandem in der Festung verborgen geblieben, was ihn so aufgebracht hatte. Ob die Männer in der Halle sie als hilfloses Opfer oder als schamlose Dirne betrachteten, wußte sie allerdings nicht.

Ihr Vater stand vor dem Kamin und hatte seinen Gästen den Rücken zugekehrt.

»Du wolltest mich sprechen, Vater?«

Ohne sich umzudrehen, sagte er in unheilvollem Ton, der ihr Schauer über den Rücken jagte: »Setz dich, Tochter.«

Jennys Cousin Angus sprang auf, um ihr seinen Stuhl anzubieten. Diese eilfertige Geste überraschte Jenny.

»Wie fühlt Ihr Euch, Jennifer?« erkundigte sich Garrick Carmichael.

Jenny starrte ihn fassungslos vor Staunen an. Ein dicker, brennender Kloß bildete sich in ihrer Kehle – zum erstenmal seit Beckys Tod hatte Garrick Carmichael das Wort an sie gerichtet.

»Es … es geht mir sehr gut«, flüsterte sie und bedachte ihn mit einem Blick, der ihre ganze Zuneigung verriet. »Und ich … ich danke Euch herzlich für Euer Interesse, Garrick Carmichael.«

»Ihr seid ein tapferes Mädchen«, warf ein anderer Mann ein.

Jennys Herz wurde leicht.

»Ja«, bestätigte ein dritter Mann. »Ihr seid eine echte Merrick.«

Jenny wußte gar nicht, wie ihr geschah – obwohl ihr Vater einen ausgesprochen düsteren und mißmutigen Eindruck machte, schien dies der schönste Tag ihres Lebens zu werden, denn endlich waren ihre Träume wahr geworden, und sie wurde nicht mehr von ihrem Clan geschnitten!

Hollis Fergusson ergriff das Wort und bat mit rauher Stimme im Namen aller um Verzeihung für ihr früheres Verhalten ihr gegenüber. »William hat uns Bericht erstattet über alles, was geschehen ist, während Ihr Euch in den Klauen dieses Barbaren befunden habt. Über Eure Flucht auf seinem eigenen Hengst und den Angriff mit seinem eigenen Dolch, über die zerschnittenen Decken und die zugenähten Kleidungsstücke. Ihr habt ihn zum Gespött aller gemacht, als Ihr ihm entwischt seid. Ein Mädchen, das so viel Courage hat wie Ihr, würde niemals all die gemeinen Dinge tun, die Alexander Euch zur Last gelegt hat. William hat uns die Augen geöffnet – Alexander hat sich gründlich in Euch geirrt und Euch in Mißkredit gebracht.«

Jenny sah ihrem Stiefbruder ins Gesicht, und aus ihrem Blick sprach Liebe und Dankbarkeit.

»Ich habe ihnen nur die Wahrheit gesagt«, meinte er mit einem traurigen Lächeln, als würde seine Freude über diese Versöhnung durch etwas getrübt, was schwer auf seinen Schultern lastete.

»Ihr seid eine Merrick«, bekräftigte Hollis Fergusson voller Stolz. »Eine Merrick durch und durch. Der Wolf hat bis jetzt keine Klinge von uns zu spüren bekommen, aber Ihr, zart wie ihr seid, habt es geschafft: Ein Mädchen hat den Schwarzen Wolf angegriffen und verletzt!«

»Ich danke Euch, Hollis«, sagte Jenny bescheiden.

Nur Malcolm, Jennys jüngster Stiefbruder, betrachtete sie wie früher mit einem boshaften, kalten Blick.

Ihr Vater wandte sich ihr abrupt zu, und seine Miene dämpfte Jennys Freude beträchtlich. »Ist etwas ... etwas Schlimmes vorgefallen?« fragte sie zaghaft.

»Ja«, erwiderte er bitter. »Unser König hat sich eingemischt und über unser Schicksal entschieden.« Er verschränkte die Hände hinter dem Rücken und ging langsam auf und ab, während er monoton erklärte: »Als ihr, du und deine Schwester, entführt wurdet, habe ich eine Nachricht zu König Jakob gesandt und ihn gebeten, uns eine Armee von zweitausend Mann zu schicken, damit wir den Barbaren nach England verfolgen und angreifen können. Jakob hat sofort geantwortet und mir die Anweisung gegeben, nichts zu unternehmen, weil er höchstpersönlich eure Freilassung und eine angemessene Wiedergutmachung für diesen Frevel von Heinrich fordern wollte. Wie er mir deutlich machte, hatte er gerade einen Waffenstillstand mit England ausgehandelt.

Ich hätte Jakob nicht ankündigen sollen, was ich vorhatte – das war ein großer Fehler«, fuhr er zähneknirschend fort. »Wir hätten seine Unterstützung gar nicht gebraucht! Die Unantastbarkeit eines unserer Klöster ist verletzt worden, als ihr beide auf dem Grund und Boden der Abtei überfallen wurdet. Innerhalb von wenigen Tagen waren alle katholischen Schotten bereit – *begierig* –, zu den Waffen zu greifen und mit uns loszumarschieren. Aber Jakob will den Frieden! Frieden auf Kosten der Familienehre der Merricks – Frieden um jeden Preis. Er hat mir und ganz Schottland Genugtuung versprochen und versichert, daß der Barbar für dieses Verbrechen bezahlen müsse. Und«, knurrte Lord Merrick wütend, »der Barbar *bezahlt.* Jakob bekommt seine *›Wiedergutmachung‹* von den Engländern.«

Einen entsetzlichen Augenblick lang glaubte Jenny, Royce

Westmoreland sei eingekerkert worden oder Schlimmeres, aber der zornige Blick ihres Vaters verriet ihr, daß er nicht mit einer Strafe, die der alte Herr für recht und billig gehalten hätte, belegt worden war.

»Welche Art der Wiedergutmachung ist Jakob zugebilligt worden?« fragte Jenny, als ihr Vater verstummte.

William wich zurück, und die anderen Männer senkten betreten die Blicke auf ihre Hände.

»Eine Heirat«, stieß ihr Vater hervor.

»Wessen Heirat?«

»Deine.«

Für einen Moment war Jenny zu keinem vernünftigen Gedanken fähig. »Meine? Wen ... wen soll ich heiraten?«

»Die Ausgeburt des Satans! Den Mörder meines Bruders und meines Sohnes! Den Schwarzen Wolf!«

Jenny umklammerte die Armlehnen ihres Stuhls so fest, daß ihre Knöchel weiß hervortraten. »*Waaas?*«

Ihr Vater nickte angewidert, aber sowohl sein Tonfall als auch sein Gesichtsausdruck wirkten eigenartig siegesgewiß, als er vor ihr stehenblieb und sagte: »Du bist dazu ausersehen, den Frieden zu sichern, mein Kind. Aber später wirst du den *Sieg* für die Merricks und ganz Schottland erringen.«

Jenny schüttelte langsam den Kopf und starrte ihn schockiert und vollkommen verwirrt an. Ihr ohnehin blasses Gesicht wurde noch bleicher, als ihr Vater fortfuhr: »Ohne sich dessen bewußt zu sein, hat Jakob mir die Mittel in die Hand gegeben, den Barbar zu vernichten – ich kann ihn zwar nicht auf dem Schlachtfeld töten, wie ich gehofft hatte, dafür können wir sein mißratenes Leben in seiner eigenen Burg ruinieren. Genaugenommen«, setzte er verschlagen und auch ein wenig stolz hinzu, »hast du bereits damit begonnen, Jenny.«

»Was ... was soll das heißen?« flüsterte Jenny heiser.

»Ganz England lacht ihn aus, weil du ihn düpiert hast. Die Geschichten über deine erste und die zweite Flucht und über deinen Angriff mit dem Dolch haben sich von England nach Schottland in Windeseile herumgesprochen. Durch seine Rücksichtslosigkeit hat er sich viele Feinde im eigenen Land gemacht, und diese Feinde haben natürlich nichts Eiligeres zu tun, als seine Niederlagen überall herumzuposaunen. Du hast Heinrichs ruhmreichen Feldherrn zum Narren gemacht, meine Liebe. Du hast seinem Ruf empfindlich geschadet, aber der Wohlstand ist ihm geblieben, und auch seine Titel hat er behalten – eben die Besitztümer und Titel, die er angehäuft hat, indem er Schottland zwischen seinen Fingern zermalmte und ausquetschte. Jetzt ist es an dir, dafür zu sorgen, daß er, was er sich auf diese Weise beschafft hat, für den Rest seines Lebens nicht mehr richtig genießen kann. Du könntest dich weigern, ihm einen Erben zu schenken, oder ihm nicht zu Gefallen sein und …«

Entsetzt und voller Angst sprang Jenny auf. »Das ist Wahnsinn! Teile König Jakob mit, daß ich keine ›Wiedergutmachung‹ will.«

»Es spielt nicht die geringste Rolle, was *wir* wollen. Rom verlangt Wiedergutmachung, genau wie Schottland. Claymore ist bereits auf dem Weg hierher. Die Verlobungsdokumente werden unterzeichnet und gleich danach findet diese unselige Hochzeit statt. Jakob hat uns keine Wahl gelassen.«

Jenny schüttelte verzweifelt den Kopf und flüsterte erschrocken: »Nein, Papa, du verstehst mich nicht … Ich … er hat sich auf mich verlassen und fest daran geglaubt, daß ich nicht fortlaufe, aber ich habe es trotzdem getan. Und wenn ich ihn wirklich zum Gespött aller gemacht habe, wird er mir das nie verzeihen.«

Das Gesicht ihres Vaters lief hochrot an. »Du willst gar nicht, daß er dir *verzeiht!* Wir müssen ihn in jeder nur erdenklichen Art besiegen. Jeder Merrick, jeder *Schotte* ist darauf angewiesen, daß *du* ihm so viele Niederlagen – kleine und große – beibringst wie nur möglich. Du hast Mut genug, das zu schaffen, Jennifer. Das hast du bewiesen, als du seine Gefangene warst …«

Jenny hörte gar nicht mehr, was er sagte. Sie hatte Royce Westmoreland gedemütigt, und jetzt kam er hierher; sie zitterte bei dem Gedanken daran, wie sehr er sie verabscheuen und wie wütend er sein mußte. Schreckensbilder von dem zornbebenden Schwarzen Wolf erstanden wieder vor ihren Augen: Sie sah den furchteinflößenden Mann mit aufgebauschtem schwarzem Umhang vor den züngelnden Flammen der Lagerfeuer stehen und erinnerte sich daran, wie sie in der Nacht nach ihrer Entführung vor seine Füße gesunken war; sie sah seinen Gesichtsausdruck wieder vor sich, nachdem sie sein Pferd in den Tod getrieben und als sie ihm die Wange aufgeschlitzt hatte. Sie hatte ihm viel angetan, aber trotzdem hatte er ihr vertraut. Doch das schlimmste war, daß sie ihn getäuscht und derart lächerlich gemacht hatte, daß ihn sogar seine Landsleute verspotteten.

»Er muß um einen Erben betrogen werden, wie er mich um meinen Erben gebracht hat!« Die Stimme ihres Vaters riß sie aus ihren Gedanken. »Gott hat mir diese Rache geschenkt – jetzt, da mir alle anderen Möglichkeiten verwehrt sind. Ich habe noch andere Erben, aber er wird nie einen bekommen. Niemals. Deine Ehe mit ihm wird meine Rache sein.«

Gequält rief Jenny aus: »Papa, bitte verlang das nicht von mir! Ich tue alles, was du willst, wenn du mir das ersparst. Ich gehe zurück ins Kloster oder zu Tante Elinor oder an jeden anderen Ort, den du für mich aussuchst.«

»Nein! Dann würde er eine Frau nach *seiner* Wahl heiraten und mit ihr einen Erben zeugen.«

»Ich kann das nicht!« beharrte Jenny und brachte das erste Argument vor, das ihr in den Sinn kam. »Ich kann nicht – es ist falsch. Es ist unmöglich. Wenn … wenn der Schwarze Wolf mich – einen Erben«, verbesserte sie sich hastig und wurde rot, »haben will, wie könnte ich ihn daran hindern? Er ist doch viel, viel stärker als ich. Und nach allem, was zwischen uns vorgefallen ist, wird er sich sicher nicht mit mir in ein und derselben Burg aufhalten wollen, geschweige denn in …« sie suchte nach einem unverfänglichen Wort, aber ihr fiel nichts Passendes ein. »… in seinem Bett«, endete sie matt und senkte beschämt den Blick.

»Du irrst dich, mein Kind – du bist aus demselben Holz geschnitzt wie deine Mutter. Du hast etwas an dir, was die Lust in jedem Mann weckt, der dich ansieht. Der Wolf wird dich wollen, ob es ihm gefällt oder nicht.« Er machte eine bedeutungsvolle Pause, und ein Lächeln breitete sich auf seinem Gesicht aus. »Jedenfalls wird er sich kaum dagegen wehren können, wenn ich gestatte, daß deine Tante Elinor dich begleitet.«

»Tante Elinor?« wiederholte Jenny verständnislos. »Papa, ich weiß nicht, was du damit meinst – ich weiß nur, daß das alles nicht richtig ist.« Ihre Hände verkrampften sich in den Wollrock, und sie richtete flehende Blicke auf die Männer, die um sie herum standen. Aber in ihrem Geist sah sie einen anderen Royce Westmoreland vor sich als den, den diese Männer kannten – einen attraktiven Mann, der sie auf der Lichtung neckte, der auf dem kleinen Balkon neben ihr stand und mit ihr sprach, der sie überredete, zu ihm ins Bett zu kommen, während andere Entführer sie vergewaltigt und an seine Soldaten weitergegeben hätten.

»Bitte«, jammerte sie und sah einen nach dem anderen und zuletzt ihren Vater an, »versucht, mich zu verstehen. Ich bin meinem Clan nicht untreu, sondern habe meine Gründe, wenn ich euch folgendes sage: Ich weiß, daß viele unserer Männer in der Schlacht mit dem Wolf gefallen sind. Aber in allen Kriegen müssen Menschen ihr Leben lassen – bedauerlicherweise. Man kann ihm persönlich nicht die Schuld an Alexanders Tod geben ...«

»Du wagst es, ihn in Schutz zu nehmen?« versetzte ihr Vater und sah sie an, als hätte sie sich vor seinen Augen in eine Schlange verwandelt. »Gilt deine Loyalität ihm und nicht uns?«

Jenny fühlte sich, als hätte er ihr ins Gesicht geschlagen, doch ihr war auch klar, daß die Empfindungen, die sie für ihren früheren Entführer hegte, rätselhaft und unverständlich waren, selbst für sie. »Ich trachte nur nach Frieden – für uns alle.«

»Jennifer«, begann ihr Vater streng, »offensichtlich kann ich dir die Demütigung nicht ersparen – du wirst dir anhören müssen, was dein zukünftiger Gemahl von dieser ›friedvollen‹ Verbindung und von dir hält. In aller Öffentlichkeit hat er an Heinrichs Hof verkündet, er würde dich nicht einmal wollen, wenn du die Königin von Schottland wärst. Als er sich weigerte, der Hochzeit mit dir zuzustimmen, kündigte Heinrich ihm an, daß er in diesem Fall seinen gesamten Besitz der Krone übereignen müsse, und *dennoch* willigte er nicht ein. Erst als ihm der Tod am Galgen angedroht wurde, erklärte er sich schließlich einverstanden. Er nannte dich die Merrick-*Schlampe* und brüstete sich damit, daß er dich so lange prügeln würde, bis du dich seinen Wünschen unterwirfst. Seine Freunde plazieren bereits Wetten auf seinen Sieg in diesem Ehekampf und lachen, weil er behauptet, er würde dich gefügig machen, wie er *Schottland* gefügig gemacht hat. Das ist seine Einstellung zu dir und dieser Ehe. Das Ergebnis all dessen ist, daß du in England jetzt den Titel trägst, den er dir zugedacht hat: die Merrick-Schlampe!«

Jedes Wort traf Jennys Herz wie ein Peitschenhieb. Scham und Schmerz waren fast mehr, als sie ertragen konnte. Als der Earl of Merrick zum Ende kam, erfaßte sie eine gnädige, lähmende Benommenheit, die jegliche Empfindungen ausschaltete. Als sie schließlich den Kopf hob und in die von Erschöpfung gezeichneten Gesichter der tapferen Schotten sah, sagte sie mit schneidender Stimme: »Ich hoffe, die Dummköpfe haben ihr *ganzes* Vermögen auf ihn gesetzt.«

Kapitel fünfzehn

Jenny stand allein auf dem Balkon, schaute über das Moor, während der Wind spielerisch durch ihr langes Haar fuhr, und hielt sich an der Steinbrüstung fest. Die Hoffnung, daß ihr ›Bräutigam‹ nicht zu dieser Hochzeit erscheinen würde, war vor ein paar Minuten endgültig erloschen, als die Burgwache die Ankunft von Reitern angekündigt hatte. Hundertfünfzig Menschen hoch zu Roß näherten sich der Zugbrücke. Das Licht der untergehenden Sonne spiegelte sich auf ihren polierten Schilden und verwandelte sie in schimmerndes Gold. Das Bild des Wolfs mit gefletschten Zähnen tanzte unheilvoll vor Jennys Augen – das Wappen Royce Westmorelands befand sich auf den blauen Bannern, wehte von den Pferdegeschirren und zierte die Umhänge der Reiter.

Mit derselben unbeteiligten Benommenheit, die sie seit fünf Tagen im Griff hielt, beobachtete sie, wie die Truppe sich den Burgtoren näherte. Jetzt erst entdeckte sie, daß auch Frauen unter den Neuankömmlingen waren und daß manche der Banner nicht das Wappen des Schwarzen Wolfs trugen. Man hatte ihr erzählt, heute abend seien auch englische Adlige anwesend, aber Damen hatte sie nicht erwartet. Ihr Blick wanderte zögernd zu dem breitschultrigen Mann, der die Truppe anführte – er trug keine Kopfbedeckung, keinen Schild und auch kein Schwert und saß auf einem großen schwarzen Hengst mit langer Mähne und dichtem Schweif. Dieses Pferd war offensichtlich ein Nachkömmling von Thor. Neben Royce hielt sich Arik, auch er ohne Rüstung und Waffen. Jenny verurteilte das als überhebliche Zurschaustellung ihrer Verachtung dem Merrick-Clan und dessen Schlagkraft gegenüber.

Sie konnte das Gesicht von Royce Westmoreland aus dieser Entfernung nicht sehen, aber als er darauf wartete, daß die Zugbrücke heruntergelassen wurde, spürte sie fast seinen Unmut und seine Ungeduld.

Als würde er merken, daß er beobachtet wurde, hob er plötzlich den Kopf und suchte mit Blicken die Fassade und das Dach der Burg ab. Ohne es selbst zu wollen, preßte sich Jenny an die Wand, um sich vor ihm zu verstecken. Angst. Die erste Empfindung, die seit fünf Tagen den Nebel der Gefühllosigkeit durchdrang, war Angst, registrierte sie entrüstet. Sie straffte die Schultern, drehte sich um und ging ins Zimmer zurück.

Zwei Stunden später betrachtete sich Jenny im Spiegel. Die gnädige Taubheit war seit ihrem Aufenthalt auf dem Balkon für immer von ihr abgefallen, und ohne diesen schützenden Panzer war sie den erschütterndsten Gefühlen ausgesetzt, aber das kreidebleiche Gesicht, das sie aus dem Spiegel ansah, glich einer ausdruckslosen Maske.

»Es wird nicht halb so schrecklich, wie du jetzt denkst, Jenny«, sagte Brenna. Sie bemühte sich nach Kräften, ihre Schwester aufzuheitern, während sie zusammen mit zwei Dienerinnen die Schleppe von Jennys Kleid richtete. »In weniger als einer Stunde ist alles vorbei.«

»Wenn nur die Ehe auch so kurz sein könnte wie die Hochzeitszeremonie«, sagte Jenny kläglich.

»Sir Stefan ist in der Halle, ich habe ihn selbst gesehen. Er wird nicht zulassen, daß der Duke dich beleidigt. Stefan ist ein starker Mann und ehrenwerter Ritter.«

Jenny wirbelte zu ihr herum und hielt die Haarbürste in der Hand. Sie musterte mit einem schwachen, unsicheren Lächeln das Gesicht ihrer Schwester. »Brenna, sprechen wir über den ›ehrenwerten Ritter‹, der uns damals auf unserem Spaziergang überfallen und verschleppt hat?«

»Aber«, verteidigte sich Brenna, »er hat wenigstens nicht wie sein niederträchtiger Bruder versucht, einen sittenlosen Handel mit mir abzuschließen.«

»Das stimmt«, sagte Jenny – im Moment dachte sie gar nicht an ihren eigenen Kummer. »Ich würde trotzdem nicht darauf zählen, daß er dir heute abend wohlgesinnt ist. Ich kann mir gut vorstellen, daß er gute Lust hat, dir den Hals umzudrehen, weil er inzwischen erfahren haben muß, daß du ihn mit deinem Husten getäuscht hast.«

»Oh, aber das nimmt er mir nicht übel«, sprudelte Brenna hervor. »Er meinte sogar, diese List wäre sehr mutig und tapfer von mir gewesen.« Trübsinnig fügte sie hinzu: »*Damals* hätte er mir gern den Hals umgedreht, hat er gesagt, aber ich konnte ihm klarmachen, daß ich nicht ihn, sondern seinen gemeinen Bruder hinters Licht geführt habe.«

»Du hast schon mit Sir Stefan gesprochen?« erkundigte sich Jenny verblüfft. Brenna hatte nie auch nur das geringste Interesse an den jungen Burschen gezeigt, die ihr seit drei Jahren den Hof machten. Und jetzt traf sie sich in aller Heimlichkeit mit dem letzten Mann, den ihr Vater als Heiratskandidaten akzeptieren würde.

»Es ist mir gelungen, in der Halle ein paar Worte mit ihm zu wechseln, als ich dort war, um William etwas zu fragen«, gestand Brenna. Ihre Wangen glühten, und mit einemmal war sie sehr damit beschäftigt, den weiten Ärmel ihres roten Samtkleides zurechtzuzupfen. »Jenny«, hauchte sie leise, ohne den Kopf zu heben, »jetzt, da Frieden zwischen den beiden Ländern herrscht, dachte ich, ich könnte dir oft schreiben und meine Nachrichten von einem Boten überbringen lassen. Wenn ich einen Brief für Sir Stefan mitschicke, würdest du dann dafür sorgen, daß er ihn auch bekommt?«

Jenny kam es vor, als stünde die ganze Welt auf dem Kopf. »Wenn du ihm wirklich schreiben willst, dann leite ich den Brief an ihn weiter. Und«, fuhr sie fort und verkniff sich ein Lachen, »ich soll offensichtlich auch Sir Stefans Antwortschreiben meinen Briefen an dich beilegen, oder?«

Brenna richtete die strahlenden Augen auf Jenny. »Sir Stefan selbst hat das vorgeschlagen.«

»Ich ...« begann Jenny, brach jedoch ab, als die Tür zu ihrem Zimmer aufschwang und eine kleine, ältere Frau hereinhuschte. Tante Elinor trug ein altmodisches, aber hübsches taubengraues Satinkleid mit Kaninchenfellbesatz, einer hauchdünnen weißen Stola, die sie um den Hals geschlungen und bis zum Kinn hochgezogen hatte, und einem silbrigen Schleier, der über ihre Schultern floß.

Die Tante blieb stehen und sah verwirrt von einem Mädchen zum anderen. »Ich weiß, daß *du* die kleine Brenna bist«, sagte sie und strahlte erst Brenna, dann Jenny an, »aber kann es wirklich wahr sein, daß dieses zauberhafte Wesen meine unscheinbare kleine Jenny ist?«

Tante Elinor betrachtete die Braut in dem cremeweißen Samtkleid mit hoher Taille und weiten, mit Perlen, funkelnden Rubinen und blitzenden Diamanten bestickten, weiten Ärmeln voller Bewunderung. Eine prächtige, mit Samt eingefaßte Satinschleppe – auch großzügig mit Perlen besetzt – war mit riesigen goldenen Broschen, in die Perlen, Rubine und Diamanten eingearbeitet waren, an den Schultern befestigt. Jennys Haar flutete über den Rücken und schimmerte wie das Gold und die Rubine.

»Cremeweißer Samt ...« sagte Tante Elinor lächelnd und breitete die Arme aus. »Ausgesprochen unpraktisch, mein liebes Kind, aber wunderschön. Beinahe so schön wie du selbst ...«

Jenny warf sich in ihre Arme. »O Tante Elinor, ich bin so glücklich, dich zu sehen. Ich hatte schon Angst, du kämst nicht ...«

Brenna lief zur Tür, weil jemand angeklopft hatte, dann drehte sie sich zu Jenny um. Ihre Worte unterbrachen grausam Jennys freudige Begrüßung. »Jenny, Papa wünscht, daß du nach unten in die Halle gehst. Die Urkunde ist von den Engländern bereits unterzeichnet worden.«

Wellen des Entsetzens schlugen über Jenny zusammen, ihr Magen verkrampfte sich, und die Farbe wich aus ihrem Gesicht. Tante Elinor hängte sich bei Jenny ein, und in dem offensichtlichen Bestreben, sie von dem abzulenken, was jetzt auf sie zukam, zog sie ihre Großnichte sanft zur Tür und beschrieb fröhlich die Szene, die sie in der großen Halle erwartete.

»Du wirst deinen Augen nicht trauen, wenn du siehst, wie viele Menschen da sind«, schwatzte sie eifrig, weil sie irrtümlich annahm, daß die Menschenmenge Jennys Angst vor der Konfrontation mit ihrem zukünftigen Ehemann mildern würde. »Dein Papa hat hundert bewaffnete Männer auf einer Seite der Halle postiert, und *er«* – mit dem hochmütigen Schnauben machte sie deutlich, daß ›er‹ der Schwarze Wolf war – »hat mindestens ebenso viele Ritter mitgebracht, die auf der gegenüberliegenden Seite stehen und eure Leute nicht aus den Augen lassen.«

Jenny stakste steifbeinig den langen Korridor entlang. Bei jedem Schritt hatte sie das Gefühl, es wäre ihr letzter. »Das klingt«, sagte sie nervös, »als würden sie sich auf eine Schlacht vorbereiten, nicht auf eine Trauung.«

»Ja, aber ganz so ist es nicht. Es sind mehr Adlige anwesend als Ritter. König Jakob muß seinen halben Hofstaat als Zeugen der Zeremonie nach Merrick geschickt haben, und natürlich sind auch alle Clansführer aus der näheren Umgebung gekommen.«

Jenny machte noch ein paar unbeholfene Schritte. »Ich habe ihre Ankunft heute morgen beobachtet.«

»König Heinrich möchte diese Hochzeit offensichtlich zu einem ganz besonderen Fest machen, denn es sind viele Vertreter der englischen Aristokratie da, und ein paar von ihnen haben sogar Damen mitgebracht. Ein eigenartiger Anblick – Schotten und Engländer in Samt und Seide in ein und demselben Raum ...«

Jenny nahm die kurze, steile Steintreppe, die sich in die Halle hinunterwand, in Angriff. »Es ist so still da unten«, stellte sie zittrig fest und spitzte die Ohren. Ein paar gedämpfte männliche Stimmen, vereinzeltes Hüsteln, das aufgeregte Lachen einer Frau – mehr war nicht zu hören. »Was tun sie alle?«

»Ach, sie beäugen sich kühl und kritisch«, erwiderte Tante Elinor vergnügt, »oder sie tun so, als wären die anderen gar nicht da.«

Jenny kam um die letzte Biegung am Fuß der Treppe. Sie blieb einen Augenblick stehen, um sich zu beruhigen, und biß sich auf die bebende Unterlippe. Schon im nächsten Augenblick warf sie trotzig den Kopf in den Nacken, reckte das Kinn und marschierte weiter.

Völliges Schweigen senkte sich über die Halle, als Jennifer auftauchte, und das Schauspiel, das sich ihr bot, war ebenso unheilvoll wie die Stille. Fackeln brannten in den Haltern an den Steinwänden und warfen zuckendes Licht auf die feindselige Festgesellschaft. Bewaffnete Männer hatten steif und wachsam rundherum Aufstellung genommen; Ladies und Lords standen nebeneinander – die Engländer auf der einen, die Schotten auf der anderen Seite, wie Tante Elinor es geschildert hatte.

Aber nicht die Gäste waren die Ursache dafür, daß Jennys Knie mit einemmal unkontrolliert zitterten, sondern die große, mächtige Gestalt, die abgesondert von allen mitten im Saal stand und ihr mit stählernem, funkelndem Blick entgegensah. Wie ein drohendes Schreckgespenst türmte er sich in seinem weinroten mit Zobelpelz besetztem Umhang vor ihr auf und strahlte eine solche Kraft und Gewalt aus, daß selbst seine Landsleute einen Sicherheitsabstand zu ihm hielten.

Jennifers Vater, flankiert von zwei Wachmännern, trat vor, um ihre Hand zu ergreifen. Der furchteinflößende und arrogante Wolf hingegen hatte keine Beschützer nötig – sein Blick machte deutlich, wie sehr er den armseligen Gegner verachtete. Der Earl of Merrick zog die Hand seiner Tochter unter seinen Arm und geleitete sie weiter, während sich der große Abstand zwischen den Schotten und den Engländern noch mehr verbreiterte, als sie näher kamen. Die Schotten zu ihrer Rechten betrachteten sie mit stolzen, ernsten Mienen und zeigten ihr Mitgefühl; die hochmütigen Engländer zu ihrer Linken fixierten sie feindselig. Direkt vor ihr verstellte der finstere Mann, der in Kürze ihr Gemahl werden sollte, ihr den Weg. Er hatte den Umhang über seine breiten Schultern geworfen, stand mit leicht gespreizten Beinen und über der Brust verschränkten Armen da und inspizierte sie, als wäre sie eine widerwärtige Kreatur, die auf dem Boden vor ihm kroch.

Diesem verächtlichen, angeekelten Blick konnte Jenny unmöglich standhalten, deshalb konzentrierte sie sich auf einen Punkt über seiner linken Schulter und überlegte aufgeregt, ob er wohl zur Seite treten und sie vorbeilassen würde, wenn sie zu dem Tisch ging. Ihr Herz hämmerte wild in ihrer Brust, und sie umklammerte fest den Arm ihres Vaters, um das Gleichgewicht zu wahren. Der Teufel vor ihr rührte sich nicht von der Stelle und zwang Jenny und den Earl mit voller Absicht, einen Bogen um ihn zu machen. Jenny fuhr der Schreck in die Glieder, weil ihr unwillkürlich klar wurde, daß dies nur die erste einer endlosen Reihe von Demütigungen war, die er ihr für den Rest ihres Lebens in aller Öffentlichkeit und privat antun würde.

Glücklicherweise hatte sie kaum Zeit, länger darüber nachzugrübeln, denn die nächste Tortur folgte auf dem Fuße – die Unterzeichnung des Ehevertrags, der auf dem Tisch ausgebreitet lag. Zwei Männer erwarteten sie, einer war der Gesandte König Jakobs, der andere der Gesandte von König Heinrich. Beide fungierten als Trauzeugen und sollten darauf achten, daß die Zeremonie rechtmäßig und ohne unliebsame Zwischenfälle ablief.

Jennifers Vater blieb vor dem Tisch stehen und löste ihre kalte Hand von seinem tröstlichen Arm. »Der Barbar«, erklärte er laut und vernehmlich, »hat das Schriftstück bereits unterzeichnet.«

Bei diesen Worten schien die knisternde Spannung im Raum Gefahr zu laufen, sich in Handgreiflichkeiten zu entladen, doch es geschah nichts, außer, daß die Haltung der bewaffneten Männer noch abwehrender, starrer und die Blicke der Anwesenden noch böser wurden. In stummer Rebellion fixierte Jenny das Pergament, das all die Worte enthielt, die sie trotz der üppigen Mitgift zu einem düsteren, freudlosen Leben als Frau und Sklavin eines Mannes verdammte, den sie ebensosehr verabscheute wie er sie. An den unteren Rand hatte der Duke of Claymore – ihr ehemaliger Entführer und jetziger Kerkermeister – mit großzügigen Buchstaben seine Unterschrift gesetzt.

Neben dem Pergament befanden sich Federkiel und Tintenfaß, und obwohl sich Jenny dazu zwingen wollte, die Feder zu berühren, versagte ihr die zitternde Hand den Gehorsam. Jakobs Gesandter trat eilfertig einen Schritt vor, und Jenny sah ihn hilflos und jämmerlich an.

»Mylady«, sagte er verständnisvoll und mit ausgesuchter Höflichkeit, die den Engländern in der Halle deutlich machen sollte, daß Lady Jennifer die ganze Hochachtung des schottischen Königs genoß, »Seine Majestät, König Jakob von Schottland, hat mich gebeten, Euch seine besten Wünsche zu übermitteln und Euch zu sagen, daß ganz Schottland schwer in Eurer

Schuld steht, weil Ihr dieses Opfer für Euer geliebtes Vaterland auf Euch nehmt. Ihr macht dem großen Clan der Merricks und Schottland alle Ehre.«

Hatte er das Wort ›Opfer‹ besonders betont? fragte sich Jenny benommen, aber der Gesandte hatte den Federkiel bereits in die Hand genommen und reichte ihn ihr.

Wie durch einen Nebel beobachtete sie, daß ihre Finger danach griffen und sie ihren Namen unter das abscheuliche Dokument setzte, aber als sie sich aufrichtete, konnte sie den Blick nicht von dem Vertrag wenden. Unverwandt starrte sie auf ihren Namen, den sie in der schönen Gelehrtenschrift geschrieben hatte, die ihr Mutter Ambrose beigebracht und mit ihr geübt hatte. Die Äbtissin! Mit einemmal konnte und wollte sie nicht glauben, daß der liebe Gott wirklich zulassen würde, daß ihr so etwas Schreckliches widerfuhr. Gott hatte bestimmt gesehen, daß sie die langen Jahre im Kloster fromm, gehorsam und ehrerbietig verbracht hatte ... nun, wenigstens hatte sie sich angestrengt, fromm, gehorsam und ehrerbietig zu ein. *»Bitte, lieber Gott ...«* wiederholte sie immer und immer wieder, *»laß es nicht zu.«*

»Ladies und Gentlemen«, dröhnte Stefan Westmorelands Stimme durch den Saal und hallte von den Steinwänden wider. »Ein Hoch auf den Duke of Claymore und seine Braut.«

Seine Braut ... die Worte schrillten in Jennys Kopf und setzten all die Erinnerungen an die vergangenen Wochen frei ... Als sie wieder in die Wirklichkeit zurückkehrte, sah sie sich erschrocken um. Sie wußte nicht, wie lange sie in Träumereien versunken gewesen war, aber sobald sie in die Realität zurückkehrte, begann sie erneut zu beten. *»Bitte, lieber Gott, verhindere diese Hochzeit ...«* weinte ihr Herz ein letztes Mal, aber es war bereits zu spät. Ihre riesigen blauen Augen richteten sich auf die große Eichentür, die ein Lakai öffnete, um den Geistlichen, auf den alle warteten, einzulassen.

Ihr Vater stand neben der Tür, wechselte ein paar Worte mit einem Mann und rief laut: »Bruder Benedict ...«

Jenny stockte der Atem.

»… hat uns eine Nachricht geschickt – er fühlt sich nicht gut.«

Ihr Herz setzte einen Schlag aus und klopfte dann um so schneller.

»Und die Trauung kann erst morgen vollzogen werden.«

»Ich danke dir, lieber Gott.«

Jenny versuchte, einen Schritt von dem Tisch zurückzutreten, aber plötzlich drehte sich der ganze Raum um sie, und sie konnte sich nicht mehr bewegen. Sie merkte selbst, daß sie langsam in eine Ohnmacht sank, und registrierte erschrocken, daß Royce Westmoreland die Person war, die ihr am nächsten stand.

Tante Elinor stieß einen spitzen Schrei aus, als sie Jennys Zustand bemerkte, und während sie zu ihrer Großnichte hastete, stieß sie die Clansmänner, die ihr im Weg standen, mit den Ellbogen zur Seite. Einen Augenblick später spürte Jenny ihre Umarmung und die pergamentene Wange, die sich an die ihre preßte. Eine schmerzlich vertraute Stimme plapperte in ihr Ohr: »Aber, aber, mein Kleines … Atme tief durch, dann fühlst du dich sofort viel besser. Deine Tante Elinor ist ja da. Ich bringe dich hinauf in dein Zimmer.«

Die Worte trudelten zusammenhanglos durch den Raum, aber plötzlich ergaben sie einen Sinn. Freude und Erleichterung durchströmten Jenny, als ihr Vater den Gästen eine weitere Ankündigung machte.

»Die Hochzeit wird lediglich um einen Tag verschoben«, erklärte er donnernd und kehrte dabei den Engländern den Rücken zu. »Bruder Benedict plagt nur eine böse Übelkeit. Der gute Mann hat aber versprochen, morgen sein Krankenlager zu verlassen und herzukommen, um die Trauung zu vollziehen, egal wie schlecht er sich fühlen mag.«

Jenny wandte sich ab, um mit ihrer Tante die Halle zu verlassen, und warf einen verstohlenen Blick auf ihren ›Verlobten‹, weil sie wissen wollte, wie er auf diese Verspätung überhaupt reagierte. Der Schwarze Wolf schien ihre Gegenwart überhaupt nicht wahrzunehmen. Der Blick aus seinen zusammengekniffenen Augen war auf ihren Vater gerichtet, obwohl seine Miene unergründlich war, blitzten seine Augen kalt und argwöhnisch. Das Unwetter, das schon den ganzen Tag über umhergezogen war, hatte sich inzwischen zusammengebraut und tobte plötzlich mit voller Wucht. Ein Blitz zuckte über den dunklen Himmel, und kurz darauf brach ein unheilvoller Donner los.

»Jedenfalls«, fuhr Jennys Vater fort und richtete seine Worte an alle versammelten Gäste, ohne jedoch die Engländer eines Blickes zu würdigen, »findet das Festessen wie geplant heute abend statt. Der Gesandte von König Heinrich hat mir zu verstehen gegeben, daß die meisten Gäste den Wunsch haben, morgen sofort nach England zurückzukehren; ich fürchte jedoch, sie werden ohnehin einen Tag länger bleiben müssen, da unsere Straßen nach einem schweren Unwetter kaum passierbar sind.«

Aufgeregtes Stimmengewirr wurde auf beiden Seiten der Halle laut. Ohne auf die auf sie gerichteten Blicke zu achten, verließ Jenny an der Seite ihrer Tante den überfüllten Raum und ging die Treppe zu ihrem Schlafzimmer, dem Ort der Ruhe und des Trostes, hinauf. Gott hatte sie erhört und ihr einen Aufschub gewährt.

Nachdem sie die Tür zu ihrem Zimmer hinter sich geschlossen hatte, sank Jenny in die Arme ihrer Tante und weinte vor Erleichterung.

»Schon gut, mein Kätzchen«, sagte Tante Elinor, tätschelte ihr den Rücken und redete in ihrer eifrigen, zusammenhanglosen Art drauflos: »Zweifellos hast du schon gedacht, daß ich dich allein lasse, als ich vorgestern und gestern nicht hier ankam. Habe ich recht?«

Jenny schluckte die Tränen hinunter, lehnte sich schwach gegen ihre Tante und nickte stumm. Seit ihr Vater den Vorschlag machte, Tante Elinor sollte sie nach England begleiten, hatte sich Jenny nur auf diesen einzigen Lichtblick an ihrem düsteren Horizont konzentriert.

Die Großtante nahm das tränennasse Gesicht ihrer Großnichte zwischen die Hände und fuhr entschlossen fort: »Aber jetzt bin ich hier, und ich hatte eine Unterredung mit deinem Vater. Ich bin hier und werde für immer bei dir bleiben. Ist das nicht schön? Wir werden wundervolle Zeiten miteinander erleben. Auch wenn du diesen gräßlichen Engländer heiraten und bei ihm wohnen mußt – wir werden ihn einfach vergessen und so viel Spaß haben wie früher, bevor mich dein Vater nach Glencarin aufs Witwenteil verbannt hat. Nicht, daß ich ihm Vorwürfe mache, weil ihm mein Schwatzen zuviel wurde, aber ich fürchte, es ist jetzt noch schlimmer geworden. Ich war so lange von meinen Lieben getrennt und hatte keine Menschenseele, mit der ich reden konnte.«

Jenny sah sie nach dieser langen, atemlosen Ansprache ein wenig verwirrt an, dann lächelte sie und umarmte die alte Tante ihrer Mutter.

Beim Festmahl saß Jenny auf dem Podium an dem langen Tisch und starrte über die dreihundert schmausenden Gäste hinweg auf die andere Seite der Halle. Neben ihr, fast so nah, daß sich ihre Ellbogen berührten, saß der Mann, mit dem sie durch den Ehevertrag ebenso unwiderruflich verbunden war wie durch die formelle Hochzeitszeremonie, die am morgigen Tag stattfinden sollte. In den letzten zwei Stunden, in denen sie gezwungen gewesen war, an diesem Platz auszuharren, hatte sie nur dreimal seinen eisigen Blick gespürt. Es war, als könnte er nicht einmal ihren Anblick ertragen, als würde er nur darauf warten, sie endgültig in seine Klauen zu bekommen, damit er ihr das Leben zur Hölle machen konnte.

Ihr drohte eine Zukunft voller Beschimpfungen und körperlicher Züchtigungen – selbst bei den Schotten war es üblich, daß Männer ihre Frauen schlugen, wenn sie glaubten, ihnen Gehorsam und Anstand beibringen zu müssen, das wußte Jenny. Zudem kannte sie das Temperament und den Ruf des zornigen Menschen an ihrer Seite, und sie war sicher, daß das Leben für sie nur noch Elend und Kummer bereit hielt. Die Enge in ihrer

Kehle, die sie schon den ganzen Tag zu ersticken drohte, schnürte ihr jetzt regelrecht die Luft ab. Sie versuchte fieberhaft, an etwas zu denken, worauf sie sich freuen konnte. Tante Elinor würde bei ihr sein, rief sie sich ins Gedächtnis. Und eines Tages – schon bald, wenn sie in Betracht zog, was sie über die Begierden ihres zukünftigen Mannes wußte – würde sie Kinder haben, die sie lieben und umsorgen konnte. Kinder. Sie schloß kurz die Augen, atmete gequält durch und spürte, wie die Last auf ihrer Brust ein wenig leichter wurde. Auf ein Baby, das sie in den Armen halten und liebkosen würde, konnte sie sich freuen. Sie nahm sich vor, sich an diesen Gedanken zu klammern, was auch mit ihr geschah.

Royce griff nach seinem Weinkelch, und sie musterte ihn heimlich aus den Augenwinkeln. Säuerlich stellte sie fest, daß er eine besonders hübsche Akrobatin, die im Handstand über ein Bett von scharfen Schwertspitzen balancierte, eingehend betrachtete. Ihre Röcke waren an den Knien zusammengebunden, so daß sie ihr nicht über den Kopf fielen – durch diese Maßnahme wurden ihre wohlgeformten Beine vom Knöchel bis zum Knie sichtbar. Auf der anderen Seite des Saales turnten und hüpften Narren mit spitzen Schellenhüten vor den Gästen herum. Mit dem bunten Unterhaltungsprogramm und der verschwenderischen Mahlzeit zeigte Jennys Vater auf seine Art den verhaßten Engländern, daß die Merricks ein angesehener und wohlhabender Clan waren.

Angewidert von Royces offenkundiger Bewunderung für die Akrobatin mit den hübschen Beinen, griff Jenny nach ihrem Silberbecher, tat so, als würde sie trinken, nur um den boshaften, geringschätzigen Blicken der Engländer zu entgehen, die sie den ganzen Abend nicht aus den Augen ließen. Nach den Kommentaren zu schließen, die sie mit angehört hatte, wurde sie als vollkommen unzureichend und minderwertig beurteilt. »Seht Euch nur ihr Haar an«, kicherte eine Frau. »Ich dachte, nur Pferde hätten Mähnen mit einer solchen Farbe.« – »Oh, dieses hochnäsige Gesicht!« rief ein Mann, als Jenny mit hocherhobenem Haupt und Magenkrämpfen an ihm vorbeiging. »Royce wird sich diese arroganten Allüren bestimmt nicht gefallen lassen. Wenn er sie erst einmal in Claymore hat, treibt er ihr die Flausen schon aus.«

Jenny wandte den Blick von den Narren ab und sah ihren Vater an, der zu ihrer Linken saß. Stolz erfüllte sie, als sie sein aristokratisches, bärtiges Gesicht betrachtete. Er hatte Würde und hielt sich großartig. Immer wenn sie zugesehen hatte, wie er in der großen Halle zu Gericht saß und sich Berichte über die Streitigkeiten, die hin und wieder unter den Leuten aufkeimten, anhörte, war ihr unweigerlich der Gedanke gekommen, daß Gott wie er aussehen mußte, wenn er auf seinem Thron saß und über die armen Seelen richtete, die früher oder später alle zu ihm kamen.

Trotzdem schien ihr Vater heute in einer eigenartigen Stimmung zu sein – kein Wunder, wenn man die Umstände bedachte. Schon die ganze Zeit, während er mit den anderen Clanführern in der Halle geredet und getrunken hatte, machte er einen angespannten und geistesabwesenden Eindruck, aber seltsamerweise auch einen vergnügten. Irgend etwas verschaffte ihm augenscheinlich Befriedigung. Als Lord Merrick Jennifers Blick spürte, wandte er sich ihr zu, und musterte mitfühlend ihr blasses Gesicht. Er beugte sich so nah zu ihr, daß sein Bart ihre Wange kitzelte, und flüsterte ihr eindringlich, aber so leise ins Ohr, daß niemand sonst ihn hören konnte: »Quäl dich nicht, mein Kind. Laß den Mut nicht sinken, alles wird wieder gut.«

Diese Bemerkung erschien ihr derart absurd, daß Jenny nicht wußte, ob sie lachen oder heulen sollte. Als der Lord sah, daß sich ihre blauen Augen vor Angst weiteten, ergriff er ihre kalte Hand, mit der sie sich an der Tischkante festklammerte, als könnte sie ihr das Leben retten. Die warme Berührung wirkte tröstlich, und Jenny brachte ein schwaches Lächeln zustande.

»Vertrau mir«, sagte er, »morgen ist alles vorbei.«

Ihr Herz wurde bleischwer. Morgen war alles zu spät. Vom nächsten Tag an war sie bis in alle Ewigkeit mit dem Mann verheiratet, der an ihrer Seite saß und neben dem sie sich kümmerlich und unwichtig vorkam. Sie schielte schnell zu ihrem Verlobten, um sich viel zu spät zu vergewissern, ob er die geflüsterte Unterhaltung mitbekommen hatte. Aber seine Aufmerksamkeit galt ganz anderen Dingen – nicht mehr der hübschen Akrobatin, sondern irgend jemandem am anderen Ende des Saals.

Neugierig folgte Jenny seinem Blick und entdeckte Arik, der gerade hereinkam. Der blonde, bärtige Hüne nickte Royce einmal zu. Bei einem kurzen Seitenblick stellte Jenny fest, daß Royce die Zähne aufeinander biß und kaum merklich den Kopf neigte, ehe er sich seelenruhig wieder der Akrobatin zudrehte. Arik wartete einen Moment, dann schlenderte er unauffällig zu Stefan, der übertrieben großes Interesse an den Dudelsackpfeifern zeigte.

Jenny spürte, daß wortlos Nachrichten ausgetauscht worden waren, und das machte sie noch unruhiger, besonders nach dem, was ihr Vater soeben geäußert hatte. Etwas war geschehen, das wußte sie – aber was? Ein todernstes Spiel war im Gange, und Jenny fragte sich, ob ihre Zukunft vom Ausgang dieses Spiels abhing.

Sie konnte den Lärm und diese Ungewißheit nicht mehr länger ertragen und beschloß, sich in ihr stilles Kämmerlein zurückzuziehen und darüber nachzudenken, ob sie sich vielleicht doch noch Hoffnungen machen konnte.

»Papa«, sagte sie hastig, »ich bitte dich um die Erlaubnis, mich zurückziehen zu dürfen. Ich möchte versuchen, in meinem Zimmer ein wenig Ruhe und Frieden zu finden.«

»Natürlich, meine Liebe«, entgegnete er sofort. »Du hattest sehr wenig davon in deinem kurzen Leben, aber genau das brauchst du jetzt am meisten, nicht wahr?«

Jenny zögerte den Bruchteil einer Sekunde, weil sie ahnte, daß hinter dieser Antwort mehr steckte als nur Freundlichkeit und Fürsorge, aber da sie die wahre Bedeutung nicht verstand, nickte sie nur und stand auf.

In dem Augenblick, in dem sie sich bewegte, drehte Royce

den Kopf zu ihr um, obwohl sie hätte schwören können, daß er den ganzen Abend ihre Anwesenheit gar nicht bemerkt hatte.

»Schon im Aufbruch?« fragte er und musterte dreist ihren Busen. Jenny erstarrte, als er den Blick hob und sie den zornigen Ausdruck in seinen Augen wahrnahm. »Soll ich dich zu deinem Zimmer bringen?«

Mit größter Mühe zwang Jenny ihren Körper, sich in Bewegung zu setzen und richtete sich zu voller Größe auf – sie weidete sich regelrecht daran, endlich einmal auf ihn herunterschauen zu können.

»Kommt nicht in Frage«, versetzte sie. »Meine Tante wird mich begleiten.«

»Was für ein grauenvoller Abend«, rief Tante Elinor aus, als sie in Jennys Zimmer ankamen. »Diese Engländer! So wie die dich angegafft haben, hätte ich sie am liebsten alle aus der Halle geworfen. Ich schwöre dir, ich war ehrlich nahe dran, sie anzuschreien und fortzujagen. Lord Hastings, der Kerl vom Hof dieses abscheulichen Heinrichs, hat während des ganzen Essens mit seinem Nebenmann getuschelt und mich vollkommen ignoriert. Das war sehr ungezogen von ihm, obwohl ich nicht den geringsten Wunsch verspürte, mich mit ihm zu unterhalten. Liebes, ich will deinen Kummer ja nicht noch vergrößern, aber deinen Mann kann ich nun wirklich nicht leiden.«

Jenny, die ganz vergessen hatte, daß ihre Tante immer wie eine Elster von einer Sache zur nächsten flatterte, lächelte liebevoll, aber ihre Gedanken beschäftigten sich mit etwas anderem. »Papa schien heute abend in ausgesprochen merkwürdiger Stimmung zu sein.«

»Das war schon immer so, möchte ich behaupten.«

»Was war schon immer so?«

»Daß er merkwürdigen Stimmungen unterworfen ist.«

Jenny verbiß sich ein hysterisches Kichern und gab den Versuch auf, weiter über den heutigen Abend zu reden. Sie ging zu ihrer Tante, damit sie ihr helfen konnte, das Kleid auszuziehen.

»Dein Vater erwägt nun doch, mich nach Glencarin zurückzuschicken«, sagte Tante Elinor.

Jenny riß den Kopf herum und starrte die alte Dame fassungslos an. »Wie kommst du darauf?«

»Weil er es gesagt hat.«

Jenny umklammerte in vollkommener Verwirrung die Schultern ihrer Tante. »Tante Elinor, was genau hat Papa zu dir gesagt?«

»Als ich heute später als erwartet ankam«, erwiderte sie niedergeschlagen, »dachte ich eigentlich, daß er ärgerlich auf mich ist. Das wäre ziemlich ungerecht gewesen, denn ich konnte ja nichts dafür, daß es im Westen so stark geregnet hat. Du weißt ja, wie es zu dieser Jahreszeit ist ...«

»Tante Elinor«, rief Jenny mit warnendem Unterton, »was hat Papa gesagt?«

»Es tut mir sehr, sehr leid, mein Kind. Ich war so lange ohne menschliche Gesellschaft und mußte mir alles, was ich zu sagen hatte, aufsparen, so daß ich jetzt, da mir jemand zuhört, mein Mundwerk nicht mehr im Zaum halten kann. Zwei Tauben setzten sich immer auf das Fensterbrett von meinem Schlafzimmer in Glencarin, und wir drei haben uns sehr angeregt unterhalten – natürlich hatten die Tauben wenig zu sagen, aber ...«

Als Jenny, die gegenwärtig die verhängnisvollste Zeit ihres Lebens durchmachte, das hörte, lachte sie lauthals los. Sie schlang die Arme um die erschrockene kleine Frau, und lachte, bis ihr die Tränen kamen.

»Armes Kind«, sagte Tante Elinor und tätschelte ihrer Großnichte den Rücken. »Du stehst unter einer solchen Spannung, und ich mache alles nur noch schlimmer. Also«, setzte sie hinzu und überlegte eine Weile, »dein Papa hat mir vorhin beim Essen gesagt, ich sollte nicht damit rechnen, dich nach der Feier begleiten zu dürfen, aber er erlaubte es mir, hierzubleiben und deine Hochzeit mitzuerleben, wenn ich es wünsche.« Sie ließ die Arme sinken und plumpste mutlos auf das Bett. Ihr altes, faltiges Gesicht wirkte bekümmert. »Ich würde alles tun, um nicht mehr nach Glencarin zurück zu müssen. Ich bin dort so einsam, verstehst du?«

Jenny nickte, legte die Hand auf das schneeweiße Haar der Tante und strich sanft über ihren Kopf. Dabei erinnerte sie sich an früher, als Tante Elinor ihren eigenen großen Haushalt mit strengem Regiment und großem Elan geführt hatte. Es war ungerecht, daß die erzwungene Einsamkeit und das fortschreitende Alter diese mutige Frau so sehr verändert hatten.

»Ich werde ihn morgen bitten, seinen Entschluß zu ändern«, versprach Jenny entschlossen. Allmählich machten sich die Strapazen des langen, schwierigen Tages bemerkbar, und die Erschöpfung übermannte sie wie eine übermächtige Welle. »Wenn ihm klar wird, wie viel mir daran liegt, daß du bei mir bleibst, wird er ganz sicher nachgeben.« Sie seufzte und sehnte sich plötzlich mehr als je zuvor in ihrem Leben nach der Wärme ihres schmalen Betts.

Kapitel sechzehn

Fast jeder Zentimeter des Fußbodens – von der großen Halle bis zur Küche – war besetzt mit schlafenden Gästen und Bediensteten. Sie lagen auf Matten, Decken und allem, was sie hatten finden können, um sich nicht auf dem blanken, harten Steinboden ausstrecken zu müssen. Lautes Schnarchen hallte durch die Burg.

Die ungewohnten dissonanten Töne, die durch die finstere, mondlose Nacht dröhnten, beeinträchtigten Jennys Schlaf. Sie wälzte sich in ihrem Bett von einer Seite auf die andere und warf den Kopf unruhig auf dem Kissen hin und her. Plötzlich riß sie die Augen weit auf. Ein unbekanntes Geräusch oder eine Bewegung im Zimmer hatte sie aufgeschreckt, aber noch war sie zu schlaftrunken, um sich ernsthaft damit zu befassen.

Ihr Herz raste vor Angst, sie blinzelte ein paarmal, während sie versuchte, ihren Pulsschlag zu beruhigen, und spähte in die tintenschwarze Düsternis. Auf einer Matte neben ihrem schmalen Bett drehte sich ihre Tante auf den Rücken. *Tante Elinor,* registrierte Jenny erleichtert – kein Zweifel, Tante Elinors Bewegungen hatten sie geweckt. Das arme Ding litt oft wegen ihrer steifen Gelenke und fühlte sich auf einer harten Unterlage wohler als in einem weichen Bette, aber vermutlich hatte sie Schmerzen und suchte im Schlaf nach der bequemsten Position. Jennys Puls beruhigte sich, sie rollte sich auf den Rücken und zitterte in dem unerwartet kühlen Luftzug … Ein Schrei drang aus ihrer Kehle, im selben Augenblick preßte sich eine riesige Hand auf ihren Mund und erstickte jeden Laut. Während Jenny gelähmt vor Entsetzen in das finstere Gesicht starrte, das nur wenige Zentimeter von dem ihren entfernt war, flüsterte Royce Westmoreland: »Wenn du schreist, schlage ich dich bewußtlos.« Er machte eine Pause und wartete darauf, daß sich Jenny von dem Schrecken erholte. »Hast du mich verstanden?« zischte er.

Jenny zögerte und schluckte ein paarmal, ehe sie ruckartig nickte.

»Sehr gut«, sagte er und lockerte seinen Griff ein wenig. Jenny nutzte die Gelegenheit sofort – sie grub ihre Zähne tief in seine Handfläche und warf sich auf die linke Seite, um so schnell wie möglich zum Fenster zu kommen und die Wachen im Burghof um Hilfe zu rufen. Aber Royce grabschte nach ihr, noch bevor ihre Füße den Boden berührten, und schleuderte sie wieder auf den Rücken. Seine blutende Hand drückte er ihr so fest auf Mund und Nase, daß sie keine Luft mehr bekam. »Das ist das zweite Mal, daß du mir eine blutende Wunde beibringst«, preßte er zwischen zusammengebissenen Zähnen hervor, und seine Augen blitzten vor Wut. »Und es wird das *letzte* Mal sein.«

Er hat vor, mich zu ersticken! dachte Jenny verzweifelt. Sie schüttelte vehement den Kopf, ihre Augen wurden riesengroß, und sie rang nach Atem.

»So ist es schon besser.« Er lachte leise. »Es wäre klug, wenn du lernen würdest, mich zu fürchten. Hör mir gut zu,

Countess, fuhr er fort, ohne auf ihre fruchtlosen Befreiungsversuche zu achten. »Ich werde dich aus dem Fenster abseilen, ob du dich kooperativ zeigst oder nicht. Falls du mir auch nur die geringsten Schwierigkeiten machst, sorge ich dafür, daß du nicht bei Bewußtsein bist, wenn ich es tue – das würde allerdings deine Chancen, den Boden lebend zu erreichen, erheblich verringern, da du dich nicht mehr an dem Seil festhalten kannst.«

Er verringerte den Druck seiner Hand gerade genug, daß sie ihre Lungen mit Luft füllen konnte, aber trotz der tiefen Atemzüge ließ ihr Zittern nicht nach. »Durch das Fenster«, protestierte sie erstickt. »Bist du verrückt? Das Fenster ist mehr als zwanzig Meter über dem Burggraben!«

Royce ignorierte den Einwand und schoß seine wirksamste Waffe ab, die ihren Widerstand ganz bestimmt brechen würde. »Arik hält deine Schwester gefangen, und sie wird erst freigelassen, wenn ich ihm das Signal dazu gebe. Falls du irgend etwas unternimmst, was mich daran hindert, ihm das verabredete Zeichen zu geben – nicht auszudenken, was er in diesem Fall mit ihr macht.«

Jeglicher Kampfgeist fiel von Jenny ab. Es war, als würde sie erneut denselben Alptraum durchleben wie damals, und eine Flucht war zwecklos. Morgen würde sie ohnehin mit diesem Teufel getraut werden – also was machte eine Nacht mehr in seiner Gewalt schon aus, wenn ihr sowieso Jahre des Elends bevorstanden?

»Nimm deine Hand weg«, sagte sie matt. »Ich schreie nicht. Du kannst dich darauf verlassen …«

Der letzte Satz war ein Fehler, das wurde ihr bewußt, sobald die Worte ausgesprochen waren und sie sah, wie sich sein Gesicht vor Zorn verzerrte.

»Steh auf«, knurrte er und zog sie aus dem Bett. Er streckte den Arm aus, schnappte sich das samtene Hochzeitskleid, das auf der Truhe am Fußende des Bettes lag, und drückte es ihr in die Hand.

Jenny preßte das Kleid an ihren Busen und sagte mit bebender Stimme: »Dreh dich um.«

»Soll ich dir auch noch einen Dolch besorgen, damit du ihn benutzen kannst?« spottete er, und noch ehe sie ihm darauf antworten konnte, befahl er eisig: »Zieh dich an.«

Sobald sie das Kleid, Schuhe und ihren dunkelblauen Umhang anhatte, zerrte er sie an sich, und ehe sie recht begriff, wie ihr geschah, knebelte er sie und band ein schwarzes Tuch um ihren Mund. Dann schubste er sie unsanft zum Fenster. Jenny starrte voller Entsetzen an der glatten steilen Wand hinunter in den tiefen, dunklen Burggraben. Es war, als würde sie ihrem eigenen Tod in den Rachen blicken. Sie schüttelte heftig den Kopf, aber Royce schob sie weiter, nahm den kräftigen Strick, der vom Fenstersims herabhing, und knotete ihn um ihre Taille.

»Halt dich mit den Händen am Seil fest«, ordnete er unbarmherzig an, während er das andere Ende des Seils um seine Handgelenke wickelte, »und stütz dich mit den Füßen an der Mauer ab.« Ohne weitere Umschweife hob er sie hoch und setzte sie auf das Fenstersims.

Er erkannte die Angst in ihren großen Augen, als sie sich am Fensterrahmen festklammerte, und sagte kurz angebunden: »Schau nicht nach unten. Der Strick hält dich, und ich habe schon schwerere Lasten als dich abgeseilt.«

Jenny stöhnte mutlos, als seine Hände ihre Taille umfaßten und sie schonungslos weiter schoben. »Nimm das Seil in die Hände«, brummte er, und Jenny gehorchte in dem Moment, in dem er sie vom Sims hob und über das faulige Wasser in der Tiefe hielt.

»Stoß dich mit den Füßen von der Mauer ab«, wiederholte er scharf.

Jenny, die bereits aus dem Fenster hing, drehte und wand sich wie ein Blatt im Wind und stemmte verzweifelt die Füße gegen die Mauer, bis es ihr endlich gelang, sich ruhig an dem Strick zu halten. Sie schwebte zwischen Himmel und Hölle, und nur noch ihr Kopf war in Fensterhöhe. Sie starrte Royce fassungslos an und keuchte.

Und ausgerechnet in diesem unglücklichen, unpassendsten Moment, in dem sie mehr als zwanzig Meter über dem tiefen Burggraben baumelte und nur von einem Paar kräftiger Hände und einem dicken Seil davon abgehalten wurde, in den Tod zu stürzen, hatte Jenny die seltene Gelegenheit zu sehen, wie das Gesicht des Schwarzen Wolfs zu einer Maske blanken Entsetzens wurde, als Tante Elinor wie ein Geist in ihrem weißen Nachthemd neben dem Bett auftauchte, an seine Seite huschte und gebieterisch fragte: »Was, in drei Teufels Namen, tut Ihr da?«

Royces Kopf ruckte herum, und er sah sie ungläubig an. Seine Miene war beinahe komisch, als er merkte, wie hilflos er in dieser Situation war – er konnte weder nach seinem Dolch greifen, um die alte Dame zu bedrohen, noch zu ihr eilen und sie zum Schweigen bringen.

Zu jeder anderen Zeit hätte sich Jenny köstlich darüber amüsiert, ihn so ratlos zu erleben, aber nicht jetzt – nicht wenn er im wahrsten Sinne des Wortes ihr Leben in seinen Händen hielt. Sie bekam noch mit, wie er Tante Elinor entgeistert betrachtete, dann gab das Seil nach, und sie wurde ruckartig in die Tiefe hinuntergelassen. Ihr blieb nichts anderes übrig, als sich festzuhalten und zu beten. Aber sie fragte sich auch, was, um Himmels willen, jetzt in ihrem Zimmer vor sich ging und *warum* Tante Elinor sich zu erkennen gegeben und ausgerechnet *diesen* Augenblick für ihren dramatischen Auftritt gewählt hatte.

Royce fragte sich dasselbe, als er die ältere Frau in der Dunkelheit musterte, um Aufschlüsse darüber zu erhalten, ob sie mit voller Absicht den gefährlichsten Moment abgewartet hatte. Er warf einen Blick auf das Seil, das ins Fleisch seiner Hände schnitt.

Erst dann beantwortete er die Frage der alten Dame: »Ich entführe Eure Nichte.«

»Das dachte ich mir schon.«

Royce betrachtete sie genauer. Er war nicht sicher, ob Jennifers Tante geistig nur ein wenig minderbemittelt oder geistesgestört und verwirrt war. »Und was habt Ihr vor, um das zu verhindern?«

»Ich *könnte* die Tür aufreißen und um Hilfe schreien«, sagte sie, »aber da Ihr Brenna in Eurer Gewalt habt, sollte ich vermutlich lieber davon Abstand nehmen.«

»Ganz recht«, stimmte Royce zögerlich zu. »Das könnte sich ungünstig auswirken.«

Eine kleine Ewigkeit begegneten sich ihre Blicke, während sie sich gegenseitig abschätzten, dann sagte sie: »Natürlich *könnte* es auch eine Lüge sein, daß Ihr Brenna gefangengenommen habt.«

»Möglich«, erwiderte Royce vorsichtig.

»Andererseits habt Ihr vielleicht doch nicht gelogen. Wie habt Ihr es geschafft, hier heraufzuklettern?«

»Was meint Ihr?« fragte Royce zurück. Er schaute wieder auf den Strick und hielt einen Augenblick seine Hände ruhig. Seine Schultern waren angespannt, und der Unterkörper war gegen die Wand gestemmt. Nach einer Weile ließ er wieder Hand über Hand das Seil nach.

»Vielleicht kam einer Eurer Männer unter irgendeinem Vorwand während des Festmahls hier herauf und hat den Strick an dem Absatz vor dem Fenster befestigt und das andere Ende hinuntergeworfen.«

Royce bestätigte ihr, daß sie die richtigen Schlüsse gezogen hatte, und verneigte sich spöttisch vor ihr. Doch bei ihren nächsten Worten zuckte er wieder zusammen – diesmal vor Schreck.

»Wenn ich genauer darüber nachdenke, kann ich nicht glauben, daß Ihr Brenna in Eurer Gewalt habt.«

Royce, der Jennifer tatsächlich in diesem Punkt angeschwindelt hatte, mußte sich dringend etwas ausdenken, wie er die alte Lady am besten zum Schweigen brachte. »Was bringt Euch auf diesen Gedanken?« fragte er, um Zeit zu gewinnen. Dabei ließ er immer mehr von dem Seil nach.

»Zum ersten hat mein Neffe Wachen am Fuß der Treppe aufgestellt. Schon als ich mich heute abend ziemlich früh zurückgezogen habe, standen die Männer auf ihren Posten – ich vermute stark, er wollte durch diese Maßnahme einen Vorfall wie diesen verhindern. Um meine Nichte Brenna zu entführen, hättet Ihr also diese Mauer heute abend schon einmal heraufklettern müssen, und das hätte Euch unnütze Mühen und Strapazen bereitet, da Ihr Brenna ohnehin nur dazu benutzen wolltet, um Jennifer ohne Protest und Geschrei aus dem Haus zu schaffen.«

Diese Überlegungen waren so präzise, daß Royce seine geringe Meinung über die weißhaarige, alte Dame erheblich revidierte.

»Andererseits«, gab er gelassen zu bedenken, während er zu schätzen versuchte, wie weit Jennifer noch vom Boden entfernt sein mochte, »wißt Ihr nicht, ob ich nicht doch ein umsichtiger Mann bin.«

»Das stimmt natürlich«, gestand sie ein.

Royce atmete erleichtert auf, aber gleich darauf traf ihn der nächste Schlag, als Tante Elinor hinzufügte: »Aber ich denke, Ihr habt Brenna nicht. Deshalb möchte ich einen Handel mit Euch abschließen.«

Seine Augenbrauen zuckten in die Höhe. »Was für einen Handel?«

»Als Gegenleistung dafür, daß ich jetzt nicht die Wachen alarmiere, werdet ihr mich auch aus dem Fenster abseilen und mitnehmen.«

Wenn sie ihn eingeladen hätte, das Bett mit ihr zu teilen, hätte Royce nicht verblüffter sein können. Mit Mühe wahrte er Haltung und musterte ihre magere, zerbrechliche Gestalt und wägte die Gefahren ab, die ihnen beiden drohen könnten, wenn er zusammen mit ihr hinunterkletterte. »Das kommt nicht in Frage«, versetzte er.

»In diesem Fall«, begann sie und drehte sich mit ausgestreckter Hand zur Tür um, »laßt Ihr mir keine Wahl, junger Mann ...«

Royce unterdrückte einen Fluch und beschäftigte sich weiter mit dem Seil. »Warum wollt Ihr mit uns weg?«

Ihre Stimme verlor den gebieterischen Ton, und sie ließ die Schultern sinken. »Weil mein Neffe vorhat, mich morgen wieder in die Einsamkeit zu schicken, und schon allein den Gedanken daran kann ich kaum ertragen. Wie auch immer«, setzte sie ein wenig verschlagen hinzu, »es wäre nur zu Eurem Besten, wenn Ihr mich mitnehmt.«

»Wieso?«

»Weil meine Nichte, wie Ihr selbst sehr wohl wißt, ziemlich widerspenstig sein kann, aber wenn ich dabei bin, wird sie tun, was ich sage.«

Ein schwacher Schimmer von Interesse glomm in Royces Augen auf, als er an die lange Reise dachte und an die Notwendigkeit, schnell voranzukommen. Ob sein Plan Erfolg haben oder fehlschlagen würde, hing entscheidend davon ab, daß Jennifer gefügig war. Dennoch – wenn er an Jennifers Dickkopf, den Einfallsreichtum und ihre Aufsässigkeit dachte, fiel es ihm schwer zu glauben, daß diese rothaarige Teufelin ausgerechnet ihrer Tante brav und fromm folgen sollte. Selbst jetzt noch spürte er den Abdruck ihrer Zähne in seiner blutigen Handfläche. »Ehrlich gesagt, kann ich mir nicht vorstellen, daß sie sich in ein Lämmchen verwandelt, wenn Ihr in ihrer Nähe seid.«

Die Frau hob den weißen Kopf und betrachtete ihn hochmütig. »Mag sein, daß Ihr das glaubt, Engländer. Aber gerade deshalb hatte ihr Vater ursprünglich vor, mich morgen mit Euch reisen zu lassen.«

Royce wägte die Vorteile gegen die Schwierigkeiten ab, die die alte Lady eventuell bei dem Ritt verursachte. Sie würde das ganze Unternehmen erheblich verzögern, und das konnte er sich nicht leisten. Gerade als er sich entschieden hatte, sie nicht mitzunehmen, brachte sie ein Argument vor, das seinen Entschluß über den Haufen warf. »Wenn Ihr mich zurücklaßt«, erklärte sie kläglich, »wird mich mein Neffe töten, weil ich zugelassen habe, daß Ihr Jenny entführt. Sein Haß für Euch übertrifft die Liebe zu mir – sogar die Liebe zu der armen Jennifer. Er wird niemals glauben, daß Ihr es fertiggebrachthabt, uns beide zum Schweigen zu bringen. Wahrscheinlich nimmt er sogar an, daß ich das Seil für Euch hier heraufgebracht habe.«

Insgeheim verwünschte er alle schottischen Frauen – er zögerte noch einen Augenblick, dann nickte er widerwillig und sagte zähneknirschend: »Zieht Euch an.«

Der Strick schnitt schmerzhaft in ihren Brustkorb ein, ihre Arme und Beine brannten wegen der Schürfwunden, die sie sich an der rauhen Wand zugezogen hatte. Jenny schluckte schwer und warf einen Blick nach unten. Im Burggraben machte sie zwei männliche Gestalten aus, die direkt aus dem unheimlichen Schlamm aufzutauchen schienen. Sie unterdrückte einen Entsetzensschrei und blinzelte ein paarmal. Erst dann entdeckte sie die Umrisse eines Floßes. Ein paar Sekunden später griffen riesige Hände nach ihr, tasteten ihre Taille ab und strichen gleichgültig über ihre Brüste – Arik löste die Knoten und nahm ihr das Seil ab, dann stellte er sie auf das schwankende Floß.

Jenny faßte hinter den Kopf, um das schwarze Tuch, das sie knebelte, abzunehmen, aber Arik schlug ihr die Hände herunter und fesselte sie hinter ihrem Rücken. Als er damit fertig war, schubste er sie über das wackelige Floß grob zu dem anderen Mann, der sie geschickt auffing. Noch immer zitternd nach der überstandenen Gefahr, starrte sie Stefan Westmorelands ausdrucksloses Gesicht an. Er wandte sich wortlos von ihr ab und spähte gespannt nach oben zu dem Fenster.

Ungeschickt ließ sich Jenny in eine sitzende Position nieder und war froh über die magere Sicherheit und den Schutz, den ihr das Floß in einer Welt bot, die keinerlei Sinn mehr für sie machte.

Nach ein paar Minuten brachen die beiden Männer auf dem Floß das Schweigen. Stefan Westmoreland flüsterte erschrocken: »Was zum Teufel ...« Er schnappte nach Luft und gaffte ungläubig zu der Burgmauer, an der Jenny gerade abgeseilt worden war.

Jenny neigte den Kopf nach hinten und folgte seinem Blick. Im stillen hoffte sie, Zeuge zu werden, wie der furchteinflößende Royce Westmoreland hilflos ins faulige Wasser plumpste. Aber nun sah sie einen Mann, auf dessen Schultern eine andere Gestalt wie ein Mehlsack lag, der mit einem Strick befestigt war.

Erschrocken sprang Jenny auf, als sie die arme Tante Elinor erkannte, aber das Floß schwankte gefährlich auf dem Wasser. Arik warf ihr einen scharfen Blick zu und befahl ihr wortlos, sich still zu verhalten. Jenny wartete und beobachtete, wie die klobige Last mit quälender Langsamkeit am Seil herunter taumelte. Erst als Arik und Stefan Westmoreland nach oben faßten und ihrem Komplizen auf das Floß halfen, konnte Jenny wieder normal atmen.

Royce befreite sich noch von seiner ›Gefangenen‹, als sich das Floß schon lautlos zum anderen Ufer in Bewegung setzte. Jenny fielen zwei Dinge auf: Anders als sie selbst, war Tante Elinor nicht geknebelt – und sie schrie dennoch nicht –, und das Floß wurde von Männern, die sich in den Büschen versteckt hatten, an Seilen zum anderen Ufer gezogen.

Zwei Blitze zuckten kurz hintereinander über den Himmel, und in dem grellen, blauen Licht warf Jenny einen Blick über die Schulter und betete, eine der Wachen auf dem Burgwall möge sich umdrehen und das Floß entdecken. Doch dann überlegte sie erschöpft, daß es genauso zwecklos war, Gott um Entdeckung anzuflehen, wie geknebelt zu sein. Sie mußte so oder so Merrick zusammen mit Royce Westmoreland verlassen. Sobald ihre Angst ein wenig nachließ, wurde sie sich bewußt, daß sie es sogar vorzog, sich bei Nacht und Nebel davonzustehlen, statt offiziell als seine *Frau* aus der Burg zu reiten.

Kapitel siebzehn

Das Unwetter, das sich zwei Tage lang am Horizont aufgetürmt hatte, um seine Kräfte zu sammeln, tobte jetzt mit aller Macht und sorgte dafür, daß der Himmel am Morgen zwei Stunden länger finster blieb. Regen prasselte auf ihre Köpfe und lief über die Gesichter, die jungen Bäume bogen sich im Sturm. Trotzdem setzte die Gruppe unbeirrt ihren Weg fort und suchte, wann immer es möglich war, Schutz in den dichten Wäldern.

Royce zog die Schultern nach vorn, so daß sein Rücken den schlimmsten Guß abfing. Ärgerlich stellte er fest, daß diese Haltung gleichzeitig einen Schutz für die erschöpfte Frau darstellte, die verantwortlich für all den Trubel und die Unbequemlichkeiten war und jetzt friedlich und an seine Brust gedrückt schlief.

Kein Sonnenstrahl drang durch die massiven dunklen Wolken, und den ganzen Tag über herrschte trübes Zwielicht. Wenn der Regen nicht gewesen wäre, hätten die Reiter ihren Zielort schon vor Stunden erreicht. Royce tätschelte sanft Zeus' schimmernden Hals – er war sehr zufrieden mit Thors Sohn, der seine doppelte Last ebenso mühelos trug wie früher sein Erzeuger. Die leichte Bewegung von Royces behandschuhter Hand schien Jennifer aus dem Schlummer zu rütteln – sie schmiegte sich noch fester an den warmen männlichen Oberkörper. Einst, vor noch gar nicht langer Zeit, hätte diese unbewußte Geste in ihm den Wunsch geweckt, sie fest an sich zu pressen – aber heute nicht. Nicht mehr. Wenn er Lust auf ihren Körper hatte, würde er ihn benutzen, aber nie wieder mit Zärtlichkeiten und Liebkosungen. Er gestattete sich zwar, Verlangen nach dieser verlogenen Schlampe zu empfinden, aber mehr nicht. Niemals. Ihre Jugend, ihre großen blauen Augen und ihre zu Herzen gehenden Lügen hatten ihn einmal genarrt, darauf würde er nie mehr hereinfallen.

Unbewußt schien sie zu realisieren, wo sie sich befand und was sie tat, rührte sich in seinen Armen, öffnete die Augen und sah sich um, als hätte sie Mühe, sich zurechtzufinden. »Wo sind wir?« Ihre Stimme klang schlaftrunken bei den ersten Worten, die sie nach ihrem gefährlichen Abstieg an der Mauer aussprach – das erinnerte Royce wieder an die lange leidenschaftliche Nacht in Hardin, in der er sie geweckt hatte, um sie erneut zu lieben.

Seine Miene versteinerte, als er die Erinnerung verdrängte. Er schaute in das ihm zugewandte Gesicht hinunter und erkannte die Verwirrung, die an die Stelle ihres üblichen Hochmuts getreten war.

Als er schwieg, seufzte sie matt und bohrte weiter: »Wohin reiten wir?«

»Nach Südwesten«, erwiderte er vage.

»Wäre es dir schrecklich lästig, wenn du mir verraten würdest, wie der Ort heißt, zu dem wir reiten?«

»Ja«, versetzte er barsch.

Die letzten Spuren der Erschöpfung wichen von ihr, und als sie sich aufrichtete, fiel ihr wieder ein, was er in der vergangenen Nacht fertiggebracht hatte. Der Regen peitschte ihr ins Gesicht, sobald sie das geschützte Plätzchen an seiner Brust nicht mehr nutzte. Ihr Blick huschte über die vermummten Gestalten, die sich über ihre Pferde beugten und zügig neben ihnen durch den Wald ritten. Stefan Westmoreland hielt sich zu ihrer Linken, Arik zu ihrer Rechten. Tante Elinor war hellwach, saß aufrecht im Sattel und spähte mit einem beruhigenden Lächeln zu Jenny. Ihr Gesichtsausdruck machte deutlich, daß sie äußerst erfreut war, irgendwo anders als in ihrem Witwenhaus zu sein. In der Nacht auf dem Floß war es ihr gelungen, Jenny im Flüsterton mitzuteilen, daß sie den Duke mit einer kleinen List so weit gebracht hatte, sie mitzunehmen, aber darüber hinaus hatte Jenny nichts erfahren. Und der Knebel war ihr erst abgenommen worden, als sie schlief.

»Wo ist Brenna?« erkundigte sie sich atemlos, als ihr alles wieder zu Bewußtsein kam. »Hast du sie, wie versprochen, freigelassen?«

Jetzt, da Jenny am wenigsten eine aufschlußreiche Antwort erwartet hätte, erhielt sie eine. Mit vor Hohn triefender Stimme erwiderte Royce Westmoreland: »Ich hatte sie gar nicht in meiner Gewalt.«

»Du *Bastard*!« zischte Jenny fuchsteufelswild, doch gleich darauf keuchte sie erschrocken, als sich sein Arm um sie legte wie eine Würgeschlange und sie so fest an seine Brust drückte, daß ihr der Atem stockte.

»Sprich nie wieder in diesem Ton mit mir, und untersteh dich, mich noch einmal zu beschimpfen«, warnte er sie gefährlich leise.

Royce wollte noch mehr sagen, doch in diesem Augenblick kam ein langgestrecktes Steingebäude, das sich an einen Hügel schmiegte, in Sicht. Er drehte sich zu Stefan um und rief laut, um den trommelnden Regen zu übertönen: »Sieht aus, als hätten wir es gefunden.« Er gab seinem Hengst die Sporen und trieb ihn in gestreckten Galopp. Neben und hinter ihm taten es ihm die fünfzig Männer gleich, und sie sprengten über eine zerfurchte Straße. Tante Elinors schrille Protestschreie gellten durch die Luft, als sie bei jedem Hufschlag mächtig durchgeschüttelt wurde.

Royce zügelte sein Pferd vor dem Gebäude, das allem Anschein nach eine Priorei war, und stieg ab. Jenny blieb sitzen, wo sie war, und sah ihm wütend und zugleich neugierig nach. Sie hätte etwas darum gegeben, zu erfahren, was nun aus ihr werden sollte, und spitzte die Ohren, als er zu Stefan sagte: »Arik bleibt hier bei uns. Laß uns ein weiteres Pferd da.«

»Was ist mit Lady Elinor? Was soll ich tun, wenn sie nicht durchhält?«

»In diesem Fall mußt du ein Cottage suchen und sie dort lassen.«

»Royce«, sagte Stefan und runzelte besorgt die Stirn, »mach nicht noch mehr Dummheiten als ohnehin schon. Merricks Männer könnten uns bereits auf den Fersen sein.«

»Er hat viel Zeit verloren, weil er erst Hastings und Dugal davon überzeugen mußte, daß er mit dem Komplott nichts zu tun hat, und er muß jedesmal, wenn er unsere Spur verliert, raten, in welche Richtung wir weiter geritten sind – das kostet ihn noch einmal ein paar wertvolle Stunden. Falls ich mich irre, wissen meine Männer, was sie zu tun haben. Du reitest nach Claymore und bereitest alles für einen möglichen Angriff vor.«

Mit einem widerstrebenden Nicken wendete Stefan sein Pferd und machte sich auf den Weg.

»Komplott?« fragte Jenny aufgebracht und funkelte ihren wortkargen Entführer böse an. »Was für ein Komplott?«

»Was bist du doch für eine raffinierte Heuchlerin«, knurrte Royce, als er ihre Taille umfaßte und sie vom Pferd hob. »Du weißt genau, was ich meine – schließlich hast du eine entscheidende Rolle dabei gespielt.« Er ergriff ihren Arm und zerrte sie zur Tür der Priorei. »Obwohl«, setzte er schneidend hinzu, »ich mir nur schwer vorstellen kann, daß eine so heißblütige Frau wie du ein Leben im Kloster einer Ehe mit einem Mann vorziehen könnte – mit *irgendeinem* Mann, mich eingeschlossen.«

»Ich habe keine Ahnung, wovon du überhaupt sprichst«, rief Jenny aus. Sie fragte sich, welche neuen Schrecken eine Priorei – die noch dazu verlassen aussah – für sie bereit halten könnte.

»Ich spreche von der Äbtissin aus Lunduggan, die gestern abend während des Festessens zur Festung gekommen ist – sie hatte ihre eigene kleine ›Armee‹ dabei. Und du weißt ganz genau darüber Bescheid.« Er pochte fordernd mit der Faust gegen die schwere Eichentür. »Sie wurden vom Unwetter aufgehalten, deshalb mußte euer frommer Bruder Benedict eine Krankheit vorschützen – nur so konnte die Trauung hinausgezögert werden.«

Jennys Brust wogte auf und ab vor Empörung – sie wandte sich mit funkensprühenden Augen zu ihm. »Ich habe in meinem ganzen Leben noch nie etwas von Lunduggan oder einem Kloster, das sich dort befinden soll, gehört. Außerdem würde ich gern wissen, was die Ankunft einer Äbtissin hätte bewirken sollen.« Sie wurde immer wütender. »Sag mir nur eines: Hast du mich mitten in der Nacht aus dem Bett gezerrt, die Burgmauer hinuntergehievt und mich bei einem Unwetter quer durch Schottland bis hierher geschleppt, nur weil du keinen Tag länger warten konntest, mich zu *heiraten*?«

Sein verächtlicher Blick auf ihren nackten, regennassen Brustansatz jagte Jenny eiskalte Schauer über den Rücken. »Du bildest dir zuviel ein«, gab er schneidend zurück. »Erst als man mir den Tod androhte – Armut und Mittellosigkeit haben mich nicht geschreckt –, habe ich eingewilligt, eine Ehe mit dir zu schließen.«

Er hob den Arm und hämmerte noch einmal ungeduldig an die Tür. Endlich schwang sie auf, und ein verschreckter Mönch tauchte auf der Schwelle auf. Doch einen Augenblick lang achtete Royce gar nicht auf den Mönch und musterte statt dessen seine zukünftige Gattin geringschätzig. »Wir sind hier, weil zwei Könige entschieden haben, daß wir in aller Eile heiraten, meine Süße, und genau das werden wir jetzt tun. Du bist es nicht wert, daß man deinetwegen einen Krieg anfängt. Wir sind auch hier, weil mir die Aussicht, geköpft zu werden, nicht besonders gut gefällt. Aber der wichtigste Grund für diesen Ausflug ist, daß ich der Versuchung nicht widerstehen konnte, die Pläne, die dein Vater für mich geschmiedet hat, zu durchkreuzen.«

»Du bist verrückt!« fauchte sie schwer atmend. »Und du bist ein Teufel!«

»Und du, meine Liebe«, erwiderte Royce ungerührt, »bist eine Hexe.« Nach diesen Worten drehte er sich zu dem entsetzten Mönch um und verkündete: »Die Lady und ich wollen getraut werden.«

Der fromme Mann, der die weiße Kutte und den schwarzen Umhang eines Dominikanermönchs trug, sah ihn ungläubig an. Dann trat er mehr erschrocken als aus Höflichkeit einen Schritt zurück und ließ das Paar in die stille Priorei. »Ich … ich habe Euch offensichtlich mißverstanden, Mylord«, stammelte er unbeholfen.

»O nein«, versicherte Royce, während er Jenny nach sich ins

Haus zog. Er blieb stehen, um die schönen Butzenscheibenfenster hoch oben in den Wänden zu bewundern, dann senkte er den Blick auf den erstarrten Mönch und zog ungeduldig die Augenbrauen hoch. »Also?«

Der Mönch – ein etwa fünfundzwanzigjähriger Mann – erholte sich langsam von seinem ersten Schrecken. Er wandte sich an Jenny und sagte ruhig: »Ich bin Bruder Gregory, mein Kind. Würde es Euch etwas ausmachen, mir das alles näher zu erklären?«

Jenny trug dem heiligen Ort Rechnung und senkte die Stimme – ihr Raunen war wesentlich angemessener als Royces herrischer Bariton. »Bruder Gregory, Ihr müßt mir helfen«, flüsterte sie bebend. »Dieser Mann hat mich aus meinem Zuhause entführt. Ich bin Lady Jennifer Merrick, und mein Vater ist …«

»Ein hinterhältiger, verlogener Bastard«, fiel Royce ihr ins Wort. Er bohrte seine Finger tiefer in Jennys Arm – und warnte sie damit, still zu sein, wenn sie nicht wollte, daß er ihr die Knochen brach.

»Ich … ich verstehe«, sagte Bruder Gregory mit bewundernswerter Haltung. Er zog die Augenbrauen hoch und sah Royce erwartungsvoll an. »Da wir jetzt die Identität der Lady geklärt und die angeblichen Schandtaten ihres Vaters aufgedeckt haben, wäre es da zuviel verlangt, wenn ich frage, wer Ihr seid, Sir? Falls ja, könnte ich natürlich auch eine Vermutung anstellen …«

Für den Bruchteil einer Sekunde blitzten Belustigung und Respekt in Royces Augen auf, als er auf den Mönch herabblickte. Er überragte den frommen Mann um weit mehr als eine Haupteslänge, trotzdem zeigte der Mönch keinerlei Furcht. »Ich bin …« begann Royce, aber Jennys zornige Stimme unterbrach ihn.

»Er ist der Schwarze Wolf. Die Geißel Schottlands. Eine Bestie und ein Verrückter!« rief sie.

Bruder Gregory sah sie nach diesem Ausbruch mit großen

Augen an, blieb aber ausgesprochen gelassen und nickte nur. »Also der Duke of Claymore.«

»Da wir uns jetzt alle höflich miteinander bekannt gemacht haben, könnt Ihr anfangen«, forderte der Earl den Mönch auf. »Sagt Euren Sermon auf, damit wir die Sache hinter uns bringen.«

Äußerst würdevoll entgegnete Bruder Gregory: »Normalerweise müßten zuvor noch einige Formalitäten erledigt werden. Aber nach allem, was man im ganzen Land hört, haben sowohl die Kirche als auch König Jakob den Segen zu dieser Verbindung bereits gegeben – daher dürften keine Hindernisse mehr bestehen.« Jennys Mut sank, und ihr wurde schwindelig, als er sie ansprach: »Dennoch scheint mir, daß Ihr diesen Mann nicht heiraten wollt. Habe ich recht, mein Kind?«

»Ja!« schrie Jenny.

Der junge Mönch brauchte nicht lange, um seinen Mumm zusammenzunehmen, dann widmete er seine Aufmerksamkeit dem mächtigen, unnachgiebigen Mann und sagte: »Mylord, Euer Gnaden, ich kann diese Trauung nicht vollziehen ohne die Einwilligung der ...« Er brach verwirrt ab, als der Duke of Claymore ihn in spöttischem Schweigen betrachtete und in aller Seelenruhe darauf zu warten schien, daß sich der Mönch etwas ins Gedächtnis rief – etwas, das ihm keine Wahl ließ, als seinen Wünschen nachzukommen.

Bestürzt wurde Bruder Gregory klar, was er von allem Anfang an hätte bedenken müssen, und er wandte sich wieder an Jennifer. »Lady Jennifer«, sagte er freundlich, »ich möchte Euch nicht in Verlegenheit bringen, aber es ist allgemein bekannt, daß Ihr einige Wochen ... mit diesem Mann – Ihr versteht? – und daß er und Ihr ...«

»Ich habe das nicht aus freien Stücken getan«, protestierte Jennifer schwach und wurde rot vor Scham und Schuldgefühlen.

»Das weiß ich«, besänftigte sie Bruder Gregory. »Aber bevor ich mich weigere, die Trauung zu vollziehen, muß ich Euch fragen, ob Ihr sicher seid, daß Ihr kein Kind empfangen habt in der

Zeit, die Ihr als Geisel verbrachtet. Falls keine Gewißheit besteht, müßt Ihr um des möglichen Kindes willen in diese Heirat einwilligen. Es ist eine *Notwendigkeit.*«

Jennifers Gesicht glühte scharlachrot bei dieser peinlichen Diskussion, und sie verabscheute Royce Westmoreland mehr denn je.

»Nein«, sagte sie heiser, »das ist ganz und gar unmöglich.«

»Unter diesen Voraussetzungen«, sagte Bruder Gregory beherzt, »werdet Ihr sicherlich verstehen, Mylord, daß ich nicht ...«

»Ich verstehe *sehr gut*«, erklärte Royce in seidenweichem Ton. Der Griff um Jennys Arm verstärkte sich schmerzhaft. »Wenn Ihr uns entschuldigen wollt – wir sind in etwa einer Viertelstunde zurück, *dann* könnt Ihr mit der Zeremonie beginnen.«

Jenny geriet in Panik – sie rührte sich nicht vom Fleck und starrte entgeistert Royce an. »Wohin willst du mich bringen?«

»Zu der Hütte, die ich hinter dem Haus gesehen habe«, erwiderte er gelassen.

»Warum?« schrie sie ängstlich und versuchte, ihm ihren Arm zu entreißen.

»Um die *Notwendigkeit* für die Hochzeit zu schaffen.«

Jenny wußte genau, wozu Royce Westmoreland imstande war – er würde sie zu der Hütte schleppen, sich auf sie stürzen und sie dann wieder hierher zerren, damit der Mönch keinen Grund mehr hatte, die Trauung nicht zu zelebrieren. Die Hoffnung auf ein Entkommen schwand mit ihrem Widerstand, und sie ließ niedergeschlagen und beschämt die Schultern sinken. »Ich hasse dich«, eröffnete sie ihm mit tödlicher Ruhe.

»Eine perfekte Basis für eine perfekte Ehe«, befand Royce sarkastisch, dann befahl er dem Mönch kurzangebunden: »Fangt an. Wir haben sowieso schon zuviel Zeit hier vertrödelt.«

Ein paar Minuten später waren sie auf ewig aneinander gekettet durch das Band einer unheiligen Ehe, deren Grundlage Haß statt Liebe und Zuneigung war. Jenny wurde wieder aus der Priorei bugsiert und auf Royces Hengst gehievt. Aber statt auf das dritte Pferd zu steigen, ging Royce zu Arik, sagte etwas zu ihm und bekam als Antwort ein knappes Nicken. Jenny konnte nicht verstehen, welche Anweisungen Royce dem blonden Hünen gab, doch sie sah, wie Arik sich umdrehte und zielstrebig zur Tür der Priorei marschierte.

»Warum geht Arik da hinein?« kreischte Jenny – sie erinnerte sich daran, daß Bruder Gregory gesagt hatte, er wäre heute ganz allein in der Priorei. »Er kann doch keine Bedrohung für dich darstellen. Er sagte selbst, daß er nur auf der Durchreise hier kurz haltgemacht hat.«

»Halt den Mund«, knurrte Royce und schwang sich hinter ihr auf den Pferderücken.

Die nächste Stunde erlebte Jenny wie durch einen Nebel, und sie nahm nichts anderes wahr als die Schläge gegen ihr Hinterteil, während sie über die schlammige Straße galoppierten. Als sie an eine Kreuzung kamen, lenkte Royce das große Pferd plötzlich in den Wald und blieb stehen, als würde er auf etwas warten. Gleich darauf sah sie es: In halsbrecherischer Geschwindigkeit ritt Arik auf sie zu, und in der ausgestreckten Hand hielt er die Zügel des anderen Pferdes. Bruder Gregory lag halb auf dem Sattel und klammerte sich an der Mähne fest, um sein bißchen Leben zu retten, während er durchgerüttelt und geschüttelt wurde.

Jenny blieb der Mund offen stehen bei diesem Schauspiel – sie traute ihren Augen nicht, bis Bruder Gregory so nah war, daß sie seine niedergeschlagene Miene sehen konnte. Sie zuckte zu ihrem Ehemann herum und stieß in hellster Empörung aus: »Du ... du Wahnsinniger! Diesmal hat du einem *Priester* die Freiheit geraubt! Du hast es wirklich getan, du hast einen Priester von einem geheiligten Ort, einer Priorei, entführt!«

Royce wandte den Blick von den beiden Reitern ab und betrachtete sie gelangweilt, und diese Gleichgültigkeit brachte sie nur noch mehr in Rage. »Dafür werden sie dich hängen!« prophezeite Jenny voller Schadenfreude. »Der Papst höchstpersönlich wird dafür sorgen. Sie köpfen dich, legen dich auf die Streckbank und vierteilen dich. Deinen Kopf werden sie aufspießen und deine Eingeweide an die Hunde verfüttern …«

»Bitte«, fiel ihr Royce in gespieltem Entsetzen ins Wort, »ich bekomme ja noch Alpträume.«

Daß er sich jetzt auch noch lustig machte und keinerlei schlechtes Gewissen wegen seines Verbrechens zeigte, war mehr, als Jenny ertragen konnte. Sie sah ihn über die Schulter hinweg an, als wäre er ein seltsames, unmenschliches Wesen und brachte nur noch ein angestrengtes Flüstern zustande. »Gibt es für dich denn gar keine Grenzen?«

»Nein«, bestätigte er, »für mich gibt es keine Grenzen.« Er riß an den Zügeln, trieb Zeus wieder auf die Straße zurück und gab ihm im selben Moment die Sporen, in dem Arik und Bruder Gregory nebeneinander vorbeigaloppierten. Jenny klammerte sich schutzsuchend an Zeus' fliegende Mähne und warf dem armen, vor Angst schlotternden Mönch einen mitfühlenden Blick zu.

Sie behielten die atemberaubende Geschwindigkeit bis kurz vor Einbruch der Nacht bei; tagsüber legten sie nur kurze Pausen ein, damit sich die Pferde ein wenig ausruhen und Wasser saufen konnten. Als Royce Arik endlich das Zeichen gab haltzumachen und sie ein passendes Fleckchen auf einer kleinen Lichtung für das Nachtlager gefunden hatten, war Jenny ganz schwach vor Erschöpfung. Der Regen hatte schon früher aufgehört, und jetzt zeigte sich eine wäßrige Sonne, die plötzlich so viel Kraft entwickelt, daß Dunst aus den Tälern aufstieg. Jenny, die ohnehin schon in ihrem feuchten, schweren Samtkleid litt, fühlte sich dadurch noch unwohler.

Müde schlich sie aus den Büschen, die ihr als Sichtschutz gegen die Männer gedient hatten, während sie ihren persönlichen Bedürfnissen nachgekommen war. Sie fuhr mit den Fingern durch ihr hoffnungslos zerzaustes Haar, schleppte sich zum Feuer und warf einen mordlustigen Blick auf Royce, der vollkommen entspannt und erholt wirkte, als er sich hinkniete und Holz in die Flammen legte.

»Ich muß sagen«, erzählte sie seinem breiten Rücken, »wenn das das Leben ist, das du in den vergangenen Jahren geführt hast, dann läßt es wirklich viel zu wünschen übrig.« Jenny erwartete keine Antwort und bekam auch keine. Jetzt verstand sie, warum Tante Elinor, die so viele Jahre keine Ansprache und menschliche Gesellschaft gehabt hatte, so eifrig drauflosplapperte und jedem, der freiwillig oder gezwungenermaßen zuhörte, eine Menge erzählte. Nach einer Nacht und einem Tag mit dem eisern schweigenden Royce wollte sie nichts anderes mehr, als ihrem Zorn auf ihn Luft machen.

Jenny war so matt, daß sie sich kaum mehr auf den Beinen halten konnte. Sie sank in der Nähe des Feuers auf einen feuchten Laubhaufen und war froh, endlich auf einer weichen Unterlage, die sie nicht hin und her schleuderte, sitzen zu können. Sie zog die Beine an und schlang die Arme um die Knie. »Andererseits«, setzte sie die einseitige Unterhaltung mit Royces Rücken fort, »ist es für dich vielleicht ein großes Vergnügen, durch die Wälder zu galoppieren, dich hinter Büschen zu verstecken und davonzulaufen, um dein Leben zu retten. Und wenn das langweilig wird, kannst du dich ja immer mal wieder mit einer Belagerung zerstreuen oder an der Entführung von hilflosen, unschuldigen Menschen ergötzen. Es ist eigentlich ein großartiges Dasein für einen Mann wie dich.«

Royce spähte über die Schulter, sah, wie sie mit angezogenen Knien dahockte und ihre feingeschwungenen Augenbrauen herausfordernd hochzog, und konnte nicht fassen, daß sie noch zu einer solchen Kühnheit fähig war. Nach allem, was sie in den letzten vierundzwanzig Stunden durchgemacht hatte, konnte Jennifer Merrick – nein, Jennifer Westmoreland, verbesserte er sich selbst –, auf einem nassen Laubhaufen sitzen und sich über ihn lustig machen.

Jenny hätte noch mehr zu sagen gehabt, aber der arme Bruder Gregory schwankte in diesem Moment aus dem Unterholz, und als er sie entdeckte, stolperte er auf sie zu und ließ sich neben ihr ins Laub sinken. Sobald er saß, rutschte er unbehaglich von einer Seite zur anderen und wimmerte. »Ich bin noch nicht oft geritten«, gestand er zerknirscht ein und stöhnte.

Jenny konnte sich vorstellen, daß er sich wie zerschlagen fühlen und Schmerzen im ganzen Körper haben mußte. Sie brachte ein mitleidiges Lächeln zustande. Ihr fiel ein, daß der bedauernswerte Mönch ein Gefangener des Mannes war, der allgemein für seine unaussprechliche Grausamkeit bekannt war, und sie versuchte, so gut sie konnte, seine Ängste zu zerstreuen. »Ich glaube nicht, daß er vorhat, Euch zu töten oder zu foltern«, sagte sie.

Der Mönch sah sie fragend an. »Dieses Pferd hat mich schon genug gefoltert – mehr kann ich ohnehin nicht aushalten«, bemerkte er trocken. »Aber ich denke auch nicht, daß ich umgebracht werde. Das wäre verwegen und töricht, und ich halte Euren Gemahl nicht für einen Dummkopf. Für leichtsinnig, ja, aber nicht für närrisch.«

»Dann fürchtet Ihr also nicht um Euer Leben?« erkundigte sich Jenny und betrachtete den Mönch mit neuem Respekt, als sie an ihre eigene Angst bei der ersten Begegnung mit dem Schwarzen Wolf dachte.

Bruder Gregory schüttelte den Kopf. »Aus den spärlichen Worten, die der blonde Riese mit mir gewechselt hat, schließe ich, daß Euer Gemahl mich mitgenommen hat, damit ich bei der Befragung, die zweifellos bald durchgeführt wird, die Rechtmäßigkeit Eurer Eheschließung bezeugen kann. Wie ich Euch schon in der Priorei erzählt habe«, setzte er traurig hinzu, »war ich nur zu Besuch dort; der Prior und die anderen Mönche hielten sich in einem der Nachbardörfer auf, um den Armen im Geiste Beistand zu leisten. Wäre ich am Morgen aufgebrochen, wie ich es ursprünglich vorhatte, dann wäre niemand dagewesen, der hätte bezeugen können, daß Ihr die Ehegelübde ausgesprochen habt.«

Ärger und Wut zuckte durch Jennys müden Verstand. »Wenn er« – sie funkelte ihren Mann, der noch vor dem Feuer kniete, zornig an –, »Zeugen für die Eheschließung wollte, hätte er mich in Frieden lassen und bis heute warten können, dann hätte uns Bruder Benedict im Beisein von Hunderten von Gästen getraut.«

»Ja, ich weiß, und es erscheint mir eigenartig, daß er das nicht getan hat. In England und Schottland weiß jedes Kind, daß er zögerte – nein, sich heftig *weigerte*, Euch zur Frau zu nehmen.«

Jenny wandte sich peinlich berührt ab, täuschte größtes Interesse für die Blätter auf dem Boden vor und strich mit den Händen darüber.

Bruder Gregory sagte sanft: »Ich spreche so offen mit Euch, weil ich vom ersten Augenblick an in der Priorei spürte, daß Ihr kein furchtsamer Mensch seid und es vorzieht, die Wahrheit zu kennen.«

Jenny schluckte den dicken Kloß hinunter und nickte, aber es machte ihr schwer zu schaffen, daß offenbar alle Bewohner zweier Länder wußten, daß sie eine unerwünschte und – was noch viel schlimmer war – keine jungfräuliche Braut war. Sie fühlte sich unsagbar beschmutzt und gedemütigt – erniedrigt und in die Knie gezwungen. Aufgebracht sagte sie: »Ich glaube kaum, daß die Untaten, die er in den letzten zwei Tagen begangen hat, ungesühnt bleiben. Er hat mich aus dem Bett gerissen und an einem Seil von einem Turmfenster auf ein Floß im Burggraben heruntergelassen. Und jetzt hat er auch noch Euch entführt! Ich denke, die MacPhersons und alle anderen Clans brechen das Waffenstillstandsabkommen und greifen ihn an«, erklärte sie zufrieden.

»Oh, ich bezweifle, daß es zu *offiziellen* Vergeltungsmaßnahmen kommen wird. Man sagt, König Heinrich hat ihm befohlen, Euch schnellstens zu heiraten. Lord Westmoreland ... äh, ich meine, Seine Gnaden ist diesem Befehl nachgekommen, das kann man nicht leugnen. König Jakob wird sicherlich bei Heinrich Protest wegen der rüden Vorgehensweise einlegen, aber der Duke hat – wenigstens in der Theorie, den Befehl buchstabengetreu ausgeführt, und deshalb wird Heinrich über seine Missetaten mit einem amüsierten Augenzwinkern hinwegsehen.«

Jenny war außer sich. »Mit einem amüsierten Augenzwinkern?«

»Sehr wahrscheinlich«, bekräftigte Bruder Gregory. »Wie der Schwarze Wolf hat auch König Heinrich das Abkommen, das er mit Jakob abgeschlossen hat, bis aufs I-Tüpfelchen erfüllt. Sein Vasall, der Duke, hat Euch bei einer rechtmäßigen Trauung zur Frau genommen, und zwar laut Anweisung in aller Eile. Um das zu tun, hat er augenscheinlich die Festung von Merrick, die streng bewacht sein dürfte, unbemerkt betreten und Euch nachts aus dem Schoß Eurer Familie gerissen. Ja«, fuhr er mehr im Selbstgespräch fort, »ich kann mir gut vorstellen, daß die Engländer diese Ereignisse höchst unterhaltsam finden werden.«

Bittere Galle stieg in Jennys Kehle auf und hätte sie beinahe erstickt, als sie sich ins Gedächtnis rief, was am vergangenen Abend vorgefallen war. Sie erkannte, daß der Mönch recht hatte. Die verhaßten Engländer hatten Wetten darauf abgeschlossen – vielleicht sogar beim Festessen in der Halle von Merrick –, daß ihr Mann sie bald in die Knie zwingen würde, und währenddessen konnten ihre Verwandten und getreuen Clansmänner sie nur ansehen – mit stolzen, gesetzten Mienen, die ihre Scham verbargen. Aber sie alle bauten fest auf sie und hofften, daß sie es den Feinden heimzahlte und niemals klein beigab.

»Trotzdem«, sagte Bruder Gregory gedankenverloren, »begreife ich nicht, weshalb er ein solches Risiko und all diese Schwierigkeiten auf sich genommen hat.«

»Er hat wirres Zeug von einem Komplott geredet«, flüsterte Jenny leise. »Wieso wißt Ihr so viel über uns – über all die Dinge, die geschehen sind?«

»Neuigkeiten über bekannte Persönlichkeiten verbreiten sich schneller als ein Lauffeuer. Als Dominikanermönch gehört es zu meinen Pflichten und Privilegien, das Land zu Fuß zu durchstreifen. Die Armen, die ich besuche und mit denen ich meine Zeit verbringe, wohnen in Dörfern, und wo Dörfer sind, gibt es auch Burgen und Schlösser. Der Klatsch macht die Runde von den hohen Herrschaften über die Diener zu den Dorfbewohnern und in die kleinsten Hütten – besonders, wenn sich die Gerüchte um eine lebende Legende wie den Schwarzen Wolf ranken.«

»Also ist meine Schande allgemein bekannt«, hauchte Jenny trübsinnig.

»Es ist kein Geheimnis«, gab er zu. »Aber meiner Meinung nach ist es nicht *Eure* Schande. Ihr dürft Euch keine Vorwürfe machen, weil ...« Bruder Gregory sah ihren bekümmerten Gesichtsausdruck und bereute, daß er so frei gesprochen hatte. »Mein liebes Kind, ich bitte um Verzeihung. Statt mit Euch von der Vergebung der Sünden und Frieden zu reden, erzähle ich Euch etwas von Schande und verursache damit noch mehr Leid und Kummer.«

»Ihr braucht Euch nicht zu entschuldigen«, erwiderte Jenny mit bebender Stimme. »Immerhin seid auch Ihr gefangengenommen worden von diesem ... diesem Ungeheuer. Die Bestie hat Euch aus der Priorei geschleppt wie mich aus meinem Bett, und ...«

»Aber, aber«, beschwichtigte er sie, weil er spürte, daß sie zwischen Hysterie und totaler Erschöpfung hin und her schwankte. »Ich möchte nicht behaupten, daß er mich gefangengenommen hat. Das entspricht nicht ganz der Wahrheit. Er hat mich auch nicht aus der Priorei geschleppt. Dieser riesengroße Mann, der eine Streitaxt mit einem fast baumstarken Griff in seinem Gürtel trägt, hat mich eher *eingeladen*, mit ihm zu kommen. Als er polterte: ›Kommt, es geschieht Euch nichts‹, habe ich ohne Zögern seine Einladung angenommen.«

»Ich hasse Arik auch!« rief Jenny leise aus und beobachtete den blonden Hünen, der gerade mit zwei Kaninchen, denen er mit seiner Streitaxt die Köpfe abgeschlagen hatte, aus dem Wald kam.

»Tatsächlich?« fragte Bruder Gregory verdutzt nach. »Es ist nicht leicht, einen Mann zu hassen, der kaum etwas von sich gibt. Ist er immer so wortkarg?«

»Ja«, bestätigte Jenny bitter. »Er braucht einen n-nur« – die Tränen, gegen die sie so tapfer ankämpfte, erstickten ihre

Stimme –, »mit d-diesen kalten blauen Augen anzusehen, und … und man weiß, w-was er von einem will. M-man zögert nicht l-lang und tut, was er verlangt. Er ist auch ein Ungeheuer.«

Bruder Gregory legte den Arm um ihre Schulter, und Jenny, die mehr an Feindseligkeit als an Mitgefühl gewöhnt war – besonders in letzter Zeit –, vergrub ihr Gesicht in den Falten seines Ärmels.

»Ich hasse ihn«, weinte sie, ohne darauf zu achten, daß der Mönch warnend ihren Arm drückte. »Ich hasse ihn. Ich hasse ihn!«

Sie rang nach Fassung und rückte ein Stück von ihm ab. Mitten in der Bewegung fiel ihr Blick auf ein Paar schwarze Stiefel, die direkt vor ihr standen. Sie hob langsam den Kopf, sah Royces muskulöse Beine und Schenkel, seine schlanke Taille und die breite Brust, bis sie schließlich in seine leicht zusammengekniffenen Augen schaute. »Ich hasse dich«, sagte sie ihm direkt ins Gesicht.

Royce musterte sie teilnahmslos, dann wandte er sich an den Mönch. »Kümmert Ihr Euch um ein Schäfchen aus Eurer Herde, Bruder? Spielt Ihr den verständnisvollen Seelsorger? Predigt Ihr von Liebe und Vergebung?« erkundigte er sich spöttisch.

Zu Jennys Verblüffung nahm ihm Bruder Gregory diese beleidigende Bemerkung nicht übel – er machte eher einen beschämten Eindruck, als er ungeschickt und schwankend auf die Füße kam und bekannte: »Ich fürchte sehr, daß ich darin nicht viel erfolgreicher bin als beim Reiten. Lady Jennifer ist eins meiner ersten ›Schäfchen‹, müßt Ihr wissen. Ich diene Gott erst seit kurzer Zeit.«

»Stimmt, Ihr seid nicht sehr gut«, bestätigte Royce gelassen. »Sollte es nicht Euer Anliegen sein, Trost zu spenden, statt den Zorn noch mehr anzustacheln? Oder seid Ihr vielmehr darauf aus, Euch auf Kosten Eures Gönners die Taschen zu füllen und fett zu werden? Wenn das letztere der Fall sein sollte, wärt Ihr gut beraten, wenn Ihr meiner Frau Sanftmut und Gehorsam ihrem Ehemann gegenüber beibringen würdet, statt sie dazu zu ermutigen, mir ihren Haß ins Gesicht zu spucken.«

In diesem Augenblick hätte Jenny ihr Leben dafür gegeben, Bruder Benedict und nicht Bruder Gregory an ihrer Seite zu haben – der strenge Priester hätte Royce Westmoreland gehörig die Leviten gelesen und ihn mit einer seiner donnernden Tiraden in seine Schranken verwiesen, wie er es verdiente.

Doch auch in dieser Hinsicht hatte sie den jungen Mönch falsch eingeschätzt. Obwohl er sich nicht gegen die verbale Attacke des Wolfs wehrte, wich er auch nicht vor der drohenden Gestalt zurück. »Mir ist schon zu Ohren gekommen, daß Ihr diejenigen, die das Priestergewand gewählt haben, nicht besonders hoch schätzt.«

»Ganz recht«, gab Royce zurück.

Jenny stellte sich wehmütig Bruder Benedict vor, wie er auf dieser Lichtung stand, mit zornblitzenden Augen wie ein Todesengel Royce Westmoreland entgegentrat und ihm die Rache Gottes versprach.

Bedauerlicherweise sah Bruder Gregory Royce nur interessiert und ein wenig verwirrt an. »Ich verstehe«, erwiderte er viel zu höflich für Jennys Geschmack. »Darf ich fragen, warum das so ist?«

Royce bedachte ihn mit einem höhnischen Blick. »Ich verabscheue Heuchler, besonders wenn sie sich im Gewand eines Geistlichen verstecken.«

»Würdet Ihr mir ein Beispiel nennen?«

»Fette Priester«, antwortete Royce, »mit dicken Geldsäckeln, die hungernde Bauern vor der schweren Sünde der Völlerei warnen und predigen, daß in der Armut das wahre Heil liegt.«

Er drehte sich auf dem Absatz um und ging zurück zum Feuer, wo Arik die Kaninchen an behelfsmäßigen Spießen röstete.

»Lieber Gott«, flüsterte Jenny, ohne selbst zu merken, daß sie um die unsterbliche Seele des Mannes fürchtete, den sie selbst für alle Ewigkeiten in die Hölle wünschte. »Er ist ein Ketzer.«

Bruder Gregory sah sie nachdenklich an. »Wenn er das ist, dann ist er ein ehrenvoller Ketzer.« Er starrte den Schwarzen Wolf an, der sich neben den blonden Riesen kauerte. In demselben geistesabwesenden, fast freudigen Tonfall wiederholte er: »Sogar ein ausgesprochen ehrenvoller.«

Kapitel achtzehn

Den ganzen nächsten Tag erduldete Jenny das eiserne Schweigen ihres Mannes, während ihr der Kopf schwirrte – sie hatte Fragen über Fragen, die nur er ihr beantworten konnte. In ihrer Verzweiflung gab sie schließlich nach und fragte ihn vor der Mittagsrast: »Wie lange wird diese Reise nach Claymore dauern – vorausgesetzt, das ist überhaupt unser Ziel?«

»Ungefähr drei Tage. Das hängt hauptsächlich vom Zustand der vom Regen durchweichten Straße ab.«

Vierzehn Worte und eine brauchbare Information. Seit Tagen hatte er nicht mehr so viel preisgegeben. Kein Wunder, daß er und Arik so blendend miteinander auskommen, dachte Jenny wütend und schwor sich, ihm nie mehr die Genugtuung zu geben, daß sie ihn ansprach. Statt dessen dachte sie an Brenna und überlegte, wie es ihr wohl in Merrick erging.

Zwei Tage später brach Jenny ihren Schwur. Sie wußte, daß Claymore nicht mehr weit sein konnte, und die Angst vor dem, was sie dort erwarten mochte, wuchs von Minute zu Minute. Die drei Pferde trugen ihre Reiter im Schritt einen Weg entlang – Arik ritt in der Mitte und hatte einen kurzen Vorsprung. Jenny zog in Erwägung, sich mit Bruder Gregory zu unterhalten, aber sein Kopf war leicht nach vorn gebeugt – vermutlich sprach er ein Gebet. In dieser Haltung verbrachte er fast den ganzen Tag. Sie mußte einfach mit jemandem reden, um sich von den bedrückenden Gedanken an die Zukunft abzulenken. Sie schaute ihren Mann über die Schulter an. »Was ist aus all deinen

Männern geworden, die uns bis zur Priorei begleitet haben?« fragte sie.

Sie wartete auf eine Ankunft, doch Royce verharrte in Schweigen. Diese grausame Antwortverweigerung trieb sie soweit, jegliche Vernunft und Vorsicht zu vergessen. Sie warf ihm einen rebellischen Blick zu. »War diese Frage vielleicht zu schwierig für Euch, Euer Gnaden?«

Ihr spöttischer Ton brachte die Mauer der Zurückhaltung ins Wanken, die Royce sorgfältig um sich errichtet hatte, um sich gegen die Wirkung ihres verlockenden Körpers, der ihm drei endlos lange Tage so nah gewesen war, zu wappnen. Er sah sie unter schweren Lidern hervor an, überlegte dabei, wie töricht und gewagt es wäre, sich auf ein Gespräch mit ihr einzulassen, und entschied sich dagegen.

Nachdem sie seinen Zorn nicht einmal so sehr anstacheln konnte, daß er wenigstens ein einziges Wort von sich gab, erkannte Jenny eine seltene Gelegenheit, sich auf seine Kosten zu amüsieren. Mit kindischer Freude und gut getarnter Boshaftigkeit verlegte sie sich prompt auf eine einseitige Spöttelei. »Ja, ich sehe schon, daß Euch die Frage nach Euren Männern verwirrt, Euer Gnaden«, begann sie. »Schön, mal sehen, ob ich eine Möglichkeit finde, mich simpler auszudrücken.«

Royce merkte natürlich, daß sie es darauf angelegt hatte, ihn lächerlich zu machen, aber sein Ärger wich sofort der widerwilligen Belustigung, als sie ihren charmanten, leichtsinnigen Monolog fortsetzte. »Es erscheint mir offensichtlich«, bemerkte sie mit einem gespielt mitfühlenden Blick, »daß nicht der Mangel an Intelligenz an deiner Begriffsstutzigkeit schuld ist, aber vielleicht spielt dir dein Gedächtnis einen Streich! O weh!« Sie seufzte betrübt. »Ich fürchte, dein fortgeschrittenes Alter hat deinem Verstand bereits Schaden zugefügt, aber keine Angst«, tröstete sie ihn strahlend, »ich werde darauf achten, ganz einfache Fragen zu stellen, und versuchen, dir zu helfen, bis du dich wieder an die verlorengegangenen Männer erinnerst ... Also gut – als wir zur Priorei kamen ... du weißt doch noch, daß wir in der Priorei waren, oder?« erkundigte sie sich und sah ihn erwartungsvoll an. »Die Priorei? Erinnerst du dich noch an das langgestreckte Steingebäude, in dem wir Bruder Gregory kennengelernt haben?«

Royce sah schweigend zu Arik, der stur geradeaus schaute und sich taub gegen alles stellte, und zu Bruder Gregory. Die Schultern zuckten vor Lachen, als Jenny todernst hinzufügte: »Du armer, armer Mann – du kannst dich nicht mehr an Bruder Gregory entsinnen, habe ich recht?« Sie streckte den Arm aus und deutete mit einem Finger auf den Mönch. »Da ist er«, erklärte sie eilfertig. »Dieser Mann da drüben ist Bruder Gregory. Siehst du ihn? Oh, natürlich siehst du ihn«, beantwortete sie sich selbst die Frage, wie sie es bei einem zurückgebliebenen Kind getan hätte. »Jetzt paß sehr, sehr gut auf, denn die nächste Frage ist schon etwas komplizierter: Erinnerst du dich noch an die Männer, die bei uns waren, als wir zu der Priorei kamen, in der wir Bruder Gregory begegnet sind?« Hilfreich fügte sie hinzu: »Es waren ungefähr vierzig Reiter. *Vierzig*«, betonte sie liebenswürdig, und Royce traute seinen Augen und Ohren nicht, als sie ihm ihre kleinen Hände mit zehn ausgestreckten Fingern vor die Nase hielt und erklärte: »Vierzig – das sind so viele …«

Royce verkniff sich ein Lachen.

»… und noch mal so viele«, sie wagte dasselbe Spiel wieder. »Und noch mal …« viermal hielt sie ihm zehn Finger hin. »Siehst du?« schloß sie zufrieden, »kannst du dich jetzt entsinnen, wo du sie gelassen hast?«

Schweigen.

»Oder wohin du sie geschickt hast?«

Schweigen.

»Oh, mein Lieber, du bist noch schlimmer dran, als ich dachte.« Sie seufzte. »Du hast diese Männer *verloren*, nicht wahr? Aber mach dir nichts draus«, sagte sie und wandte sich verärgert ab – es machte keinen Spaß, sich über jemanden zu mokieren, der nicht reagierte. »Sorg dich nicht allzu sehr, ich bin sicher, daß du sehr rasch andere Männer findest, die dir helfen, unschuldige Menschen aus Klöstern zu entführen und kleine Kinder abzuschlachten ...«

Royces Arm schloß sich plötzlich um sie und riß sie gegen seine Brust. Sein warmer Atem sandte unliebsame Schauer über Jennys Rücken, als er über ihr Ohr streifte und Royce flüsterte: »Dein albernes Geplapper stellt nur meine Geduld auf die Probe, aber mit diesen höhnischen Angriffen erregst du meinen Unmut, und glaub mir, das ist ein großer Fehler.« Das Pferd reagierte augenblicklich auf den stärkeren Schenkeldruck seines Herrn und wurde langsamer, dann blieb es ganz stehen.

Aber Jenny achtete nicht darauf – sie war so erleichtert, eine menschliche Stimme zu hören und gleichzeitig so aufgebracht, weil er sie so lange ignoriert hatte, daß sie ihren Zorn kaum noch im Zaum halten konnte. »Gütiger Himmel, Euer Gnaden, ich wollte wirklich nicht Euer zartes Gemüt beleidigen!« sagte sie übertrieben erschrocken. »Wenn ich das tun würde, könnte mir ein schreckliches Schicksal drohen. Mal überlegen – welche grauenvollen Dinge könntest du mir antun? Oh, ich weiß! Du könntest mich kompromittieren und mich in Verruf bringen ... Nein«, fuhr sie nach einer Weile fort, als hätte sie die Angelegenheit gerade erst gründlich durchdacht, »das wird dir nicht gelingen, denn meinen Ruf hast du ja bereits vollkommen ruiniert, als du mich gezwungen hast, ohne meine Schwester bei dir in Hardin zu bleiben ... Jetzt fällt mir was ein!« rief sie begeistert. »Du könntest mich nötigen, das Bett mit dir zu teilen. Und dann könntest du bestimmt alles so arrangieren, daß die gesamte Bevölkerung von zwei Ländern erfährt, daß ich meine Jungfräulichkeit in deinem Bett verloren habe ... Aber nein, diese Untaten hast du ja auch bereits begangen ...«

Jede Spitze, die sie abschoß, bohrte sich in Royces Gewissen, und mit einemmal kam er sich tatsächlich vor wie der Barbar, den die Schotten in ihm sahen.

Und Jenny hatte noch mehr Tiefschläge zu verteilen. »Jetzt endlich kommt mir die Erleuchtung! Da du mir all das schon angetan hast, bleibt eigentlich nur noch eines.«

Unfähig, sich zurückzuhalten, fragte Royce mit vorgetäuschter Sorglosigkeit. »Und was ist das?«

»Du könntest mich heiraten!« rief sie gespielt erfreut, aber was ursprünglich als gegen Royce gerichteter Spaß begonnen hatte, erschien Jenny jetzt als schmerzhafte Verhöhnung ihrer selbst. Ihre Stimme bebte, obwohl Jenny sich anstrengte, denselben spöttischen Ton wie zuvor anzuschlagen. »Du könntest mich heiraten, mich so von meinem Zuhause und aus meinem Vaterland wegbringen und mich öffentlicher Demütigung und dem Spott aller aussetzen. Ja, das ist es! Es ist genau das, was ich verdient habe, weil ich das unerhörte Verbrechen begangen habe, in der Nähe eines Klosters spazierenzugehen und deinem plündernden und marodierenden Bruder über den Weg zu laufen.« Voller Geringschätzung setzte sie hinzu: »Doch wenn man die Schwere meines Verbrechens in Betracht zieht, dann wäre Blenden und Vierteilen viel zu milde. Es würde meine Schande und mein Elend zu rasch beenden. Es wäre ...«

Sie schnappte nach Luft, als sich Royces Hand plötzlich ganz zärtlich auf ihre Brust legte, und erschrak so sehr, daß ihr die Worte im Hals stecken blieben. Bevor sie sich erholen konnte, drückte er seine Wange an ihre Schläfe und flüsterte ihr seltsam liebevoll ins Ohr: »Hör auf, Jennifer. Das genügt.« Er legte den anderen Arm um ihre Taille und zog sie an sich. So an seinen starken Körper gedrückt und bei den sanften Liebkosungen, erlag Jenny hilflos dem unerwarteten Trost, den er ihr gerade jetzt spendete, da sie einer entsetzlichen, unbekannten und grausamen Zukunft entgegenblickte.

Wie betäubt schmiegte sie sich an ihn, und im selben Moment glitt seine Hand zu der anderen Brust und streichelte sie. Seine unrasierte Wange rieb sich leicht an ihrer Schläfe. Eine endlose Ewigkeit hielt er sie so fest und ließ seine Hand an ihrem schlanken Körper auf und ab gleiten. Jenny schloß die Augen, versuchte, ihre Angst vor der Zukunft zu unterdrücken, und genoß den flüchtigen, zauberhaften Moment der Geborgenheit.

Royce redete sich ein, daß er nichts anderes tat, als ein ängstliches Kind zu trösten und von seinem Kummer abzulenken. Er strich ihr die Haarmähne aus dem Nacken und küßte sie, dann wanderten seine Lippen weiter, und er knabberte an ihrem Ohrläppchen. Sein Mund streifte über ihre cremeweiße Wange. Ohne selbst zu merken, was er tat, legte er die Hand auf die nackte Haut über ihrem Mieder und tastete sich tiefer zu ihren wundervollen Brüsten. Das war ein verhängnisvoller Fehler – entweder aus Protest oder vor Überraschung wand sich Jenny in seinen Armen und verstärkte so den Druck auf seine Lenden. Er fühlte allzu deutlich die Umrisse ihres wohlgeformten Hinterteils, und das Begehren, gegen das er drei Tage angekämpft hatte, regte sich schmerzhaft. Drei quälend lange Tage hatte er ihre Hüften zwischen seinen Schenkeln gespürt und ihre unwiderstehlichen Brüste direkt vor Augen gehabt. Jetzt fühlte er sich, als würde ein Vulkan mit aller Macht in seinem Inneren ausbrechen – die heiße Lava rann durch seine Adern und raubte ihm beinahe den Verstand.

Mit größer Willensanstrengung schaffte er es, seine Hand zurückzuziehen und die Lippen von ihrer Wange zu lösen. Aber seine Hand schien plötzlich einen eigenen Willen zu entwickeln und faßte nach Jennys Gesicht. Er nahm ihr Kinn zwischen Daumen und Zeigefinger und zwang sie, ihn anzusehen. Er schaute in die blausten Augen der Welt – in verstörte Kinderaugen –, und immer noch wirbelten ihre anklagenden Worte durch seinen Kopf und peinigten sein Gewissen, das sich nie wieder von einer Schuld freisprechen konnte.

Ich habe das unerhörte Verbrechen begangen, in der Nähe eines Klosters spazierenzugehen und deinem plündernden und marodierenden Bruder über den Weg zu laufen ... für dieses Verbrechen verdiene ich ein schreckliches Schicksal ... Du hast meinen Ruf vollkommen ruiniert. Du hast mich gezwungen, das Bett mit dir zu teilen und mich vor den Augen aller erniedrigt und gedemütigt. Blenden und Vierteilen wäre eine noch viel zu milde Strafe – ich verdiene Schlimmeres. Warum? Weil ich dei-

nem marodierenden Bruder über den Weg gelaufen bin... Nur deswegen.

Ohne nachzudenken, legte Royce einen Finger an ihre samtweiche Wange. Er wußte, daß er sie gleich küssen würde, und war sich mit einemmal gar nicht mehr so sicher, ob er überhaupt das Recht hatte, ihr etwas übelzunehmen. *Weil ich deinem plündernden und marodierenden Bruder über den Weg gelaufen bin ...*

Eine dicke Wachtel huschte direkt vor dem Pferd über die Straße, und gleich darauf tauchte ein rundes, sommersprossiges Jungengesicht aus dem Gebüsch am Straßenrand auf. Der Junge spähte vorsichtig nach rechts und hielt nach der Wachtel Ausschau, die er verbotenerweise im Park von Claymore jagte. Verwirrt zog er sich ein wenig zurück und wandte sich langsam nach links. Seine Augen wurden kugelrund vor Schreck, als er die kräftigen Beine des mächtigen, schwarzen Schlachtrosses auf der Straße entdeckte. Tom Thorntons Herz hämmerte vor Angst, weil er beim Wildern erwischt worden war. Zaghaft ließ er den Blick über die mächtige, glänzende Brust des Pferdes wandern und schickte ein Stoßgebet zum Himmel, daß er nicht das Gesicht und die kalten Augen des Verwalters und Haushofmeisters von Claymore sehen würde, wenn er noch weiter nach oben schaute. Aber nein, der Reiter trug goldene Sporen, die nur Ritter hatten. Tom fiel ein Stein vom Herzen, als ihm auch noch auffiel, daß der Mann sehr lange und muskulöse Beine hatte und nicht so dicke, kurze wie der Haushofmeister. Tom seufzte erleichtert auf und hob den Kopf. Im nächsten Augenblick hätte er fast einen Entsetzensschrei ausgestoßen, als er den Schild, der an der Seite des Pferdes hing, entdeckte – einen Schild, auf dem ein Wolf mit weißen, gefletschten Zähnen zu sehen war.

Tom wirbelte herum, um die Flucht zu ergreifen, überlegte es sich aber nach ein paar Schritten anders und schlich wieder zurück. Die Leute hatten gesagt, daß die Ritter vom Schwarzen Wolf nach Claymore kommen würden und der Wolf selbst in der großen Festung wohnen wollte, an die er sich plötzlich wieder erinnerte. Und wenn das stimmte, dann könnte der Ritter auf dem Pferd ... er könnte es sein.

Mit vor Aufregung zitternden Händen schob er die Äste des Buschs ein wenig zur Seite und versuchte sich an alles zu erinnern, was er über den Wolf gehört hatte. Man erzählte sich, daß er ein Pferd hatte, so schwarz wie die Sünde, und daß er selbst so groß war, daß sogar erwachsene Männer den Kopf ganz nach hinten neigen mußten, um sein Gesicht zu sehen. Das Schlachtroß auf der Straße war *eindeutig* schwarz, und der Reiter hatte sehr, sehr lange Beine und mußte daher enorm groß sein. Tom hatte auch gehört, daß der Wolf neben dem Mund eine wie ein C geformte Narbe hatte. Die sollte ihm ein angreifender Wolf beigebracht haben, den er dann mit bloßen Händen tötete, als er ein Junge von acht Jahren gewesen war.

Seine Aufregung wuchs noch mehr, als er daran dachte, wie sehr ihn alle beneiden würden, wenn sie erfuhren, daß er der allererste gewesen war, der den Wolf gesehen hatte. Tom schob die Zweige noch ein bißchen mehr auseinander und schielte nach oben, um das finstere Gesicht des Mannes betrachten zu können. Mein Gott, unter den Bartstoppeln neben dem Mundwinkel war ... die Narbe! In der Form eines C. Toms Herzschlag wurde noch schneller, solange er die Narbe angaffte, aber dann fiel ihm noch etwas ein, und er wandte den Blick von dem Gesicht ab. Eifrig spähte er die Straße hinauf und hinunter und suchte erwartungsvoll nach dem blonden Riesen mit Namen Arik. Man sagte, daß dieser blonde Riese Tag und Nacht seinen Herrn bewachte und er immer eine Streitaxt mit enorm dickem Griff bei sich hatte.

Da der blonde Hüne nirgendwo zu sehen war, wandte sich Tom wieder dem berühmt berüchtigten Mann zu, um ihn noch einmal genau zu studieren. Bei dessen Anblick blieb ihm der Mund offen stehen, und er schüttelte ungläubig den Kopf: Der Schwarze Wolf, der gefürchtetste und grausamste Krieger Englands – von der ganzen Welt – saß auf seinem gewaltigen Streitroß und hatte ein *Mädchen* im Arm. Er hielt das Mädchen so vorsichtig fest, als wäre es ein *Säugling*!

In seine eigenen Betrachtungen vertieft, achtete Royce gar nicht auf die raschelnden Geräusche im Dickicht, als die Äste zurückschnellten und etwas in Richtung Dorf flitzte. Er sah die dickköpfige, rebellische Kindfrau an, die jetzt seine Gemahlin war. Und sie war noch mehr – hinterlistig und unaufrichtig zum Beispiel, aber daran wollte er im Moment nicht denken. Nicht, wenn er sich so sehr auf den Kuß freute, den er ihr gleich geben würde. Ihre Augen waren fast geschlossen, und die langen, gebogenen Wimpern warfen wie kleine schwarze Fächer dunkle Schatten auf ihre cremefarbenen Wangen. Er bewunderte ihre Lippen, die so rosig und weich waren, daß ihnen kein Mann widerstehen konnte.

Benommen und vollkommen entspannt lag sie an seiner Brust und spürte kaum, daß er ihr Kinn umfaßte.

»Jennifer ...«

Als sie die eigenartig rauhe Stimme hörte, öffnete sie die Lider und sah ihm in die schimmernden grauen Augen. Seine feingeschwungenen Lippen waren nur noch wenige Zentimeter von den ihren entfernt. In diesem Augenblick wurde ihr erst bewußt, was sie ihm zugestand und was geschehen würde, wenn sie ihn gewähren ließ. Sie schüttelte den Kopf und versuchte, ihn mit dem Ellbogen wegzuschieben und sich loszureißen, aber er hielt sie fest.

»Nein!« brach es aus ihr heraus.

Seine hypnotischen Augen hielten ihren Blick fest, und über seine Lippen drang der unwiderrufliche Befehl: »Doch!«

Ein protestierendes Ächzen blieb ihr im Hals stecken und wurde von einem heißen, besitzergreifenden Kuß erstickt, der bis in alle Ewigkeiten anzuhalten schien und nur noch drängender wurde, je mehr sie sich dagegen wehrte. In dem Moment, in dem sie ihren Mund leicht öffnete, verschaffte sich seine Zunge Einlaß, und der Kuß wurde sanfter. Er küßte sie lange und sehnsüchtig und beschwor die Stimmung der Nacht in Hardin herauf.

Jennys verräterischer Verstand kapitulierte und überließ sich dem Strudel der Erinnerungen. Sie seufzte, als sie sich ergab und den Kuß erwiderte. Dabei machte sie sich selbst weis, daß ein einziger Kuß nicht viel zu bedeuten hatte, doch als alles vorbei war, zitterte sie wie Espenlaub.

Royce sah in ihre verträumten blauen Augen, und Jenny erkannte seine Zufriedenheit, aber auch die Verwirrung, die sich auf seinem Gesicht abzeichnete. »Wieso fühle ich mich wie der Eroberte, wenn du dich mir ergibst?«

Jenny drehte ihm den Rücken zu und straffte die schmalen Schultern. »Dies war nur ein kleines Scharmützel, bei dem ich mich unterworfen habe, Euer Gnaden, aber der *Krieg* ist noch lange nicht entschieden.«

Die Straße nach Claymore beschrieb einen weiten Bogen, und es war ein gewaltiger Umweg, aber so brauchten sie sich nicht durch die dichten Wälder zu schlagen. Wenn Royce allein gewesen wäre, hätte er die Abkürzung genommen, denn jetzt, da er seinem Ziel so nahe war, konnte er es kaum erwarten, einen Blick auf die Festung zu werfen. Er sehnte sich mit einemmal danach, daß Jennifer seine Begeisterung teilen könnte. Um irgend etwas zu äußern, was die Spannung zwischen ihnen ein wenig löste, beantwortete er ihr die Frage nach seinen Männern, die sie ihm vor einiger Zeit gestellt hatte. Mit einem Lächeln sagte er: »Für den Fall, daß du immer noch neugierig bist: Die *fünfzig* Männer, die mit uns zur Priorei geritten sind, haben sich in Fünfergruppen auf den Weg gemacht. Jede Gruppe hat eine andere Richtung eingeschlagen, so daß sich die Verfolger aus Merrick auch aufteilen müssen, wenn sie uns jagen wollen. Möchtest du auch wissen, was sie sonst noch getan haben?« neckte er sie.

Jenny schleuderte verächtlich ihr rotgoldenes Haar über die Schulter. »Ich kenne den Rest. Sobald sie ein günstiges Fleckchen für einen gemeinen Überfall oder einen Hinterhalt entdecken, zwängen sich die Kerle wie Schlangen zwischen

Büsche und Felsen und warten auf die Leute meines Vaters, damit sie sie von hinten angreifen können.«

Royce kicherte, weil sie so vehement ihren moralischen Standpunkt deutlich machte. »Ein Jammer, daß ich daran nicht gedacht habe«, erwiderte er grinsend.

Obwohl Jennifer sich nicht die Mühe machte, darauf einzugehen, wurde ihre Haltung ein wenig lockerer, und Royce spürte, daß sie begierig darauf war, mehr zu erfahren. Jetzt war er gewillt, ihre Neugierde zu befriedigen, und fuhr mit seinen Erklärungen fort, während sie die letzten Windungen der Straße hinter sich brachten. »Bis vor wenigen Stunden waren meine Männer noch ungefähr zehn Meilen hinter uns und schwärmten etwa alle fünf Meilen in unterschiedliche Richtungen aus, um Spuren zu legen. Aber jetzt kommen sie näher, und bald haben sie den Abstand aufgeholt.« Gutgelaunt setzte er hinzu: »Sie sind hinter uns geblieben, weil wir einen Angriff von hinten von den Merrick- Männern erwartet haben.«

»Das alles«, erwiderte sie frostig, »wäre nicht nötig gewesen, hätte man mich gar nicht erst vom Kloster entführt und zu dir gebracht.«

»Hör auf!« rief er verärgert über ihre unausgesetzte Feindseligkeit. »Du bist, wenn man es genau nimmt, nie schlecht behandelt worden.«

»Nie schlecht behandelt?« wiederholte sie aufgebracht. »Hältst du es etwa für besonders freundlich, wenn du dich einem jungfräulichen Mädchen aufzwingst, ihre Ehre in den Schmutz ziehst und ihre Chancen zerstörst, jemals einen Mann ihrer Wahl zu heiraten?«

Royce öffnete den Mund, um etwas zu antworten, schloß ihn aber wieder. Er war entmutigt, weil er seine Handlungen weder verteidigen noch vollkommen verdammen konnte. Von Jennifers Standpunkt aus gesehen, war sein Verhalten vielleicht schurkisch gewesen, indem er sie gefangenhielt. Aber nach seiner Meinung hatte er sie als seine Gefangene behandelt wie ein vollendeter Kavalier.

Einen Moment später ritten sie um die allerletzte Kurve, und alle unliebsamen Gedanken zerrannen zu einem Nichts. Unwillkürlich schloß sich seine Hand fester um die Zügel, und er zwang Zeus unnötig heftig zu einem Halt, so daß Jenny fast aus dem Sattel geschleudert worden wäre.

Nachdem sie das Gleichgewicht wiedererlangt hatte, blitzte sie Royce über die Schulter hinweg böse an, aber er starrte geradeaus in die Ferne. Vor ihnen lag, herausgeputzt in goldenem Herbstglanz, ein breites Tal mit überall verstreuten Cottages und ordentlich gepflegten Feldern. Ein malerisches Dörfchen, das von einer gigantischen Festung beherrscht wurde, schmiegte sich an die sanften Hügel. Die Burg erstreckte sich über das ganze Bergplateau, Flaggen wehten auf den hohen Türmen, und Buntglasfenster funkelten in der Sonne wie Edelsteine.

Als das Pferd in schnellem Schritt voranging, vergaß Jenny vorübergehend ihre Sorgen und bewunderte die Symmetrie des bombastischen Bauwerks. Eine hohe Wehrmauer mit zwölf runden Türmen umschloß die prächtige Burg auf allen vier Seiten.

Noch während Jenny alles genau betrachtete, hoben die Wachen auf dem Wall ihre Fanfaren, und ein langer Zweiton wehte über das Tal. Kurze Zeit später wurde die Zugbrücke heruntergelassen, und uniformierte Reiter mit blitzenden Helmen und flatternden Wimpeln kamen ihnen entgegen. Jenny sah, daß die Bauern auf ihren Feldern alles stehen und liegen ließen, aus ihren Hütten eilten und losliefen, um sich rechts und links der Straße aufzureihen. Offensichtlich, dachte Jenny, erwartete der stolze Besitzer Royce und wollte ihn auf großzügige Art willkommen heißen.

»Und«, fragte Royce, »was hältst du davon?«

Ihre Augen strahlten vor Begeisterung, als sie sich zu ihm umdrehte. »Es ist wunderschön«, sagte sie leise. »Ich habe noch nie etwas so Großartiges gesehen.«

»Läßt sich das mit dem Königreich deiner Träume vergleichen?« neckte er sie grinsend. Seine Freude darüber, daß ihr die herrliche Burg und ihre malerische Lage gefiel, war nicht zu übersehen.

Sein Lächeln war nahezu unwiderstehlich, und Jenny drehte sich hastig wieder um, aus Angst, schwach zu werden. Aber gegen die Schönheit, die sich vor ihr ausbreitete, war sie nicht gewappnet. Plötzlich nahm sie entferntes Hufgetrappel wahr – das mußten Royces Männer sein, die zu ihnen aufschlossen. Zum erstenmal seit Tagen war Jenny bestürzt über ihre äußere Erscheinung. Sie trug noch immer ihr Hochzeitskleid, das sie in der Nacht, in der Royce sie aus Merrick fortgebracht hatte, angezogen hatte. Aber jetzt war es schmutzig und zerrissen von dem unfreiwilligen Abstieg an der Burgmauer von Merrick und dem halsbrecherischen Ritt durch die Wälder. Noch dazu hatte der Regen Samt und Umhang ruiniert, und nachdem die Sonne den Stoff getrocknet hatte, war die Katastrophe perfekt.

Augenscheinlich machten sie jetzt halt in dieser Festung, deren Besitzer eine wichtige Persönlichkeit sein mußte, und obwohl sie sich einredete, daß es sie keinen Deut kümmerte, was ein englischer Adliger oder seine Leibeigenen und Pächter von ihr hielten, verabscheute sie den Gedanken, sich selbst und damit ihrer Familie durch ihr Äußeres Schande zu machen. Sie versuchte sich damit zu trösten, daß sie am Morgen wenigstens die Gelegenheit gehabt hatte, ihr Haar in dem eisigen Fluß zu waschen, neben dem sie ihr Nachtlager aufgeschlagen hatten. Aber sie war überzeugt, daß dieser einzige Blickfang an ihr nun hoffnungslos verfilzt und mit Ästchen und Fichtennadeln bespickt war.

Ängstlich wandte sie sich an Royce. »Wer ist der Lord hier? Wem gehört eine Festung wie diese?«

Sein Blick löste sich von der Burg, die ihn fast ebensosehr faszinierte wie Jennifer, und sah sie mit amüsiert blitzenden Augen an. »Mir.«

»*Dir?*« rief sie aus. »Aber du sagtest doch, daß wir drei Tage bis Claymore brauchen würden, aber wir waren nur zwei Tage unterwegs.«

»Die Straßen waren besser passierbar, als ich dachte.«

Bestürzt darüber, daß sie seinen Vasallen bei ihrer ersten Begegnung in diesem schrecklichen Zustand gegenübertreten mußte, zuckte ihre Hand unbewußt zu ihrem zerzausten Haar – eine Geste, die stets die Sorge der Frauen über ihre Erscheinung deutlich machte.

Royce blieben ihre Bedenken nicht verborgen, und er zügelte umsichtig sein Pferd, um ihr die Gelegenheit zu geben, sich mit den Fingern zu kämmen. Er beobachtete sie lächelnd. Ihn belustigte ihre Sorge über ihre Erscheinung, denn sie sah bezaubernd aus mit der wirren Haarmähne, der cremeweißen Haut und den tiefblauen Augen, die nach den Tagen an der frischen Luft lebhaft glänzten. In diesem Augenblick beschloß er, als erste offizielle Tat als ihr Gemahl ein Verbot auszusprechen: Er wollte ihr untersagen, dieses wundervolle rotgoldene Haar je wieder unter Hauben, Tüchern oder Schleiern zu verstecken. Es gefiel ihm, wenn es ungezähmt über ihre Schultern flutete oder – noch viel besser – wenn es sich wie dicke, weiche Seide über ein Kissen ausbreitete ...

»Du hättest mich vorwarnen sollen«, beschwerte sich Jenny, während sie auf dem Sattel hin und her rutschte, in dem vergeblichen Bemühen, das hoffnungslos zerknitterte Samtkleid zu glätten. Die uniformierten Gefolgsleute kamen näher – offenbar war das die Ehrengarde, die den Herrn unter Fanfarenklängen in sein Heim eskortieren sollte. »Mir wäre gar nicht in den Sinn gekommen, daß dies dein Besitz sein könnte«, gestand sie aufgeregt ein. »Du hast vorhin eher den Eindruck gemacht, als hättest du die Festung nie vorher gesehen.«

»Ich habe sie auch noch nie gesehen, wenigstens nicht, seit sie so wie jetzt ist. Vor acht Jahren habe ich Architekten hierher gebeten. Wir haben zusammen Pläne entworfen für das Heim, in dem ich wohnen will, wenn ich mich aus dem Kriegshandwerk zurückziehe. Ich hatte schon lange vor, herzukommen und es mir anzusehen, aber Heinrich war immer der Meinung, ich würde irgendwo anders gebraucht. In gewisser Weise war das sogar ganz gut. Jetzt habe ich ein so großes Vermögen angehäuft, daß meine Söhne niemals gezwungen sind, Blut zu vergießen oder ihr Leben aufs Spiel zu setzen, wie ich es tun mußte.«

Jenny musterte ihn verwirrt. »Soll das heißen, daß du keine Kriege mehr führst?«

»Wenn ich Merrick angegriffen hätte, wäre das meine letzte Schlacht gewesen«, erwiderte er ironisch. »Das heißt, ich habe die letzte Burgmauer bezwungen, als ich dich aus deinem Zimmer holte.«

Jenny war so durcheinander nach dieser überraschenden Eröffnung, daß sie sich tatsächlich an dem absurden Gedanken ergötzte, er hätte diesen Entschluß ihretwegen gefaßt. Und ehe sie sich besinnen konnte, sprudelte sie hervor: »Wann hast du das beschlossen?«

»Vor vier Monaten«, erklärte er entschieden. »Wenn ich je wieder die Hand in einer Schlacht erhebe, dann nur um das, was mir gehört, gegen einen Angriff zu verteidigen.« Nach diesen Worten fiel er in Schweigen, und seine angespannten Gesichtsmuskeln lockerten sich allmählich. Schließlich lächelte er ein wenig und sagte: »Weißt du, worauf ich mich am meisten in meinem neuen Leben freue – abgesehen davon, daß ich nachts in einem weichen Bett schlafen kann?«

»Nein«, antwortete Jenny. Sie studierte sein feingeschnittenes Profil, und mit einemmal hatte sie das Gefühl, daß sie überhaupt nichts von ihm wußte. »Worauf freust du dich so sehr?«

»Auf gutes Essen«, bekannte er offen. »Nein, nicht einfach nur auf gutes Essen, sondern auf *exzellente* Speisen, dreimal am Tag serviert. Köstliche französische, würzige spanische und bekömmliche englische Gerichte, auf Platten angerichtet und perfekt zubereitet – kein halbrohes oder verkohltes Fleisch vom Spieß mehr! Ich möchte Nachspeisen essen – Gebäck und Törtchen und alle möglichen anderen Süßigkeiten.« Er sah sie an, als würde er sich über sich selbst lustig machen. »In der Nacht vor einer Schlacht denken die meisten Männer an ihr Heim und ihre

Familien. Weißt du, woran ich immer dachte, wenn ich wach lag?«

»Nein.« Jenny verbiß sich ein Lächeln.

»An Essen.«

Sie konnte nicht mehr an sich halten und prustete lauthals los. Der Mann, den die Schotten Satansbrut nannten, gestand, daß er vor einer Schlacht vom Essen träumte! Obwohl ein leichtes Lächeln über Royces Gesicht huschte, richtete er den Blick wieder in die Ferne und betrachtete sein Land und die Festung, als könnte er sich daran nicht satt sehen. »Das letzte Mal war ich vor acht Jahren mit den Architekten hier«, erzählte er. »Die Burg war sechs Monate lang belagert worden, die äußeren Mauern waren nur noch Ruinen, und auch Teile der Burg hatten schwer gelitten. Die Hügel rundherum hatten gebrannt.«

»Wer hat denn die Burg angegriffen und belagert?« erkundigte sich Jenny argwöhnisch.

»Ich.«

Eine schneidende Antwort lag ihr auf der Zunge, aber sie hatte keine Lust, die gute Stimmung zu verderben, deshalb erwiderte sie leichthin: »Kein Wunder, daß Schotten und Engländer ständig in Fehde liegen – wir haben nichts gemeinsam und denken vollkommen verschieden.«

»Tatsächlich?« Er grinste. »Was meinst du damit?«

»Du wirst mir zustimmen, daß es eine eigenartige Angewohnheit der Engländer ist, die Festungen ihrer eigenen Landsleute zu zerstören«, erklärte sie mit einer gewissen Überlegenheit. »Du scheinst das ja viele Jahre lang getan zu haben, obwohl du statt dessen mit Schotten – oder anderen Feinden«, setzte sie hastig hinzu, »hättest kämpfen und *ihre* Burgen belagern und einnehmen können.«

»Ein äußerst interessanter Gedanke«, zog er sie auf. »Wir haben versucht, beides zu tun.« Jenny kicherte, aber er fuhr fort: »Und wenn meine Kenntnisse über die schottische Geschichte der Wahrheit entsprechen, dann haben sich die Clans jahrhundertelang gegenseitig bekämpft und es dennoch fertiggebracht, unsere Grenzen zu überschreiten. Sie haben gebrandschatzt, geplündert und uns ›belästigt‹.«

Jenny hielt es für das beste, das Thema fallenzulassen. Sie drehte sich wieder zu der riesigen, in der Sonne glänzenden Burg um und fragte neugierig: »Hast du diese Festung angegriffen und belagert, weil du sie für dich selbst haben wolltest?«

»Weil der Baron, dem sie vorher gehört hat, mit einigen anderen Adligen eine Verschwörung anzetteln und Heinrich ermorden wollte. Beinahe hätten sie auch Erfolg gehabt. Damals hieß dieser Ort Wilsely, nach der Familie des Besitzers, und als Heinrich ihn mir übereignete, stellte er die Bedingung, daß ich ihn umbenenne.«

»Warum?«

»Weil Heinrich selbst die Familie Wilsely in den Adelsstand erhoben und mit diesem Besitz beschenkt hat. Wilsely war einer seiner wenigen Vertrauten. Ich habe den Ort Claymore genannt zu Ehren der Familie meiner Mutter und der meines Vaters«, erklärte Royce, während er Zeus die Sporen gab und in einen flotten Trab zwang.

Die Reiter aus der Burg waren den Hügel heruntergekommen und näherten sich ihnen von vorn. Das Hufgetrappel hinter ihnen wurde lauter. Jenny spähte über die Schulter und sah die fünfzig Männer, die sich vorwärtsbewegten. »Machst du deine Pläne immer mit einer solch ungeheuren Genauigkeit?« fragte sie, ohne ihre Bewunderung vollständig verbergen zu können.

Seine Lippen kräuselten sich zu einem Lächeln. »Immer.«

»Wieso?«

»Weil eine exakte Zeitabstimmung gewährleistet, daß man auf dem Pferd sitzend und nicht auf seinem Schild liegend das Schlachtfeld verläßt.«

»Aber du führst keine Kriege mehr, also brauchst du auch nicht mehr über Strategien und Zeitabstimmung nachzudenken.«

Er wirkte fast wie ein Junge, als er sie träge lächelnd ansah. »Das stimmt, aber es ist mir zur Gewohnheit geworden, und so etwas legt man nicht so leicht ab. Die Männer haben jahrelang an meiner Seite gekämpft. Sie wissen genau, wie ich denke und was sie tun sollen, ohne daß ich viel sagen muß.«

Es blieb ihr keine Zeit, darauf einzugehen, da die Ehrengarde sie fast erreicht hatte. Arik führte die Männer jetzt an. Gerade als sich Jenny schon fragte, ob die Garde rechtzeitig stehenbleiben würde, vollzogen die fünfundzwanzig Männer eine Wende mit einer solchen Präzision, daß Jenny um ein Haar begeistert applaudiert hätte. Arik nahm direkt vor Royce Aufstellung, und die fünfzig Krieger hinter ihnen formierten sich in ordentlich ausgerichtete Reihen.

Jenny beobachtete begeistert die farbenfrohe Prozession der tänzelnden Pferde und flatternden Wimpel. Auch wenn sie sich vorgenommen hatte, nicht darauf zu achten, was die Leute von ihr hielten, wurde sie plötzlich nervös, und ihre Hoffnungen regten sich. Gleichgültig, welche Gefühle sie ihrem Mann entgegenbrachte, diese Menschen gehörten jetzt zu ihr, und sie würde in Zukunft mit ihnen leben. Sie konnte den Wunsch, von diesen Leuten gemocht zu werden, nicht unterdrücken. Plötzlich wurde sie sich wieder ihres heruntergekommenen Aufzugs und ihrer körperlichen Mängel schmerzlich bewußt. Sie biß sich auf die Lippe und flehte Gott in einem inbrünstigen, stummen Gebet an, ihr zu helfen und die Leute dazu zu bringen, sie zu mögen. Fieberhaft überlegte sie, wie sie sich in den nächsten – entscheidenden – Minuten verhalten sollte. Die Dorfbewohner anlächeln? Nein, dachte sie, das wäre unter diesen Umständen unpassend. Aber sie wollte auch nicht zu reserviert erscheinen, weil man ihr das als Gefühlskälte oder Hochmut auslegen könnte. Sie war immerhin eine Schottin, und Schotten galten allgemein als ein kühles, stolzes Volk. Obwohl sie tatsächlich stolz war, eine Schottin zu sein, wollte sie auf gar keinen Fall bei diesen Leuten – *ihren* Leuten – den Eindruck erwecken, sie sei unnahbar.

Sie waren nur noch wenige Meter von den etwa vierhundert Dorfbewohnern entfernt, die sich am Straßenrand aufgereiht hatten, und Jenny entschied, daß es besser war, freundlich zu sein, statt als arrogant und abweisend zu gelten. Sie zauberte ein kleines Lächeln auf ihr Gesicht, glättete noch einmal die Falten in ihrem Kleid und setzte sich aufrecht und gerade in den Sattel.

Als sie an den Zuschauern vorbeiritten, war Jenny erstaunlich aufgeregt. Wenn in Schottland ein Lord, siegreich oder nicht, aus einer Schlacht heimkehrte, wurde er mit Jubelrufen und Begeisterung empfangen. Aber die Menschen hier waren still, wachsam und beunruhigt. In einigen Gesichtern erkannte man sogar Feindseligkeit, während die Mehrzahl beim Anblick des neuen Herrn furchtsam wirkten. Als Jenny das sah, fragte sie sich, warum sie vor ihrem ruhmreichen Helden Angst hatten – oder täuschte sie sich, weil sie selbst ängstlich und unsicher war?

Die Antwort auf diese Frage erhielt sie augenblicklich, als eine feindselige männliche Stimme das angespannte Schweigen brach: »Merrick-Schlampe!« In dem Bestreben, den berühmten neuen Herrn gewogen zu stimmen und ihm zu beweisen, daß sie seine Meinung über diese erzwungene Ehe teilten, nahm die Menge den Ruf auf. »Merrick-Schlampe«, brüllten sie ein ums andere Mal. »*Schlampe!* Merrick-Schlampe!« Alles geschah so schnell, daß Jenny keine Zeit hatte zu reagieren oder irgend etwas zu empfinden. Neben ihnen grabschte ein etwa neunjähriger Junge nach einem Dreckklumpen und warf ihn. Jenny wurde an der Wange getroffen.

Ihr Angstschrei wurde von Royce erstickt – er warf sich nach vorn, um sie mit seinem Körper vor einem Angriff zu schützen, den er weder gesehen noch erwartet hatte. Arik, der nur flüchtig mitbekommen hatte, wie jemand den Arm erhob und etwas warf, was genauso gut ein Dolch hätte sein können, stieß ein markerschütterndes Gebrüll aus, sprang aus dem Sattel und riß seine Streitaxt aus dem Gürtel, während er sich gleichzeitig auf den Jungen stürzte. In dem Irrglauben, der Junge habe Royce als Ziel angepeilt, packte er ihn am Haarschopf, hob ihn ein Stück hoch, und während der Junge zappelte und kreischte, holte der blonde Hüne mit der Streitaxt aus …

Jenny handelte, ohne nachzudenken. Mit einer aus Entsetzen geborenen Stärke warf sie sich zurück und stieß Royce von sich. Sie übertönte jeden Befehl, den er geben wollte, mit ihrem eigenen gellenden »Nein! Nein, nicht!«

Arik verharrte mitten in der Bewegung und hielt die Axt hoch über dem Kopf, als er Royce – nicht Jennifer – fragend ansah. Jenny tat es ihm gleich, und ein Blick in das wutverzerrte Gesicht ihres Mannes genügte ihr, um zu wissen, welche Anweisung er Arik geben würde. »Nein!« kreischte sie hysterisch und klammerte sich an Royces Arm. Er riß den Kopf zu ihr herum, und wenn das überhaupt möglich war, dann war sein Gesichtsausdruck jetzt noch mörderischer als zuvor. Jenny sah, daß ein Muskel an seinem angespannten Kiefer zuckte, und in ihrer Verzweiflung schrie sie: »Willst du ein Kind töten lassen, nur weil es deine eigenen Worte wiederholt und dir zeigt, daß es dir in allem recht gibt, auch wenn es deine Gefühle mir gegenüber betrifft? Lieber Gott, der Junge ist noch ein Kind! Ein dummes, naives Kind ...« Ihre Stimme brach ab, als Royce sich an Arik wandte und befahl: »Sorge dafür, daß er morgen zu mir gebracht wird.« Nach diesen Worten gab er seinem Hengst die Sporen. Wie auf ein stummes Signal galoppierten die Ritter hinter ihm los und formierten sich zu beiden Seiten von Jennifer und Royce, um sie gegen dic Menge abzuschirmen.

Keine Rufe wurden mehr laut, und die Leute beobachteten in tödlichem Schweigen, wie die Truppe an ihnen vorbeigaloppierte. Jenny konnte kaum atmen, bis sie die Spalier stehenden Dorfbewohner hinter sich gelassen hatten, dann sank sie kraftlos in sich zusammen. Sie lehnte sich an Royce, der unnatürlich starr auf dem Pferd saß, und ließ die schreckliche Szene noch einmal im Geist Revue passieren. Im nachhinein erschien es ihr so, als wäre er nur um ihretwillen und wegen der ungehörigen Zurufe so wütend geworden, als hätte er ihrem Wunsch, den Jungen ungestraft davonkommen zu lassen, aus Zuneigung zu ihr entsprochen. Sie drehte sich zu ihm um, und da er unverwandt geradeaus starrte, sagte sie zaghaft: »Mylord, ich möchte Euch … danken, weil Ihr den Jungen verschont …«

Er sah sie scharf an, und Jenny schreckte zurück bei diesem zornentflammten Blick. »Wenn du es noch einmal wagst«, warnte er sie grimmig, »mir in aller Öffentlichkeit die Stirn zu bieten und in diesem Ton mit mir zu sprechen, wird das unabsehbare Folgen haben, das schwöre ich bei Gott.«

Vor Royces Augen verwandelte sich ihr Gesicht – vom Ausdruck der Dankbarkeit zur Erschütterung bis zur Wut –, dann zeigte sie ihm die kalte Schulter.

Royce war fuchsteufelswild, weil sie tatsächlich glaubte, er würde ein Kind enthaupten lassen für eine Missetat, die eine wesentlich mildere Bestrafung verdiente, und weil sie durch ihr Verhalten seine Leute dazu verleitet hatte, ihm eben diese Brutalität zuzutrauen. Aber im Grunde war er am meisten wütend auf sich selbst, weil er nicht vorausgesehen hatte, daß ein solches Ereignis eintreten könnte, und keine Schritte unternommen hatte, um einen solchen Affront von vornherein zu unterbinden.

Wann immer er einen Angriff plante oder in eine Schlacht zog, bedachte er alle Möglichkeiten und jedes Detail, das schiefgehen konnte, aber heute – hier in Claymore – hatte er törichterweise alles dem Zufall überlassen und vorausgesetzt, daß ihre Ankunft ohne unliebsame Zwischenfälle verlaufen würde.

Andererseits, dachte Royce mit einem ärgerlichen Seufzer, war in einem Krieg auch der kleinste seiner Befehle voraussehbar, und er wurde ohne Fragen oder Widersprüche ausgeführt. Auf dem Schlachtfeld gab es keine Jennifer, mit der man fertig werden mußte und die ständig etwas in Frage stellte oder protestierte.

Blind für die Schönheit der Umgebung, nach der er sich acht lange Jahre gesehnt hatte, fragte er sich mißmutig, wieso er Ritter, Adlige, Knappen und kampferprobte Soldaten mit einem einzigen Blick zum Gehorsam bringen konnte, bei diesem eigensinnigen, trotzigen schottischen Mädchen jedoch nicht den geringsten Erfolg aufzuweisen hatte. Sie war impulsiv, dickköpfig und hatte nicht den geringsten Respekt vor ihm, den man eigentlich von einer Ehefrau erwarten konnte. Als sie die Zugbrücke überquerten, warf er einen Blick auf ihre steifen Schultern, und erst jetzt wurde ihm klar, wie erniedrigend der Vorfall für sie gewesen sein mußte. Mit einemmal empfand er Bedauern und widerwillige Bewunderung, und er mußte sich eingestehen, daß sie noch sehr jung, sehr tapfer und außerordentlich mitfühlend war. Jede andere Frau ihres Standes hätte vermutlich den Kopf des Jungen gefordert und sich keineswegs so vehement für sein Leben eingesetzt, wie Jenny es getan hatte.

Im riesengroßen Innenhof der Festung drängten sich die Menschen, die in der Burg arbeiteten oder wohnten. Eine Armee von Stallburschen, Mägden, Wäscherinnen, Küchenhilfen, Tischlern, Hufschmieden, Bogenschützen, Dienern und Lakaien sowie die gesamte Burgwache hatten sich hier versammelt. Die höhergestellten Bediensteten – der Haushofmeister, Sekretäre, Buchhalter, der Butler und eine Menge andere – hatten sich auf den Stufen, die zur Halle führten, aufgestellt. Royce sah sich um und konnte trotz der formellen Begrüßung die Feindseligkeit, die sich gegen Jennifer richtete, nicht übersehen. Er hatte nicht vor, noch einmal das Risiko einzugehen, daß etwas Unvorhergesehenes geschah. Damit jede einzelne Person in dem überfüllten Burghof einen Blick auf Jennifer und ihn werfen konnte, drehte sich Royce zum Rittmeister der Garde um und deutete mit dem Kopf auf die Ställe. Erst als der letzte Ritter den Hof verließ und sein Pferd zum Stall führte, stieg Royce ab, dann drehte er sich um und hob Jennifer vom Pferd. Ihm fiel auf, daß ihre Miene wie versteinert war und sie es tunlichst vermied, irgend jemanden anzusehen. Sie versuchte nicht einmal, ihr Haar zu glätten oder ihr Kleid zurechtzuzupfen, das brach ihm beinahe das Herz, denn offensichtlich kümmerte es sie nach diesem Erlebnis nicht mehr, wie sie aussah oder welchen Eindruck sie auf die Menschen machte, in deren Nähe sie ihr zukünftiges Leben verbringen sollte.

Ihm entging keineswegs das unfreundliche Getuschel der Dienerschar, als er Jennys Arm nahm und sie zum Fuß der Treppe führte. Sie wollte ohne Unterbrechung die Stufen hinaufgehen, aber Royce hielt sie entschlossen zurück und drehte sich um. Jenny hatte nie etwas Beschämenderes erlebt und warf ihm einen verzweifelten Blick zu, doch Royce sah sie nicht an. Er stand da, ohne einen Muskel zu bewegen, sein Gesicht war wie aus Granit gemeißelt, während er die unruhige Menge im Hof betrachtete.

Selbst in ihrem jämmerlichen Zustand spürte Jenny, welche Stärke und Macht in diesem Augenblick von ihm ausging – eine Kraft, die auch ohne jedes Wort allen klarmachte, wen sie vor sich hatten. Als hätte jemand eine Zauberformel ausgesprochen, wurde die Menge von einem Moment zum anderen mucksmäuschenstill, und alle sahen ihn gebannt an. Erst als der letzte Laut verklungen war, ergriff Royce das Wort. Seine tiefe Stimme dröhnte in der unnatürlichen Stille wie Donnerhall.

»Die Frau an meiner Seite ist eure neue Herrin und meine Gemahlin«, verkündete er. »Wenn *sie* euch um etwas bittet, dann ist es, als hätte *ich* euch darum gebeten. Die Dienste, die ihr meiner Frau erweist, erweist ihr mir. Die Loyalität, die ihr zuteil oder verweigert wird, wird mir zuteil oder verweigert.«

Sein eisiger Blick schweifte in atemlosem, bedrohlichem Schweigen von einem zum anderen, dann wandte er sich wieder an Jennifer und bot ihr seinen Arm.

Tränen der Dankbarkeit und Bewunderung schimmerten in ihren wundervollen blauen Augen, als sie ergeben zu ihm aufsah und langsam und beinahe ehrerbietig die Hand auf seinen Arm legte.

Im Hof klatschte der Waffenmeister zweimal in die Hände. Die Schmiede fielen mit ein, dann ein Dutzend Diener. Als Royce und Jenny die breite Treppe hinter sich gebracht hatten und vor den Türen zur Halle standen, wo Stefan und Bruder Gregory sie erwarteten, brandete donnernder Beifall im Burghof auf. Es war nicht der begeisterte, spontane Empfang, der von

Herzen kam, aber ein Tribut an die faszinierende Macht, der niemand Widerstand leisten konnte.

Stefan Westmoreland war der erste, der etwas sagte, nachdem sie die große Halle betreten hatten. Er klopfte Royce liebevoll auf die Schulter und scherzte: »Wenn ich nur auch so blendend eine widerspenstige Menge in Schach halten könnte wie du, Bruderherz.« Bedeutsam setzte er hinzu: »Gönnst du mir ein paar Minuten deiner Zeit? Wir müssen etwas besprechen?«

Royce entschuldigte sich bei Jenny, und sie sah den beiden Männern nach, als sie zum Kamin gingen, wo sich Sir Godfrey, Sir Eustace und Sir Lionel bereits versammelt hatten. Offensichtlich waren sie alle zusammen mit Stefan Westmoreland vorausgeritten, um vor Royce in Claymore zu sein.

Jenny war noch immer wie betäubt, weil Royce so umsichtig und einfühlsam seine Bediensteten mit seiner kleinen Ansprache in die Schranken verwiesen hatte, und es fiel ihr nicht leicht, den bewundernden Blick von ihm zu wenden. Aber dann sah sie sich doch um. Die Halle, in der sie stand, war immens groß mit einer hohen Holzdecke und einem glatten Steinboden, auf dem frische, saubere Binsen ausgestreut waren. Hoch oben umgrenzte eine Galerie mit kunstvoll gemeißelten Steinbögen den Raum an drei Seiten. An der vierten Wand befand sich der Kamin – er war so groß, daß ein erwachsener Mann ohne weiteres aufrecht darin hätte stehen können; das Mauerwerk war reich mit Steinmetzarbeiten verziert. Wandbehänge mit Kriegs- und Jagdszenen schmückten die Wände, und Jenny registrierte erschrocken, daß jemand sogar zwei große Teppiche auf den Boden in der Nähe des Kamins ausgebreitet hatte. Am anderen Ende der Halle befand sich ein Podest, auf dem ein langer Tisch und Vitrinen mit Bechern, Tellern und Schüsseln aus funkelndem Silber und Gold standen. Obwohl nur ein paar Fackeln in den Wandhaltern brannten, war es hier nicht halb so finster wie in der Halle von Merrick. Der Grund dafür war ein riesiges rundes Fenster mit bunten Glasscheiben, das hoch oben neben dem Kamin in die Mauer eingelassen war. So etwas hatte Jenny in ihrem ganzen Leben noch nicht gesehen, und sie schnappte erstaunt nach Luft.

Jennys Betrachtungen wurden jäh von einem freudigen, schrillen Schrei, der von irgendwo über ihr herkam, unterbrochen.

»Jennifer!« kreischte Tante Elinor und stellte sich auf die Zehenspitzen, um über die schulterhohe Brüstung, die die Galerie umgrenzte, spähen zu können. »Jennifer, mein armes, armes Kind!« Als sie die Galerie entlanglief, verschwand sie außer Sicht, aber das hinderte sie nicht daran, auf ihre bekannte Art weiterzuplappern. Ihr fröhlicher Monolog hallte von den Steinwänden wider und war weithin zu hören, bis sie den oberen Treppenabsatz erreichte. »Jennifer, ich bin ja so froh, dich wiederzusehen, mein armes Kind.«

Jenny legte den Kopf in den Nacken, suchte die Galerie ab, und ihr Blick folgte dem Klang der Stimme. »Ich habe mir solche Sorgen um dich gemacht, mein liebes Herz, ich konnte kaum schlafen oder einen Bissen hinunterbekommen. Aber das wäre mir sowieso schwergefallen, nachdem ich quer durch ganz England auf dem unbequemsten Pferd, auf dem ich je das Pech hatte zu sitzen, geritten und so sehr durchgeschüttelt worden bin, bis mir jeder einzelne Knochen im Leib weh tat.«

Jenny lauschte angestrengt der schnatternden Stimme, ging langsam dem Klang nach zur entgegengesetzten Seite der großen Halle und suchte nach der Person, zu der diese Stimme gehörte.

»Und das Wetter war grauenvoll!« fuhr die Stimme fort. »Gerade als ich dachte, ich würde in dem strömenden Regen ertrinken, kam die Sonne heraus und röstete mich bei lebendigem Leib. Mein Kopf dröhnte, meine Knochen schmerzten teuflisch. Und ich hätte mir bei diesem Unternehmen sicherlich den Tod geholt, hätte Sir Stefan Westmoreland nicht schließlich doch eingewilligt, eine kurze Rast zu machen. Bei dieser Gelegenheit konnte ich zum Glück einige Heilkräuter sammeln.«

Tante Elinor hatte die letzte Stufe überwunden und erschien etwa zwanzig Meter von Jenny entfernt in der Halle. Während sie auf ihre Nichte zueilte, schwatzte sie unaufhörlich weiter: »Das war eine sehr gute Entscheidung, denn nachdem ich ihn erst einmal überredet hatte, meine Geheimmedizin, vor der er sich zuerst so geekelt hat, zu trinken, bekam er nicht einmal einen Schnupfen.« Sie spähte zu Stefan Westmoreland, der gerade Ale aus seinem Krug trinken wollte, und unterbrach ihn mit der Aufforderung, ihre Aussage zu bestätigen: »Ihr habt nicht ein einziges Mal geniest, nicht wahr, mein Junge?«

Stefan ließ den Krug sinken und antwortete gehorsam. »Nein, Ma'am, kein einziges Mal.« Er verbeugte sich leicht, dann setzte er den Alekrug an die Lippen, trank ein paar Schlucke und vermied es tunlichst, Royces spöttischem Blick zu begegnen.

Arik betrat die Halle und steuerte den Kamin an. Tante Elinor musterte ihn mißbilligend, während sie Jenny, die auf sie zuging, weiter unterrichtete: »Alles in allem war es gar keine so schlimme Reise. Wenigstens wurde es ganz annehmbar, nachdem ich nicht mehr gezwungen war, mit diesem Burschen Arik zusammen zu reiten wie am ersten Tag, als wir von Merrick aufgebrochen sind ...«

Die Ritter am Kamin drehten sich zu ihr um, und Jenny beeilte sich zielstrebig, um zu verhindern, daß sich die alte Dame um Kopf und Kragen redete. Ihre Mühen waren vergeblich, denn Tante Elinor hatte sich auf den blonden, Streitaxt schwingenden Hünen eingeschossen.

Sie breitete die Arme aus, um Jennifer mit einem strahlenden Lächeln willkommen zu heißen, fuhr aber dennoch unbeirrt fort: »Arik kam ganze zwanzig Minuten vor euch hier an, und er hat doch tatsächlich keine meiner besorgten Fragen nach dir beantwortet.« Da sie fürchtete, nicht mehr genug Zeit zu haben, ihre Ausführungen zu beenden, wenn Jennifer erst einmal vor ihr stand, sprach sie doppelt so schnell wie sonst weiter. »Trotzdem glaube ich nicht, daß er aus Gemeinheit oder Niedertracht so unfreundlich ist und einen so sauertöpfischen Gesichtsausdruck hat. Ich glaube viel eher, er hat Schwierigkeiten mit seinem …«

Jenny warf die Arme um die kleine Frau und zog sie ganz fest an sich, aber Tante Elinor gelang es, sich aus ihrem Griff zu winden, um den Satz in triumphierendem Tonfall zu beenden: »… mit seinem *Stuhlgang*.«

Nach dieser Verunglimpfung herrschte einen Sekundenbruchteil knisternde Stille, die sich jedoch sofort in schallendes Gelächter entlud. Sir Godfrey konnte nicht mehr an sich halten und lachte donnernd, aber ein eisiger Blick von Arik brachte ihn zum Verstummen. Zu Jennys Entsetzen stieg auch in ihr ein Lachen auf – zum Teil war das eine Reaktion auf die Anspannung der letzten Tag und die Erlebnisse mit dem Jungen und den Bediensteten im Hof, außerdem steckten sie die erstickten Kicherlaute an, die vom Kamin herüberdrangen. »O Tante Elinor«, prustete sie hilflos und vergrub ihr lachendes Gesicht am Hals der Tante, um es vor den Männern zu verbergen.

»Aber, aber, süßes Täubchen«, beschwichtigte Tante Elinor ihre Nichte, doch ihre Aufmerksamkeit galt den Rittern, die sich über ihre Diagnose lustig machten. Über Jennys bebende Schultern hinweg funkelte sie die Kämpen und ihren Herrn finster an und machte ihnen in aller Strenge klar: »Ein schlechter Stuhlgang ist nichts zum Lachen, meine Herren.« Dann wandte sie sich wieder dem düsteren Arik zu und sagte bedauernd: »Seht Euch nur Eure Leichenbittermiene an, Ihr Ärmster – das ist ein *eindeutiges* Anzeichen für Verstopfung. Ihr braucht dringend ein Abführmittel. Ich werde Euch mein Geheimrezept brauen. In kürzester Zeit könnt Ihr wieder … äh … lachen und fröhlich sein.«

Jenny grabschte nach der Hand ihrer Tante und sah zu ihrem schmunzelnden Gemahl. »Euer Gnaden«, sagte sie, »meine Tante und ich haben uns viel zu erzählen, und ich würde mich gern ein wenig ausruhen. Wenn Ihr uns bitte entschuldigen wollt, dann könnten wir uns zurückziehen in … in …« Ihr wurde klar, daß sie über das Schlafarrangement nicht früher als unbedingt diskutieren wollte, »... in das Zimmer meiner Tante«, schloß sie zögerlich.

Ihr Gemahl hatte sich nicht von der Stelle gerührt oder auch nur mit der Wimper gezuckt, seit Tante Elinor Ariks Namen zum erstenmal ausgesprochen hatte, und hielt auch noch den Alekrug so wie vorhin. Es glückte ihm, einigermaßen ernst zu bleiben, als er erwiderte: »Natürlich, Jennifer, ganz wie du willst.«

»Was für eine wunderbare Idee, mein Kind«, rief Tante Elinor sofort begeistert aus. »Du mußt ja todmüde sein, nach allem, was du durchgemacht hast.«

»Trotzdem«, warf Royce noch ein und sah Jennifer unnachgiebig an, »solltest du eines der Mädchen mit nach oben nehmen, das dir *dein* Zimmer zeigen kann – ich bin sicher, dort hast du es bequemer. Heute abend findet hier ein Fest statt, und darauf solltest du dich vorbereiten. Bitte das Mädchen, dir alles, was du brauchst, zu bringen, wenn du wieder wach bist.«

»Ja ... danke«, entgegnete sie lahm.

Als sie ihre Tante zur Treppe führte, wurde ihr nur allzu bewußt, daß die Männer ihnen schweigend nachsahen. Und genauso sicher war sie, daß sie auf Tante Elinors nächsten frevelhaften Ausspruch warteten. Tante Elinor enttäuschte sie nicht.

Sie ging ein paar Schritte zurück, um Jennifer einen der Vorzüge ihres neuen Heims zu zeigen – einige dieser Vorzüge hatte Jenny selbst schon entdeckt. »Sieh mal da hinauf, Liebes«, sagte Tante Elinor aufgeregt und deutete auf das Buntglasfenster. »Ist das nicht prächtig? Ein Fenster mit bunten Scheiben! Du traust deinen Augen nicht, wenn du erst siehst, wie groß die Galerie dort oben ist und welchen Prunk es hier gibt. Kerzenhalter aus purem Gold, die Baldachine über den Betten aus Seide, und fast alle Becher und Kelche sind mit Edelsteinen verziert. Genaugenommen«, setzte sie nachdenklich hinzu, »bin ich jetzt felsenfest davon überzeugt, daß Rauben und Plündern sehr profitabel sein muß.« Nach diesen Worten drehte sich Tante Elinor wieder zum Kamin um und wandte sich zuvorkommend an den »Räuber und Plünderer«, dem diese prächtige Festung gehörte. »Würdet Ihr mir beipflichten, daß man beim Rauben und Plündern Reichtümer anhäufen kann, Euer Gnaden, oder habe ich mich getäuscht?«

Jenny wand sich vor Verlegenheit. Ihr Mann, der gerade einen Schluck Ale trinken wollte, verharrte mitten in der Bewegung und ließ einen Augenblick später den Krug ganz langsam sinken. Jenny fürchtete schon, er würde Tante Elinor gleich über die Burgmauer werfen lassen. Statt dessen neigte er höflich den Kopf und erklärte ungerührt: »Das Kriegshandwerk ist tatsächlich ein ausgesprochen einträgliches Geschäft, Madam. Ich kann jedem nur wärmstens empfehlen, diesen Beruf zu ergreifen.«

»*Sehr* schön, das zu hören«, rief Tante Elinor aus. »Ich bin wirklich enorm froh, daß Ihr so deutlich aussprecht, was Ihr meint.«

Jenny ergriff entschlossen den Arm ihrer Tante und zog sie zur Treppe, während die alte Dame wieder fröhlich drauflosschwatzte. »Wir müssen sofort mit Sir Albert sprechen und ihn bitten, dir ein passendes Kleid zu suchen. Hier gibt es Unmengen von Truhen, in denen Sachen von den früheren Besitzern aufbewahrt werden. Sir Albert ist der Haushofmeister und gleichzeitig Verwalter – leider kein gesunder Mann. Er hat Würmer, glaube ich. Ich habe ihm gestern einen wunderbaren Heiltrank gebraut und darauf bestanden, daß er ihn trinkt. Heute ist der Ärmste *schrecklich* schlimm dran, aber morgen geht es ihm wieder blendend, du wirst sehen. Und du solltest auf der Stelle ein Nickerchen machen – blaß und erschöpft wie du aussiehst ...«

Die Ritter drehten sich alle gleichzeitig zu Royce um, grinsten breit und sahen ihn erwartungsvoll an. Stefan sagte kichernd: »Liebe Güte! So aufgedreht war sie auf dem ganzen Weg hierher nicht, hing die ganze Zeit auf dem Pferd und hatte so viel Angst um ihr bißchen Leben, daß sie kaum ein Wort herausbrachte. In diesen Tagen muß sich eine Menge in ihr aufgestaut haben – wahrscheinlich hat sie sich alle Tiraden aufgehoben und muß sie jetzt unbedingt loswerden.«

Royce zog ironisch eine Augenbraue hoch und spähte in die Richtung, in der Tante Elinor verschwunden war. »Sie ist schlau wie ein Fuchs, wenn einem die Hände gebunden sind. Wo ist Albert Prisham?« fragte er. Er wollte unbedingt mit seinem Haushofmeister sprechen, um aus erster Hand zu erfahren, wie Claymore gedieh.

»Er ist krank«, antwortete Stefan und ließ sich in einem der Sessel neben dem Kamin nieder, »wie Lady Elinor schon sagte. Aber es ist sein Herz – zumindest schließe ich das aus dem kurzen Gespräch, das wir beide gestern geführt haben. Er hat alles für das Fest heute abend arrangiert, aber er bittet dich um die Erlaubnis, der Feierlichkeit fernbleiben und erst morgen bei dir vorsprechen zu dürfen. Möchtest du nicht einen Rundgang machen und dir ansehen, was aus dieser Festung geworden ist?«

Royce stellte den Krug ab und rieb sich müde den Nacken. »Das mache ich später. Jetzt brauche ich erst mal jede Menge Schlaf.«

»Ich auch«, sagte Sir Godfrey, gähnte und streckte sich. »Erst ausschlafen, danach schlage ich mir den Bauch mit gutem Essen und Trinken voll und verbringe den Rest der Nacht in den Armen einer warmen, willigen Dirne. Genau in dieser Reihenfolge«, sagte er mit breitem Grinsen hinzu, und die anderen Ritter nickten zustimmend.

Als sie weg waren, lümmelte sich Stefan in den Sessel und musterte seinen Bruder besorgt, der nachdenklich den Inhalt seines Krugs inspizierte. »Was macht dir so zu schaffen, Bruderherz? Geht es um den Vorfall mit dem Jungen? Vergiß die Sache für eine Weile und laß dir dadurch nicht das Fest heute abend verderben.«

Royce sah ihn gedankenverloren an. »Ich habe nur überlegt, ob vielleicht ›ungeladene Gäste‹ mittendrin hier auftauchen könnten.«

Stefan verstand sofort, daß Royce von einer Abordnung aus

Merrick sprach. »Die beiden Gesandten von Heinrich und Jakob werden natürlich herkommen, und von dir den Beweis fordern, daß du tatsächlich die Ehe mit Lady Jennifer Merrick geschlossen hast. Das kann der Mönch ja glaubhaft bezeugen. Aber ich bezweifle, daß die Merrick-Leute den ganzen Weg bis hierher reiten, wenn sie doch nichts mehr ausrichten können.«

»Sie tauchen bestimmt hier auf«, behauptete Royce fest. »Und sie kommen mit einer Truppe, die groß genug ist, uns ihre Stärke zu zeigen.«

»Und wenn schon?« erwiderte Stefan mit unbekümmerten Grinsen. »Sie können nichts ausrichten, außer uns über die Burgmauer weg zu beschimpfen. Du hast dein Heim so befestigt und abgesichert, daß wir hier den schlimmsten Ansturm, den *du* befehligen könntest, unbeschadet überstehen würden.«

Royces Gesichtsausdruck verhärtete sich, und der Blick, den er seinem Bruder gönnte, wirkte unversöhnlich. »Ich habe genug vom Kämpfen. Das habe ich dir schon einmal gesagt, und Heinrich habe ich das auch klargemacht. Ich habe es endgültig satt, und zwar alles, das viele Blut, den Gestank, den Lärm.« Er vergaß vollkommen, daß einer der Diener neben ihm stand, um seinen Krug aufzufüllen, und schloß schroff: »Mir ist das alles zuwider.«

»Was hast du dann vor, wenn Merrick herkommt?« Allmählich wurde Stefan ungeduldig.

Royce zog eine Augenbraue hoch, und seine grauen Augen blitzten höhnisch. »Ich werde den alten Herrn zu unserem Fest einladen.«

Stefan merkte, daß er es ernst meinte, stand langsam auf und hakte nach: »Und dann?«

»Dann erkennt er hoffentlich, daß es zwecklos ist, uns anzugreifen, wenn wir in der Überzahl sind.«

»Und wenn er das einfach nicht wahrhaben will?« bohrte Stefan weiter. »Oder wenn er darauf besteht, sich im Zweikampf mit dir zu messen – was mir ziemlich wahrscheinlich erscheint –, was machst du dann?«

»Was sollte ich deiner Meinung nach tun?« knurrte Royce ärgerlich und gleichzeitig mutlos. »Soll ich etwa meinen eigenen Schwiegervater töten? Und seine Tochter einladen, mir dabei zuzusehen? Oder soll ich sie in ihr Zimmer schicken, bis wir sein Blut vom Boden gewischt haben, auf dem später einmal ihre Kinder herumkriechen und spielen werden?«

Stefan wußte auch keinen Rat mehr und wurde wütend. »Was hast du dann vor?«

»Schlafen«, entgegnete Royce, indem er absichtlich die Frage falsch deutete. »Ich schaue kurz nach dem Haushofmeister und verschaffe mir Einblick in die wichtigsten Angelegenheiten, dann lege ich mich ein paar Stunden aufs Ohr und ruhe mich aus.«

Eine Stunde später, nach dem Gespräch mit dem Haushofmeister, wies Royce einen Diener an, ihm ein Bad vorzubereiten und saubere Kleidung zurechtzulegen. Mit bösen Vorahnungen streckte er sich auf dem riesigen Himmelbett in seinem Zimmer aus und verschränkte die Hände hinterm Kopf. Sein Blick streifte träge über den dunkelblauen, mit Gold durchwirkten Baldachin und die großzügigen Seidendraperien, die zurückgezogen und mit goldenen Kordeln festgehalten waren. Dann starrte er die Wand an. Jennifer befand sich auf der anderen Seite der Wand, das wußte er von einem Diener, der ihm auch erzählt hatte, daß Jennifer erst vor ein paar Minuten ihr Zimmer betreten und gebeten hatte, in drei Stunden geweckt zu werden. Sie wollte dann auch ein heißes Bad nehmen und hatte eine der Dienerinnen aufgefordert, ihr irgendein Gewand zu bringen, das sie am Abend auf dem Fest tragen konnte.

Erinnerungen, wie sie im Schlaf aussah, an ihr Haar, das über das Kissen floß, und ihre seidenweiche Haut unter den Laken quälten ihn und weckten schmerzhaftes Verlangen. Royce schloß die Augen. Es war klüger, zu warten und die widerspenstige Braut erst nach dem Fest in sein Bett zu holen. Er würde seine ganze Überredungskunst anwenden müssen, sie dazu zu bringen, diesen Teil ihrer Ehegelübde zu erfüllen, daran hatte

Royce keinen Zweifel. Und im Moment war er nicht in der Verfassung, sie von etwas zu überzeugen, sich eingehend mit ihr zu beschäftigen.

Heute abend, wenn sie durch Wein und Musik ein wenig milder gestimmt war, würde er sie in dieses Zimmer und in sein Bett bringen. Ob sie freiwillig mitkam oder nicht, er würde heute nacht mit ihr schlafen – und in jeder weiteren Nacht, in der ihn die Lust überkam. Auch wenn sie sich dagegen sperrte, würde sie sich ihm nicht verweigern, weil er das nicht zulassen würde – so einfach war das alles.

Das letzte Bild, das ihm vor Augen stand, bevor er in tiefen Schlaf fiel, war seine unerhört schöne Braut, die ihm zehn Finger vor die Nase hielt und ihm mit kesser Überlegenheit erklärte: »Vierzig, das sind so viele und noch einmal …«

Kapitel neunzehn

Jenny kletterte aus der Holzwanne, wickelte sich in den weichen, hellblauen Morgenrock, den eines der Mädchen ihr aushändigte, und zog die Vorhänge auf, die die Badenische vom Zimmer abteilten. Der elegante, aber voluminöse Morgenrock hatte offensichtlich jemandem gehört, der sehr viel größer war als sie. Die Ärmel hingen ihr weit über die Fingerspitzen, und der Saum schleifte ein großes Stück auf dem Boden. Aber er war sauber und warm. Nach mehreren Tagen in dem schmutzigen, durchweichten Samtkleid war dieser Morgenrock für Jenny der reinste Himmel. Ein gemütliches Feuer brannte im Kamin und vertrieb die Kälte. Jenny machte es sich auf dem Bett bequem, um ihr Haar trocknen zu lassen.

Die Zofe stellte sich mit einer Bürste hinter sie und begann wortlos, die Knoten aus der langen Pracht zu kämmen, während eine andere Dienerin mit einem Arm voll schimmerndem Goldbrokat hereinkam. Jenny vermutete, daß dies ihr Kleid für das

Fest war. Keines der beiden Mädchen war besonders eilfertig oder zuvorkommend, aber sie wirkten auch nicht unbedingt feindselig – kein Wunder, wenn man die Warnung in Betracht zog, die Royce im Burghof vor allen ausgesprochen hatte.

Die Erinnerung daran beschäftigte Jenny und gab ihr Rätsel auf. Trotz all der bitteren Gefühle, die zwischen ihnen standen, hatte Royce ihr in aller Öffentlichkeit denselben Stellenwert in diesem Haushalt eingestanden, den er selbst einnahm. Er hatte sie zu sich erhoben, und Jenny kam es ausgesprochen merkwürdig vor, daß ein Mann so etwas tat, besonders ein Mann wie er. In diesem Fall schien er aus Zuneigung zu ihr so gehandelt zu haben. Trotzdem hatte er bis jetzt noch nie etwas – auch nicht die Freilassung von Brenna – in Szene gesetzt, ohne einen egoistischen Beweggrund und ohne seine eigenen Ziele aus den Augen zu verlieren.

Bei ihm eine Tugend wie Freundlichkeit vorauszusetzen, wäre reine Torheit. Sie hatte mit eigenen Augen gesehen, welcher Grausamkeit er fähig war: Beinahe hätte er ein Kind getötet, nur weil es mit einem Dreckklumpen warf, und das war mehr als grausam, es war barbarisch. Andererseits hatte er vielleicht gar nicht vorgehabt, den Jungen töten zu lassen – vielleicht einfach nur langsamer reagiert als sie.

Mit einem Seufzer gab sie es für den Moment auf, das Rätsel um ihren Mann zu lösen, und drehte sich zu dem Mädchen namens Agnes um. In Merrick plauderte die Herrin angeregt mit den Dienstboten, und man tauschte Klatsch und Vertraulichkeiten aus. Obwohl es schwer vorstellbar war, daß diese Mädchen je mit ihr schwatzten und lachten, war Jenny entschlossen, sie so weit zu bringen, daß sie wenigstens mit ihr redeten. »Agnes«, sagte sie in sorgfältig bemessenem, höflichem Ton, »ist das das Kleid, das ich heute abend tragen werde?«

»Ja, Mylady.«

»Es gehörte früher einer anderen Frau, nicht wahr?«

»Ja, Mylady.«

Diese Worte waren die einzigen, die die beiden Zofen in den

letzten Stunden geäußert hatten, und Jenny war niedergeschlagen und traurig. »Wem hat es gehört?« beharrte sie freundlich.

»Der Tochter des früheren Lords, Mylady.« Als es klopfte, drehten sich beide zur Tür um, und einen Augenblick später stellten drei kräftige Diener große Truhen auf dem Boden ab.

»Was ist da drin?« wollte Jenny wissen.

Da keine der Zofen die Antwort darauf zu wissen schien, kletterte Jenny von dem hohen Bett, um den Inhalt der Truhen selbst zu inspizieren. Als sie die Deckel öffnete, kamen die prächtigsten Stoffe zum Vorschein, die sie je zu Gesicht bekommen hatte – glänzender Satin, mit Gold und Silber durchwirkter Samt, Brokat, bestickte Seide, weicher Kaschmirstoff und so zartes Leinen, daß man fast hindurchsehen konnte.

»Oh, das ist wunderschön!« hauchte Jenny und strich über den smaragdgrünen Satin.

Alle drei Frauen wirbelten erschrocken herum, als eine Stimme von der Tür herüberdrang.

»Wie ich sehe, freust du dich, habe ich recht?« fragte Royce, stand auf der Schwelle und lehnte mit der Schulter am Rahmen. Er trug eine dunkelrote Seidenweste und darüber ein zinngraues Samtwams. Ein schmaler, mit Rubinen besetzter Gürtel zierte seine Taille, und daran hing ein Dolch, an dessen Griff ein riesiger Rubin funkelte.

»Ob ich mich freue?« wiederholte Jenny und wurde ein wenig unsicher, als sein Blick über ihr Haar glitt und am Ausschnitt ihres Morgenrocks haften blieb. Sie sah an sich herunter, um herauszufinden, was ihn so sehr faszinierte, und zog den aufklaffenden Kragen zu, um ihn mit der Faust festzuhalten.

Ein spöttisches Lächeln kräuselte seine Lippen, als er diese schamhafte Geste bemerkte, dann sah er die beiden Zofen an. »Laßt uns allein«, forderte er bestimmt.

Sie kamen seiner Bitte augenblicklich nach und schlüpften so schnell wie möglich an ihm vorbei durch die Tür.

Jenny beobachtete, wie sich Agnes hinter seinem Rücken hastig bekreuzigte.

Ein Angstschauer kroch Jenny über das Rückgrat, als Royce die Tür zumachte und sich im Zimmer umsah. Sie versuchte, Zuflucht in einem Gespräch zu nehmen, und sagte das erste, was ihr in den Sinn kam. »Du solltest nicht so schroff und harsch mit den Dienstboten umgehen. Ich glaube, du machst ihnen angst.«

»Ich bin nicht hier, um mit dir über die Bediensteten zu reden«, erwiderte er ruhig, während er auf sie zuging.

Jenny war sich nur allzu bewußt, daß sie ganz nackt unter ihrem Morgenrock war, und wich vorsichtig einen Schritt zurück. Dabei trat sie versehentlich auf den Saum ihres Gewandes, so daß sie sich nicht mehr von der Stelle rühren konnte. Reglos beobachtete sie, wie Royce zu den Truhen ging, die Hand ausstreckte und die Stoffe berührte.

»Freust du dich?« fragte er noch einmal.

»Worüber?« sagte sie und zog den Morgenrock so fest um Hals und Brust, daß sie kaum noch atmen konnte.

»Über diese Stoffe«, erwiderte er trocken und deutete auf die Truhen. »Sie sind für dich. Du kannst dir Kleider, oder was immer du brauchst, daraus machen lassen.«

Jenny nickte und sah ihm argwöhnisch zu, wie er den Truhen den Rücken kehrte und sich ihr näherte. »W-was willst du von mir?« fragte sie und haßte sich selbst, weil ihre Stimme hörbar zitterte.

Er blieb eine Armlänge entfernt vor ihr stehen, aber statt sie zu berühren, entgegnete er gelassen: »Erstens möchte ich, daß du deinen Griff um den Kragen lockerst, bevor du dich selbst erdrosselst. Ich habe schon Männer gesehen, die am Galgen hingen, und der Strick war nicht fester zugezogen als dieser Morgenrock.«

Jenny zwang ihre steifen Finger, sich ein wenig zu lösen. Sie wartete darauf, daß er weitersprach, und als er sie schweigend musterte, half sie schließlich nach. »Ja? Und was noch?«

»Ich würde gern mit dir reden«, sagte er ungerührt, »bitte setz dich.«

»Du bist hergekommen … um zu reden?« fragte sie nach, und

als er nickte, war sie so erleichtert, daß sie seinem Wunsch ohne Zögern nachkam. Sie zog ihren viel zu langen Morgenrock hinter sich her, als sie zum Bett ging, und setzte sich. Dann strich sie sich das Haar aus dem Gesicht und schüttelte die Flut über ihre Schultern. Royce beobachtete interessiert, wie sie die Wellen ordnete.

Sie ist die einzige Frau, dachte Royce ein wenig bitter, die sogar noch in einem Gewand, in dem sie vollkommen versinkt, aufreizend wirkt. Nachdem sie das Haar zu ihrer Zufriedenheit gerichtet hatte, sah sie ihn erwartungsvoll an. »Worüber möchtest du mir mir sprechen.«

»Über uns. Über heute abend«, antwortete er und ging auf sie zu.

Sie sprang auf, als hätte jemand Feuer unter ihrem kleinen Hintern gelegt, und wich zwei Schritte zurück, bis ihre Schultern die Wand berührten.

»Jennifer …«

»Was?« keuchte sie aufgeregt.

»Knapp hinter dir ist das Kaminfeuer.«

»Mir ist kalt«, behauptete sie zitternd.

»Du wirst gleich in Flammen aufgehen.«

Sie beäugte ihn argwöhnisch, dann betrachtete sie den Saum ihres viel zu langen Gewandes und stieß einen erschrockenen Schrei aus, während sie ihn eilig aus dem Kamin zog. Hektisch klopfte sie die Asche aus dem Stoff und sagte: »Das tut mir leid. Es ist ein hübscher Morgenrock, aber vielleicht ein bißchen …«

»Ich wollte mit dir nur über das Fest reden«, fiel er ihr entschlossen ins Wort, »und nicht darüber, was in der Nacht danach geschieht. Aber da wir schon einmal dieses Thema angeschnitten haben«, setzte er hinzu, ohne auf ihre furchtsame Miene zu achten, »könntest du mir erklären, weshalb dich die Aussicht auf eine gemeinsame Nacht mit mir plötzlich so sehr ängstigt.«

»Ich habe keine Angst«, stritt sie verzweifelt ab, weil sie es für falsch hielt, ihm auch nur die geringste Schwäche einzugestehen. »Aber da ich dies … so etwas schon einmal gemacht habe, empfinde ich schlicht und einfach nicht den Wunsch, es zu wiederholen. Mit Granatäpfeln ging es mir genauso. Nachdem ich einmal einen Granatapfel probiert hatte, wollte ich keinen mehr essen. So bin ich eben manchmal.«

Seine Mundwinkel zuckten, und er kam ihr immer näher, bis er direkt vor ihr stand. »Wenn dir der Mangel an Verlangen zu schaffen macht, kann ich dich beruhigen. Ich glaube, ich kenne ein wirksames Mittel dagegen.«

»Rühr mich nicht an!« warnte sie. »Oder ich werde …«

»Droh mir nicht, Jennifer«, unterbrach er sie ruhig. »Das wäre ein Fehler, den du bitter bereuen würdest. Ich berühre dich, wann immer und *wie immer* es mir gefällt.«

»Jetzt, da du mir jede Freude auf das Fest und den Abend gründlich verdorben hast«, sagte Jenny eisig, »darf ich dich wohl um die Erlaubnis bitten, mich allein anziehen zu dürfen.«

Ihre kränkenden Worte hinterließen nicht die geringste Spur in seinem starren Gesicht, aber seine Stimme wurde um eine Nuance leiser. »Es war nicht meine Absicht, herzukommen und dir Neuigkeiten zu eröffnen, die dir den Abend vergällen, aber ich halte es für hilfreicher, dir klarzumachen, was auf dich zukommt, statt dich im ungewissen zu lassen. Es gibt noch viele andere Angelegenheiten, die zwischen uns geklärt werden müssen, aber die können bis später warten. Um deine ursprüngliche Frage zu beantworten – eigentlich war *dies* der Grund für meinen Besuch in deinem Zimmer …«

Jenny nahm gar nicht wahr, daß sich seine Hand bewegte – sie starrte ihm unverwandt ins Gesicht und fragte sich verwirrt, ober er sie ausgerechnet jetzt küssen wollte. Er mußte ihre Gedanken gelesen haben, denn seine festen, sinnlichen Lippen verzogen sich zu einem Lächeln, aber er wandte den Blick nicht von ihren Augen und unternahm keinerlei Anstalten, ihr noch näher zu kommen.

Nach langem Schweigen sagte er leise: »Gib mir deine Hand, Jennifer.«

Jennys Augen wurden riesengroß vor Staunen, und ihre Verwirrung wuchs von Minute zu Minute mehr, doch sie löste widerstrebend die Finger vom Kragen ihres Morgenmantels. »Meine Hand?« wiederholte sie verständnislos und streckte sie ihm vorsichtig entgegen.

Er nahm ihre Finger in die linke Hand, und die warme Berührung jagte unliebsame Hitzewellen über ihren Arm. Erst jetzt entdeckte sie den prachtvollen Ring und die mit Juwelen verzierte kleine Schachtel, die er in der rechten Hand hielt. Ein massiver, breiter Goldring mit den schönsten Smaragden, die sie je gesehen hatte, funkelte und blitzte im Kerzenlicht, als Royce ihr das kostbare Stück über den Ringfinger streifte.

Vielleicht war das Gewicht des Rings oder dessen, was er ausdrückte, daran schuld, möglicherweise lag es aber auch an dem seltsam ruhigen, zärtlichen Ausdruck in seinen grauen Augen, die sie reglos ansahen – was auch immer die wirklich Ursache war, konnte Jenny nicht ergründen, doch sie spürte deutlich, daß ihr Herz mit einemmal mindestens doppelt so schnell schlug.

Mit heiserer, samtweicher Stimme sagte er: »Bei uns beiden ist nichts wie bei anderen Brautpaaren verlaufen. Wir haben die Ehe noch vor der Verlobung vollzogen, und ich habe den Ring an deinen Finger gesteckt, lange nachdem wir die Ehegelübde ausgesprochen haben.«

Wie hypnotisiert starrte Jenny in diese unergründlichen silbernen Augen, während sie seine rauhe Stimme weiter liebkoste und in seinen Bann zog. »Und obwohl nichts an unserer Hochzeit bis jetzt wie üblich war, möchte ich dich um einen Gefallen bitten …«

Jenny nahm das leise Flüstern, das über ihre eigenen Lippen drang, selbst kaum wahr. »Um … was für einen … Gefallen?«

»Könnten wir – nur für heute abend –«, sagte er und hob die Hand, um mit den Fingerspitzen die Kurve ihrer geröteten Wange nachzuzeichnen, »unsere Differenzen vergessen und uns benehmen wie ein ganz normales, frisch verheiratetes Paar bei einem ganz normalen Hochzeitsfest?«

Jenny hatte angenommen, daß das Fest zu Ehren seiner

Heimkehr und seiner letzten Siege über *ihr* Volk stattfinden würde, und hatte gar nicht an die Hochzeit gedacht.

Royce merkte, daß sie noch zauderte, und lächelte schief. »Da offensichtlich mehr als nur eine einfache Bitte nötig ist, um dein Herz zu erweichen, biete ich dir einen Handel an.«

Jenny war sich der verheerenden Wirkung, die die Berührung an ihrer Wange in ihr ausübte, und der Anziehungskraft seines Körpers schmerzlich bewußt. »Welchen Handel?« flüsterte sie bebend.

»Als Gegenleistung für dein Wohlwollen heute abend kannst du dir, wann immer es dir beliebt, einen Abend aussuchen, an dem du tun kannst, was dir gefällt. Egal, wie du ihn verbringen willst, ich werde genau das tun, was du dir wünschst.«

Als sie immer noch zögerte, schüttelte er belustigt und verärgert zugleich den Kopf. »Ich hatte großes Glück, daß ich auf dem Schlachtfeld nie einem so hartnäckigen Gegner wie dir gegenüber gestanden habe. Ich fürchte, in diesem Fall hätte ich eine vernichtende Niederlage erlitten.«

Merkwürdigerweise schlug dieses Geständnis, das mit einem bewundernden Unterton ausgesprochen worden war, eine Lücke in Jennys Widerstand. Was er als nächstes sagte, richtete noch mehr Schaden an.

»Ich bitte dich nicht nur um meinetwillen um diesen Gefallen, Kleines, sondern auch um deinetwillen. Meinst du nicht, daß wir beide nach den vielen Aufregungen der letzten Tage – und vor den Turbulenzen, die uns möglicherweise noch bevorstehen – ein ganz besonderes, ungetrübtes Ereignis verdient haben, das uns die Erinnerung an unsere Hochzeit angenehm und wertvoll macht?«

Unbekannte Empfindungen überfielen Jenny, und ein Kloß schnürte ihr fast die Kehle zu. Obwohl sie keineswegs den berechtigten Groll vergaß, den sie gegen ihn hegte, hatte sie die unglaublich einfühlsame Ansprache, die er heute nachmittag im Burghof vor seinen Bediensteten gehalten hatte, um ihr zu helfen, noch lebhaft im Gedächtnis. Noch dazu war die Aussicht darauf, wenn auch nur für ein paar Stunden vorgeben zu können, daß sie eine glückliche Braut und er ein zärtlicher, fürsorglicher Bräutigam war, sehr verlockend. Was konnte das schon schaden?

Schließlich nickte sie zustimmend und sagte leise: »Wenn du es wünschst.«

»Warum«, murmelte Royce und sah ihr in die bezaubernden Augen, »komme ich mir wieder vor wie ein Besiegter, obwohl du mir freiwillig nachgegeben hast. Und wenn ich dich gegen deinen Willen zu etwas zwinge, fühle ich mich jedesmal wie ein armseliger Tropf, der eine schmerzliche Niederlage erlitten hat.«

Noch ehe sich Jenny von diesem erschütternden Bekenntnis erholen konnte, drehte er sich zum Gehen um.

»Warte«, rief Jenny und hielt ihm die Schmuckschachtel hin. »Du hast das hier vergessen.«

»Es gehört dir, genau wie der Inhalt. Nur zu, öffne die Schatulle.«

Das Kästchen war aus Gold, und der Deckel war mit Saphiren, Rubinen, Smaragden und Perlen verziert. In der Schatulle lag ein Ehering mit einem großen Rubin. Jenny runzelte überrascht die Stirn, als sie das Band daneben entdeckte. »Ein Band?« fragte sie und betrachtete das schlichte, schmale rosafarbene Band, das ordentlich zusammengefaltet in einer kostbaren Schatulle lag, in der man auch die Kronjuwelen hätte aufbewahren können.

»Die beiden Ringe und das Band haben meiner Mutter gehört. Das ist alles, was von dem Haus, in dem Stefan und ich geboren sind, übrig geblieben ist, nachdem es bei einem Angriff dem Erdboden gleichgemacht wurde.« Nach dieser Erklärung verabschiedete er sich und sagte noch, daß er sie in der Halle erwarten würde.

Royce schloß die Tür hinter sich und blieb einen langen Moment im Flur stehen. Er staunte mindestens ebensosehr über das, was er zu ihr gesagt hatte, und über die Art, wie er es gesagt hatte, wie Jennifer, die ihre Überraschung nicht vor ihm verbergen konnte. Die Schmach, daß sie ihn zweimal – im Lager und in Hardin – überlistete, nagte immer noch an ihm, und noch mehr machte ihm zu schaffen, daß sie zusammen mit ihrem Vater einen Plan ausgeheckt hatte, der ihn um die Möglichkeit, eine Frau und einen Erben zu haben, betrogen hätte. Aber Jennifer konnte ein unwiderlegliches Argument zu ihrer Verteidigung hervorbringen, und gleichgültig, wie gern er dieses Argument beiseite schieben wollte, es sprach sie frei von Schuld.

Ich habe das Verbrechen begangen, deinem plündernden und marodierenden Bruder über den Weg zu laufen ...

Mit einem erwartungsvollen Lächeln durchquerte Royce die Galerie und ging über die gewundene Eichentreppe in die große Halle hinunter, wo bereits ein großer Trubel herrschte. Er war bereit, Jenny ihre vergangenen Taten zu vergeben. Trotzdem mußte er ihr unmißverständlich zu verstehen geben, daß er keine weiteren Listen und Betrügereien in Zukunft dulden würde.

Jenny regte sich einige Minuten, nachdem er gegangen war, nicht vom Fleck. Sie bekam nichts mit von dem Lärm, der aus der Halle heraufdrang, und starrte nur auf das mit Juwelen besetzte und mit Samt ausgelegte Schmuckkästchen, das er ihr in die Hand gedrückt hatte. Noch immer plagte sie ihr Gewissen, weil sie ihm nachgegeben und sich mit seinem Vorschlag einverstanden erklärt hatte. Sie drehte sich um und ging langsam zum Bett, aber sie ließ sich Zeit, bis sie das schimmernde goldene Unterkleid, das dort ausgebreitet lag, aufhob. Bestimmt, beruhigte sie ihr Gewissen, beging sie keinen Verrat an ihrer Familie, ihrem Land oder sonst jemandem, wenn sie für ein paar wenige Stunden die Feindseligkeiten vergaß, die zwischen dem Duke und ihr zweifellos vorhanden waren. Und ganz sicher hatte sie das Recht auf ein bißchen Vergnügen und Fröhlichkeit. Dieser Abend war so kurz im Vergleich zu dem Rest ihres Ehelebens – nur ein paar Stunden wollte sie sich sorgenfrei und glücklich fühlen wie eine junge Braut.

Der Goldbrokat fühlte sich kalt an, als sie das Unterkleid an ihren Körper hielt. Sie sah an sich herunter und stellte freudig fest, daß es die richtige Länge hatte.

Agnes kam herein und brachte das lange, blaugrüne Samtgewand und einen dazu passenden, mit Gold eingefaßten Umhang mit. Die Zofe hielt mitten in der Bewegung inne, und ihr mißmutiges Gesicht hellte sich widerwillig auf, als sie die berühmte, rothaarige Tochter des verräterischen Merrick im Raum stehen sah. Ihre neue, ungeliebte Herrin preßte das hastig geänderte Unterkleid an sich und schaute mit glücklich leuchtenden Augen auf ihre Zehen, die unter dem Saum hervorspitzten.

»Es ist wunderschön, nicht wahr?« sagte Jenny ehrfurchtsvoll und strahlte das verblüffte Mädchen an.

»Es …« Agnes stockte. »Es wurde mit allen anderen Kleidern, die wir von den Töchtern des früheren Lords finden konnten, zu mir gebracht«, erklärte sie mürrisch.

Statt das bereits getragene Kleid voller Abscheu von sich zu schleudern, wie es Agnes im Grund von ihr erwartet hätte, lächelte die junge Duchesse erfreut und rief: »Aber sieh nur – es paßt sogar!«

»Es wurde …« Wieder brach Agnes ab, als sie versuchte, in dieser unbefangenen, offenherzigen jungen Frau die Person zu sehen, die in den vielen Geschichten beschrieben wurde, die man sich landauf, landab von ihr erzählte. Der Duke selbst hatte sie als Schlampe bezeichnet, wenn man dem Gerede der anderen Diener Glauben schenken durfte. »Es wurde abgeschnitten und geändert, während Ihr Euch heute nachmittag ausgeruht habt, Mylady«, brachte sie mit Mühe heraus, als sie behutsam das Gewand und den Umhang auf dem Bett ausbreitete.

»Wirklich?« Jenny zeigte sich aufrichtig beeindruckt und betrachtete die vielen feinen Nähte. »Hast du all diese Säume genäht?«

»Ja.«

»Und das in dieser kurzen Zeit?«

»Ja«, erwiderte Agnes kurzangebunden. Ihr war unbehaglich

zumute, weil ihr die freundliche Frau, die sie eigentlich verachten und schmähen sollte, mit soviel Güte und Herzlichkeit begegnete.

»Das sind unglaublich feine Nähte«, sagte Jenny leise. »Ich hätte das niemals so gut gekonnt.«

»Wünscht Ihr, daß ich Euch helfe, das Haar hochzustecken?« erkundigte sich Agnes und überging so das Kompliment, obwohl ihr irgendwie zu Bewußtsein kam, daß es falsch sein könnte, die Freundlichkeiten auf diese kühle Weise zu quittieren. Sie stellte sich hinter Jenny und nahm die Bürste in die Hand.

»O nein«, erklärte ihre neue Herrin und strahlte das sprachlose Mädchen über die Schulter hinweg an. »Heute abend bin ich für ein paar Stunden eine Braut, und Bräuten ist es gestattet, ihr Haar offen zu tragen.«

Kapitel zwanzig

Der Lärm, der schon in ihrem Schlafzimmer zu hören war, wurde ohrenbetäubend, als sich Jenny der großen Halle näherte. Eine Kakophonie von donnerndem Männerlachen und Musik übertönte das allgemeine Murmeln der vielen Stimmen. Auf den letzten Stufen blieb sie einen Moment stehen, ehe sie sich den Gästen zeigte.

Sie brauchte gar nicht hinzusehen, um zu wissen, daß die Halle voll mit Männern war, die alles über sie wußten. Die meisten von ihnen waren sicherlich in der Nacht im Lager gewesen, in der sie wie eine erlegte Gans bei Royce abgeliefert worden war. Andere hatten bei ihrem erzwungenen Aufbruch von Merrick mitgewirkt, und wieder andere waren Zeugen gewesen, wie sie heute vor den Dorfbewohnern gedemütigt wurde.

Vor einer halben Stunde, als ihr Mann mit seiner tiefen, überzeugenden Stimme von einer wertvollen Erinnerung an ihre Hochzeit gesprochen hatte, war die Aussicht auf dieses Fest wundervoll gewesen, aber jetzt verdarb ihr der Gedanke daran, wie und was sie in Wirklichkeit hierhergeführt hatte, jede Freude. Sie überlegte, ob sie in ihr Zimmer zurückgehen sollte, doch dann würde Royce schon in den nächsten Minuten hinaufstürmen und sie holen. Außerdem, redete sie sich ein, um sich Mut zu machen, würde sie all diesen Leuten ohnehin früher oder später einmal gegenübertreten müssen, und – eine Merrick verkroch sich niemals.

Sie holte tief Luft, überwand die letzten Stufen und ging um die Kurve in die Halle. Der Anblick, der sich ihr bot, verwirrte sie so sehr, daß sie blinzeln mußte. Mindestens dreihundert Personen standen schwatzend herum oder saßen an langen Tischen, die man an einer Seite des Saals aufgestellt hatte. Einige sahen den Unterhaltungskünstlern zu, von denen eine Unmenge Possen trieben und Kunststückchen zeigten. Auf der Galerie saßen Barden und musizierten, während andere Musikanten im Saal von Gruppe zu Gruppe schlenderten und die Gäste mit ihren Melodien erfreuten. Vier Jongleure in bunten Kostümen warfen Bälle hoch, und vier weitere fingen sie wieder auf. Auf der anderen Seite wirbelten drei Akrobaten mit wilden Sprüngen durch die Luft. Hinter dem großen Tisch auf dem Podest stand ein Lautenspieler und verstärkte mit seinen wohlklingenden Akkorden die fröhlichen Geräusche im Festsaal.

Auch Frauen gab es, stellte Jenny erstaunt fest – ungefähr dreißig, bestimmt waren es die Gemahlinnen von Rittern oder Nachbarn aus den umliegenden Burgen. Jenny hatte keine Mühe, Royce auszumachen, denn er überragte alle bis auf Arik um Hauptеslänge. Nicht weit weg von ihr unterhielt er sich mit ein paar Männern und Frauen. Er hielt einen Becher in der Hand und lachte über die Äußerung eines Freundes. Jenny wurde sich bewußt, daß sie ihn noch nie zuvor so erlebt hatte – entspannt, lachend und ganz der Herr seiner prachtvollen Festung. Heute erinnerte er sie nicht an das Raubtier, nach dem er benannt worden war; er sah viel eher aus wie ein mächtiger Aristokrat, und ein gefährlich gutaussehender noch dazu, dachte Jenny mit einer

Spur Stolz, als sie sein sonnengebräuntes, scharfgeschnittenes Gesicht betrachtete.

Das plötzlich leiser werdende Stimmengewirr machte Royce darauf aufmerksam, daß Jennifer in Erscheinung getreten war. Er stellte den Becher ab, entschuldigte sich bei seinen Gästen und drehte sich um – dann blieb er wie angewurzelt stehen. Ein bewunderndes Lächeln erhellte sein Gesicht, als er die königliche junge Duchesse erblickte, die in einem blaugrünen Gewand mit passendem Mieder und vorn geschlitztem Rock, der ein goldenes Unterkleid sehen ließ, auf ihn zukam. Ein blaugrüner, mit Gold eingefaßter Samtumhang war über ihre Schultern drapiert und wurde von einer flachen goldenen, mit Aquamarinen besetzten Kette zusammengehalten. Ihr prächtiges rotgoldenes Haar, in der Mitte gescheitelt, floß in großzügigen Wellen und schimmernden Locken über die Schultern und den Rücken und bildete einen aufregenden Kontrast zu dem blaugrünen Samt.

Beinahe zu spät wurde ihm klar, daß er seine junge, couragierte Braut zwang, zu ihm zu kommen, und er beeilte sich, ihr entgegenzugehen, um sie auf halbem Wege zu treffen. Er nahm ihre kalten Hände in die seinen, zog sie näher an sich und strahlte sie mit unverhohlener Bewunderung an. »Du bist unglaublich schön«, sagte er leise. »Bleib einen Moment ganz ruhig stehen, damit ich dich in voller Größe anschauen kann.«

»Man hat mir zugetragen, Mylord, daß einer der vielen Gründe, warum Ihr – selbst wenn ich die Königin von Schottland wäre – gegen eine Heirat mit mir protestiert habt, meine Unscheinbarkeit ist.« Jenny sah den perplexen Ausdruck in seinen grauen Augen und wußte, daß seine Verblüffung nicht gespielt sein konnte.

»Ich bin sicher, daß ich eine Menge Einwände während dieser ärgerlichen Unterhaltung mit Heinrich gegen dich erhoben habe, aber *das* gehörte bestimmt nicht dazu.« Ruhig fügte er hinzu: »Man kann mir viel nachsagen, doch gewiß nicht, daß ich mit Blindheit geschlagen bin.«

»In diesem Fall«, antwortete sie neckend, »unterwerfe ich

mich Eurer Urteilskraft, was meine Erscheinung heute abend betrifft.«

»Und wirst du dich mir auch bei anderen Gelegenheiten unterwerfen?« fragte er bedeutungsvoll.

Sie neigte den Kopf wie eine Königin, die einem Normalsterblichen ihre Gunst erweist. »Bei allen Gelegenheiten – solange wir uns hier in der Halle unter den Augen anderer aufhalten.«

»Du bist ein eigensinniges Frauenzimmer«, versetzte er in gespielter Strenge, dann bedachte er sie mit einem liebevollen Blick und meinte: »Es wird Zeit, daß sich Braut und Bräutigam zu ihren Gästen gesellen.« Er legte ihre Hand in seine Armbeuge, und Jenny fiel auf, daß sich die Ritter während ihres kurzen Wortwechsels hinter ihm in einer Reihe aufgestellt hatten – offensichtlich war diese Szene sorgfältig vorausgeplant –, um ihrer neuen Duchesse formell vorgestellt zu werden. Als erster näherte sich ihr Stefan Westmoreland, der sie bis jetzt kaum eines Blickes gewürdigt und sie nur in der Hall von Merrick wie alle anderen Engländer böse angefunkelt hatte. Jetzt hauchte er einen brüderlichen Kuß auf ihre Wange, und als er einen Schritt zurücktrat, grinste er. Jenny registrierte erst in diesem Moment erstaunt, wie sehr er Royce ähnelte, besonders wenn er lächelte wie jetzt. Stefans Haare wirkten heller und seine Gesichtszüge weniger hart; seine Augen waren blau, nicht grau, aber wie sein Bruder hatte er Charme, wenn er sich die Mühe machte, ihn einzusetzen. »Die Bitte um Entschuldigung dafür, daß ich Euch so viel Kummer und Unannehmlichkeiten bereitet habe, wird wohl nicht genügen, dennoch ist sie überfällig. Ich möchte den Anlaß nutzen, Euch in aller Form um Vergebung zu bitten, und hoffe, daß ihr mir eines Tages wirklich verzeihen könnt.«

Diese Entschuldigung klang so aufrichtig und wurde in so ungekünstelter Weise vorgetragen, daß Jenny gar nicht anders konnte, als sie augenblicklich zu akzeptieren. Der Lohn für ihre Großmut war ein unwiderstehliches Grinsen von ihrem frischgebackenen Schwager, der sich zu ihr neigte und flüsterte: »Meinen Bruder brauche ich nicht um Verzeihung zu bitten, denn, wie jeder sehen kann, habe ich ihm einen großen Gefallen getan.«

Diese Bemerkung war so unerhört dreist, daß Jenny in Gelächter ausbrach. Sie fühlte, wie Royces Blick auf ihr ruhte, und als sie zu ihm aufsah, entdeckte sie, daß seine Augen Wärme und noch etwas ausdrückten, was Stolz ziemlich nahe kam.

Arik war der nächste, und der Steinboden schien zu beben, als der schreckerregende blonde Hüne mit Riesenschritten vortrat. Wie Jenny es von ihm erwartet hatte, ließ sich der mürrische Goliath nicht zu einer Entschuldigung herab, ganz zu schweigen von einer galanten Begrüßung oder auch nur einer Verbeugung. Statt dessen baute er sich vor ihr auf, schaute aus seinen eigenartig blassen Augen auf sie herab und bewegte kaum merklich den Kopf zu einem knappen Nicken. Dann drehte er sich um und marschierte wieder an seinen Platz. Jenny hatte das Gefühl, er hätte gerade die Herrschaft über *sie* angenommen, und nicht umgekehrt.

Royce bemerkte ihre Verwirrung, beugte sich zu ihr und flüsterte verschwörerisch in ihr Ohr: »Sei nicht gekränkt – Arik hat es noch nicht einmal für nötig befunden, vor *mir* den Treueeid abzulegen.«

Jenny betrachtete die lächelnden grauen Augen, und plötzlich erschien ihr dieser Abend wie eine erste warme Frühlingsnacht – voller Versprechungen und Aufregung.

Die Ritter von Royces persönlicher Garde erwiesen Jenny als nächstes ihre Referenzen. Sir Godfrey, ein hübscher, großer Mann Ende Zwanzig, war der erste und gewann augenblicklich ihre Sympathie, weil er nach einem Handkuß die Spannung, die durch ihre früheren Begegnungen entstanden waren, sofort zerstreute. Er wandte sich an alle, die in Hörweite standen und erklärte, daß die Duchesse die einzige lebende Frau sei, die genug Geist und Courage hatte, um eine ganze Armee an der Nase herumzuführen. Dann drehte er sich wieder zu ihr um und sagte mit einem unwiderstehlichen Grinsen: »Ich baue darauf, Mylady, daß Ihr unserem Stolz nicht mehr so arg zusetzt und deutlichere Spuren als damals im Lager hinterlaßt, falls Ihr eines Tages beschließt, aus Claymore zu fliehen.«

Jenny trank einen Schluck aus dem Weinkelch, den Royce ihr in die Hand gedrückt hatte, dann erwiderte sie mit gespielter Feierlichkeit: »Sollte ich je versuchen, von hier zu entkommen, werde ich die Flucht so schlecht planen, daß Ihr keine unnötigen Mühen auf Euch nehmen müßt, um mich wieder einzufangen.«

Sir Godfrey lachte schallend und küßte Jenny auf die Wange.

Der blonde Sir Eustace mit den fröhlichen braunen Augen erklärte wie ein vollendeter Kavalier, daß sie keinerlei Schwierigkeiten gehabt hätten, sie aufzufinden, wenn sie bei ihrer Flucht die Haare offen getragen hätte – die goldenen Flammen wären ihnen sofort aufgefallen, egal wie gut sie sich versteckt hätte. Das brachte ihm einen leicht zurechtweisenden Blick von Royce ein. Unverzagt beugte sich Sir Eustace vor und verriet Jennifer augenzwinkernd: »Er ist eifersüchtig, seht Ihr? Er beneidet mich um mein vornehmes Aussehen und meine umwerfende Redegewandtheit.«

Einer nach dem anderen verbeugte sich vor Jenny – kampferprobte, gefürchtete Ritter, die sie früher nach nur einem Wort von ihrem Herrn, ohne mit der Wimper zu zucken, getötet hätten, die sich jetzt jedoch dazu verpflichteten, sie zu beschützen, auch wenn sie ihr eigenes Leben dabei verloren. Alle waren gekleidet in Samt und feines Tuch statt in Kettenhemden und Helme, und besonders die älteren Ritter behandelten sie mit ausgesuchter Höflichkeit, während ein paar jüngere betreten zu Boden blickten, weil sie sich für irgend etwas, das sie getan hatten, schämten.

»Ich hoffe«, sagte der junge Sir Lionel zu Jennifer, »daß ich Euch nicht allzu große Schmerzen und Qualen bereitet habe, Mylady, als ich ... als ich, na ja, als ich Euren Arm gepackt, Euch weitergezerrt und ...«

Jenny kicherte und zog die Augenbrauen hoch. »... und mich in der ersten Nacht im Lager der Soldaten in mein Zelt *eskortiert* habt?«

»Ja, *eskortiert*«, wiederholte er erleichtert und atmete befreit auf.

Gawin, Royces junger Knappe, war der letzte, der ihr als seiner neuen Herrin offiziell seine Dienste anbot. Er war offensichtlich zu jung und zu idealistisch, um dem Beispiel der älteren, erfahreneren Ritter zu folgen, die nonchalant über Vergangenes hinweggegangen waren. Daher sagte er, nachdem er sich verbeugt und ihre Hand geküßt hatte, mit kaum verhohlenem Groll: »Mylady, ich vermute, Ihr wolltet nicht *wirklich*, daß wir frieren, als Ihr unsere Decken zerschnitten habt.«

Diese Bemerkung wurde mit einem harten Stoß in die Rippen von Sir Eustace geahndet, der an Jennys Seite geblieben war. Er rügte den Jungen entrüstet: »Wenn das deine Auffassung von Galanterie und Ritterlichkeit ist, dann wundert es mich nicht, daß Lady Anne ein Auge auf Roderick und nicht auf dich geworfen hat.«

Bei der Erwähnung von Roderick und Lady Anne verfinsterte sich die Miene des Jungen, und er sah sich aufgebracht im ganzen Saal um. Gawin entschuldigte sich hastig bei Jennifer und stürmte auf eine hübsche Brünette zu, die mit einem jungen Mann ins Gespräch vertieft war, den Jenny nicht kannte, der ihr aber eher streitlustig erschien als galant und ritterlich.

Royce sah dem Jungen nach, dann wandte er sich belustigt an Jennifer. »Gawin ist über beide Ohren in dieses hübsche Mädchen verliebt, und offenbar hat er viel von seinem Verstand eingebüßt.« Er bot ihr seinen Arm und setzte hinzu: »Kommt, ich möchte Euch unsere anderen Gäste vorstellen, Mylady.«

Die Angst vor der Begegnung mit den Männern, die nicht durch einen Treueeid an Royce gebunden waren, wurde während der nächsten zwei Stunden, in denen sie einen nach dem anderen kennenlernte, vollkommen zerstreut. Die unerwartet klaren Worte, die Royce auf der Treppe im Burghof an seine Leute gerichtete hatte, waren augenscheinlich inzwischen allgemein bekannt geworden – selbst die Gäste, die aus den benachbarten Burgen gekommen waren, hatten davon gehört –, und obwohl Jenny hin und wieder einen unfreundlichen Blick erntete, versteckten alle ihre wahren Gefühle hinter einem höflichen Lächeln.

Nachdem sie ihren Rundgang beendet hatten, bestand Royce darauf, daß Jennifer etwas zu sich nahm. An dem erhöht stehenden Tisch gab es für die Frischvermählten weitere fröhliche und vergnügte Unterhaltungen, die nur von den grellen Trompetenstößen unterbrochen wurden, welche jeden neuen Gang, der aus der Küche gebracht und serviert wurde, ankündigten.

Tante Elinor war in ihrem Element – mehr als dreihundert Menschen befanden sich in diesem Saal, und allen konnte sie eine Geschichte erzählen, die ihr am Herzen lag. Trotzdem wurde sie am häufigsten in der Nähe ein und derselben Person gesehen, und diese Person war niemand anderes als Arik. Jenny beobachtete die ältere Dame amüsiert und wunderte sich, daß sie ausgerechnet von dem einzigen Menschen, der keinerlei Lust verspürte, Konversation zu treiben, derart fasziniert war.

»Erfüllt das Essen Eure Erwartungen, Mylord?« erkundigte sich Jenny und drehte sich zu Royce um, der sich gerade ein zweites Mal von dem gebratenen Pfau und dem gefüllten Schwan nahm.

»Es ist annehmbar«, erwiderte er mit leicht gerunzelter Stirn. »Aber ich hätte eigentlich weit bessere Kochkünste unter Prishams Aufsicht erwartet.«

Gerade in diesem Moment erschien der Haushofmeister persönlich hinter Royce, und Jenny sah Albert Prisham zum erstenmal.

»Ich fürchte, mein Hauptinteresse gilt nicht der Zubereitung des Essens, Euer Gnaden«, erklärte er förmlich, und nach einem Blick auf Jennifer fuhr er fort: »Eine klare Brühe und ein mageres Stück Fleisch stellt mich gänzlich zufrieden. Wie auch immer, ich denke, Eure Gemahlin wird sich ab jetzt um die Küche kümmern und Menüs und Rezepte zubereiten lassen, die Euch besser munden.«

Jenny, die noch nie etwas mit Kochen zu tun gehabt hatte und kein einziges Rezept kannte, schenkte dieser Bemerkung keinerlei Beachtung – sie hatte vollauf damit zu tun, die Abneigung, die sie vom ersten Augenblick an gegen diesen Mann hegte, zu verbergen. Der dünne, fast magere Kerl trug eine goldene Kette um die Taille und hatte einen weißen Stab in der Hand – die äußeren Zeichen für seine gehobene Stellung in diesem Haushalt. Seine Wangenknochen hoben sich scharf unter der blassen, fast durchsichtigen Haut ab. Aber diese Äußerlichkeiten nahmen Jenny nicht gegen ihn ein – viel eher störte sie sein eiskalter, berechnender Blick, mit dem er seine Umgebung betrachtete.

»Ich hoffe«, fuhr er fort, indem er Royce mehr Respekt, aber sicherlich nicht mehr Herzlichkeit als Jennifer zeigte, »daß heute abend alles, mit Ausnahme der Speisen, zu Eurer Zufriedenheit arrangiert wurde.«

»Es ist großartig«, entgegnete Royce, dann schob er seinen Stuhl zurück. Auf der anderen Seite des Saales hatten die Gäste mit dem Tanz begonnen. »Wenn es Euch morgen gut genug geht, würde ich gern die Bücher durchgehen, und übermorgen möchte ich die Ländereien sehen.«

»Wie es Euch beliebt, Euer Gnaden, aber übermorgen ist der dreiundzwanzigste, und das ist gewöhnlich der Tag, an dem Gericht gehalten wird. Wünscht Ihr, daß der Gerichtstag verschoben wird?«

»Nein«, sagte Royce ohne Zögern. Er legte die Hand unter Jennifers Ellbogen und deutete so an, daß sie sich erheben sollte. »Ich bin sehr interessiert daran, zu verfolgen, wie ein solcher Tag abläuft.«

Mit einer tiefen Verbeugung vor Royce und einem knappen Nicken in Jennifers Richtung zog sich Sir Albert Prisham zurück. Er ging, auf seinen Stab gestützt, langsam in sein Zimmer.

Als Jenny begriff, daß Royce sich den Tänzern anschließen wollte, wich sie zurück und sah ihn ängstlich an. »Ich habe bis jetzt so gut wie nie getanzt«, gestand sie. Sie beobachtete die sich drehenden, schwungvollen Tänzer und versuchte, sich die

Schrittfolgen zu merken. »Vielleicht sollten wir doch lieber nicht tanzen, wenigstens nicht jetzt gleich, wenn so viele …«

Royce lächelte und zog sie fest in seine Arme. »Halt dich einfach an mir fest«, sagte er und wirbelte sie geschickt herum. Jenny spürte sofort, daß er ein ausgezeichneter Tänzer war und ein noch besserer Lehrer – schon beim dritten Tanz drehte sie sich und hüpfte und sprang genauso gekonnt wie alle anderen. Sie tanzten noch lange, aber dann kam Stefan Westmoreland und forderte sein Recht auf einen Tanz, nach ihm kamen Sir Lionel, Sir Godfrey und alle anderen Ritter zu Jennifer und wirbelten sie herum.

Atemlos und lachend schüttelte Jenny den Kopf, als Sir Godfrey ein zweites Mal auf sie zuging. Royce, der zuerst mit ein paar anderen Ladys über die Tanzfläche geglitten war, hatte die letzte halbe Stunde ein wenig abseits gestanden und sich mit einigen Gästen unterhalten. Jetzt tauchte er an Jennifers Seite auf, als hätte er gespürt, daß sie erschöpft und außer Atem war.

»Jennifer muß sich ein wenig ausruhen, Godfrey.« Er deutete mit dem Kinn auf Gawin, der offenbar in ein Streitgespräch mit dem Ritter namens Roderick verwickelt war – in Gegenwart von Lady Anne –, und setzte trocken hinzu: »Ich schlage vor, daß du lieber erst Lady Anne zum Tanz bittest, bevor Gawin eine Dummheit macht, um ihr zu imponieren. Ich fürchte, wenn sich die Situation weiter zuspitzt, beschwört er noch einen Zweikampf mit Roderick herauf, bei dem er getötet werden könnte.«

Sir Godfrey machte sich bereitwillig auf den Weg zu der fraglichen Dame, um sie auf die Tanzfläche zu führen. Royce begleitete Jenny in eine ruhige Ecke, reichte ihr einen Weinkelch und schirmte sie vor den Blicken der anderen ab, indem er sich vor ihr aufbaute und die Hand neben ihrem Kopf an der Wand abstützte.

»Ich danke dir, Royce«, sagte sie. Ihr leicht gerötetes Gesicht strahlte vor Freude, und ihre Brust hob und senkte sich heftig. »Ich brauche wirklich eine kleine Verschnaufpause.«

Royces Blick glitt bewundernd über das rosige Fleisch, das

der viereckige Ausschnitt ihres Mieders freigab, und bewirkte so, daß Jenny noch aufgeregter und unruhiger wurde.

»Du bist ein ausgezeichneter Tänzer«, sagte sie unsicher. »Wahrscheinlich hast du oft bei Hof getanzt.«

»Und auf dem Schlachtfeld«, ergänzte er mit einem entwaffnenden Grinsen.

»Auf dem Schlachtfeld?« wiederholte sie verblüfft.

Er nickte, und sein Lächeln wurde noch breiter. »Du mußt einmal einen Krieger genau beobachten, wenn er Pfeilen und Lanzen ausweicht – du wirst die tollsten Tanzschritte und eine erstaunliche Fußarbeit sehen.«

Daß er über sich selbst lachen konnte, erwärmte Jennys Herz, das ohnehin schon durch einige Becher Wein und die ausgelassenen Tänze nachgiebiger und zugänglicher war als vor dem Fest. Ein wenig befangen wandte sie den Blick ab und entdeckte Arik, der nur wenige Meter weit weg stand. Anders als die anderen, die lachten, aßen, tranken oder tanzten, hatte er sich mit vor der Brust verschränkten Armen und gespreizten Beinen an einen strategisch günstigen Punkt postiert und starrte mit todernster Miene stur geradeaus. Gleich neben ihm stand Tante Elinor und redete unaufhörlich auf ihn ein, als würde ihr Leben davon abhängen, daß er ihr eine Antwort gab.

Royce folgte Jennys Blick. »Deine Tante«, begann er lächelnd, »scheint die Gefahr zu suchen und ihre hellste Freude daran zu haben.«

Mutig geworden durch den vielen Wein, erwiderte Jenny sein Lächeln. »Spricht Arik überhaupt irgendwann – ich meine, in ganzen Sätzen? Oder hat er schon einmal richtig von Herzen gelacht?«

»Ich habe ihn noch nie lachen sehen. Und er sagt immer nur das Allernötigste.«

Jenny sah in diese zwingenden grauen Augen und fühlte sich mit einemmal eigenartig sicher und geborgen, und trotzdem war sie sich unangenehm bewußt, daß ihr Mann ein unentwirrbares Rätsel für sie darstellte. Sie vermutete, daß er in dieser gelösten

Stimmung bereit sein könnte, eine Frage zu beantworten, und sagte leise: »Wie hast du ihn kennengelernt?«

»Wir wurden uns nie offiziell vorgestellt«, neckte er sie, merkte aber, daß ihr diese Information bei weitem nicht genügte, und setzte hinzu: »Zum erstenmal bin ich Arik vor acht Jahren begegnet – mitten im Getümmel einer Schlacht, die eine volle Woche gedauert hat. Er versuchte, sich gegen sechs Angreifer gleichzeitig zu wehren, die ihn als Ziel auserkoren hatten und zur selben Zeit mit Schwertern auf ihn eindroschen. Ich kam ihm zu Hilfe, und zu zweit wurden wir mit den Angreifern fertig. Als wir die sechs Gegner unschädlich gemacht hatten, war ich verwundet, aber Arik hat sich nicht einmal bei mir für die Unterstützung bedankt. Er sah mich nur an und ritt zielstrebig los, um sich an anderer Stelle erneut in die Schlacht zu stürzen.«

»Und das war alles?« hakte Jenny nach, als Royce in Schweigen verfiel.

»Nicht ganz. Am nächsten Tag, kurz vor Einbruch der Nacht, wurde ich wieder verwundet und diesmal sogar aus dem Sattel geworfen. Als ich meinen Schild aufhob, sprengte ein Reiter direkt auf mich zu und zielte mit seiner Lanze auf mein Herz. Im nächsten Augenblick fiel dem Lanzenreiter der Kopf von den Schultern, und gleich hinter ihm war Arik und schwang seine blutige Streitaxt, während er, ohne ein Wort zu sagen, davonritt. Meine Verletzungen behinderten mich damals stark, und Arik tauchte an diesem Abend noch zweimal wie aus dem Nichts auf, um meine Angreifer zurückzuschlagen, wenn ich zu unterliegen drohte. Am nächsten Tag haben wir die Feinde in die Flucht geschlagen und jagten ihnen nach. Ich merkte, daß Arik neben mir ritt, und seither ist er mir nicht mehr von der Seite gewichen.«

»Also hast du seine uneingeschränkte Loyalität gewonnen, weil du ihn vor den sechs Angreifern gerettet hast«, stellte Jenny fest.

Royce schüttelte den Kopf. »Vermutlich habe ich mir seine *uneingeschränkte* Loyalität erst eine Woche später verdient, als ich eine Schlange tötete, die unbemerkt auf Ariks Decke gekrochen war.«

Jenny kicherte. »Du willst mir doch nicht weismachen, daß dieser Riese Angst vor *Schlangen* hat?«

Royce sah sie mit gespielter Entrüstung an. »Frauen haben *Angst* vor Schlangen«, erklärte er bestimmt. »Männer *hassen* sie.« Gleich darauf verdarb er die Wirkung dieser Aussage mit einem jungenhaften Grinsen. »Wie auch immer, es ist im Grunde dasselbe.«

Royce sah in ihre vergnügt blitzenden blauen Augen und sehnte sich schmerzhaft danach, sie zu küssen. Doch Jenny war so verzückt von seinem zugänglichen, humorvollen Wesen, daß die Frage aus ihr heraussprudelte, die sie schon lange quälte. »Hattest du heute wirklich vor, ihn diesen Jungen aus dem Dorf töten zu lassen?«

Er zuckte ein wenig zurück, dann sagte er ruhig: »Ich glaube, es wird Zeit, daß wir nach oben gehen.«

Dieser plötzliche Entschluß verwirrte Jenny, und da sie nicht wußte, ob er vorhatte, sich oben weiter mit ihr zu unterhalten, zögerte sie und fragte: »Warum?«

»Weil du reden möchtest«, erwiderte er, »und weil ich mit dir schlafen möchte. Ich denke, mein Zimmer dient beiden Zwecken besser als diese Halle.«

Jenny wußte, daß ihr gar nichts anderes übrigblieb, als mit ihm zu gehen, wenn sie nicht eine peinliche Szene heraufbeschwören wollte. Ein erschreckender Gedanke schoß ihr durch den Kopf, als sie den ersten Schritt machte. Sie sah ihren Mann flehentlich an. »Sie werden uns doch nicht folgen, oder?« fragte sie verzagt. »Ich meine, es gibt doch kein Ritual für die Hochzeitsnacht?«

»Selbst wenn es so wäre, ist es nicht weiter schlimm«, sagte er geduldig. »Es ist ein uralter Brauch. Wir können auch *danach* weiterreden.«

»Bitte«, jammerte Jenny, »es wäre eine Farce, weil alle Welt weiß, daß wir … daß wir es schon getan haben, und eine solche

Zeremonie würde nur wieder zu Gerede und Tuscheleien führen.«

Darauf gab er ihr keine Antwort, aber als sie an Arik und Tante Elinor vorbeikamen, blieb er kurz stehen und sagte etwas zu Arik.

Daß Braut und Bräutigam im Begriff waren, das Fest zu verlassen, wurde beinahe sofort bemerkt, und als sie an dem erhöht stehenden Tisch vorbeikamen, war Jennys Gesicht bereits scharlachrot vor Verlegenheit, weil die meisten Gäste Royce unflätige Ermunterungen und Ratschläge zuriefen. Als sie die Treppe hinaufgingen, warf Jenny einen ängstlichen Blick über die Schulter, und ihr fiel ein Stein vom Herzen, als sie sah, daß Arik mit verschränkten Armen auf der ersten Stufe Posten bezogen hatte, um allen Neugierigen den Weg nach oben zu versperren – offensichtlich führte er einen Befehl seines Herrn aus.

Als Royce die Tür zu seinem Zimmer aufstieß, war Jenny in einem schrecklichen Zustand – sie hatte tödliche Angst und wußte, daß es keinen Ausweg mehr gab. In erstarrtem Schweigen beobachtete sie, wie er die Tür schloß, dann sah sie sich benommen in dem außergewöhnlich großen, luxuriös ausgestatteten Zimmer um – das Bett mit dem Samtbaldachin nahm ungeheuer viel Platz ein, zwei massive Sessel mit geschnitzten Armlehnen standen vor einem ausladenden Kamin. An den Wänden standen drei große, mit Schnitzereien verzierte Truhen – eine für Kleidung, die anderen enthielten vermutlich Münzen und andere kostbare Dinge, das vermutete Jenny, nachdem sie die massiven Schlösser, mit denen sie gesichert waren, entdeckt hatte. Zwei hohe silberne Kerzenständer flankierten das Bett, und ein anderes Paar stand rechts und links neben dem Kamin. Tapisserien hingen an den Wänden, und sogar auf dem polierten Holzboden lag ein dicker Teppich. Aber das erstaunlichste an diesem Raum war das Fenster – ein großes Erkerfenster mit Bleiglasscheiben, von dem aus man den ganzen Burghof überblicken konnte. Bei Tageslicht muß es hier hell und freundlich sein, dachte Jenny. Eine Tür zur Linken war nur angelehnt und führte auf einen Söller, die zur Rechten war offenbar eine Verbindungstür zu dem Zimmer, das man Jenny zugewiesen hatte. Jenny vermied es tunlichst, das Bett anzusehen, und starrte auf die beiden noch verbleibenden Türen. In dem Augenblick, in dem Royce eine Bewegung machte, zuckte sie erschrocken zusammen und fragte hastig: »W-wohin führen diese Türen?«

»Eine zum Abtritt, die andere zu einem Schrank«, erwiderte er. Ihm fiel auf, daß sie unsicher war und es nicht wagte, in Richtung Bett zu schauen, und er forderte mit ruhiger Stimme, in der leise ein drohender Unterton mitschwang: »Würdest du mir bitte erklären, weshalb dich die Aussicht darauf, das Bett mit mir zu teilen, jetzt, da wir verheiratet sind und ein Recht darauf haben, noch mehr erschreckt als vor unserer Hochzeit, als du alles zu verlieren hattest?«

»Damals hatte ich keine Wahl«, verteidigte sie sich nervös.

»Genau wie jetzt«, machte er ihr klar.

Jennys Mund wurde trocken. Sie schlang die Arme um sich, als würde sie entsetzlich frieren. »Ich verstehe dich nicht«, versuchte sie zu erklären. »Ich weiß nie im voraus, was du als nächstes tun wirst. Manchmal bist du fast freundlich und vernünftig. Und gerade, wenn ich denke, daß du sogar ziemlich nett bist – ich meine, *normal*«, verbesserte sie sich schnell, »tust du ganz verrückte Dinge und sprichst absurde Beschuldigungen aus.« Sie streckte ihm eine Hand entgegen, als wollte sie ihn inständig bitten, sie zu verstehen. »Ich kann mich nicht wohl fühlen in der Gegenwart eines Mannes, der ein vollkommen Fremder für mich ist – ein furchterregender, unberechenbarer Fremder!«

Er kam ihr einen Schritt näher, noch einen, und Jenny wich immer weiter zurück, bis sie gegen das Bett stieß. Da sie jetzt weder vor noch zurück konnte, blieb sie wie erstarrt stehen. »Wage es nicht, mich anzufassen. Ich hasse es, wenn du mich berührst!« rief sie zitternd.

Royce zog seine dunklen Augenbrauen zusammen, streckte die Hand aus und hakte einen Finger in den Ausschnitt ihres Kleides. Während er das Mieder immer weiter herunterzog, bis seine Fingerspitze tief in dem Spalt zwischen ihren Brüsten versank, sah er ihr unverwandt in die Augen. Er strich sanft über die Seiten ihrer Brüste, und winzige Flammen zuckten durch Jennys Körper. Plötzlich wurde ihr so heiß, daß sich ihr Atem beschleunigte. Seine Hand drängte sich unter ihr Mieder und umschloß ihre Brust. »Jetzt sag mir, wie sehr du meine Berührungen haßt«, raunte er, während er ihren Blick gefangenhielt und ihre härter werdende Brustspitze liebevoll neckte.

Jenny fühlte, wie ihre Brust in seiner Hand anschwoll, sie wandte verzweifelt den Kopf ab und fixierte eisern die tänzelnden Flammen im Kamin. Innerlich verging sie fast vor Scham, weil es ihr nicht gelang, ihren verräterischen Körper unter Kontrolle zu halten.

Royce zog abrupt die Hand weg. »Ich glaube fast, es macht dir großen Spaß, mich zu quälen, denn das kannst du besser als jeder andere Mensch, den ich kenne.« Er fuhr sich wütend auf sich selbst mit der Hand durchs Haar und ging zum Tisch, auf dem ein Krug mit gewürztem Wein stand, um sich einen Becher einzuschenken. Dann drehte er sich um und musterte Jenny schweigend. Nach einer langen Minute sagte er ruhig und in entschuldigendem Tonfall, der Jenny zwang, ihn anzusehen: »Die Schuld an dem, was gerade geschehen ist, liegt ganz allein bei mir, und natürlich willst du mich nicht ›quälen‹. Das war nur ein Vorwand für mich, das zu tun, wonach ich mich sehnte, seit ich dich zum erstenmal in diesem Kleid gesehen habe.«

Als sie immer noch nichts sagte und ihn skeptisch beobachtete, seufzte er ärgerlich. »Jennifer, du hast dir diese Ehe nicht gewünscht, aber sie ist unwiderruflich geschlossen worden. Wir werden eine Möglichkeit finden müssen, in Frieden und Harmonie miteinander zu leben. Wir haben uns gegenseitig unrecht getan, und daran ist nichts mehr zu ändern. Ich hatte gehofft, die Vergangenheit begraben zu können, aber wahrscheinlich ist es am besten, wenn du dich über alles, was dich bedrückt, aussprichst. Das scheint dir sehr am Herzen zu liegen. Also bitte«, sagte er, als hätte er gerade einen wichtigen Entschluß gefaßt,

»erzähl mir von deinem Kummer und stell alle Fragen, die dich plagen. Was möchtest du wissen?«

»Zunächst einmal zwei Dinge«, entgegnete Jenny schneidend. »Wann genau ist dir klar geworden, daß *mir* unrecht getan wurde? Und wie, in Gottes Namen, kommst du auf die Idee, ich hätte *dir* unrecht getan?«

»Ich würde es vorziehen, die zweite Frage unbeantwortet zu lassen«, sagte er tonlos. »Bevor ich dir heute abend in deinem Zimmer einen Besuch machte, saß ich zwei Stunden hier und versuchte zu begreifen, was du getan hast. Zu guter Letzt beschloß ich, all das hinter mir zu lassen.«

»Sehr großzügig von dir«, gab Jenny bissig zurück. »Zufälligerweise habe ich rein gar nichts getan – zumindest nichts, wofür ich dich um Vergebung bitten müßte oder dir eine Rechtfertigung schuldig wäre. Dennoch«, fügte sie hinzu, »wäre ich glücklich, dir jede Erklärung abzugeben, die du wünschst, sobald du mir einiges erklärt hast. Ist das ein Vorschlag, mit dem du dich anfreunden kannst?«

Seine Lippen verzogen sich zu einem unwilligen Grinsen, während er die aufgebrachte Schönheit in blaugrünem Samt betrachtete. Inzwischen hatte die Wut die Oberhand über ihre Ängste gewonnen, und Royce war froh, denn er konnte es kaum ertragen, wenn sie sich vor ihm fürchtete. Er nickte und zwang sich, ernst zu bleiben. »Einverstanden. Bitte, weiter.«

Jenny brauchte keine Ermunterung. Sie forschte in seinem Gesicht nach irgendwelchen Anzeichen von Tücke und Falschheit. »Hättest du zugelassen, daß Arik den kleinen Dorfjungen tötet?«

»Nein.«

Jennys Abwehrhaltung lockerte sich ein wenig. »Wieso hast du dann kein Wort gesagt?«

»Das brauchte ich nicht. Arik handelt nicht ohne meinen ausdrücklichen Befehl. Er hat innegehalten – nicht weil du geschrien hast, sondern weil er auf eine Entscheidung von mir wartete.«

»Du … du lügst mich doch nicht an, oder?« fragte sie, ohne den Blick von seinem Gesicht zu wenden.

»Was denkst du?«

Jenny biß sich auf die Lippe wegen ihrer eigenen Flegelhaftigkeit. »Verzeih, diese Frage war überflüssig und unverschämt.«

Er nahm ihre Entschuldigung mit einem Nicken an. »Wie lautet deine nächste Frage?«

Jenny holte tief Luft – sie wußte, daß sie sich auf gefährliches Terrain begab. »Ich würde gern wissen, warum du dich genötigt gesehen hast, meinen Vater und meine Familie zu erniedrigen, indem du ihnen bewiesen hast, daß du Merricks Befestigungsanlagen durchbrechen und mich aus meinem Schlafzimmer entführen kannst.« Ohne auf seine zornblitzenden Augen zu achten, fuhr sie unbeirrt fort: »Du hast dein Geschick und deinen Mut schon oft unter Beweis gestellt. Wenn du dir wirklich wünschst, daß wir in Frieden und Harmonie miteinander leben – wieso hattest du es dann nötig, so kleinlich und …«

»Jennifer«, unterbrach er sie schneidend, »du hast mich zweimal hinters Licht geführt – und beinahe wäre dir und deinem Vater ein gemeines Komplott gegen mich gelungen. Du hast mich außerdem dazu gebracht, einen Narren aus mir zu machen. Ein beachtlicher Rekord –« er applaudierte ihr spöttisch. »Jetzt bedanke dich für den Beifall und laß dieses Thema fallen.«

Ermutigt durch die beträchtliche Menge Wein und ihre angeborene Hartnäckigkeit studierte Jenny eingehend seine Gesichtszüge. Der scharfe Ausdruck in seinen grauen Augen strafte den spöttischen Ton Lügen und verriet ihr, daß dieses »Komplott«, von dem er sprach, mehr als nur Wut heraufbeschworen hatte – es hatte ihn so sehr getroffen, daß er bitter und enttäuscht war. Sie ignorierte die gefährliche, magnetische Anziehungskraft, die er auf sie ausübte, seit er sich bereit erklärt hatte, ihre Fragen zu beantworten, und sagte leichthin: »Ich wäre glücklich, wenn ich mich für den Beifall bedanken könnte, aber zuerst müßte ich absolut sichergehen, ob das, was ich angeblich getan haben soll, auch wirklich eine solche Anerkennung verdient.«

»Du weißt verdammt gut, wovon ich rede.«

»Ich bin nicht sicher. Ich hasse es, gelobt zu werden, wenn mir das Lob nicht zusteht«, erklärte sie und hob ihren Kelch.

»Du bist bewundernswert. Du kannst lügen und mir dabei direkt in die Augen sehen. Also gut«, gab er höhnisch nach, »spielen wir dein abscheuliches Spiel zu Ende. Da war zunächst die kleine List mit deiner Schwester. Ich hätte geschworen, daß sie nicht genügend Verstand hat, um sich allein anzuziehen, aber mit deiner Hilfe und der Hilfe eines Daunenkissens ...«

»Du weißt davon?« fragte sie und verschluckte sich fast an dem Wein, als sie ein Lachen unterdrückte.

»Ich rate dir gut, nicht zu lachen«, warnte er sie.

»Warum sollte ich nicht lachen? Es war ein ›Scherz‹, der eher auf meine Kosten ging als auf deine.«

»Ich vermute, du wußtest von vornherein Bescheid, nicht wahr?« knurrte er unfreundlich, es entging ihm jedoch nicht, daß ihre Wangen heftig erröteten. Ob das am Wein lag oder daran, daß sie doch keine so gute Schwindlerin war, vermochte er nicht zu sagen.

»Wenn ich alles schon damals gewußt hätte«, erwiderte sie ernst, »glaubst du, dann hätte ich wegen *Federn* meine Ehre verschenkt?«

»Ich weiß es nicht. Hättest du es getan?«

Sie ließ den Kelch sinken und sagte trübsinnig: »Ich bin mir nicht ganz im klaren darüber. Um Brenna zur Flucht zu verhelfen, hätte ich es vielleicht getan – aber erst, nachdem ich alle anderen Möglichkeiten ausgeschöpft hätte. In diesem Fall habe ich leider die Anerkennung nicht verdient. Und welches sind die anderen beiden Listen?«

Royce knallte seinen Becher auf den Tisch und steuerte auf Jenny zu.

»Ich denke, du spielst auf meine Flucht mit William an, habe ich recht?« warf sie unbehaglich ein, und trat vorsichtshalber einen Schritt zurück, als sie seinen unheimlichen Blick sah. »Auch dafür gebührt mir keinerlei Lob. William stand im Wald, und ich habe ihn erst entdeckt, kurz bevor du mit Arik weggegangen bist.«

»Richtig«, gab er eisig zurück, »und obwohl du Kenntnis hast von meiner Bemerkung über die Königin von Schottland, weißt du nicht, daß ich Graverley wie ein törichter Narr erklärte, ich hätte vor, dich zu heiraten, während du zusammen mit deinem Bruder das Weite gesucht hast. Und du hattest natürlich auch keine Ahnung, daß du sofort nach unserer Trauung in Merrick zu einem Kloster aufbrechen würdest? Ich hätte mich für ein ganzes Leben an dich gebunden, aber da du dich hinter Klostermauern versteckt hättest, wäre es mir verwehrt geblieben, je einen legitimen Erben zu haben. Davon willst du nichts gewußt haben? Und wenn du mich auch nur noch einmal anlügst ...« Er nahm ihr den Weinkelch aus der Hand und riß sie in seine Arme.

»Was tust du dann?« flüsterte sie.

»Schluß mit diesem Unsinn«, brummte er, neigte den Kopf und nahm ihre Lippen in einem harten Kuß in Besitz. Zu seiner Überraschung stieß sie ihn nicht von sich. Sie schien viel eher gar nicht zu begreifen, was er ihr antat. Als er sich schließlich wieder von ihr löste, schaute sie ihn mit einem Ausdruck in ihren blauen Augen an, den er noch nie zuvor gesehen hatte.

»Was tust du dann?« hauchte sie noch einmal.

»Du hast mich schon verstanden«, erwiderte er kurz.

Eine schreckliche, verräterische Wärme durchströmte jede Faser von Jennys Körper, als sie in seine faszinierenden Augen sah. »Warum?« flüsterte sie. »Warum hast du ihm gesagt, daß du vorhättest, mich zu heiraten?«

»Zu dieser Zeit war ich nicht bei Verstand.«

»Meinetwegen?« Sie war so entzückt von dem, was sie soeben gehört hatte, daß sie drauflosredete, ohne vorher nachzudenken.

»Wegen deines wundervollen Körpers«, verbesserte er sie grausam, aber mit ihrem Herzen nahm Jenny noch etwas anderes wahr ... ein anderes Geständnis, so köstlich, daß sie gar nicht darüber nachzudenken wagte. Es erklärte alles.

»Das wußte ich nicht«, sagte sie schlicht. »Ich hätte nicht im Traum daran gedacht, daß du mich zu deiner Frau machen wolltest.«

»Hättest du es gewußt, dann hättest du deinen Stiefbruder wohl weggeschickt und wärst bei mir in Hardin geblieben, wie?« spottete er.

Ein größeres Risiko als jetzt war Jenny noch niemals eingegangen, denn sie sagte ihm die volle Wahrheit. »Wenn ich geahnt hätte, wie ich mich nach meiner Flucht fühlen würde, wäre ich vielleicht wirklich geblieben.« Sie merkte, daß er die Zähne aufeinander biß, und ohne zu überlegen, hob sie die Hand und berührte mit den Fingerspitzen seine angespannte Wange. »Bitte sieh mich nicht so an«, hauchte sie und schaute ihm tief in die Augen. »Ich belüge dich wirklich nicht.«

Ohne großen Erfolg versuchte er die unschuldige Berührung zu ignorieren – mit einemmal überflutete ihn die Erinnerung daran, wie sie seine Narben geküßt hatte. »Und ich vermute, du warst auch völlig ahnungslos, was den Plan deines Vaters betrifft«, sagte er tonlos.

»Ich hatte nicht vor, in ein Kloster zu gehen, ich wollte Merrick am nächsten Morgen mit dir verlassen. Ich hätte nie etwas so … so Niederträchtiges getan.«

In seiner grenzenlosen Verzweiflung, weil sie ihn nach wie vor betrog, zog er sie erneut in seine Arme und küßte sie. Aber statt sich gegen diesen besitzergreifenden Kuß zu wehren, stellte sie sich auf die Zehenspitzen und hieß ihn willkommen. Ihre Hand glitt über seine Brust zum Hals und legte sich in seinen Nacken. Ihre geteilten Lippen drückten sich auf die seinen und bewegten sich zart. Royce registrierte hell erstaunt, daß sie ihn liebkoste, aber er war nicht imstande, ihr Einhalt zu gebieten. Er lockerte den schmerzhaften Griff um ihre Arme und strich mit rastloser, besänftigender Zärtlichkeit über ihren Rücken, dann umfaßte er ihren Hinterkopf und drückte sie fester an sich, um den Kuß zu vertiefen.

Und je mehr seine Leidenschaft wuchs, desto stärker wurde

die schreckliche Ahnung, daß er sich getäuscht, sich in allem geirrt hatte. Er löste seinen Mund von dem ihren und hielt sie fest in seinen Armen, während er darauf wartete, daß sich sein Atem beruhigte. Sobald er fähig war, ein Wort herauszubringen, schob er Jenny ein wenig von sich und legte einen Finger unter ihr Kinn – er wollte – mußte – ihr in die Augen sehen, wenn er ihr die nächste Frage stellte. »Sieh mich an, Jennifer«, forderte er sanft.

Das tiefe Blau ihrer Augen war vollkommen frei von Tücke und Verrat, und Royce stellte eher fest, als daß er fragte: »Du hattest keine Ahnung von dem hinterlistigen Komplott deines Vaters, oder?«

»Es hat kein Komplott gegeben«, erklärte sie.

Royce neigte den Kopf nach hinten und schloß die Augen, um die allzu offensichtliche Wahrheit auszuschließen: Durch sein Verhalten war ihr nichts anderes übriggeblieben, als im Haus ihres Vaters zu bleiben und sich die bissigen Bemerkungen seiner Leute anzuhören, nach dieser Schmach hatte er sie aus ihrem Bett gerissen, zu der Eheschließung gezwungen und quer durch England geschleppt. Und um allem noch die Krone aufzusetzen, hatte er ihr großzügig ›seine Vergebung‹ angeboten und vorgeschlagen ›das Vergangene vergangen sein zu lassen‹.

Royce hatte die Wahl – entweder er zerstörte ihre Illusionen über ihren Vater, oder er ließ sie in dem Glauben, daß ihr Ehemann ein gefühlloser Verrückter war. Royce entschloß sich für das erstere. Er war nicht in der Stimmung rücksichtsvoll und heldenhaft zu sein – nicht, wenn er damit seine Ehe gefährdete.

Er strich ihr über ihr seidenes Haar, starrte in diese vertrauensvollen Augen und fragte sich dabei, wieso er jedesmal kopflos wurde, wenn es um Jennifer ging.

»Jennifer«, sagte er ruhig, »ich bin nicht das Ungeheuer, für das du mich nach allem, was du erlebt hast, halten mußt. Es *gab* ein Komplott. Ich bitte dich, dir anzuhören, was ich zu sagen habe.«

Sie nickte, aber ihr Lächeln machte deutlich, daß sie ihn als Phantasten betrachtete.

»Als ich zur Merrick-Festung ritt, erwartete ich, daß entweder dein Vater oder ein anderer Clan versuchen würde, die Abmachung, die mir für unsere Hochzeit völlige Sicherheit in Schottland garantierte, zu brechen. Ich habe Männer an der Straße nach Merrick postiert und ihnen den Befehl gegeben, niemanden durchzulassen, ohne vorher eingehende Fragen zu stellen.«

»Und sie haben niemanden aufgespürt, der die Abmachung verletzen wollte«, stellte sie zuversichtlich fest.

»Ganz richtig«, gab Royce zu. »Aber sie hielten eine Äbtissin mit einer zwölfköpfigen Eskorte auf, die in ungewöhnlicher Hast nach Merrick ritten. Im Gegensatz zu deiner Überzeugung«, fügte er mit einem schiefen Lächeln hinzu, »sind weder meine Männer noch ich erpicht darauf, Leute der Kirche zu schikanieren. Andererseits mußten die Wachen meinen Anweisungen Folge leisten, deshalb stellten sie ein paar Fragen – unter dem Vorwand, sie hätten den Auftrag gehabt, die Äbtissin zu erwarten und nach Merrick zu begleiten. Sie erklärte freimütig, daß sie diese Reise nur unternommen hatte, um dich abzuholen.«

Jenny zog verwirrt die feingeschwungenen Augenbrauen hoch, und Royce bedauerte, daß er ihr die Wahrheit vor Augen halten mußte.

»Erzähl weiter«, forderte sie ihn auf.

»Die Äbtissin und ihre Truppe hatten Verspätung wegen heftiger Regenfälle im Norden – aus diesem Grund erfanden dein Vater und der ›fromme‹ Bruder Benedict die absurde Geschichte von der vorübergehenden Unpäßlichkeit des Priesters, die es ihm unmöglich machte, am Abend die Trauung zu vollziehen. Nach der Aussage der Äbtissin sollte sich eine Lady Jennifer Merrick entschlossen haben, lieber hinter Klostermauern zu leben als mit ihrem ungewollten Ehemann. Dieser ›Ehemann‹ wollte Lady Jennifers Wunsch, ihr Leben Gott zu weihen, keinesfalls akzeptieren, so sagte die Äbtissin, und deshalb war sie gebeten worden, dich mit Hilfe deines Vaters in aller Heimlichkeit von Merrick wegzubringen und aus den Klauen des ungeliebten Ehemannes zu befreien.

Dein Vater hat sich eine perfekte Rache ausgedacht: Da wir die Ehe bereits vor der Hochzeit vollzogen hatten, wäre eine Annullierung für mich nicht in Frage gekommen, genausowenig wie eine Scheidung. Ich hätte mich nie wieder verheiraten und keine legitimen Erben zeugen können, und damit wäre all mein Besitz – Claymore und alles, was ich habe – nach meinem Tod an die Krone gefallen.«

»Ich ... ich glaube dir nicht«, murmelte Jenny, aber dann setzte sie mit herzzerreißender Anständigkeit hinzu. »Aber ich glaube, daß *du* das alles für wahr hältst. Mein Vater hätte es niemals fertiggebracht, mich für den Rest meines Lebens einzusperren, ohne mich nicht wenigstens vorher zu fragen, ob mir ein Klosterleben recht wäre.«

»Er hatte es vor, und er hätte es auch getan.«

Sie schüttelte heftig und bestimmt den Kopf, bis Royce plötzlich klar wurde, daß sie den Gedanken an die Skrupellosigkeit ihres Vaters nicht ertragen konnte. »Mein Vater ... liebt mich. Er würde nie so etwas tun. Nicht einmal, um sich an dir zu rächen.«

Royce zuckte zusammen und fühlte sich mit einemmal wie der Barbar, den die Schotten in ihm sahen, weil er versuchte, ihr diese schöne Illusion zu nehmen. »Du hast wahrscheinlich recht. Ich ... es war ein Irrtum.«

Sie nickte. »Ja, ein Irrtum.« Dann schenkte sie ihm ein bezauberndes Lächeln. Royces Herzschlag beschleunigte sich bei diesem Lächeln, das so ganz anders war als sonst – es wirkte so vertrauensvoll und anerkennend, und es drückte noch etwas aus, das er nicht deuten konnte.

Jenny drehte sich um und ging zum Fenster, um den sternenfunkelnden Nachthimmel zu betrachten. Fackeln brannten auf den Zinnen, und sie erkannte die Silhouette einer Wache, die auf der Burgmauer patrouillierte, vor dem orangefarbenen Schein.

Ihre Gedanken beschäftigten sich jedoch weder mit den Sternen noch mit der Wache, nicht einmal mit ihrem Vater. Sie dachte an den großen, dunkelhaarigen Mann, der hinter ihr stand. Er hatte schon in Hardin vorgehabt, sie zu heiraten, und dieses Wissen setzte so süße, beinahe schmerzhafte Empfindungen frei, daß sie sich kaum zügeln konnte. Neben diesen starken Gefühlen verblaßte alles andere wie Patriotismus und Rachegelüste zu einem Nichts.

Sie fuhr mit der Fingerspitze die Bleieinfassungen des kalten Glases nach und dachte an die vielen schlaflosen Nächte in Merrick, in denen sie die Gedanken und Erinnerungen an Royce verfolgt hatten. Ihr Körper hatte sich nach ihm verzehrt, und sie war oft in Tränen aufgelöst gewesen, weil sie sich so sehr nach ihm sehnte. Jetzt hörte sie, wie er langsam zu ihr kam, und sie wußte so sicher, was geschehen würde, wie sie wußte, daß sie ihn liebte. Gott mochte ihr vergeben – sie liebte den Feind ihrer Familie. Schon in Hardin war ihr das bewußt gewesen, aber damals hatte sie sich stärker gefühlt – und Angst gehabt. Angst vor dem, was passieren würde, wenn sie die Liebe zu einem Mann zuließ, der sie nur als vorübergehendes Amüsement zu betrachten schien. Aber jetzt wußte sie nicht nur mit Gewißheit, daß sie ihn liebte, sondern auch, daß ihre Liebe erwidert wurde. Das erklärte alles – seine Wut, sein Lachen, seine Geduld … seine kleine Ansprache im Burghof.

Sie spürte seine Nähe, noch ehe er den Arm um sie schlang und ihren Rücken an sich preßte. Ihre Blicke trafen sich in der Fensterscheibe, und Jenny sah sein Spiegelbild unverwandt an, als sie ihn um das Versprechen bat, das sie von allen Schuldgefühlen befreien konnte und es ihr möglich machte, ihm ihre Liebe und ihr Leben anzuvertrauen. »Schwörst du mir, daß du niemals die Hand gegen meine Familie erheben wirst?«

»Ja«, flüsterte er mühsam.

Jenny schloß die Augen und lehnte sich voller Hingabe an ihn. Er beugte den Kopf, strich mit den Lippen über ihre Schläfe, und seine Hand wanderte langsam nach oben, um ihre vollen

Brüste zu liebkosen. Sein Mund zog einen heißen Pfad über ihre Wange bis zum Ohr, und seine Zunge erforschte jeden Winkel und jede Kurve, während er mit dem Daumen über ihre steife Brustwarze rieb.

Jenny versank in einem Meer von überwältigendem Empfindungen und protestierte nicht, als er sie zu sich umdrehte und ihr den Mund mit seinen Lippen verschloß. Sie fühlte weder Scham noch Schuld, als das Kleid über ihre Hüften glitt oder als Royce nackt zu ihr ins Bett schlüpfte, und sich über sie beugte, um mit äußerstem Geschick seiner Zunge Zugang zu der süßen, feuchten Höhle zwischen ihren Lippen zu verschaffen. Mit einem leisen Stöhnen legte sie die Arme um seinen Hals und fuhr mit den Fingern durch das lockige Haar an seinem Nacken, während sein Mund mit ihrem verschmolz. Ihre unschuldige Inbrunst war beinahe mehr, als Royces aufgewühlter Körper ertragen konnte. Er legte die Hand unter ihr Hinterteil und zog sie fester an seine harten Lenden. Mit der anderen Hand umfaßte er ihren Hinterkopf, und seine Zunge tauchte wieder und wieder in ihren Mund ein, um in ihr dieselbe Sinnlichkeit zu wecken, die ihn beflügelte.

Als sie sich zurückzog, ächzte er leise vor Enttäuschung und fürchtete schon, sie mit seiner ungezügelten Leidenschaft erschreckt zu haben. Aber als er die Augen öffnete, sah er weder Angst noch Abscheu in ihrem Gesicht – es war wie ein Wunder. Ein zärtliches Gefühl ballte sich in seiner Brust zusammen, und er rührte keinen Muskel, während Jenny sein Gesicht zwischen ihre Hände nahm und mit zitternden Fingerspitzen seine Lider, die Wangen und den Kiefer liebkoste. Dann hob sie ihm den Kopf entgegen und küßte ihn mit einem Hunger, der seinem eigenen in nichts nachstand. Sie drehte sich in seinen Armen, drückte ihn in die Kissen zurück und küßte ihn noch inniger, während ihr langes Haar sie beide wie ein Satinschleier einhüllte. Zärtlich liebkoste sie seine Lider, seine Nase, und als sich ihre Lippen um seine Brustwarze schlossen, verlor Royce die Beherrschung. »*Jenny*«, stöhnte er und strich wie rasend über ihren Rücken, ihre Hüften und ihren Po. Dann vergrub er die Finger in ihrem Haar und zog ihre Lippen wieder an seinen fiebrigen Mund. »Jenny«, flüsterte er heiser, ehe seine Zunge das verführerische Spiel von neuem begann und er wieder ihren Körper mit dem seinen bedeckte. »Jenny«, murmelte er ein ums andere Mal, während er hungrig ihre Brüste, den Bauch und die Schenkel mit Küssen übersäte. Er konnte nicht aufhören, ihren Namen auszusprechen – er hallte in seinem Herzen wie eine süße Melodie wider, als sie die Arme um ihn schlang und seine mächtige Männlichkeit bereitwillig willkommen hieß; und diese Melodie sang bei seinem ersten kräftigen Stoß in seinen Adern und steigerte sich zu einem Crescendo, als sie ausrief: »Ich liebe dich!« Dabei bohrten sich ihre Nägel tief in seinen Rücken und ihr Körper wurde von Wellen der Ekstase geschüttelt. Royce spannte alle Muskeln an und sehnte sich verzweifelt nach Erlösung, aber er ließ ihre Lippen frei und stützte sich auf die Ellbogen, betrachtete ihr wunderschönes Gesicht und wartete, bis die Schauder, die sie erfaßt hatten, nachließen. Als er nicht mehr an sich halten konnte, tauchte er noch ein letztes Mal tief in sie ein und keuchte ihren Namen. Sein Körper zuckte krampfartig, als er sein Leben in sie verströmte, ihre Hüften an die seinen preßte und ihre Lippen mit seinen gefangenhielt.

Danach lag er auf dem Rücken – seine Frau war eng an ihn geschmiegt. Er wartete darauf, daß sich sein donnernder Herzschlag beruhigte, und strich sanft über ihre seidige Haut, währen sein Geist noch ganz benommen von dem Ausbruch der Gefühle war. In all den Jahren der ziellosen sexuellen Begegnungen und spielerischen Tändeleien hatte er nie auch nur annähernd eine so erschütternde Ekstase wie heute erlebt. Jenny hob den Kopf, und er sah ihr fest in die Augen. In den verträumten blauen Tiefen erkannte er Verwunderung und Konfusion.

»Was denkst du?« fragte er zärtlich lächelnd.

Sie erwiderte sein Lächeln, als sie ihre Finger auf seiner behaarten Brust spreizte.

Nur zwei Gedanken waren ihr durch den Kopf gegangen, und

da sie keinesfalls preisgeben wollte, daß sie sich so sehr danach sehnte, endlich die drei Wort »ich liebe dich« aus seinem Mund zu hören, gestand sie ihm flüsternd: »Ich dachte gerade daran, daß ich kaum freiwillig mit William von Hardin weggegangen wäre, wenn es damals so wie heute gewesen wäre.«

»Wenn es so wie heute gewesen wäre«, erwiderte Royce und schmunzelte dabei bedeutsam, »hätte ich dich ohne Zögern wieder eingefangen.«

Ohne sich bewußt zu sein, daß sie auf diese Weise mit Leichtigkeit sein Verlangen erneut zum Leben erwecken konnte, strich sie federleicht über seine Brust und den flachen, muskulösen Bauch. »Warum hast du es nicht getan?«

»Zu dieser Zeit stand ich unter Arrest«, antwortete er nüchtern. Er hielt ihre zarte Hand fest, um sie daran zu hindern, ihre Liebkosungen an einer gefährlichen Stelle fortzusetzen, »weil ich mich geweigert habe, dich an Graverley auszuliefern«, fügte er hinzu und ließ ihre Hand wieder los.

Er hielt den Atem an, als ihre Fingerspitzen seine Hüften streichelten.

»Jenny«, warnte er heiser, aber es war bereits zu spät. Das Verlangen durchströmte ihn erneut heiß und brennend, und seine Männlichkeit richtete sich stolz auf. Er lachte leise, als er Jennys erschrockenes Gesicht sah, und hob sie vorsichtig, aber entschlossen auf seinen geschwollenen Schaft. »Nimm dir soviel Zeit, wie du willst, Kleines«, hauchte er. »Ich stehe ganz zu deinen Diensten.« Sein Lachen erstarb, als sich seine Frau vorbeugte, ihn in sich aufnahm und sanft rieb, während sie seinen Mund mit Küssen bedeckte.

Kapitel einundzwanzig

Ein Strahlen erleuchtete Jennys Gesicht, als sie am Fenster vor dem Söller stand und in den Burghof hinunterschaute. Ihr Herz war übervoll mit Erinnerungen an den Zauber der letzten Nacht. Es mußte nach dem Stand der Sonne schon fast Mittag sein, und sie war erst vor knapp einer Stunde aufgestanden – so lang hatte sie in ihrem ganzen Leben noch nie geschlafen.

Royce hatte sie am frühen Morgen lang und ausgiebig geliebt, diesmal mit einer ungewöhnlich köstlichen Zartheit, die auch jetzt noch Jennys Puls zum Rasen brachte. Er hatte kein einziges Mal ausgesprochen, daß er sie liebte, aber er liebte sie – so unerfahren sie auch in Herzensangelegenheiten war, dessen war sie sich absolut sicher. Warum sonst hatte er ihr versprochen, ihre Familie zu verschonen, oder sich so unendlich viel Mühe gegeben, ihr Vergnügen zu bereiten?

Sie war so in Gedanken verloren, daß sie gar nicht hörte, wie Agnes den Raum betrat. Noch immer lächelnd drehte sie sich um und sah das Mädchen, das ihr ein weiteres in aller Eile geändertes Kleid brachte, diesmal ein cremefarbenes Kaschmirkleid. Trotz der ernsten, abweisenden Miene der Zofe war Jenny entschlossen, die Barrieren niederzureißen und ihren Bediensteten zu helfen, wie sie ihr halfen.

Sie suchte nach einem geeigneten Gesprächsstoff, und als ihr Blick auf die Badewanne in der Nische fiel, sagte sie: »Diese Wanne ist groß genug für vier oder fünf Personen. Bei uns zu Hause haben wir entweder im See gebadet, oder wir mußten uns mit einer kleinen Wanne begnügen, in der einem das Wasser nur bis zur Taille reichte.«

»Wir sind hier in *England*, Mylady«, entgegnete Agnes, während sie das Kleid aufhob, das Jenny am gestrigen Abend getragen hatte. Jenny warf ihr einen erschrockenen Blick zu, sie wußte nicht genau, ob sie tatsächlich einen überheblichen Unterton herausgehört hatte oder nicht.

»Gibt es in England in allen großen Häusern so enorme Badewannen und echte Kamine und ...« Sie beschrieb mit dem Arm einen großen Bogen – eine Geste, die den ganzen luxuriösen Raum mit den Samtdraperien und den dicken Teppichen auf dem Boden umfaßte. »... und solche Dinge?«

»Nein, Mylady. Aber Ihr befindet Euch in Claymore, und Sir Albert – der Haushofmeister und Verwalter, der diesen Posten schon beim alten Lord innehatte – hat Anweisungen, auch die neue Festung von Claymore so zu halten, als wäre sie das Schloß eines Königs. Das Silber wird jede Woche geputzt, und in den Vorhängen und Wandbehängen darf niemals auch nur ein Staubkörnchen sein, natürlich auch nicht auf den Böden. Und wenn irgend etwas kaputtgeht, wird es weggegeben und sofort durch etwas Neues ersetzt.«

»Es muß eine Menge Arbeit machen, das alles so in Ordnung zu halten«, meinte Jenny.

»Ja, aber der neue Herr hat Sir Albert genau gesagt, was er machen muß, und Sir Albert – auch wenn er ein strenger, stolzer Mann ist – tut immer, was ihm aufgetragen wird, egal wie er tief in seinem Inneren über den denkt, der ihm diese Befehle gibt.«

Diese letzte Bemerkung wurde mit einer solchen Bitterkeit und einem solchen Groll geäußert, daß Jenny ihren Ohren nicht traute. Sie runzelte nachdenklich die Stirn und nahm die Zofe genauer in Augenschein. »Agnes, was meinst du damit?«

In diesem Moment wurde Agnes offenbar klar, daß sie zu weit gegangen war; sie wurde aschfahl, zuckte erschrocken zurück und starrte Jennifer aus angstgeweiteten Augen an. »Ich meine gar nichts damit, Mylady. Wirklich, überhaupt nichts. Wir sind alle stolz darauf, das Heim für unseren neuen Herrn in Ordnung halten zu können, und wenn all seine Feinde einmal herkommen, was sie sicherlich tun werden, dann opfern wir mit Freuden unser ganzes Getreide, unsere Männer und Kinder in den Schlachten. Wir sind *stolz* darauf«, versicherte sie noch einmal verzweifelt, aber dennoch lag eine Spur von Unmut und Ärger in ihrer Stimme. »Wir sind ein gutes, loyales Volk und nehmen unserem neuen Herrn nicht übel, was er getan hat. Und wir hoffen natürlich, daß er uns auch nichts übel nimmt.«

»Agnes«, sagte Jenny sanft, »du brauchst keine Angst vor mir zu haben. Wenn du mir etwas anvertraust, rede ich mit niemandem sonst darüber. Wie soll ich das verstehen ›was er getan hat‹?«

Das arme Mädchen zitterte so sehr, daß sie das Kleid fallen ließ, als Royce die Tür öffnete und den Kopf hereinstreckte, um Jennifer daran zu erinnern, daß es Zeit zum Mittagessen sei. Agnes grabschte nach dem Kleid und floh aus dem Zimmer. Erst riß sie die schwere Eichentür auf, die Royce gleich wieder geschlossen hatte, dann sah sie sich ängstlich um und schlug hastig ein Kreuz – diesmal sah Jenny es ganz genau.

Jenny hielt das Kaschmirkleid krampfhaft an sich gepreßt, starrte fassungslos auf die Tür und runzelte nachdenklich die Stirn.

In der großen Halle gab es kaum noch Spuren von dem gestrigen Fest. Die Tische, die im ganzen Saal verteilt gewesen waren, hatte man inzwischen wieder hinausgebracht. Genaugenommen waren die einzigen Überbleibsel des nächtlichen Gelages die paar Ritter, die noch auf den Bänken schliefen und laut schnarchten. Obwohl allgemein Betriebsamkeit herrschte, bemerkte Jenny mit einem gewissen Wohlwollen, daß sich die Diener auch noch langsam bewegten und daß mehr als nur einer Mühe hatte, dem trägen Tritt eines verärgerten Ritters auszuweichen, der nicht im Schlaf gestört werden wollte.

Royce sah auf, als Jennifer zum Tisch kam, und sprang mit der behenden, katzengleichen Anmut auf, die Jenny so sehr an ihm bewunderte.

»Guten Morgen«, sagte er leise und vertraulich, »ich hoffe, du hast gut geschlafen.«

»Sehr gut«, flüsterte Jenny verlegen, aber ihre Augen strahlten und blitzten, als sie neben ihm Platz nahm.

»Guten Morgen, meine Liebe«, zwitscherte Tante Elinor

fröhlich und schnitt sich eine Scheibe von dem kalten Wild ab. »Du siehst heute richtig frisch und munter aus.«

»Guten Morgen, Tante Elinor«, erwiderte Jenny und bedachte sie mit einem beruhigenden Lächeln. Dann sah sie sich verwirrt am Tisch um, an dem nur schweigende Männer saßen: Sir Stefan, Sir Godfrey, Sir Lionel, Sir Eustace, Arik und Bruder Gregory. Trotz der eigenartigen Stille und gesenkten Blicke rief Jenny mit zaghaftem Lächeln: »Guten Morgen, alle zusammen.«

Fünf bleiche, mürrische Männergesichter wandten sich ihr zu – ihre Mienen drückten Schmerz oder Verlegenheit aus. »Guten Morgen, Mylady«, echoten sie höflich, aber drei von ihnen zuckten zusammen, und die anderen beiden bedeckten die Augen mit den Händen. Nur Arik wirkte wie sonst – sein Gesicht war ausdruckslos, und er sagte kein einziges Wort. Ohne auf ihn zu achten, musterte Jenny Bruder Gregory eingehender – er schien in keinem besseren Zustand als die anderen zu sein –, dann wandte sie sich an Royce. »Was ist mit allen los?« fragte sie.

Royce nahm sich eine Scheibe Weizenbrot und kaltes Fleisch, und die anderen taten es ihm ohne große Begeisterung nach. »Sie bezahlen den Preis für die nächtliche Orgie, die Trunkenheit und Dirn ... äh, eben die Trunkenheit«, verbesserte sich Royce grinsend.

Jenny sah Bruder Gregory erstaunt an, der gerade einen Alekrug an seine Lippen setzte. »Ihr auch, Bruder Gregory?« fragte sie, und der arme Kerl verschluckte sich vor Schreck.

»Ich habe nur dem ersteren Laster gefrönt, Mylady«, brachte er unter größten Anstrengungen hervor, »was das andere betrifft, bin ich vollkommen unschuldig.«

Jenny, die gar nicht begriffen hatte, was Royce eigentlich hatte sagen wollen, bevor er sich so hastig korrigierte, betrachtete den Priester verwirrt, aber Tante Elinor nutzte die allgemeine Sprachlosigkeit und flötete: »Ich habe ein derartiges Unwohlsein vorausgesehen, meine Liebe, und mich schon am frühen Morgen in die Küche begeben, um einen wirksamen Trunk zur Stärkung der Kräfte zuzubereiten. Aber mit Entsetzen mußte ich feststellen, daß nicht einmal ein Krümelchen Safran in diesem Haus zu finden ist.«

Bei dem Wort ›Küche‹ spitzte Royce die Ohren, und zum erstenmal betrachtete er Tante Elinor etwas aufmerksamer. »Seid Ihr der Meinung, daß in meiner Küche Mangel herrscht? Ich meine, fehlen irgendwelche Dinge, die unbedingt nötig wären, um diese ...« Er deutete auf die ziemlich faden Reste vom gestrigen Abend. »... diese Gerichte schmackhafter zu machen?«

»Dessen könnt Ihr gewiß sein, Euer Gnaden«, erklärte sie ohne Umschweife. »Es war ein regelrechter Schock für mich, in einer prächtigen Burg wie dieser eine so erbärmlich ausgerüstete Küche vorzufinden. Es gibt Rosmarin und Thymian, aber keine Rosinen und keinen Ingwer – von Zimt, Oregano und Gewürznelken ganz zu schweigen. Und ich habe keine Nuß gesehen – nur eine einzige kümmerliche Kastanie! Nüsse sind eine großartige Zutat für raffinierte Saucen und köstliche Desserts ...«

Bei den Worten ›raffinierte Saucen und köstliche Desserts‹ rückte Tante Elinor augenblicklich in den Mittelpunkt des allgemeinen Interesses. Nur Arik blieb gleichgültig – ihm war offenbar ein langweiliger Gänsebraten – ob kalt oder warm – lieber als jede Sauce und süße Desserts.

»Fahrt fort«, forderte die alte Dame auf, und aus seiner anfänglichen Skepsis erwuchs nach und nach eine gewisse Begeisterung. »Welche Speisen würdet Ihr zubereiten, vorausgesetzt, Euch stünden die geeigneten Zutaten zur Verfügung?«

»Mal überlegen«, murmelte Tante Elinor mit gerunzelter Stirn. »Es ist schon viele, viele Jahre her, seit ich das Regiment über die Küche in meiner eigenen kleinen Burg geführt habe, aber ... o ja, damals habe ich oft Fleischpastete mit einer leckeren Kruste gemacht, und die Füllung zerging einem regelrecht auf der Zunge. Nehmen wir zum Beispiel mal das Huhn, das Ihr da eßt«, sagte sie zu Sir Godfrey – ihr gefiel die Rolle als kulinarische Expertin von Sekunde zu Sekunde besser. »Statt es am Spieß zu braten und es staubtrocken zu servieren, könnte man es in einem Weinsud schmoren, der mit Nelken, Muskatblüten, Schwarzkümmel und Pfeffer gewürzt wird. Man serviert das Ganze dann auf einer Platte, und in den Sud tunkt man das Brot ein – das schmeckt sehr gut. Man kann auch viel aus Früchten wie Äpfeln, Birnen und Quitten machen, aber man braucht dazu Honig, Mandeln und Datteln ... und natürlich Zimt – glasierte Früchte sind eine Köstlichkeit! Aber, wie schon gesagt, in dieser Küche hier findet man so gut wie gar nichts, mit dem etwas anzufangen wäre.«

Royce ließ sie nicht aus den Augen und vergaß den Gänseschenkel, den er noch in der Hand hielt. »Meint Ihr, die Dinge, die man zum Kochen brauche, lassen sich hier in der Umgebung von Claymore oder vielleicht auf dem Markt im Dorf auftreiben?«

»Zumindest die meisten, könnte ich mir vorstellen«, erwiderte Tante Elinor prompt.

»In diesem Fall«, erklärte Royce feierlich wie ein König, der einen Erlaß verkündet, »untersteht die Küche ab jetzt Eurer Verantwortung, Mylady, und wir alle freuen uns darauf, in Zukunft delikate Speisen auf den Tisch zu bekommen.« Er schaute Albert Prisham entgegen, der sich in diesem Augenblick dem Tisch näherte, stand auf und informierte ihn: »Ich habe soeben Lady Elinor damit beauftragt, in der Küche nach dem Rechten zu sehen und ab jetzt die Zubereitung der Mahlzeiten zu beaufsichtigen.«

Das Gesicht des dürren Haushofmeisters blieb gleichgültig, als er sich verbeugte – nur die Hand umklammerte den weißen Stab fester. »Wie ich bereits sagte, Euer Gnaden, Essen ist für mich nicht von Bedeutung.«

»Es sollte aber eine größere Rolle für Euch spielen, Sir Albert«, wies ihn Tante Elinor entschieden zurecht. »Ihr habt bis jetzt nur die *falschen* Nahrungsmittel zu Euch genommen. Zwiebeln, fettes Fleisch und harte Käsesorten – dürfen Leute nicht essen, die *Gicht* haben.«

Sein Gesicht versteinerte sich. »Ich habe keine Gicht, Mylady.«

»Dann werdet Ihr sie noch bekommen«, prophezeite Tante Elinor vergnügt, während sie sich erhob. Sie war begierig darauf, Gärten und Wälder nach geeigneten Kräutern, Gewürzen und Nahrungsmitteln zu durchforsten.

Sir Albert gönnte ihr nicht einmal einen Blick und sagte zu seinem Herrn: »Wenn Ihr bereit seid, Euch die Ländereien anzusehen, können wir sofort aufbrechen, Mylord.« Und als Royce nickte, setzte er kühl hinzu: »Ich hoffe, Ihr werdet mit Ausnahme der Küche nichts an meiner Arbeit zu beanstanden haben.«

Royce bedachte ihn mit einem sonderbar scharfen Blick, dann lächelte er Jennifer zu und drückte ihr einen kleinen, liebevollen Kuß auf die Wange, dabei flüsterte er ihr ins Ohr: »Ich schlage vor, du ruhst dich heute nachmittag gründlich aus, weil ich vorhabe, dich wieder die ganze Nacht wachzuhalten.«

Jenny spürte, wie ihr die Hitze in die Wangen stieg.

Arik stand auf, um sich, wie stets und ständig, an Royces Fersen zu heften und bei ihm zu bleiben, während er sein Land inspizierte, doch Royce hielt ihn auf. »Du begleitest Lady Elinor bei ihren Expeditionen«, sagte er und fügte in bedeutungsvollem Ton dazu: »Und gib acht, daß kein Unglück geschieht.«

Ariks Gesicht erstarrte bei diesem abartigen Auftrag für einen unerschrockenen Krieger. Er stakste davon, und es war nicht zu übersehen, daß er wütend und in seinem Stolz gekränkt war, weil ausgerechnet er auf eine alte Dame aufpassen sollte. Aber Tante Elinor war überglücklich und trabte ihm aufgeregt hinterher. »Wir werden *wunderschöne* Ausflüge machen, mein lieber Junge«, rief sie begeistert, »und diese Aufgabe wird uns nicht nur einen Tag beschäftigen, sondern gleich mehrere, da wirklich rein gar nichts von den Ingredienzien vorrätig ist, die ich für meine Heilmittel und Salben unbedingt brauche. Und der

Bestand an Kräutern und Gewürzen ist auch kläglich. Ganz wichtig sind Nelken gegen Zahnschmerzen und zur Kräftigung der Muskeln und Sehnen, und natürlich Muskatblüten. Muskatblüten beugen Koliken vor, müßt Ihr wissen, und helfen bei Ausfluß und Durchfall. Und dann noch die Muskatnuß! Geriebene Muskatnuß wirkt wahre Wunder bei Erkältungen und schlechter Laune. Ich werde mich ganz besonders um Eure Diät kümmern, da Euer Gemütszustand wirklich zu wünschen übrig läßt. Ihr habt eine melancholische Veranlagung – das ist mir schon beim ersten Blick aufgefallen ...«

Sir Eustace sah die anderen Ritter an und grinste boshaft. »Lionel«, rief er so laut, daß ihn der blonde Hüne noch hören konnte, »würdest du sagen, unser Arik sieht im Moment ›melancholisch‹ aus? Oder wäre vielleicht ›verärgert‹ die bessere Bezeichnung?«

Sir Lionel hörte für einen Moment auf zu kauen und studierte Ariks geraden, breiten Rücken. Seine Augen funkelten vor Vergnügen, als er nach kurzem Nachdenken erwiderte: »Arik ist verdrossen.«

Sir Godfrey lehnte sich zurück, um sich mit einem kritischen Blick Sicherheit zu verschaffen. »Betrübt paßt besser«, behauptete er bestimmt.

»Nein, eher gereizt«, steuerte Stefan Westmoreland grinsend bei.

In aller Kameradschaft sahen die Männer Jennifer an und luden sie so ein, an ihrem Spaß teilzuhaben, aber es blieb ihr erspart, etwas zu sagen, da sich Arik umdrehte und die Versammlung mit einem mörderischen Blick anfunkelte, der einen Felsbrocken zu Pulver zerbersten lassen konnte und die meisten Männer in Todesängste versetzt hätte. Unglücklicherweise hatte er bei den Rittern den gegenteiligen Effekt – sie erwiderten den Blick und brachen in schallendes Gelächter aus. Das Johlen und Grölen hallte von den Steinwänden wider und verfolgte Arik, bis er die Tür hinter sich zuschlug.

Nur der junge Gawin, der zum richtigen Zeitpunkt gekommen war, um Arik und Tante Elinor gemeinsam weggehen zu sehen, sprang für den blonden Hünen ein. Er blickte die anderen finster an, als er sich an den Tisch setzte, und sagte: »Das ist keine richtige Aufgabe für einen starken Ritter – Kindermädchen spielen für eine alte Frau und zusehen, wie sie Kräuter pflückt und Nüsse sammelt. Das ist was für eine Zofe, aber nicht für einen tapferen Kämpfer.«

Lionel versetzte dem Jungen einen gutgemeinten Klaps. »Eine solche Einstellung wird dich für immer bei Lady Anne in Ungnade fallen lassen, mein Junge. Wenn du auf sie achtgeben würdest, während sie Blumen pflückt, würdest du bei der Lady weiterkommen als mit deinen Drohgebärden und den Versuchen, sie mit deiner düsteren Miene zu beeindrucken, wie du es gestern abend gemacht hast.« Lionel wandte sich an Jennifer und sagte: »Dieser Hänfling jagt seiner Angebeteten Angst ein, statt ihr den Hof zu machen. Er hält das für besonders männlich, und während er finstere Blicke um sich wirft, scharwenzelt Roderick um die schöne Maid herum und gewinnt ihr Herz. Könntet Ihr ihm nicht einmal den Standpunkt einer Lady klarmachen?«

Jenny spürte, wie peinlich dieses Gespräch Gawin war, und sagte: »Ich kann natürlich nicht für Lady Anne sprechen, aber ich persönlich kann an Sir Roderick nichts entdecken, das einer Frau den Kopf verdrehen könnte.«

Gawin sah sie voller Dankbarkeit an, dann wandte er sich triumphierend an seine Kameraden und verschlang heißhungrig das fade, geschmacklose Essen, das er auf seinen Teller gehäuft hatte.

Jenny verbrachte einen Teil des Nachmittags mit den Näherinnen, die Sir Albert aus dem Dorf herbeordert hatte, damit sie der neuen Herrin halfen, ihre Garderobe zu vervollständigen. Der Haushofmeister war bestimmt tüchtig, dachte Jenny, als sie in den Truhen wühlte, die man ihr gebracht hatte. Tüchtig und eiskalt. Sie mochte ihn ganz und gar nicht, obwohl sie selbst nicht genau wußte, warum. Nach allem, was Agnes heute morgen gesagt hatte, schienen ihn die Bediensteten sehr zu schätzen und zu fürchten. Sie war unzufrieden mit sich selbst, weil sie auf alles und jeden hier so emotional reagierte und es ihr nicht gelang, das eiserne Schweigen der Näherinnen und Zofen zu brechen. Sie betrachtete die kostbaren bunten Stoffe, die auf ihrem Bett und über den Stühlen ausgebreitet lagen. Die fließenden hellen Farben funkelten wie Juwelen – rubinfarbener Satin mit Goldfäden, Silber- und Goldbrokat, amethystfarbener Samt, Taft, der so intensiv schimmerte, als wäre er mit Diamanten besetzt, und schwere Seide, die in allen Farben von perlweiß bis zu smaragdgrün und onyx schillerte. Daneben lagen weiche englische Wollstoffe in jeder nur erdenklichen Farbe – hellgelb, scharlachrot, tiefblau, tannengrün, oder unauffälligere Töne wie elfenbein, grau, braun und schwarz. Es gab auch gestreifte italienische Baumwollstoffe, reich besticktes Leinen für Kleider und Hemden und hauchdünnen Damast für Unterwäsche, leuchtende Tücher für Schleier und weiches Leder für Handschuhe und leichtes Schuhwerk.

Selbst wenn sie für Royce, Tante Elinor und sich selbst komplette neue Garderoben nähen ließ, konnte sich Jenny kaum vorstellen, alle Stoffe je zu verbrauchen. Die riesengroße Aufgabe, die vor ihr lag, erdrückte sie, und ihr wurde erst jetzt richtig bewußt, daß sie im Grunde keine Ahnung von Mode hatte. Jenny drehte sich benommen zu den Pelzen um, die aus einer der Truhen quollen. »Ich denke«, sagte sie zu Agnes, als sie ein paar kostbare Zobelfelle aufhob, »wir könnten das als Futter für ein Cape für den Duke hernehmen.«

»Ihr meint doch nicht etwa, daß man den *cremefarbenen Satin* damit füttern kann?« protestierte Agnes beinahe verzweifelt, aber dann hielt sie den Mund und setzte ihre übliche abweisende Miene wieder auf.

Jenny fiel fast ein Stein vom Herzen, weil das Mädchen – das, wie sie gerade erfahren hatte, die Näherin der früheren Burgherrin gewesen war – endlich einmal freiwillig ein Wort geäußert hatte. Natürlich hatte sie nicht den cremefarbenen Satin gemeint und fand die Idee selbst gräßlich, ließ sich jedoch nichts anmerken und sagte: »Den cremefarbenen Satin? Glaubst du, der Duke würde so etwas tragen?«

»Das ist vielleicht etwas für Euch, aber nicht für ihn«, meinte Agnes mit erstickter Stimme, weil sie gezwungen war, gegen ihren Geschmack zu verstoßen. Innerlich rebellierte sie gegen die Verschwendung so edler Zobelfelle.

»Oh«, machte Jenny und deutete auf die weißen Felle. »Und das?«

»Mit dem Hermelin besetzt man den Saphirbrokat.«

»Und was würde für den Duke passen?« beharrte Jenny, um das Gespräch nicht abreißen zu lassen.

»Dunkelblauer, schwarzer und dunkelbrauner Samt und die dunklen Wollstoffe.«

»Ich kenn mich nicht gut aus mit Mode«, gestand Jenny lächelnd. »Als ich noch jung war, haben mich Kleider nie sonderlich interessiert, und später – in den vergangenen Jahren – lebte ich in einem Kloster, und dort trugen alle die gleichen Gewänder. Aber ich habe schon gemerkt, daß du einen großartigen Blick für diese Dinge hast und dir genau vorstellen kannst, wie man die Stoffe verwenden kann. Ich bin froh, daß du mich berätst.«

Agnes machte ein erschrockenes Gesicht, zeigte gleichzeitig aber etwas, das einem Lächeln nahekam. Jenny vermutete, daß sich die Zofe eher über ihr Geständnis, in einem Kloster gewesen zu sein, als über das Kompliment an ihren Geschmack amüsierte. Die anderen zwei Näherinnen, beide schlichte junge Frauen, schienen auch allmählich aufzutauen. Vielleicht betrachteten sie Jenny weniger als ihre ›Feindin‹, seit sie wußten, daß sie die vergangenen Jahre in der Abgeschiedenheit eines friedlichen katholischen Klosters verbracht hatte.

Agnes trat vor und begann die Stoffe einzusammeln, auch die, die bereits für spezielle Kleidungsstücke bestimmt waren.

»Kannst du die Schnitte für den Umhang und das Kleid entwerfen?« erkundigte sich Jenny, während sie den Brokat zusammenfaltete. »Ich habe keine Erfahrung mit solchen Dingen, obwohl ich gern beim Zuschneiden helfen würde. Ich fürchte, ich bin geschickter mit der Schere als mit der Nadel.«

Ein unterdrückter Laut wie ein verschlucktes Kichern entfuhr einer der jungen Frauen, und Jenny drehte sich überrascht zu der Näherin mit Namen Gertrude um, die sofort errötete.

»Hast du gelacht?« fragte Jenny hoffnungsvoll – gleichgültig, was die Heiterkeit hervorgerufen hatte, sie war besser als dieses feindselige Schweigen, und Jenny sehnte sich so sehr nach ein wenig Unterhaltung und Freundschaft unter Frauen.

Gertrude wurde noch röter.

»Du *hast* gelacht, nicht wahr? Weil ich gesagt habe, daß ich einigermaßen gut mit Scheren umgehen kann?«

Die Lippen der jungen Frau zuckten, und ihre Augen tränten, während sie verzweifelt versuchte, sich das Lachen zu verbeißen. Ohne selbst zu merken, daß sie die Frau regelrecht streng anstarrte, bemühte sich Jenny herauszufinden, was an ihrer Fertigkeit mit der Schere so lustig sein könnte. Plötzlich fiel ihr etwas ein, und sie schnappte nach Luft. »Ihr habt von der Sache gehört, wie? Ihr wißt, was ich mit den Sachen eures Herrn gemacht habe, stimmt's?«

Die arme Frau konnte kaum noch an sich halten und sah hilfesuchend ihre Freundin an, aber das brachte sie erst recht aus der Fassung. »Dann ist es also wahr, Mylady?« stieß sie mühsam hervor.

Mit einemmal kam Jenny ihre damalige Verzweiflungstat auch ziemlich spaßig vor. Sie nickte fröhlich. »Es war eine schreckliche Sache – schlimmer noch als die Ärmel seiner Hemden zuzunähen und …«

»Ihr habt die Ärmel seiner Hemden zugenäht?«

Bevor Jenny darauf antworten konnte, prusteten die Näherinnen lauthals los, stießen sich gegenseitig in die Rippen und nickten anerkennend. Selbst Agnes' Mundwinkel zuckten.

Nachdem die beiden jungen Frauen aus dem Dorf gegangen waren, nahm Jenny Agnes mit in Royces Zimmer, um ihr ein paar Kleidungsstücke von ihm zu geben, an denen sie Maß für die neuen nehmen konnte. Es kam ihr seltsam und ein wenig aufdringlich vor, in seinen Sachen herumzukramen.

Er hat erstaunlich breite Schultern, dachte Jenny mit einem gewissen Stolz, als sie Agnes eine wollene Jacke gab, und bemerkenswert wenige Kleider für einen so wohlhabenden Mann. Was er besaß, war jedoch von auserlesener Qualität, aber ziemlich abgetragen – ein stummes Zeugnis dafür, daß er sich um wesentlich wichtigere Dinge kümmerte als um seine Garderobe.

Viele seiner Hemden waren an den Handgelenken schon abgeschabt, und es fehlten auch etliche Knöpfe. Er braucht dringend eine Frau, die sich seiner annimmt, dachte Jenny mit einem drolligen Lächeln. Kein Wunder, daß er vor Monaten im Lager so erfreut gewesen war, als sie ihm angeboten hatte, zu flicken und zu nähen. Gewissensbisse plagten sie, weil sie einige seiner wenigen Kleidungsstücke mutwillig unbrauchbar gemacht hatte. Anders als die Mädchen, konnte sie nicht mehr darüber lachen, und dieser unvermittelte Stimmungsumschwung verwirrte sie und machte sie nachdenklich. Das kam ihr merkwürdig vor, aber hier in Claymore gab es vieles, was sie durcheinanderbrachte und ihr reichlich eigenartig erschien.

Jetzt, da der Bann des Schweigens gebrochen war, ließ sich Agnes des langen und breiten darüber aus, was sie alles nähen wollte, und wie es aussehen würde, und als sie sich von Jenny verabschiedete, lächelte sie schüchtern. Das störte Jenny genausosehr, wie es sie freute.

Lange nachdem die Zofe gegangen war, stand Jenny noch mit tiefgefurchter Stirn in Royces Schlafzimmer und dachte über die besorgniserregende Einstellung der Dienstboten ihrem Herrn gegenüber nach. Da sie jedoch zu keinem befriedigenden Ergebnis kam, holte sie sich einen leichten Umhang und machte sich auf die Suche nach der einzigen Person, mit der sie frei und ohne Hemmungen sprechen konnte.

Sir Eustace, Sir Godfrey und Sir Lionel saßen im Burghof auf einer niedrigen Steinbank. Ihre Gesichter waren schweißüberströmt, und sie hielten ihre Schwerter in den Händen – offenbar hatten sie versucht, durch Übungen mit ihren Waffen die Müdigkeit und Trägheit, die sie nach der turbulenten Nacht plagten, aus ihren Knochen zu vertreiben.

»Habt Ihr Bruder Gregory gesehen?« fragte Jenny.

Sir Eustace meinte, den Mönch im Gespräch mit dem Wagenmeister gesehen zu haben, und Jenny lief in die Richtung, in die er deutete. Sie wußte nicht mit Gewißheit, welches der vielen Steingebäude, die den riesigen Hof umstanden, die Werkstatt des Wagenmeisters war. Die Küche, leicht an den hohen Kaminen zu erkennen, stand der Burg am nächsten. Daneben befanden sich Lagerhaus, Brauhaus und eine hübsche Kapelle. Auf der anderen Seite des Hofs lag die Schmiede, in der die Pferde beschlagen wurden. Gawin saß davor und polierte mit Hingabe Royces Schild, ohne auf die Berge von Rüstungen und Waffen zu achten, die darauf warteten, von weniger eifrigen Händen als seinen ausgebessert zu werden. Der Wagenschuppen schloß sich an die Schmiede an, und dahinter befanden sich die Ställe für Pferde, Schweine und anderes Vieh und ein großer Taubenschlag, der jedoch verwaist aussah.

»Sucht Ihr jemanden, Euer Gnaden?«

Jenny wirbelte herum, als sie die Stimme des frommen Mannes hörte. »Ja, Euch«, erwiderte sie und lachte selbst über ihre Schreckhaftigkeit. »Ich wollte Euch … einiges fragen«, sagte sie und warf argwöhnische Blicke auf die etwa hundert Personen, die im Burghof mit den verschiedensten Dingen beschäftigt waren. »Aber nicht hier.«

»Sollen wir einen kleinen Spaziergang vor den Burgtoren machen?« schlug Bruder Gregory vor, der sofort begriff, daß sie sich mit ihm unterhalten wollte, ohne von jemandem beobachtet oder belauscht zu werden.

Als sie den Wachen am Tor näher kamen, erlitt Jenny einen Schock.

»Tut mir leid, Mylady«, sagte der Wachmann höflich, aber

bestimmt, »ich habe strikte Anweisung, Euch nicht durch das Tor zu lassen, es sei denn Ihr seid in Begleitung Seiner Gnaden.«

Jenny blinzelte ungläubig. »Wie bitte?«

»Ich darf Euch nicht ...«

»Ich habe es gehört«, versetzte Jenny und versuchte mühsam, ihren Ärger hinunterzuschlucken. »Wollt Ihr damit sagen, daß ich ... daß ich hier eine *Gefangene* bin?«

Der Wachmann war ein tapferer, kampferprobter Soldat, aber im Umgang mit Ladies hatte er wenig Erfahrung. Er warf einen hilfesuchenden Blick auf seinen Vorgesetzten, der auch gleich vortrat, sich förmlich verbeugte und sagte: »Es ... es geht nur um Eure Sicherheit, Mylady.«

In dem Glauben, daß er damit auf den gestrigen Vorfall im Tal anspielte und meinte, sie könne wieder attackiert werden, wedelte Jenny ungeduldig mit der Hand. »Oh, aber ich will doch nur bis zu den Bäumen dort drüben gehen und ...«

»Tut mir leid, aber ich habe den ausdrücklichen Befehl, Euch ...«

»Ich verstehe«, erwiderte Jenny knapp, aber sie verstand ganz und gar nicht, und es gefiel ihr keineswegs, wie eine Gefangene behandelt zu werden. Sie war schon im Gehen begriffen, drehte sich jedoch noch einmal zu dem unglücklichen Wachmann um. »Sagt mir nur noch eines«, forderte sie mit leiser, unheilvoller Stimme, »besteht diese ... Beschränkung für alle, die sich in dieser Burg aufhalten, oder nur für mich.«

Der arme Mann sah angestrengt in die Ferne. »Nur für Euch, Mylady, und für Eure werte Tante.«

Wütend und gedemütigt wandte sich Jenny ab. Erst in diesem Moment kam ihr in den Sinn, daß Arik nicht als Begleiter für Tante Elinor fungierte, sondern als ihr Bewacher.

»Ich kenne noch einen anderen verschwiegenen Ort«, sagte Bruder Gregory sanft, nahm ihren Arm und führte sie über den großen Hof.

»Ich kann das nicht glauben!« flüsterte Jenny zornig. »Ich bin hier eine *Gefangene!*«

Bruder Gregory faßte mit einer großen Geste den ganzen Hof und die mächtige Burg zusammen. »Oh, aber es ist ein prächtiges Gefängnis«, erklärte er mit anerkennendem Lächeln. »Diese Festung ist schöner als jede andere, die ich bis jetzt gesehen habe.«

»Aber sie ist ein Gefängnis«, beharrte Jenny düster, »mein Gefängnis.«

»Es ist möglich«, gab der Priester ohne Widerspruch nach, »daß Euer Gemahl gute Gründe hat, Euch hier in der Sicherheit der Burgmauern festzuhalten – andere Gründe, als Ihr vielleicht vermutet.«

Ohne darauf zu achten, wohin er sie brachte, folgte Jenny dem frommen Mann zur Kapelle. Er öffnete das Portal und trat zur Seite, um sie vorgehen zu lassen.

»Was für Gründe?« fragte sie nach, sobald sie sich in der kühlen, dämmrigen Kapelle befanden.

Bruder Gregory deutete auf eine der polierten Eichenbänke, und Jenny nahm Platz. »Selbstverständlich kann ich sie nicht genau kennen«, entgegnete er, »aber Seine Gnaden macht auf mich den Eindruck, daß er niemals etwas ohne triftigen Grund tut.«

Jenny sah ihn erstaunt an. »Ihr mögt ihn, stimmt's?«

»Ja, aber viel wichtiger ist, ob Ihr ihn mögt.«

Jenny riß die Hände hoch. »Noch vor wenigen Minuten, als ich noch nicht wußte, daß ich den Burghof nicht verlassen darf, hätte ich diese Frage mit ja beantwortet.«

Bruder Gregory kreuzte die Arme vor der Brust und steckte die Hände in die weiten weißen Ärmel seines Gewands. »Und jetzt?« hakte er nach und zog eine blonde Augenbraue hoch. »Mögt Ihr ihn auch noch, nachdem Ihr entdeckt habt, daß Eure Bewegungsfreiheit eingeschränkt ist?«

Jenny lächelte kläglich und nickte.

»Ich nehme das als ausreichende Antwort«, witzelte der Priester und ließ sich neben ihr auf der Bank nieder. »Und worüber wolltet Ihr Euch in aller Vertraulichkeit mit mir unterhalten?«

Jenny biß sich auf die Unterlippe und überlegte, wie sie ihm ihre Bedenken erklären sollte. »Habt Ihr etwas bemerkt ... ich meine, kommt Euch das Verhalten aller, die hier leben, nicht auch etwas eigentümlich vor? Das heißt, nicht mir gegenüber, sondern dem Herrn dieser Burg gegenüber.«

»Eigentümlich in welcher Hinsicht?«

Jenny erzählte ihm, daß sich die Dienerinnen bekreuzigten, wenn Royce in ihre Nähe kam, und erwähnte auch, wie ungewöhnlich es war, daß niemand jubelte, als der Burgherr gestern nach langer Abwesenheit durch das Tal zu seinem Wohnsitz ritt. Sie endete mit einem Bericht über die jungen Frauen, die sich köstlich über die unfreiwillige Bestätigung des Gerüchts, daß sie die Kleider und Decken im Lager mit voller Absicht kaputt gemacht hatte, amüsiert hatten.

Statt über Jennys Zerstörungswut entsetzt zu sein, betrachtete Bruder Gregory seine Gesprächspartnerin mit belustigter Bewunderung. »Ihr habt tatsächlich die Decken der Soldaten zerschnitten?«

Sie nickte unbehaglich.

»Ihr seid eine Frau mit ungewöhnlich viel Courage, Jennifer, und ich habe das Gefühl, die werdet Ihr in Zukunft im Umgang mit Eurem Mann noch brauchen.«

»Es war keineswegs eine mutige Tat«, gestand sie mit einem jämmerlichen Lachen. »Ich hatte keine Ahnung, daß ich die Reaktion darauf noch miterleben würde, da meine Schwester Brenna und ich den Plan hatten, ganz früh am nächsten Morgen zu fliehen.«

»Ihr hättet die Decken, die die Männer brauchten, um sich in den kalten Nächten zu wärmen, nicht kaputtmachen dürfen, aber das ist Euch inzwischen sicherlich selbst schon klargeworden. Aber jetzt sollte ich, mit Eurer Erlaubnis, auf Eure eigentliche Frage über das ›seltsame‹ Verhalten der Dorfbewohner und der Bediensteten ihrem neuen Herrn gegenüber zurückkommen.«

»Ja, bitte. Oder bilde ich mir das alles vielleicht nur ein?«

Bruder Gregory stand unvermittelt auf, schlenderte zu dem

Tisch mit den Kerzen, der unter einem kunstvoll geschnitzten Kruzifix stand, und richtete eine der Kerzen gerade, die schief im Ständer stand. »Nein, Ihr bildet Euch das nicht ein. Ich bin erst einen Tag hier, aber die Menschen in diesem Ort mußten sehr lange – fast ein ganzes Jahr – ohne Priester auskommen und sind deshalb erpicht darauf, sich mir anzuvertrauen.« Er drehte sich stirnrunzelnd zu Jenny um. »Wißt Ihr, daß Euer Gemahl die Burg und das Dorf vor acht Jahren angegriffen und belagert hat?«

Als Jenny nickte, atmete er erleichtert auf. »Nun, habt Ihr schon einmal erlebt, was bei einer solchen Belagerung geschieht?«

»Nein.«

»Es ist kein schönes Erlebnis, dessen könnt Ihr gewiß ein. Es gibt ein Sprichwort, das lautet: ›Wenn zwei Adlige in Fehde liegen, steht das Dach des armen Mannes in Flammen‹, und das trifft tatsächlich zu. Nicht nur die angegriffene Festung und ihr Besitzer leiden unter der Belagerung, sondern auch und besonders die Dorfbewohner und die Dienerschaft. Das Getreide wird von Verteidigern und Angreifern gleichermaßen aus den Scheunen der Bauern gestohlen, die Kinder werden im Schlachtgetümmel getötet und die Hütten der Bevölkerung in Schutt und Asche gelegt. Es ist nicht ungewöhnlich, daß eine angreifende Armee die umliegenden Felder und Weiden in Brand steckt, um möglichst viel Verwüstung anzurichten, und auch Tagelöhner und Handwerker werden getötet, damit sie von den Verteidigern nicht zur Verstärkung der Streitkräfte rekrutiert werden können.«

Obwohl all das im Grunde nichts Neues für Jenny war, hatte Jenny noch niemals eine Burg während einer Belagerung oder kurz danach gesehen. Trotzdem stand ihr jetzt, während sie in der friedlichen kleinen Kapelle in der Burg saß, die Royce einst belagert hatte, das Bild mit aller Deutlichkeit vor Augen.

»Es besteht kein Zweifel, daß auch Euer Gemahl einige dieser Verwüstungen angerichtet hat, als er Claymore belagerte. Obwohl ich selbst annehme, daß er keine persönlichen Gründe für diesen Angriff hatte und nur im Sinne der Krone handelte, kann man es den Dorfbewohnern nicht übelnehmen, daß sie sich keinen Deut um die Motive der hohen adligen Herrn kümmern, wenn sie unter einer Schlacht zu leiden haben, bei der sie nichts zu gewinnen, aber alles zu verlieren haben.«

Jenny dachte an die Clans in den Highlands, die kämpften und kämpften, ohne sich über Verluste zu beklagen, und schüttelte verwirrt den Kopf. »Hier ist alles anders.«

»Anders als die Mitglieder Eurer Clans, speziell die der Highländer, verteilen die Engländer ihre Kriegsbeute nicht unter die Leute«, erklärte Bruder Gregory. »Nach englischem Gesetz gehört das ganze Land dem König. Der König verschenkt Teile der Ländereien an die Adligen, die in seiner Gunst stehen, als Lohn für ihre Loyalität oder besondere Verdienste. Die hohen Herren suchen sich dann die Felder und Wiesen aus, die sie für sich selbst haben wollen, und geben den Bauern die *Erlaubnis,* ein Stück des Landes zu bebauen. Als Gegenleistung müssen die Bauern zwei oder drei Tage in der Woche auf den Feldern ihres Lehnsherrn arbeiten oder gewisse Dienste in der Burg verrichten. Selbstverständlich wird auch von ihnen erwartet, daß sie von Zeit zu Zeit einen Scheffel Getreide oder andere Produkte in der Festung abliefern.

In Kriegszeiten oder bei Hungersnöten ist der Lord moralisch – aber nicht gesetzlich – verpflichtet, die Interessen seiner Dienerschaft und Pächter zu schützen. Manchmal kommt er dieser Pflicht auch nach, doch gewöhnlich bemüht er sich nur, wenn er selbst einen Vorteil davon hat.«

Nachdem Bruder Gregory geendet hatte, meinte Jenny nachdenklich: »Ihr meint, sie haben Angst, daß Royce sie nicht beschützt? Oder hassen sie ihn, weil er Claymore belagert und ihre Felder und Wiesen in Brand gesteckt hat?«

»Ich denke, keins von beidem trifft zu«, antwortete Bruder Gregory betrübt. »Die Bauern sind ein philosophisches Völkchen, und sie rechnen damit, daß jede Generation einmal brennende Felder erlebt und der Lord früher oder später mit einem der anderen Adligen in Streit gerät. Aber bei Eurem Gemahl liegt der Fall anders.«

»Anders – inwiefern?« fragte Jenny.

»Er hat sein Leben den Schlachten und Kriegen gewidmet, und alle fürchten, daß seine Feinde auf Rache aus sind. Sie erwarten, daß einer nach dem anderen mit einer Armee anrückt und versucht, Claymore einzunehmen. Oder daß er sie *einlädt,* um seinen Kriegshunger zu befriedigen.«

»Das ist doch lächerlich«, protestierte Jenny.

»Natürlich, aber es wird seine Zeit brauchen, bis die Leute das begreifen.«

»Und ich dachte, sie sind stolz auf ihn, weil er … weil er doch ein Held für alle Engländer ist.«

»Sie sind stolz auf ihn, und sie sind auch zuversichtlich, daß er sie – anders als sein Vorgänger – verteidigt, wenn es nötig wird. Seine Stärke und seine Macht legen diese Hoffnung nahe, und genaugenommen flößt er ihnen großen Respekt ein.«

»Sie *fürchten* sich vor ihm«, berichtigte Jenny ihn unglücklich und rief sich ins Gedächtnis, wie eingeschüchtert die Mädchen in seiner Gegenwart waren.

»Das auch, und zwar aus gutem Grund.«

»Soweit ich es sehe, haben sie *keinen* Grund, Angst vor ihm zu haben«, erwiderte sie im Brustton der Überzeugung.

»Oh, das würde ich nicht sagen. Versetzt Euch mal in ihre Lage. Ihr neuer Herr wird landauf, landab ›der Schwarze Wolf‹ genannt – er hat den Namen eines gefährlichen, reißenden Raubtiers, das sein Opfer angreift und verschlingt. Noch dazu erzählt man sich von ihm die ungeheuerlichsten Geschichten – wohlgemerkt, es sind Geschichten und nicht unbedingt Tatsachen –, aber die Leute trauen ihm trotzdem zu, daß er mit denen, die ihm in die Quere kommen, nicht viel Federlesen macht. Als Lord hat er auch das Recht, die Steuer festzusetzen, die er von ihnen verlangt, und natürlich wird er bei Streitereien zu Gericht sitzen und über Übeltäter Strafen verhängen.« Bruder Gregory sah sie bedeutungsvoll an. »Würdet Ihr wollen, daß ein Mann, dem der

Ruf vorauseilt, gnadenlos und bösartig zu sein, all diese Dinge für Euch entscheidet?«

Jenny wurde wütend. »Aber er ist nicht gnadenlos oder bösartig. Wenn er auch nur halb so schlimm wäre wie sein Ruf, hätten meine Schwester und ich viel Schlimmeres erlitten, als wir in seiner Gewalt waren.«

»Das stimmt«, pflichtete ihr der Priester mit einem anerkennenden Lächeln bei. »Es bleibt jetzt Eurem Gemahl überlassen, soviel Zeit wie möglich mit seinen Leuten zu verbringen, damit sie sich eine andere Meinung von ihm bilden können.«

»So, wie Ihr das sagt, klingt es ganz einfach«, meinte Jenny, als sie aufstand und ihre Röcke ausschüttelte. »Und ich vermute, das ist es auch. Hoffentlich brauchen die Leute nicht allzu lange, bis sie dahinterkommen, daß ...«

Das Portal flog auf, und beide drehten sich gerade noch rechtzeitig zum Eingang, um den Ausdruck der Erleichterung auf Royces Gesicht zu sehen.

»Niemand wußte, wo du bist«, sagte er, als er auf Jennifer zumarschierte – seine klobigen Stiefel verursachten bei jedem Schritt auf dem gewachsten Holzboden einen unheimlichen Laut in der stillen Kapelle. »In Zukunft wirst du nirgendwohin gehen, ohne vorher jemandem Bescheid zu sagen, wo du zu finden bist.«

Bruder Gregory musterte Jennys empörte Miene und entschuldigte sich rasch.

Sobald er die Tür hinter sich geschlossen hatte, fauchte Jennifer: »Ich hatte keine Ahnung, daß ich hier wie eine Gefangene leben muß.«

»Wieso hast du versucht, vor die Burgtore zu kommen?« wollte Royce wissen, ohne sich die Mühe zu machen, Verständnis zu heucheln.

»Weil ich mit Bruder Gregory ein vertrauliches Gespräch führen wollte, ohne von allen, die sich im Hof herumtreiben, beobachtet und belauscht zu werden«, erklärte Jenny wütend. »So, und jetzt beantwortest *du* mir *meine* Frage: Weshalb ist es mir so streng verboten, diesen Ort zu verlassen? Ist dies hier mein Zuhause oder mein Gefängnis? Ich werde *nicht* …«

»Dein Zuhause«, unterbrach er sie, und zu ihrer Verblüffung grinste er breit. »Du hast die blauesten Augen von der Welt«, setzte er mit einem warmherzigen, leisen Lachen hinzu. »Wenn du böse bist, haben sie die Farbe von nassem blauem Samt.«

Jenny verdrehte widerwillig die Augen, aber für den Augenblick war sie besänftigt, weil er ihr versichert hatte, sie wäre in Claymore zu Hause. »Nasser Samt?« wiederholte sie naserümpfend. *»Nasser Samt?«*

Seine weißen Zähne blitzten. »Nicht? Was hätte ich sonst sagen sollen?«

Sein Lächeln war unwiderstehlich, und Jenny ließ sich von seiner heiteren Laune anstecken. »Na, du hättest sagen können, daß meine Augen aussehen wie …« Sie entdeckte die großen Saphire in der Mitte des großen geschnitzten Kruzifixes. »… wie Saphire«, schlug sie vor, »das klingt schon wesentlich hübscher.«

»Ah, aber Saphire sind kalt, und deine Augen sind warm und ausdrucksvoll. Ist das nicht schon viel besser?« fragte er und schmunzelte, als sie keine weiteren Einwände gegen nassen Samt erhob.

»Viel«, bestätigte sie. »Würde es dir etwas ausmachen, in diesem Stil fortzufahren?«

»Du willst Komplimente hören?«

»Natürlich.«

Seine Mundwinkel zuckten. »Also schön, deine Wimpern erinnern mich an einen gebogenen Besen.«

Jenny brach in glockenhelles Lachen aus. »An einen *Besen!«* kicherte sie vergnügt und schüttelte den Kopf.

»Ganz genau. Und deine Haut ist weiß und weich wie …«

»Ja?« drängte sie ihn.

»Ein Ei. Soll ich weitermachen?«

»Oh, bitte nicht«, kicherte sie.

»Ich bin wohl nicht allzu geschickt beim Komplimentemachen, wie?« fragte er grinsend.

»Ich hätte eigentlich gedacht«, erwiderte sie in tadelndem Ton, »daß man sogar am englischen Hof ein gewisses Maß an höfischem Benehmen von den edlen Herrn erwartet. Hast du dich denn nie bei Hofe aufgehalten?«

»So wenig wie möglich«, sagte er leise. Seine ganze Aufmerksamkeit galt ihren einladenden Lippen, und ohne die geringste Vorwarnung nahm er sie in die Arme und küßte sie hungrig.

Jenny fühlte, wie sie in dem süßen Strudel des Verlangens versank, aber es gelang ihr unter Anstrengungen, ihre Lippen von den seinen zu lösen. Seine Augen waren dunkel vor Leidenschaft und sahen sie unverwandt an.

»Du hast mir noch nicht gesagt, warum ich die Burg nicht verlassen darf«, flüsterte sie.

Royce strich langsam über ihre Arme und neigte wieder den Kopf zu ihr. »Das gilt nur für ein paar Tage ...« erwiderte er und küßte sie immer wieder zwischen den Worten, »bis ich sicher sein kann ..., daß keine Schwierigkeiten mehr drohen ...« er zog sie noch näher an sich, »... von außerhalb.«

Zufrieden mit dieser Erklärung, gab sich Jenny dem unglaublichen Vergnügen des Kusses hin und spürte, wie sich sein massiver Körper vor Lust und Verlangen anspannte.

Die Sonne stand schon tief, als sie den Hof überquerten und in die große Halle gingen.

»Ich frage mich, was Tante Elinor heute für das Abendessen geplant hat«, sagte Jenny.

»Im Moment«, erwiderte Royce mit einem bedeutungsvollen Blick, »habe ich eher Appetit auf etwas anderes als auf Essen. Aber da du das Thema angeschnitten hast, möchte ich wohl wissen, ob deine Tante tatsächlich so geschickt in der Küche ist, wie sie angibt.«

Jenny sah ihn aus den Augenwinkeln an. »Um die Wahrheit zu sagen, ich kann mich nicht daran erinnern, daß je jemand aus meiner Familie ein Loblied auf ihre Kochkünste gesungen hätte. Ihre Heilmittel und Salben wurden immer hochgeschätzt – weise Frauen aus ganz Schottland kamen zu ihr, um Balsam, Tinkturen und alle möglichen anderen Arzneimittel bei ihr zu holen. Tante Elinor glaubt aber fest daran, daß ordentliche, gut zubereitete Speisen verschiedene Krankheiten abwenden können und daß bestimmte Nahrungsmittel spezielle Heilwirkungen haben.«

Royce rümpfte die Nase. »Arznei in den Mahlzeiten? Das ist ganz und gar nicht das, was ich im Sinn hatte.« Er musterte sie abschätzend, als wäre ihm gerade etwas eingefallen. »Kennst du dich in Küchenangelegenheiten aus?«

»Kein bißchen«, gestand sie fröhlich. »Meine Spezialität ist der Umgang mit Scheren.«

Royce lachte schallend, aber beim Anblick von Sir Albert, der quer über den Hof auf sie zusteuerte, wurde er rasch wieder ernst, und auch Jennys Heiterkeit verblaßte. Die kalten Augen, die dürre Gestalt und die schmalen Lippen verliehen dem Haushofmeister etwas Überhebliches und Brutales, das Jenny Unbehagen bereitete.

»Euer Gnaden«, sagte Sir Albert zu Royce, »der Übeltäter, der gestern den Dreckklumpen geworfen hat, wurde hergebracht.« Er deutete auf die Schmiede am anderen Ende des Hofs, wo zwei Wachmänner einen blassen Jungen festhielten und sich eine Menschenmenge angesammelt hatte. »Soll ich diese Angelegenheit regeln?«

»Nein!« platzte Jenny heraus – sie war nicht in der Lage, ihre Abneigung gegen den Mann zu verbergen.

Mit einem pikierten Blick sah der Hofmeister Jennifer an, wandte sich aber sofort wieder an Royce. »Euer Gnaden?« fragte er und ignorierte den Protest seiner Herrin vollkommen.

»Ich kenne nur Strafmaßnahmen, die man über ungehorsame Soldaten verhängt, und habe keine Erfahrung, wie man in solchen Dingen vorgeht«, sagte Royce unbehaglich zu Jennifer – offensichtlich wollte er sich vor dieser Pflicht drücken. Sie hatten den Rand der rasch anwachsenden Menge erreicht. Jenny richtete einen flehentlichen Blick auf ihren Mann und dachte dabei an Bruder Gregorys Worte. »Wenn du die Sache nicht regeln möchtest, könnte ich es an deiner Stelle tun«, bot sie ihm besorgt an. »Ich habe, seit ich denken kann, meinem Vater zugesehen, wenn er zu Gericht saß, und ich weiß, wie man das macht.«

Royce wies den Haushofmeister an: »Erledigt die Formalitäten in der üblichen Art, und meine Gemahlin entscheidet dann, welche Strafe der Junge verdient.«

Sir Albert knirschte hörbar mit den Zähnen, und seine hageren Wangenknochen traten noch weiter hervor, aber er verbeugte sich ergeben vor seinem Lord. »Wie Ihr wünscht, Euer Gnaden.«

Die Menschenmenge teilte sich, um sie durchzulassen, und Jenny bemerkte, daß die Leute auf Royces Seite weiter zurückwichen als nötig, um nur nicht in seiner Reichweite zu stehen.

Als sie in der Mitte des großen Kreise ankamen, verlor Sir Albert keine Zeit und beeilte sich, das Gerichtsverfahren in Gang zu setzen. Mit einem eisigen Blick auf den verzweifelten Jungen, dessen ausgestreckte Hände von zwei stämmigen Wachmännern festgehalten wurden, sagte er: »Du hast einen gemeinen Angriff auf die Herrin von Claymore verübt und somit eine große Schuld auf dich geladen, denn eine solche Attacke gilt nach englischem Recht als äußerst schweres Verbrechen. Eigentlich hättest du gleich gestern deiner gerechten Strafe zugeführt werden müssen. Das wäre leichter für dich gewesen, als bis heute zu warten«, endete der Haushofmeister scharf. Jenny beschlich das ungute Gefühl, daß dies ein Hinweis darauf war, Royce hätte den Jungen mit diesem Aufschub absichtlich gequält.

Tränen liefen dem Jungen übers Gesicht, und am Rand des Kreises bedeckte eine Frau ihr Gesicht mit den Händen und weinte bitterlich. Jenny vermutete, daß sie die Mutter des armen

Sünders war. Ihr Mann stand mit steinernem Gesicht neben ihr, und seine schmerzerfüllten Augen waren auf den Sohn gerichtet.

»Leugnest du die Tat, Junge?« bellte Sir Albert.

Die mageren Schultern zuckten unter den lautlosen Schluchzern, und der Junge schüttelte den gesenkten Kopf.

»Sag es ganz laut!«

»N ...« Der bedauernswerte Kerl zog die Schultern hoch und wischte sich das nasse Gesicht an seiner schmutzigen Jacke ab. »Nein.«

»Das ist das beste für dich«, sagte der Haushofmeister beinahe freundlich, »denn mit einer Lüge zu sterben würde für deine Seele die ewige Verdammnis bedeuten.«

Bei dem Wort ›sterben‹ riß sich die weinende Frau von ihrem Mann los und stürzte sich auf ihren Sohn, um ihn in die Arme zu nehmen und an ihren Busen zu drücken. »Vollstreckt das Urteil, wenn es sein muß, aber tut es schnell!« schrie sie schluchzend und funkelte die Wachen, die mit gezückten Schwertern in der Nähe standen, düster an. »Macht ihm nicht noch mehr angst«, heulte sie und wiegte ihren Jungen in den Armen. »Seht Ihr denn nicht, wie sehr er sich fürchtet?« Sie weinte so sehr, daß ihre Stimme kaum mehr als ein Flüstern war: »Bitte ... ich möchte nicht, daß er ... so viel Angst haben muß.«

»Holt den Priester«, befahl Sir Albert schroff.

»Mir ist nicht klar«, schaltete sich Royce in so eisigem Tonfall ein, daß die Mutter ihr Kind noch fester an sich drückte und lauter schluchzte, »wieso wir zu dieser ungewöhnlichen Stunde eine Messe lesen lassen sollten.«

»Der Priester soll keine Messe lesen, sondern dem Jungen die Beichte abnehmen«, erklärte der Haushofmeister, ohne zu begreifen, daß Royce seine Bitte, Bruder Gregory zu holen, absichtlich falsch gedeutet hatte. Zur Mutter des Jungen gewandt, sagte Sir Albert: »Ich nehme an, daß sich Euer ruchloser Sohn das letzte heilige Sakrament der Kirche zunutze machen will.«

Die gramgebeugte Frau war in Tränen aufgelöst und brachte kein Wort mehr heraus. Sie nickte.

»Nein!« brüllte Royce, aber die verzweifelte Mutter schrie: »Doch! Das ist sein Recht – er hat das Recht, das heilige Sakrament zu erhalten, bevor er stirbt.«

»*Wenn* er stirbt«, erwiderte Royce nüchtern, »dann nur, weil Ihr ihn mit Euren Armen erwürgt, Madam. Tretet einen Schritt zurück, damit der Junge wieder atmen kann.«

Ein Hoffnungsschimmer erhellte ihr kummervolles Gesicht, dann schwankte sie, als sie sah, daß die Leute, die die Szene beobachteten, keineswegs ihre Hoffnungen teilten. »Was wird mit ihm geschehen, Mylord?«

»Das entscheide nicht ich«, entgegnete Royce knapp. Sein Ärger erwachte erneut, als er sich daran erinnerte, mit welch bösen Rufen seine Frau an diesem Ort empfangen worden war. »Da meiner Gemahlin durch seine Hand ein Leid geschehen ist, wird sie auch die Strafe bestimmen.«

Statt froh über diesen Entschluß zu sein, schlug die Mutter die Hände vor den Mund, und schaute Jenny voller Entsetzen an.

Jenny konnte es nicht mehr länger mit ansehen, wie diese arme Frau im Ungewissen gelassen und gequält wurde. Sie drehte sich zu dem Jungen um und fragte rasch, aber keineswegs unfreundlich: »Wie heißt du?«

Er starrte sie aus verheulten Augen an und stotterte: »J-Jake, M-My-l-lady.«

»Schön, Jake«, sagte Jenny und überlegte fieberhaft, wie ihr Vater in einer solchen Situation entscheiden würde. Ein Vergehen durfte nicht ungesühnt bleiben, das wußte sie, da zu große Nachsicht nur den Nährboden für weitere Verbrechen bilden und der Lord als Schwächling erscheinen würde. Andererseits war unnötige Strenge auch nicht angebracht, besonders nicht bei einem Jungen in so zartem Alter. Sie versuchte, dem Kind eine Entschuldigung zu liefern und sagte: »Manchmal, wenn wir sehr aufgeregt wegen irgendeiner Sache sind, tun oder sagen wir Dinge, die wir gar nicht so meinen. War das bei dir gestern so, als du den Erdklumpen geworfen hast? Vielleicht wolltest du mich gar nicht wirklich damit treffen.«

Jake schluckte zweimal. »Ich ... ich ...« er schaute in das starre Gesicht des Dukes und beschloß, lieber doch nicht zu einer Lüge Zuflucht zu nehmen, »ich treffe immer, wenn ich auf etwas ziele«, gestand er kläglich.

»Tatsächlich?« Jenny versuchte Zeit zu gewinnen und dachte verzweifelt über eine Lösung des Problems nach.

»Ja, Ma'am«, flüsterte er erstickt. »Ich treffe ein Kaninchen mit einem Stein direkt zwischen den Augen, so daß es auf der Stelle tot umfällt. Ich schieße nie daneben, wenn das Ziel nicht zu weit weg ist.«

»Tatsächlich?« wiederholte Jenny sichtlich beeindruckt. »Ich habe einmal versucht, eine Ratte aus fünfzig Meter Entfernung zu treffen, und ich habe sie getötet.«

»Das habt Ihr getan?« fragte der Junge ehrfürchtig.

»Ja – aber, das spielt jetzt keine Rolle«, setzte Jenny hastig hinzu, als sie Royces tadelnden Blick bemerkte. »Du hattest nicht vor, *mich* zu töten, nicht wahr?« Da sie das törichte Kind dazu bringen wollte, diese Frage zu bejahen, sagte sie schnell: »Du wolltest sicher deine Seele nicht mit der Sünde eines Mordes für alle Ewigkeiten beflecken, habe ich recht?«

Er schüttelte entschieden den Kopf. »Nein, das wollte ich nicht.«

»Also hast du nur aus der momentanen Aufregung heraus gehandelt, stimmt's?« drängte sie, und ihr fiel ein riesiger Stein vom Herzen, als er schließlich nickte.

»Und natürlich bist zu stolz darauf, daß du so gut werfen kannst – vielleicht wolltest du allen zeigen, wie geschickt du bist.«

Er zögerte, dann nickte er heftig.

»Na, siehst du!« sagte Jenny und sah sich in der gespannt wartenden Menge um. »Er wollte niemandem ein Leid antun«, rief sie erleichtert, »und die Absicht ist genauso schwerwiegend wie das Vergehen selbst.« An Jake gewandt, sagte sie ernst:

»Selbstverständlich mußt du für diese Tat bestraft werden, und da du so gut werfen kannst, denke ich, wir sollten deine Fertigkeit nutzen. Deshalb wirst du zwei Monate lang mit den Männern auf die Jagd gehen und ihnen helfen, so gut du kannst. Und wenn in der Burg kein frisches Fleisch gebraucht wird, kommst du her und hilfst mir – außer an den Sonntagen natürlich. Und wenn dein …«

Jenny verstummte erschrocken. Die weinende Mutter warf sich ihr vor die Füße, schlang die Arme um ihre Beine und schluchzte: »Danke, Mylady, tausend Dank. Ihr seid eine Heilige. Gott segne Euch, danke …«

»Nein, ich bitte Euch«, flehte Jenny verzweifelt, als die überwältigte Frau den Saum ihres Kleides küßte. Der Vater kam – mit der Mütze in der Hand – zu ihr. Seine Augen schwammen in Tränen, als er Jenny ansah.

»Falls Ihr Euren Sohn auf Euren Feldern braucht«, sagte Jenny zu ihm, »kann er seine … äh … seine Buße an den Nachmittagen tun.«

»Ich …« begann der Mann heiser, dann räusperte er sich, straffte die Schultern und sagte mit bewundernswerter Würde: »Ich werde Euch bis zu meinem letzten Tag in meine Gebete einschließen, Mylady.«

Jenny lächelte. »Und meinen Gemahl auch, hoffe ich.«

Der Mann wurde noch eine Spur blasser, aber es gelang ihm, dem furchterregenden, finsteren Duke, der neben Jenny stand, in die Augen zu schauen und in aller Aufrichtigkeit zu beteuern: »Ja, und Euch auch, Mylord.«

Die Menge löste sich in unheimlichem Schweigen auf, hin und wieder warfen die Leute verstohlene Blicke über die Schulter und betrachteten Jenny, die sich schon unbehaglich fragte, ob zwei Monate vielleicht doch eine zu lange Zeit für den Jungen waren. Auf dem Weg in die Halle war Royce so still, daß Jenny ängstlich sagte: »Du hast mich so erstaunt angesehen, als ich erklärte, daß der Junge zwei ganze Monate arbeiten muß.«

»Ich war in der Tat erstaunt«, gab er lächelnd zu. »Eine Zeitlang dachte ich sogar, du würdest ihn für seine exzellente Zielsicherheit beglückwünschen und ihn einladen, das Abendessen mit uns zusammen einzunehmen.«

»Du meinst, ich war zu nachsichtig?« hakte sie aufatmend nach, als er die schwere Eichentür öffnete und ihr den Vortritt ließ.

»Ich weiß es nicht. Ich habe keinerlei Erfahrung mit Pächtern und ihren Familien und damit, wie man die Ordnung in einem Dorf aufrechterhält. Trotzdem hätte Prisham es besser wissen müssen und nicht von der Todesstrafe sprechen dürfen. Eine solche Barbarei stand ohnehin von vornherein außer Frage.«

»Ich kann ihn nicht leiden.«

»Ich auch nicht. Er war schon früher in dieser Burg der Haushofmeister und Verwalter der Ländereien, und ich habe ihn wieder in sein Amt eingesetzt. Ich denke, es ist an der Zeit, nach einem anderen Mann Ausschau zu halten, der ihn ersetzt.«

»Ich hoffe, du findest ganz bald jemanden, der sich für diesen Posten eignet«, dränge Jenny.

»Im Augenblick«, sagte Royce mit blitzenden Augen, die Jenny leider nicht sah, »habe ich Wichtigeres im Kopf.«

»Wirklich, und was?«

»Ich begleite dich in mein Bett, und dann essen wir zu Abend – in dieser Reihenfolge.«

»Wach auf, Schlafmütze.« Royces träges Lachen weckte Jenny. »Der Abend ist wundervoll«, berichtete er, als sie sich auf den Rücken drehte und ihn sehnsüchtig anlächelte. »Eine Nacht, wie geschaffen für die Liebe. Aber jetzt …« er knabberte spielerisch an ihrem Ohr, »… brauchen wir erst einmal etwas zu essen.«

Als Royce und Jenny in die Halle kamen, waren viele der Ritter schon fertig mit dem Essen, und die Tische waren bereits abgeräumt und an die Wand geschoben worden. Nur die Ritter, die das Privileg genossen, zusammen mit Royce am erhöhten Tisch zu sitzen, lungerten noch herum und ließen sich viel Zeit bei jedem Gang.

»Wo ist meine Tante?« erkundigte sich Jenny, während Royce ihr den Stuhl neben dem seinen in der Mitte des Tisches zurechtrückte.

Sir Eustace deutete mit dem Kopf auf den Torbogen zu seiner Linken. »Sie ist in die Küche gegangen, um den Köchinnen zu sagen, daß sie morgen mehr auf den Tisch bringen müssen. Ich glaube«, fügte er grinsend hinzu, »ihr war nicht klar, welchen enormen Appetit wir entwickeln können, wenn man uns etwas Gutes vorsetzt.«

Jenny betrachtete die Platten und Schüsseln, die noch auf dem Tisch standen – die meisten waren leer – und atmete erleichtert auf. »Dann hat es also geschmeckt?«

»Es war göttlich«, schwärmte der Ritter übertrieben. »Da könnt Ihr jeden fragen.«

»Jeden außer Arik«, mischte sich Sir Godfrey ein und warf dem blonden Hünen einen verächtlichen Blick zu. Arik hatte sich über eine Gans hergemacht, sie systematisch Stück für Stück vertilgt und kaute gerade auf dem letzten Bissen.

In diesem Augenblick hastete Tante Elinor breit lächelnd in die Halle. »Guten Abend, Euer Gnaden«, begrüßte sie Royce. »Guten Abend, Jennifer, meine Liebe.« Sie blieb vor dem Tisch stehen und strahlte übers ganze Gesicht, als sie die leeren Teller und Schüsseln und die zufriedenen Gesichter der Ritter sah. »Mir scheint, daß allen meine Mahlzeit gemundet hat.«

»Wenn wir geahnt hätten, daß du doch noch herunterkommst und uns mit deiner hochgeschätzten Anwesenheit beglückst«, sagte Stefan zu seinem Bruder, »hätten wir dir etwas mehr aufgehoben.«

Royce bedachte ihn mit einem ironischen Blick. »Wirklich?«

»Nein«, erwiderte Stefan gutgelaunt. »Hier, nimm eins dieser delikaten Törtchen, das wird deine Laune erheblich verbessern.«

»Ich bin sicher, daß ich noch etwas Leckeres in der Küche auftreiben kann«, sagte Tante Elinor und klatschte begeistert in die Hände, weil ihre Anstrengungen so großen Anklang fanden.

»Ich sehe nach und hole gleich meinen Breiumschlag. Die Törtchen verbessern die Laune von jedermann, nur nicht die von Arik.«

Nachdem Tante Elinor weggegangen war, schaute Stefan grinsend in die Runde und versicherte: »Es gibt nichts, was Ariks Laune verbessern könnte – da helfen nicht einmal Pinienzweige.«

Alle anderen lachten, als wäre die Sache mit den Pinienzweigen ein ganz besonders köstlicher Scherz, aber Jenny merkte, daß Royce ebenso ahnungslos und verblüfft war wie sie selbst.

Tante Elinor lieferte die Erklärung, als sie zusammen mit einigen Dienern die Platten mit heißem Essen, eine dampfende Schüssel und Tücher hereinbrachten, wieder in die Halle huschte. »O ja, Arik und ich haben heute eine Menge Pinienzweige mitgebracht. Als wir nach Hause kamen, hatte der gute Junge eine große Last zu schleppen – lauter hübsche Zweige, nicht wahr?« vergewisserte sie sich vergnügt bei Arik.

Sie hielt inne und sah die Ritter, die plötzlich mit Lachanfällen zu kämpfen hatten, verwirrt an, dann nahm sie die dampfende Schüssel und die Tücher von dem Tablett, das der Diener noch immer in den Händen hielt.

Jenny erschrak, als sie begriff, daß die betagte Dame mit ihrem Breiumschlag auf Arik zuging.

»Ihr hattet heute keinen besonders schönen Tag, nicht wahr?« flötete Tante Elinor, während sie die Schüssel neben Arik abstellte und eins der Tücher hineintauchte. »Und wer kann Euch das verdenken?« Voller Mitleid und Schuldgefühle sah sie Jenny an und gestand traurig: »Arik und ich hatten eine Begegnung mit der *gräßlichsten* Spinne, die ich je in meinem Leben gesehen habe.«

Ariks Gesicht verfinsterte sich unheilvoll, während er der alten Dame aus den Augenwinkeln zusah, wie sie das Tuch in der Schüssel schwenkte, aber Tante Elinor fuhr munter fort: »Diese abscheuliche Kreatur hat Arik gebissen, obwohl er nichts getan hat, um sie zu provozieren – er stand nur unter dem Baum, in dem sie ihr Netz hatte. Dennoch«, setzte sie hinzu und drohte dem finsteren Ritter mit dem Finger, als wäre er ein sechsjähriger Junge, »muß ich sagen, es war sehr häßlich, daß Ihr auf diese ungewöhnliche Weise Rache genommen habt.«

Sie machte eine Pause, weil sie der Breiumschlag und das Tuch einen Moment lang vollkommen in Anspruch nahm, dann erklärte sie dem blonden Hünen: »Ich kann ja verstehen, daß Ihr das Spinnennetz mit der Faust zerstört habt, aber ich halte es wirklich für übertrieben, daß Ihr auch noch den Baum attackiert und mit Eurer Axt gefällt habt.«

Sie sah erschrocken zu Sir Godfrey, der kaum mehr an sich halten konnte, und zu Sir Eustace, der sich tief über seinen Teller beugte, um sein lachendes Gesicht zu verstecken. Nur Gawin zeigte höchste Alarmbereitschaft, als Tante Elinor zu Arik sagte: »Hier, mein guter Junge, ich tupfe Euch damit das Gesicht ...«

»Nein!« Ariks mächtige Faust donnerte auf den schweren Eichentisch, daß die Teller in die Höhe hüpften. Er schob seinen Stuhl zurück, stand auf und marschierte wutentbrannt hinaus.

Erschrocken sah Tante Elinor ihm nach, dann drehte sie sich zu der Gesellschaft am Tisch um und sagte sorgenvoll: »Er wäre nicht so reizbar, wenn er sich bei seiner Ernährung nach meiner Empfehlung richten würde, da bin ich mir sicher. Das würde auch seinen Stuhlgang – seine Verdauung regeln«, verbesserte sie sich schnell, als ihr einfiel, daß ihre Gesprächspartner noch bei Tisch saßen. »Ich dachte eigentlich, ich hätte ihm das heute schon ganz deutlich klargemacht.«

Nachdem er gegessen hatte, besprach Royce mit seinen Rittern Männerangelegenheiten – daß einige dem Schmied bei der Reparatur der vielen Rüstungen, Helme, Kettenhemden und Waffen behilflich sein sollten, und sie überlegten, ob genügend Steine für das große Katapult auf der Burgmauer bereitlagen.

Jenny hörte aufmerksam zu – sie liebte die ruhige Autorität, mit der Royce über diese Themen sprach, und freute sich darüber, daß sie so selbstverständlich an einer solchen Unterhaltung teilnehmen konnte und plötzlich ihren eigenen Haushalt und eine Familie hatte. Sie dachte gerade, daß es ein wunderbares, aber auch eigenartiges Gefühl war, in einer so vertrauten Runde zu sitzen, als Royce unvermittelt die Diskussion für beendet erklärte und sich mit einem entschuldigenden Lächeln zu ihr drehte. »Sollen wir einen kleinen Spaziergang machen? Es ist eine so schöne Nacht für Oktober – viel zu schön, um über Dinge zu reden, die dich schrecklich langweilen müssen.«

»Ich langweile mich überhaupt nicht«, widersprach Jenny leise und lächelte liebevoll.

»Wer hätte das gedacht?« neckte er sie. »Dieselbe Frau, die mir mit meinem eigenen Dolch meine Initialen ins Gesicht schnitzen wollte, entpuppt sich mit einemmal als sanftes, duldsames Lämmchen.« Ohne auf eine Antwort zu warten, half er Jenny beim Aufstehen und erinnerte seine Ritter daran, daß sie sich am nächsten Morgen nach dem Frühstück im Burghof zu einer Übung mit den Lanzen versammeln sollten. Dann führte er Jenny hinaus.

Nachdem sie gegangen waren, grinste Sir Eustace die anderen breit an. »Habt Ihr gewußt, daß Royce erpicht auf Spaziergänge im Mondschein ist?«

»Das tut er sonst nur, wenn er einen nächtlichen Besuch vom Feind erwartet«, meinte Sir Lionel lachend.

Sir Godfrey, der Älteste in der Gruppe, fand das alles nicht zum Lachen. »Er erwartet einen Besuch, seit wir hier angekommen sind«, sagte er ernst.

Kapitel zweiundzwanzig

»Wohin gehen wir?« fragte Jenny.

»Da hinauf, um die Aussicht zu genießen«, sagte Royce und deutete auf die steilen Stufen, die zum Wehrgang, dem breiten Steinsims auf der Burgmauer, führten. Über diesen Wehrgang erreichte man alle zwölf Gefechtstürme, und die Wachen konnten auf ihren Patrouillengängen die ganze Festung umrunden.

Jenny bemühte sich, die Männer, die in regelmäßigen Abständen auf dem Wehrgang postiert waren und Wache hielten, zu übersehen, und betrachtete statt dessen das mondbeschienene Tal. Die leichte Brise wehte durch ihr langes Haar. »Hier oben ist es wunderschön«, sagte sie leise. »Claymore ist großartig.« Nach einer Minute fügte sie hinzu: »Es scheint unangreifbar zu sein. Ich kann mir nicht vorstellen, wie jemand diese Festung einnehmen könnte. Die Mauern sind so hoch und die Steine so glatt. Wie hast du es geschafft, diese Mauern zu überwinden?«

Er sah sie belustigt an und zog die Augenbrauen hoch. »Ich habe sie nicht ›überwunden‹, sondern ›ausgehöhlt‹. Wir haben Löcher in die Mauern gerammt und sie mit Balken abgestützt, die wir dann in Brand gesteckt haben. Als die Balken zusammenbrachen, brach auch die Mauer.«

Jenny blieb der Mund offenstehen, aber dann fiel ihr etwas ein. »Ich habe gehört, daß du das auch in Glenkenny gemacht hast – es klingt sehr gefährlich.«

»Das ist es auch.«

»Wieso hast du es dann getan?«

Royce strich ihr eine lockige Strähne aus dem Gesicht und sagte leichthin: »Weil ich nicht fliegen kann, und das wäre die einzige andere Möglichkeit gewesen, in diesen Burghof zu gelangen.«

»Vermutlich könnten dann andere auf die gleiche Art noch einmal in diese Festung eindringen«, bemerkte sie gedankenvoll.

»Sie könnten es versuchen«, sagte er schmunzelnd, »aber es wäre ziemlich dumm. Gleich unter uns habe ich ein paar Meter von den Mauern entfernt eine Reihe von Tunneln graben lassen, und die würden einstürzen und ein Weiterkommen unmöglich machen, wenn ein Eindringling probieren sollte, was ich getan habe.« Er legte den Arm um Jennys Taille und zog sie nah an sich. »Als ich die Festung wieder aufbauen ließ, habe ich mich bemüht, alles so zu konstruieren, daß selbst ich sie nicht einnehmen könnte. Vor acht Jahren waren die Steine der Mauern noch nicht so glatt wie heute.« Er deutete mit dem Kopf auf die Gefechtstürme, die sich hoch über die Wehrmauer erhoben. »Und die Türme waren alle viereckig, jetzt sind sie rund.«

»Warum?« erkundigte sich Jenny neugierig.

»Weil«, erwiderte er und hauchte ihr einen Kuß auf die Stirn, »runde Türme keine Ecken und Kanten haben, die es einem Mann erleichtern hinaufzuklettern. Viereckige Türme und Mauern mit Vorsprüngen – wie die in Merrick – sind ganz leicht zu erklimmen, wie du sehr wohl weißt ...« Jenny öffnete den Mund, um die Rüge, die er mit dieser Anspielung verdient hatte, auszusprechen, aber er nutzte die Gelegenheit zu einem innigen Kuß. »Wenn der Feind keine Möglichkeit hat, auf die Mauern zu klettern oder sich darunter durchzugraben«, murmelte er an ihren Lippen, »kann er nur noch versuchen, Feuer zu legen, indem er uns mit brennenden Pfeilen bombardiert. Deshalb haben alle Gebäude im Hof Ziegel- und keine Strohdächer mehr.«

Atemlos von seinem Kuß schmiegte sich Jenny in seine Arme. »Ihr seid sehr gründlich, Mylord«, neckte sie ihn bedeutungsvoll.

Ein Lächeln huschte über sein gebräuntes Gesicht. »Ich beabsichtige zu behalten, was mir gehört.«

Seine Worte erinnerten sie daran, daß sie selbst nicht in der Lage gewesen war, die Dinge, die ihr einst gehört hatten, zu behalten – Dinge, die sie einmal ihren Kindern hätte weitergeben sollen.

»Was ist mit dir?« fragte Royce, als er bemerkte, daß sich ihre Miene verdüsterte.

Jenny zuckte mit den Achseln und entgegnete leichthin: »Ich dachte bloß, daß es ganz natürlich ist, daß du Kinder haben möchtest und ...«

Er drückte ihr Gesicht an seines und flüsterte: »Ich möchte *deine* Kinder.« Sie wartete und betete, daß er endlich sagen würde: »Ich liebe dich«, und als er es nicht aussprach, redete sie sich ein, daß das, was er gesagt hatte, so gut wie ein Liebesgeständnis war.

»Ich habe früher sehr viel besessen – Juwelen und anderes«, fuhr sie wehmütig fort, »was ich von meiner Mutter geerbt habe und das von Rechts wegen später unseren Kindern gehören sollte. Ich bezweifle aber, daß mein Vater die Sachen jetzt noch herausgibt. Ich war in Merrick keineswegs mittellos, mußt du wissen – in unserem Ehevertrag ist alles genau verzeichnet.«

»Madam, Ihr seid auch jetzt alles andere als mittellos«, versetzte Royce trocken.

Die plötzliche Erkenntnis, daß sie nur mit den durchweichten, schmutzigen Kleidern, die sie am Leib getragen hatte, in die Ehe gegangen war, traf sie hart. Sie drehte sich in Royces Armen und wandte ihr Gesicht von ihm ab. »Ich habe nichts. Ich bin mit weniger zu dir gekommen, als eine Magd mitgebracht hätte – nicht einmal ein einziges Schaf habe ich als Mitgift.«

»Nein, du hast kein Schaf«, bestätigte er. »Dir gehört nur das schönste kleine Landgut mit Schloß von ganz England – es heißt Grand Oak wegen der riesigen Eichen, die neben den Toren Wache halten.« Er sah ihren erschrockenen Blick und fügte mit einem schiefen Lächeln hinzu: »Heinrich hat es dir als Mitgift zugedacht – es wird dein Wohnsitz sein, wenn du einmal Witwe bist.«

»Wie ... wie großzügig von ihm«, stammelte Jenny – es fiel ihr ausgesprochen schwer, so freundlich vom englischen König zu sprechen.

Royce bedachte sie mit einem hämischen Seitenblick. »Er hat mir den Besitz weggenommen.«

»Oh«, machte Jenny verdutzt. »Wieso?«

»Es war die Strafe dafür, daß ich ein gewisses schottisches Mädchen aus einem Kloster entführt und gefangengehalten habe.«

»Ich bin gar nicht so sicher, ob wir uns auf dem Grund und Boden des Klosters befunden haben, als dein Bruder sich auf uns stürzte.«

»Die Äbtissin hat es zumindest behauptet.«

»Ehrlich?« fragte Jenny, aber Royce hörte ihr nicht mehr zu. Plötzlich spannte sich sein Körper an, und er starrte aufmerksam auf einen Punkt im Tal.

»Stimmt etwas nicht?« Jenny folgte besorgt seinem Blick, konnte aber nichts Ungewöhnliches erkennen.

»Ich glaube«, erwiderte er kalt, während er weiterhin einen fast unsichtbaren Lichtfleck jenseits des Dorfes fixierte, »jemand möchte unsere Abendruhe stören. Wir bekommen Gäste.« Sechs weitere stecknadelkopfgroße Lichter tanzten in großer Entfernung aus dem Wald, dann noch etwa ein Dutzend und einen Augenblick später doppelt so viele. »Es sind mindestens hundert, vielleicht sogar mehr, und sie kommen zu Pferde.«

»Gäste ...« begann Jenny, verstummte jedoch, als ein Wachmann zu ihrer Rechten die Fanfare an den Mund setzte und einen ohrenbetäubenden Ton blies. Fünfundzwanzig andere Wachen, die auf ihren Posten standen, sahen in seine Richtung, und einen Moment später, nachdem er bestätigt hatte, daß sich Fremde näherten, schrillten laute Fanfarenklänge durch die friedliche Nacht. Innerhalb von Sekunden strömten Männer in den Hof und griffen nach ihren Waffen. Manche zogen sich noch im Laufen richtig an.

Jenny wirbelte zu Royce herum. »Was ist los? Sind es etwa Feinde?«

»Ich würde eher sagen, es ist eine Abordnung aus Merrick.«

Sir Godfrey und Stefan polterten die Treppe zu ihnen herauf – beide trugen ihre langen Schwerter. Jenny spürte, daß sie zu zittern begann. Schwerter. Blut.

Royce erteilte Befehle an seine Männer, und als er sich Jenny wieder zuwandte, starrte sie unverwandt auf die näher kommenden Lichter und preßte in hellster Verzweiflung eine Faust auf ihren Mund.

»Jennifer«, sagte er zärtlich – dennoch spiegelte sich in ihren Augen Todesangst wider, als sie ihn ansah. Ihm wurde schlagartig klar, daß er sie von dem Geschehen, das auf sie wie die Vorbereitung zu einer erbitterten Schlacht wirkte, wegbringen mußte.

Hunderte von Fackeln brannten im Hof und an den Burgmauern, und die ganze Szenerie wurde von schaurigem gelbem Licht erhellt. Royce nahm Jennys Arm und führte sie die steilen Stufen hinunter in die Burg.

Nachdem er die Tür seines Schlafzimmers zugemacht hatte, drehte er sich zu Jenny um, die ihn in stummem Entsetzen ansah. Nach einer Weile flüsterte sie: »Solltest du nicht da draußen sein – bei deinen Männern?«

»Nein. Meine Männer haben tausendmal geübt, was in einem solchen Fall zu tun ist.« Er legte seine Hände auf ihre starren Schultern und sagte ruhig, aber bestimmt: »Jennifer, hör mir zu. Meine Männer haben den Befehl, nicht ohne meine ausdrückliche Anweisung anzugreifen.« Sie schauderte, als ob sie nichts anderes als das Wort ›angreifen‹ gehört hätte. Royce schüttelte sie sanft. *»Hör mir zu«,* forderte er sie streng auf. »Ich habe Soldaten in den nahen Wäldern postiert. In wenigen Minuten werde ich genau wissen, wie groß die Truppe ist, die auf uns zureitet. Ich glaube nicht, daß es eine Armee ist, es sei denn, dein Vater ist ein größerer Narr, als ich dachte. Außerdem hatte er gar nicht genügend Zeit, ausreichend viele von deinen hitzköpfigen Landsleuten zu den Waffen zu rufen. Ich denke wirklich, daß nur eine Abordnung von Merrick herkommt, eingeschlossen Lord Hastings, Lord Dugal und dein Vater. Wenn man bedenkt, in welch mißliche Lage ich ihn gebracht habe, als ich dich bei Nacht und Nebel aus seiner Burg herausgeholt habe, ist es nur natürlich, daß er in meine Festung stürmen und seinem Unmut Luft machen will. Noch dazu wird er das Gesicht wahren, wenn er sich Zugang nach Claymore verschaffen kann, auch wenn er dazu die weiße Flagge und einen Gesandten vom englischen Kronrat braucht.«

»Und wenn sie tatsächlich in friedlicher Absicht hergekommen sind?« rief Jenny außer sich vor Angst, »was hast du dann vor?«

»Ich lasse die Zugbrücke herunter und bitte sie in die Halle«, erklärte er nüchtern.

Ihre Finger bohrten sich in seine Arme. »Bitte – tu ihnen nichts ...«

»Jennifer«, preßte er hervor, doch er nahm sie in die Arme und drückte sie an sich.

»Verletze sie nicht!« schrie sie hysterisch. »Du hast mir dein Wort gegeben. Ich tue alles, was du von mir verlangst ... alles, aber verschone sie.«

Ärgerlich schob Royce sie ein Stück von sich und umfaßte ihr Kinn.

»Jennifer, das einzige, was heute abend verletzt wird, ist mein Stolz. Es macht mich wütender, als ich sagen kann, daß ich die Zugbrücke herunterlassen, die Tore öffnen und deinen Vater in meine Halle einladen muß.«

»Du hast dich keinen Deut um *seinen* Stolz gekümmert, als du die Mauer von Merrick hinaufgeklettert bist und mich entführt hast«, protestierte Jenny heftig. »Was meinst du, wie er sich dabei gefühlt hat? Ist dein Stolz so mächtig, daß du ihn nicht wenigstens für ein paar Stunden vergessen kannst – nur dieses eine Mal?«

»Nein.«

Dieses kleine Wort, das mit ruhiger Überzeugung ausgesprochen worden war, linderte endlich Jennys kopflose Panik. Sie holte tief Luft, lehnte die Stirn an Royces Brust und nickte. »Ich weiß, daß du meiner Familie kein Leid antust. Du hast mir dein Wort gegeben.«

»Ja«, versicherte er ihr und küßte sie. Dann drehte er sich zur Tür um, blieb aber, mit der Hand am Knauf, noch einmal stehen. »Bleib hier, es sei denn, ich lasse dich holen«, ordnete er entschieden an. »Ich habe nach Bruder Gregory geschickt, damit er bezeugt, daß wir wirklich und wahrhaftig und mit dem Segen eines Geistlichen verheiratet sind. Aber ich kann mir vorstellen, daß die Gesandten unserer Könige sich persönlich vergewissern möchten, daß du gesund und unversehrt bist.«

»Gut«, stimmte sie zu und erklärte hastig: »Vater wird in einer schrecklichen Stimmung sein, aber William ist zugänglich und verliert selten die Beherrschung. Ich würde ihn gern sehen, bevor sie wieder aufbrechen – ich möchte mit ihm sprechen und ihm einen Brief an Brenna mitgeben. Läßt du ihn zu mir heraufkommen?«

Er nickte zustimmend. »Wenn alles ruhig verläuft, bringe ich ihn dir her.«

Aufgebrachte Männerstimmen dröhnten in der Halle und drangen bis zu dem Zimmer, in dem Jenny ratlos auf und ab lief und abwechselnd betete und lauschte. Die donnernde, wütende Stimme ihres Vaters wurde von den Zorneslauten ihrer Brüder unterbrochen, und auch Lord Hastings und Lord Dugal trugen ihren Teil zu der lautstarken Unterhaltung bei. Royces Bariton klang schroff und autoritär … dann wurde es still, unheimlich still.

Jenny wußte, daß sie alles beobachten könnte, wenn sie das Schlafzimmer verlassen und sich auf die Galerie schleichen würde, und ging zur Tür, aber dann zögerte sie. Royce hatte ihr geschworen, ihrer Familie nichts anzutun. Als Gegenleistung hatte er nicht mehr von ihr gefordert, als ihre Zustimmung, in seinem Schlafzimmer zu bleiben. Es erschien ihr falsch, seinen Wunsch nicht zu respektieren.

Sie zog ihre Hand vom Türknauf weg und wandte sich ab,

aber dann fiel ihr etwas ein. Sie konnte seinem Wunsch nachkommen und trotzdem hören, was da unten vor sich ging, wenn sie nur die Tür einen Spalt aufmachte – sie brauchte das Zimmer nicht zu verlassen. Vorsichtig drehte sie den Knauf und zog die Tür ein paar Zentimeter auf …

»Bruder Gregory hat den Beweis erbracht, daß das Paar in allen Ehren getraut wurde«, sagte Lord Hastings, der englische Gesandte von König Heinrichs Hof. »Es scheint, als hätte Claymore die Abmachung buchstabengetreu eingehalten, wenn auch nicht ganz in der Art, wie es ursprünglich gedacht war, während Ihr, Lord Merrick, geplant habt, Eure Tochter vor ihrem rechtmäßigen Ehemann zu verstecken und somit die Abmachung zu brechen.«

Der schottische Gesandte murmelte ein paar beschwichtigende Worte, aber Jennifers Vater übertönte ihn zornig: »Ihr englischen Schweine! Meine Tochter *wollte* in ein Kloster eintreten, sie hat mich *angefleht*, sie wegzuschicken. Sie war bereit, die Ehe einzugehen, aber es ist ihr heiliges Recht, statt mit einem ungeliebten Ehemann ein freudloses Dasein zu fristen, ihr Leben Gott zu weihen, wenn sie es wünscht. Kein König kann es ihr verwehren, ein gottesfürchtiges Leben in einem Kloster zu führen, und das wißt Ihr genau! Bringt sie her«, brüllte er. »Sie wird bestätigen, daß es ihr eigener Wille war, in ein Kloster zu gehen.«

Seine lauten Worte schnitten in Jennys Herz wie ein scharfes Schwert. Offensichtlich hatte er tatsächlich vorgehabt, sie für den Rest ihres Lebens einzusperren, ohne vorher auch nur ein einziges Mal mit ihr darüber zu sprechen. Er war willens gewesen, ihr Leben zu opfern, nur um sich an seinem Feind zu rächen. Das hieß, daß sein erbitterter Haß für einen Fremden stärker war als die Liebe zu seiner einzigen leiblichen Tochter.

»Bringt sie her! Sie wird Euch versichern, daß ich die Wahrheit sage«, wetterte ihr Vater. »Ich verlange, daß sie augenblicklich hergeführt wird! Dieser Barbar weigert sich, weil er genau weiß, daß seine Frau ihn verabscheut und daß sie bestätigt, was ich sage.«

Royces Stimme war ruhig und so voller Zuversicht, daß Jenny spürte, wie die tiefe Liebe den Schmerz in ihr über den Betrug ihres Vaters auslöschte. »Jennifer hat mir die Wahrheit erzählt, und die ist, daß sie niemals in Euer Komplott eingewilligt hätte. Wenn Ihr auch nur einen Funken Zuneigung für sie empfindet, würdet Ihr sie nicht dazu zwingen, herzukommen und Euch in Gegenwart anderer einen Lügner zu nennen.«

»Er ist der Lügner!« bellte Malcolm. »Jennifer wird das beweisen!«

»Ich bedauere es sehr, daß ich Eurer Gemahlin Unannehmlichkeiten bereiten muß«, unterbrach Lord Hastings den Disput, »aber sowohl Lord Dugal als auch ich sind der Meinung, daß wir der Sache nur auf den Grund kommen, wenn wir hören, was sie zu sagen hat ... Nein, Euer Gnaden«, warf er hastig ein, unter diesen Umständen halte ich es für das beste, wenn Lord Dugal und ich die Lady herunterbegleiten, um ... äh ... zu vermeiden, daß sie von einer der beiden Parteien ... beeinflußt wird. Würdet Ihr uns freundlicherweise den Weg zu ihrem Zimmer beschreiben ...«

Jenny machte schnell die Tür zu, sank erschöpft dagegen und preßte ihre Wange an die kühle Eisenverstrebung. Sie fühlte sich so elend, als hätte man sie indcr Mitte cntzweigerissen.

Die Halle knisterte vor Spannung und Feindseligkeit, als Lady Jennifer Merrick Claymore zwischen den beiden Gesandten zweier Königreiche vortrat. Bewaffnete Männer aus Merrick, aus Claymore, aus der Armee des englischen Königs und aus der Armee des schottischen Königs hatten sich an den Wänden aufgereiht und beobachteten aufmerksam das Geschehen. In der Nähe des Kamins standen Jennifers Vater und ihre Brüder Royce gegenüber, und die Blicke aller waren auf sie gerichtet.

»Euer Gnaden«, begann Lord Hastings und schaute Jennifer dabei an, aber ihr Vater unterbrach ihn ungeduldig: »Mein liebes Kind«, rief er, »mach diesen Dummköpfen klar, daß du selbst lieber in die Einsamkeit eines Klosters fliehen wolltest, als ein Leben mit diesem … diesem Bastard zu erdulden. Sag ihnen, daß du mich gebeten, ja geradezu *angefleht* hast, dich ins Kloster gehen zu lassen, und daß du *wußtest …«*

»Ich wußte *gar nichts«,* weinte Jenny auf, weil sie die geheuchelte ehrenhafte Miene ihres Vaters nicht mehr ertragen konnte. »Nichts!«

Jenny sah, daß Royce auf sie zukam, und erkannte den Ausdruck von beruhigender Gelassenheit in seinen grauen Augen, aber ihr Vater gab sich mit ihrer Behauptung nicht so einfach zufrieden.

»Halt!« brüllte Lord Merrick und lief zu Jenny – Wut und Unglauben zeichneten sein Gesicht. »Was soll das heißen? Du willst uns allen Ernstes weismachen, du wußtest von nichts? An dem Abend, an dem ich dir eröffnet habe, daß du dieses Ungeheuer heiraten mußt, auf Geheiß unseres Königs, hast du mich regelrecht bekniet, dich nach Belkirk ins Kloster zurückgehen zu lassen.«

Jenny wurde blaß, als die vergessene Bitte, die sie in ihrer Angst ausgesprochen und die ihr Vater als unmöglich und undurchführbar abgetan hatte, plötzlich wieder in ihrem Gedächtnis wach wurde … *Ich gehe zurück ins Kloster oder zu meiner Tante Elinor oder an irgendeinen Ort, den du für mich aussuchst …*

»Ich … ich habe das an diesem Abend gesagt, weil …« stammelte sie hilflos, und ihr Blick flog zu Royces hartem, eisigem Gesicht.

»Na, bitte – das ist der Beweis«, triumphierte ihr Vater lautstark und nahm ihr so die Möglichkeit, eine nähere Erklärung abzugeben.

Jenny spürte, daß Lord Hastings ihren Arm ergriff, aber sie riß sich los. »Nein, bitte, hört mich an«, rief sie, ohne den Blick von dem zuckenden Muskel an Royces Wange und den wutblitzenden grauen Augen zu wenden. »Hör mir zu«, flehte sie ihn an. »Ich habe meinen Vater gebeten, nach Belkirk zurückgehen zu dürfen. Ich hatte es vergessen, weil –« ihr Kopf zuckte zu ihrem Vater herum, »weil du nichts davon wissen wolltest. Aber ich habe nie, *niemals* dem Plan zugestimmt, zuerst zu heiraten und *dann* in einem Kloster Zuflucht zu suchen. Sag es ihm, Vater«, schrie sie. »Sag ihm, daß ich diesem Komplott niemals zugestimmt und nie davon erfahren habe.«

»Jennifer«, begann ihr Vater und sah sie voller Bitterkeit und Abscheu an, »du hast dich in dem Augenblick damit einverstanden erklärt, in dem du mich gebeten hast, dich nach Belkirk gehen zu lassen. Ich habe lediglich ein sichereres und etwas weiter entfernt liegendes Kloster für dich ausgesucht. Ich hatte niemals auch nur den geringsten Zweifel, daß du zuerst dem ausdrücklichen Befehl unseres hochgeschätzten Königs nachkommen und diesen Rüpel heiraten würdest – das war deine Pflicht, wie du selbst sehr wohl weißt. Und nur aus diesem Grund habe ich dir zunächst deinen Wunsch abgeschlagen.«

Jenny sah vom anklagenden Gesicht ihres Vaters zu Royces steinerner Miene, und sie hatte das schreckliche Gefühl, mit einem Schlag alles, was ihr lieb und teuer war, verloren zu haben. Wortlos drehte sie sich um, raffte ihre Röcke und ging ganz langsam, als befände sie sich in einem Alptraum in Richtung Treppe.

Lord Hastings räusperte sich und ergriff das Wort: »Es scheint, als handele es sich hier um ein verhängnisvolles Mißverständnis zwischen allen Beteiligten. Claymore, wenn Ihr bitte so freundlich sein und uns für die Nacht Quartier in Eurem Torhaus gewähren würdet. Wir brechen morgen früh auf.«

Stiefelabsätze knallten auf den Steinboden, als die Männer aus Merrick die Halle verließen. Jenny hatte den oberen Treppenabsatz fast erreicht, als Rufe und ein unmenschliches Gebrüll aus dem Mund ihres Vaters ihr Blut zum Gefrieren brachte.

»Bastard! Ihr habt meinen Sohn *getötet!* Ich bringe Euch um …«

Das wilde Pochen ihres Herzens übertönte den plötzlichen Tumult, während sie herumwirbelte und die gewundene Treppe hinunterrannte. Als sie an dem erhöhten Tisch vorbeikam, sah Jennifer, daß sich einige Männer über etwas beugten und Royce, ihr Vater und Malcolm die Schwerter gezückt hatten und sich bedrohten.

Und dann richteten sich die Männer an der Tür auf und traten zurück …

William lag auf dem Boden, und das Heft eines Dolches ragte aus seiner Brust. Eine Blutlache breitete sich auf den Steinen neben ihm aus.

Jennys Schrei zerriß die Luft, als sie zu der hingestreckten Gestalt lief. *»William!«*

Sie warf sich neben ihn, flüsterte immer wieder seinen Namen und tastete verzweifelt nach seinem Puls, aber es gab keinen mehr. Sie strich über seine Arme und streichelte sein Gesicht. »William, bitte …« weinte sie, als könnte sie ihn durch ihr inständiges Flehen wieder zum Leben erwecken. »William, *bitte nicht!* William …« Jennys Blick richtete sich auf den Dolch und auf den Wolfskopf, der in den Griff geschnitzt war.

»Nehmt den Bastard fest!« bellte ihr Vater und stürzte sich auf Royce, aber die Männer des Königs kamen ihm zuvor und ergriffen den Duke.

Lord Hastings sagte scharf: »Der Dolch Eures Sohnes liegt auf dem Boden – er muß ihn aus der Scheide gezogen haben. Niemand wird festgenommen, laßt Claymore los«, befahl er seinen Männern scharf.

Royce ging zu seiner noch immer am Boden kauernden Frau. »Jenny …« begann er zögerlich, aber sie wirbelte wie ein Derwisch zu ihm herum, und als sie in die Hocke kam, hielt sie Williams Dolch in der Hand.

»Du hast ihn *getötet!«* zischte sie. Ihre schmerzerfüllten Augen schwammen in Tränen, während sie sich langsam aufrichtete.

Diesmal unterschätzte Royce weder ihre Geschicklichkeit noch ihre Absicht. Er sah ihr fest in die Augen und wartete auf den Moment, in dem sie zuschlagen würde. »Laß den Dolch fallen«, sagte er ruhig.

Sie ließ sich jedoch nicht davon beeindrucken, hob die Waffe höher und zielte auf sein Herz. *»Du hast meinen Bruder getötet«,* schrie sie. Im nächsten Moment zuckte der Dolch durch die Luft, aber Royce fing ihr Handgelenk ab und hielt es fest. Er entwand ihr die Waffe, die klappernd zu Boden fiel, doch selbst dann noch hatte er alle Mühe, sie zurückzuhalten.

Halb wahnsinnig vor Kummer und Schmerz warf sie sich auf ihn und trommelte mit den Fäusten auf seine Brust ein, bis er sie fest an sich drückte.

»Du Teufel!« kreischte sie hysterisch, während man ihren Bruder aus der Halle trug. »Teufel, Teufel, Teufel!«

»Hör mir zu«, befahl Royce fest und umklammerte ihre Handgelenke mit eisernem Griff. Ihre Augen blitzten vor Haß und Tränen, die sie nicht vergießen konnte. »Ich habe ihn gebeten, in der Halle zu bleiben, wenn er mit dir sprechen möchte.« Royce ließ sie los, als er harsch endete: »Als ich ihn zur Treppe begleiten wollte, zog er seinen Dolch aus der Scheide.«

Jennifer holte aus und schlug ihm, so fest sie konnte, ins Gesicht. »Lügner!« fauchte sie schweratmend. »Du wolltest dich rächen, weil du glaubtest, ich hätte mich mit meinem Vater gegen dich verschworen – das konnte ich an deinem Gesicht erkennen. Du wolltest Rache und hast die erste Person getötet, die dir in den Weg kam.«

»Ich sage noch einmal: Er hatte den Dolch zuerst in der Hand«, versetzte Royce, aber das beruhigte sie keineswegs – im Gegenteil, es brachte sie nur noch mehr in Rage, und das aus gutem Grund: *»Ich* habe auch den Dolch auf dich gerichtet«, schrie sie zornig, »aber du hast ihn mir so leicht weggenommen, als wäre er ein Kinderspielzeug. William war halb so stark wie du, aber du hast ihm die Waffe nicht aus der Hand geschlagen, du hast ihn ermordet!«

»Jennifer ...«

»Du bist ein *Tier!«* flüsterte sie und sah ihn an, als wäre er eine Mißgeburt.

Voller Schuldgefühle und Reue versuchte der kreidebleiche Royce noch einmal, sie zu überzeugen: »Ich schwöre dir … ich gebe dir mein Wort, daß ich …«

»Dein Wort!« kreischte sie rasend. »Das letzte Mal hast du mir dein Wort gegeben, als du versprochen hast, meiner Familie kein Leid anzutun!«

Die zweite Ohrfeige traf ihn so hart, daß sein Kopf zur Seite zuckte.

Er schwieg und ließ sie gehen, und als er hörte, wie sie oben ihre Zimmertür zuschlug, ging er zum Kamin. Er stellte seinen Fuß auf ein Holzscheit, hakte die Daumen in seinen Gürtel und starrte ins Feuer. Zweifel über die Absichten ihres Bruders kamen in ihm auf, und er zermarterte sich das Gehirn.

Alles war so schnell gegangen; William war dicht hinter ihm gewesen, als Royce an der Tür stand und zusah, wie seine ungebetenen Gäste die Halle verließen. Aus den Augenwinkeln hatte er die Klinge, die aus der Scheide gezogen wurde, aufblitzen sehen, und instinktiv reagiert. Hätte er mehr Zeit zum Nachdenken gehabt und wäre ihm William nicht so verdammt nahe gewesen, hätte er nicht reflexartig, dafür aber mit wesentlich mehr Umsicht gehandelt.

Im Nachhinein erinnerte er sich sehr gut daran, daß er den jungen Mann erst genau in Augenschein genommen hatte, ehe er ihn eingeladen hatte, zu Jennifer ins Zimmer zu gehen. Er hatte William als harmlosen und friedfertigen Jungen eingeschätzt.

Royce hob die Hand und preßte Daumen und Zeigefinger an seinen Nasenrücken, dann machte er die Augen zu, aber gegen die Wahrheit konnte er sich nicht verschließen: Entweder hatte ihn sein erster Eindruck, daß William keine Bedrohung darstellte, getäuscht, oder er hatte gerade einen jungen Mann getötet, der nur seinen Dolch aus Vorsicht und Angst, überrumpelt zu werden, gezogen hatte.

Royces Zweifel steigerten sich zu unerträglichen Schuldgefühlen. Er hatte sein ganzes Leben damit zugebracht, Männer und die Gefahr, die von ihnen ausgehen könnte, einzuschätzen, und er hatte sich noch nie geirrt. Heute abend hatte er William als harmlosen jungen Mann beurteilt.

Kapitel dreiundzwanzig

In der folgenden Woche sah sich Royce der ersten Mauer gegenüber, die er nicht einreißen oder überwinden konnte – der Mauer aus Eis, die Jennifer um sich errichtet hatte, um sich gegen ihn abzuschirmen.

In der vorletzten Nacht war er zu ihr gegangen, in dem Glauben, daß seine Liebe und Leidenschaft das Eis zum Schmelzen bringen würde. Doch auch das hatte nichts bewirkt. Sie hatte sich nicht gegen ihn gewehrt, sondern nur das Gesicht von ihm abgewandt und die Augen fest geschlossen. Als er ihr Bett verließ, fühlte er sich wie das Tier, das sie in ihm sah. Gestern Abend hatte er in seiner Wut und Verzweiflung versucht, mit ihr über William zu sprechen, und sich sogar nach einem Streit gesehnt, weil er hoffte, daß ein Wutausbruch dort Erfolg bringen könnte, wo die Liebe versagt hatte. Doch Jennifer war über den Punkt des Streitens und Tobens hinaus; in reserviertem Schweigen ging sie in ihr Zimmer und verriegelte die Tür.

Jetzt saß sie neben ihm am Tisch, und er warf ihr immer wieder einen Blick zu, aber ihm fiel nichts ein, was er zu ihr oder zu irgend jemandem sonst sagen könnte. Das blieb ihm auch erspart, weil seine Ritter das Schweigen zwischen ihm und Jennifer längst bemerkt hatten und die angespannte Situation mit erzwungener Fröhlichkeit zu überspielen versuchten. Genaugenommen waren die einzigen am Tisch, die nichts von der unguten Atmosphäre mitzubekommen schienen, Arik und Tante Elinor.

»Wie ich sehe, hat allen mein Wildragout geschmeckt«, stellte Tante Elinor strahlend fest und betrachtete die leeren Schüsseln – offensichtlich war ihr nicht aufgefallen, daß Jennifer und Royce kaum etwas gegessen hatten. Ihr Lächeln verblaßte jedoch, als ihr Blick auf Arik fiel, der wieder eine Gans vertilgte. »Ihr seid die einzige Ausnahme, mein lieber Junge«, sagte sie mit einem Seufzer. »Ihr seid nun wirklich der allerletzte, der gebratene Gans essen sollte. Das wird Eure Probleme erheblich verschlimmern, das habe ich Euch schon mehrmals erklärt. Ich habe dieses leckere Wildragout extra für Euch gekocht, und Ihr wolltet es nicht einmal anrühren.«

»Achtet nicht darauf, Mylady«, schaltete sich Sir Godfrey ein, dann schob er seinen Teller beiseite und tätschelte seinen flachen Bauch. »*Wir* haben es gegessen, und es war köstlich.«

»Ausgezeichnet«, bekräftigte Sir Eustace begeistert.

»Wunderbar«, grölte Lionel.

»Superb«, stimmte Stefan Westmoreland mit einem besorgten Blick auf seinen Bruder zu.

Nur Arik schwieg eisern wie immer.

In dem Moment, in dem Tante Elinor aufstand und hinausging, fuhr Godfrey Arik wütend an: »Du hättest wenigstens davon kosten können. Du hast ja gehört, sie hat es speziell für dich zubereitet.«

Bedächtig legte Arik das Gänsebein auf den Teller und drehte Godfrey den riesigen Kopf zu, seine blauen Augen funkelten so kalt, daß Jenny unwillkürlich die Luft anhielt und auf einen Gewaltausbruch wartete.

»Schenkt ihm keine Beachtung, Lady Jennifer«, empfahl Godfrey, als er ihr Unbehagen bemerkte.

Nach dem Essen verließ Royce die Halle und verbrachte ohne jede Notwendigkeit eine Stunde mit den Wachen auf dem Burgwall. Als er zurückkam, saß Jennifer am Kamin und unterhielt sich mit seinen Rittern und Tante Elinor. Offenbar drehte sich das Gespräch um Gawins Vernarrtheit in die schöne Lady Anne, und Royce atmete erleichtert auf, als er das sanfte Lächeln auf Jennys Lippen sah. Es war das erste Lächeln seit sieben Tagen.

Statt sich zu der Gruppe zu gesellen und das Risiko einzugehen, ihr die gute Laune zu verderben, lehnte sich Royce außer Sichtweite der anderen an den steinernen Bogen und signalisierte einem Diener, daß er ihm einen Krug mit Ale bringen sollte.

»Wenn ich ein Ritter wäre«, erklärte Gawin seiner Herrin, dabei beugte er sich ein wenig vor, so daß sie sein vor Sehnsucht nach Lady Anne glühendes Gesicht besser sehen konnte, »würde ich Roderick zu einem Kampf auf dem Turnier im Dorf herausfordern.«

»Ausgezeichnet«, witzelte Godfrey, »dann könnte Lady Anne über deinem Leichnam weinen, wenn Roderick mit dir fertig ist.«

»Roderick ist nicht stärker als ich!« protestierte Gawin vehement.

»Was ist das für ein Turnier?« wollte Jennifer wissen. Sie wollte den Jungen ein wenig von seinem Widerwillen gegen Roderick ablenken.

»Im Tal finden jedes Jahr nach der Getreideernte Turnierspiele statt. Ritter kommen von nah und fern, um daran teilzunehmen.«

»Oh, ich verstehe«, sagte sie, als wäre ihr das alles neu, aber in Wirklichkeit hatte sie von den aufgeregten und begeisterten Dienern und Mädchen schon viel von diesem Turnier gehört. »Und werdet Ihr alle auch Euer Geschick beweisen?«

»Ja«, antwortete Stefan Westmoreland, und da er die unausgesprochene Frage erahnte, fügte er ruhig hinzu: »Royce ist nicht mit von der Partie. Er hält Turniere für eine sinnlose Zeitverschwendung.«

Jennys Herz schlug schneller, als sie Royces Namen hörte. Selbst jetzt noch, nach allem, was er ihr angetan hatte, verzehrte sie sich in Sehnsucht nach ihm und konnte den Anblick seiner rauhen Gesichtszüge kaum ertragen. In der letzten Nacht, als sie bis zum Morgengrauen wachgelegen hatte, war sie drauf und dran gewesen, zu ihm zu gehen und ihn zu bitten, den Schmerz in ihrem Herzen zu lindern. Wie töricht, sich gerade Heilung von der Person zu erhoffen, die diesen Schmerz verursacht hatte! Sogar heute beim Abendessen, als sein Ärmel zufällig ihren Arm gestreift hatte, wäre sie am liebsten in seine Arme gesunken, um sich an seiner Brust auszuweinen.

Eustace riß Jenny aus ihren trüben Gedanken. »Vielleicht könnten dir Lady Jennifer oder Lady Elinor einen Rat geben«, sagte er zu Gawin, »wie du auf eine etwas weniger waghalsige Art Lady Annes Herz für dich gewinnen kannst. Ein Duell mit Roderick wäre bestimmt nicht die richtige Methode, was meint Ihr?« Er wandte sich mit hochgezogenen Augenbrauen an Jennifer.

»Na ja, laßt mich nachdenken«, erwiderte Jenny. Sie war froh, sich auf etwas anderes als den Tod ihres Bruders und den Verrat ihres Mannes konzentrieren zu können. »Tante Elinor, könntest du Gawin einen Rat geben?«

Tante Elinor legte ihren Stickrahmen weg, neigte den Kopf zur Seite und rief hilfsbereit: »Ich weiß etwas! Zu meiner Zeit gab es einen Brauch, der schon von altersher Bestand hatte, aber jetzt offenbar in Vergessenheit geraten ist. Als junges Mädchen war ich äußerst beeindruckt davon.«

»Wirklich. Ma'am?« hakte Gawin nach. »Was ist das für ein Brauch, was müßte ich tun?«

»Nun«, begann sie und lächelte bei der Erinnerung an die alten Zeiten, »du müßtest zum Tor von Lady Annes Schloß reiten und ausrufen, daß sie die hübscheste Jungfer im ganzen Land ist. Du mußt so laut schreien, daß dich alle hören können.«

»Was sollte das für einen Sinn haben?« fragte Gawin verblüfft.

»Dann«, erklärte Tante Elinor, »mußt du jeden Ritter aus dem Schloß, der dir nicht zustimmt, herausfordern, sich sofort zu zeigen und sich dir zu stellen. Natürlich würden einige deine Herausforderung annehmen – um *ihre* Ladies nicht zu kränken. Und«, schloß sie munter, »die Ritter, die du bezwingst, müssen dann zu Lady Anne gehen, sich vor sie hinknien und sagen: ›Ich unterwerfe mich Eurer Anmut und Schönheit‹.«

»O Tante Elinor«, kicherte Jenny, »hat man das in deiner Jugend tatsächlich gemacht?«

»Aber natürlich! Es war eine ausgesprochen hübsche Sitte und eine Tradition, die sich bis vor gar nicht allzu langer Zeit gehalten hat.«

»Und ich bezweifle nicht«, sagte Stefan Westmoreland galant, »daß eine Menge Ritter von Euren starken Verehrern bezwungen wurden, Mylady, und demütig vor euch auf die Knie gefallen sind.«

»Wie reizend von Euch, Sir Stefan«, sagte Tante Elinor geschmeichelt. »Ich danke Euch für dieses Kompliment. Und das beweist«, setzte sie zu Gawin gewandt hinzu, »daß Ritterlichkeit und Galanterie kein bißchen an Wirksamkeit eingebüßt haben.«

»Trotzdem, mir hilft das nicht weiter.« Gawin seufzte. »Solange ich noch nicht zum Ritter geschlagen bin, darf ich keine anderen Ritter herausfordern. Roderick würde mir ins Gesicht lachen, wenn ich es wagen würde, und das könnte man ihm nicht einmal verübeln.«

»Möglicherweise würde etwas Liebenswürdigeres als ein Kampf das Herz deiner schönen Lady anrühren«, warf Jenny mitfühlend ein.

Royce spitzte die Ohren und hoffte, etwas zu erfahren, was auch *ihr* Herz erweichen konnte.

»Was zum Beispiel, Mylady?«

»Nun, da gibt es Musik und Balladen ...«

Royce kniff entmutigt die Augen zusammen bei dem Gedanken daran, daß er Jenny Balladen vorsingen sollte. Sein tiefer Bariton würde sämtliche Hunde im Umkreis von Meilen zum Heulen bringen.

»Als du Page warst, hast du doch sicher gelernt, Laute oder

irgendein anderes Instrument zu spielen, nicht wahr?« erkundigte sich Jenny.

»Nein, Mylady«, bekannte Gawin.

»Wirklich nicht?« Jenny war aufrichtig überrascht. »Ich dachte, Musik und ein Instrument gehören zur Ausbildung eines Pagen.«

»Ich wurde als Page zu Royce geschickt«, eröffnete ihr Gawin stolz, »nicht in das Schloß eines Lords und einer vornehmen Lady. Und Royce sagte, eine Laute sei in der Schlacht so nutzlos wie ein Heft ohne Schwert – es sein denn, ich würde sie um meinen Kopf schwingen und sie auf meinen Gegnern zertrümmern.«

Eustace bedachte ihn mit einem unheilvollen Blick, um ihn daran zu hindern, Royce in Lady Jennifers Augen noch verdammenswerter zu machen, aber Gawin war zu beschäftigt mit seinen Sorgen um Lady Anne, um es zu merken. »Was könnte ich sonst noch tun, damit sie mich erhört?« fragte er.

»Jetzt weiß ich's«, meinte Jennifer. »Poesie! Du könntest bei ihr vorsprechen und ein Gedicht rezitieren – eines, das dir besonders gut gefällt.«

Royce runzelte die Stirn und versuchte sich an ein Gedicht zu erinnern, doch ihm fiel nichts anderes ein als:

Ich kannte ein Mädchen namens Liese,
sie trieb es gern auf einer Wiese …

Gawin machte ein langes Gesicht und schüttelte bekümmert den Kopf. »Ich glaube, ich kenne keine Gedichte – o doch, eines! Royce hat es mir einmal vorgesagt. Es geht so: Ich kenne ein Mädchen namens …«

»Gawin!« donnerte Royce los, ehe er sich zurückhalten konnte, und Jennifers Gesicht erstarrte, als sie seine Stimme hörte. Etwas ruhiger fuhr Royce fort: »Das ist nicht … äh …. die Art von Reimen, die Lady Jennifer im Sinn hatte.«

»Aber was soll ich dann tun?« rief Gawin. In der Hoffnung,

daß sein Idol eine männlichere Methode kannte, mit der man eine Lady beeindrucken konnte, fragte er Royce: »Was habt *Ihr* getan, als Ihr zum erstenmal die Aufmerksamkeit einer Lady erregen wolltet? Oder wart Ihr damals schon zum Ritter geschlagen und konntet ihr Euren Mut auf dem Feld der Ehre beweisen?«

Da er jetzt keine Gelegenheit mehr hatte, Jenny im geheimen zu beobachten, ging Royce zu der Gruppe am Feuer und lehnte die Schulter an den Kaminsims. »Ich war noch kein Ritter«, erwiderte er ironisch, als er den Alekrug, den ihm ein Diener anbot, entgegennahm.

Jennifer bemerkte den amüsierten Blick, den Stefan und Royce austauschten. Zum Glück blieb es ihr erspart, sich um die Einzelheiten seines ersten Erlebnisses Gedanken zu machen, denn Gawin ließ nicht locker. »Wie alt wart Ihr?« erkundigte er sich.

»Acht, wenn ich mich recht erinnere.«

»Was habt Ihr getan, um sie zu beeindrucken?«

»Ich ... äh ... habe mit Stefan und Godfrey einen Wettbewerb veranstaltet, um die Jungfer mit einer Geschicklichkeit zu betören, auf die ich zu dieser Zeit ganz besonders stolz war.«

»Was war das für ein Wettbewerb?« fragte Tante Elinor, die ihre Neugier auch nicht mehr bezähmen konnte.

»Weitspucken«, entgegnete Royce knapp und ließ Jenny dabei nicht aus den Augen, weil er herausfinden wollte, ob sie über seine Jugendsünden lächeln konnte.

»Hast du gewonnen?« Eustace lachte.

»Selbstverständlich«, bestätigte Royce sachlich. »Ich konnte damals weiter spucken als jeder andere Junge in England. Außerdem«, setzte er hinzu, »hatte ich nützliche Vorkehrungen getroffen und Stefan und Godfrey bestochen, daß sie sich nicht allzu große Mühe gaben.«

»Wenn Ihr erlaubt, ziehe ich mich jetzt zurück«, sagte Jenny freundlich und stand auf.

Royce entschloß sich abrupt, gleich allen die Neuigkeiten zu berichten, statt sie Jennifer vorzuenthalten. »Jennifer«, sagte er im selben höflichen Ton, den sie angeschlagen hatte, »die Turnierspiele, die jedes Jahr hier stattfinden, entwickeln sich in diesem Jahr zu einem großen Rittertreffen mit ernstem Hintergrund. Um dem Waffenstillstand, der zwischen unsren beiden Ländern herrscht, mehr Nachdruck zu verleihen und zu zeigen, daß wir friedlich miteinander umgehen können, haben Heinrich und Jakob beschlossen, die Schotten hierher einzuladen, damit sie sich nicht nur im Lanzenstechen und anderen Fertigkeiten Mann gegen Mann, sondern auch bei einem Mannschaftsturnier mit uns messen können.«

Ein Mannschaftsturnier war eine nachgeahmte Schlacht, in der die Gegner von beiden Seiten des Turnierplatzes aufeinander zuritten und echte Waffen trugen, wenn auch der Waffentyp und die Größe genau festgelegt waren. Selbst ohne Feindseligkeiten zwischen den Kämpfern waren diese Turniere so gefährlich, daß sie vierhundert Jahre zuvor vom Papst strikt verboten worden waren, und dieses Verbot hatte zwei Jahrhunderte Gültigkeit gehabt.

»Heute kam ein Bote von König Heinrich in Claymore an, der bestätigt hat, daß die Einladung angenommen wurde und die Spiele auf die festgelegte Weise stattfinden«, fuhr Royce fort. Als Jenny ihn immer noch gleichmütig ansah, fügte er hinzu: »Die beiden Könige habe sich entschieden, dieses örtliche Turnier in einem größeren Rahmen zu gestalten, als sie über den Waffenstillstand und die Friedensvereinbarungen Einigkeit erzielt hatten. Und *ich* werde auch mitreiten.«

Erst jetzt schien sich Jenny der vollen Bedeutung dessen, was er ihnen klarzumachen versuchte, bewußt zu werden. Sie sah ihn mit Todesverachtung an, kehrte ihm den Rücken zu und verließ die Halle. Royce ging ihr in seiner grenzenlosen Verzweiflung nach und holte sie ein, als sie vor ihrem Zimmer angekommen war.

Er ließ ihr den Vortritt, folgte ihr ins Zimmer und machte die Tür hinter sich zu. Vor seinen Rittern hatte sie geschwiegen, aber jetzt zeigte sie eine Bitterkeit, die sogar noch die Trauer über Williams Tod übertraf. »Ich vermute, daß die Ritter aus dem Süden Schottlands an diesem kleinen Spiel teilnehmen, habe ich recht?«

»Ja«, antwortete er kurz angebunden.

»Und es ist kein harmloses Turnier mehr, oder? Es ist ein richtiges Rittertreffen, bei dem beide Seiten ernst machen. Und natürlich ist das der Grund, weshalb du dich entschlossen hast mitzureiten.«

»Ich reite mit, weil mir von höchster Stelle befohlen wurde, an dem Turnier teilzunehmen.«

Plötzlich fiel die Wut von ihr ab, und ihr Gesicht wurde aschfahl. Sie zuckte mit den Schultern. »Ich habe noch einen Bruder – er ist mir bei weitem nicht so lieb, wie es William war, aber er wird dir wenigstens größere Anstrengungen abverlangen, bevor du ihn tötest. Er kann sich eher mit deinen Kräften messen.« Ihr Kinn zitterte, und in ihren Augen schimmerten Tränen. »Und dann ist da ja noch mein Vater – er ist zwar viel älter als du, aber ein sehr erfahrener und kampferprobter Ritter. Sein Tod wird dir das größte Vergnügen bereiten. Ich ... hoffe«, fügte sie stockend hinzu, »du hast wenigstens das Herz – oder es ist dir zumindest möglich«, verbesserte sie sich, um deutlich zu machen, daß sie ihn ohnehin für vollkommen herzlos hielt, »meine Schwester Brenna am Leben zu lassen. Sie ist alles, was ich noch habe.«

Er wußte, daß sie seine Berührung verabscheute und kaum ertrug, und dennoch konnte er sich nicht zurückhalten. Er nahm sie fest in die Arme, und als sie erstarrte, sich aber nicht wehrte, legte er die Hand um ihren Hinterkopf und drückte sie an seine Brust. Ihr wundervolles Haar fühlte sich wie Seide an.

»Jenny, bitte, *bitte,* tu dir das nicht an«, sagte er mit rauher Stimme. »Du darfst dich nicht so in deinem Leid verschließen. Laß, um Gottes willen, deinen Tränen freien Lauf. Weine. Schrei mich an, aber sieh mich nicht an, als wäre ich ein gemeiner Mörder.«

Plötzlich wußte er es.

Er wußte ganz genau, warum er sie so sehr liebte, und wann das zarte Gefühl in ihm erwacht war. Er sah die Lichtung und einen Engel in Männerkleidung vor sich, der zu ihm aufsah und leise sagte: *Ich denke, daß all die Legenden über Euch falsch sind. All die Dinge, die man von Euch sagt, sind nicht wahr.*

Jetzt traute sie ihm alle Untaten zu, und das mit gutem Grund. Diese Erkenntnis schmerzte tausendmal mehr als jede Wunde, die sich Royce in erbitterten Kämpfen zugezogen hatte.

»Wenn du weinst«, flüsterte er und strich über ihr glänzendes Haar, »fühlst du dich besser.« Doch im Grunde seines Herzens war ihm klar, daß er Unmögliches von ihr erbat. Sie hatte so viel durchgemacht und ihre Tränen so lange zurückgehalten, daß es wahrscheinlich nichts mehr gab, was sie zum Weinen bringen konnte. Sie hatte keine Träne vergossen, als sie ihm von ihrer ertrunkenen Freundin Becky erzählt hatte, und auch nicht, als ihr Lieblingsbruder William tot vor ihr lag. Eine Frau, die als vierzehnjähriges Mädchen so viel Mut besessen hatte, ihrem bewaffneten Bruder auf dem Feld der Ehre die Stirn zu bieten, würde nicht weinen, nur weil ihr verhaßter Ehemann sie darum bat – nicht, wenn sie nicht um ihre Freundin und um ihren Bruder geweint hatte. »Ich weiß, du wirst mir das nicht glauben«, flüsterte er gequält, »aber ich halte mein Wort. Ich werde niemanden von deiner Familie oder deinem Clan bei dem Turnier verletzen. Ich schwöre es.«

»Ich bitte dich, laß mich los«, forderte sie mit erstickter Stimme.

Er konnte nicht anders – er zog sie noch fester an sich. »Jenny«, raunte er, und Jenny wäre am liebsten gestorben, denn selbst jetzt noch schmolz sie vor Liebe dahin, wenn er ihren Namen aussprach.

»Nenne mich nie wieder so«, erwiderte sie ergriffen und tief verletzt.

Royce atmete ein paarmal ganz tief durch, dann hauchte er

leise: »Würde es etwas helfen, wenn ich dir sage, daß ich dich liebe?«

Sie riß sich los, aber Royce erkannte ihren Zorn in ihren Zügen. »Wem versuchst du zu helfen?«

Royce ließ die Arme sinken. »Du hast recht.«

Zwei Tage später verließ Jenny die Kapelle nach einem Gespräch mit Bruder Gregory, der sich bereit erklärt hatte, in Claymore zu bleiben, bis ein Priester gefunden wurde, der sich für immer hier ansiedeln wollte.

Royces Ritter übten wie jeden Morgen mit den Waffen, um nicht träge zu werden und für Schlachten gerüstet zu sein. Stunde um Stunde trainierten sie die Pferde und ließen sie über Gräben und Sandsäcke springen und schwangen sich selbst in die Sättel, ohne die Steigbügel zu berühren. Den Rest der Zeit ritten sie gegen eine Stechpuppe an, die an einem hölzernen Drehkreuz befestigt und so gut ausbalanciert war, daß sie schon bei einer leichten Berührung mit der Hand herumwirbelte. An einem Ende des Drehkreuzes hing die Stechpuppe – eine Ritterrüstung mit Schild –, am anderen ein schwerer Sack. Ein Ritter nach dem anderen ritt gegen die Stechpuppe an, trieb sein Pferd ans andere Ende des Hofs und kam aus einem anderen Winkel erneut auf das hölzerne Drehkreuz zu – immer und immer wieder stachen sie mit ihren Lanzen und Spießen auf den ›Ritter‹ am Drehkreuz ein. Wenn die Stechpuppe nicht exakt an der Brust getroffen wurde, drehte sich das Kreuz, und der Angreifer mußte damit rechnen, einen heftigen Schlag vom Sandsack abzubekommen, der sein Ziel niemals verfehlte.

Alle Ritter stachen gelegentlich daneben, das hing von dem Angriffswinkel und dem Hindernis ab, das vor der Stechpuppe aufgebaut und zu überspringen war, und alle wurden von dem Sandsack mehr oder weniger heftig getroffen. Nein, nicht alle Männer hatten Fehlversuche zu verzeichnen, registrierte Jenny. Ihr Mann traf immer sein Ziel. Anders als die anderen, verbrachte Royce nicht viel Zeit am Drehkreuz, dafür arbeitete er mehr mit Zeus, wie auch jetzt. Aus den Augenwinkeln beobachtete sie ihn, wie er mit bloßem Oberkörper und mit in der Sonne glänzenden Muskeln seinen Hengst über immer höhere Hindernisse jagte, dann weitersprengte, an den Zügeln riß, um zu wenden, und enge Kreise in vollem Galopp ritt.

In den letzten Tagen war es Jenny gelungen, nicht auf die täglichen Übungen zu achten, aber da das Turnier und damit eine ernste Bedrohung immer näher rückte, erschien ihr der Zeitvertreib der Männer wie ein tödliches Spiel, in dem sie ihre Fertigkeiten bis zur absoluten Perfektion steigern wollten, um ihre Gegner im Ernstfall vernichtend schlagen zu können. Sie war so in ihre trübseligen Gedanken und die heimliche Betrachtung ihres imposanten, athletischen Mannes versunken, daß sie gar nicht hörte, wie Godfrey an ihre Seite kam.

»Zeus ist noch längst kein so zuverlässiges Pferd, wie es sein Vater Thor war«, sagte er, als er merkte, wohin sie verstohlen spähte. »Ihm fehlt noch ein ganzes Jahr Training.«

Jenny zuckte erschrocken zusammen, aber dann sagte sie: »Ich finde, er sieht großartig aus.«

»Ja, er macht sich tatsächlich nicht schlecht«, bestätigte Godfrey. »Aber seht Euch Royces Knie an – da, merkt ihr, wie fest er sie zusammendrücken muß, ehe Zeus weiß, daß er wenden soll. Thor hätte das schon bei einer so leichten Berührung begriffen ...« Godfrey streckte die Hand aus und legte den Daumen auf Jennys Arm. Brennende Gewissensbisse nagten an Jennys Herz, als sie an das prächtige große Streitroß dachte, dessen Tod sie so leichtsinnig verschuldet hatte, und Sir Godfreys nächste Worte beschwichtigten ihre Schuldgefühle keineswegs. »Wenn es ernst wird wie bei dem bevorstehenden Turnier, dann kann das Leben eines Ritters davon abhängen, ob sein Pferd jedem auch noch so geringen Befehl gehorcht.«

Eustace und Gawin schwangen sich aus den Sätteln und gesellten sich zu ihnen. Gawin, der Godfreys letzte Bemerkung mitangehört hatte, beeilte sich, für Royce in die Bresche zu springen. »Es besteht kein Grund zur Besorgnis, Mylady«, prahlte er. »Royce ist der geschickteste Ritter von der ganzen Welt – das werdet ihr bei dem Mannschaftsturnier selbst sehen.«

Als er merkte, daß er beobachtet wurde, zügelte Royce sein Pferd und trabte zu der kleinen Gruppe. Da Jenny von Godfrey und Gawin verdeckt war, sah er sie erst, als er unmittelbar vor ihr stand.

»Zeigt Lady Jennifer, wie Ihr gegen die Stechpuppe anreitet«, platzte Gawin heraus.

»Ich bin sicher«, erklärte Royce nach einem prüfenden Blick in das unbeteiligte Gesicht seiner Gemahlin, »daß Lady Jennifer bereits genug Übungen und Reitkünste von uns allen gesehen hat.«

Godfrey grinste bedeutsam, als er Gawins Bitte unterstützte: »Ich wette aber, sie hat noch nie gesehen, wie du dein Ziel *verfehlst.* Los, zeig uns, was du in einem solchen Fall tust.«

Mit einem widerstrebenden Nicken wendete Royce, ließ Zeus einen engen Kreis gehen und hetzte ihn aus dem Stand in einen wilden Galopp.

»Er zielt absichtlich mit der Lanze daneben?« fragte Jenny und dachte entsetzt an den wuchtigen Schlag, mit dem der große, schwere Sandsack einen Ritter aus dem Sattel beförderte.

»Paßt genau auf, was er jetzt macht«, sagte Godfrey stolz, »es gibt keinen anderen Ritter auf dieser Erde, der das kann.«

In dem Augenblick, in dem Royce einen mächtigen Speerstoß in die Schulter – und nicht auf den Schild – der Stechpuppe landete, zuckte der Sandsack wie ein Blitz in seine Richtung … und verfehlte Royce, der sich mit einer mit bloßem Auge kaum wahrnehmbaren Bewegung zur Seite gleiten ließ und sich neben die fliegende Mähne des Hengstes duckte. Jennifer war sich selbst nicht richtig bewußt, daß sie vor Begeisterung in die Hände klatschte.

Vollkommen erstaunt sah sie zuerst Eustace, dann Godfrey fragend an.

»Es sind seine Reflexe«, erklärte Gawin mit stolzgeschwellter Brust. »Trotz all der vielen mächtigen Muskeln kann sich

Royce so schnell bewegen, wie andere mit den Augen blinzeln.«

Royces Stimme ertönte in ihrem Geist und erinnerte sie an die glücklichste Nacht ihres Lebens. *Du mußt einmal einen Krieger genau beobachten, wenn er Pfeilen und Lanzen ausweicht – du wirst die tollsten Tanzschritte und eine erstaunliche Fußarbeit sehen.*

»Er ist so schnell –« Gawin schnipste mit den Fingern, um die Geschwindigkeit seiner Bewegungen zu demonstrieren –, »mit einem Dolch oder einem Schwert oder einer Keule.«

Diesmal dachte Jenny an den Dolch, der Williams Brust durchbohrt hatte, und die bittersüße Erinnerung an die zauberhafte Liebesnacht verblaßte im Nu.

»Es war eine ganz hübsche Vorstellung an der Stechpuppe«, bemerkte sie ausdruckslos, »dennoch wird ihm dieses Geschick in einer Schlacht nicht viel nützen, weil er in voller Rüstung viel zu unbeweglich ist, um sich so zur Seite gleiten zu lassen.«

»Oh, aber er kann das auch in seiner Rüstung!« widersprach Gawin vergnügt. Als Lady Jennifer ihnen nach einem höflichen Nicken den Rücken kehrte und wegging, machte der Junge ein langes Gesicht.

»Gawin«, schimpfte Godfrey zornig, »dein mangelndes Feingefühl und deine Taktlosigkeit erschrecken mich. Mach dich aus dem Staub und poliere Royces Rüstung und halt ab jetzt lieber den Mund!« Entrüstet drehte er sich zu Eustace um und setzte hinzu: »Wie kann ein Junge so umsichtig in einer Schlacht sein und vollkommen versagen, wenn eine Lady in der Nähe ist?«

Kapitel vierundzwanzig

»Was meint Ihr, Mylady, wie viele Männer sind da draußen noch?« fragte Agnes, die neben Jenny auf der Wehrmauer stand. Die Zofe hatte in der letzten Woche so hart gearbeitet, daß Jenny heute auf einem Spaziergang an der frischen Luft bestehen mußte.

Jenny betrachtete das unglaubliche Spektakel, das Heinrich mit seiner Anordnung, daß der Wolf an dem teilnehmen mußte, was einst ein örtliches Turnier-Vergnügen gewesen war, in Gang gesetzt hatte.

Adlige, Ritter und Schaulustige aus England, Schottland, Frankreich und Wales waren zu Tausenden angekommen. Das Tal und die umliegenden Hügel übersäten sich immer dichter mit bunten Zelten und Pavillons, die alle Neuankömmlinge für ihre eigene Bequemlichkeit aufgebaut hatten. Es sieht aus, dachte Jenny, wie ein Meer der verschiedensten Farben, Banner und Wappen.

Als Antwort auf Agnes' Frage lächelte Jenny schwach. »Ich schätze, es sind sechs- oder siebentausend. Vielleicht sogar noch mehr.« Und Jenny wußte genau, warum so viele hier waren: Sie alle wollten ihre Kräfte mit Heinrichs legendärem Wolf messen.

»Sieh, da ist eine ganze neue Gruppe«, sagte Jenny und deutete nach Osten, wo Leute zu Pferd und zu Fuß über einen Hügel schwärmten. Seit beinahe einer Woche kamen immer wieder an die hundert Mann starke Gruppen an, und Jenny wußte inzwischen, wie die Routine von englischen Reisenden ablief. Zuerst tauchte die Vorhut mit dem Trompeter auf, der die Ankunft seines illustren Lords mit Trompetenstößen ankündigte. Die Vorhut ritt nach Claymore, meldete den Lord und seine Gefolgschaft an und wurde wieder in die Hügel geschickt, da inzwischen jedes Zimmer in der Festung, von den sechzig Gästequartieren im Torhaus bis zu den kleinsten Dachkammern, von noblen Besuchern belegt war. Die Burg war so überfüllt, daß die Dienerschaft und die Begleiter der adligen Gäste gebeten werden mußten, ihr Lager vor den Toren der Festung aufzuschlagen.

Nach der Vorhut kam die eigentliche Gesellschaft mit dem Lord und der Lady, die auf verschwenderisch geschmückten Pferden saßen, gefolgt von ihren Bediensteten und den Wagen mit Zelten und all den Gegenständen, die ein vornehmer Haushalt auch auf Reisen benötigte: Tischtücher, Eßservice, Juwelen, Töpfe, Pfannen, Betten und sogar Wandbehänge.

Das alles war für Jenny in den letzten vier Tagen zu einem gewohnten Anblick geworden. Aristokratische Familien, die es gewöhnt waren, hundert Meilen weit zu reisen, um andere in ihren Schlössern zu besuchen, schreckten nicht davor zurück, ebensolche Strapazen auf sich zu nehmen, um dieses Turnier nicht zu versäumen, das das größte Schauspiel ihres Lebens zu werden versprach.

»Wir haben hier noch nie so etwas gesehen – keiner von uns«, sagte Agnes.

»Tun die Dorfbewohner das, worum ich sie gebeten habe?«

»Ja, Mylady, und wir werden Euch bis in alle Ewigkeiten dankbar für Eure Hilfe sein. Liebe Güte, wir alle haben in einer einzigen Woche mehr Münzen bekommen als in unserem ganzen Leben, und kein Mensch traut sich, uns zu betrügen, wie die Nachbarn es sonst jedes Jahr bei dem Turnier gemacht haben.«

Jenny lächelte und hob ihre Haarmähne ein wenig an, damit die Oktoberbrise ihren Nacken kühlen konnte. Die ersten Gäste, die ins Tal gekommen waren und Zelte errichtet hatten, waren zu den Dorfbewohnern gegangen, hatten Rinder, Schweine und Hühner für ihre eigenen Bedürfnisse von ihnen verlangt und den armen Familien, die das Vieh gezüchtet hatten, nur wenige Münzen als Entschädigung vor die Füße geworfen.

Sobald Jenny gewahr wurde, was vor sich ging, machte sie die Runde im Dorf und sprach mit den Leuten. Jetzt flatterten an allen Cottages und an jedem Stall Banner mit dem Wolfskopf, die Jenny den Wachen und Rittern abgeschwatzt hatte. Die Banner verkündeten, daß die Familien, die in den Hütten wohnten, unter dem Schutz des Schwarzen Wolfs standen.

»Mein Gemahl«, hatte sie der Dienerschaft und den Dorfbewohnern erklärt, als sie die Banner verteilte, »duldet nicht, daß Menschen, die unter seiner Obhut leben, auf so gemeine Weise betrogen und übervorteilt werden. Ihr dürft alles verkaufen, was ihr wollt, *aber«,* setzte sie mit einem Lächeln hinzu, »wenn ich an eurer Stelle wäre und mir jemand etwas abkaufen wollte, würde ich mir denjenigen aussuchen, der mir am meisten dafür bietet – gebt nicht euer Hab und Gut gleich an den ersten, der euch ein paar Münzen vor die Nase hält!«

»Wenn alles vorbei ist«, kündigte Jenny jetzt ihrer Zofe an, »werde ich herausfinden, wo man diese neuen Webstühle herbekommt, von denen ich den Frauen im Dorf erzählt habe. Wenn sie genügend Münzen in dieser Woche verdienen, dann sollen sie Webstühle kaufen, damit sie im Lauf der Zeit immer mehr Profit machen können. Wenn man genauer darüber nachdenkt, könnten auch alle Familien ihre Viehbestände aufstocken, da dieses Turnier ja jedes Jahr stattfindet. Wir müssen dafür sorgen, daß beim nächsten Mal all das, was unsere Besucher jetzt kaufen wollen, ausreichend vorhanden ist. Eine gute Gelegenheit für euch, in jedem Herbst Geldstücke anzuhäufen. Ich werde mit dem Duke und dem Verwalter über diese Angelegenheit sprechen und euch helfen, für das nächste Rittertreffen Pläne zu machen, wenn ihr wollt.«

Agnes sah sie mit glänzenden Augen an. »Es ist ein Segen, daß der liebe Gott Euch zu uns geschickt hat, Mylady. Wir alle denken so, und es tut uns schrecklich leid, daß wir Euch auf so schändliche Weise willkommen geheißen haben. Die Leute im Dorf wissen, daß Ihr so freundlich seid, mir zuzuhören, und alle bitten mich jeden Tag, Euch zu sagen, wie dankbar und froh wir für Eure Hilfe und die guten Ratschläge sind.«

»Danke«, entgegnete Jenny schlicht. »Trotzdem muß ich dir sagen, daß es typisch schottisch ist, in erster Linie an den Profit und das Geldverdienen bei diesem Turnier zu denken. Wir

Schotten sind ein ausgesprochen sparsames Volk, mußt du wissen.«

»Mit Verlaub, Mylady, Ihr seid jetzt Engländerin. Ihr seid mit unserem Lord verheiratet, und das macht Euch zu einer von uns.«

»Ich bin Schottin«, widersprach Jenny ruhig. »Daran wird nichts etwas ändern können, und ich will das auch gar nicht.«

»Aber morgen und übermorgen bei dem Turnier werdet Ihr doch auf *unserer* Seite sitzen – wir alle aus Claymore und aus dem Dorf hoffen das von ganzem Herzen«, wagte Agnes nervös einen Vorstoß.

Jenny hatte allen Bediensteten die Erlaubnis erteilt, an einem der beiden Tage zu den Turnierkämpfen zu gehen und zuzusehen, und alle waren aufgeregt und gespannt auf die Ereignisse.

Jenny blieb es erspart, auf Agnes' Bitte, sich bei dem Turnier offen zu den Engländern zu bekennen, zu antworten, da in diesem Augenblick Reiter durch den Hof kamen, die sie vor die Tore eskortieren sollten. Sie hatte Royce am Morgen davon in Kenntnis gesetzt, daß sie vorhatte, den Pavillon der Merricks, der im nördlichen Teil des Tals stand, zu besuchen, und er hatte keine Einwände erhoben. Er hätte es ihr auch gar nicht verbieten können, das wußte Jenny, aber er hatte die Bedingung gestellt, daß sie von seinen Männern begleitet wurde. Offenbar hatte es Royce für nötig befunden, seine ganze Leibgarde – alle fünfzehn Ritter, eingeschlossen Arik, Stefan, Godfrey, Eustace und Lionel – als Eskorte für sie bereitzustellen, und alle saßen hoch zu Roß und waren bewaffnet.

Aus der Nähe wirkte das Gewirr von bunten Zelten und gestreiften Pavillons noch fröhlicher und festlicher, als es Jennifer vom Wehrgang aus erschienen war. Wo immer eine freie Fläche war, erprobten Ritter ihre Fertigkeiten und übten an Stechpuppen oder auf ihren Pferden, und vor jedem Zelt hielt ein Mann mit Speer und Banner Wache. Wo man auch hinsah, überall stachen einem grelle Farben ins Auge – Pavillons mit hellroten, gelben und blauen Streifen, Flaggen, Schilde und

Wappen mit roten Falken, goldenen Löwen und bunten Fabeltieren – manche Zelte waren so mit Bannern und Wimpeln übersät, daß Jenny über die Prahlsucht der feinen Gesellschaft lachen mußte.

Hinter den offenen Eingängen der größeren Zelte sah man Wandbehänge, mit schneeweißem Leinen gedeckte Tische und ganze Familien, die von Silbertellern aßen und aus mit Edelsteinen verzierten Bechern tranken. Ein paar Lords und Ladies saßen auf dicken Seidenkissen, andere hatten Stühle, die so prächtig und bequem aussahen wie die in der Halle von Claymore.

Hin und wieder riefen die Herumstehenden Royces Rittern einen Gruß zu, aber die Männer machten nirgendwo halt für ein Schwätzchen mit den Freunden, die sie lange nicht gesehen hatten. Dennoch brauchten sie beinahe eine volle Stunde für den Weg zu den nördlichen Hügeln.

Wie immer sonderten sich die Schotten strikt von den verhaßten Engländern ab. Da die Engländer das Tal bereits mit Beschlag belegt hatten, waren die Schotten gezwungen gewesen, sich in die Hügel zurückzuziehen, während der westliche Teil des Tals und die Hänge den Franzosen gehörten. Da Jennys Clan und die anderen Schotten relativ spät in Claymore eingetroffen waren, standen ihre Zelte über allen anderen an den Hängen. Vielleicht, dachte Jenny, bevorzugt Vater diesen Standort auch, weil er an diesem Platz fast in gleicher Höhe mit der Festung Claymore war.

Bei dem Ritt sah sie sich im »Lager des Feindes« um, das in diesen Tagen vollkommen friedlich blieb. Jahrhundertelange Feindschaften wurden vorübergehend begraben, weil alle Parteien die althergebrachte Tradition achteten, die jedem Ritter, der an einem Turnier teilnahm, eine sichere Reise und einen ungefährdeten Aufenthalt garantierte.

Als hätte er ihre Gedanken gelesen, sagte Stefan, der neben ihr ritt: »Wahrscheinlich ist es das erste Mal seit Jahrzehnten, daß sich so viele Menschen aus Schottland, Frankreich, Wales und England auf begrenztem Gebiet zusammengefunden haben, ohne zu kämpfen und sich die Köpfe einzuschlagen.«

»Ich dachte gerade dasselbe«, gestand Jenny, erschrocken über seine Bemerkung. Obwohl ihr Stefan nach wie vor mit äußerster Höflichkeit begegnete, spürte sie seine Mißbilligung, seit sie sich von seinem Bruder fernhielt. Er hält mich für unvernünftig und uneinsichtig, vermutete sie, und wenn er sie nicht bei jedem Blick, den sie ihm zuwarf, so schmerzlich an Royce erinnert hätte, hätte sie sich wahrscheinlich mehr angestrengt, ein ebenso freundschaftliches Verhältnis zu ihm zu haben wie zu Godfrey, Eustace und Lionel. Die drei balancierten zwar auch über dem breiten Abgrund, der zwischen ihr und Royce klaffte, aber es war nicht zu übersehen, daß sie zumindest ihren Standpunkt in diesem Konflikt verstehen konnten. Und genauso offensichtlich war, daß sie das Zerwürfnis als tragisch, aber nicht als irreparabel betrachteten. Es kam Jenny gar nicht in den Sinn, daß Stefan noch mehr als seine Freunde erahnte, wie sehr sein Bruder unter der Entfremdung zu seiner Frau litt und wie sehr er seine Tat bereute.

Daß Stefan heute so freundlich, ja sogar warmherzig zu ihr war, stellte für Jenny keineswegs ein Rätsel dar: Er war milde gestimmt, weil der Bote gestern mit der schriftlichen Mitteilung von der Ankunft ihres Vaters eine Nachricht von Brenna brachte, die Jenny sofort ungelesen an Stefan weiterreichte.

Jenny hatte ihrem Vater umgehend geantwortet und ihn wissen lassen, daß sie ihn heute besuchen würde. Sie wollte wenigstens den Versuch unternehmen, ihm alles zu erklären und ihn für ihre heftige und ungerechte Reaktion auf seine Bemühungen, sie in ein Kloster zu schicken, um Entschuldigung bitten. Aber am meisten hoffte sie auf seine Vergebung für ihre unfreiwillige Mitwirkung an Williams Tod. Schließlich war sie es gewesen, die Royce aufgefordert hatte, William zu ihr zu schicken. Und ohne jeden Zweifel versetzte ihr Zornausbruch wegen des Komplotts William in Aufregung und Royce in Wut, so daß im Grunde sie dieses Unglück heraufbeschworen hatte.

Sie erwartete nicht, daß ihr Vater oder die Clansmänner sie herzlich aufnehmen und ihr vergeben würden, aber sie wollte zumindest alles aufklären. Genaugenommen rechnete sie sogar damit, wie eine Ausgestoßene behandelt zu werden. Doch als sie vor den Zelten der Merricks stehenblieb, erkannte sie gleich ihren Irrtum. Ihr Vater kam zum Eingang, und noch ehe Stefan Westmoreland absteigen und ihr aus dem Sattel helfen konnte, hob Lord Merrick sie höchstpersönlich vom Pferd. Andere Clansmitglieder strömten aus den Zelten, und plötzlich wurde Jenny von allen umarmt, und Garrick Carmichael und Hollis Fergusson tätschelten ihr liebevoll die Hand. Selbst Malcolm legte ihr den Arm um die Schultern.

»Jenny!« rief Brenna, als sie endlich zu ihrer Schwester durchdrang, »du hast mir so sehr gefehlt!« und warf sich in ihre Arme.

»Ich habe dich auch sehr vermißt«, krächzte Jenny, überwältigt von diesem überschwenglichen Empfang.

»Komm herein, meine Liebe«, drängte ihr Vater, und zu Jennys Überraschung bat *er* um Verzeihung, weil er sie mißverstanden und ihren Wunsch, lieber ins Kloster zu gehen, als bei ihrem Mann zu bleiben, als selbstverständlich vorausgesetzt habe. Das hätte sie eigentlich beruhigen sollen, aber unerklärlicherweise fühlte sie sich durch sein Verständnis noch schuldiger.

»Dies hier hat William gehört«, sagte ihr Vater und reichte ihr Williams verzierten Dolch. »Ich weiß, daß er dich mehr geliebt hat als jeden anderen von uns, Jennifer, und er hätte gewollt, daß du den Dolch bekommst. Er hätte auch gewollt, daß du ihn morgen bei dem Turnier zu seinem ehrenden Angedenken trägst.«

»Ja«, sagte Jenny, und die Tränen schossen ihr in die Augen, »das werde ich tun.«

Er erzählte ihr, daß sie gezwungen gewesen waren, William in ungeweihtem Boden zu begraben, und von den Gebeten für den mutigen jungen Mann, der einst Lord von Merrick geworden wäre und dessen Leben vor der Blüte seiner Jahre ein Ende gesetzt worden war. Als ihr Vater endete, fühlte sich Jenny, als wäre William noch einmal gestorben – und die Erinnerung an das Grauen der verhängnisvollen Nacht war ihr wieder frisch im Gedächtnis.

Als es für sie Zeit zum Aufbruch wurde, deutete ihr Vater auf eine Truhe in der Ecke seines Zelts. »Dies sind die Sachen deiner Mutter, meine Liebe«, erklärte er, während Beckys Vater und Malcolm die Truhe hinaustrugen. »Ich weiß, daß du sie gern bei dir haben möchtest. Du sehnst dich sicher nach vertrauten Dingen, besonders seit du mit dem Mörder deines Bruders unter einem Dach leben mußt. Sie werden dir ein Trost sein und dich vor allem daran erinnern, daß du die Countess von Rockbourn bist und immer bleiben wirst. Ich habe mir die Freiheit herausgenommen«, fügte er hinzu, »dein Banner – das Banner der Rockbourns – morgen bei dem Turnier neben unserem auf dem Pavillon aufziehen zu lassen. Ich dachte, du würdest es gern dort sehen, während wir mit dem Schlächter deines geliebten Bruders William kämpfen.«

Jenny war so benommen vor Schmerz und Schuld, daß sie kaum ein Wort herausbrachte, und als sie aus dem Zelt in das schwindende Nachmittagslicht trat, merkte sie, daß alle, die sie bei ihrer Ankunft nicht gesehen hatte, jetzt auf sie warteten, um sie zu begrüßen. Es hatte den Anschein, als wären alle Bewohner der Dörfer rund um Merrick und alle männlichen Verwandten gekommen.

»Wir vermissen Euch sehr, Mädchen«, sagte der alte Waffenmeister.

»Wir werden alles tun, daß Ihr morgen stolz auf uns sein könnt«, versicherte ein entfernter Cousin, der sie nie gemocht hatte. »Genau wie Ihr uns stolz darauf macht, Schotten zu sein.«

»König Jakob«, verkündete ihr Vater mit seiner weittragenden Stimme, so daß alle es hören konnten, »hat mich gebeten, dir seine persönlichen Grüße zu übermitteln und dich zu ermahnen, niemals die Moore und Berge deiner Heimat zu vergessen.«

»Vergessen?« flüsterte Jenny. »Wie könnte ich das Moor und die Berge je vergessen?«

Ihr Vater umarmte sie lange und herzlich – eine Liebkosung, die so uncharakteristisch für ihn war, daß Jenny beinahe vollkommen die Beherrschung verloren und ihn gebeten hätte, nie mehr zu ihrem Mann und in die Festung Claymore zurückkehren zu müssen.

»Ich vertraue darauf«, sagte er, als er sie zu ihrem Pferd begleitete, »daß deine Tante Elinor gut für alle sorgt und sich um die wichtigen Dinge kümmert.«

»Für uns sorgt und sich um Wichtiges kümmert?« wiederholte Jenny verständnislos.

»Ich meine«, berichtigte er sich schnell, »daß sie ihre Arzneimittel herstellt und darauf achtet, daß es dir immer gutgeht.«

Jenny nickte, betrachtete geistesabwesend Williams Dolch und dachte an Tante Elinors Ausflüge in den Wald, bei denen sie Kräuter sammelte.

Sie wollte gerade aufsteigen, als Brennas verzweifelter Blick sie an die vorsichtig formulierte Bitte erinnerte, die die jüngere Schwester dem gestrigen Brief ihres Vaters angefügt hatte.

»Vater«, sagte Jenny, indem sie sich noch einmal zu ihm umdrehte, und sie brauchte ihre Sehnsucht nach weiblicher Gesellschaft nicht zu heucheln, als sie fortfuhr: »Wäre es möglich, daß Brenna mit mir kommt und den Abend bei mir in Claymore verbringt? Wir reiten dann morgen gemeinsam zum Turnierfeld.«

Für einen Moment verdüsterte sich die Miene ihres Vaters, aber dann verzog er seine Lippen zu einem schwachen Lächeln und nickte. »Kannst du für ihre Sicherheit garantieren?« erkundigte er sich nach einer Weile, als hätte er doch Bedenken.

Jenny bejahte.

Der Earl of Merrick und sein Stiefsohn Malcolm blieben noch einige Zeit vor dem Zelt stehen und sahen Brenna und Jenny nach, die mit ihrer bewaffneten Eskorte in Richtung Festung ritten.

»Meinst du, es klappt?« fragte Malcolm, ohne den verächtlichen Blick von Jennys Rücken zu wenden.

Lord Merrick nickte und erwiderte entschieden: »Wir haben äußerst geschickt an ihr Pflichtbewußtsein appelliert, und ihr Pflichtbewußtsein wird jede Lust, die sie für diesen Schlächter empfinden mag, übertreffen. Sie wird morgen unter unserem Zeltdach auf der Tribüne sitzen und unter den Augen ihres Mannes und all dieser schurkischen Engländer unseren Männern zujubeln.«

Malcolm gab sich keine Mühe, seinen Abscheu gegen die Stiefschwester zu verbergen, als er in schneidendem Tonfall nachfragte: »Aber wird sie auch jubeln, wenn wir ihn auf dem Feld töten? Das bezweifle ich. An dem Abend in Claymore hat sie sich ihm geradezu an den Hals geworfen und ihn *angefleht,* ihr zu vergeben, daß sie, statt ihn zu heiraten, ins Kloster zurückgehen wollte.«

Lord Merrick schwang herum, und seine Augen blitzten wie blankes Eis. »Mein Blut fließt in ihren Adern. Sie liebt und respektiert mich, und sie wird sich meinem Willen beugen – im Grunde hat sie das schon getan, sie weiß nur noch nichts davon.«

Der Burghof erstrahlte in orangefarbenem Fackellicht, und Gäste sowie Dienstboten drängten sich, um zuzusehen, wie Royce Sir Godfreys Knappen zum Ritter schlug. Wegen der sechshundert Gäste, die in der Festung nächtigten, und der dreihundert Vasallen und Bediensteten hatte man beschlossen, die Zeremonie im Burghof und nicht wie üblich in der Kapelle abzuhalten.

Jenny stand ganz still an der Seite. Ein kleines Lächeln umspielte ihre Lippen, da sie die Sorgen und den Kummer wenigstens für die Dauer des festlichen Rituals vergessen konnte. Der Knappe, ein kräftiger junger Mann namens Bardrick, kniete in der traditionellen Kleidung vor Royce: einem langen weißen Waffenrock, einer roten Jacke mit Kapuze und einem schwarzen Mantel. Er hatte vierundzwanzig Stunden gefastet und die Nacht bei Gebeten in der Kapelle verbracht. Bei Sonnenaufgang hatte Bruder Gregory dem Jungen die Beichte abgenommen, eine Messe gelesen und ihm das heilige Sakrament der Kirche zuteil werden lassen.

Jetzt brachten sie andere Ritter und einige Ladies, die als Gäste zu der Zeremonie geladen waren, die Teile der schimmernden Rüstung – eines nach dem anderen – nach vorn und legten sie zu Royces Füßen nieder. Als das letzte Stück der Rüstung vor ihm lag, sah Royce Jenny erwartungsvoll an, die die goldenen Sporen – das unverkennbare Symbol der Ritterschaft, das kein gewöhnlicher Krieger tragen durfte – in den Händen hielt.

Jenny raffte den langen Rock ihres grünen Samtkleides, trat vor und legte die Sporen ins Gras neben Royces Füße. Dabei richtete sie den Blick starr auf die goldenen Sporen an den Fersen von Royces kniehohen Lederstiefeln, und in diesem Moment schoß ihr die Frage durch den Kopf, ob sein eigener Ritterschlag auf dem Schlachtfeld von Bosworth ebenso pompös und großartig gewesen war wie der von Bardrick.

Godfrey lächelte ihr zu, als er das letzte und wichtigste Stück der neuen Ausrüstung – ein edles Schwert, das quer über seinen Händen lag – nach vorn brachte. Nach der Überreichung des Schwertes beugte sich Royce vor und stellte dem Knappen ernst und so leise, daß Jenny ihn nicht richtig verstehen konnte, drei Fragen. Royce schien offensichtlich mit Bardricks ebenso leisen Antworten zufrieden zu sein. Er nickte, dann folgte der eigentliche Akt, der aus dem Knappen einen Ritter machte.

Ohne es selbst zu merken, hielt Jenny die Luft an, als Royce die Hand hob und Bardrick laut und klatschend ins Gesicht schlug.

Bruder Gregory segnete den neuen Ritter, und Jubelrufe auf ›Sir‹ Bardrick hallten von den Steinmauern wider, als er aufstand und sein Pferd vorgeführt wurde. Wie es der althergebrachten Tradition entsprach, sprang er auf den galoppierenden Hengst, ohne die Steigbügel zu berühren, dann sprengte er über die freie Fläche im Hof und warf den Dienern Münzen zu.

Katherine Melbrook, eine hübsche brünette Lady, kaum älter als Jenny, ging lächelnd auf sie zu, während der frischgebackene Ritter zu den Liedern der Barden sein Pferd in dem gepflasterten Hof tänzeln ließ. In der vergangenen Woche hatte Jenny erstaunt festgestellt, daß sie in der Lage war, einige der Engländerinnen sympathisch zu finden, und noch mehr hatte sie überrascht, daß sie von ihnen akzeptiert wurde.

Die Veränderung der englischen Adligen, die sich bei der Verlobungsfeier in Merrick so hochmütig und feindselig gezeigt hatten, war so kraß, daß Jenny ihren Argwohn nicht ganz beiseite schieben konnte. Lady Katherine Melbrook bildete die einzige Ausnahme, weil sie so ungezwungen und freundlich war, daß Jenny sie mochte und ihr vertraute, und zwar vom ersten Augenblick an, in dem Katherine lachend verkündet hatte: »Wenn man dem Klatsch der Bediensteten glaubt, seid Ihr so etwas wie ein Engel oder eine Heilige. Man erzählt sich, daß Ihr vor zwei Tagen Eurem Haushofmeister ordentlich die Leviten gelesen habt, weil er einen Eurer Diener ungerechtfertigt geschlagen hat. Und mit einem mißratenen, kleinen Lümmel, der sehr gut mit Steinen und Dreckklumpen zielen kann, seid ihr angeblich äußerst milde und gnädig umgegangen.«

Aus dieser ersten Begegnung war so etwas wie eine Freundschaft entstanden, und seither war Katherine fast ständig mit Jenny zusammen, half ihr, wenn sie konnte, bei den vielen Vorbereitungen und wies der Dienerschaft die zu bewältigenden Aufgaben zu, wenn Jenny oder Tante Elinor mit etwas anderem beschäftigt waren.

Jetzt lenkte sie Jennys Aufmerksamkeit von Sir Bardrick ab, indem sie im scherzhaften Ton fragte: »Seid Ihr Euch überhaupt bewußt, daß Euch Euer Gemahl sogar jetzt mit einem Blick betrachtet, den selbst mein unromantischer Mann als *liebevoll* bezeichnet?«

Unwillkürlich sah Jenny in dieselbe Richtung wie Lady

Katherine Melbrook. Royce war von Gästen, unter denen sich auch Lord Melbrook befand, umringt, aber er schien sich gar nicht um sie zu kümmern und vollkommen ins Gespräch mit den Männern vertieft zu sein.

»Er schaut weg in dem Moment, in dem Ihr euch zu ihm umdreht.« Katherine kicherte. »Jedenfalls konnte er die Augen *nicht* von Euch wenden, als Lord Broughton gestern den ganzen Abend an Eurem Rockzipfel hing. Liebe Güte, er war fast grün vor Eifersucht! Wer hätte gedacht«, plapperte sie munter weiter, »daß unser gefürchteter, reißender Wolf knappe zwei Monate nach seiner Hochzeit so zahm wie ein Kätzchen sein würde?«

»Er ist *kein* Kätzchen«, platzte vehement Jenny heraus, ehe sie sich zurückhalten konnte, und Katherine blieb der Mund vor Staunen offen stehen.

»Ich … bitte, vergebt mir, Jennifer. Ihr müßt Euch in einer schrecklichen Lage befinden. Wir alle verstehen das – wirklich.«

Jenny riß erschrocken die Augen auf, weil sie fürchten mußte, daß inzwischen alle Welt über das Zerwürfnis zwischen ihr und Royce Bescheid wußte. Trotz der Mißstimmung hatte sie sich vor etwa einer Woche bereit erklärt, sich vor den Gästen, die zum Turnier kamen, nichts anmerken zu lassen. »Alle verstehen das?« wiederholte Jenny vorsichtig. »Was verstehen alle?«

»Wie schwierig der morgige Tag für Euch wird. Schließlich sitzt Ihr auf der Galerie neben den Leuten Eures Gemahls, und Ihr werdet ihm vor Euren Verwandten Euer Wohlwollen zeigen und ihm das Zeichen Eurer Gunst überreichen.«

»Ich habe nicht die Absicht, das eine oder das andere zu tun«, entgegnete Jenny ruhig, aber entschieden.

Katherines Reaktion auf diese Eröffnung jedoch war alles andere als ruhig. »Jenny, Ihr habt doch nicht vor, auf der *anderen* Seite zu sitzen – bei den Schotten!«

»Ich *bin* Schottin«, machte Jenny deutlich, aber dieses Bekenntnis fiel ihr keineswegs so leicht, wie sie gedacht hatte, und ihr Magen krampfte sich zusammen.

»Ihr seid jetzt eine Westmoreland – selbst *Gott* hat verfügt, daß der Platz einer Frau, gleichgültig, was auch geschieht, an der Seite ihres Mannes ist.« Bevor Jenny darauf eine Antwort geben konnte, umfaßte Katherine ihre Schultern und sagte eindringlich: »Ihr habt keine Ahnung, was Ihr heraufbeschwört, wenn Ihr Euch in aller Öffentlichkeit zu seinen Gegnern bekennt. Jenny, wir sind in England, und Euer Ehemann ist … ist eine Legende! Ihr macht ihn zum Gespött aller. Jeder Mensch, der Zuneigung zu Euch gefaßt hat, wird Euch aus dem Herzen dafür hassen, auch wenn die meisten Euren Mann verhöhnen werden, weil es ihm nicht gelungen ist, das Herz seiner eigenen Frau zu erobern. Bitte, ich flehe Euch inständig an, tut ihm und Euch selbst so etwas nicht an!«

»Ich … ich muß meinen Mann erinnern, daß er noch eine Pflicht zu erledigen hat«, wich Jenny ihr aus. »Bevor uns klar war, daß so viele Besucher zu unserem alljährlichen Turnier kommen würden, haben wir die Vasallen gebeten, heute abend nach Claymore zu kommen, damit sie ihren Treueschwur leisten können.«

Zwei der Bediensteten standen während der Unterhaltung direkt hinter den beiden Frauen und hatten alles mit angehört. Jetzt starrten sie Jenny fassungslos nach, erholten sich aber rasch von dem Schock und liefen zum Schmied, der mit etwa einem Dutzend Knechten von Claymore zusammenstand.

»Unsere Lady«, sprudelte einer der beiden entsetzt hervor, »will morgen auf der Seite der Schotten sitzen! Sie stellt sich öffentlich gegen uns!«

»Du lügst!« polterte einer der Knechte los, dem Lady Jennifer erst gestern die verbrannte Hand sorgsam verarztet und verbunden hatte. »Das würde sie *niemals* tun. Sie ist eine von *uns.«*

»Mylord«, sagte Jenny, als sie vor Royce stand. Er wandte sich ihr sofort zu und unterbrach Lord Melbrook mitten im Satz. »Du hast gesagt …« begann Jenny und stockte, da ihr Katherines Worte über Royces Blick nicht aus dem Sinn gingen. Katherine scheint tatsächlich recht zu haben, dachte Jenny verwirrt, da *ist* etwas in seinen Augen, wenn er mich ansieht …

»Was habe ich gesagt?« erkundigte sich Royce mit erzwungener Gelassenheit.

»Du meintest, daß sich am Abend vor einem Turnier alle früh zurückziehen und schlafen legen«, fuhr Jenny fort, nachdem sie die Fassung wiedererlangt und ihr Gesicht den unbeteiligt freundlichen Ausdruck angenommen hatte, der ihr seit Williams tragischem Tod zur Gewohnheit geworden war. »Wenn das tatsächlich der Fall sein sollte, wäre es dann nicht klüger, den Vasallen gleich jetzt den Eid abzunehmen, ehe es zu spät wird?«

»Fühlst du dich nicht wohl?« fragte er und musterte sie aus zusammengekniffenen Augen.

»Es geht mir gut«, log Jenny unsicher. »Ich bin nur ein wenig müde.«

Royces Vasallen hatten sich bereits in der großen Halle versammelt, um vor ihrem Herrn den Treueeid abzulegen. Eine knappe Stunde standen Jenny, Katherine, Brenna, Stefan und einige andere in der Halle und beobachteten, wie ein Vasall nach dem anderen vor Royce trat und sich auf die Knie niederließ. Nach altem Brauch legten sie die rechte Hand in die ihres Herrn und beugten demütig den Kopf, während sie den Schwur aussprachen.

Es war eine Huldigung, und oft ließen sich stolze Aristokraten in der erhabenen Pose mit einem ergebenen Untertan von Künstlern porträtieren. Jenny, die diese Prozedur in Merrick schon erlebt hatte, fand diesen Brauch ziemlich demütigend für die Vasallen. Und offenbar war Katherine Melbrook derselben Meinung, denn sie bemerkte leise: »Es muß entsetzlich erniedrigend für die Männer sein, sich so verhalten zu müssen.«

»Das ist der Sinn dieser Sitte – Unterwerfung«, schaltete sich Lord Melbrook ein, der den Widerwillen seiner Gemahlin offensichtlich nicht teilte. »Ich habe vor König Heinrich auch einen Kniefall mit Verbeugung gemacht – du siehst also, es ist keineswegs so entwürdigend, wie du meinst ... Obwohl«, fügte er nach kurzem Nachdenken hinzu, »man sich als Adliger, der das

Knie vor einem König beugt, vermutlich anders fühlt als ein Mann aus dem gemeinen Volk.«

Sobald der letzte Vasall seinen Eid geleistet hatte, entschuldigte sich Jenny und huschte in ihr Zimmer.

Agnes hatte ihr gerade in das weiße, mit pinkfarbenen Röschen bestickte Batistnachthemd geholfen und das grüne Samtkleid weggeräumt, als Royce an die Tür klopfte und hereinkam.

»Ich gehe hinunter zu Lady Elinor und frage nach, ob sie noch etwas braucht«, sagte Agnes, machte hastig einen Knicks vor Royce und ging.

Jenny wurde sich mit einemmal bewußt, daß ihr Nachthemd ziemlich durchsichtig war. Sie griff nach ihrem silbernen Morgenrock aus Samt und zog ihn schnell über. Statt sich über ihre Sittsamkeit lustig zu machen oder sie deswegen zu necken, wie Royce es getan hätte, als sie noch glücklich miteinander waren, blieb sein Gesicht vollkommen ausdruckslos.

»Ich möchte ein paar Dinge mit dir besprechen«, eröffnete er ihr sachlich, während sie den Gürtel ihres Morgenrocks zuknotete. »Zunächst einmal über die Banner, die du an die Dorfbewohner verteilt hast …«

»Wenn du dich darüber ärgerst, kann ich es dir nicht übelnehmen«, sagte Jenny offen. »Ich hätte zuerst mit dir oder Sir Albert darüber reden müssen, besonders weil ich sie in deinem Namen ausgegeben habe. Aber du hattest gerade mit etwas anderem zu tun und warst nicht da, und ich … ich mag Sir Albert nicht.«

»Ich ärgere mich keineswegs darüber, Jennifer – ganz im Gegenteil«, erwiderte er höflich. »Und nach dem Turnier werde ich einem anderen Mann Prishams Posten übergeben. Genaugenommen bin ich hergekommen, um mich bei dir zu bedanken, daß du so umsichtig warst und den Leuten so geschickt aus ihren Schwierigkeiten geholfen hast. Und am dankbarsten bin ich dir dafür, daß du vor den Dienstboten nicht zeigst, welchen Haß du für mich empfindest.« Bei dem Wort ›Haß‹ drehte sich Jenny der Magen um, aber Royce setzte noch hinzu: »Du hast viel eher Wunder bewirkt und ihnen klargemacht, daß sie mich nicht zu fürchten brauchen.« Er warf einen Blick auf die Tür, durch die Agnes verschwunden war, und meinte ironisch. »Niemand bekreuzigt sich mehr, wenn ich in der Nähe bin. Nicht einmal deine ängstliche Zofe.«

Jenny, die keine Ahnung gehabt hatte, daß ihm das überhaupt aufgefallen war, nickte, wußte aber nicht, was sie darauf erwidern sollte.

Royce schwieg eine ganze Weile, verzog dann die Lippen zu einem freudlosen Grinsen und rückte mit seinem eigentlichen Anliegen heraus: »Dein Vater, dein Bruder und drei andere Männer aus dem Merrick-Clan haben mich für das morgige Turnier herausgefordert.«

Der zarte Keim der Zuneigung, den Katherines Bemerkung über seine liebevollen Blicke in Jennys Herzen genährt hatte, wurde von seinen nächsten Worten erstickt.

»Ich habe die Herausforderungen angenommen.«

»Selbstverständlich« versetzte sie mit unverhohlener Bitterkeit.

»Ich hatte keine Wahl«, erklärte er. »Ich habe den strikten Befehl des Königs, nicht abzulehnen, wenn sich jemand von deiner Familie mit mir messen will.«

»Du wirst morgen sehr beschäftigt sein«, erwiderte sie mit einem kalten Blick. Es war allgemein bekannt, daß sowohl Schottland als auch Frankreich zudem noch je zwei ihrer erfahrensten Ritter gegen den berühmten Royce Westmoreland aufs Feld der Ehre schickten. »Wie viele Kämpfe hast du angenommen?«

»Elf, und außerdem reite ich bei dem Mannschaftsturnier mit.«

»Elf«, wiederholte Jenny, und der unendliche Schmerz über seinen Verrat war ihr deutlich anzumerken. »Es ist üblich, daß ein Ritter höchstens drei Gegner an einem Tag hat. Ich nehme an, du mußt viermal so oft wie andere Männer deine Gewalttätigkeit beweisen, um dich richtig tapfer und stark zu fühlen.«

Er wurde aschfahl. »Ich habe nur die Herausforderungen

angenommen, die ich laut Befehl annehmen muß. Mehr als zweihundert andere habe ich ausgeschlagen.«

Darauf fielen Jenny ein Dutzend bissige Antworten ein, aber sie hatte nicht den Mut, auch nur eine davon laut auszusprechen. Sie fühlte sich innerlich wie abgestorben, als sie ihn ansah.

Royce drehte sich zum Gehen um.

Plötzlich fiel ihr Blick auf Williams Dolch, der auf der Truhe lag, und sie verspürte den beinahe verzweifelten Drang, die Handlungsweise ihres toten Bruders zu verteidigen.

Als Royce nach dem Türknauf faßte, sagte sie: »Ich habe immer und immer wieder darüber nachgedacht, und ich glaube, William hat seinen Dolch nicht gezogen, weil er dich damit verletzen wollte, sondern aus Vorsicht. Er wollte sichergehen, daß ihm nichts passiert, solange er mit dir allein war. Oder vielleicht fürchtete er um *meine* Sicherheit. Es war nicht zu übersehen, daß du wegen der Sache mit dem Kloster wütend auf mich warst. Aber er hätte nie versucht, dich von hinten anzugreifen.«

Es war keine Anklage, sondern sie äußerte nur das Ergebnis ihrer Überlegungen, und obwohl Royce sein Gesicht abgewandt hatte, sah sie, wie sich seine Schultern strafften, als müsse er sich gegen den eigenen Kummer wappnen. »In der Nacht nach dem Zwischenfall bin ich zu demselben Schluß gekommen«, bekannte er und war fast erleichtert, die Selbstvorwürfe, mit denen er sich Tag und Nacht quälte, offen aussprechen zu können. »Ich habe aus den Augenwinkeln gesehen, daß sich hinter mir jemand bewegt, und dann blitzte eine Dolchklinge auf. Ich habe instinktiv reagiert. Es war ein Reflex. Es tut mir unendlich leid, Jennifer.«

Die Frau, die er geheiratet hatte, vertraute nicht mehr auf sein Wort und wies seine Liebe zurück, aber seltsamerweise akzeptierte sie seine Entschuldigung. »Ich danke dir«, hauchte sie bekümmert, »dafür, daß du nicht versuchst, mich oder dich selbst davon zu überzeugen, daß William ein feiger Mörder war, der jemandem den Dolch in den Rücken bohrt. Das macht es ein wenig leichter für uns – für dich und für mich, uns ...«

Jennys Stimme brach ab, als sie sich auszumalen versuchte, was vor ihnen lag, aber sie konnte an nichts anderes als daran denken, was sie einst geteilt und verloren hatten. »Es erleichtert dir und mir, einen höflichen Umgang miteinander zu pflegen«, schloß sie lahm.

Royce holte tief Luft, um sich zu beruhigen, und sah sie an. »Mehr erwartest du nicht mehr von mir?« fragte er mit rauher Stimme. »Nur Höflichkeit?«

Jenny nickte stumm. Sie schaute ihn lange an und glaubte fast, Leid und Schmerz in seinen eisgrauen Augen zu erkennen – einen Schmerz, der ihren eigenen noch übertraf. »Ja, das ist alles, was ich erwarte«, brachte sie schließlich mühsam heraus.

In dem Moment, in dem sich die Tür hinter ihm schloß, klammerte sie sich an den Bettpfosten und ließ endlich ihren Tränen freien Lauf. Heftige Schluchzer schüttelten sie, und das Brennen in ihrer Brust wurde unerträglich. Sie schlang die Arme um den Bettpfosten, aber sie war zu schwach, um sich auf den Beinen halten zu können.

Kapitel fünfundzwanzig

Mit bunten Zeltbahnen überdachte, nach oben ansteigende Tribünen mit unzähligen bequemen Stühlen begrenzten das riesige Turnierfeld. Prachtvoll gekleidete Damen und vornehme Herren hatten bereits Platz genommen, als Jenny, Brenna, Tante Elinor und Arik an dem Ort des Geschehens anlangten. Flaggen mit den Wappen aller am Turnier Beteiligten flatterten über den Baldachinen auf den Galerien. Jenny suchte nach ihrem eigenen Wappen und sah den Bericht von Katherine Melbrook bestätigt, daß sich die Schotten geschlossen von den anderen abgesondert hatten und den verhaßten Engländern gegenübersaßen.

»Dort, meine Liebe – da drüben ist dein Wappen«, rief Tante

Elinor und deutete auf die andere Seite des Feldes. »Deine Flagge weht direkt neben der deines Vaters.«

Arik ergriff das Wort und erschreckte die drei Frauen in seiner Nähe fast zu Tode mit seiner donnernden Stimme. »Ihr sitzt hier«, ordnete er an und zeigte auf die Tribüne mit dem Wappen von Claymore.

Jenny war klar, daß dieser Befehl von Arik kam und nicht von Royce ausgesprochen worden war – doch selbst dann hätte sie nicht gehorcht. Sie schüttelte den Kopf. »Ich nehme unter meinem eigenen Wappen Platz, Arik. Die Kriege mit Euch und Euren Landsleuten haben unsere Reihen ohnehin sehr gelichtet, und viele, die dort sitzen sollten, sind nicht mehr am Leben. Die Tribüne von Claymore hingegen ist schon voll besetzt.«

Aber das entsprach nicht der Wahrheit. Nicht ganz. In der Mitte stand ein großer, thronähnlicher Stuhl, für alle sichtbar, aber leer. Jenny wußte genau, daß er für sie vorgesehen war. Ihr wurde flau, als sie daran vorbeiritt. Und in diesem Moment schienen sich alle Gäste, Diener und Dorfbewohner, die sich auf ihrer Seite des Feldes aufhielten, nach ihr umzudrehen und sie mit ihren Blicken zu verfolgen. Erst wirkten die Gesichter der Engländer erstaunt, dann enttäuscht und schließlich wütend.

Die Plätze der Merricks befanden sich zwischen denen der MacPhersons und Duggans. Jenny wurde noch unbehaglicher zumute, als die Männer der Clans sie entdeckten und in ohrenbetäubende Jubelschreie ausbrachen, als sie merkten, daß sie in ihre Richtung ritt. Sie starrte blicklos geradeaus und zwang sich dazu, an nichts anderes als an William zu denken.

Sie nahm in der vordersten Reihe zwischen Tante Elinor und Brenna Platz, und sobald sie sich eingerichtet hatte, tätschelten ihr alle, die sich in Reichweite befanden, auch Beckys Vater, die Schultern, und sie wurde begeistert begrüßt. Menschen, von denen sie viele gar nicht kannte, strömten von der Tribüne und stellten sich vor ihr in eine Reihe, um entweder ihre Bekanntschaft zu erneuern oder sich ihr vorzustellen. Früher hatte sie sich danach gesehnt, von ihrem Clan anerkannt zu werden.

Heute wurde sie von mehr als tausend Schotten wie eine Nationalheldin verehrt und umworben.

Und für diese Anerkennung mußte sie nicht mehr tun, als ihren Ehemann öffentlich zu beleidigen und zu verraten.

Als ihr das so richtig zu Bewußtsein kam, wurden ihre Handflächen feucht, und ihr drehte sich fast der Magen um. Sie saß noch keine zehn Minuten auf diesem Stuhl, und schon glaubte sie, es keinen Augenblick länger ertragen zu können, ohne daß ihr übel wurde.

Und das war, *bevor* sich die Menschenmenge vor ihr zerstreut hatte und sie merkte, daß die Blicke beinahe aller anwesenden Engländer auf sie gerichtet waren. Wo auch immer sie hinsah, überall starrten Menschen sie an, zeigten mit dem Finger auf sie oder machten andere auf sie aufmerksam.

»Sieh nur«, rief Tante Elinor erfreut, ohne auf die entrüsteten Engländer zu achten, »was für wundervolle Kopfbedeckungen die Damen tragen! Es ist genau so, wie ich es mir vorgestellt habe – wir alle sind so beflügelt von diesem großartigen Ereignis, daß wir uns nach der Mode *unserer* Jugend kleiden.«

Jenny zwang sich, den Kopf zu heben. Vor ihren Augen verschwamm das Meer von Gesichtern, wehenden Schleiern, Wimpeln und Flaggen zu einem Gewirr von Farben und Bewegung. Die steilen Spitzhüte mit langen Tüchern, die Kappen mit den riesigen Flügeln an den Seiten, die herzförmigen Hauben mit Schleiern und all die anderen aufwendigen Kopfbedeckungen, die Tante Elinor so in Begeisterung versetzten, nahm sie gar nicht wahr. Jenny war wie betäubt und bekam nicht einmal mit, daß Tante Elinor wie üblich immer weiterschwatzte: »... und achte sorgsam darauf, während du dich umsiehst, daß du den Kopf hocherhoben hältst, denn du hast deine Entscheidung getroffen – wenn sie auch falsch ist –, und jetzt mußt du Haltung bewahren und das Spektakel mit Würde durchstehen.«

Jennys Kopf zuckte zu ihr herum. »Was hast du gesagt, Tante Elinor?«

»Was ich dir schon vorher hätte sagen sollen, aber du hast

mich ja nicht gefragt. Dein Platz ist an der Seite deines Mannes. Und mein Platz ist an deiner Seite, nur deswegen bin ich hier. Und die arme Brenna hat dich auch nicht im Stich gelassen, obwohl ich den starken Verdacht habe, daß sie verzweifelt über eine Ausrede nachgedacht hat, die es ihr ermöglicht hätte, da drüben und beim Bruder deines Gemahls zu bleiben.«

Auch Brenna drehte sich ruckartig um, und die beiden Schwestern starrten die alte Tante fassungslos an. Jenny war so sehr von ihrem eigenen Kummer und dem schlechten Gewissen gefangengenommen, daß sie Brennas Gefühle im Augenblick nicht so sehr erschrecken konnten. In dem Versuch, ihre Entscheidung zu rechtfertigen, sagte sie: »Du verstehst mich nicht, Tante Elinor. Ich habe William geliebt.«

»Er hat dich auch geliebt«, versicherte Brenna mitfühlend, und Jenny ging es gleich ein wenig besser, bis die Schwester schonungslos hinzusetzte: »Anders als bei Vater war seine Liebe zu dir größer und stärker als sein Haß auf unseren ›Feind‹.«

Jenny schloß die Augen. »Bitte«, flüsterte sie gequält, »tut mir das nicht an. Ich ... ich weiß, was richtig und was falsch ist ...«

Eine genauere Ausführung blieb ihr erspart, denn in diesem Moment ertönten laute Fanfarenklänge, als die Trompeter, gefolgt von Herolden, auf das Feld ritten. Die Herolde warteten, bis sich die Menge beruhigte und es so still war, daß sie die Regeln für die bevorstehenden Ritterspiele verlesen konnten.

Dem großen Mannschaftskampf gingen drei Mutproben, Mann gegen Mann, voraus, verkündeten die Herolde. Je zwei Ritter, nach der allgemein vorherrschenden Meinung ihrer Völker die edelsten, tapfersten und erfahrensten des Landes, traten in diesen ersten Geschicklichkeitsprüfungen gegeneinander an.

Jenny hielt den Atem an, als die Namen verkündet wurden. Die ersten beiden Gegner waren ein Franzose und ein Schotte; im zweiten Kampf mußte sich der Gastgeber Royce Westmoreland Duke of Claymore mit einem Franzosen namens DuMont messen, und die dritte Paarung lautete: Royce Westmoreland gegen Ian MacPherson – Ian MacPherson war der Sohn von Jennys früherem ›Verlobten‹.

Die Menge tobte. Statt einen oder vielleicht sogar zwei Tage warten zu müssen, bis sie den Wolf zu Gesicht bekamen, konnten sie ihn schon in der ersten Stunde gleich zweimal bewundern.

Die Regeln der ersten drei Darbietungen schienen den bei Turnieren allgemein üblichen zu entsprechen: Der erste Ritter, der drei Punkte erzielte, war der Sieger. Punkte wurden für jeden Schlag vergeben, der so hart war, daß der Spieß des Gegners zerbrach. Jenny vermutete, daß es mindestens fünf Durchgänge gab, bis einer der beiden drei Punkte verbuchen konnte, wenn man bedachte, daß die zwei Kontrahenten aufeinander zugaloppierten und es schwer war, genau auf den richtigen Punkt zu zielen, ohne daß die Waffenspitze von der glatten Rüstung abrutschte. Falls es einem der Ritter gelang, den Gegner aus dem Sattel zu werfen, erzielte er mit einem einzigen Schlag drei Punkte und hatte den Kampf gewonnen.

Die nächste Ankündigung rief bei den Zuschauern Begeisterungsstürme hervor, während Jenny erschrocken zusammenzuckte: Es wurde im germanischen Stil, nicht im französischen gekämpft, was bedeutete, daß echte Lanzen benutzt wurden und die todbringenden Spitzen nicht mit einem schützenden Kranz, der die Verletzungsgefahr erheblich verminderte, versehen waren.

Das Grölen und Johlen wurde so laut, daß die Herolde lange warten mußten, bis sie ihren Vortrag mit der Bekanntmachung beenden konnten, daß der Mannschaftskampf auf die ersten drei Begegnungen folgen würde. Alle anderen Kämpfe fanden am zweiten und dritten Turniertag statt.

Wieder applaudierten die Zuschauer enthusiastisch. Statt zuerst Kämpfe von unbekannten Rittern mit wenig Kampfgeist über sich ergehen lassen zu müssen, wurde ihnen das größte Vergnügen gleich am Anfang geboten.

Außerhalb des Feldes hatten die Abgeordneten der Mannschaften die Sattelgurte kontrolliert, um sicherzugehen, daß keiner der Ritter unerlaubte Hilfsmittel wie Lederriemen benutzte, um im Sattel zu bleiben, wenn die Reitkunst versagte. Das Ergebnis der Prüfung war offenbar zufriedenstellend, und als das Signal für den Beginn der Spiele gegeben wurde, trabten die Herolde vom Feld. Kesselpauken, Dudelsäcke und Trompeten ertönten und begleiteten die zeremonielle Parade aller Ritter, die für das Turnier gemeldet waren.

Selbst Jenny war nicht blind für das nun folgende prächtige Schauspiel: Immer sechs Ritter in voller Rüstung und auf Schlachtrössern mit silberverziertem Zaumzeug, edlen Satteldecken und buntem Kopfschmuck überquerten nebeneinander das Feld. In den polierten Rüstungen spiegelten sich die Sonnenstrahlen und blendeten Jenny, so daß sie blinzeln mußte, um die Wappen auf den Schilden zu erkennen. Sie sah Wappen mit Löwen, Tigern, Falken, Bären, Drachen und Einhörnern, andere Schilde waren mit schlichteren Mustern wie Streifen und Rechtecken, Halbmonden und Sternen oder Blumen verziert.

Der farbenfrohe Anblick und das stete Grölen der Zuschauer versetzte Tante Elinor in eine solche Aufregung, daß sie begeistert in die Hände klatschte, als ein englischer Ritter an ihr vorbeikam, dessen Schild ein verwirrend reichhaltiges Wappen mit drei Löwen, zwei Rosen, einem Falken und einem grünen Halbmond zierte.

Zu jeder anderen Zeit hätte Jenny diesen Aufmarsch für das ungeheuerlichste Spektakel gehalten, das sie je gesehen hatte. Ihr Vater und ihr Stiefbruder ritten an ihr vorbei. Sie schätzte, daß etwa vierhundert Ritter an der Parade teilnahmen, aber ihr Gemahl ließ sich bei dieser offiziellen Begrüßung nicht blicken. Als sich das Feld wieder leerte und die ersten beiden Kämpfer erschienen, brüllte die enttäuschte Menschenmenge: »Wolf! Wolf! Wolf!«

Ehe die Ritter Aufstellung nahmen, trabte jeder zu der Tribüne, wo die Dame seines Herzens oder seine Gemahlin saß, und senkte die Lanze vor ihr. Er wartete, bis sie ihm feierlich das

Zeichen ihrer Gunst überreichte – ihren Schal, ein Haarband, den Schleier oder sogar einen herausgerissenen Ärmel – und es stolz an die Lanzenspitze band. Danach ritten die Kontrahenten zu den entgegengesetzten Seiten des Feldes, rückten ihre Helme zurecht, klappten die Visiere herunter, schwangen probeweise ihre Lanzen und warteten auf das Trompetensignal.

Beim ersten Ton bohrten sich die Sporen in die Flanken ihrer Schlachtrösser und sprengten vorwärts. Die Lanze des Franzosen traf den Schild des Gegners, der Schotte schwankte im Sattel, gewann aber rasch wieder das Gleichgewicht. Fünf weitere Anläufe waren nötig, ehe der Franzose schließlich einen vernichtenden Hieb abbekam. Die Zuschauer jubilierten und schrien, als der geschlagene Mann, der sich in seiner schimmernden Rüstung kaum bewegen konnte, auf den Boden krachte.

Jenny registrierte kaum, wie der Kampf ausging, obwohl der gefallene Ritter beinahe vor ihren Füßen lag. Sie starrte auf ihre im Schoß verkrampften Hände und wartete angespannt auf das nächste Signal.

Als es ertönte, erhoben sich Begeisterungsstürme unter den Zuschauermassen, und obwohl sich Jenny fest vorgenommen hatte, nicht hinzusehen, hob sie den Kopf. Ein prächtiges Streitroß mit roter Satteldecke aus Samt stolzierte auf das Feld. Der Franzose, der das Pferd ritt, war Jenny schon bei der Parade aufgefallen, weil er außergewöhnlich groß war und weil er seine Arme mit Schonern aus Metall schützte, die sich an den Ellbogen auffächerten wie Fledermausflügel. Aus der Nähe erkannte Jenny, daß der Mann zwar einen prunkvollen Halsschmuck trug, aber die Brustplatte seiner Rüstung war mit einer ganz und gar nicht drolligen oder schönen, sondern schauerlichen Schlange verziert. Er trieb sein Pferd zu einer der Tribünen, um sich von seiner Dame das Zeichen ihrer Gunst zu holen, und während er die Lanze senkte, beruhigten sich die Zuschauer und wurden leiser.

Zitternd vor Furcht und Grauen richtete Jenny den Blick wieder auf ihren Schoß, aber selbst ohne hinzusehen, wußte sie, daß

Royce auf das Feld ritt, denn die Menschenmenge war plötzlich mucksmäuschenstill. Die Ruhe war so unheimlich, daß die Trompetenstöße wie die Posaunen des Jüngsten Gerichts die knisternde Luft zerrissen. Jenny konnte nicht anders – sie wandte sich in die Richtung, aus der Royce kommen mußte, und ihr blieb das Herz stehen. Ganz im Gegensatz zu der bunten Fröhlichkeit und dem grellen Pomp, mit dem sich die anderen Turnierteilnehmer herausgeputzt hatten, erschien der Duke of Claymore ganz in Schwarz. Sogar die Satteldecke und der Kopfschmuck des Hengstes waren schwarz, und Royces Schild trug kein richtiges Wappen, sondern nur den Kopf eines zähnefletschenden Wolfs.

Selbst auf Jenny, die ihn auch anders kannte, wirkte er furchterregend, als er über das Feld trabte. Er suchte die Galerie, auf der seine Landsleute saßen, mit Blicken ab, und Jenny spürte, daß er einen Augenblick stockte, als er die Frau sah, die in der vordersten Reihe auf dem Stuhl saß, der eigentlich für seine Gemahlin bereitgestellt worden war. Doch statt darauf zuzureiten oder den Hunderten von Frauen Beachtung zu schenken, die ihm heftig mit ihren Tüchern und Bändern zuwinkten, zwang er Zeus in die entgegengesetzte Richtung.

Jennifers Herz hämmerte wie wild gegen ihre Rippen, als ihr klar wurde, daß er direkt auf sie zukam. Die Zuschauer begriffen auch, was er vorhatte, und hielten den Atem an. Unter den lautstarken Flüchen der Merrick-Männer blieb Royce vor Jenny stehen und tat etwas Ungeheuerliches, was sie noch nie zuvor bei einem Turnier erlebt hatte. Da er wußte, daß sie ihm ein Zeichen ihrer Gunst verweigern würde, sah er sie nur an, während Zeus nervös mit den Hufen scharrte, und berührte mit der Lanzenspitze den Boden vor ihrem Platz.

Es ist eine Ehrenbezeugung, schrie Jennys Herz auf. Er salutierte vor ihr, und bereitete Jenny damit einen schmerzlichen, grauenvollen Moment, der alles, sogar Williams Tod, übertraf. Sie erhob sich halb von ihrem Stuhl, ohne recht zu wissen, wie sie auf diese ehrerbietige Geste reagieren sollte, aber schon war alles vorüber. Royce riß Zeus herum und sprengte an dem Franzosen vorbei, der seinen Helm richtete und den Arm ausstreckte, als müßte er das Gewicht seiner Lanze überprüfen.

Royce wendete sein Pferd, um seinen Gegner über die Distanz hinweg anzusehen, klappte sein Visier herunter und senkte die Lanze ... dann regte sich kein Muskel mehr an ihm. Gezügelte Kraft, Kälte und Gefühllosigkeit gingen von ihm aus, und er wartete nur auf das Signal, um loszuschlagen ...

Beim ersten Trompetenstoß beugte sich Royce über den Hals des Pferdes und gab ihm die Sporen. Er jagte Zeus in gerader Linie auf seinen Kontrahenten zu. Seine Lanze traf mit solcher Wucht ins anvisierte Ziel, daß der Schild des Franzosen durch die Luft flog und der Ritter nach hinten aus dem Sattel kippte. Als er auf dem Boden aufkam, stand sein Bein in einem Winkel ab, der deutlich machte, daß es gebrochen war. Nach diesem einzigen Angriff galoppierte Royce auf die andere Seite des Platzes und wartete, dem Eingang zugewandt, auf seinen nächsten Gegner.

Jenny hatte Ian MacPherson schon einmal bei einem Turnier beobachtet, und sie hielt ihn für brillant. Er kam mit raumgreifendem Trab in den Farben seines Clans, dunkelgrün und gold, auf den Platz und wirkte ebenso tödlich und entschlossen wie Royce.

Royce ließ Ian MacPherson nicht aus den Augen, und Jenny, die ihren Mann verstohlen aus den Augenwinkeln beobachtete, schloß aus der Art, wie er ihn musterte, daß er die Stärke des zukünftigen Chieftains des MacPherson-Clans keineswegs unterschätzte. Sie war so in die Betrachtung des kampfbereiten Wolfs vertieft, daß sie nicht einmal merkte, wie Ian MacPherson sein Schlachtroß vor der Tribüne zügelte und die Lanze in ihre Richtung neigte ...

»Jenny!« Beckys Vater legte die Hand auf ihre Schulter und machte sie auf Ian aufmerksam. Jenny schaute auf und stöhnte gequält. Für einen Augenblick war sie wie gelähmt und konnte nicht fassen, was vor sich ging, aber Tante Elinor zwitscherte aufgeregt: »Ian MacPherson!« Und während sie ihren Schleier abriß, sich leicht zur Seite neigte und das grellgelbe Stückchen Stoff an seiner Lanzenspitze befestigte, rief sie erfreut: »Ihr seid der galanteste Mann, der mir je begegnet ist.« Der Ritter funkelte die alte Dame finster an und machte kehrt.

Als Ian seinen Platz gegenüber von Royce einnahm, fiel Jenny eine kaum merkliche Veränderung in Royces Haltung auf. Er war bewegungslos wie vorher, aber jetzt wirkte er noch bedrohlicher, denn er neigte sich ein wenig mehr nach vorn, als könne er es kaum erwarten, dem Widersacher, der es gewagt hatte, seiner Gemahlin zu huldigen, den vernichtenden Stoß zu versetzen. Die Trompete ertönte, die Pferde machten einen Satz, gewannen an Geschwindigkeit und sprengten pfeilgerade aufeinander zu. Lanzen wurden gesenkt und in Position gebracht. Die tödlichen Spitzen blitzten in der Sonne – und gerade, als Royce zum Angriff ausholte, stieß Ian MacPherson einen markerschütternden Kriegsschrei aus und versuchte, auch einen Treffer zu landen. Eine Lanze prallte auf einen Schild, und nur ein Wimpernschlag später stürzten Ian und sein prachtvoller Hengst mit einem lauten Krachen und rollten in einer Staubwolke auf dem Boden.

Ohrenbetäubender Jubel brach bei den Zuschauern aus, aber Royce blieb nicht, um den stürmischen Beifall entgegenzunehmen. In kalter Mißachtung seines würdigen, aber geschlagenen Gegners, der nur mit Hilfe seines Knappen wieder auf die Füße kommen konnte, wendete Royce sein Pferd und galoppierte vom Feld.

Der nächste Programmpunkt war der Mannschaftskampf, vor dem sich Jenny am meisten fürchtete, denn selbst bei friedlichen Turnierspielen stellte ein solches Kräftemessen nichts anderes als eine Schlacht dar, bei der zwei Gruppen gegeneinander anritten. Nur ein paar Regeln verhinderten, daß das Spektakel in einem blutigen Massaker ausartete. Doch als die Herolde die für dieses Turnier festgelegten Bestimmungen vorlasen, wuchs Jennifers Angst ins unermeßliche. Wie üblich durften keine Waffen mit scharfen Spitzen verwendet werden, und es war verboten, einen Mann von hinten anzugreifen oder die Pferde zu attackieren. Unerlaubt war auch, einen Mann anzugreifen, der seinen Helm abnahm, um sich eine kurze Verschnaufpause zu gönnen. Jeder Teilnehmer konnte nur zweimal eine solche Pause machen, es sei denn, sein Pferd verließen die Kräfte. Gewonnen hatte die Mannschaft, die zum Schluß am wenigsten verletzte oder abgeworfenen Ritter zu verzeichnen hatte.

Abgesehen davon gab es keine Regeln – weder Seile noch Zäune trennten Bereiche für die Mannschaften ab, sobald der Kampf begonnen hatte. Nichts hinderte sie daran, gegeneinander anzurennen und wild um sich zu schlagen. Jenny hielt den Atem an, weil sie wußte, daß noch eine Entscheidung verkündet werden mußte. Ihr Herz wurde bleischwer, als einer der Herolde ausrief, daß heute Breitschwerter und Lanzen mit entschärften Spitzen erlaubt waren.

Zwei Truppen von je hundert Reitern – eine wurde von Royce angeführt, die andere vom Bruder des DuMont, den Royce im ersten Kampf geschlagen hatte – kamen von rechts und von links aufs Feld. Hinter ihnen tauchten Knappen mit Lanzen und Breitschwertern auf – sie hielten die Ersatzwaffen für ihre Ritter bereit.

Jenny begann am ganzen Leib zu zittern, als sie die Ritter an DuMonts Seite sah: Da waren ihr Vater, Malcolm und MacPherson sowie Krieger aus einem Dutzend anderer Clans, deren Wappen sie erkannte. Wie in den wirklichen Kriegen kämpften die Engländer auf der einen Seite und die Schotten gemeinsam mit den Franzosen auf der anderen. Aber so darf es nicht sein, schrie Jennys Herz. Bei einem Turnier erntete der einzelne Ruhm und Ehre, aber niemals sollte eine Seite über die andere triumphieren. Mannschaftsturniere zwischen verfeindeten Gruppen, von denen es schon einige gegeben hatte, endeten immer in einem Blutbad! Jenny bemühte sich, die bösen Vorahnungen beiseite zu schieben – vergeblich, denn sie spürte es mit jeder Faser, daß etwas Schreckliches geschehen würde.

Die Trompeten stießen drei Warnsignale aus, und Jennifer betete zu Gott, daß alle, die sie kannte, das Gemetzel heil und gesund überstehen mochten. Das Seil, welches das Feld für den Aufmarsch der Truppen in zwei Hälften geteilt hatte, spannte sich. Das vierte Signal ertönte, und das Seil wurde weggerissen. Zweihundert Pferde donnerten über das Feld. Die Erde erzitterte unter ihren Hufen, während Breitschwerter und Lanzen in Angriffsbereitschaft gebracht wurden. Und dann passierte es: Zwanzig Ritter aus Jennys Verwandtschaft, von ihrem Vater und ihrem Stiefbruder angeführt, trennten sich von der eigentlichen Gruppe und steuerten auf Royce zu, dabei schwangen sie rachsüchtig die Breitschwerter durch die Luft.

Jennys Entsetzensschrei wurde von dem empörten Gebrüll der englischen Zuschauer übertönt, als sich die Schotten von allen Seiten auf Royce stürzten. In den folgenden Minuten wurde Jenny Zeuge der atemberaubendsten Fechtkunst, die sie je gesehen hatte: Royce kämpfte wie ein Besessener, seine reflexartigen Bewegungen waren so schnell, sein Schwung so kraftvoll, daß er sechs gegnerische Ritter zu Boden schickte, bevor sie ihn schließlich doch übermannten und aus dem Sattel warfen. Und dennoch war der Alptraum noch nicht zu Ende. Unbewußt sprang Jenny wie alle anderen Zuschauer auf, um in dem Gewirr von Rüstungen, Waffen und Pferden Genaueres erkennen zu können. In ihren Ohren dröhnte das Klirren von Metall, das Schlagen der Schwerter. Royces Ritter merkten, was der Gegner vorhatte und hackten wild auf die Angreifer ein, um zu Royce durchzukommen, und plötzlich schien sich das Schlachtgetümmel nur noch auf einen Punkt zu konzentrieren. Royce tauchte immer wieder aus dem Knäuel von kämpfenden Männern auf und schwang wie ein wütender Racheengel sein Breitschwert über den Kopf und setzte es mit aller Kraft ein – gegen Jennys Vater.

Jenny sank auf ihren Sitz, schlug schreiend die Hände vors Gesicht und konnte deshalb die geschmeidige Bewegung aus dem Handgelenk nicht verfolgen, durch die Royce den Angriff statt auf ihren Vater auf einen Highländer lenkte. Sie sah auch nicht das Blut, das aus einer klaffenden Wunde an Royces Hals lief, die ihr Bruder ihm mit einem heimlich in die Schlacht geschmuggelten Dolch beigebracht hatte – zielsicher hatte sich Malcolm die empfindliche Stelle zwischen Helm und Brustplatte für seinen feigen Anschlag ausgesucht. Genausowenig bekam sie mit, daß ihre Verwandten Royces leichte Rüstung am Oberschenkel aufgeschlitzt hatten und zu mehreren auf seinen Rücken, die Schultern und den Kopf einschlugen.

Als sie die Hände vom Gesicht nahm, entdeckte sie, daß ihr Vater noch fest auf seinen Füßen stand, Royce wie ein wildgewordener Berserker gegen MacPherson und zwei andere Schotten kämpfte und daß die Männer, die einen Hieb von seinem Schwert abbekamen, umfielen wie die Lämmchen auf der Schlachtbank.

Jenny sprang auf die Füße und wäre beinahe über Brenna gefallen, die mit fest zusammengekniffenen Augen neben ihr kauerte.

»Jenny!« kreischte Tante Elinor. »Tu das nicht!«

Aber Jenny achtete nicht auf den Protest. Bittere Galle stieg in ihrer Kehle auf. Halb blind vor Tränen rannte sie zu ihrem Pferd und riß dem erschrockenen Stallknecht die Zügel aus der Hand …

»Seht, Mylady«, rief er aufgeregt, als er ihr in den Sattel half, dann deutete er auf Royce. »Habt Ihr je in Eurem Leben so etwas gesehen?«

Jenny folgte seinem Blick und sah, daß Royces Breitschwert an der Schulter eines Schotten zerbrach. Der Boden war mit Blut durchtränkt, als sich ihr Vater, ihr Bruder, Beckys Vater und ein Dutzend anderer Schotten erhoben und auf Royce zugingen.

Sie erkannte die tödliche Bedrohung.

Das Bild des Grauens hatte sie noch lebhaft vor Augen, als sie am offenen Fenster ihres Zimmers stand, ihr kreidebleiches Gesicht an den Rahmen preßte und die Arme fest um sich schlang. Eine Stunde war vergangen, seit sie vom Turnierplatz geflohen war. Inzwischen hatten die Trompetensignale längst das Ende des Mannschaftsturniers verkündet, und die Spiele Mann gegen Mann waren in vollem Gang. Royce hatte elf Herausforderungen angenommen und bereits zwei vor dem großen Kampf hinter sich gebracht. Laut Ankündigungen der Herolde sollten zuerst die Kämpfe der erfahrensten Ritter stattfinden, und Jenny hegte keinen Zweifel, daß Royces Kämpfe gleich nach dem großen Gemetzel angesetzt waren. König Heinrich muß außerordentlich stolz sein, dachte sie trübsinnig, wenn er aller Welt beweisen konnte, daß sein berühmter Kämpfe selbst nach einem kräftezehrenden, erbitterten Kampf noch jeden Schotten schlug, der dumm genug gewesen war, ihn herauszufordern.

Sie hatte fünf Trompetensignale, die den Anfang einer neuen Begegnung verkündeten, gezählt und die höhnischen Schreie der Zuschauer gehört, wenn ein Verlierer das Feld verließ. Nach vier weiteren Kämpfen hatte Royce seine Pflicht getan, und dann würde ihr sicherlich jemand Bericht erstatten, wie viele ihrer Landsleute er zum Krüppel gemacht oder getötet hatte, dachte sie bitter und wischte sich eine Träne von der Wange. Es kam ihr gar nicht in den Sinn, daß Royce etwas passiert sein könnte. Er war unverletzlich, das hatte sie zu Beginn des Turniers selbst gesehen. Und – Gott möge ihr vergeben – sie war *stolz* auf ihn gewesen. Selbst als er Ian MacPherson aus dem Sattel geworfen hatte, war sie von Stolz erfüllt gewesen.

Hin und her gerissen wußte sie nicht, ob sie zu ihrem imposanten Gemahl halten und für ihn hoffen sollte, oder ob es ihre Pflicht war, an ihren Vater und ihre Verwandten zu denken. Von ihrem Fenster aus konnte sie den Turnierplatz nicht sehen, aber sie hörte, was vor sich ging. Nach dem häßlichen Spott und dem höhnischen Gebrüll der Menge zu schließen – ein Geräusch, das mit jedem Kampf lauter zu werden schien –, machten die Verlierer keine besonders gute Figur. Offenbar waren die Schotten nicht einmal einen höflichen Beifall wert …

Wie vom Blitz getroffen zuckte sie zusammen, als die Tür zu ihrem Zimmer aufflog und an die Wand prallte.

»Holt Euren Umhang«, brummte Stefan Westmoreland unheilvoll. »Ihr kommt mit mir zum Turnierplatz, und wenn ich Euch eigenhändig hinschleifen muß.«

»Ich gehe *nicht mehr* dorthin«, versetzte Jenny und drehte sich wieder zum Fenster. »Ich habe keine Lust zu jubeln, wenn mein Mann Krüppel aus meinen Verwandten macht und sie in Stücke schlägt.«

Stefan packte sie bei den Schultern und drehte sie zu sich herum – seine Stimme klang scharf und schneidend. »Ich sage Euch, was geschehen ist. Mein Bruder liegt da draußen und *stirbt!* Er hat geschworen, die Hand nicht gegen Eure Familie zu erheben, und in dem Augenblick, in dem Eure feinen Verwandten gemerkt haben, daß er ihnen nicht gefährlich wurde, haben sie sich bei dem Mannschaftskampf geschlossen auf ihn gestürzt und ihn massakriert.« Er schüttelte sie. *»Sie* haben *ihn* bei dem Kampf in Stücke gerissen. Und jetzt stellt er sich einem Gegner nach dem anderen – hört ihr, wie die Masse tobt? Sie verhöhnen *ihn,* weil er Euren Leuten keinen Schaden zufügen will. Er ist so schwer verletzt, daß er bestimmt nicht einmal mehr spürt, wenn er aus dem Sattel gestoßen wird. Er dachte, er könnte sie ausmanövrieren bei den Einzelturnieren, aber dazu ist er nicht mehr in der Lage. Und weitere vierzehn Schotten haben ihn zu einem Kampf herausgefordert.«

Jenny starrte ihn fassungslos an, und ihr Puls raste, aber sie konnte sich nicht von der Stelle rühren. Es war wie in einem Alptraum, in dem sie rennen wollte, aber kein Muskel ihr gehorchte.

»Jennifer!« rief Stefan aufgebracht. »Royce läßt sich umbringen!« Seine Finger bohrten sich schmerzhaft in ihr Fleisch. »Er ist da draußen und stirbt *für Euch.* Er hat Euren Bruder getötet und bezahlt dafür ...« Er verstummte, als sich Jenny von ihm losriß und aus dem Zimmer stürmte ...

Garrick Carmichael spuckte neben Royce auf den Boden, als er als Sieger vom Feld ritt, aber Royce registrierte diese beleidigende Geste gar nicht. Er kämpfte sich auf die Knie und nahm nur im Unterbewußtsein wahr, daß das Brüllen und Toben der Zuschauer immer lauter wurde. Er schwankte und nahm seinen Helm ab. Seinen linken Arm konnte er gar nicht mehr bewegen, und der Helm entglitt ihm und fiel auf den Boden. Gawin lief auf ihn zu – nein, das war nicht Gawin, sondern jemand mit blauem Gewand. Er blinzelte und versuchte genauer hinzusehen, um herauszufinden, ob sich sein nächster Gegner schon auf ihn stürzte.

Durch den Schleier von Schweiß, Blut und Schmerz, der ihm die Sicht raubte und sein Gehirn vernebelte, nahm er eine weibliche Gestalt wahr – sie lief zu ihm ... ihr langes Haar umwehte ihre Schultern und glänzte rotgolden in der Sonne. Jennifer! Ungläubig blinzelte er noch einmal und starrte in ihre Richtung, während die donnernden Schreie der Zuschauer in seinen Ohren gellten.

Royce stöhnte und versuchte, sich mit dem unverletzten Arm aufzustützen. Jennifer war zurückgekommen – um seine Niederlage mitzuerleben ... oder seinen Tod. Dennoch durfte er nicht zulassen, daß sie ihn wie einen Wurm auf dem Boden liegend sah. Mit dem letzten Quentchen an Kraft, das ihm noch geblieben war, kam er taumelnd auf die Füße. Dann wischte er sich mit dem Handrücken über die Augen, und seine Sicht klärte sich – es war keine Einbildung gewesen, Jennifer kam tatsächlich auf ihn zu. Eine schaurige Stille senkte sich über die Menschenmenge auf den Tribünen.

Jenny unterdrückte einen Entsetzensschrei, als sie nah genug war und sehen konnte, daß sein linker Arm schlaff an seiner Seite hing. Sie blieb vor ihm stehen, und plötzlich hörte sie die donnernde Stimme ihres Vaters. Ihr Blick zuckte zu der Lanze, die neben Royces Füßen lag. »Heb sie auf«, brüllte ihr Vater. »Benutz die Lanze!«

In diesem Moment wurde Royce klar, weshalb sie gekommen

war – sie war hier, um die Aufgabe, die ihre Verwandten begonnen hatten, zu vollenden ... um ihm das anzutun, was er ihrem Bruder angetan hatte. Er beobachtete sie regungslos und sah, daß ihr wunderschönes Gesicht tränenüberströmt war. Sie bückte sich langsam, aber statt seine Lanze aufzuheben, nahm sie seine Hand in ihre und preßte ihre Lippen darauf. Royce dämmerte, daß sie vor ihm auf die Knie gefallen war, und ein Seufzer löste sich aus seiner Brust. »Liebling«, hauchte er schmerzerfüllt, umklammerte ihre Hand fester und versuchte sie, zum Aufstehen zu bewegen. »Nicht, tu das nicht ...« Aber sie hörte nicht auf ihn. Vor siebentausend Zuschauern kniete Jennifer Merrick Westmoreland, Countess of Rockbourn, in unterwürfiger Haltung vor ihrem Gemahl, drückte ihr Gesicht an seine Hand und schluchzte. Als sie sich wieder erhob, gab es wohl kaum jemanden auf den Tribünen, der nicht beobachtet hatte, daß sie ihm gehuldigt und ihre Treue bewiesen hatte. Sie trat einen Schritt zurück, hob ihm das tränennasse Gesicht entgegen und straffte die Schultern.

Stolz durchströmte Royce – irgendwie hatte sie es fertiggebracht, so erhaben und würdevoll zu bleiben, als wäre sie von einem König zum Ritter geschlagen worden.

Gawin, der während dieser herzergreifenden Szene von Stefans eisernem Griff zurückgehalten worden war, stürzte zu seinem Herrn, sobald ihn die kräftige Hand losließ. Royce legte den rechten Arm um die Schulter seines Knappen und hinkte vom Feld.

Sein mühsamer Abgang wurde von einem Jubel begleitet, der beinahe so laut war wie der, den er sich mit den Siegen über DuMont und MacPherson verdient hatte.

Royce lag in seinem Zelt neben dem Turnierplatz und öffnete widerwillig die Augen, nachdem er sich innerlich gegen die Welle des Schmerzes gewappnet hatte, die ihn unweigerlich überspülen würde, wenn er das volle Bewußtsein wiedererlangte. Aber es gab keinen Schmerz.

Der Lärm, der von draußen zu ihm drang, verriet, daß das Turnier noch in vollem Gang war, und er fragte sich benommen, wo sich Gawin herumtrieb. Plötzlich merkte er, daß jemand seine rechte Hand hielt. Er drehte den Kopf, und für einen Moment glaubte er zu träumen: Jennifer beugte sich über ihn – ein blendender Kranz von Sonnenstrahlen, die durch die offene Zeltklappe fielen, umgab sie wie ein Heiligenschein, und sie lächelte. In ihren wunderschönen blauen Augen lag so viel Zärtlichkeit, daß er wie verzaubert war. Ihre leise Stimme drang wie von weiter Ferne an sein Ohr. »Willkommen, Liebster.«

In diesem Augenblick begriff er, warum sie ihm wie eine Lichtgestalt vorkam, und wußte auch, wieso er keine Schmerzen verspürte und sie so unglaublich liebevoll mit ihm umging. Laut und leidenschaftslos stellte er fest: »Ich bin gestorben.«

Aber die Traumgestalt schüttelte den Kopf, setzte sich vorsichtig neben ihn auf das Bett und strich ihm lächend eine dunkle Strähne aus der Stirn, aber in ihren dichten Wimpern schimmerten Tränen. »Wenn du gestorben wärst«, neckte sie ihn, »dann wäre es an *mir,* auf den Turnierplatz zu reiten und meinen Stiefbruder zu besiegen.«

Ihre Fingerspitzen fühlten sich kühl auf seiner Stirn an, und die Hüfte, die sich an seine Seite drückte, war ganz bestimmt menschlich. Vielleicht war sie doch kein Engel, und er war noch am Leben. »Wie würdest du das bewerkstelligen?« fragte er – es war ein Test, weil er herausfinden wollte, ob sie mit überirdischen Mitteln oder mit denen der Normalsterblichen kämpfen würde.

»Nun«, sagte die Traumgestalt, beugte sich über ihn und strich mit den Lippen über seinen Mund, »einmal war ich schon erfolgreich auf dem Feld der Ehre … ich habe das Visier hochgeklappt und dies gemacht …« Royce schnappte nach Luft, als sie ihre Zungenspitze zeigte und er sie im nächsten Moment süß in seinem Mund spürte. Er war nicht tot. Engel küßten nicht auf diese Art. Er legte seinen gesunden Arm um ihre Schultern und zog sie an sich, aber gerade als er ihren Kuß erwidern wollte, fiel ihm etwas ein, und er runzelte die Stirn. »Wenn ich nicht tot bin, warum tut mir dann nichts weh?«

»Tante Elinor«, flüsterte sie. »Sie hat eine Arznei gebraut, und wir haben sie dir eingeflößt.«

Die letzten Spinnweben, die sein Gehirn einhüllten, zerrissen, und mit einem glückseligen Seufzer küßte er Jenny mit einem Hunger, als könnte er Stärke und Kraft von ihren Lippen trinken. Als er schließlich von ihr ließ, waren beide atemlos und sehnten sich danach, all die Worte auszusprechen, die einen besseren Ort verdient hätten als dieses Zelt, das bei dem Gebrüll der Menschenmenge erzitterte.

Nach einer Weile erkundigte sich Royce: »Wie schwer bin ich verletzt?«

Jenny schluckte und biß sich auf die Unterlippe, und ihre Augen verdüsterten sich, als sie an die Wunden und Schmerzen dachte, die er ihretwegen erleiden mußte.

»Ist es so schlimm?« hakte er schmunzelnd nach.

»Ja«, murmelte sie. »Dein linker Arm und drei Finger sind gebrochen. Die Wunden am Hals und am Schlüsselbein, die Malcolms Werk sind, wie Stefan und Gawin berichten, sind ziemlich lang und tief, aber sie bluten nicht mehr. Der Schnitt am Bein ist riesig und ziemlich häßlich. Aber wir konnten alle Blutungen zum Stillstand bringen. Du hast außerdem einen oder mehrere heftige Schläge auf den Kopf bekommen – offenbar hattest du den Helm abgenommen, und einer meiner feigen, blutrünstigen Verwandten hat den Moment ausgenützt, um dich anzugreifen«, setzte sie verbittert hinzu. »Abgesehen davon hast du *überall* blaue Flecken und Schwellungen.«

Royce zog belustigt die Augenbrauen hoch. »Das klingt gar nicht so schlecht.«

Jenny lächelte über diese ungeheuerliche Schlußfolgerung, aber dann fuhr er in ruhigem, bedeutsamen Ton fort: »Was geschieht jetzt?«

Sie verstand sofort, was er wissen wollte, und versuchte einzuschätzen, wieviel zusätzlichen körperlichen Schmerz er erleiden mußte, wenn er noch einmal für einen Kampf auf den Turnierplatz gehen würde, und verglich diese Schmerzen mit dem schrecklichen Schlag, den sein Stolz hinnehmen müßte, wenn er es nicht tat. »Das ist deine Entscheidung«, antwortete sie schließlich. Sie brachte es nicht mehr fertig, den Zorn, den sie für ihren Vater und ihren Bruder empfand, zu verbergen, als sie hinzusetzte: »Jedenfalls steht da draußen auf dem ›Feld der Ehre‹, das meine schändliche Familie heute auf übelste Weise entweiht hat, ein Ritter namens Malcolm Merrick, der dich vor einer Stunde zu einem Kampf herausgefordert hat.«

Royce strich mit dem Handrücken über ihre Wange. »Und du meinst, ich wäre gut genug, ihn zu schlagen, auch wenn man mir den Schild an den Schultern festbinden muß, um den gebrochenen Arm zu schützen?«

Sie neigte den Kopf zur Seite. »Bist du gut genug?«

Ein träges Lächeln umspielte seine Mundwinkel, und er sagte nur ein einziges Wort: »Natürlich.«

Jenny stand neben Arik vor dem Zelt und sah zu, wie Royce die Lanze von Gawin entgegennahm. Er sah sie an, zögerte einen Sekundenbruchteil – einen Augenblick, der sehr bedeutungsvoll zu sein schien –, dann wendete er Zeus und ritt los. Plötzlich fiel Jenny ein, was er von ihr erhofft, aber nicht zu erbitten gewagt hatte, und sie rief ihm zu, noch einen Augenblick zu warten.

Sie rannte in sein Zelt und holte die Schere, mit der sie Bandangen für seine Wunden zurecht geschnitten hatte. Dann lief sie zu dem schwarzen Hengst, der nervös mit den Vorderhufen scharrte, und sah lächelnd zu ihrem Gemahl auf, bückte sich, schnitt ein langes Stück vom Saum ihres hellblauen Seidenkleides ab und band es an Royces Lanze.

Arik kam zu ihr, und sie beobachteten zusammen, wie Royce unter dem donnernden Beifall der Zuschauer auf das Feld ritt. Jennys Blick wanderte zu dem hellblauen Wimpel, der an seiner Lanzenspitze flatterte, und trotz ihrer Liebe zu ihm brannten heiße Tränen in ihrer Kehle. Die Schere in ihrer Hand war ein

Symbol dessen, was sie gerade getan hatte: In dem Augenblick, in dem sie das Zeichen ihrer Gunst an Roycs Lanze gebunden hatte, waren die Bande zu ihrem Heimatland und zu ihrer Familie unwiderruflich zerrissen.

Sie schluckte schwer und fuhr zu Tode erschrocken zusammen, als sich Ariks flache Hand auf ihren Kopf legte und schwer wie ein Hammer einen Moment liegenblieb, ehe sie in ihren Nacken rutschte. Dann drückte Arik ihr Gesicht an seine Seite. Es war eine Umarmung.

»Du brauchst keine Angst zu haben, daß wir ihn wecken, meine Liebe«, sagte Tante Elinor im Brustton der Überzeugung zu Jenny. »Er schläft ein paar Stunden tief und fest.«

Ein graues Augenpaar öffnete sich. Royces Blick schweifte durch den Raum und blieb an der wunderbaren, goldhaarigen Schönheit haften, die auf der Türschwelle stand.

»Selbst ohne den Heiltrank, den ich ihm gegeben habe«, fuhr Tante Elinor fort, während sie sich an den Phiolen und Pülverchen zu schaffen machte, die auf der Truhe ausgebreitet waren, »würde ein Mann, der schwer verwundet auf einen Turnierplatz zurückgekehrt ist und noch an fünf Kämpfen teilgenommen hat, die ganze Nacht durchschlafen.« Sie strahlte über das ganze Gesicht. »Obwohl der gute Junge nicht viel Zeit verschwendet hat, um den feigen Haufen aus dem Sattel zu stoßen. Was für eine Ausdauer und Kraft er hat«, rief sie bewundernd. »Ich habe noch *nie* jemanden gesehen, der im Kampf ein solches Geschick hat wie er.«

Jenny war im Augenblick mehr um Royces Wohlergehen besorgt als um seine Kampfkunst und seine Heldentaten auf dem Feld. »Er wird schreckliche Schmerzen haben, wenn er aufwacht. Ich wünschte, du könntest ihm mehr von dem Trank geben, den du ihm im Zelt eingeflößt hast.«

»Ja, das wäre eine momentane Erleichterung für ihn, aber ich halte das nicht für klug. Außerdem – nach den vielen Narben, die ich an ihm gesehen habe, würde ich meinen, daß er Schmerzen ganz gut aushalten kann. Wie ich dir schon sagte, es ist gar nicht gesund, mehr als nur eine Dosis dieser Arznei zu schlucken. Leider würden unliebsame Nebenwirkungen eintreten.«

»Was für Nebenwirkungen?« erkundigte sich Jenny in der stillen Hoffnung, vielleicht doch noch etwas tun zu können, was ihm über das Schlimmste hinweghalf.

»Zum Beispiel«, flüsterte Tante Elinor, als müßte sie ein Unheil verkünden, »würde es ihn für eine ganze Woche der Fähigkeit berauben, seinen ehelichen Pflichten im Schlafzimmer nachzukommen.«

»Tante Elinor«, erwiderte Jenny bestimmt, »wenn das alles ist, worum du dir Sorgen machst, dann gib ihm noch etwas davon.« Sie war von Herzen gern bereit, auf das Vergnügen der Liebe zu verzichten, wenn Royce dadurch weniger leiden mußte.

Tante Elinor zauderte, doch dann nickte sie widerstrebend und nahm ein Fläschchen mit einem weißen Pulver in die Hand.

Jenny seufzte. »Es ist ein Jammer, daß du nicht irgend etwas dazumischen kanst, was ihn ruhig hält, während ich ihm erzähle, daß Brenna hiergeblieben ist und daß Stefan und sie beschlossen haben zu heiraten. Er wollte ein friedliches, harmonisches Leben führen«, fügte sie mit einem matten Lachen hinzu, »aber ich bin überzeugt, daß er nicht halb so viel Aufregung und Unruhe erlebt hat, bevor er mir zum erstenmal begegnet ist.«

»Da hast du bestimmt recht«, bestätigte Tante Elinor herzlos. »Aber Sir Godfrey hat mir auch anvertraut, daß Seine Gnaden niemals so viel gelacht hat wie in der Zeit, seit er dich kennt. Man kann nur hoffen, daß er so gern lacht, daß er die Aufregungen gern auf sich nimmt.«

»Wenigstens«, sagte Jenny traurig, als ihr Blick auf die Pergamentrolle fiel, die ihr Vater geschickt hatte, »muß er nicht mehr mit der Befürchtung leben, daß Vater jeden Augenblick hier auftaucht und die Festung angreift, um Brenna und mich von ihm wegzuholen. Vater hat Brenna und mich verstoßen.«

Tante Elinor bedachte ihre Nichte mit einem mitfühlenden Blick und meinte philosophisch: »Er ist ein Mann, dessen Haßgefühle seine Liebesfähigkeit bei weitem übersteigt, Kleines. Das war schon immer so, du wolltest es nur nicht wahrhaben. Wenn du mich fragst, dann liebt er überhaupt niemanden außer sich selbst. Wenn es nicht so wäre, hätte er niemals versucht, dich an einen alten Mann wie Balder oder an MacPherson zu verschachern. Er hat sich nie für dich oder dein Wohl interessiert, es sei denn, du konntest ihm helfen, seine selbstsüchtigen Ziele zu erreichen. Brenna sieht ihn so, wie er wirklich ist, aber das liegt wohl daran, daß er nicht ihr richtiger Vater ist und sie ihn nicht so blind wie du liebt.«

»Er hat auch meine Kinder verstoßen, die ich eines Tages bekommen werde«, flüsterte Jenny bebend. »Wie sehr muß er mich hassen, wenn er sogar die einzigen leiblichen Enkelkinder ablehnt, die er je haben wird.«

»Daran ist nicht nur das schuld, was du heute getan hast. Er hätte die Enkel, die der Duke of Claymore gezeugt hat, nicht gewollt.«

»Das … das kann ich nicht glauben«, sagte Jenny – so einfach konnte sie ihre Schuldgefühle nicht abschütteln. »Sie wären ja auch meine Kinder.«

»Nicht für ihn«, erklärte Tante Elinor, während sie ein wenig Pulver in ein kleines Glas schüttete und es gegen das Licht hielt, um zu prüfen, ob die Menge stimmte. Dann gab sie noch eine Prise dazu. »Dieses Pulver macht einen Mann, wenn man es ihm ein paar Wochen lang täglich verabreicht, vollkommen impotent.« Sie schüttete Wein in das Glas. »Und dieses Pulver ist der Grund dafür, daß mich dein Vater ursprünglich gebeten hat, dich nach Claymore zu begleiten. Er bat mich sicherzustellen, daß dein Mann nie mehr ein Kind zeugen kann. Ich machte ihm klar, daß du dann auch kinderlos bleiben würdest, aber das war ihm vollkommen gleichgültig.«

Jenny stockte der Atem. Erst war sie entsetzt über die Hinterlist ihres Vaters, aber schon im nächsten Moment überkam sie die Angst, daß Tante Elinor seine Anweisungen befolgt haben könnte. »Du … du hast doch dieses Zeug nicht in Royces Essen oder in seine Getränke gemischt, oder?«

Ohne zu merken, daß zornblitzende Blicke vom Bett jede ihrer Bewegungen verfolgten, rührte Tante Elinor in aller Seelenruhe in dem Glas, bis sich das Pulver aufgelöst hatte. »Lieber Himmel, nein, das hätte ich nie fertiggebracht! Aber ich kann mir nicht helfen – dein Vater mußte einen besseren und wirksameren Plan gehabt haben, Nachwuchs zu verhindern, als er sich so unvermittelt entschloß, mich doch nicht mit nach Claymore zu schicken«, sagte sie und brachte das Glas zum Bett. »Aber jetzt, Liebes, mußt du dich hinlegen und versuchen zu schlafen«, ordnete sie streng an, ohne zu registrieren, daß sie Jennys Kummer nur noch vergrößert hatte mit der indirekten Bestätigung, daß ihr Vater sie für den Rest ihres Lebens hinter Klostermauern verbannen wollte.

Tante Elinor wartete, bis Jenny in ihrem eigenen Zimmer war. Zufrieden, daß ihre Nichte sich zur dringend benötigten Ruhe begeben würde, wandte sie sich dem Duke zu. Sie schnappte nach Luft und faßte sich erschrocken an die Kehle, als sie sah, daß er die Augen offenhielt und das Glas in ihrer Hand mit finsterem Blick beäugte.

»Ich halte lieber die Schmerzen aus, Madame«, erklärte er knapp. »Entfernt augenblicklich dieses Pulver aus meinem Zimmer – schafft es weg von meinem *Land«,* verbesserte er sich wildentschlossen.

Als sie sich von ihrem Schrecken erholt hatte, breitete sich ein anerkennendes Lächeln auf ihrem runzligen Gesicht aus. »Ich hatte erwartet, daß Ihr genau das von mir verlangt, mein lieber Junge«, wisperte sie voller Zuneigung. Sie machte sich auf den Weg, drehte sich aber noch einmal um. Diesmal zog sie die weißen Augenbrauen zusammen und musterte ihn streng. »Ich hoffe, Ihr seid heute nacht vorsichtig. Ich möchte nämlich nicht, daß die Nähte an Euren Wunden, die mich viel Mühe gekostet haben, wieder aufplatzen, während Ihr unter Beweis stellt, daß meine Medizin noch nicht die unerwünschten Nebenwirkungen zeigt.«

Durch die Bandagen an seinem linken Arm und den Fingern behindert, brauchte Royce einige Minuten, bis er sich in seinen grauen Morgenrock aus Kaschmirwolle gekämpft und den Gürtel zugeknotet hatte. Er öffnete leise die Tür zu Jennys Zimmer, weil er damit rechnete, daß sie im Bett lag oder eher noch im Dunkeln saß, um über alles, was an diesem Tag auf sie eingestürmt war, nachzudenken.

Sie tat keines von beidem. Royce blieb auf der Schwelle stehen, als er die brennenden Kerzen in den Wandhaltern sah. Jenny stand friedlich mit auf dem Rücken verschränkten Händen am Fenster, hatte das Gesicht leicht nach oben gewandt und schien das Tal, in dem die Gäste unzählige Fackeln angezündet hatten, zu betrachten. Mit ihrem grazilen Profil und der schimmernden rotgoldenen Haarpracht sah sie aus wie die Statue einer römischen Göttin, die Royce einmal in Italien gesehen hatte. Er war überwältigt von ihrem Mut und ihrem unerschütterlichen Charakter. An einem einzigen Tag hatte sie ihrer Familie und ihrem Heimatland die Stirn geboten und unter den Blicken von siebentausend Zuschauern ihr Knie vor ihm gebeugt; sie war enterbt und verstoßen worden und hatte all ihre Illusionen verloren – und dennoch stand sie am Fenster und betrachtete die Welt mit einem Lächeln auf den Lippen.

Royce zögerte, weil er nicht wußte, wie er sich ihr nähern sollte. Er war halb bewußtlos gewesen, als er am Nachmittag vom Turnierplatz geritten war, und hatte bis jetzt noch keine Gelegenheit gehabt, mit ihr zu sprechen. Angesichts dessen, was sie für ihn geopfert hatte, war ein schlichtes ›Danke‹ viel zu wenig, um ihr klarzumachen, wie viel ihm das, was sie heute vollbracht hatte, bedeutete. Die Worte ›ich liebe dich‹ fielen ihm ein, aber unvermittelt mit einer solchen Erklärung herauszuplatzen erschien ihm auch nicht passend. Und falls sie nicht über den Verlust ihrer Familie und ihrer Heimat nachdachte, dann wollte er nichts äußern, was sie daran erinnerte.

Er beschloß, den Verlauf der Unterhaltung ihrer Stimmung zu überlassen, und trat ein paar Schritte vor, bis sie sein dunkler Schatten an der Wand neben dem Fenster auf ihn aufmerksam machte.

Sie wirbelte zu ihm herum, während er auf sie zuging und neben dem Fenster stehenblieb.

Sie versuchte, ihm ihre Sorgen zu verheimlichen, und sagte leichthin: »Ich vermute, ich hätte nicht die geringste Aussicht auf Erfolg, wenn ich darauf bestehen würde, daß du in dein Bett zurückgehst.«

Royce lehnte die Schulter an die Wand und widerstand dem Drang, ihrer Bitte zu folgen und sich schnell wieder hinzulegen – natürlich nur unter der Bedingung, daß sie ihm Gesellschaft leistete. »Woran hast du gedacht, als du aus dem Fenster gesehen hast?«

Zu seiner Überraschung machte sie diese Frage unsicher. »Ich habe nicht nachgedacht.«

»Was hast du denn getan?« fragte er mit wachsender Neugier.

Ein wehmütiges Lächeln zeichnete sich auf ihren einladenden Lippen ab, dann wandte sie den Blick wieder zum Fenster. »Ich habe ... mit Gott gesprochen«, gestand sie. »Ich tue das öfter, es ist eine Gewohnheit.«

Verblüfft erwiderte Royce. »Tatsächlich? Und was hat Gott gesagt?«

»Ich glaube«, antwortete sie leise, »er sagte: ›Keine Ursache, gern geschehen‹, als ich mich bei ihm bedankte.«

»Wofür?«

Jenny sah ihm in die Augen und erwiderte feierlich: »Für dich.«

Mit einem abgrundtiefen Seufzen zog Royce sie an seine Brust und drückte sie fest an sich. *»Jenny«*, flüsterte er heiser und vergrub sein Gesicht in ihrem duftenden Haar. »Jenny, ich liebe dich.«

Sie schmiegte sich eng an ihn und bot ihm ihren Mund für einen feurigen, leidenschaftlichen Kuß. Dann nahm sie sein

Gesicht zwischen ihre Hände, sah ihm ganz tief in die Augen und sagte mit bebender Stimme: »Ich glaube, ich liebe dich auch.«

Zufrieden lag Royce in der Dunkelheit, Jenny drückte sich an ihn und hatte den Kopf auf seine Schulter gelegt. Seine Hand strich träge über ihre Hüfte, während er ins Kaminfeuer sah und sich daran erinnerte, wie sie heute über den Turnierplatz mit wehendem Haar zu ihm gelaufen war. Die ganze Szene lief noch einmal vor seinem geistigen Auge ab. Jenny kniete vor ihm, stand auf und sah ihn mit hocherhobenem Kopf und tränenschimmernden Augen an.

Eigenartig, dachte Royce, nach mehr als hundert siegreichen Schlachten habe ich den größten Triumph meines Lebens davongetragen, während ich allein, ohne Pferd und geschlagen, auf einem Turnierfeld stand.

Noch am Morgen war ihm sein Leben düster wie der Tod erschienen, und heute abend hielt er die größte Freude in den Armen. Irgend jemand oder irgend etwas – das Schicksal oder Jennys Gott – hatte heute morgen auf ihn herniedergesehen, sein Elend erkannt und ihm Jenny wiedergegeben.

Royce schloß die Augen und hauchte einen leichten Kuß auf Jennys Stirn. *Danke,* dachte er.

Und er hätte schwören können, daß ihm eine Stimme antwortete. *Keine Ursache, gern geschehen.*

Epilog

1. Januar 1499

»Es ist seltsam, die Halle so leer zu sehen«, scherzte Stefan, als er die fünfundzwanzig Anwesenden betrachtete, zu denen auch die fünfzehn Männer von Royces privater Garde zählten, die gerade ein üppiges Abendessen beendeten.

»Wo sind heute die Tanzbären abgeblieben, Liebes?« fragte Royce lachend und legte den Arm auf die Rückenlehne von Jennys Stuhl. Obwohl er sich über die Bären lustig machte, hatte er nie zuvor so schöne, angenehme Weihnachtstage erlebt wie dieses Jahr.

»Ich sehe aus, als hätte ich einen verschluckt.« Jenny lachte und legte eine Hand auf ihren Bauch.

Trotz ihrer fortgeschrittenen Schwangerschaft hatte Jenny darauf bestanden, daß alle Bewohner von Claymore die Tage zwischen dem Heiligen Abend und Epiphania auf traditionelle Weise feierten, und das bedeutete, daß die Festung zwei Wochen allen Besuchern offenstand. In den vergangenen acht Tagen wurde ohne Unterlaß gefeiert, und jeder Reisende, der vor Claymores Toren auftauchte, wurde eingeladen, mit der Familie zu essen und sich zu vergnügen. Am gestrigen Abend hatte ein großes Fest für die Bediensteten, Pächter und Dorfbewohner stattgefunden. Barden und Musikanten, Tanzbären, Jongleure, Akrobaten und sogar Komödianten hatten prächtig für Unterhaltung gesorgt.

Jenny hatte Royces Leben mit Lachen und Liebe erfüllt, und bald würde sie ihm sein erstes Kind schenken. Royce war glücklich und zufrieden – so zufrieden, daß ihn nicht einmal Gawins Faxen verärgerten. Um Jennys Entscheidung, das Weihnachtsfest auf traditionelle Weise zu begehen, Rechnung zu tragen, hatte er erlaubt, daß Gawin die Rolle des Lord of Misrule spielen durfte – das hieß, daß der Junge drei Tage lang den Vorsitz am Tisch führen, die Mimik seines Herrn nachäffen, absurde Befehle erteilen und Dinge tun und sagen durfte, für die ihn Royce zu jeder anderen Zeit aus Claymore verbannt hätte.

Im Augenblick lümmelte sich Gawin auf Royces Stuhl an der Tischmitte und imitierte Royce, indem er den Arm auf Tante Elinors Stuhllehne legte. »Euer Gnaden«, sagte er im selben Tonfall, den Royce anschlug, wenn er sofortigen Gehorsam erwartete, »an diesem Tisch sitzen einige, die gern die Antwort auf ein Rätsel erfahren würden.«

Royce zog eine Augenbraue hoch und wartete ergeben auf die Frage.

»Ist es wahr oder erfunden, daß ihr ›Wolf‹ genannt werdet, weil Ihr im Alter von acht Jahren eine dieser Bestien getötet und ihre Augen verspeist habt?«

Jenny prustete vor Lachen, und Royce sah sie gespielt beleidigt an. »Madam«, sagte er, »lacht Ihr, weil Ihr daran zweifelt, daß ich in diesem zarten Alter stark genug war, es mit einem Wolf aufzunehmen?«

»Nein, Mylord.« Jenny kicherte und tauschte bedeutsame Blicke mit Godfrey, Eustace und Lionel. »Aber ich kann mir nicht vorstellen, daß ein Mann, der lieber gar nichts ißt als schlecht zubereitete Speisen, die *Augen* von irgendeinem Tier verschlingt.«

»Ganz recht«, bestätigte er grinsend.

»Sir«, rief Gawin, »ich bitte um eine präzise Antwort. Welche Körperteile der Bestie Ihr verspeist habt, spielt keine Rolle. Interessant ist nur, wie alt Ihr wart, als Ihr sie niedergemetzelt habt. Es gibt verschiedene Legenden – die einen erzählen sich, Ihr wart vier, die anderen sagen, Ihr seid vierzehn gewesen, und wieder andere …«

»Ist das wahr?« spottete Royce.

»Ich dachte, die Geschichte entspricht einer tatsächlichen Begebenheit«, sagte Jenny, während sie ihn neugierig musterte. »Hast du einen Wolf getötet, als du noch ein Kind warst?«

Royces Mundwinkel zuckten. »Heinrich hat mir den Beinamen ›Wolf‹ bei der Schlacht von Bosworth gegeben.«

»Weil Ihr einen getötet habt«, ergänzte Gawin hoffnungsvoll.

»Weil«, korrigierte ihn Royce, »wir kämpfen mußten wie die Berserker und es wenig zu essen gab, und weil ich kaum Fleisch auf den Knochen hatte. Am Ende der Schlacht begutachtete Heinrich meine klapperdürre Gestalt und mein dunkles Haar und meinte, ich würde ihn an einen hungrigen Wolf erinnern.«

»Ich glaube nicht …« begann Gawin, aber Royce schnitt ihm mit einem strengen Blick das Wort ab, der deutlich machte, daß er für heute genug von seinen Possen hatte.

Jenny, die schon seit einer Weile sorgfältig verbarg, daß immer wiederkehrende Schmerzen ihr arg zusetzten, suchte den Blick von Tante Elinor und nickte kaum merklich. Sie neigte sich zu Royce und sagte leise: »Ich denke, ich ruhe mich ein wenig aus. Du brauchst nicht mitzukommen, bitte bleib sitzen.«

Er drückte ihre Hand und nickte.

Als Jenny aufstand, erhob sich auch Tante Elinor, aber sie blieb neben Arik stehen und legte die Hand auf seine Stuhllehne. »Ihr habt Euer Geschenk noch nicht ausgepackt, mein lieber Junge«, sagte sie.

Heute waren alle beschenkt worden, aber Arik hatte sich den ganzen Tag nicht gezeigt und war erst zum Abendessen erschienen.

Er zögerte und legte seine große Hand auf das in Seide gewickelte Päckchen neben seinem Teller. Er schien sich ganz und gar nicht wohl in seiner Haut zu fühlen, als alle Anwesenden ihn neugierig ansahen. Schließlich gab er sich doch einen Ruck und wickelte sein Geschenk mit ungeschickten Fingern aus. Er starrte auf die schwere Silberkette und das runde Medaillon, legte aber schnell die Hand darüber. Ein kurzes, unbehagliches Nicken drückte seine ›ergebene Dankbarkeit‹ aus, doch Tante Elinor gab sich damit noch lange nicht zufrieden. Als Arik aufstand, strahlte sie ihn an und sagte: »In dem Medaillon befindet sich eine getrocknete Traubenblüte.«

Die dicken Augenbrauen rutschten zusammen, und obwohl er seine Stimme so leise wie möglich hielt, dröhnte das Wort: »Warum?« durch die Halle.

Tante Elinor neigte sich zu seinem Ohr und flüsterte: »Weil Schlangen Traubenblüten nicht mögen. Das ist eine Tatsache.«

Sie drehte sich zu Jenny um, weil sie sie in ihr Zimmer bringen wollte, und deshalb sah sie nicht, welch eigentümliche Dinge sich in Ariks Gesicht abspielten, aber fast alle, die am Tisch saßen, konnten das erstaunliche Spektakel bewundern. Einen Moment lang schien sich jeder Muskel in dem großen Gesicht anzuspannen, aber gleich darauf bekam es Risse – Falten kräuselten sich in den Augenwinkeln, und in den Wangen entstanden Grübchen. Die gerade Linie der stengen Lippen zitterte – erst an der einen Ecke, dann an der anderen, und weiße Zähne blitzten auf …

»Gütiger Himmel!« platzte Godfrey heraus und stieß Lionel und in seiner Faszination sogar Brenna in die Seite. »Er lächelt! Stefan, sieh dir das an. Unser Arik …«

Godfrey brach ab, als Royce, der geglaubt hatte, Jenny würde es sich am Kamin gemütlich machen, plötzlich aufsprang und noch mit seinem Alekrug in der Hand, zur Treppe stürmte, die zu den Schlafzimmern führte.

»Jennifer!« rief er alarmiert, »wohin gehst du?«

Tante Elinor sah ihn vom oberen Treppengeländer an und erwiderte munter: »Sie geht in ihr Zimmer, um Euer Kind auf die Welt zu bringen, Euer Gnaden.«

Die Diener in der Halle sahen sich lächelnd an, und einer von ihnen stürzte in dic Küche, um die Neuigkeit weiterzuerzählen.

»Wagt es nicht«, warnte Tante Elinor eindringlich, als Royce die ersten Stufen nahm, »hier heraufzukommen. Ihr seid nur im Weg. Und keine Angst«, fügte sie unbeschwert hinzu, als sie sah, daß Royce aschfahl geworden war. »Die Tatsache, daß Jennys

Mutter im Kindbett starb, ist kein Grund, sich Sorgen zu machen.«

Royces Silberkrug polterte auf den Steinboden.

Zwei Tage später knieten alle Bediensteten, Pächter, Vasallen, und Ritter betend im Burghof – niemand lächelte mehr in Vorfreude auf den Erben von Claymore. Das Kind war nicht geboren, und die Nachrichten, die vom Obergeschoß in die Halle sickerten und von verzweifelten Dienern weitergegeben wurden, waren besorgniserregend. Es wurde auch als schlechtes Zeichen gedeutet, daß der Duke – der selten einen Fuß in eine Kirche setzte – vor vier Stunden in die Kapelle gegangen und seither nicht mehr zu sehen gewesen war. Die letzten, die ihn gesichtet hatten, beteuerten, ihn noch nie so verzweifelt und ängstlich erlebt zu haben.

Hoffnungsvolle Gesichter schauten auf, als Türen in der Halle aufgerissen wurden, und erstarrten sofort vor Entsetzen, als Lady Elinor im Eilschritt dem Portal der Kapelle zustrebte. Einen Augenblick später stürmte der Duke über den Hof, und obwohl niemand seine steinerne Miene deuten konnte, wurde das als schlechtes Omen betrachtet.

»Jenny«, flüsterte Royce, stützte die Hand auf dem Kissen neben ihrem Kopf ab und beugte sich über sie.

Ihre blauen Augen strahlten ihn an, und sie lächelte erschöpft. »Du hast einen Sohn«, wisperte sie glücklich.

Royce schluckte hörbar und strich ihr die zerzausten Locken aus dem Gesicht. »Ich danke dir, mein Liebling«, sagte er unbeholfen. Seine Stimme war rauh von den zwei Tagen, die er in Angst und Schrecken verbracht hatte. Er bückte sich und küßte sie – dieser zärtliche Kuß sagte mehr als tausend Worte, wie sehr er sie liebte und wie erleichtert er war, daß sie die Geburt gesund überstanden hatte.

»Hast du ihn schon gesehen?« fragte sie, als er die Lippen von ihren löste.

Royce ging zu der Holzkrippe, in der sein schlafender Sohn

lag. Er berührte das winzige Händchen mit einem Finger, dann sah er Jenny erschrocken an. »Er ist … so klein.«

Jenny kicherte und dachte an das schwere Breitschwert mit dem großen Rubin am Griff, das Royce hatte machen lassen, gleich nachdem sie ihm erzählt hatte, daß sie ein Kind erwartete. »Im Moment ist er noch ein bißchen zu klein, um sein Breitschwert durch die Luft zu schwingen«, bestätigte sie lachend.

Royces Augen blitzten. »Er wird das Schwert, das Arik für ihn gemacht hat, niemals *aufheben* können.«

Jennys Lächeln verblaßte, und sie sah besorgt zum Fenster, als sie gewahr wurde, daß Hunderte von Fackeln den Burghof erhellten.

»Was ist passiert?« fragte sie und erinnerte sich an den unseligen Abend, an dem ihr Vater zum erstenmal nach Claymore gekommen war – damals hatten auch so viele Lichter im Hof gebrannt.

Royce wandte widerwillig den Blick von seinem Sohn, ging erst zum Fenster und dann zu Jennys Bett.

»Sie beten noch«, berichtete er verblüfft. »Ich habe deiner Tante aufgetragen, allen zu sagen, daß es dir gutgeht – sie muß in der Kapelle aufgehalten worden sein. Als sie mich holte, bin ich ohne ein Wort durch den Hof gerannt, und wahrscheinlich befürchten sie das Schlimmste und glauben ihr kein Wort, wenn sie die Neuigkeit verkündet.«

Lächend streckte Jenny ihm die Arme entgegen, und Royce ahnte, was sie wollte. »Ich möchte nicht, daß du dich erkältest«, gab er zu bedenken, aber er bückte sich bereits und hob sie mitsamt den Decken und Fellen in seine Arme, um sie auf den Söller zu tragen.

Der Schmied war der erste, der sie entdeckte. Er deutete aufgeregt nach oben und rief etwas. Alle, die für sie gebetet und geweint hatten, erhoben sich und starrten zum Söller. Als sie Jenny sahen, erfüllten ohrenbetäubende Jubelschreie die Abendluft.

Jennifer Merrick Westmoreland hob die Hand, winkte und

sah stolz auf ihre Leute hinunter, die ihr blind vertrauten und alles, sogar ihr eigenes Leben für sie geben würden. Sie jubilierten noch lauter, als ihr Gemahl sie höher hob und an sich drückte. Niemand, der diese Szene beobachtete, konnte übersehen, daß die Duchess of Claymore heiß geliebt und von allen, denen sie zugetan war, verehrt wurde.

Jenny liefen Freudentränen über die Wangen, als sie ihnen zulächelte. Nicht jeder Frau wurde ein Königreich der Träume zu Füßen gelegt.

Band 12344

Carol Dawson

So war es und nicht anders

Eine mutige Frau deckt ein streng gehütetes Familiengeheimnis auf.

Bei der Auseinandersetzung mit ihren Kindheitserinnerungen stößt Sarah Grisson auf die Geschichte ihrer Urgroßmutter, einer äußerst vornehmen Dame, die sich, als das Schicksal sie aus dem ihr vertrauten Lebensumfeld in die texanische Wildnis führte, völlig in sich selbst zurückzog. Dieses beharrliche Schweigen wurde zur Lebensphilosophie aller nachfolgenden Frauengenerationen, die in dem hochherrschaftlichen texanischen Haus aufwuchsen. Doch Sarah spürt, daß sich hinter dem eisigen Schweigen der Frauen der sehnliche Wunsch nach einer eigenen Stimme, nach einem selbstbestimmten Leben verbirgt...

Band 12369

Jude Deveraux

Der Held ihrer Träume

Ist ihr der Mann, nach dem sie sich sehnt, in einem früheren Leben begegnet?

Die erfolgsverwöhnte Schriftstellerin Hayden Lane hat den Zenit ihrer Karriere erreicht. Als ihr auch noch der Mann ihrer Träume einen Heiratsantrag macht, scheint ihr Glück vollkommen. Doch da geschieht plötzlich etwas Seltsames: sie verliebt sich in den Helden ihres Romans, an dem sie gerade arbeitet, in ein Wesen, das ihrer eigenen Phantasie entsprungen ist...
Weder ihr Verlobter noch ihr Psychiater scheinen sie von ihren zwanghaften Träumen befreien zu können. Erst eine Hellseherin bringt sie auf die richtige Spur: Hayden muß den ihr seelenverwandten Mann aus einem früheren Leben wiederfinden...

BASTEI LÜBBE